MARIE CORDONNIER

Nadine – Unschuldige Verführerin

Alison – Geliebte Gauklerin

Historische Romane

WELTBILD

Besuchen Sie uns im Internet:
www.weltbild.de

Genehmigte Lizenzausgabe für Verlagsgruppe Weltbild GmbH,
Steinerne Furt, 86167 Augsburg

Umschlagmotiv: Elaine Gignilliat / Agentur Schlück
Gesamtherstellung: Oldenbourg Taschenbuch GmbH,
Hürderstraße 4, 85551 Kirchheim
ISBN 3-8289-7424-4

2007 2006 2005 2004
Die letzte Jahreszahl gibt die aktuelle Lizenzausgabe an.

Nadine
Unschuldige Verführerin

27. Oktober 1415
Schloss Mesnières

Prolog

Der Regen trennte die alte Burg von der übrigen Welt. In dichte, graue Schleier aus Feuchtigkeit eingehüllt, schien sie ihr eigenes Dasein nach eigenen Gesetzen zu führen. Eine verlorene Insel in einem Königreich, das allenthalben aus den Fugen zu geraten drohte. Denn Heinrich V. von England war mit einer Flotte von tausendvierhundert Schiffen und einer Armee von zwölftausend Mann in der Seinemündung bei Harfleur an Land gegangen und der König von Frankreich führte seine tapfersten Ritter in die Schlacht.

Die blasse, schweißbedeckte, hochschwangere junge Frau, die an diesem Tage zwischen den kostbaren Samtvorhängen eines Alkovens in Mesnières darum kämpfte, neues Leben zur Welt zu bringen, hatte keinen Sinn für politische Ränke und Machtkämpfe. Sie war am Ende ihrer ohnehin schon geringen Kräfte. Die vierte Schwangerschaft in Folge hatte die zierliche, bezaubernd schöne Melisande de Guînes, die fünf Jahre zuvor den Herrn von Mesnières, den Grafen Richard de St. Doye, geehelicht hatte, in eine erschöpfte Frau verwandelt, die einen hohen Preis für ihre Liebe zahlen musste.

Wenn sie sich in den kurzen Pausen des Schmerzes ihren Erinnerungen überließ, schien ihr das Bild der strahlenden Braut, die der Graf von Mesnières auf seine Burg heimgeführt hatte, wie die ferne, bunte Illustration eines Stundenbuches. Schon bald nach der Hochzeit hatte er sie verlassen, im Dienste des Königs zu den Waffen gerufen. Er war davon geritten, im sicheren Bewusstsein, dass alles zum Besten geordnet sei. Sein Bruder, der edle Seigneur Guy de St. Doye, befehligte die Burg, und unter seiner und der Obhut von Dame Angèle de St. Pol, seiner Gemahlin, würde es Melisande an nichts fehlen.

Anfangs hatte dies auch Melisande gedacht, aber sie war bald eines Besseren belehrt worden. Ganz abgesehen davon, dass sie sich einsam fühlte, sich nach ihrem geliebten Gatten sehnte und die kalte, unfreundliche Gemahlin seines Bruders verabscheute, stellte sie auch umgehend fest, dass ihr Guy de St. Doye nicht die respektvollen Gefühle entgegenbrachte, die einem Schwager angemessen gewesen wären.

Er gestand ihr seine leidenschaftliche Liebe und stellte ihr nach, ohne auf ihre entsetzte Ablehnung zu hören. Er verehrte sie mit der glühenden Besessenheit eines Fanatikers, der keinen Widerspruch und keine Empörung zur Kenntnis nahm.

Melisande versuchte sich ihm zu entziehen und ihre erste Schwangerschaft verschaffte ihr eine Atempause. Damals hatte sie nicht ahnen können, dass es nur der Auftakt zu einem sich ständig wiederholenden Tanz der Verzweiflung sein würde. Ihre Versuche, sich ihrem Gemahl anzuvertrauen, wenn er zwischen zwei Schlachten einmal nach Mesnières kam, blieben stets ohne Erfolg.

Richard vertraute seinem Bruder und konnte nicht verstehen, warum sie ihn verabscheute. Melisande ihrerseits war zu jung und zu unerfahren, und sie schämte sich zu sehr, um mehr als Andeutungen zu machen. Es widerstrebte ihr, Guys fieberhafte Ergüsse zu wiederholen, sie nahm an, ihr Gatte würde sie auch ohne diese Demütigung verstehen. Allein, er tat es nicht. Er bat sie um mehr Verständnis für seinen Bruder und verschwand zum nächsten Turnier, zur nächsten Schlacht. Natürlich nicht, ohne dafür gesorgt zu haben, dass sie aufs Neue schwanger war, nachdem sie als erstes ein Mädchen zur Welt gebracht hatte. Auf Nadine folgte die kleine Alison und endlich, im dritten Sommer nach ihrer Hochzeit, Gilles, der ersehnte Erbe. Als der schwächliche Säugling nach zwei Monaten die Augen für immer schloss, nahm Melisande an, dass es mehr Leid und Kummer nicht geben konnte.

Sie sollte sich täuschen. Guy respektierte weder ihre Trauer noch ihr Leid. Seine Zudringlichkeiten gingen so weit, dass sie ihre Türen vor ihm verriegeln musste und sich ohne Dienerin nicht mehr aus ihren Gemächern wagte. Und dann war da schon wieder dieses neue Leben, das Richard mit unverdrossenem Bemühen in ihren Schoß gepflanzt hatte, im irrigen Glauben, es würde sie über den Verlust von Gilles hinwegtrösten. Jenes Kind, das sie in den vergangenen Monaten über Gebühr belastet und ausgelaugt hatte. Das so viel größer, so viel schwerer und unruhiger als alle anderen zuvor zu sein schien. Ein Junge dieses Mal, darum betete sie mit aller Inbrunst.

Wenn nur Richard bei ihr sein könnte! Wenn er ihr doch nur ein einziges Mal in ihren Schmerzen zur Seite stehen könnte. Dabei befand er sich doch ganz in der Nähe. Bei Hesdin sagte man, wolle das Heer König Karls die eingedrungenen Engländer stellen und vernichtend schlagen. Hesdin lag ganz in der Nähe, nördlich von Azincourt. Auf solche Entfernungen mussten die Neuigkeiten doch schnell reisen. Oder hatte die Schlacht schon stattgefunden? Der Regen, der die Straßen in unwegsame Sümpfe und jeden Bach in einen Fluss verwandelte, verhinderte, dass die Boten Mesnières mit der üblichen Schnelligkeit erreichten.

Eine neuerliche Flamme der Qual ließ Wirklichkeit und Einbildung für die junge Gräfin miteinander verschwimmen. Ein unerträglicher, nie gefühlter Schmerz drehte sich wie ein Messer in ihrem Körper, und der klagende, dünne Schrei, der über ihre Lippen kam, übertönte die beruhigenden Worte der alten Amme, die ihr in dieser schweren Stunde zur Seite stand.

Vor Stunden schon hatte Clemence zu der Hebamme im Dorf gesandt, aber bisher war es ihr allein überlassen geblieben, ihrer armen Herrin zur Seite zu stehen. Auch die Magd, die sie vor dem Mittagsläuten mit demselben Auftrag davongeschickt hatte, war noch nicht wiedergekehrt. Ausgerechnet dieses Mal, bei dem alles für die Gräfin umso vieles schwieriger war als je zuvor!

»Heilige Mutter Gottes, hilf!« Die Schwangere bäumte sich auf, aber im selben Moment spürte sie bereits, dass das Kind sich ungestüm seinen Weg ins Freie drängte, während sie selbst in die Kissen sank und darauf wartete, dass die Pein nachließ. Aber es gab kein Ende! Anders als sonst dauerte das Martyrium unverändert weiter. Wehe um Wehe folgte der nächsten.

»Beim Leben der heiligen Anna«, stammelte die alte Clemence, die soeben mit zitternden Händen den Säugling abnabelte. »Da ist noch eins! Es sind Zwillinge, Dame Melisande! Ihr bekommt zwei Kinder!«

Für ein paar Herzschläge lichtete sich der Nebel aus Leid und Schwäche, und die Gebärende richtete den Blick auf die alte Amme.

»Zwei… zwei Kinder?« keuchte sie, ebenso fassungslos wie Clemence. »Kna… Knaben?«

Die Frage blieb unbeantwortet. Die knotige Hand der alten Frau strich sanft über den Rücken des quäkenden, winzigen Kindes, das sie in warme Tücher hüllte, ehe sie es in die bereitstehende Wiege legte, um sich dem zweiten Leben zuzuwenden, das nicht minder stürmisch als das erste ans Licht drängte.

»Schöne, gesunde Kinder mit geraden Gliedern. Kräftig und groß«, murmelte sie dabei, als könne sie mit diesen Worten den Schicksalsschlag mildern. »Dem Himmel sei Dank, hört Ihr, wie sie schreien?«

Das Geschrei des soeben geborenen Duos füllte die Kammer mit so viel Lärm, dass keine der beiden Frauen den Eintritt des Mannes bemerkte, der sich Zugang in die Stube der Wöchnerin verschafft hatte und sich damit in gröbster Weise über Sitte und Anstand hinwegsetzte. Aber Guy de St. Doye war kein Mann, der sich an Sitte und Anstand hielt. Zu groß war der Triumph, der ihn erfüllte, das Bewusstsein des endgültigen Sieges über Melisande, die Gemahlin seines Bruders, die ihn beleidigte und verachtete.

Er warf einen Blick auf den zweiten Säugling, den die Amme soeben in Tücher hüllte und riss grob die Umhüllung des ersten, der bereits in der Wiege lag, zur Seite, worauf jener nur noch schriller protestierte, als er es ohnehin schon tat. Dann jedoch trat er an das Bett der ermatteten Frau, deren violette Augen das blasse, eingefallene Gesicht mit den edlen Zügen beherrschten. Augensterne, die ihn verfolgten, die ihm trotzten und ihn missachteten, seit ihr Blick das erste Mal auf ihn gefallen war.

»Nun, Dame Melisande«, höhnte er mit dieser raschelnden, tonlosen Stimme, die sie bis in ihre so häufigen Albträume verfolgte. »Mädchen, nichts als Mädchen. Wieder Mädchen. Was ist von einer Hexe auch schon anderes zu erwarten? Aber der Name St. Doye wird nicht durch Euer Blut und Eure Brut beschmutzt, lasst es Euch gesagt sein. Denn mein Sohn wird der nächste Graf von Mesnières!«

»Euer Sohn?« Mit nahezu übermenschlicher Anstrengung stützte sich Melisande de St. Doye auf den Unterarm und fixierte ihren Schwager verächtlich. »Ihr habt keinen, Seigneur! Aber um einen zu bekommen, solltet Ihr besser Eurer kalten Frau beiwohnen, statt Euer Begehr auf den Besitz Eures Bruders zu richten. Ihr missachtet die Gebote der heiligen Kirche! Freut Euch nicht zu früh, beim nächsten Mal wird es ein Erbe, dessen könnt Ihr versichert sein!«

»O, nein, meine Dame! Dieses Mal täuscht Ihr Euch. Es wird kein nächstes Mal mehr geben. Eure Chance ist vertan. Bei Azincourt hat vor zwei Tagen eine große Schlacht stattgefunden!«

Melisande sank zurück. Ihre Ahnungen verdichteten sich zur Gewissheit. Sie hatte nicht einen Moment angenommen, ihr Schwager wäre gekommen, ihr zur Geburt der Zwillinge zu gratulieren. Zwischen ihnen herrschte Krieg, seit sie Guy abgewiesen und damit seinen Stolz verletzt hatte. Sie zwang die Wogen der Schwäche zurück, die ihren Verstand zu lähmen drohten, und schaute ihn auch weiterhin voller Geringschätzung an.

»Sagt, was Ihr sagen wollt, und macht Euch von dannen«, erwiderte sie kaum hörbar.

»Die englischen Bogenschützen haben das Treffen entschieden«, berichtete Guy genüsslich, als seien die Feinde eher seine Freunde. »Im regennassen Boden versanken die schweren Schlachtrösser der französischen Ritter, und die gepanzerten Reiter hatten keine Chance im Nahkampf. Die Blüte des französischen Adels hat in Azincourt den Tod gefunden, und nur Männer von fürstlichem Blut wurden als Geiseln genommen. Alle anderen Edelmänner wurden getötet. Hört Ihr nicht den Lärm von draußen? Die Bewohner der umliegenden Dörfer fliehen, denn die englischen Truppen sind ihnen dicht auf den Fersen. Ich habe Mesnières in den Verteidigungszustand versetzt, aber ich fürchte, wir sind machtlos, denn die meisten waffenfähigen Männer hat Euer Gatte zu Beginn des Feldzuges mitgenommen.«

Melisande wagte nicht die Augen zu schließen. Das Bild des triumphierenden Mannes, der so ungerührt von Tod und Vernichtung sprach, brannte sich in ihre Pupillen. Guy de St. Doye war nur mittelgroß, stämmig und zudem von verkrüppelter Gestalt. Aber nicht von seiner hochgezogenen linken Schulter und dem steifen linken Bein, was ihn beides daran gehindert hatte, wie sein Bruder den ritterlichen Kampf zu suchen, war Melisande abgestoßen worden, als sie ihn kennen lernte.

Das wahre Grauen lag in seinen Augen. Farblose, starre Augen, die wie Steine zu beiden Seiten einer scharfen, gewölbten Nase unter buschigen Brauen lagen. Der schöne Mund mit den sinnlich geschwungenen Lippen wirkte seltsam unpassend in diesem Antlitz aus hartem Fels, das durch die hohe Stirn noch größer schien. Ein Kranz aus schütteren mausbraunen Haaren umgab diesen glänzenden Schädel, dessen bläuliche Adern durch die Haut schienen. Meist trug Guy pelzverbrämte Kappen, aber heute hatte er in der Eile darauf verzichtet, sich zu bedecken.

»Warum fragt Ihr nicht nach Eurem Gatten, Dame Melisande?« Guys Stimme klang jetzt deutlicher, denn der Amme war es endlich gelungen, die Kinder zum Schweigen zu bringen. Vermutlich weil sie nun beide eng beieinander lagen und jedes die vertraute Wärme des anderen spürte, wie sie es in den vergangenen Monaten gekannt hatten.

»Euer Gatte ist tot. Auf dem Schlachtfeld von Azincourt dahingemetzelt.« Er hätte es nicht auszusprechen brauchen, sie hatte es in ihrem Herzen bereits gewusst, aber sie konnte den Aufschrei trotzdem nicht unterdrücken, der die Säuglinge aufs Neue zum Quäken brachte.

»Bring die Bälger hinaus!«, wies St. Doye Clemence an, und diese folgte seinem Befehl, wie sie es immer tat, seit sie seine Amme gewesen war und ihn aufgezogen und geliebt hatte. Im Gegensatz zu seiner Mutter, die, entsetzt über seine Entstellung, schon seinen Anblick scheute und bis zu ihrem Tod keine zehn Worte mit ihrem eigenen Sohn gewechselt hatte.

»Was ... was ist das für ein Lärm?« Durch die offene Tür glaubte die junge Mutter von ferne Schreie und Waffengeklirr zu hören.

»Die Truppen des Feindes greifen an, sagte ich es nicht? Sie verfolgen die zerrütteten Reste unserer Armee.« St. Doye lächelte perfide. »Die Zeit der Rache ist gekommen, du Hexe! Du wirst mich nicht mehr mit deinen Verführungskünsten martern und darüber lachen, dass du mich abgewiesen hast. Niemand lacht ungestraft über mich.«

»Ihr seid des Wahnsinns! Ich habe Euch nie verhöhnt!« Melisande versuchte das Bett zu verlassen, sie umklammerte den Pfosten des Baldachins, um nicht zu stürzen. In ihrem durchschwitzten, blutigen Hemd glich sie mehr einem Phantom denn einer lebenden Frau. »Ich habe Euch nichts getan. Ich muss zu meinen Kindern. Ich muss die Kinder in Sicherheit bringen, wenn die Burg angegriffen wird. Nadine, Alison, wo seid ihr?«

Guy sah ihr zu, wie er dem Sterben des Verlierers beim Hahnenkampf zusah. Mit dem Gefühl tiefster Befriedigung und einer perversen Neugier darauf, was purer Überlebenswille alles bewirken konnte.

»Ihr habt mir das Leben vergällt, Dame!«, antwortete er bitterböse. »Nur eine Hexe kann einem ehrlichen Manne derart ins Blut gehen. Ihn verzaubern und ihn um seinen Verstand bringen. Weißt du, dass ich mich Nacht für Nacht nach deinen weißen Gliedern verzehrt habe? Dass ich bei dir liegen, mich in dich versenken wollte, bis du die Meine bist? Du bist mir Fluch und Hölle zugleich gewesen, aber dieser Tag gibt mir die Gelegenheit, mich ein für alle Male von dir und deiner Brut zu befreien!«

Melisande erschauerte vor diesem Abgrund der Bosheit und Begierde, aber sie begriff nur den letzten Satz. »Befreien?«, hauchte sie. »Was habt Ihr mit meinen Töchtern getan? Wo sind sie ...«

In übermenschlicher Anstrengung gab sie ihren Halt an der geschnitzten Säule auf und taumelte an ihm vorbei, nur von der Sorge aufrecht gehalten, sich um die kleinen Wesen zu kümmern, die doch nur sie auf dieser Welt noch hatten. St. Doye ließ sie gehen, im Bewusstsein, dass sie ihm nicht entkommen konnte, dass seine Stunde geschlagen hatte auf Mesnières! Er musste ihr nur zwei Kammern weiter folgen, wo die aufgeregten, zwitschernden Stimmen der beiden Mädchen verstummten, als die erschreckende Gestalt im Nachtgewand durch die Tür wankte.

»Mama! Mama, man kämpft…« Nadine de St. Doye, die ihre Schwester Alison fest an der kleinen Hand hielt, brach ab, als sie den Mann sah, der ihrer Mutter folgte. Sie fürchtete ihn, den finsteren Hinkenden, der ihr und Alison Böses tat, wenn er sie in die Finger bekam. Sie hatte gelernt, ihm aus dem Wege zu gehen, und auch jetzt brachte sie sich hinter Clemence in Sicherheit, welche die beiden Bündel mit ihren neuen Schwestern an ihren Busen drückte.

»Es ist aus, Dame Melisande!« schnurrte er bösartig, und Nadine bemerkte entsetzt, dass er den juwelengeschmückten Dolch, den er an seinem Gürtel trug, aus der Schneide zog und prüfend mit dem Daumen über die scharfen Kanten fuhr. »Man wird Euren und den Tod Eurer Bälger bedauern. Englische Marodeure haben Euch auf dem Gewissen, und allenthalben wird man sie verfolgen. Aber das Erbe von Mesnières wird mir und meinem Sohn gehören!«

Nadine vermochte sich nicht zu bewegen. Wie gelähmt sah sie ihren Onkel näher kommen. Erst die Hand ihrer Mutter brachte sie zur Besinnung, die heftig an ihrer Schulter rüttelte. »Lauf, Nadine, lauf! Nimm deine Schwester und bring dich vor den Soldaten in Sicherheit! Dort, wo ich es dir gezeigt habe! So lauf doch, Kind…«

Von der schluchzenden, verzweifelten Stimme vorangetrieben, wandte sich das kleine Mädchen mit seiner Schwester zu der schmalen Pforte neben der Truhe, die hinter einem gestickten Wandbehang verborgen war.

Aber ehe sie in die Dunkelheit schlüpfte, wandte sie sich noch ein letztes Mal um.

Sie hätte es besser nicht getan. Die Einzelheiten der Szene gruben sich wie ein glühendes Brandeisen in ihren verstörten, kindlichen Verstand.

Ihre Mutter sank taumelnd zu Boden, mit blassen Fingern den juwelenbesetzten Griff des Dolches umklammernd, der nun aus ihrer Brust ragte. Ihr Seufzer ging im Aufschrei der Amme unter. Guy de St. Doye bewegte sich nicht. Er stand da und sah zu, wie Melisande de St. Doye starb. Ein verzerrtes Lächeln geisterte um seine Züge.

»Du wirst nicht allein bleiben, Hexe! Warte auf deine Brut, sie wird dir gleich folgen. Sobald ich meinen Dolch aus dir gezogen habe…«

Die Welt verschwamm bereits um Melisande, reduzierte sich auf ein paar stechende, aschgraue Augen und einen grinsenden Mund.

»Sei verflucht … Guy de St. Doye! Meine Töchter sollen dir zum Verderben werden!«, keuchte sie mit ihrem letzten Atemzug. »Sei verflucht bis in die Hölle deiner eigenen schwarzen Seele… ich… Ohhh! Lauf, Nadine!«

Der letzte Aufschrei ihrer Mutter traf das erstarrte Kind. Es gehorchte endlich und stemmte sich gegen die Pforte, die nach innen aufschwang und einen dunkel gähnenden Abgrund freigab, in den es sich mitsamt seiner weinenden Schwester hineinwarf, die Stufen unter den kleinen Füßen kaum spürend.

»Was habt ihr getan?« stammelte Clemence, während der Seigneur de St. Doye seinen Dolch wieder an sich brachte.

»Halt den Mund!«, herrschte er sie grob an. »Erstickt die Bälger, sie sind bei der Geburt gestorben. Ich möchte kein Risiko eingehen. Ich kümmere mich um die anderen beiden. Wenn sie bei meiner Rückkehr noch am Leben sind, werfe ich sie selbst von den Zinnen, das schwöre ich. Ich will jede Spur dieser Hexe aus den Mauern von Mesnières tilgen. Niemand soll mehr ihren Namen nennen! Es hat sie nie gegeben!«

Ohne sich darum zu kümmern, was die Amme sagte, wandte er sich der Treppe zu, die in den Ostturm hinunterführte, um sein grausiges Werk zu vollenden. Nur so konnte er die Erinnerung an ein Paar sanfte, violette Augen tilgen, die das Entsetzen einer ganzen Welt widerspiegelten, wenn sie ihn ansahen.

April 1430
Bourges

1. Kapitel

Im Licht der flackernden Unschlittkerzen ähnelte die Gaststube der Schenke *Zum grünen Hahn* mehr einer Höhle denn einer Herberge. Unter den rußigen Balken der tief hängenden Holzdecke drängten sich die Gerbergesellen und die Färberknechte der umliegenden Gassen. Der durchdringende Gestank ihres Handwerkes, der aus ihren Kleidern aufstieg, mischte sich mit dem Dunst von Schweiß, saurem Wein und dem Aroma des schalen, dünnen Eintopfes, den die Mägde des Hauses in tiefen Holzschalen jenen servierten, die danach verlangten.

Die Bewohner von Bourges hatten in einem langen, eisigen Winter lernen müssen, sich zu bescheiden. Einem weiteren Winter des Krieges mit den Engländern und deren Verbündeten aus Burgund, der nicht allein an den ehemals üppigen Vorräten, sondern auch an den Hoffnungen der Menschen auf Frieden gezehrt hatte.

Es gab kaum mehr Abwechslung und Vergnügen für sie, als einen Schluck sauren Wein in Schenken wie dem *Grünen Hahn* zu trinken und darüber zu debattieren, wann der König *La Pucelle*, der kriegerischen Jungfrau erlauben würde, neue Siege zu erringen. Seit Monaten kämpfte sie indes nur eine erfolglose Schlacht gegen Seine Gnaden den Großkämmerer, Georges de la Trémoille, der den König fest in seiner ehrgeizigen Hand hatte und Jeanne d'Arc mit dem Misstrauen eines Mannes begegnete, der keinen Fingerbreit des eigenen Einflusses aufgeben wollte.

»Heda, Kleine! Bring uns noch einen Krug von diesem Essig, den der Wirt mit dem Wasser des Auron verdünnt!« Der kräftige Schlag auf das Hinterteil der Magd, der dieser Befehl galt, landete in der Luft, denn das Mädchen hatte sich mit einer graziösen Drehung geschickt außer Reichweite gebracht.

»Kommt sofort, Seigneur!«, rief es aus sicherer Entfernung und drängelte sich an den anderen Gästen vorbei ins Nebenzimmer, das ebenso als Küche wie als Hühnerstall, als Dienstbotenkammer wie als Vorratslager diente. Letzteres beanspruchte den geringsten Platz, denn mit Ausnahme der edlen Herren im Schloss musste in diesen Tagen in Bourges ein jeder den Gürtel enger schnallen.

Für einen Augenblick verharrte das Mädchen vor dem Weinfass, ehe es den Spund öffnete. Es strich sich mit einer müden Geste ein paar lose Haare aus der Stirn. Ungewöhnliche Haare, die frisch gewaschen im Sonnenlicht wie poliertes Kupfer leuchten konnten. Jetzt hatte der fest geflochtene Zopf den braungrauen Ton von Schmutz und Fett, denn die Magd konnte sich gar nicht mehr daran erinnern, wann sie zum letzten Male ein Badehaus betreten hatte. Ebenso wenig wie daran, wie sich frischer Wind in diesem Haar anfühlte und wie es war, ohne Mauern zu leben.

»Faule Trine! Dummes Vagabundenpack! Was stehst du hier herum? Bring den Wein nach draußen, oder ich mache dir mit der Peitsche Beine!«

Die scharfe Stimme der Dame Gauberte Chestel, der Wirtin des *Grünen Hahns*, fuhr dem müden Mädchen wie ein Messer zwischen die Rippen. Fast hätte es auch noch den kostbaren Wein verschüttet, als es nach draußen eilte, dem Befehl nachzukommen. Obwohl so rund und weich wie ein gut gefülltes Federkissen, besaß Gauberte Chestel die Zunge eines scharf geschliffenen Bratenmessers und das Temperament einer wütenden Schlange.

Sie misstraute der neuen Magd, seit Maître Chestel sie am ersten Tag des vergangenen Novembers bei sich aufgenommen hatte. Sie kannte ihren Gatten und wusste, dass er ein Auge auf die Dirne geworfen hatte, die gemeinsam mit ihrem alten Vater einen Verschlag hinter den Ställen bewohnte und im *Grünen Hahn* arbeitete, damit sie dort bleiben durften und zu essen bekamen.

Auch das Mädchen hatte sehr bald begriffen, was die schmierigen Hände und gierigen Augen des Wirtes zu bedeuten hatten, der ebenso hager und eckig war wie seine Gemahlin rund und weich. Es kannte das Leben, denn es war nicht umsonst auf den Landstraßen zu Hause. Sie hatten ein gutes Auskommen gehabt, solange Hughes der Gaukler noch jung genug für seine akrobatischen Kunststücke und seine Zaubertricks gewesen war. Dann jedoch hatten sich die fortschreitende Gicht und der Krieg im Lande zu einem unheilvollen Gespann vereint.

Selbst wenn Hughes noch gesund gewesen wäre, hätten sie in dieser Zeit wohl hungern müssen. Es gab kaum noch Märkte im Land, und das Elend regierte in den Städten und Dörfern, wo früher geerntet und gefeiert worden war. Verbrannte Erde, zerstörte Häuser und bittere Not verdarben den Menschen die Freude an Festen.

Im Grunde gratulierte sich das Mädchen dazu, dass Hughes wenigstens in einer Stadt wie Bourges erkrankt war und ihr der Wirt des *Grünen Hahns die* Möglichkeit gegeben hatte, für Quartier und Essen zu arbeiten. Dass sie jeden Tag als Magd im *Grünen Hahn* verabscheute, war eine andere Sache. Sie hasste es, sich durch die Männer zu drängen, die Hände voller Krüge und ohne die kleinste Möglichkeit, sich gegen ihre Zoten und unverschämten Berührungen wehren zu können. Sie verabscheute sie alle miteinander, egal ob es nun Soldaten, Handwerker, Gemeine, Knechte oder Lehrburschen waren.

Ein jeder von ihnen hielt sie für Freiwild, für eine Dirne, die dankbar sein musste, wenn man ihr einen Sol in den Ausschnitt warf und sie in den Hintern kniff. Sie biss die Zähne aufeinander, wich aus, so gut es ging, und zählte im Dunkel des zugigen Verschlages mit zitternden Händen die wenigen Münzen, die ihre Zukunft sichern sollten. Im Verlaufe des Winters war es trotz aller Mühen ein kleines Häufchen geblieben, denn sie lehnte es ab, wie die beiden anderen Mägde des *Grünen Hahns* neben dem Wein und dem Eintopf auch noch ihren Körper anzubieten.

»Euer Wein«, murmelte sie und knallte den Krug zwischen die Gerber auf den Tisch. »Wohl bekomm's!«

»Holla, Täubchen, warum so spröde?«, beschwerte sich ein bleicher Fuhrknecht, der mit den Gerbern würfelte und jenen Wein gewonnen hatte. Unter dem Johlen seiner Zechkumpane bekam er den braunen, fadenscheinigen Rock des Mädchens zu fassen, und eine knirschende Naht ließ dieses von der Flucht Abstand nehmen. Es besaß nur das eine Kleidungsstück, und um es zu retten, ließ es sich mit zusammengebissenen Zähnen auf die knochigen Knie des Mannes ziehen, wobei ihr schmales Gesicht mit den feinen Zügen aus dem Zwielicht tauchte wie eine Blume.

»Ist das nicht ein prächtiges Kätzchen? Bleib hier und sei mein Glücksbringer!«, sagte der Blasse erfreut und beugte sich in einer Wolke aus Weindunst und Schlimmerem über sein Opfer, um ihm den Kuss zu rauben, nach dem ihm der Sinn stand. Aber schon im nächsten Augenblick schnalzte er diesen Schmatz lautstark in die Luft, denn die Kleine hatte sich so behände seinem Griff entzogen, dass er gar nicht begreifen konnte, wie dies möglich gewesen war.

Vom höhnischen Gelächter seiner Mitspieler verspottet, fluchte er hinter ihr her, während sie sich auf der anderen Seite des Raumes vor ihm in Sicherheit brachte und sich dort für einen Moment in den Schatten der Nische neben dem großen Kamin drückte. Normalerweise drehte sich am Spieß über den Flammen ein Hammel, aber derlei Delikatessen gab es seit Wochen nur noch im Schloss.

Mit geschlossenen Augen versuchte das Mädchen seine Wut zu unterdrücken, ehe es seine Arbeit wieder aufnahm. Es stand völlig reglos, um das eigene Temperament im Zaume zu halten, von dessen zorniger Glut niemand im *Grünen Hahn* etwas ahnte. So ergab es sich, dass es die merkwürdige Stimme in aller Deutlichkeit vernahm. Eine leise, kalte Männerstimme, die befremdlich bei den Kehllauten raschelte, als triebe der Wind getrocknete, abgestorbene Blätter über den Boden.

»...natürlich nicht am hellen Tag und mitten in Bourges, du Dummkopf! Aber ich weiß, dass er heute Nacht die Wachen am Stadttor kontrolliert. Er fühlt sich sicher, und er wird keine Eskorte mitnehmen. Es gibt eine Menge Gesindel in dieser Stadt. Niemand wird sich wundern, wenn man Richard mit durchgeschnittener Kehle findet. Aber achte darauf, finden muss man ihn, damit klar ist, dass er dieses Mal auch wirklich tot ist!«

Die junge Magd vermochte nicht zu unterscheiden, was sie mehr erschreckte, der Inhalt oder die Art, wie diese Worte gesprochen wurden. Unbeteiligt, befehlsgewohnt, von einer so selbstverständlichen Grausamkeit erfüllt, dass es sie in ihrem Versteck festnagelte. Sie verfügte über ein ungewöhnlich feines Gehör, und die Fähigkeit, in den Nuancen einer Stimme zu lesen, hatte sie auf manch einem Markt dazu befähigt, mit ein wenig Humbug drumherum, die wahrsagende Zigeunerin zu spielen.

Aber das hier war kein dummer Streich, hier ging es um ein Menschenleben. Das Blut rauschte in ihren Ohren, und die Antwort des zweiten Mannes entging ihr. Allein, in diesem Moment hatte Maître Chestel, der seine Schenke mit eiserner Hand dirigierte, das herumstehende Mädchen entdeckt. Er fügte den zahllosen blauen Flecken auf ihrem Oberarm einen weiteren hinzu, indem er es dort packte und unaufhaltsam mit sich zerrte.

»Du irrst dich, wenn du denkst, dass ich dich fürs Herumstehen bezahle, Kleines!«, sagte er dabei mit jener schmierig-falschen Freundlichkeit, die sie fürchten gelernt hatte. »Mach dich an die Arbeit, dort hinten die Soldaten bekommen zwei Krüge von unserem Roten sowie Brot und Suppe! In die Küche mit dir!«

Da er sie gleichzeitig heftig in die Sitzfläche kniff, eilte die Gescholtene davon und blinzelte gegen die Tränen an, die ihr aufgrund dieser Rohheit in die Augen gestiegen waren. Sie weinte nicht, denn sie hatte gelernt, dass Tränen in ihrem Dasein keineswegs weiterhalfen. Dass sie heute nahe daran war, schob sie auf den Schreck, den sie eben erlitten hatte, als sie den bedrohlichen Befehl zum Mord an einem anderen Menschen vernommen hatte.

Was sollte sie tun? Es wäre ein Leichtes herauszufinden, wer gesprochen hatte, sie musste nur die Bank auf der anderen Seite des Kamins beobachten. Und dann? Die Schergen des Rates von Bourges alarmieren? Lieber Himmel, wer glaubte schon der Tochter eines Gauklers? Einer Landstreicherin, einer Schenkenmagd?

Was konnte sie sagen? »Verzeiht, Ihr Herren, aber ich habe gehört, dass ein Mann namens Richard getötet werden soll, wenn er die Wachen am Stadttor kontrolliert. Ihr müsst diese Tat verhindern!«

Man würde sie auslachen, verhöhnen – im besten Falle. Im schlimmeren an den Pranger stellen und danach aus der Stadt jagen. Eine Komödiantin konnte nicht mit Wohlwollen rechnen. Bourges war froh um jedes Maul, das es nicht stopfen musste. Jeder Versuch, diesen unbekannten Mann zu retten, bedeutete, dass sie die gefährdete Existenz ihres kranken Vaters und die eigene aufs Spiel setzte. Was, bei allen Heiligen, sollte sie tun?

Auf jeden Fall keinesfalls länger herumtrödeln, sonst gelang es ihr, die Dame Chestel und ihren widerlichen Gatten endgültig gegen sich aufzubringen. Mit fliegenden Röcken eilte sie, die beiden Krüge Rotwein zu holen, auf die ein wüster Haufen von grölenden Soldaten bereits wartete, während Suzon, die zweite Magd, mit halb offenem Mieder und schrillem Lachen bei ihnen saß. Sie schlug die Augen nieder, um Suzons bloße Brüste nicht sehen zu müssen, während sie die schweren Kannen herbeischleppte.

Törichterweise erkannte sie deswegen nicht rechtzeitig, dass ihr blasser Verehrer von eben sein Ziel aufs Neue anvisierte. Ein wenig schwankend erhob er sich und verstellte ihr den Weg.

»Lasst mich durch!«, bat sie vergeblich. »Die Männer dort warten auf ihren Wein!«

»Und ich warte auf dich, mein Täubchen!«, rief der Betrunkene und packte sie, ohne auf die Krüge zu achten, nach denen Suzon und ihre Landsknechte bereits die Hände ausstreckten.

Die in die Enge getriebene Magd versuchte seinem Griff auszuweichen und stolperte dabei über das ausgestreckte Bein eines Gerbergesellen, der sich einen Teufel darum scherte, was um ihn herum vorging. Beim verzweifelten Versuch, wenigstens den Wein zu retten, stürzte das Mädchen seitwärts und landete in einem Regen aus Rotwein im Schoß eines bulligen Mannes, der mit einem wüsten Fluch auf die Beine sprang und sie packte.

»Zum Henker, Dirne, bist du toll?«, schrie er und schleuderte sie mit einem harten Stoß so kraftvoll von sich, dass sie einer

Lumpenpuppe gleich quer über den Gang flog und sich selbst sowie den Rest des Weines dort über einen anderen Gast goss. Er hatte, das Gesicht unter der Kapuze seines Umhanges halb verborgen, dem Streit bisher keine Aufmerksamkeit geschenkt.

Sein heiserer Aufschrei brach mitten im Ton ab, als sein Blick auf das ovale, blasse Antlitz der Magd fiel, die vor ihm auf den Knien lag und sich ein paar Weinspritzer mit dem Handrücken von den Wangen wischte, ehe sie versuchte, wieder auf die Beine zu kommen.

Während um sie herum ein Chaos aus wütenden Stimmen und Fluchen herrschte, übertönt vom schrillen Kreischen Suzons und dem energischen Bass Maître Chestels, der versuchte, für Ordnung zu sorgen, fand sich das Mädchen einem so stechenden, farblosen Blick aus einem Paar tief liegender Augen ausgesetzt, dass es wie gelähmt mitten in der mechanischen Bewegung verharrte.

»Wer ... wer bist du? Rede!«

Schon ehe er den Mund öffnete, hatte sie instinktiv geahnt, dass dies der Mann mit der Stimme war, die wie das trockene Knistern von Herbstblättern klang. Sie passte zu der unerbittlichen Kälte der leblosen Pupillen, wenngleich nicht zu dem überraschend wohl geformten, schönen Mund. Lippen, die den Worten Hohn sprachen, die wie schmerzende Eiskristalle auf die Magd herabprasselten.

»Dumme Gans, kannst du nicht sprechen? Bist du stumm? Hast du einen Namen?«

»Man nennt mich Nana, Herr...«, flüsterte sie.

»Woher kommst du?«

»Eine Gauklerin ist sie, Seigneur! Ein wildes Ding, das mit seinem Vater im vergangenen Herbst bei uns gestrandet ist. Verzeiht, dass sie Euch belästigt hat. Ich werde sie verprügeln. Ihr könnt Euch darauf verlassen, dass dergleichen nicht mehr vorkommt. Ich weiß die Ehre zu schätzen, die Ihr meiner bescheidenen Schänke erweist. Darf ich Euch einen neuen Krug Wein bringen lassen? Auf die Rechnung des Hauses versteht sich...«

Maître Chestel dienerte einem Hampelmann gleich heran, und

Nana spürte den Tritt seiner Holzschuhe in ihren Rippen, ehe sie sich vollends erheben konnte.

»Eine Gauklerin sagt Ihr, hm…« Ohne dass er die Stimme hob, vermochte der Fremde mit seinen wenigen Worten dem Mädchen mehr Furcht einzujagen als der Wirt mit einem ganzen Wutanfall. Es versuchte vergeblich sein Zittern zu unterdrücken, aber die Art, wie es seine Finger um die schmutzigen Rockfalten schlang und unbewusst vor ihm zurückwich, verriet, was es fühlte.

Eine klauenartige Hand schoss vor und packte Nanas Kinn, um es sehr langsam erst auf die eine und dann auf die andere Seite zu drehen. Es schien, als wolle der Mann das schmale Antlitz mit den riesigen, furchtsamen Augen in allen Einzelheiten studieren. Von den fein geschwungenen dunklen Brauenbögen über die zierliche kleine Nase bis hin zu den bebenden vollen Lippen. Wie weit ihm auffiel, welche Schönheit unter den Schichten von Schmutz und Erschöpfung steckte, war nicht zu sagen.

Auch Nana nahm jetzt notgedrungen mehr von seiner Erscheinung wahr, während ihr Herz wie rasend pochte und kalter Schweiß sich unter dem groben Stoff ihrer Bluse sammelte. Die Kapuze war herabgeglitten, und sein kahler Schädel glänzte im Dämmerschein. Ein Totenschädel mit straff gespannter Haut, dem die mausbraunen Haarbüschel über den Ohren das groteske Aussehen eines Harlekins gaben, der sich die Reste einer Perücke angeklebt hatte. Doch die tief eingegrabenen Falten, der scharfe Nasenrücken und die buschigen Brauen über den kalten, leblosen Augen wirkten alles andere als komisch.

Erst jetzt bemerkte sie, dass sein Umhang aus feinstem Samt bestand und mit Pelz gefüttert war. Dass er spanische Lederstiefel trug und in seinem Wams Goldfäden glitzerten. Ein reicher Mann. Ein Edelmann vielleicht sogar? Etwas in Nana sträubte sich, das anzunehmen. Edelmänner sahen anders aus. Sie waren nobel, vornehm, tapfer und schön wie zum Beispiel Colin d'Harigny, der gascognische Hauptmann, der an der Seite Jeanne d'Arcs ritt, wenn sie die Stadt verließ.

Nana hatte ihn vor wenigen Wochen das erste Mal gesehen,

und seitdem trug sie sein Bild im Herzen. Er glich aufs Haar jenen Märchenprinzen, von denen die Geschichtenerzähler auf den Märkten berichteten. Den tapferen Kreuzrittern, die ihr Leben vor Jerusalem riskiert hatten, oder den gepanzerten Helden, die im ritterlichen Zweikampf ihr Leben für eine Dame riskierten.

Das Mädchen liebte Geschichten wie diese. Beim Zuhören konnte es vergessen, dass es nur ein vogelfreies Nichts war. Eine Landstreicherin ohne Rechte und Heimat. Eine abhängige Sklavin, die auch die demütigende Musterung durch diesen Mann widerspruchslos über sich ergehen lassen musste, wenn sie essen und schlafen wollte.

»Steht sie Euren Gästen zu Diensten?«

»Neiin!«

Nanas protestierender Aufschrei entlockte ihm ein Lächeln, das ihr noch schändlicher erschien als sein Blick. Ihr Widerstand schien ihn zu amüsieren.

»Du gefällst mir, Mädchen«, sagte er trocken. »Du erinnerst mich an eine andere kleine Hexe, die es gewagt hat, mir zu trotzen. Es wird mich amüsieren, ein wenig mit dir zu spielen. Ich nehme sie mit!«

Die gelassene Feststellung vertiefte die Röte auf Maître Chestels Stirn, der sich in Gedanken einen Trottel schimpfte. Warum hatte er das Mädchen nicht schon längst genommen? Warum hatte er damit gewartet, bis sie ihm ein anderer vor der Nase wegschnappte?

»Seigneur, das geht nicht!«, wagte er zu protestieren. »Nana ist meine Magd. Ich brauche sie. Seht Euch doch um! Wir haben kaum genug Hände, um alle Gäste zu bedienen. Es geht nicht an, dass ...«

»Hier hast du fünf Livres, dafür kannst du leicht eine neue Magd gewinnen, und außerdem bekommst du diese hier zurück, wenn sie mich langweilt.«

Das Klirren der silbernen Münzen, die vor Maître Chestel auf den gestampften Lehmboden fielen, klang in Nanas Ohren wie der Donner von Kanonenschüssen. Sie musste träumen! Sie konnte das nicht in Wirklichkeit erleben. Das war nicht Maître

Chestel, der auf den Knien vor ihr kroch, um die Silberstücke einzusammeln, ehe er sich mit einer Reihe von untertänigsten Bücklingen so schnell aus dem Staube machte, dass kein Zweifel daran bestehen konnte, dass er erst einmal seine unverhoffte Beute in Sicherheit bringen wollte.

Im *Grünen Hahn* zahlten die Gäste mit Kupferpfennigen, vielleicht auch einmal mit Sols, wenn es hochkam. Ein richtiges Silberstück hatte Nana unter diesem Dach noch nie gesehen. Das also war sie wert, fünf Silberstücke. Sollte sie sich darüber freuen? Himmel, was für närrische Gedanken sie bewegten!

»Komm mit!«

Als sich der Mann erhob, erkannte Nana, dass seine linke Schulter höher war als die rechte und dass er beim Gehen schwankte wie ein Schiff im Sturm. Die Angst, die sie vergeblich zu meistern versuchte, überfiel sie aufs Neue. Die schwankende, gedrungene Gestalt rief das Echo namenlosen, unbekannten Entsetzens in ihr wach. Eines Grauens, das sie tief aus ihrem Inneren heraus überfiel und dem sie keinen Namen geben konnte. Das Grausen erstickender Albträume und verzweifelter Schreie, die in ihren Ohren nachhallten, ohne dass sie die Worte verstand.

»Ich … ich kann nicht, Seigneur!«, sagte sie mit all dem Mut, den sie aufbringen konnte. »Mein Vater ist krank. Er braucht mich. Er darf hier nur wohnen, wenn ich dafür arbeite. Er ist ein alter Mann, habt Erbarmen mit uns! Ich… ich bin keine gute Dienerin…«

Schon als sie das Wort ›Erbarmen‹ aussprach, wusste sie, dass es umsonst sein würde. Seine vollen Lippen entblößten eine Reihe gelblicher Zähne, als sie die Farce eines Lächelns andeuteten, eines Lächelns, das ihr eine Gänsehaut verursachte.

»Dein Vater kümmert mich nicht, und für dich habe ich bezahlt.«

»Aber ich… ich bitte Euch…« Nana verstummte. Sie erkannte plötzlich, dass es ihm gefiel, wenn sie sich demütigte, aber dass er keinen Fingerbreit von seinen Plänen abweichen würde. Dieser Fremde verströmte eine so absolute Aura der Gefühllosigkeit, dass ihn die Kälte wie ein zweiter Mantel umgab.

»Damit wäre die Angelegenheit wohl geklärt!«, meinte er schließlich, als sie nichts mehr sagte. »Folge mir!«

Erst jetzt wurde Nana bewusst, dass die halbe Schänke ihnen zugehört hatte. Viele Blicke folgten ihr, als sie an der Hand des Mannes hinausstolperte. Die der Männer nachdenklich, mit einem Ausdruck des Bedauerns, die Suzons und der anderen Magd mit einer Mischung aus Neid und Anteilnahme. Sie versuchte, sich an die Worte eines Gebets zu erinnern, aber in ihrem Kopf herrschte in diesem Moment absolute, völlige Leere.

Die Kälte der Aprilnacht drang durch die dünnen Lumpen ihrer Kleidung, und sie rutschte mit ihren Holzpantinen auf dem Unrat der Gasse aus. Die Sichel des Mondes spendete diffuses Licht, das sich eine schmale Bahn zwischen den Hausgiebeln suchte, die sich in der Mitte der Straße zueinander neigten. Der Gestank der Gerbereien und Färbereien mischte sich mit dem des herumliegenden Abfalles und legte sich erstickend über jeden Atemzug. Obwohl sie nun schon seit fünf Monaten an diesem Ort lebte, hatte sich Nana noch immer nicht daran gewöhnt. Ihr Husten ging im Geklapper ihrer eiligen Schritte unter.

Für einen Moment spielte sie mit dem Gedanken, davonzulaufen. Er würde sie nicht einholen. Aber sie konnte auch nicht fliehen. Die Stadttore waren geschlossen, und ein Mädchen ihres Standes, das nachts allein durch eine Stadt lief, in der es von Soldaten und königlichen Wachen nur so wimmelte, konnte sich ebenso gut gleich von den Wehrgängen der Stadtmauer stürzen.

Zudem, wer würde sie schützen? Wen konnte sie um Hilfe bitten? Dieser da sah so aus, als sei er reich und mächtig genug, um jede ihrer Bemühungen zum Scheitern zu bringen.

Nana rang in kurzen, heftigen Zügen um Atem. Obwohl durch ein zu kurzes Bein behindert, schritt ihr Begleiter zügig voran, und er lockerte nicht ein einziges Mal den festen, klauenartigen Griff um ihr Handgelenk.

»Du wirst sein wie sie, wenn sie dich gewaschen und entsprechend gekleidet haben«, sagte er nun mit seiner unheimlichen Stimme, und Nana schreckte aus ihren Gedanken auf. »Ich liebe es, mich an ihr zu rächen. In ihrem Namen wirst du dafür büßen, dass sie mich abgewiesen, verhöhnt und verspottet hat. Die Hexe ist tot, aber du lebst! Wer hätte gedacht, dass ich in dieser Kaschemme einen solchen Schatz entdecken würde?«

Nana schluckte. Sie wusste nicht, wovon er sprach, aber sie verspürte dennoch eine schreckliche Angst, die ihr die Kehle zuschnürte. Sie konnte sich nicht erinnern, jemals in ihrem ganzen unsicheren Leben eine solche Panik und einen so grenzenlosen Horror verspürt zu haben.

Sie passierten einen Trupp Wachsoldaten und einen braven Bürger, der im Schein einer Pechfackel seinem Haus zustrebte. Keiner hatte auch nur einen Blick für sie. Mägde wie Nana gehörten dem Mann, der sie besaß. Und dieser hier hatte fünf Silberstücke für ihr Leben und ihre Freiheit bezahlt. Das war das Ende.

2. Kapitel

Weithin hallend verkündeten die Glocken vom Turm der Kathedrale Saint-Etienne die Stunde vor Mitternacht, als Nana mit ihrem neuen Herrn den weiten Platz vor dem Gotteshaus überquerte. Sie bekreuzigte sich hastig, doch er zog sie weiter in Richtung der Rue d'Auron und ging zielstrebig auf einen der prächtigen Stadtsitze zu, welche die Noblen König Karls in Bourges bewohnten. Pechfackeln brannten zu beiden Seiten des Einganges und warfen einen flackernden Kreis aus Licht auf die unregelmäßigen, sauberen Pflastersteine davor. In diesem Viertel gab es weder Unrat noch Gestank.

Ihr Dienst im *Grünen Hahn* hatte Nana bisher wenig Muße gelassen, durch die mächtige Stadt zu bummeln, die seit dem Jahre 1422 die Hauptstadt des Königs von Frankreich war. Dennoch wusste sie, dass die Häuser an der Rue d'Auron den Mächtigen und Reichen gehörten. Häuser, die der Straße eine schlicht-elegante Front aus steinernem Mauerwerk und herabgezogenen Dächern präsentierten, sich aber meist wie ein Palast um einen viereckigen Innenhof zogen und Platz für ein ganzes Dorf und wunderschöne, schattige Gärten boten.

Sie hatte sich oft gefragt, wie es sein musste, in einem solchen Haus zu leben, mehr als ein einziges Kleid zu besitzen und einen Gatten wie den edlen Colin d'Harigny zu haben. Kindliche Träume, in die sie vor der Wirklichkeit flüchtete, wenn sie glaubte, das Elend und den Hunger nicht mehr ertragen zu können. Närrische Träume, denn ein Mädchen wie sie würde von Glück sagen können, wenn sich ein Gaukler die Mühe machte, ihren Bund in einer Kirche segnen zu lassen, und sie nicht lediglich hinter den nächsten Busch zog, um sie zu nehmen. Schon der einfachste Knecht musste vor Liebe regelrecht toll sein, um eine Landstreicherin zur Frau zu nehmen, und ehe sie sich in einen Handwerksgesellen verliebte, konnte sie sich ebenso gut nach einem Mann wie dem tapferen Colin sehnen. Beides war gleich unwahrscheinlich und würde nie Wirklichkeit werden.

Realität dagegen waren die Torflügel, die sich vor ihr auftaten, und der harte Stoß, der sie unter das Mauergewölbe beförderte und erneut auf die Knie fallen ließ. Sie schlug hart auf, doch sie biss die Zähne zusammen und rappelte sich wieder auf. O nein, sie würde nicht weinen. Weinen half nichts, das musste sie schon gelernt haben, bevor sie laufen konnte, denn sie vergoss niemals eine Träne. Manchmal, wenn sie am Schmerz fast erstickte und die Hilflosigkeit rote Schleier vor ihren Augen wob, dann wünschte sie sich, sie hätte es gekonnt. Vielleicht linderte es die Not. Nana indes hatte diesen Trost noch nie kennen gelernt.

»Bring diese da ins Schwitzbad und sag den Mägden Bescheid. Sie sollen sie gründlich waschen, ihr zu essen geben und sie einkleiden wie die anderen. Danach will ich sie in meiner Kammer sehen. Beeilt euch, ich liebe es nicht zu warten!«

Das Geräusch in ihrem Rücken sagte Nana, dass die Torflügel wieder zugefallen waren und dass sie in der Falle saß. Mit dem Überlebensinstinkt, den sie sich in langen Jahren auf der Landstraße angeeignet hatte, zwang sie sich, ihre Ängste und Befürchtungen zurückzustellen. Was für einen Sinn machte es, sich bereits zu fürchten, ehe Schreckliches passiert war? Sie würde sich nicht von einer geisterhaften Stimme und einem hässlichen Menschen um ihren kühlen Verstand bringen lassen.

Gegen das Licht der Laterne blinzelnd, die sie nach dem nächtlichen Dunkel draußen blendete, folgte sie in scheinbarem Gehorsam dem anderen Mann, der sie hereingelassen hatte und dessen graues, einfaches Gewand ihn als Diener auswies, in das große Haus. Während sich die Schritte ihres neuen Herrn mit jenem unregelmäßigen Pochen, das ihr Herz beschwerte, auf einer breiten, steinernen Treppe entfernten, wurde sie in den hinteren Teil des großen Palastes geführt.

Nana versuchte sich den Weg zu merken, und ihre flinken Augen nahmen den matten Glanz geschnitzter Türen und polierter Balken wahr. Den Duft nach frischem Stroh, das in den unteren Wohnräumen die steinernen Böden bedeckte um sie zu wärmen, und jenen nach getrockneten Kräutern, die darunter gemischt worden waren. Als sie schon zu zweifeln begann, ob sie jemals wieder die zahllosen Windungen des endlosen Ganges zurückfinden würden, öffnete der Mann eine Tür und deutete ihr stumm an, hineinzugehen.

Sie schlüpfte an ihm vorbei und erkannte im Schein der Lichter, die er nach und nach hinter ihr anzündete, dass sie sich in einem steinernen Gewölbe befand, das von einer mehr als handbreiten und handtiefen Rinne durchzogen wurde, die durch die gegenüberliegende Wand verschwand. Auf einer Seite befand sich eine Art langer Steintisch, und eine steinerne Bank zog sich auf der anderen entlang, so breit, dass man gut darauf liegen konnte. Es bedurfte des Feuers im Kamin nicht, über dem ein Kessel mit Wasser hing, und der verschiedenen Zuber, um Nana klar zu machen, dass sie sich in einer Badestube befand.

Die Rinne diente offensichtlich dazu, das schmutzige Wasser nach draußen zu leiten, vermutlich in einen der Nebenarme des Auron, welcher die Stadt durchfloss. Eine höchst sinnvolle Einrichtung, die Nana bewundert hätte, wenn sie sich in Gedanken nicht mit wichtigeren Dingen hätte beschäftigen müssen.

Zwei gähnende Mägde traten ein, deren mürrische Gesichter deutlich bewiesen, dass sie sich bereits zur Ruhe gelegt hatten und über die Störung alles andere als glücklich waren. Während eine von ihnen einen Stapel Tücher und Stoffe über dem Arm trug, schleppte die andere einen abgedeckten Korb heran.

»Packt Euch fort!« riet sie dem Diener, der gerne noch ein Schwätzchen gehalten hätte. »Ihr wisst, dass wir uns beeilen müssen. Wenngleich die Dirne aussieht, als würden wir eine Menge Arbeit mit ihr haben. Puuuh, wie schmutzig du bist, Mädchen.«

Sie zog eine Grimasse und schloss die Tür hinter dem Mann, ehe sie sich Nana zuwandte. »Du stinkst wie der Inhalt einer Kloake. Wo hat er dich gefunden? In einem aufgelassenen Färberbottich? Ich möchte wahrhaftig wissen, was ihn bei dir anzieht. Na, komm schon, runter mit den Fetzen, die du trägst. Worauf wartest du? Beweg dich! Wir sind Bademägde und keine Kammerzofen!«

Das dampfend heiße Wasser, das die zweite Frau in einen Zuber goss, den sie zuvor mit einem Leinentuch ausgelegt hatte, überredete sie mehr als alle Worte. Wie sie sich danach gesehnt hatte, endlich einmal wieder sauber zu sein! Sie wartete kaum ab, bis ein weiterer Eimer kaltes Wasser die Temperatur des Bades erträglich machte. Sie musste nur den Rock, das fadenscheinige Mieder und das grobe Hemd ausziehen. Mehr hatte sie auch zur kältesten Winterzeit nicht getragen, denn mehr besaß sie nicht. Ihren Umhang hatte sie verkauft, um eine Medizin gegen den Husten ihres Vaters zu erwerben.

Das klare Wasser wurde schnell zur grauen Brühe, als die zweite Frau einen Seifenkrautabsud herbeischaffte, einen groben Lappen hineintauchte und Nana damit abzuschrubben begann. Sie tat es nicht besonders sanft, aber Nana selbst hätte sogar noch heftiger gescheuert. Ihre Haut musste unter unzähligen Schichten von Schweiß und Schmutz verborgen sein. Auch ihre Haare waren mit unnennbaren Dingen so verklebt, dass der dicke Zopf sich kaum entwirren ließ, damit er gewaschen werden konnte.

Wieder und wieder gossen die beiden eimerweise Wasser über Nanas Kopf, bis sie endlich die schwere Flut der hüftlangen Haare in ihren natürlichen Zustand gebracht hatten. Dann bekam auch ihr sauberer Körper seinen letzten Guss ab, und sie musste sich auf den Tisch legen, den nun ebenfalls ein Tuch bedeckte. In ihren Augen standen so viel Furcht und Verständnislosigkeit, dass die ältere der beiden Mägde gegen ihren Willen ein wenig Mitleid verspürte. Es war offensichtlich, dass sie nicht wusste, was es mit einer Massagebank auf sich hatte.

»Wir tun dir nichts», beruhigte sie das Mädchen. »Der Herr wünscht, dass du wie eine Dame gebadet und gesalbt wirst. Wir werden deinen Körper mit Rosenöl einreiben und deine Haare trocknen und parfümieren. Und nun leg dich hin, wir haben keine Zeit zu verlieren. Der Herr ist ungeduldig, wenn er jemanden wie dich mitbringt.«

Der Herr. Der Herr. Alles in diesem Hause drehte sich um den Buckligen mit der Geisterstimme. Anscheinend war sie nicht das erste Mädchen, dass er sich irgendwo gekauft oder aufgelesen hatte.

»Wer … wer ist er, Euer Herr?«, wagte Nana eine erste Frage.

»Was nützt es dir, wenn du's weißt?« Die Magd zuckte mit den Schultern, gab ihr aber dann doch die gewünschte Auskunft. »Dieses Haus gehört dem Grafen von Mesnières, der für unsere Jungfrau Jeanne kämpft. Dein Patron ist der Bruder unseres Herrn, Seigneur Guy de St. Doye, ein hoher Herr, der im Rat des Königs sitzt und die Freundschaft des Herrn Großkämmerers genießt.«

»Aber er hasst die Frauen, weil sie ihn hässlich finden und seine Komplimente abweisen«, fügte die andere hinzu und nickte trotzig. »Warum soll ich es ihr nicht sagen? Siehst du nicht, dass sie ein ahnungsloses Ding ist? Erinnerst du dich an die letzte Dirne, die er mitbrachte? Ich habe ihren Körper gesehen, als sie aus dem Haus geschafft wurde. Meinem ärgsten Feind würde ich das nicht wünschen. Nur ein Mann, der Frauen hasst, kann solche Dinge tun. Ich bin froh, dass ich nicht schön genug für ihn bin.«

»Bist du verrückt, solche Dinge vor ihr zu sagen? Wie, wenn sie's ihm weitertratscht? Denkst du, ich will ausgepeitscht werden? Wenn du keinen Ärger bekommen willst, solltest du deinen schlimmen Mund halten und deinen Dienst tun, sonst nichts.«

Nana biss die Zähne aufeinander, dass der Kiefer schmerzte. Sie schien in der Hölle gelandet zu sein statt in der luxuriösen Badestube eines großen Hauses. Die Geschicklichkeit, mit der die Frauen ihre Haut massierten, ihr Haar kämmten und dafür sorgten, dass sie sich so wohl fühlte wie schon lange nicht mehr, stand in krassem Gegensatz zu den Horrorvisionen, die sie mit ihren leisen Worten heraufbeschworen.

Sie verzichtete darauf, sich zu fragen, ob sie es aus gedankenloser Dummheit oder wohl berechneter Grausamkeit taten, das Ergebnis war dasselbe. Ihre zuvor nur instinktive Angst war nun zu absolutem Entsetzen geworden. Sie hatte nichts Gutes von dem Hinkenden zu erwarten.

»Steh auf, jetzt die Kleider…«

Unwillkürlich gehorchend rutschte Nana von der Bank. Für einen Moment leuchtete ihr heller Körper, vom Feuer und den

Kerzen beschienen, wie rosenfarbener, lebendiger Marmor. Ihre Haut schimmerte wie Seide. Nur ein paar bläuliche Schatten im Bereich der Rippenbögen und an den Beinen und Oberarmen kündeten von den rücksichtslosen Tritten und Schlägen Maître Chestels, die sie hatte hinnehmen müssen.

Nana war dankbar, als der weiße Stoff eines Hemdes ihren Körper endlich vor den Mägden verbarg, denn die merkwürdigen Blicke, die die beiden sich zuwarfen, verunsicherten sie. Und was für ein Hemd! Ein solches Kleidungsstück hatte sie noch nie besessen. Es lag wie der frische Hauch eines Frühlingswindes auf der Haut. Seidig, leicht und von himmlischer Glätte. So unbeschreiblich dünn, dass sie den Schatten ihrer Glieder darunter ausmachen konnte.

Was sie zuvor für losen Stoff gehalten hatte, entpuppte sich nun als magentarotes Seidengewand, das unter der Brust mit einem handbreiten, goldgewirkten Gürtel gehalten wurde. Es war Nana ein wenig zu weit und zu lang, aber der Gürtel hielt die Fülle, und wegen der Länge riet ihr die ältere Magd, eben den Saum zu raffen. Dennoch vertiefte die magentarote Pracht nur Nanas Entsetzen, als die Schnüre der Robe richtig geschlossen wurden.

Der Ausschnitt ließ ihre schmalen Schultern fast ganz frei und senkte sich bis auf die oberste Linie des Gürtels. Jetzt begriff sie, warum das Hemd praktisch über den Spitzen ihrer Brüste endete, nur so verschwand es unter dem roten Stoff. Aber sie war nackt! Sie war praktisch nackt.

Jede Bewegung ihres Körpers wurde von der fließenden Seide nachgezeichnet, und ihr bloßer Busen wurde nur von einem Rahmen aus tiefem Rot umspannt. Unverhüllt bis auf den rosigen Hof der Warzen wölbte er sich verführerisch und prall über dem Stoff. Eine kleine Bewegung, und er würde aus dem Nest heraushüpfen!

»Setz dich!« Das nächste Kommando drückte sie auf einen Hocker vor dem Kaminfeuer, und zu zweit begannen die Frauen, ihre langen, feuchten Haare zu entwirren. Sie verwendeten geschnitzte Holzkämme dazu, aber es dauerte geraume Zeit, bis sie die vernachlässigte Pracht geordnet hatten. Dann jedoch bauschten sich die leicht gewellten Haare in der Wärme des Feuers zu einem seidigen Gespinst aus leuchtendem, ungewöhnlichem Kupfer. Im Verein mit dem roten Gewand verwandelten sie das blasse Mädchen in eine lebendige Flamme.

»Heilige Mutter Gottes!« Eine der Mägde bekreuzigte sich. »Sie sieht aus wie eine Hexe!«

»Papperlapapp«, wies sie die andere zurecht. »Sie sieht aus wie die meisten dieser armen Geschöpfe, die er irgendwo aufliest. Nur dass sie schöner ist als alle anderen zuvor. Vielleicht ist das ihr Glück. Vielleicht gefällt sie ihm, und er behandelt sie besser als…«

Sie brach ab, als die Holztür der Badestube gegen die Wand prallte und der Herr des Hauses hereinhumpelte. Er hatte seine Kleider mit einem pelzverbrämten Hausmantel vertauscht, der mit schweren, goldenen Ornamenten bestickt war. Eine ebenfalls pelzverzierte Kappe bedeckte seinen kahlen Schädel, und er stützte sich auf einen silbernen Stock, als er näher kam und Nana aus schmalen Augen betrachtete.

»Perfekt!«, murmelte er. »Bringt ihr zu essen!« wies er die Frauen dann an. »Ich möchte, dass sie bei Kräften bleibt.«

Während die Mägde hinausliefen, ging er um Nana herum wie um ein Kunstwerk. Sie erschauerte, als er hinter ihr stehen blieb und in jenen grauenvollen Ausschnitt starrte. Sie musste mit aller Kraft darum kämpfen, reglos sitzen zu bleiben und ihre Brüste nicht mit den Händen zu bedecken. Es hätte ihn nur amüsiert, das spürte sie instinktiv. Es gefiel ihm, wenn man Angst vor ihm hatte.

»Perfekt«, wiederholte er nun. »Du könntest sie sein. Die weißhäutige Hexe, die gemeint hat, dass ihr Schoß zu schade für mich sei. Ich werde es genießen, wenn du um Gnade flehst…«

»Aaah!« Nana schrie erschreckt auf, denn er hatte grob von hinten in ihr Haar gegriffen und den Kopf so zurückgezogen, dass sich ihr Hals zum Bogen spannte und der rosige Hof ihrer Brustwarzen vollends aus dem Stoff des Kleides rutschte. Als er sie mit vollem Bedacht brutal in eine davon kniff, schrie sie nicht mehr. Aber einen Seufzer konnte sie nicht unterdrücken, und eine steile Falte der Qual furchte ihre makellose Stirn, bis er von ihr abließ.

»Schön», raschelte die schreckliche Stimme. »Ich sehe, wir werden uns verstehen. Man ist eine stolze Hexe. Ich liebe es, deinen Widerstand zu brechen. Stärke dich, damit es ein langer und interessanter Kampf wird.«

Nana sank in sich zusammen, als er die Hand aus ihren Haaren löste. Ihre Kopfhaut prickelte, und sie drückte die rechte Hand auf die Brust, um den Schmerz zu lindern. Dass er die Badestube verlassen hatte, fiel ihr erst auf, als eine Magd mit einem Tablett voller Essen wiederkam. Einer Fülle der köstlichsten Leckerbissen, bei deren Duft und Aussehen ihr das Wasser im Munde zusammenlief.

»Lass es dir schmecken«, murmelte die Magd, jene, die vorhin ihr Mitleid bekundet hatte. »Siehst du dort die Sanduhr? Wenn sie durchgelaufen ist, werde ich kommen und dich holen, also beeil dich mit dem Essen.«

Nana zwang sich zuzugreifen. Was auch immer geschehen würde, das Leben hatte sie gelehrt, dass man sich die Chance, einen vollen Magen zu bekommen, nicht entgehen lassen durfte. Sie bediente sich in Windeseile bei dem gerösteten Brot mit Honig und Gewürzen, der gepökelten Zunge und dem gekochten Huhn.

Danach kostete sie eine Schale Wildragout und fand zu ihrem großen Bedauern nur noch Platz in ihrem Magen für ein paar Rosinen. Wie schade, dass dieses Gewand keine Taschen hatte, um den Rest der Herrlichkeiten mitzunehmen und ihrem Vater zu bringen. Wie lange hatte dieser kein Huhn mehr gegessen, von Rosinen ganz zu schweigen. Aber machte sie sich nicht Illusionen, wenn sie auch nur daran dachte, Hughes diese Köstlichkeiten zu bringen?

Nana warf einen Blick auf die Sanduhr, die sich im letzten Drittel befand. Plötzlich hielt es sie nicht mehr auf dem Hocker. Den langen Rock mit beiden Händen raffend trat sie zur Pforte, wie magisch angezogen davon. Sie ließ sich öffnen! Wie erstarrt schaute sie in den leeren Gang vor sich. Dann begriff sie. Die Magd hatte den Riegel nicht vorgelegt. Ob mit voller Absicht oder aus Versehen, das sollte nicht ihr Problem sein.

Von dieser Erkenntnis bis zu ihrer Flucht dauerte es nur einen Wimpernschlag. Barfuß huschte Nana die lautlos schweigenden Gänge des großen Hauses entlang. Irgendwo kicherte eine Magd, und eine Tür schlug dröhnend zu, aber sonst schienen alle Bewohner längst zu schlafen. Daran gewöhnt, ohne Licht auszukommen, sah Nana in der Dunkelheit sehr wohl die Umrisse möglicher Hindernisse, und ihr ungewöhnlich gutes Gehör würde sie frühzeitig warnen, falls man sie bereits suchte und verfolgte.

Sie musste das Haus verlassen, aber wie? Das große Tor zum Hof war wieder verriegelt, aber Nana erinnerte sich daran, dass das Haus an der Straßenfront im Erdgeschoss eine Reihe hoher, viergeteilter Fenster hatte, deren runde Butzenscheiben im Mondlicht geglänzt hatten. Es gab keine vorgelegten Läden! Wenn sie eines jener Gemächer finden würde, die zur Straße gingen…

Unter größter Vorsicht öffnete sie eine der schweren Türen, von der sie annahm, dass sie in ein Zimmer führen würde, das zur Rue d'Auron hinausging. Sie wurde nicht enttäuscht. Das Stroh unter ihren Füßen raschelte leise, als sie den Raum durchquerte, der mit einem riesigen Tisch und sechs hochlehnigen, geschnitzten Stühlen möbliert war. Es roch nach dem Wachs, mit dem sie eingerieben waren, und nach der kalten Asche im Kamin. Die Fenster waren hoch, aber glücklicherweise stand unter jedem von ihnen eine massive, geschnitzte Truhe.

Nana unterdrückte einen lästerlichen Fluch, während sie mit dem Fensterriegel kämpfte und sich dabei den Daumen einklemmte. Dann indes gab das störrische Ding nach, und die beiden Flügel schwangen auf. Sie zwängte sich durch den Rahmen und wenige Augenblicke später landete sie auf allen vieren in der Rue d'Auron. Blitzartig richtete sie sich wieder auf, raffte die fliegenden Röcke und begann in Richtung Kathedrale zu laufen. Ihre bloßen Füße verursachten kein Geräusch auf dem Pflaster, aber sie spürte die Kälte der runden Steine unter ihren Sohlen, während sie blind drauflos rannte.

Sie wusste nicht einmal, wohin sie gehen sollte. Im *Grünen Hahn* würde Guy de St. Doye vermutlich zuerst nach ihr suchen. Sie musste ein Versteck finden. Möglichst eines, das auch Raum für ihren Vater hatte. Aber wo? Sie kannte außer Maître Chestel und den Kunden seiner Spelunke keine Menschenseele in Bourges. Niemand würde ihr helfen.

Gegen die steinernen Figuren eines Seitenportales der riesigen Kathedrale gedrückt, wagte sie es, endlich wieder tief Luft zu holen. Sie schmiegte sich eng zwischen die starren Heiligen, denn die Gefahr, zufällig von einem Nachtwächter oder einem betrunkenen Nachtschwärmer entdeckt zu werden, wollte sie nicht eingehen.

Die Kälte drang durch ihre spinnwebfeinen Kleider, und sie merkte, dass sie entsetzlich fror. Der böige Aprilwind, der durch die Gassen der Stadt strich, war nicht besonders stark, aber Nana kam er vor wie ein übrig gebliebener Wintersturm. Sie klapperte mit den Zähnen und schlang vergeblich die Arme um den Oberkörper, um sich zu wärmen. Wäre es nicht albern gewesen, sie hätte gedacht, dass sie mit der abgeschrubbten Schmutzschicht einen wärmenden Mantel verloren hatte.

Vielleicht lag es auch daran, dass sie für kurze Zeit den Luxus von Wärme, ausreichender Nahrung und kundiger Pflege genossen hatte, dass sie den Kontrast zur kühlen, abweisenden Nacht jetzt umso deutlicher spürte. Sie musste irgendwo unterkriechen, und sie musste andere Kleider bekommen, nur wo und von wem? Ob sie dieses Seidenfähnchen an eine der Mägde im *Grünen Hahn* verkaufen konnte? Oder wenigstens gegen etwas anderes eintauschen? Wenn sie in diesem Gewand und mit offenen Haaren von einem Büttel erwischt würde, wäre es um sie geschehen, so viel stand fest.

Ein anständiges Mädchen trug keine solchen Kleider, und eine sittsame Jungfer lief auch nicht mit offenen Haaren durch die Stadt. Man würde sie als Hure verurteilen, ohne ihr auch nur die Möglichkeit zu geben, sich angemessen zu verteidigen. Die braven Bürger von Bourges schätzten es, bei solchen Gelegenheiten ihre Ehrsamkeit zu demonstrieren, auch wenn viele von ihnen im Schatten der Nacht selbst die Hurenhäuser besuchten.

Nana ärgerte sich nicht darüber. Sie nahm es hin, wie so vieles in ihrem Leben. Sie konnte nichts daran ändern; es war wichtiger, sich selbst in Sicherheit zu bringen, als sich um die zwiespältige Moral der ehrenwerten Bürger zu kümmern. Auf den Märkten und Landstraßen hatte sie genügend erlebt und gesehen, um zu wissen, dass ein jeder sich selbst der Nächste war.

Sie raffte aufs Neue ihre Röcke, auch um sie vor dem Straßenstaub zu schützen, und lugte vorsichtig um den äußersten der fünf reich geschmückten Eingänge an der Westseite des Gotteshauses. Sie versuchte die Nacht mit ihren Blicken und ihrem Gehör zu durchdringen. Irgendwo kreischten zwei Katzen auf der Jagd über die Dächer, und ein leises Rascheln irgendwo neben ihr bewies, dass auch die unvermeidlichen Ratten im Schutze der Dunkelheit unterwegs waren.

Irgendwo dort hinten war das Ufer des Auron, und wenn sie seinem Lauf in die Unterstadt folgte, musste sie zurück in das Viertel der Gerber finden. Sie wollte sich mit Hughes besprechen. Auch wenn er krank, alt und am Ende seiner Kräfte war, auf seinen Schultern saß ein lebenserfahrener, kluger Kopf. Vielleicht gelang es ihm, einen Ausweg aus diesem Dilemma zu finden. Schweren Herzens verließ das Mädchen den Schutz der Kirchenmauern und tauchte aufs Neue in das Gewirr der Gassen und Wege der Stadt.

Nana hielt sich eng an den Hauswänden und versuchte mit der Finsternis zu verschmelzen, aber sie hatte das schreckliche Gefühl, dass ihre Haut und ihre Haare vor Sauberkeit leuchteten. Die bunten Handwerksschilder, die an ihren Eisengestängen in die Gasse ragten, knarrten leise in der nächtlichen Brise. Derselbe Wind strich durch ihre Haare und brachte ihr die befremdliche Erinnerung an ein Streicheln zurück, die sie nicht einordnen konnte. Wer wäre jemals auf den absurden Gedanken verfallen, ihr über die Haare zu streichen? Hughes bestimmt nicht, und jemand anderer hatte sie noch nie berührt. Zumindest nicht absichtlich und nicht in dem Versuch, ihr jene Zärtlichkeit zu beweisen, die sie in dieser Erinnerung fand.

Nana verharrte mitten in der Bewegung. Hinter sich hörte sie den Klang von Stiefeln, die militärisch knapp auf den Steinen hallten, und das Mädchen schlüpfte ängstlich in den tiefen Türstock eines Gewürzladens. Mit ein wenig Glück würde man sie hier bestimmt nicht entdecken.

3. Kapitel

Colin d'Harigny hatte sich im Gefolge seines Freundes Poton de Saintrailles den Truppen König Karls angeschlossen. Er kam gleich ihm aus der Gascogne, und das Leben auf den ererbten, väterlichen Ländereien hatte ihn weit weniger gereizt als die Ehre und der Ruhm des Krieges. Inzwischen hatten sich beide Edelmänner in zahllosen Schlachten geschlagen und gehörten zum engsten Kreis der Hauptleute um Jeanne d'Arc.

Das zierliche Mädchen aus Lothringen, das Männerkleider trug und es sich zur Aufgabe gemacht hatte, das Königreich Frankreich von den englischen Eroberern zu befreien, verließ sich auf die Treue und Loyalität seiner Kampfgefährten ebenso wie auf das Wort des Königs. Ob letzteres allerdings weiterhin so bedingungslos angeraten war, daran hatte der Seigneur d'Harigny mit jedem Tage des zurückliegenden Winters mehr gezweifelt.

Der König hatte beschlossen, Jeanne d'Arc fürs Erste weitere Feldzüge zu untersagen. Dabei hatten sich die Engländer wieder in Paris festgesetzt, und die Gerüchte sprachen sogar davon, dass auch die Stadt Compiègne erneut von ihnen belagert werden sollte. Seine Majestät König Karl ignorierte beides, die Tatsachen und die Gerüchte. Ein Umstand, der die Laune des gascognischen Seigneurs erheblich dämpfte.

Sicher, die Angriffe im vergangenen Herbst waren wenig erfolgreich gewesen. Man hatte viele Soldaten verloren, und Jeanne d'Arc selbst war zum wiederholten Male während der Kämpfe verletzt worden.

Aber was konnte es für einen Sinn haben, untätig dabei zuzusehen, wie sich Johann von Bedford im Namen des englischen Königs Heinrich in Frankreich breit machte und die burgundischen Verräter ihm dabei noch halfen?

Colin d'Harigny fand sich darin einig mit den meisten Hauptleuten und einigen königlichen Ratgebern, aber sogar ihre vereinte Macht genügte nicht, den Einfluss des Großkämmerers, des

Sieur de la Trémoille, zu brechen, der den König fest in seiner fetten Hand hatte. Der Großkämmerer fürchtete und hasste Jeanne d'Arc, und wenn es nach ihm gegangen wäre, hätte jene durchaus den Tod vor den Mauern von Paris finden können. Da er im Augenblick die wahre Macht im Staate vertrat und der König ihm alle Entscheidungen überließ, sahen sich Colin und die anderen Hauptleute zur Untätigkeit verdammt. Ihm hatten sie es zu verdanken, dass der Großteil der Armee untätig im Winterquartier saß und die Jungfrau ihre Zeit damit vertat, den König davon zu überzeugen, dass er unbedingt handeln musste.

Die Langeweile und das Warten zerrten an den Nerven der Männer, und die kleinen Scharmützel, mit denen sich d'Harigny und seine Kampfgefährten bei Laune hielten, täuschten nicht darüber hinweg, dass die Macht und das Ansehen der Jungfrau schwanden.

Niemand schien die verhängnisvolle Entwicklung im Augenblick aufhalten zu können. Diese niederdrückende Situation trug sicher einige Schuld daran, dass der Hauptmann nicht so nüchtern wie sonst seinem Quartier im Palast zueilte.

Er hatte den vergangenen Abend im Haus des Schwiegervaters von Maître Cœur in der Rue d'Auron verbracht, und die Sinnlosigkeit ihrer Diskussionen hatte sowohl den Edelmann wie den aufstrebenden, ehrgeizigen Handelsfürsten dazu verleitet, dem schweren Rotwein mehr zuzusprechen, als es sonst ihrer beider Art war. Colins brummender Schädel und die Tatsache, dass er beträchtliche Mühe hatte, im geringen Mondlicht seinen Weg zu finden, veranlassten ihn, vor der reich geschmückten Kathedrale einen Moment stehen zu bleiben. Er schwankte, ehe er die richtige Gasse fand und auf der schmalen diffusen Lichtbahn zwischen die eng beieinander stehenden Häuser tauchte.

Das Labyrinth der kleinen Straßen, das während des Tages voller Menschen, Lärm und Aufregung war, breitete sich in trügerischer nächtlicher Ruhe vor ihm aus. Im Palast feierten La Trémoille und die Seinen sicher noch, aber die vorsichtigen Bürger von Bourges hatten ihre Türen vor den Dieben und Gaunern verschlossen, die in der Stadt des Königs ihr Unwesen trieben. Auch mit dem Tod am Galgen vor den Augen zögerten die Banditen nicht, selbst einen königlichen Hauptmann anzufallen, wenn dieser so aussah, als habe er einen wohl gefüllten Beutel bei sich.

Im Bewusstsein dieser Tatsache behielt d'Harigny trotz seiner Trunkenheit ein zwar eingeschränkt wachsames, aber doch vorsichtiges Auge auf seine Umgebung. Deswegen fiel ihm auch die Katze auf. Ein knochiges, hochbeiniges Tier, das in einen Hauseingang tauchte und dort nach kurzer Zeit so laut zu schnurren begann, dass es bis auf die Gasse hallte. Es gab zwei Möglichkeiten, die es zu diesem Begeisterungsausbruch veranlasst haben konnten. Eine üppige Mahlzeit oder die Anwesenheit eines Menschen, von dem es sich wenigstens eine solche versprach. Ein Gauner, dessen Lumpen noch nach der Kneipe rochen, in der er seine Suppe gegessen hatte?

Der Ritter behielt seine Geschwindigkeit bei, aber in Höhe der fraglichen Tür warf er sich mit einem wahren Pantersprung ins Dunkel. Sein Gefühl hatte ihn nicht getäuscht, dort stand ein Mensch! Er packte jedoch weder schmutzige Lumpen noch eine knochige Gestalt, wie er es erwartet hatte. Während die Katze aufheulend die Gasse entlangschoss, weil sie bei diesem Überfall einen Fußtritt abbekommen hatte, fasste Colin d'Harigny in weichen Stoff und knisternd seidige Haare.

In seiner Verblüffung ließ er die Gestalt, die leise aufschrie und sich heftig wehrte, für einen Augenblick wieder los. Doch sie hatte kaum drei Schritte gemacht, als er sie in der Mitte der Straße auch schon wieder einholte und erneut packte.

»Ein Mädchen! Hol's der Teufel, Kleines! Was treibst du um diese Zeit auf der Straße?«, fluchte er mit unterdrückter Heftigkeit. »Du kannst von Glück sagen, dass ich dich nicht mit meinem Messer aufgespießt habe!«

Die junge Person reichte ihm gerade bis unter das Kinn, und ihm schien im ersten Moment, dass sie nur aus Seide und Haaren bestand. Dann wandte sie ihm das Gesicht zu und strich sich dabei mit einer Hand die Locken aus der Stirn. Welch ein Antlitz!

Ein blasses Oval von makelloser Zartheit mit den Zügen eines schelmischen Engels. Riesige Augen, deren Farbe er in dem schwachen Licht nicht erkennen konnte, eine zierliche, fast schon arrogante kleine Nase und schwellende, feucht glänzende Lippen, die förmlich dazu einluden, geküsst zu werden. Was er sicher auch getan hätte, wäre sein Blick nicht weiter gewandert, zu der Pracht von ein paar verlockend gerundeten, halb nackten Brüsten über einer Taille, so zerbrechlich und schmal, dass er sie bequem mit beiden Händen umfassen konnte.

Ihre heftigen Atemzüge drohten das herausfordernde Dekolleté zu sprengen, und eine heftig pulsierende Ader an ihrem Hals verriet mehr über ihre Angst als die blassen, vollkommenen Züge.

Welch bezauberndes, verführerisches kleines Spielzeug! Nach Sommerrosen duftend und so verlockend weiblich, konnte sie einem nüchternen Mann schon den Kopf verdrehen, geschweige denn einem derart betrunkenen, wie er es war. Eine Dirne, aber bei Gott die schönste, die er je zu Gesicht bekommen hatte. Wem sie wohl davongelaufen war? Denn dass sie vor jemand floh, verrieten sowohl das Hausgewand, das sie trug, wie ihr Benehmen.

Es gab eine Menge von ihrer Sorte, mit der sich die Edelmänner des Königs in jenem langen Winter die Zeit vertrieben. Colin d'Harigny war bisher noch nie in Versuchung gekommen, es ihnen gleich zu tun. Er verabscheute es, gebrauchte Ware zu besitzen. Aber in diesem Moment verschwendete er keinen Gedanken daran, dass es andere vor ihm gegeben haben musste, die dieses Mädchen besessen hatten. Sie hatten keine Spuren in diesen großen Augen und auf dem bebenden Mund hinterlassen.

Der blasse Strahl des Mondes, der Nana beleuchtete, erlaubte auch ihr, den Mann zu betrachten, der sie so unverhofft aus dem Schutze der Dunkelheit gerissen hatte. Sie wusste weshalb. Dieser verdammte Kater, der sich an ihre Füße gedrückt und geschnurrt hatte, als wolle er ganz Bourges damit aufwecken. Normalerweise störte es sie nicht, dass sie eine magische Anziehungskraft auf Katzen ausübte, sie genoss ihre Zuneigung und die Berührung ihres weichen Felles, das Wärme und Zärtlichkeit versprach. Aber dieses Mal hätte sie dem Tier am liebsten einen Tritt verpasst, wenn sie nicht noch mehr Angst davor gehabt hätte, damit die Aufmerksamkeit des Fremden auf sich zu ziehen.

Des Fremden? O nein! Sie kannte dieses Antlitz nur zu gut. Es geisterte durch ihre Träume, seit sie es zum ersten Male unter dem aufgeklappten Helmvisier gesehen hatte. Die männlichen Züge wären fast zu schön gewesen, hätte es nicht die Narbe gegeben, die sich von der Mitte des Kinns schräg bis zur Wange hinaufzog.

Sie störte die Harmonie und verlieh Colin d'Harigny das Aussehen eines gefährlichen Abenteurers. Eines Mannes mit einem spöttischen Mund, dessen rechter Winkel durch die Narbe unmerklich nach oben gezogen wurde, der deswegen stets den Eindruck machte, als amüsiere er sich über das Leben. Die hellen Augen unter den tiefschwarzen Brauen waren von strahlendstem Blau, und Nana wusste, dass auch in seinen schwarzen Haaren bläuliche Reflexe schimmerten.

Die Erkenntnis, dass sie in Colin d'Harignys Armen lag, ließ ihren Widerstand unversehens schwinden. Sie fand zu nichts anderem Kraft als dazu, seinen langen, intensiven Blick ebenso lang und aufmerksam zu erwidern. Noch nie hatte sie dieses überwältigende Gefühl verspürt, am richtigen Platz zu Hause zu sein. Ihr Atem beruhigte sich, und sie nahm die Wärme seiner Hände wahr und den kräftigen Rotweinhauch, der ihn umgab. War er betrunken?

»Hol's der Teufel, so besäuselt kann ich doch noch nicht sein, dass ich dich träume!« sagte er in diesem Moment mit ein wenig schwerer Zunge. »Wer bist du, Mädchen? Wem gehörst du?«

»Man nennt mich Nana, Seigneur«, antwortete sie leise. »Ich gehöre niemandem.«

»Aber du bist fortgelaufen!«

Woher er das nur wusste? Egal, sie stellte die Sache richtig.

»Weil ich zu Unrecht festgehalten wurde.«

»Zu Unrecht?« Sie hatte eine herrische Art, die ihn amüsierte.

»Zu Unrecht!«, bestätigte sie noch einmal und fügte hinzu: »Niemand hat das Recht, mich einzusperren oder zu etwas zu zwingen!«

Unwillkürlich straffte sich ihre weiche Gestalt und ihr trotziger Stolz veranlasste den jungen Edelmann zu einem vergnügten Schmunzeln. Eine sehr kleine Dirne, die eine sehr direkte und deutlich fühlbare Wirkung auf ihn ausübte.

»Ich würde dich zu nichts zwingen«, murmelte er sanft und strich ihr mit der Hand die Haare aus der Stirn, um die Finger dann auf ihrer seidenweichen, warmen Schulter liegen zu lassen. Sie entzog sich ihm nicht. Sogar wenn es um ihr Leben gegangen wäre, hätte sie es nicht vermocht. »Willst du mit mir kommen? Ich verspreche dir, dass ich gut zu dir bin!«

Nana wusste sehr wohl, was diese Aufforderung bedeutete. Sie hatte sie schon oft abgelehnt. Seit sich ihre ungelenken, schlaksigen Glieder gerundet hatten und ihre Brüste über dem Mieder sichtbar wurden, hatte es immer wieder Männer gegeben, die sich in sie vergafft hatten. Junge Gaukler, denen sie auf den Märkten begegnete, Fuhrknechte und nicht zuletzt die Gerbergesellen und Maître Chestel.

Bisher war es ihr gelungen, sich allen Aufdringlichkeiten und Angeboten zu entziehen. In einer gesunden Mischung aus Spott, Selbstverteidigung und Unbeugsamkeit hatte sie sich das einzige Besitztum bewahrt, das sie wirklich von den Huren unterschied, die sich in Bourges den Soldaten anboten. Aber nun?

Streichelnde Fingerspitzen berührten die feine Linie, mit der ihre Unterlippe endete, und ihr Antlitz tauchte wieder ins Dunkel, als sich der Ritter über sie beugte, um sie zu küssen. Ein Zittern lief durch Nanas Körper, und sie stöhnte leise auf, als der harte Mund ihre weichen Lippen bedeckte. Ohne dass sie eine bewusste Entscheidung traf, ergab sie sich in diesem Moment. Die fremden Gefühle, die Colins Lippen in ihr auslösten, brachen wie ein Fieber tief in ihrem Körper auf.

Sie schmeckte den Rotwein, den er in so reichem Maße getrunken hatte, und es kam ihr vor, als griffe dieser Rausch auch auf sie über. Sehnsuchtsvoll drängte sie sich enger an die athletische Gestalt des Mannes, während seine Hände über die Seide glitten, die ihren Körper bedeckte, und in ihr eine so verhängnisvolle Mischung aus Begehren und Hingabe weckten, dass sie in seinen Armen erzitterte.

Ein Zittern, das Colin d'Harigny wenigstens ein bisschen zur Vernunft brachte. Er lachte leise. »Komm mit, *petite*! Die Nacht ist zu kalt, und ich möchte wetten, dass der Profos von Bourges es nicht schätzt, wenn ich dich mitten auf der Gasse liebe. Hab ein wenig Geduld, mein Engel. Du bist ja ganz durchgefroren!«

Er nahm seinen Umhang ab und hüllte Nana in ein dickes Wolltuch, das noch warm war von seinem Körper und so weich, dass es kaum von der Seide zu unterscheiden war. Er schloss die Schnalle unter ihrem Kinn und zog auch die Kapuze über ihren Kopf. Als er jedoch wahrnahm, dass sie ihre Röcke über bloßen Füßen raffte, hob er sie mit einem kurzen Fluch auf die Arme, um sie zu tragen. Sie schien nicht mehr als ein Federgewicht für ihn zu sein, und auf dem kurzen Weg zum Palast bemerkte sie nicht, dass die Last seinen Atem auch nur beschleunigte.

Wenig später fand sie sich in einer Kammer, die ihr selbst luxuriös erschien, für d'Harigny jedoch nichts anderes als das vorübergehende, einfache Quartier eines Soldaten darstellte. In kürzester Zeit hatte er die Glut im Kamin wieder zu Flammen entfacht, und das Kerzenlicht beleuchtete einen geschnitzten Tisch und zwei Hocker, zwei Truhen und ein breites Pfostenbett, dessen Samtvorhänge nur an der Seite geöffnet waren, die zum Kamin hin zeigte.

Neben dem Fenster stand ein hölzernes Gestell mit der schwarzen, funkelnden Rüstung, die sie an ihm gesehen hatte, und unwillkürlich trat sie näher, um das kühle Metall zu berühren. Die gut geölten Scharniere gaben keinen Ton von sich, als sie sich verschoben, aber Nana fröstelte plötzlich. Sie wollte nicht daran denken, dass er sein Leben riskierte, wenn er in diesem Harnisch steckte.

Colin sah lediglich das leise Schauern. Er reichte ihr einen dampfenden Becher Wein, der nach Zimt und anderen kostbaren Gewürzen duftete und den er schnell über dem Feuer erhitzt hatte.

»Trink, *petite!*« forderte er sie auf. »Die Nacht ist kalt, und du wirst dich erkälten, wenn du öfter in solchen Kleidern durch die Stadt läufst. Lass dir raten, künftig mehr Vorsicht walten zu lassen. Es ist eine Menge Gesindel unterwegs, und ein hübsches Mädchen wie du sollte besser auf sich aufpassen!«

»Wollt Ihr mich vor Euresgleichen warnen?«, fragte Nana mit einem Anflug von Schelmerei, während sie die Wärme des ungewohnten, aromatischen Getränkes bis in ihre Zehenspitzen hinunter fühlte.

D'Harigny ging auf die kleine Neckerei nicht ein. Er hatte ihr den Umhang abgestreift und war unwillkürlich einen Schritt zurückgetreten, um das betörende Bild, das sie bot, in sich aufzunehmen. Das magentafarbene Kleid betonte die feine Zartheit ihrer blassen Haut, genau wie die fülligen kupferroten Locken, die sich über Schultern und Rücken bis zur Taille wellten.

»Bei Gott, du wirst immer schöner, je länger ich dich ansehe!«, murmelte er heiser. »Du bringst mich um den Verstand…«

Bei seinen leidenschaftlichen Worten überlief Nana ein angenehmer Schauer. Irgendwo ganz weit hinten in ihrem Kopf erhob sich eine warnende, vernünftige Stimme. Sie sagte ihr, dass sie dabei war, etwas unwiderruflich Törichtes zu tun. Dass eine Landstreicherin kein Recht darauf hatte, einem Traum nachzulaufen. Dass sie es bereuen würde, wenn sie sich Colin d'Harigny schenkte.

Aber die Stimme verhallte ungehört. Schon der Blick, mit dem der Ritter sie betrachtete, weckte in Nana aufs Neue den Wunsch, sich in seine Arme zu werfen und wieder jene fantastischen Küsse zu spüren. Nie hatte sie geahnt, dass ein Kuss so aufregend und schön sein könnte.

Die Sehnsucht, die sie erfüllte, schien sich in ihrem Gesicht widerzuspiegeln, denn der junge Mann nahm sich kaum die Zeit, den Funkenschutz vor das Kaminfeuer zu ziehen und seine Waffen abzulegen, ehe er zu ihr trat und sie in eine so besitzergreifende Umarmung schloss, dass sie trotz allem einen Anflug von Panik unterdrücken musste.

»Meine Schöne, meine feuerfarbene Kleine, mhm… wie gut deine Haut schmeckt, wie wundervoll du dich anfühlst… Ein Engel aus dem Paradies…« Seine gemurmelten Zärtlichkeiten, begleitet von Küssen, die über ihre Schläfen, ihre Augenlider und ihre Wangen wanderten, ehe sie den Mund eroberten, besänftigten Nana. Sie hüllten sie in ein Gespinst aus Liebe und Leidenschaft. Sie ließen sie alles um sich herum vergessen, und sie schenkte sich Colin in einer natürlichen Sinnlichkeit, die sie von allen Frauen unterschied, die er je im Arm gehalten hatte. Sie leistete auch keinen Widerstand, als er sie unaufhaltsam näher an das Bett drängte, dessen Decken so einladend weich und sauber wirkten.

Sie duldete die kühne Erkundung, mit der seine Hände über ihren Körper glitten und das ohnehin weit ausgeschnittene Kleid mitsamt dem Hemd über ihre Schultern schoben, ehe sie sich auf ihre bloßen Brüste legten. Der Kontakt ihrer empfindsamen Haut mit der rauen Innenfläche seiner Hand, die vom Gebrauch der Zügel und des Schwertes sprach, entlockte ihr ein kehliges Stöhnen. Die Knospen ihrer Brüste verhärteten sich.

Das Blut rauschte in ihren Ohren, und ganz tief in ihrem Inneren spürte sie eine eigenartige, drängende Qual aufbrechen, die von seinen Liebkosungen ebenso gelindert wie angefacht wurde. Eine Erregung, die sie dazu verleitete, seine Küsse zu erwidern und ihn ebenfalls zu berühren. Er war so lebendig, so stark, so unglaublich männlich, dass sie sich zum ersten Male in ihrem Leben gerne zart und schutzbedürftig fühlte.

Sie spürte die Kühle des Leinens in ihrem Rücken, als er sie auf das Bett drückte, und gleichzeitig die Hitze seines Mundes, der sich über der empfindsamen Spitze einer ihrer Brüste schloss. Seine zweite Hand reizte die andere Brust so qualvoll süß, dass sie unwillkürlich die Beine aneinander rieb, um irgendwie Erleichterung von der Spannung zu finden, die sich in ihr aufbaute.

»Geduld, meine süße Kleine! Geduld! Wir haben noch die ganze Nacht Zeit!«

Lachen und Leidenschaft zugleich färbten Colins Stimme dunkel. Er kämpfte mit den Verschlüssen ihres Kleides, bis sie nur noch in ihrem spinnwebfeinen Hemd vor ihm lag. Ein Kleidungsstück, auf raffinierteste Weise dazu geschaffen, das Begehren eines Mannes zu wecken. Es verhüllte nichts, es betonte nur.

Die nicht allzu große und doch vollkommene Gestalt mit den langen Beinen, die in sanft geschwungene Hüften und eine winzige Taille übergingen. Die festen, üppigen Brüste, die sich krönend und stolz unter diesem Schleier wölbten. Den kupferroten, geheimnisvollen Schatten der zarten Locken, die ihren Schoß schützten.

Unendlich langsam löste er die dünne Kordel, die das verführerische Hemd noch hielt, und streifte es über ihren Leib. Da er diesen Weg mit den raffiniertesten Küssen verfolgte, konnte Nana ein leises Wimmern nicht länger unterdrücken. Sie wand sich unter ihm und keuchte auf, als seine Lippen jenen Punkt erreichten, an dem sich ihre Beine trafen. Schon der bloße Hauch seines heißen Atems dort war eine Berührung, die sie zu versengen drohte.

»Öffne dich, meine Schöne… jaaa… so ist es gut! Ich wusste, dass du auf mich wartest…«

Nana spreizte ihre Beine unter seinem sanften Druck und spürte die Finger, die ihren Schoß eroberten. Die Orte berührten, die kein Mann je besessen hatte, und die dort Empfindungen hervorriefen, die fast an Schmerz grenzten. Es war ihr peinlich, dass sie dort so feucht war, aber ihm schien es zu gefallen. Sein Mund senkte sich über ihre Lippen, seine Zunge drängte sie auseinander. Sie war ein wenig erschrocken, zögerte, doch dann fühlte sie seine Finger, die gleichzeitig in ihren Körper drangen. Sie wiederholten in ihrem Schoß das Spiel seiner Zunge in ihrem Mund.

Sie neckten und kosten, sie berührten, verführten und verbreiteten pure, heiße Lust. Lust, die dazu führte, dass sie reagierte, sich ihm entgegenbog und die hemmungslosen Küsse mit zunehmender Glut erwiderte. Das doppelte begierige Nehmen und Geben erschütterte sie bis in die Tiefen ihres Seins.

Sie nahm nichts anderes mehr wahr, bemerkte kaum, dass auch Colin seine Kleider ablegte und sich neben sie legte. Sie spürte jedoch die Wärme, die Härte des fremden Körpers, der sie an sich zog und dessen dunkle Brusthaare die empfindsamen Knospen ihrer Brüste berührten. Und sie gewahrte die heiße, große Härte seiner Männlichkeit, die sich gegen ihren sanften Leib drückte und dort, wo eben noch seine Hände gewesen waren, unaufhaltsam ihren Weg suchte.

Er steigerte ihre Wollust ins Unerträgliche, so dass sie ganz instinktiv die Beine um seine Oberschenkel schlang, um keinen Moment dieser hitzigen Berührung zu versäumen. Sie wollte ihn besser in sich aufnehmen, enger mit ihm verschmelzen, damit endlich diese Sehnsucht befriedigt wurde, die jenes wilde, unkontrollierte Verlangen in ihr entfachte. Sie würde sterben, wenn er ihr nicht gab, was sie wollte, obwohl sie keinen Namen dafür hatte.

Es war zu spät, als Colin das Hindernis spürte, das die Natur vor seine Bemühungen gesetzt hatte. Er fühlte eher, wie sich Nana unter dem plötzlichen Schmerz versteifte, aber er konnte nicht mehr zurück. Er war zu betrunken und zu erregt, um die Rücksicht üben zu können, die er nüchtern sicher aufgebracht hätte.

Mit einem wilden Stoß zwang er sie in den uralten Rhythmus eines nie erfahrenen Sinnestaumels. Nana war zu schwach, um ihn von sich zu stoßen. Er fesselte sie mit seiner Männlichkeit, die er wieder und wieder in sie stieß, als wolle er sie vernichten. Aber gerade, als sie nach Luft rang, um die Qual besser ertragen zu können, wurde ihr bewusst, dass es keine Pein mehr war. Im Gegenteil, mit jedem neuen heißen Zusammentreffen ihrer Körper baute sich ein solches Feuer in ihr auf, dass sie zu verbrennen glaubte.

Die Glut füllte die Leere in ihr und machte sie zu einem Ganzen, als sie in Colins Armen die Wirklichkeit der Liebe erfuhr. Sie tauchte in das Blau seiner Augen wie in die sonnenbestrahlte Ewigkeit eines Sommerhimmels und verlor sich in dieser Unendlichkeit, wissend, dass es nichts Vollkommeneres und Schöneres geben konnte, als in diesem Moment, auf dem Höhepunkt ihres Traumes, zu sterben.

4. Kapitel

Im ersten Moment wusste Nana nicht, wo sie aufgewacht war. Sie lag auf etwas herrlichem Weichem, eingehüllt in Wärme und in ein Wohlbefinden, von dem sie immer gewusst hatte, dass es existieren musste, wenngleich sie es noch nie kennen gelernt hatte. Wo befand sie sich? Der Verschlag in den Ställen hinter dem *Grünen Hahn* war düster, zugig und auch dann nicht besonders warm, wenn die Sonne schien. Der dünne Strohsack, dessen Füllung sich im Verlauf des Winters zerlegen hatte, schützte nur unvollkommen gegen die Kälte des gestampften Lehmbodens, und die wenigen Lumpen, die sie besaßen, mussten ihrem Vater als Decke dienen, damit er nicht mehr hustete, als er es ohnehin schon tat.

Normalerweise glaubte sie beim Aufwachen jeden Knochen und jeden Muskel einzeln zu spüren, und sie musste sich dazu zwingen, die Lider zu öffnen, um dem neuen Tag ins Auge zu sehen. Auch heute wagte sie kein Blinzeln. Obwohl mit einem Schlage hellwach, verharrte sie dennoch ohne Bewegung und versuchte ihre Lage einzuschätzen. Sie fror nicht, und sie fühlte auch keinen Schmerz.

Und dann kehrte die Erinnerung an die vergangene Nacht zurück. Jetzt riss Nana die Augen mit einem Ruck weit auf, darauf gefasst, gescholten, davongeschickt oder beschimpft zu werden, wie es im *Grünen Hahn* passierte, wenn sie zu lange geschlafen hatte. Aber niemand richtete das Wort an sie. Der Mann, mit dem sie die wunderbare Zuflucht dieses Alkovens teilte, schlief tief und fest, obwohl bereits die erste Morgendämmerung seine Kammer erhellte.

Er schlief, auf dem Rücken liegend, mit leicht geöffneten Lippen und den tiefen Atemzügen eines Mannes, den reichlich genossener Wein und eine leidenschaftliche Liebesnacht zutiefst erschöpft hatten.

Der größte Teil ihres offenen Haares klemmte unter seinen Schultern, und sie hatte Mühe, sich so weit zu befreien, dass sie sich auf einen Unterarm stützen konnte, um ihren Geliebten zu betrachten.

Im Schlaf wirkten seine männlich harten Züge um vieles entspannter. Und jetzt war auch der zynische Zug um den Mund verschwunden, der sonst durch jene schlimme Narbe des Schwerthiebes bewirkt wurde, der den sechzehnjährigen Knappen in der Schlacht von Azincourt fast das Leben gekostet hätte. Das Laken war auf Colins Hüften gerutscht, und sie konnte auf seiner muskulösen Brust und auf den Armen weitere Spuren alter Wunden und Kämpfe sehen.

Allein, es änderte nichts an seiner Schönheit. Es vertiefte sogar noch die Anziehungskraft, die er auf sie ausübte. Es weckte den unerwarteten Wunsch in ihr, ihn in die Arme zu nehmen und künftig vor neuen Wunden zu schützen. Sie hatte diese Narben in der vergangenen Nacht geküsst und war mit ihren Fingerspitzen die Furche auf seinem Kinn und seiner Wange nachgefahren. Gesten, die sie nun im zunehmenden Licht des Tages nicht mehr wagte, wenngleich sich ihr Herz geradezu schmerzlich danach sehnte.

Er war betrunken gewesen, und er hatte sich nach dem Trost einer Frau gesehnt, als sie ihm über den Weg gelaufen war. Der Magd im *Grünen Hahn* hätte er sicher keinen zweiten Blick geschenkt, aber die gebadete und parfümierte Hure, die den perversen Gelüsten des Sieur de St. Doye entflohen war, hatte seine Sinne entflammt.

Nana verspürte eine gefährliche Mischung aus Traurigkeit und Selbstmitleid, und sie merkte plötzlich, dass ihre Augen feucht wurden. Sie würde doch um Gottes willen jetzt nicht weinen!

Es gab Gefühle, die sich eine Landstreicherin nicht leisten konnte. Es wurde Tag und es blieb keine Zeit mehr für dumme Träume. Sie hatte bekommen, was sie gewollt hatte. Einen Blick ins Paradies, ein paar Stunden wunschlosen Glücks. Freilich, nun musste sie sich der Wirklichkeit stellen. St. Doye würde sie suchen und ihr Vater sie vermissen. Dem einen musste sie aus dem Weg gehen und den anderen in Sicherheit bringen. Je eher, desto besser.

Ein leises Schnarchen bewies, dass ihr stürmischer Geliebter der vergangenen Nacht wohl noch geraume Zeit benötigen würde, um wieder zu sich zu finden. Er war nach jener wundervollen Begegnung mit einem gemurmelten Fluch von ihr herab gerollt und innerhalb weniger Herzschläge eingeschlafen. Nana erinnerte sich, dass sie seinen Atemzügen gelauscht und sich an ihn gekuschelt hatte. Darüber musste sie dann ebenfalls eingeschlafen sein.

Sie zwang sich, ihre Umgebung neuerlich und unter praktischeren Gesichtspunkten in Augenschein zu nehmen. Der nachlässig geschlossene Vorhang des Alkovens gab den Blick in das Gemach frei, auf dessen Boden in wildem Durcheinander Kleidungsstücke, Waffen und Stiefel lagen. Ein beängstigend großes Schwertgehänge beschwerte die magentarote Hurenrobe, die sie getragen hatte, und das feine, weiße Hemd hing halb an den Stiefeln. Erst jetzt wurde ihr bewusst, dass sie keinen Faden am Leib trug und dass sie nur deshalb nicht fror, weil der nackte Männerkörper neben ihr so viel Wärme ausstrahlte, dass es auch für sie genügte.

Sie errötete, obwohl niemand sie beobachten konnte, und strich unwillkürlich mit der Hand über ihre Brüste, die sich so fremd und anders anfühlten als bisher. Sie hatte nicht gewusst, welche Empfindung es in ihr hervorrief, wenn sie geküsst und gestreichelt wurden. Ebenso wenig, wie sie darauf vorbereitet gewesen war, in dem animalischen Akt der Paarung, den sie oft genug auf den Märkten und bei den ländlichen Tänzen im Schutze eines Heuschobers oder eines Wagens beobachtet hatte, so viel leidenschaftliche, glühende Wonne zu finden. Vielleicht war das sogar das einzige Vergnügen, das den Ärmsten der Armen für die kurze Zeit ihrer Jugend vergönnt war.

Lieber Himmel, wohin verirrten sich ihre Gedanken? Sie hatte keine Zeit, auch weiterhin zu träumen. Sie musste fort, und das möglichst, ehe Colin d'Harigny aufwachte und sie davonscheuchte. Denn dass er das tun würde, daran zweifelte sie keinen Herzschlag lang. Herren wie er gebrauchten eine Dirne, entlohnten und vergaßen sie. Nana war sich ihrer Stellung in seinem

Leben bewusst, aber sie wollte nicht die Demütigung auf sich nehmen, von ihm auch noch bezahlt zu werden. Wenigstens eine kleine Illusion wollte sie sich bewahren, wenn sie später an diese wundervolle Nacht mit ihm zurückdachte.

Es gelang ihr, auch die letzten Haare unter Colin hervorzuzerren und langsam, sehr langsam auf der anderen Seite des Bettes herauszuschlüpfen und zwischen den Vorhängen zu verschwinden. Die Kälte traf sie mit der Wucht eines Eiswindes. Schauer liefen über ihre bloße Haut, und sie verschränkte die Arme über den Brüsten. Sie brauchte Kleider! Etwas zum Anziehen, das nicht so auffällig und eindeutig wirkte wie das rote Kleid.

Auf Zehenspitzen trat sie an eine der Truhen, die unter dem Fenster standen, und hob den schweren Deckel. Sie benötigte beide Hände dafür, und fast wäre er mit großem Getöse wieder zugefallen, als sie zu früh losließ. Im letzten Momente verhinderte sie die Katastrophe und atmete tief durch, ehe sie den Inhalt des Kastens musterte. Sie hatte sich nicht getäuscht, es handelte sich um Colin d'Harignys Kleidertruhe.

Wenig später trug Nana eine dunkle wollene Strumpfhose, die sie mit einem Band um die Taille hielt, ein leinenes Hemd und ein braunes Samtwams, das für seinen Besitzer kurz bemessen war, ihr aber fast bis auf die Knie reichte. Die Schlupfschuhe, die sie ebenfalls fand, waren ihr viel zu groß, sie würde über die eigenen Füße fallen, wenn sie es wagte, sie zu tragen. Schweren Herzens verzichtete sie darauf und hüllte sich in einen dicken Reitermantel, unter dessen Kapuze sie ihre hastig zu einem Zopf geflochtenen Haare verbergen konnte. Der Mantel war so lang, dass niemandem auffiel, dass sie darunter gar keine Schuhe trug.

Wenn wirklich jemand sie bemerkte, dann würde man sie höchstens für einen Knaben halten, der sich in den Mantel seines Vaters gehüllt hätte, um der morgendlichen Kühle zu entgehen. Nana war sich bewusst, dass sie diese Kleider stahl, und sie hätte ihrem Besitzer gerne ein Wort der Entschuldigung zurückgelassen, aber wie sollte sie das tun? Ihn zu wecken kam nicht in Frage, und auf dem Tisch stand zwar ein Tintenfass, und ein paar gespitzte Federn lagen bereit, aber selbst wenn sie Pergament gefunden hätte, wäre es sinnlos gewesen. Nana konnte weder lesen noch schreiben.

Sie musste ihn in dem Glauben zurücklassen, dass er von einer geschickten kleinen Hure bestohlen worden war. Ob das Seidenkleid als Entschädigung ausreichte? Sie hatte keine Ahnung, aber etwas sagte ihr, dass Colin d'Harigny eher seinen Zorn über ihr Verschwinden an dieser Robe auslassen, als dass er sie verkaufen würde, um seinen möglichen Verlust zu decken. Aber sicher war er ein Mann, den der Verlust von ein paar Kleidungsstücken nicht ruinierte.

Die wenigen Schritte zur Tür fielen Nana so schwer wie selten etwas in ihrem bisherigen Leben. Es kam ihr vor, als müsste sie ihr Herz zurücklassen. Aber wozu benötigte ein Straßenmädchen ein Herz? Es behinderte nur. Vielleicht lebte sie künftig besser, wenn sie darauf verzichtete, Dummheiten wie in der vergangenen Nacht zu machen.

Sie zog den Mantel enger um sich und schob den Türriegel, den der Hauptmann in der vergangenen Nacht vorgelegt hatte, sachte zur Seite. Das leise Kratzen klang in ihren Ohren wie Kanonendonner, aber die Atemzüge im Bett veränderten nicht einmal ihren Rhythmus. Colin d'Harigny merkte nichts von ihrer Flucht.

Nana schlüpfte durch den Spalt hinaus und zog die Tür hinter sich wieder zu. Vom Abend, als der Hauptmann sie in sein Quartier getragen hatte, war ihr die Erinnerung an hallende Gänge und Unmengen von Türen geblieben. Immerhin, er hatte keine Treppe benutzt, das bedeutete, sie musste sich zu ebener Erde befinden und es würde irgendwo einen Ausgang geben.

Aber da war auch das Passwort gewesen, mit dem sich d'Harigny bei der Wache ausgewiesen hatte. Wie sollte sie an dieser Wache vorbei kommen, falls sie je den Ausgang fand?

Nanas Flucht fand ein noch früheres Ende, als sie befürchtet hatte.

»Holla, wen haben wir denn da?«

Sie war im nächsten Gang um eine Ecke gebogen und prallte

voll gegen einen geharnischten Soldaten, der geistesgegenwärtig zugriff und ihr jede Möglichkeit zum Davonlaufen nahm! Bei der leichten Rangelei rutschte Nanas Kapuze herab, und die kupferfarbenen, nachlässig geflochtenen Haare leuchteten wie Flammen im ersten Tageslicht.

»Eine Dirne! Was hast du hier zu suchen, Mädchen?«, fragte er barsch.

»Was geht's dich an?«, fauchte Nana gereizt und rieb sich den Arm, den jetzt bestimmt ein weiterer blutunterlaufener Fleck zierte. »Lasst mich gehen, ich will nur raus aus diesem Fuchsbau!«

»So einfach ist das nicht, Jungfer! Falls Ihr eine seid.«

Je länger der Mann die unleugbare Schönheit des Mädchens in sich aufnahm, umso mehr versuchte er sich wichtig zu machen. »Niemand darf den Palast betreten, der nicht die Parole kennt oder sagen kann, von wem er kommt und zu wem er will. Also, wie steht's mit der Parole?«

Nana konnte sich beim besten Willen nicht mehr an das Losungswort erinnern, das Colin d'Harigny am vergangenen Abend geflüstert hatte, ehe er sie mit sich in den Palast genommen hatte. Sie schwieg und betrachtete hartnäckig die steinernen Quadrate des Bodens vor sich.

»Aha!« Ihr Schweigen sagte genug. »Dann verrat mir, von wem du kommst, Schätzchen! Wessen Bett hast du gewärmt in dieser Nacht?«

»Er hat mir seinen Namen nicht genannt«, log Nana, die um keinen Preis der Welt zu Colin zurückgebracht werden wollte. Sie hätte es nicht ertragen, ihm aufs Neue zu begegnen. Es war ihr schon schwer genug gefallen, ihn jetzt zu verlassen.

»Ebenso schön wie lügnerisch, was? Aber damit kommst du bei mir nicht durch, Schätzchen! Komm mit, in der Wachstube können wir besser miteinander plaudern!«

Nana spürte, wie sich die Härchen in ihrem Nacken sträubten. Sie vermochte sich recht gut vorzustellen, was dieser Kerl unter ›plaudern‹ verstand. Die Blicke, mit denen er ihre Figur streifte, waren ziemlich eindeutig, und während er sie vor sich hertrieb, suchte er mit seiner Pranke bereits die Rundungen ihrer Brüste zu erkunden, die glücklicherweise im Moment noch unter der Fülle des Umhanges vor seinen Übergriffen sicher waren. Was allerdings in der Abgeschiedenheit der Wachstube der Fall sein würde, war eine andere Sache.

»Lasst mich gehen, ich bitte Euch!«, flehte Nana inständig, ihren Stolz vergessend. »Mein Vater ist krank, er wartet auf mich. Bitte, ich habe nichts Böses getan, so lasst mich doch los…«

»Weshalb so hastig, mein Täubchen? Ich gebe dir Gelegenheit, vielleicht noch ein paar Sols dazu zu verdienen. Das wird deinen alten Vater doch freuen, wenn sein munteres Vögelchen in dieser Nacht gute Einnahmen gehabt hat, oder nicht? Aber erst einmal will ich sehen, was du unter diesem Umhang versteckst. Er ist dir zu groß, hast du ihn gestohlen? Verbirgst du noch mehr Diebesgut unter dem Stoff? Wir werden dich gründlich durchsuchen müssen, Kleines, ehe wir eine Entscheidung über dein Schicksal treffen, das siehst du doch ein, nicht wahr? Im schlimmsten Fall müssen wir dich einkerkern.«

Nana schwirrte der Kopf. Ohnehin schon am Rande ihrer Kräfte, fühlte sie sich nach den wechselhaften Abenteuern der vergangenen Nacht unfähig, eine weitere Schwierigkeit zu meistern. Sie war an einen grausamen Lüstling verkauft worden, dem sie in letzter Minute hatte entkommen können, und hatte sich schließlich in einem unvorstellbaren Rausch der Sinne einem Hauptmann des Königs hingegeben, ohne einen einzigen Moment an die Folgen zu denken. Nun auch noch zu allem Überfluss im Kerker zu landen, erschien ihr als der Gipfel der Ungerechtigkeit.

Sie stolperte über die eigenen Füße, als der Soldat sie durch eine Tür in die Wachstube stieß, und landete einmal mehr auf allen vieren, ehe sie sich vor einem anderen Uniformierten aufrappelte und wütend den Kopf in den Nacken warf.

»Hallo, was haben wir denn da?«, sagte der ältere Mann, der mit bloßem Oberkörper auf einer Bank saß und mit einem Leinenlappen eine blutende Wunde an seinem Arm abtupfte. Er war voll auf seine Arbeit konzentriert, warf ihrem Begleiter nur einen fragenden Blick zu; auf sie selbst achtete er kaum. Der Soldat hatte sichtlich nicht damit gerechnet, den anderen Mann hier zu finden. Nur widerwillig nahm er Haltung an und berichtete in militärisch knappem Ton, wo er das Mädchen gefunden hatte.

»Schwer zu sagen, ob die Dirne von den Quartieren kam oder ob sie sich zu den Gemächern des Großkämmerers schleichen wollte«, gab er mürrisch an. »Sie weigert sich zu sagen, von wem sie kommt und wer sie bezahlt hat. Aber man muss sie nur ansehen, um zu merken, dass sie aus einem Bett kommt. Soll ich sie ins Verlies werfen, damit sie später verhört werden kann?«

»Ich bin unschuldig! Ich habe niemandem etwas getan! Ihr habt kein Recht, mich einzukerkern!« Nana mischte sich aufgebracht in diese Unterredung, die über ihren Kopf hinweg geführt wurde.

»Nun, wenn sie aus einem Bett kommt, dann kann sie wohl kaum den Sieur de la Trémoille bestehlen wollen«, meinte der andere und machte den Soldaten damit auf einen logischen Fehler aufmerksam. Dann zog er den Leinenstreifen über seiner Wunde mit den Zähnen fest, da er die zweite Hand ja nicht gebrauchen konnte. Nana sah, dass innerhalb kürzester Zeit ein kleiner roter Fleck erschien, der sich langsam vergrößerte. Der Mann musste Schmerzen haben, aber man merkte ihm nichts davon an.

Sie schätzte ihn auf Ende der Vierzig, doch die ausgeprägten Muskeln an seinem bloßen Oberkörper und seinen Armen bewiesen ihr, dass sie es mit einem Kämpfer zu tun hatte, den man trotz seines Alters nicht unterschätzen durfte. Er hatte einen braunen Haarschopf, der sich an den Schläfen schon grau einfärbte; sein Gesicht war kantig, mit ausgeprägten Zügen und einer hohen Stirn, die von tiefen Falten durchzogen war. Früher einmal musste er fast schön gewesen sein, doch jene Furchen machten ihn zu einem Mann, dessen Gesicht älter wirkte als sein Körper.

Trotzig hielt Nana seinem Blick stand – doch dann geschah etwas Merkwürdiges. Hatte der Mann sie zunächst nur flüchtig angeschaut, uninteressiert, so malten sich plötzlich alle möglichen

Gefühle auf seinem Gesicht ab: Verblüffung, Fassungslosigkeit, Entsetzen. Er versuchte mühsam, seine Beherrschung wiederzuerlangen, doch es gelang ihm nicht. Dieser massige Krieger starrte sie an, als sei sie ein Gespenst, das ihm unverhofft das Grauen eines vergangenen Albtraumes zurückbrachte. Er blickte sie an, als sei sie ein Mensch, von dem er angenommen hatte, dass er ihn nie wiedersehen würde.

Guy de St. Doye hatte ihr einen ähnlichen Blick zugeworfen, aber die Reaktion dieses Mannes war eine völlig andere. Er strich sich mit der Hand über die Augen, als müsse er plötzliche Spinnweben vertreiben, die ihm die Sicht versperrten, und atmete tief durch. Dann gab er dem Soldaten einen unmissverständlichen Wink.

»Ihr könnt wieder auf Euren Posten gehen, ich werde mich selbst der Sache annehmen.«

Nana fragte sich kritisch, ob dies für sie eine Wendung zum Besseren oder zum Schlechteren darstellte. Sie spürte förmlich die Wut des einfachen Wachhabenden, der sich dem Befehl eines Vorgesetzten unterwerfen musste und sich um ein Spielchen gebracht sah, das er liebend gerne allein und ohne dessen Einmischung gespielt hätte. Aber vielleicht hatte sie ja auch nur den Beelzebub gegen den Teufel eingetauscht?

»Ich kann nicht glauben, dass du eine Dirne bist«, sagte der Offizier zu Nanas größter Überraschung, während er in das Hemd schlüpfte, das er vorhin abgelegt hatte, damit er die Wunde besser verbinden konnte. Er tat es mit einer gewissen Schwerfälligkeit, die Nana verriet, dass er große Schmerzen haben musste, sie indes mit Gleichmut ertrug, wenn nicht gar ignorierte.

Er gefiel ihr, aber sie rief sich sofort energisch zur Ordnung. Es genügte wahrhaftig, dass sie ihre Gefühle bei Colin d'Harigny nicht unter Kontrolle hatte. Wenn sie jetzt damit begann, jeden x-beliebigen Hauptmann des Königs sympathisch zu finden, würde sie erst recht in des Teufels Küche kommen.

Sie senkte den Kopf und sah zu Boden, ohne zu antworten. Ein Mädchen in ihrer Lage hielt besser den Mund, wenn es mit hohen Herren zu tun hatte. Aber er bestand auf einer Antwort.

»Verrat mir, bei wem bist du gewesen?«

»Ich kenne seinen Namen nicht, Herr«, murmelte sie in vorgetäuschtem Gehorsam.

»Aber sein Gesicht wirst du doch kennen? Beschreib ihn mir. War es ein schmucker Sergeant oder gar einer von den Hauptleuten?«

»Es war des Nachts, Herr...«

»Wo hast du diesen Mann getroffen?«

»Im *Grünen Hahn,* Herr!«

Ob er wusste, dass im *Grünen Hahn* nur einfache Soldaten verkehrten und beileibe kein Mann, der ein Quartier im Palast besaß? Aus den Augenwinkeln beobachtete sie sein ungerührtes Gesicht. Er gab ihr keinen Hinweis darauf, was er von ihren Antworten hielt.

»Ein Mädchen, das so aussieht wie du, muss sich kaum in einer Gerber-Schänke anbieten! Du erzählst mir Märchen, Kind. Wo kommst du wirklich her und was suchst du im Palast Seiner Majestät?«

Also kannte er Maître Chestels Ausschank. Nana machte sich auf die nächste Zurechtweisung gefasst, aber es kam nichts. Das Schweigen dehnte sich so lange, dass sie unwillkürlich ihre demütige Haltung aufgab und ihn forschend ansah. Es fiel ihr schwer, das eigene stürmische Temperament zu zügeln, aber die Monate im *Grünen Hahn* waren eine harte Schule dafür gewesen.

»Mein Vater ist krank, Herr. Wir sind Gaukler, die der Krieg in diese Stadt verschlagen hat. Einer wie mir gibt kein ordentlicher Haushalt Arbeit. Aber mein Vater braucht einen Platz zum Schlafen und Essen. Und Tränke, die seinen Husten lindern. Wenn wir betteln, werden wir aus der Stadt gewiesen...«

Nana wusste nicht, wieso sie ihm so viel verriet: Normalerweise konnte sie ihre Zunge besser im Zaum halten. Aber etwas in ihr zwang sie, sich diesem Manne anzuvertrauen. Vielleicht sogar die Gewissheit, dass er ihr nie Böses zufügen würde.

»Ich weiß, es sind harte Zeiten für das fahrende Volk«, erwiderte er nicht unfreundlich. »Aber die Räte dieser Stadt sehen es auch nicht gerne, wenn ein Mädchen wie du das Gewerbe der

Liebe ausübt. Ganz davon abgesehen, dass du zu schade dafür bist. Ich werde sehen, was ich für dich tun kann, sobald du mir verraten hast, bei welchem Geliebten du die Nacht verbracht hast.«

Oh, sie hätte es ahnen müssen, dass er nicht nachlassen würde! Männer wie dieser gaben nicht auf, wenn man sie belog. Aber er würde einsehen müssen, dass er an eine Meisterin dieses Metiers geraten war. Sie hatte sich einmal gestattet, ihren Gefühlen nachzugehen, ein zweites Mal würde sie es nicht tun. Wenn es darauf ankam, war sie eine hervorragende Komödiantin.

Nana richtete ihre veilchenfarbenen Augen auf ihn, die in diesem Moment tief violett wirkten; der Ausdruck darin zeigte nichts als absolute Ahnungslosigkeit. Ihre Lippen zitterten leicht, und sie strahlte eine solche entzückende Unschuld aus, dass sie vermutlich sogar Seine Majestät und dessen kritischen, übervorsichtigen Großkämmerer überzeugt hätte.

»Werft mich in den Kerker oder lasst mich foltern, Herr, aber auch dann wird mein Mund nichts anderes sagen können. Ich kenne den Mann nicht, und ich kann ihn auch nicht genau beschreiben. Es war schließlich dunkelste Nacht. Freilich, ich weiß, dass man meinesgleichen nie glaubt. Ich bin es gewohnt…«

Die letzten beiden Sätze fügte sie aus einem Impuls hinzu, den sie selbst nicht genau begründen konnte. Sie hatte einfach das Gefühl, dass dieser Mann so viel Unbestechlichkeit und persönliche Ehre in sich trug, dass er es nicht zulassen würde, dass man ein Mädchen wie sie, auf eine bloße Vermutung hin, der peinlichen Befragung unterwarf. Und seine Antwort bewies ihr, dass sie ihn richtig eingeschätzt hatte, wenngleich er dummerweise nicht zuließ, dass sie ihm durch die Finger schlüpfte.

»Ich werde darüber nachdenken, ob ich dir glauben kann, Kleines. Bis ich eine Entscheidung getroffen habe, darfst du jedoch nicht gehen.«

Nana nickte, einerseits erleichtert über den Ausgang der Sache, andererseits wütend darüber, dass sie schon wieder in den Händen eines Mannes gelandet war, der ihre Freiheit beschnitt und sie daran hinderte, nach ihrem Vater zu sehen. Weshalb mischten sich alle in ihr Leben ein?

Sie konnte nur hoffen, dass Maître Chestel, von der Summe besänftigt, die ihm Guy de St. Doye gegeben hatte, den alten Mann in seinem Verschlag vorerst in Ruhe ließ. Eine der anderen Mägde würde sicher nach ihm sehen, denn wenn er einen seiner guten Tage hatte, konnte er die herrlichsten Geschichten erzählen und die Mädchen mit kleinen Zaubereien erfreuen. Im Gegensatz zur Wirtin, die über die beiden unnützen Esser nur maulte, mochten die übrigen Hausbewohner Hughes.

»Ihr seid gut zu mir, Herr«, bedankte sie sich. »Aber warum darf ich nicht gehen? Ich habe nichts Unrechtes getan. Ich schwöre es Euch!«

Der Mann griff nach einer seidigen kupferfarbenen Strähne, die sich aus ihrem Zopf gelöst hatte, und hielt sie nachdenklich zwischen den Fingern. Er sah aus, als wäre er in diesem Moment mit seinen Gedanken sehr weit fort. Nana erschrak beinahe, als er ihr nach geraumer Zeit doch noch antwortete.

»Ich möchte nicht, dass du gehst. Du gefällst mir. Du erinnerst mich an meine Gemahlin. Auch sie hatte diese flammende Haarfarbe und Augen, die wie erste Frühlingsveilchen leuchteten…«

»Sie ist tot?«

»Sie kam mit unseren Kindern nach der Schlacht von Azincourt ums Leben, als plündernde Engländer unsere Burg angriffen und besetzten. Ich konnte sie nicht beschützen, denn ich lag schwer verwundet auf dem Schlachtfeld, von meinen eigenen Leuten für tot gehalten. Als ich endlich nach Hause kam, fand ich nur rauchende Trümmer und Gräber. Damals habe ich Johann von Bedford meine Rache geschworen! Ich habe mein Leben dem Kampf gegen die Engländer gewidmet, und ich werde erst wieder Ruhe finden, wenn unser Land von ihnen befreit ist. Aber, was erzähle ich dir da… Mir scheint, du machst einen sentimentalen Narren aus einem Krieger, mein Kleines!«

Das Lächeln, das für kurze Zeit in seinen Augen aufleuchtete, fand ein unerwartetes Echo in Nanas Herz. Es wob ein Band zwischen ihnen, gegen das sie sich vergeblich wehrte. Sie mochte ihn, diesen Krieger, der so hart wirkte und unter dessen rauer Schale sich erstaunliche Wärme und Menschlichkeit zeigte. Dabei wäre es sicher besser gewesen, sie hätte ihn verachten und hassen können.

»Ich nehme dich mit mir! Es kommt nicht in Frage, dass du weiter im *Grünen Hahn* einem solchen Gewerbe nachgehst. Es passt nicht zu dir.« Er sah sie an. »Es sind nur ein paar Schritte bis zu meinem Haus, dort wirst du vorerst wohnen, bis ich weiß, was künftig mit dir geschehen soll.«

Nana konnte gerade noch einen Seufzer unterdrücken. Seit sie auf das Geheiß jenes abscheulichen Mannes gebadet und neu eingekleidet worden war, erregte sie entschieden zu viel Aufmerksamkeit. Sie war längst so weit, dass sie sich nach der dicken Schutzschicht aus Schmutz und Staub zurücksehnte. Unter diesem hässlichen Panzer hatte es sich ruhiger gelebt, und ein paar aufdringliche Gerbergesellen ließen sich leichter abweisen als ein hoher Offizier des Königs. Allein, niemand fragte sie um ihre Meinung. Sie hatte zu gehorchen – und genau das fiel ihr am schwersten.

»Wie Ihr wollt, Herr!«, sagte sie, aber sie spielte die Gehorsame nur. Sie schlug sittsam die Augen nieder, während sie im Schutze ihres gestohlenen Umhanges wütend die Fäuste ballte.

Es konnte nicht schaden, seine Vorsicht ein wenig einzuschläfern, und das zufriedene Nicken, mit dem er ihre Worte zur Kenntnis nahm, bewies ihr, dass er nicht länger an ihrer Fügsamkeit zweifelte. Er kam gar nicht auf die Idee, dass eine junge Frau wie sie eigene Gedanken und Pläne haben konnte.

5. Kapitel

Mit dem Sonnenaufgang erwachte die Stadt zu neuem Leben. Ehrbare Matronen eilten mit frisch gestärkten weißen Leinenhauben und gesenkten Blicken zur Morgenmesse. Handwerker schlugen die Läden ihrer Häuser zur Seite und bauten ihre Schragen und Tische auf. Mägde mit leeren Körben liefen zum Markt, in der Hoffnung, das Angebot möge endlich ein wenig reichhaltiger sein als in den schweren Zeiten zuvor.

Bis zur Nasenspitze in die Falten ihres gestohlenen Umhanges vergraben, hob Nana den Stoff nur so weit an, dass sie den schnellen Schritten des Mannes folgen konnte, der ihre Rechte umklammert hatte und somit jede Möglichkeit zur Flucht von vornherein ausschloss. Er mochte mehr Gefühl als andere haben, aber er war auch vorsichtiger und bot ihr keine Möglichkeit, in der Menge der Bürger von Bourges unterzutauchen und ihm davonzulaufen. Sie konnte sich nicht einmal bekreuzigen, als sie an der Portalreihe von St. Etienne vorbeikamen.

Freilich, als ihr Führer sie erneut in die Rue d'Auron zog, hätte sie sich um ein Haar doch von ihm losgerissen. Sie war nicht aus dieser Straße geflohen, um sich freiwillig wieder dorthin zurückzubegeben. Sie wollte den Seigneur de St. Doye nicht einmal von ferne wiedersehen.

»Was hast du?«, fragte der Mann verwundert und blieb kurz stehen. »Wir sind gleich da, und ich versichere dir, dass du keine Furcht zu haben brauchst. Du wirst eine schöne Kammer bekommen, ein weiches Bett und gute Mahlzeiten. Der Kerker hätte dir kaum solchen Luxus geboten.«

Sie verstand sehr wohl die unterschwellige Drohung in seinen Worten. *Gehorche, oder ich sehe mich gezwungen, dich wie jede andere Hure zu behandeln, die in den Gängen des Palastes aufgegriffen wird, wo es verboten ist, dieses Gewerbe auszuüben.* Wenngleich der König kein Heiliger war, so duldete er doch – wenigstens nach außen hin – keine Unzucht unter den Augen von Königin Marie.

Nana biss sich auf die Unterlippe und setzte ihren Weg gehorsam fort. Doch als er vor dem gewölbten Portal eines reich verzierten Stadthauses stehen blieb, hatte sie Mühe, einen Aufschrei zu unterdrücken. Aus eben jenem Haus war sie vor vielen Stunden geflohen!

»Ihr… Ihr wohnt hier?«, fragte sie verstört. »Das ist Euer Haus?«

Ihre offensichtliche Fassungslosigkeit amüsierte den Mann. Er nahm an, dass sie nicht mit einem so großen und prächtigen Palast gerechnet hatte, der es fast mit dem des Königs aufnehmen konnte. Wie hätte sie auch ahnen können, dass sie es nicht nur mit einem Hauptmann des Königs, sondern auch mit dem reichen und mächtigen Grafen von Mesnières zu tun hatte.

»Ja, das ist mein Haus«, erklärte er denn auch mit einem gewissen Stolz. »Ich habe es gekauft, als der König den Hof nach Bourges verlegte. Mein Name ist Richard de St. Doye. Ich bin der Graf von Mesnières, und solange du unter meinem Schutz lebst, wird dir nichts geschehen. Du kannst meinem Wort vertrauen.«

»O Gott!«

Wieder verstand er sie völlig falsch. Er nickte und ließ den schweren Klopfer gegen das Portal donnern.

»Du solltest unserem Herrn wirklich danken, dass er dich ausgerechnet mir über den Weg geschickt hat, Kleines. Und nun komm, lass uns nicht länger auf dieser Straße Maulaffen feilhalten. Ich habe eine ziemlich schlimme und anstrengende Nacht hinter mir und freue mich auf die Annehmlichkeiten meines Hauses, die ich so selten genießen kann. Weißt du, dass ich zum ersten Male einen ganzen Winter hier und nicht in irgendeinem Heerlager verbracht habe?«

Hinter Nanas Stirn überschlugen sich die Gedanken. Richard de St. Doye musste mit jenem Scheusal verwandt sein, das sie von Maître Chestel gekauft hatte. War das sein Bruder? Nein, unterschiedlichere Männer als diesen rauen, herzlichen Krieger und den eiskalten, erschreckenden Buckligen konnte es kaum geben.

»Wohnt … wohnt Ihr ganz alleine hier?«, sagte sie. Sie zitterte am ganzen Körper.

»Nein«, teilte er ihr geduldig mit. »Ich teile das Haus mit meinem Bruder Guy de St. Doye und dessen Gemahlin, Dame Angèle. Aber die beiden brauchen dich nicht zu kümmern, Kleines. Sie haben ihre eigenen Gemächer, die im Westflügel dieses Hauses liegen, und sie führen ihren eigenen Haushalt.«

Wie zur Bestätigung seiner Worte öffnete nun ein anderer Lakai die Tür, um sie einzulassen. Der Graf führte Nana unter dem Torbogen hindurch in den quadratischen, großen Innenhof, der auf allen vier Seiten von hohen Mauern umgeben und mit steinernen Platten ausgelegt war. Er kam der jungen Frau wie ein Saal vor. Ein mächtiger Ziehbrunnen, zu dem zwei Stufen hinaufführten, beherrschte seine Mitte, und die makellose Sauberkeit der ganzen Anlage verriet einen wohl organisierten Haushalt.

Nana verkroch sich tiefer in ihren Umhang und glaubte die Fenster des Straßenflügels wie blitzende Augen in ihrem Rücken zu spüren. In Höhe des ersten Stockwerkes zog sich eine überdachte, hölzerne Galerie rund um das ganze Gebäude, und an den Säulen aus steinernem Maßwerk, die sie in gleichmäßigen Abständen trugen, rankten sich Efeu- und Rosenstöcke nach oben, die, geschützt vor den kühlen Winden, bereits üppig grünten.

Durch eine imponierend breite Tür, die ein prächtiges Wappen zeigte, auf dem Nana nur flüchtig ein Fabeltier auf zwei gekreuzten Schwertern wahrnahm, trat ihr Begleiter ins Haus und wandte sich einer breiten Steintreppe zu, deren Geländer wie steingewordene Spitze wirkte. Nana hatte nicht bemerkt, dass eine Reihe von Menschen die Ankunft des Grafen bemerkt hatte und nun bereitstand, seine Befehle anzunehmen. Sie hörte staunend die Reihe der militärisch knappen Anweisungen, die alle in kürzester Zeit befolgt wurden.

Wenig später fand sie sich in einem kleinen Gemach, dessen weiß gekalkte Wände von geschickten Künstlerhänden in eine Laube aus grünen Blättern und blühenden Blumen verwandelt worden war. Sogar die Balken der hölzernen Zimmerdecke waren mit geschnitzten Ranken verziert, und den Boden bedeckten keine frischen Kräuter, sondern ein großer Teppich, der ebenfalls Blüten und Ranken in Grün- und Rottönen zeigte.

Auf einem leicht erhöhten Podest stand ein Alkoven mit grünen Samtvorhängen, und neben einem zierlichen Tisch befanden sich eine Truhe, ein Taburett und ein gepolsterter Stuhl. Die hohe Rückenlehne des Stuhls war nach vorne gezogen, so dass sie sich wie ein kleines Dach über dem Kopf wölbte. Nana wusste nicht, dass man dieses Möbel Schäferinnenstuhl nannte, aber sie sah auf den ersten Blick, dass es ungeheuer praktisch war und man sich damit vor der Zugluft schützen konnte, die auch zwischen den bleiverglasten Fenstern hindurchpfiff, wenn das entsprechende Wetter herrschte.

»Gefällt es dir?« Die Stimme des Grafen riss sie aus ihren Gedanken.

»Es ist wundervoll«, antwortete Nana spontan. »Ich habe noch nie eine so schöne Kammer gesehen. Nicht einmal Ihre Majestät, die Königin, kann prachtvoller wohnen. Darf man den Boden betreten? Ich habe Angst, ihn zu beschmutzen. Was ist das für ein Stoff?«

»Aber natürlich!« Ihre kindliche Begeisterung rührte den Mann, der versunken das lebhafte Mienenspiel auf ihren feinen Zügen beobachtet hatte. »Es ist ein Teppich, den Maître Cœur aus Damaskus gebracht hat. Man knüpft dort solche Bilder aus Seide und Wolle. Ich habe den Teppich aus einer verrückten Laune heraus gekauft, obwohl ich zu diesem Zeitpunkt noch gar nicht wusste, dass ich eine Frau finden würde, die in diesem Gemach wohnen wird. Es ist der passende Rahmen für deine Schönheit!«

Nana senkte die Lider. Auf einmal empfand sie lähmendes Entsetzen. Dieses Haus war eine Falle, die zum zweiten Male um sie herum zugeschnappt war. Daran änderte auch dieser verführerische Luxus nichts. Sie wollte sich weder dem einen noch dem anderen Bruder hingeben. Sie wollte frei sein!

»Das ist alles sehr verwirrend und neu für dich«, fuhr der Graf fort. »Ich lasse dich jetzt allein, damit du dich ein wenig eingewöhnen kannst. Dort hinter den Vorhängen kannst du schlafen. Ich werde dafür sorgen, dass man dir zu essen bringt. Gehab dich wohl…«

Das Klappen der Tür bewies Nana, dass er sie tatsächlich allein gelassen hatte. Aber da war noch ein zweites, ebenso unmissverständliches Geräusch. Das Schaben von Metall auf Metall. Ein Riegel, der verhinderte, dass sie die Tür öffnen konnte. Sie war die Gefangene des Grafen von Mesnières!

Sie blieb reglos an ihrem Platz stehen, verwirrt, ängstlich und erschöpft. Der Versuch zu begreifen, was mit ihr geschah, kostete mehr Energie als ein ganzer Tag im *Grünen Hahn.* Was hatte sie getan, dass das Schicksal sie plötzlich in einen solchen erschreckenden Wirbel hineinriss, der sie davontrug wie ein loses Herbstblatt im Sturm?

Hinter ihren Schläfen pochte es, und sie wusste, wenn sie sich noch eine einzige weitere dieser sinnlosen Fragen stellte, würde sie sich aus dem Fenster dort in den Auron stürzen, weil sie verrückt geworden war.

Aber Nana war kein Mädchen, dass so einfach aufgab. Sie war durch die Schule eines harten Lebens gegangen und sie versagte sich den Luxus dummer Resignation. Obwohl übernächtigt, müde und durcheinander, begriff sie, dass es nur einen einzigen Helfer gab, auf den sie sich bedingungslos verlassen konnte, wenn es kritisch wurde. Ihren eigenen, listigen Kopf. Und den würde sie wesentlich erfolgreicher benutzen können, wenn sie jetzt schlief und die kurze Phase der Ruhe nutzte. Um wieder in den Vollbesitz ihrer Kräfte zu gelangen und über all ihren Witz verfügen zu können, wenn die Situation es erforderte, brauchte sie Ruhe und Erholung.

Kaum hatte sie diesen Entschluss gefasst, als sie auch schon den Umhang ablegte und die Vorhänge des Bettes aufzog. Schneeweißes Leinen umhüllte dicke Kissen und eine so verführerisch gepolsterte Zudecke, dass allein der Anblick ihr unwillkürlich schon einen genüsslichen Seufzer entlockte. Dennoch zögerte sie einen Moment lang. Sollte sie sich entkleiden? Besser nicht. Wer auch immer sie wecken würde, es wäre sicher besser, wenn er sie nicht nur im Hemd vorfände.

Wenige Augenblicke später schmiegte sich Nana in die glatten Kissen und glitt in einen Traum, in dem diese seidige Glätte noch wärmer war. In dem sie atmete und verdächtige Ähnlichkeit mit der bloßen Haut Colin d'Harignys hatte. Jenes Edelmannes, dessen Küsse sie noch auf ihren Lippen spürte und dem sie das einzige geschenkt hatte, was ihr wirklich gehörte. Ihr Herz und ihre Unschuld.

Sie ahnte nicht, dass auch Colin d'Harigny in diesem Moment an sie dachte und sich vergeblich wünschte, sie wäre nicht verschwunden wie ein nebelhafter Spuk. Dabei war es gar kein Spuk gewesen! Das magentarote Gewand, ein nach Rosen duftendes Hemd und die Blutspuren in seinem Bett bewiesen, dass er nicht geträumt hatte.

Besonders letztere hatten ihm einen Fluch entlockt, der in seiner bildhaften Deutlichkeit wenig zu wünschen übrig ließ. Eine Jungfrau! Bei allen Heiligen, warum trank er so viel Wein, wenn er so wenig davon vertrug? Welcher völlige Wahnwitz hatte ihn geritten, diese Kleine in sein Bett zu zerren? Ganz abgesehen davon, dass er in wahrhaft höllische Schwierigkeiten gekommen wäre, hätte man ihn auch noch dabei erwischt, dass er eine kleine Hure in den Palast schmuggelte.

Aber genau dies war Nana nicht gewesen! Was vermutlich bedeutete, dass seine Probleme nun noch größer wurden, als sie es ohnehin schon waren. Doch zum Henker, wieso hatte sie nichts getan, um ihn von seinem Vorhaben abzuhalten? Er gehörte nicht zu jenen Männern, die sich einer Frau aufzwangen. Hätte sie sich geweigert, er wäre vermutlich auch betrunken noch im Stande gewesen, seine allzu begehrlichen Wünsche zu beherrschen.

Allein, sie hatte es nicht getan. Sie hatte seine Küsse erwidert und sich mit einer Süße und Leidenschaft seinen Zärtlichkeiten ergeben, die ihn beim bloßen Gedanken daran neues Begehren empfinden ließen. Niemals hätte er sich träumen lassen, in den Armen einer Frau nicht nur Lust, sondern auch diese tiefe Wonne zu finden, denn trotz seiner eingeschränkten Wahrnehmungsfähigkeit war das sicher keine bloße Einbildung gewesen. O nein, Nana hatte ihn ebenso heftig begehrt wie er sie!

Doch solange sein Kopf noch so hämmerte und er dieses pelzige Gefühl im Mund hatte, würde er das Rätsel dieser Nacht kaum lösen können. Dieser verdammte Rotwein war an allem schuld. Wenn er nicht so viel getrunken hätte, wäre es Nana nie gelungen, sich aus dem Gemach zu schleichen, ohne dass er es gemerkt hätte. Normalerweise wachte er beim kleinsten Geräusch auf!

Nachdem er seinen Kopf bis über die kurz geschorenen Haare – lange Haare störten, wenn man einen Helm tragen musste – in die Wasserschüssel getaucht und sich dann angekleidet hatte, gelang es ihm zwar, die Nachwirkungen seines Rausches einzudämmen, aber nicht die Wünsche seines Körpers. Mit quälend eindringlicher Genauigkeit erinnerte er sich an Nanas geschmeidigen Leib, ihre Weichheit und ihre scheuen und zugleich sinnlichen Zärtlichkeiten.

Diese kleine Hexe musste sich im Morgengrauen davongemacht haben. Ein Blick in seine offene Truhe belehrte ihn darüber, was sie statt des verführerischen Kleides getragen hatte. Also blieb das Gewand, dem noch ihr Duft anhaftete, seine einzige Spur zu ihr. Er nahm es auf und vergrub sein Gesicht zwischen den seidenen Falten.

»Man nennt mich Nana. Ich gehöre niemandem.«

Ihre Stimme klang wie ein Echo in seinem Kopfe nach.

Geheimnisvolle, schöne, rührende Nana. Er musste sie wiederfinden, um jeden Preis!

Auch ein Mädchen, das niemandem gehörte, musste ein Dach über dem Kopf haben – und jemanden, der ihr ein Kleid wie dieses gab oder anfertigen ließ. Auch wenn er nicht besonders viel von den Feinheiten der weiblichen Mode verstand, diese fließende Seide kostete ein Vermögen, und nur verschwenderischer Reichtum erklärte die duftigen Spitzen am Saum des Hemdes, die in Venedig oder Florenz hergestellt worden waren.

Allein, die reichen Töchter und hochgeborenen Jungfern von Bourges hatte er längst auf den zahllosen Bällen und Empfängen des Hofes kennen gelernt. Es gab ansprechende und hübsche Mädchen unter ihnen, aber nicht eine davon glich Nana. Königin Marie hatte sie ihm alle vorgestellt und keineswegs mit diplomatischen Andeutungen über die Vorteile einer von Gott gesegneten Ehe gespart. Sie fand, dass dieser unverheiratete, gut aussehende Edelmann unter die Haube gehörte, ehe sich noch mehr von ihren Hofdamen hoffnungslos in ihn verliebten und vor lauter Seufzen ihre Pflichten vernachlässigten.

Bisher hatte Colin jedoch nicht den geringsten Wunsch danach verspürt. Es gab genug Frauen, die nur allzu willig waren, ihm ein paar Stunden der Lust zu schenken; dafür brauchte er sich nicht mit einer Gattin zu belasten. Es gab viele einsame Frauen in Bourges, die seine Aufmerksamkeiten schätzten. Er kannte die untreuen Gattinnen und schönen Witwen, die keine Absicht hatten, ihren Stand zu verändern, aber nichts gegen ein wenig Vergnügen einzuwenden hatten. Und auch nichts gegen einen gut aussehenden Ritter, der diskret und leidenschaftlich war. Allein, keine der Schönen war ihm je so unter die Haut gegangen wie das mysteriöse Mädchen im roten Seidengewand.

Wenn sie also weder zu den edlen Familien des Reiches noch zu jenen der Bürger von Bourges gehörte, wo sollte er sie suchen? Es sträubte sich alles in ihm, sie für eine Kurtisane zu halten. Für das Liebchen eines anderen Mannes, dem sie entkommen war, ehe er sie nehmen konnte. Sie war so rein, so unverdorben und entzückend gewesen, dass sie diesen Schmelz bestimmt nicht besessen hätte, wenn sie bereits die Aufmerksamkeiten anderer Männer genossen hätte.

»Oh, zum Henker mit diesen Grübeleien!«, rief er laut und fuhr sich mit allen zehn Fingern durch die ungebärdigen, noch feuchten Haare. »Ich habe ihr etwas genommen, das sie vernünftigerweise für ihren Gatten hätte bewahren sollen, aber ich bereue es nicht. Ich werde sie finden und künftig für sie sorgen. Sie wird es nicht bereuen, dass sie mir ihre Liebe geschenkt hat.«

Dass dieses Sorgen durchaus auch jene Dinge beinhaltete, die sie dort im Bett so hingebungsvoll miteinander getan hatten, gestand er sich sehr wohl ein.

Aber immerhin hatten ihn seine Überlegungen jetzt zu dem logischen Schluss gebracht, dass es sich bei Nana doch um ein einfaches Mädchen handeln musste, das jenes Kleid auf rätselhafte Weise erhalten hatte. Normalerweise trug sie vermutlich einfachen Barchent und schmuckloses Leinen. Je mehr er darüber nachdachte, umso sicherer glaubte er zu sein, dass es sich bei ihr um eine einfache Handwerkertochter oder das Kind eines Krämers handeln musste. Auf jeden Fall um eine junge Frau, für die es eine Ehre war, wenn sie die Geliebte des Grafen d'Harigny wurde.

Das Problem war nur, er musste sie finden, bevor er ihr diese Ehre zuteil werden lassen konnte!

6. Kapitel

Die Katakomben des alten Avaricum, der erst gallischen, dann römischen Stadt, die das Fundament vieler Häuser von Bourges bildeten, befanden sich auch unter dem Stadtpalast des Grafen von Mesnières. Die Feuchtigkeit des Auron hatte ihnen ebenso wenig anhaben können wie die Bemühungen der Menschen. In einem Labyrinth aus Gängen, Kammern und Bögen bildeten sie eine Stadt unter der Stadt. Es war ein geheimnisvoller Ort, an den sich viele zurückzogen, die das Tageslicht scheuten.

Auch Guy de St. Doye hatte die Vorteile dieser alten Kellergewölbe entdeckt, und von Fall zu Fall pflegte er dort unten im Schutz der ewigen Dunkelheit eines seiner Probleme zu lösen. So auch die Unterbringung jenes alten, kranken Mannes, den seine Häscher in einem Verschlag hinter der Schenke zum *Grünen Hahn* gefunden hatten, nachdem ihnen Maître Chestel den Weg gewiesen hatte. Sie hatten seiner Mitteilungsfreude ein wenig nachhelfen müssen, aber schließlich hatten die Knüppel sich als gute Argumente erwiesen.

Nun lag der Mann vor ihm auf einer verschimmelten Lage Stroh, und die blakende Laterne, die St. Doye vor wenigen Augenblicken in die Nische neben der Tür gestellt hatte, warf zitterndes Licht auf die ausgemergelte Gestalt des Alten. Er trug ein vielfach geflicktes Wams aus grobem Tuch und zerschlissene Beinlinge. Ein grauer, struppiger Bart, vom selben schmutzigen Farbton wie seine Haare, verbarg die untere Hälfte seines Gesichtes, die müden Augen darüber lagen tief und eingefallen in ihren Höhlen. Von Zeit zu Zeit schüttelte bellender Husten seinen Körper, und er konnte sich nicht mehr aus eigener Kraft erheben.

»Du bist also Hughes, der Gaukler«, stellte St. Doye fest, und der Alte nickte bestätigend. Man sah ihm an, dass er Angst hatte und dass er sich fragte, was dieser reich gekleidete Bucklige, dessen Schatten die Laterne riesig und grotesk auf das Gewölbe warf, von ihm wollte. »Du hast ein Kind, eine Tochter, die man Nana nennt, ist das richtig?«

Ein weiteres, diesmal schon zögernderes Nicken. Hughes wusste, dass es ratsam war, Herren wie diesen nicht zu verärgern. Aber die Frage nach Nana alarmierte ihn noch mehr als seine Gefangennahme.

»Was wollt Ihr von mir, edler Herr?«, keuchte er und unterdrückte den nächsten Hustenanfall. »Wir haben keinem Menschen etwas zu Leide getan. Das Mädchen arbeitet für unsere Unterkunft und unser Essen im *Grünen Hahn*. Wir fallen niemandem zur Last in dieser Stadt. Wir haben nie gebettelt und um Mitleid gebeten.«

»Woher kommt ihr?«

Die Drohung, die in dieser leidenschaftlosen, raschelnden Stimme mitschwang, ließ es Hughes ratsam erscheinen, die Wahrheit zu sagen – jedenfalls so weit wie möglich.

»Zuletzt sind wir in Chateauroux aufgetreten, Herr. Aber das war schon zu Beginn des letzten Sommers. Es gibt keine Märkte und Messen mehr, überall ist Krieg. Wir wollten nach Orléans oder nach Paris, aber wir kamen nur bis Bourges ... Dort ... ich ...«

Der Husten ließ sich nicht länger unterdrücken und unterstrich, was den alten Gaukler in dieser Stadt festgehalten hatte.

Sein Atem klang pfeifend und angestrengt.

»Seid gnädig, Herr ...« stöhnte er schließlich mit letzter Kraft. »Wir sind arm, aber wir haben uns immer an das Gesetz gehalten. Wieso kerkert Ihr mich ein? Wo ist meine Tochter?«

»Das genau wirst *du* mir sagen, Alter! Wo finde ich deine Tochter? Du weißt doch, dass sie verschwunden ist. Ich seh's dir an, dass du Bescheid weißt.«

»Nana?« Hughes versuchte Zeit zu gewinnen. Er wusste nicht, was mit Nana passiert war. Er wusste nur, dass sie die Nacht nicht wie sonst üblich auf ihrem Strohsack verbracht hatte. Im ersten Moment hatte er sogar gehofft, dass sie endlich einen Mann gefunden hätte, der für sie sorgen würde. Der ihm die Last um ihre Zukunft abnahm, damit er endlich in Ruhe sterben konnte.

»Nana. Eben jene«, wiederholte der Bucklige gefährlich ruhig.

Seine Stimme raschelte wie das alte Stroh, auf dem der Gaukler lag. »Oder hast du noch andere Kinder?«

»Nein, Herr. Ich habe keine Kinder. Ich hatte nie eine Frau. Ich meine nur … Heilige Mutter Anna, sie ist verschwunden, sagt ihr? Wo kann sie sein? Der Wirt hat ihr Arbeit gegeben, er muss doch wissen, wo sie steckt! Sie würde mich nie im Stich lassen, sie ist ein braves Mädchen, das weiß, was sich gehört.«

Hughes hatte plötzlich begriffen, dass seine Schwierigkeiten noch viel größer waren, als er ursprünglich angenommen hatte.

Guy de St. Doye gab ein eigenartiges Geräusch von sich, das klang, als würde er den Versuch machen zu lachen. Es wirkte jedoch so befremdlich und seltsam, dass sich die vage Furcht des Gauklers zu Panik steigerte.

»Der Wirt hat mir alles gesagt, was er weiß, dessen kannst du gewiss sein. Mich belügt man nicht. Wo ist das Mädchen?«

»Was wollt Ihr von ihr, Herr?«

»Das braucht dich nicht zu kümmern«, erwiderte St. Doye dem alten Mann, und der duckte sich unter den Worten wie unter einem Schlag.

»Sie hat sicher nichts Böses getan«, wiederholte Hughes schwer atmend und entschied sich, zusätzlich etwas zu Nanas Schutz zu tun. »Sie ist ein gehorsames Mädchen, aber sie ist nicht meine wirkliche Tochter.«

»*Waas?*«

Der unerwartete Aufschrei Guy de St. Doyes hallte von den Wänden des Kerkers wider. Mit einer einzigen, mächtigen Bewegung hatte er die schmächtige Gestalt des Gauklers am Kittel gepackt und schüttelte ihn, dass der Kopf des Alten von einer Seite zur anderen flog.

»Was willst du damit sagen? Erzähl oder ich breche dir alle Knochen einzeln!«

Furchtsam, aber doch mit einem gewissen Stolz, sah Hughes seinen Peiniger an und raffte seine schwindenden Kräfte zusammen. Es wurde ohnehin Zeit, dass er die Wahrheit sagte und sein Geheimnis nicht mit ins Grab nahm.

»Es ist nicht nötig, dass Ihr das tut, Herr. Ich weiß selbst nicht sehr viel. Die beiden Mädchen liefen unserer Truppe im Jahre fünfzehn über den Weg. Ich weiß es noch so genau, denn es war nur kurz nach der schrecklichen Schlacht bei Azincourt. Wir wollten zum Markt nach Crécy, aber der Krieg machte uns einen Strich durch die Rechnung, und wir mussten vor den englischen Plünderern fliehen. Irgendwo bei Hesdin fanden wir die Kinder. Die Jüngere saß am Straßenrand und weinte, während die Ältere bewusstlos neben ihr lag. Offensichtlich waren sie in die Kämpfe geraten, denn das ohnmächtige Mädchen hatte eine schwere Kopfwunde, und es sah nicht so aus, als ob es seine Verletzungen lange überleben würde. Dieser Krieg nimmt keine Rücksicht auf unschuldige Kinder, Herr.«

»Sie starb, und Nana ist die Kleine?« Ungeduldig unterbrach Guy de St. Doye die langsame und weitschweifige Erzählung des Gauklers. Das diffuse Licht der Fackel verbarg, dass er so bleich wie ein Leichentuch geworden war, doch seine Stimme verriet mehr. Sie klirrte wie Frost.

»Nein, Herr«, verbesserte ihn Hughes. »Ich brachte es nicht über das Herz, das verletzte Kind sich selbst zu überlassen, obwohl die anderen es forderten. Sie hatten Angst um ihr Leben und weigerten sich, die Ohnmächtige mitzunehmen. Beide Kinder trugen feine Gewänder, und man sah ihnen an, dass sie von vornehmer Geburt sein mussten. Wenn man uns mit ihnen erwischte, würde man das fahrende Volk verdächtigen, sie entführt zu haben. Da die Kleinere der beiden jedoch wunderhübsch war, nahmen die anderen sie mit. Ein solches Kind ist ein Gewinn für jede Gauklertruppe, Herr, und es sah ganz danach aus, als wären die armen Würmchen eben Waisen geworden. Ein hübsches Mädchen öffnet überall den Beutel.«

»Und weiter?« St. Doye stieß den Alten mit seinem Stock an, aber Hughes musste erst einen Hustenanfall überwinden, ehe er seinen Bericht fortsetzen konnte.

»Ich tauschte die Kleider der Verletzten gegen Proviant und legte das Kind in meinen Wagen. Der Rest der Gruppe zog eilig weiter. Es war auch besser so, denn das jüngere Mädchen weinte herzzerreißend und wollte sich nicht von dem anderen trennen lassen. Es konnte noch nicht richtig sprechen und schrie nur ständig nach seiner ›Nana‹, aber was hätten wir tun sollen? Damals dachten wir, dass diese Nana aller Voraussicht nach ja ohnehin sterben würde. Ich wollte lediglich meine Christenpflicht an dem armen Ding erfüllen…«

Guy de St. Doye murmelte einen unterdrückten Fluch, den der alte Mann irrtümlich für Mitgefühl hielt, denn er nickte.

»Es war eine schlimme Zeit, und keiner von uns konnte ahnen, dass es noch viel schlimmer werden würde. Nun, ich zockelte mit meinem Karren so langsam wie möglich weiter, und nach ein paar Tagen kam das Mädchen erstaunlicherweise wieder zu sich. Der Schlag auf den Kopf hatte ihm jedoch schlimmen Schaden zugefügt. Es konnte sich an nichts erinnern, nicht einmal daran, wer es war, und so habe ich es eben Nana genannt, damit es wenigstens einen Namen bekam. Es blieb bei mir, und ich gab es für meine Tochter aus, und das ist sie im Laufe der Jahre auch geworden. Es ist ein hartes Schicksal für ein Mädchen, aber was sollte ich tun? Ich blieb lange in der Gegend, aber niemand scheint sie vermisst zu haben, und sie selbst weiß bis heute von nichts.«

»Willst du damit sagen, Nana hält sich noch immer für deine Tochter?« Guy de St. Doye konnte sein unverhofftes Glück kaum fassen.

»Natürlich«, bestätigte Hughes. »Was hätte es gebracht, ihr von diesen Dingen zu erzählen? Weshalb sie unglücklich machen? Wenn der Sommer kommt und ich wieder gesund bin, können wir aufs Neue arbeiten. Der Waffenstillstand währt nun schon lange, vielleicht gibt es wieder Märkte, und dann wird alles gut. Ich bin ein guter Jongleur, Herr! Solange der Krieg uns nicht eingeholt hatte, haben wir ein gutes Leben gehabt, die kleine Nana und ich. Ihr müsst sie finden, Herr! Lasst nicht zu, dass ihr erneut Leid geschieht!«

»Du kannst dich darauf verlassen, dass ich sie finden werde, Alter!«, zischte St. Doye und reagierte seine Spannung ab, indem er den Mann erneut mit seinem Stock schlug. Dieses Mal jedoch so hart, dass Hughes vor Schmerzen schrie, doch seine Schreie gingen in einem neuerlichen Hustenanfall unter.

Sein Keuchen folgte Guy de St. Doye, als er den Riegel vorlegte und den alten Mann in seinem dunklen Kerker zurückließ. Hier unten war es nicht einmal nötig, ihn zu bewachen. Hier konnte er verrotten und seine Rolle als Lockvogel für Nana spielen, ehe er endgültig verhungerte.

Jawohl, er würde diese kupferhaarige Hexe finden, und wenn er dazu jeden Stein von Bourges umkehren müsste. Nach dem, was er jetzt erfahren hatte, nur umso mehr. Bisher hatte ihn lediglich Nanas Ähnlichkeit mit Melisande de Guînes gereizt; sollte sie jedoch wirklich deren älteste Tochter sein, die jenes Massaker überlebt hatte, so wäre es die vollkommene Rache an ihrer Mutter, die Tochter zu missbrauchen, zu misshandeln, zu demütigen.

Allein der Gedanke daran brachte Feuer in seine toten Augen und verzerrte seinen vollen Mund zu einem bösartig schmalen Bogen. Er wirkte so gewalttätig und wütend, dass die Lakaien, denen er auf dem Weg in seine Gemächer begegnete, schon von weitem einen Bogen um ihn schlugen. In seinem Arbeitskabinett goss er sich einen gläsernen Pokal mit Rotwein voll und stürzte die Flüssigkeit in einem einzigen Zug hinunter.

Dann ließ er sich in einen gepolsterten Stuhl sinken und verglich die Informationen, die er von Hughes erhalten hatte, mit jenen, die in seinem eigenen Gedächtnis gespeichert waren.

Bisher hatte er angenommen, dass Richards älteste Töchter bei ihrer Flucht aus Mesnières genau in die Hände der angreifenden englischen Truppen gelaufen sein mussten. Er selbst hätte sein Vorhaben, beide zu erstechen, nicht ausführen können, ohne ebenfalls von den Marodeuren getötet zu werden. Im Bewusstsein, dass die Plünderer mit den Kindern kurzen Prozess machen würden, hatte er sich in Sicherheit gebracht.

Da Dame Angèle, seine Gattin, die Burg schon Tage zuvor verlassen hatte, um ihre Eltern zu besuchen, gab es keine Zeugen für seine ruchlose Tat. Die Engländer hatten ihm zudem den Gefallen getan, Mesnières bis auf den letzten Stein zu zerstören. Es war nicht schade um das alte Gemäuer, und das Vermögen der Familie steckte ohnehin im Handel und in anderen Dingen. Er hatte es längst für sich und seinen Sohn in Sicherheit gebracht, der nun der nächste Graf von Mesnières werden würde. Jener Sohn, den Dame Angèle ein Jahr nach der Schlacht von Azincourt endlich zur Welt gebracht hatte.

Noch einmal empfand er im Rückblick jenen Schock, der ihm die Sprache geraubt hatte, als Richard nach mehr als zwei Jahren in englischer Gefangenschaft plötzlich wieder aufgetaucht war. Ein Richard, der in den Trümmern von Mesnières vergeblich nach seiner Familie gesucht hatte und allem Englischen bittere Rache schwor. Ein Richard, der in zahllosen Schlachten sein Leben riskierte, der an der Seite Jeanne d'Arcs ritt und wie durch ein Wunder immer wieder allen Gefahren entrann. Es schien, als habe ihm der Tag bei Azincourt eine unzerstörbare Rüstung geschenkt. Je mehr er im Angedenken an Melisande und seine Kinder den Tod suchte, desto unverwundbarer schien er zu werden.

Heiliger Himmel, Richard durfte dieses Mädchen nie zu Gesicht bekommen! Selbst wenn er nie auf die Idee käme, dass es sich um seine eigene Tochter handeln könnte, so würde ihm doch ihre verblüffende Ähnlichkeit mit Melisande ins Auge stechen. Da er Melisande nie eine Nachfolgerin gegeben hatte und ihr Andenken wie das einer Heiligen ehrte, war nicht abzusehen, welche Verrücktheiten ihm bei Nanas Anblick in den Sinn kommen könnten.

Diese Ähnlichkeit der beiden Frauen, die bis ins kleinste Detail reichte, hatte sogar ihm die Erinnerung an jene fiebrigen Stunden zurückgeschenkt, in denen er auf Mesnières heimlich die Gattin seines Bruders in der Badestube beobachtet und sich darauf gefreut hatte, sie unter sich zu spüren. Jene Hexe, die ihr Gift in sein Blut geträufelt hatte, um ihn zu verspotten. Deren bloßer Anblick die knochige, unschöne Angèle zu hysterischen Wutausbrüchen veranlasst hatte.

Er zweifelte nicht länger daran, dass Nana in Wirklichkeit Nadine de St. Doye hieß. »Nana« war wohl der Kindername, den ihre Schwester Alison ihr gegeben hatte. Alison, die ebenfalls am Leben geblieben zu sein schien. Aber mit ihr würde er sich beschäftigen, wenn er mit der Älteren fertig war. Die Ältere, die sich nicht an das Leben erinnern konnte, das sie geführt hatte, ehe ihr Onkel dafür gesorgt hatte, dass der Krieg die unverteidigten Mauern von Mesnières zerstören konnte. Fast bedauerte er in diesem Augenblick, dass er Melisande nicht mehr mit dem peinigen konnte, was aus ihren Töchtern geworden war. Sie hatte so schön gelitten wie keine andere nach ihr. Verfügte ihre Tochter über die gleichen Qualitäten?

Er hatte seine Männer ausgeschickt, überall in der Stadt nach Nana Ausschau zu halten, und die Belohnung, die der Wirtin des *Grünen Hahns* winkte, sobald sie Nana verriet, wenn diese nach ihrem Vater fragte, hätte auch eine strengere Dame als jene zur erfolgreichen Kumpanei verführt. Die Fallen waren ausgelegt, und es blieb ihm jetzt nur das Warten. Das Warten auf einen Genuss besonderer Art.

Natürlich musste dieses ungehorsame Mädchen erst einmal für seine Flucht bestraft werden. Für den Diebstahl des Kleides und die Mühen, die sie ihm bereitet hatte. Es gab da die raffiniertesten Foltermethoden, die den Körper nicht verletzten und trotzdem ein Höchstmaß an Schmerz bereiteten. Es würde interessant sein herauszufinden, wie lange die Dirne dem widerstand. Ob sie den gleichen hartnäckigen Stolz wie ihre Mutter besaß?

Guy de St. Doye stand auf und humpelte erneut zur Weinkaraffe. Seine Hand zitterte leicht, als er den Pokal erneut vollgoss, und er spürte die vertraute Regung seiner Männlichkeit, die ihn nur dann überkam, wenn er an die Schmerzen dachte, die er einer kupferhaarigen Frau bereiten konnte. An den Moment, in dem sein Dolch in Melisandes zarten Körper eingedrungen war. Wenigstens sein Dolch hatte sie besessen.

Melisandes Tochter. Eigentlich musste er dem Himmel danken, dass sie damals mit dem Leben davongekommen war. Es bereite ihm einen unerwarteten Genuss. Ein stummes Lachen schüttelte seinen Körper, und ein paar Weintropfen spritzten dabei auf die weiße Manschette seines Hemdes.

Es sah aus wie Blut, und der Anblick gefiel ihm. Er wischte sie nicht fort.

7. Kapitel

Richard de St. Doye, der Graf von Mesnières, hatte kein besonders herzliches Verhältnis zu seinem jüngeren Bruder, aber er schätzte die Tüchtigkeit, mit der jener sich um die Belange der Familie kümmerte, für die er selbst nur wenig Zeit fand. Im Grunde behagte ihm das Leben als Krieger. Er schätzte es, sich in ritterlichen Zweikämpfen zu bewähren und mit dem Schwert in der Hand für seinen König in die Schlacht zu reiten.

Nach jener verheerenden Niederlage in Azincourt, seiner Gefangenschaft und der Heimkehr in eine Heimat, die es nicht mehr gab, hatte er sich ganz dem Waffenhandwerk verschrieben und überließ es dem Jüngeren, sich um Besitz und Vermögen der Mesnières zu kümmern. Es war in seinen Augen auch die richtige Tätigkeit für einen Mann, dessen körperliche Mängel ihn daran hinderten, ein Ritter zu werden.

Auch an diesem Tag widmete er den Pergamenten, die seiner Unterschrift harrten, kaum einen Blick. Er hatte keine Lust, sich mit der Beteiligung zu befassen, die Guy an einer Handelsexpedition des Kaufmannes Jacques Cœur vorschlug und die in den Vorderen Orient führen sollte. Es interessierte ihn schon an normalen Tagen nicht, wie stark sein Bruder das ohnehin beträchtliche Vermögen des Grafen von Mesnières vermehrte, aber heute fand er die akribischen Aufstellungen noch langweiliger als sonst.

Nicht einen Herzschlag lang konnte er die Ereignisse des Morgens vergessen, welche die Erinnerungen an ein längst vergangenes Leben wieder erweckt hatten. Er hatte Melisande de Guînes mit jener ausschließlichen Leidenschaft geliebt, die nur wenigen Menschen vorbehalten ist. Dass sie unter seiner Abwesenheit gelitten hatte und die schnell aufeinander folgenden Schwangerschaften sie erschöpft hatten, sah er als normales Frauenschicksal an. Es war die Aufgabe einer Gattin, Söhne zur Welt zu bringen und Töchter zu gebären; sie hatte zu Hause auf ihren Mann zu warten und den Haushalt so zu führen, wie es angemessen war.

Die steigende Abneigung Melisandes gegen Guy hatte er stets

für übertrieben gehalten. Guy war ein Ehrenmann und Melisande die viel zu verwöhnte Tochter eines nachsichtigen Vaters. Wie oft hatte er ihr geraten, Duldsamkeit walten zu lassen und ein wenig Verständnis für einen Mann aufzubringen, der, durch sein körperliches Gebrechen behindert, nur eine hässliche und unfreundliche Frau bekommen hatte. Dass Guy Melisande bewunderte, hatte ihm sogar ein wenig geschmeichelt. Es gefiel ihm, eine Frau zu haben, um die er beneidet wurde.

Seit ihrem Tod hatte er sich nie wieder einer Frau genähert, ja nicht einmal das natürliche Bedürfnis verspürt, dies zu tun.

Azincourt hatte den besten Teil seines Lebens zerstört, und der unwichtige Rest, der ihm geblieben war, konnte sehr wohl ohne weibliche Zärtlichkeiten und die Freuden des Bettes existieren.

Zumindest hatte er dies angenommen, bis er im Scheine einer flackernden Laterne in ein ovales Mädchengesicht mit veilchenfarbenen Augen geblickt hatte.

In das Antlitz einer jung gebliebenen, wunderschönen Melisande, das ihn fünfzehn Jahre der Verzweiflung hatte vergessen lassen und den Wunsch in ihm weckte, sie in die Arme zu nehmen und für immer festzuhalten.

Eine kleine Dirne, die Tochter eines Gauklers, die in einer Gerberschänke den Wein und vielleicht sogar mehr servierte. Eine Person ohne Bürgerrechte, ohne Familie und ohne den geringsten Hauch von Bildung oder Kultur. War er verrückt geworden? Womit hatte sie ihn verhext? Konnten ihm die Müdigkeit und der Blutverlust aus seiner Wunde einen Streich gespielt haben? Vielleicht war die Ähnlichkeit längst nicht so ausgeprägt, wie es ihm zunächst erschienen war?

Inzwischen war seine Wunde versorgt, er hatte ein Bad genommen, eine umfangreiche Mahlzeit genossen und acht Stunden wie ein Toter geschlafen. Jetzt fühlte er sich im Stande, jenes Phantom aus der Morgendämmerung mit der Gelassenheit eines Mannes zu betrachten, der sich seines Verstandes und seiner Stellung wieder sicher war.

Er würde sie unverzüglich aufsuchen, um eine Entscheidung darüber zu treffen, was mit ihr geschehen sollte. Mit Sicherheit war sie zu schade für den *Grünen Hahn.* Vielleicht benötigte man im Haus jedoch eine Magd oder ein Küchenmädchen. Vielleicht gab es in den Dienstbotenquartieren auch einen Strohsack für ihren Vater, so dass sie sich nicht länger Sorgen um ihn zu machen brauchte.

Der Graf war zufrieden mit sich, und diese Zufriedenheit beschwichtigte ein wenig die Gewissensbisse, die er inzwischen empfand. Es war falsch gewesen, Nana einfach in sein Haus zu zerren, nur weil sie ihn mit ihrer Ähnlichkeit mit Melisande aus der Fassung gebracht hatte. Er sollte über das Alter hinaus sein, sich derartiger Landsknechts-Methoden zu bedienen. Oder vielleicht war er einfach zu lange allein, ohne Frau gewesen. Vielleicht sollte er den Gedanken, sich wieder zu verheiraten, doch nicht so weit von sich schieben.

Wenn er morgen in einer Schlacht fiel, würde sein Bruder Guy und nach diesem dessen Sohn Gilles der nächste Graf von Mesnières werden. Bisher hatte ihn diese Aussicht nicht gestört, aber plötzlich stand vor Richards Augen das Bild des Vierzehnjährigen, der von seiner Mutter die ausgeprägte Hakennase, das fahle blonde Haar und die blassblauen, leicht hervorstehenden Augen, vom Vater aber die stämmige, untersetzte Statur geerbt hatte.

Obwohl glücklicherweise ohne die schlimmen Behinderungen seines Vaters geboren, machte er den Eindruck eines schwächlichen Invaliden. Richard hatte ihn als Pagen beim Großkämmerer untergebracht, aber diese Ehre änderte nichts an der Tatsache, dass Gilles das traurige Zerrbild eines Chevaliers war. Gilles. Was Guy wohl dazu getrieben hatte, jenem Kind den Namen seines, Richard, so früh verstorbenen Sohnes zu geben?

Unwillkürlich sah Richard ein anderes, erfreulicheres Bild vor sich. Das eines wohl gestalteten Pagen mit dem braunen Haar des Vaters und den Amethystaugen der Mutter. Schließlich war er noch nicht so alt, er wäre vermutlich durchaus noch im Stande, Kinder zu zeugen. Natürlich nicht mit einer Landstreicherin, die keinen Tropfen edles Blut in den Adern hatte! Und dennoch, er konnte der Versuchung, sie erneut zu betrachten, nicht widerstehen.

Nana rührte sich nicht, als er den Riegel zurückschob und in ihre Kammer trat. Sie schlief in einer so grenzenlosen Erschöpfung des Körpers und des Geistes, dass sie es nicht einmal gemerkt hätte, wenn sie fortgetragen worden wäre. Sie lag auf der Seite und hatte die Vorhänge des Alkovens nicht ganz geschlossen. Ihre dichten langen Wimpern, die um einiges dunkler waren als die Haare, verbargen die ungewöhnliche Farbe ihrer Augen, aber auch ohne diesen Anhaltspunkt traf ihn ihre Ähnlichkeit mit Melisande nun sogar noch stärker als zuvor.

Im Schlaf besaß sie nicht jene Spannkraft, jenen spürbaren Stolz, der einen zögern ließ, ihr den eigenen Willen einfach aufzuzwingen. Melisande war sanft, fromm und rührend hingebungsvoll gewesen. Eine zarte Schönheit, die man vor den Rauheiten des Lebens beschützen musste. Im Schlummer glich ihr Nana auf bestürzende Weise.

Die Erschöpfung hatte tiefe violette Schatten unter ihre Augen gemalt, doch der entspannte, schön geschwungene Mund hatte seinen trotzigen Zug verloren. Nein, Richard hatte sich nicht getäuscht. Sie glich seiner verstorbenen Gemahlin wie das Spiegelbild der Frau, die sich selbst ansieht. Sie hätte Melisandes Schwester sein können, wäre da nicht der gewaltige Unterschied ihrer Herkunft gewesen. Welch phantastische Laune der Natur, die Erscheinung einer edlen Dame in einem Gauklermädchen zu wiederholen!

Ordentlich frisiert und mit den entsprechenden Kleidern würde indes bestimmt niemand mehr Nana für eine Landstreicherin halten. Im Gegenteil, mit ihren makellosen Zügen, den kleinen, wohl geformten Ohren, den schmalen, schlanken Händen und den zierlichen Füßen besaß sie alle äußerlichen Merkmale einer noblen Geburt.

Nun, Schönheit war tatsächlich kein alleiniges Vorrecht des Adels, man musste sich nur Guys ehrbare Gattin ansehen, die aus einer der ältesten Familien des Landes kam und dennoch so hässlich war, dass sie nur die Wahl zwischen dem Kloster und der Ehe mit einem missgestalteten Mann gehabt hatte.

Wie schade, dass das weite Männerhemd keine weiteren Einzelheiten der Figur der müden Schläferin verriet, auch wenn sich unter der Decke die Umrisse schlanker Beine, wohl gerundeter Hüften und einer bemerkenswert schmalen Taille abzeichneten. Richard ertappte sich bei dem Wunsch, die Decke zu heben, um mehr zu sehen, aber dann verharrte seine Hand mitten in der Bewegung.

Die Kleine wirkte so jung, so schutzbedürftig und verlassen, dass er sie nun nicht mehr nur mit Begehren, sondern plötzlich auch mit Sorge betrachtete. Nana hatte in ihrem abenteuerlichen Leben Männer sicher bisher nur von ihrer schlechtesten Seite kennen gelernt. Er, Richard, wollte nun nicht ein weiterer Kandidat in der Reihe jener sein, die sich ihr aufzwangen. Er wünschte sich ihr Vertrauen, ihr Lächeln, ihre Zuneigung. Lauter Dinge, die sie ihm schenken musste und die er sich nicht gewaltsam aneignen konnte. Er würde Geduld und Zeit aufbringen müssen.

Zeit, die ihm das Schicksal mit Melisande nicht gegönnt hatte. Bis auf wenige Wochen nach ihrer Eheschließung hatte er eigentlich kaum richtig mit ihr zusammengelebt. Da sie schon bald schwanger geworden war, hatte sie ihn nicht an den Hof begleiten können. König Karl indes wollte seine Ritter um sich versammelt haben. Jeder Besuch in Mesnières hatte eine königliche Genehmigung erfordert, und alle Besuche schienen ihm, im Rückblick gesehen, kaum der Rede wert gewesen zu sein.

Dennoch hatten sie genügt, um das kurze, tragische Leben von fünf Kindern zu zeugen. Jenes Erben, der schon wenige Monate nach seiner Geburt wieder starb, und der Mädchen, die von den Engländern getötet worden waren.

Die Zwillinge hatte er nie zu Gesicht bekommen, und auch an die beiden älteren erinnerte er sich kaum. Ein quengelndes Baby und ein pummeliges Kleinkind, das über sein Röckchen stolperte, wenn es ihm entgegenlief. Arme kleine Engelchen, er konnte nur hoffen, dass sie getötet worden waren, ehe die Burg ausbrannte. Das Bild ihrer brennenden Körper hatte ihn in seinen Albträumen noch verfolgt, als ihre Namen bereits in Vergessenheit gerieten. Melisande war es, die er wahrhaftig vermisste, nach der er sich vergeblich sehnte und deren Bild für ihn niemals verblasste.

Ein tiefer Seufzer, den die Schlafende ausstieß, riss ihn aus seinen Betrachtungen. Nana drehte sich auf den Rücken und breitete die Arme aus, als wolle sie einen Geliebten umarmen. Ihre rotblonden Haare ergossen sich wie ein wirrer Teppich aus Sonnenstrahlen über das Kissen und hingen halb über den Rand des Bettes. Ein schelmisch-zärtliches Lächeln umspielte ihre Mundwinkel; aber das Schöne sah sie wohl nur im Traum, denn ihre Augen blieben weiterhin geschlossen, und sie atmete tief und regelmäßig.

Die Bewegung ließ das nachlässig geschnürte Männerhemd, das sie trug, am Busen aufklaffen, so dass Richard den Ansatz der rosigen Brüste erkennen konnte, die sich unter dem Leinen wölbten. Die straffen, üppigen Hügel hoben sich im Rhythmus ihrer Atemzüge, und der Graf von Mesnières schluckte. Gütiger Himmel, wie er dieses Mädchen begehrte!

Allein, er würde warten. Er hatte das deutliche Empfinden, dass ihre Hingabe und ihre Zärtlichkeit umso vollkommener sein würden, wenn sie erst zu schätzen wusste, was er für sie tat. Wenn sie ohne Angst und freiwillig in seine Arme kam. Bis dahin war es wohl besser, er hielt ein wenig auf Abstand, damit er der eigenen Beherrschung besser trauen konnte.

Sorgfältig verschloss er die Tür hinter sich und kehrte in seine persönlichen Gemächer zurück, wo er der Dienerschaft eine Reihe von knappen Anweisungen gab, die in diesem Teil des Hauses umgehend hektische Betriebsamkeit auslösten.

Das Fenster war ein Wunderwerk aus kleinen rautenförmigen Glasscheiben, die im Wechsel von weiß und grün aneinander gefügt und mit Stegen aus Blei verbunden waren. In der Mitte ließen sie Raum für ein großes Wappen, das einen Drachen zeigte, der von zwei gekreuzten Schwertern in Bann gehalten wurde. Die Sonne, die von außen dagegen schien, verlieh den Farben eine Leuchtkraft, die fast schmerzend für die Augen war.

Nana blinzelte. War das noch ein Bild aus ihrem Traum, das verschwinden würde, wenn sie vollends wach war? Nein, es blieb an seinem Platz und machte ihr bewusst, dass sie bereits das zweite Mal in einem richtigen Bett zwischen prall gefüllten Federkissen aufwachte und nicht neben ihrem keuchend um Atem ringenden Vater. Gleichzeitig mit dieser Erkenntnis kam auch die Erinnerung an die Geschehnisse der vergangenen Nacht und des hinter ihr liegenden Morgens.

Ihre plötzliche Bewegung hatte die Aufmerksamkeit einer Frau auf sich gezogen, die auf der Truhe am Fenster saß und ihre Näharbeit nun sinken ließ. Sie trug ein braunes Wollgewand, eine weiße Schürze und eine imponierend steife, weiße Haube.

»Guten Morgen«, sagte sie mit einem freundlichen Lächeln und fügte gleich hinzu, bevor Nana fragen konnte: »Ich bin Ermeline, Eure Kammerfrau. Der Graf hat mich in Eure Dienste gegeben. Sicher habt Ihr gewaltigen Hunger, so lange, wie Ihr geschlafen habt. Ich werde Euch sofort etwas zu essen bringen.«

Ihre Art zu sprechen verwirrte Nana. Niemand hatte sich bisher die Mühe gemacht, respektvoll mit ihr zu reden, und was eine Kammerfrau sein sollte, konnte sie höchstens ahnen. Sie setzte sich auf und schloss hastig den Halsausschnitt des Hemdes, das sie trug. Heilige Jungfrau, was sollte sie mit einer eigenen Dienerin?

»Am besten bleibt Ihr noch im Bett, bis ich das Kleid für Euch abgenäht habe«, setzte Ermeline hinzu, ehe sie aus dem Zimmer lief. »Ich bin sofort zurück.«

Aber sie nahm sich hörbar die Zeit, den Riegel von außen vorzuschieben, und Nana kam das Geräusch allmählich vertraut vor. Sie strich sich die Haare mit beiden Händen aus der Stirn und schwang die Beine unter der Decke hervor. Dann rutschte sie von der hohen Bettstatt herab und lief zum Fenster. Sie hatte ein wenig Mühe mit dem Haken, der es verschloss, aber dann konnte sie die beiden Flügel aufstoßen und hinaussehen.

Unterhalb der Mauern des Hauses floss der Auron vorbei. Da es seit geraumer Zeit nicht mehr geregnet hatte, stand das Wasser niedrig, aber die Weiden, die das Ufer beschatteten, trugen bereits grüne Spitzen. Der Tag war schon so weit fortgeschritten, dass die Sonne hoch über die Dächer der Stadt gestiegen war. Es musste kurz vor dem Mittagläuten sein. Hatte sie nur einen halben Tag geschlafen? Sie fühlte sich, als sei es mindestens ein Monat gewesen. Ermeline hatte Recht gehabt. Ihr Magen knurrte vor Hunger, und sie durfte gar nicht an eine Scheibe Brot denken, sonst bekam sie schwache Knie. Sie musste unbedingt etwas essen, ehe sie genauer über die Lage nachdenken konnte, in der sie sich befand.

»Ihr seid ja doch aufgestanden«, rügte die Kammerfrau, die soeben ein Tablett hereinschleppte. Nana wandte sich um, und das Wasser lief ihr im Mund zusammen. Welche Herrlichkeiten waren da für sie vorbereitet worden! Eine große Schale Milch, weißes Brot und kleine Kuchen, Korbkäse, Getreidebrei, ein Schälchen mit Honig und eines mit Rosinen, ein Teller mit kaltem Braten und einige Äpfel, deren glatte Schale bewies, dass sie in einem kühlen Keller überwintert haben mussten. Herrlichkeiten, wie sie in dieser verschwenderischen Fülle auf den wenigsten Tischen dieser Stadt standen.

Die Frau sah ihren Blick und lächelte mütterlich. »Setzt Euch und lasst es Euch schmecken. Das Kleid können wir auch danach probieren.«

Nana gehorchte stumm und machte sich dann mit Gründlichkeit daran, die Speisen auf dem Tablett zu vertilgen. Sie benutzte ihre Finger dafür, und sie tat es graziös, aber es täuschte nicht darüber hinweg, dass sie den grenzenlosen Appetit eines ausgehungerten Wolfes entwickelte. Schließlich stellte sie auch die Schale mit der Milch ab, die sie bis auf den letzten Tropfen ausgetrunken hatte. Dann wischte sie sich die Lippen mit dem Handrücken ab und fühlte sich fähig, endlich die erste der Fragen zu stellen, die ihr auf der Zunge brannten.

»Wie lange habe ich geschlafen?«

»Einen Tag, eine Nacht und einen halben Vormittag«, antwortete Ermeline. »Der Herr hat befohlen, Euch schlafen zu lassen. Wollt Ihr Euch jetzt ankleiden?«

Nana sah an sich herab. Das zerknitterte Hemd und die viel zu großen Beinlinge schlotterten an ihrem Körper wie an einer Vogelscheuche. Sie hatte schon schlimmer ausgesehen, aber dieser Aufzug deprimierte sie besonders, denn er war närrisch. Aber was sollte sie dagegen eintauschen? Wieder ein Hurengewand wie das rotseidene? Sie hatte sich nach vernünftigen Kleidern gesehnt, seit sie denken konnte. Nach sauberem Leinen, nach Miedern und Unterröcken. Nach dem Gefühl frischer Wäsche auf der Haut. Danach, wie eine respektable Person auszusehen, welche nicht jeden Strolch dazu herausforderte, sich an ihr zu vergreifen.

Es war ihr selten genug gegönnt gewesen, denn auch der grobe Rock und das Hemd, das sie getragen hatte, als Guy de St. Doye sie aus dem *Grünen Hahn* entführte, waren viele Jahre alt gewesen und bereits zu eng und zu klein für sie. Wie oft hatte sie sich auf den Märkten bei den Ständen herumgetrieben, die Stoffe, Spitzen, Bänder und Schnallen anboten! Sie liebte es, all diese Herrlichkeiten zu betrachten, von ihrem Besitz zu träumen und sich auszumalen, wie es sein mochte, sie zu tragen. In ihrer Fantasie hatte sie sich die herrlichsten Gewänder genäht und sich als reiche, schöne Dame daherschreiten sehen.

Ohne ihre Antwort abzuwarten, griff Ermeline nach einem Stapel Stoff, der auf der zweiten Truhe bereitlag, und begann die einzelnen Teile zu sortieren. Nanas Augen wurden immer größer, als sie sah, was für feine Sachen das waren. Ein zartes weißes Hemd, dessen Säume mit blassgrünen Ranken bestickt waren, darauf folgte ein grün-weiß gestreiftes Untergewand und schließlich ein hellgrünes Oberkleid, dessen Stoff feinstes burgundisches Tuch zu sein schien. Beileibe kein Gewand für eine Dirne. Die Tracht einer reichen Bürgerin, wenn nicht gar einer Edelfrau.

Nana schlüpfte in Windeseile aus den Männerkleidern, als hätte sie Furcht, dass die Dienerin jene Herrlichkeiten sofort wieder wegpacken würde, wenn sie zu lange zögerte. Für einen Moment stand sie ohne einen Faden am Leib im Licht. Lange genug, dass Ermeline einen neidischen Seufzer unterdrücken musste, und lange genug, dass sie beim zweiten Blick die hässlichen blauen Flecken auf Nanas Arm und ihrer Hüfte bemerkte.

»Gütige Mutter Gottes, welcher Rohling hat Euch das angetan!« rief sie aus. »Doch nicht uns…« Sie brach mitten im Wort ab, als ihr bewusst wurde, dass sie dabei war, einen Herrn der Brutalität zu schimpfen, der seine Dienstboten zwar streng, aber stets gerecht behandelte. Der in diesem Hause noch nie die Hand erhoben hatte und dessen Gesinde von jenem im Vorderhaus glühend beneidet wurde.

Nana ahnte, was Ermeline beinahe gesagt hätte, und sie schüttelte heftig den Kopf. »Nein, Euer Herr hat mich nicht angerührt«, erwiderte sie leise. »Ich bin… ich bin dieser Tage gestürzt und habe mich angeschlagen.«

Was ja in etwa der Wahrheit entsprach, denn die Ereignisse waren mit jenem Sturz im *Grünen Hahn* ins Rollen gekommen, und vermutlich konnte niemand ihr sagen, wo sie enden würden. Sie griff nach dem Hemd, um die verräterischen Male zu bedecken. Sie hasste es, so viel Aufmerksamkeit zu erregen.

»Lasst mich, das ist meine Aufgabe!« Ermeline hielt sie davon ab, die Bänder zu schließen. Danach reichte die Kammerfrau ihr die fein gewebten weißen Strümpfe und half ihr anschließend in das gestreifte Untergewand. Es wurde an der Seite geschnürt, so dass es problemlos saß. Der üppige Rock des weichen Oberkleides war vorne bis in Kniehöhe gerafft und hatte voluminöse geschlitzte Ärmel. Durch diese Fenster zupfte Ermeline den gestreiften Stoff des Untergewandes, ehe sie die Rockfalten ordnete, damit auch diese einen hübschen Rahmen für den ersten Rock bildeten.

Ein weiß besticktes Band wurde unterhalb des Busens als Gürtel geschlossen, und die bestickten Rüschen des Hemdes umrahmten ein hübsches rundes Dekolleté, das jedoch züchtig über dem Brustansatz endete. Nana war sprachlos vor Entzücken, während sie andächtig über den weichen Stoff strich und in die flachen, grünen Lederschuhe schlüpfte, die ihren Fuß eng umschlossen. Sie passten ihr wie angegossen, doch Nana konnte sich nicht gleich an dieses Gefühl gewöhnen. Waren ihre Füße sonst doch nur an Holzpantinen und barfuß laufen gewöhnt.

»Setzt Euch, damit ich Eure Haare kämmen kann«, kommandierte Ermeline mit der Autorität einer erfahrenen Kammerfrau.

Ihr gefiel die Abwechslung, denn bisher hatte sie sich im Hause des Grafen lediglich um dessen Kleidung und die Wäsche des Haushaltes kümmern müssen. Zudem gönnte sie wie alle anderen Dienstboten im Haus dem einsamen Grafen diese kleine Zerstreuung. Es war an der Zeit, dass er sich daran erinnerte, dass er kein alter Mann war. Dass er nicht zuließ, dass sein Bruder die Herrschaft übernahm. Diese Kleine war zugegebenermaßen entzückend. Vielleicht fand er in ihren schlanken Armen ein wenig von seiner verlorenen Lebensfreude zurück.

Nana erhaschte aus den Augenwinkeln einen Schimmer des Elfenbeinkammes und der silbernen Bürste, die Ermeline verwendete, um die Flut der zerzausten kupferfarbenen Locken zu ordnen. Sie selbst besaß nur einen geschnitzten Holzkamm, den ihr vor Jahresfrist ein junger Mann geschenkt hatte, der mit einem zerlumpten Tanzbären durch die Lande zog. Was wohl aus ihm geworden war? Hughes hätte es zu dieser Zeit gerne gesehen, wenn sie sich mit ihm zusammengetan hätte, aber was sollte sie mit einem vierschrötigen Kerl, der bereits die meisten seiner Zähne eingebüßt hatte und ebenso roch wie sein Bär?

»Was für schönes Haar Ihr habt«, sagte Ermeline bewundernd, als sie über die schweren Strähnen strich. Nana fragte sich im Stillen, was sie wohl gesagt hätte, wenn es ihre Aufgabe gewesen wäre, das Fett und den Schmutz eines ganzen langen Winters im *Grünen Hahn* daraus zu entfernen. Ihre planlosen Gedanken hüpften von einer Erinnerung zur anderen, und Nana unternahm keinen Versuch, sie zu ordnen.

Die Ruhe hatte ihr gut getan. Sie empfand längst nicht mehr eine solche kopflose Panik wie beim ersten Aufenthalt in diesem Haus. Satt, ausgeschlafen und in neuen Kleidern kam es ihr sogar so vor, als könne sie zum ersten Male seit langer Zeit ein wenig Hoffnung fassen. Die gleichmäßigen Bürstenstriche hatten zudem etwas Beruhigendes. Nana konnte sich fast vorstellen, dass sie schon einmal so sorgsam gepflegt und bedient worden war.

Ein hübsches Zimmer im Sonnenschein und eine sorgende Hand, die durch ihre langen Haare strich, eine Stimme, die dabei sang. Ein vergessenes Lied, dessen zarte Melodie ihr plötzlich wieder in den Sinn kam, ohne dass ihr die genauen Worte dazu einfielen. Unwillkürlich runzelte sie die Stirn, im Bemühen, sich zu erinnern.

»Gefällt Euch die Frisur nicht?« Ermeline klang enttäuscht. Sie zögerte, die letzte Haarnadel in die aufgesteckten Flechten zu platzieren, und hielt Nana die polierte Fläche eines silbernen Spiegels vor.

Schweigend betrachtete Nana das fremde Gesicht, das ihr aus einem feinen, ziselierten Rahmen entgegensah. Ihr Spiegelbild hatte sie bisher nur in der Oberfläche des Wassers gesehen, wenn sie sich wusch, und so wusste sie wenigstens andeutungsweise, wie sie ausschaute. Aber das hier war eine Fremde. Eine prächtig gewandte Person, deren aufgesteckte Zöpfe wie eine Krone auf dem Kopf leuchteten und der sie voller Respekt aus dem Weg gegangen wäre, wenn sie ihr irgendwo auf der Straße begegnet wäre.

»Das bin ich nicht«, murmelte sie leise, weil sie begriff, dass Ermeline auf eine Antwort wartete. »Ich sehe nicht so aus…«

»Ihr seid das, was der Herr aus Euch macht«, sagte die Dienerin überzeugt. »Bereitet unserem Seigneur Freude, und Ihr werdet nie wieder Not leiden. Wir alle haben es gut bei ihm!«

Sie vervollständigte die Frisur nun doch nach ihrem Geschmack und trat zurück, um ihr Werk zu begutachten. »Ich werde Seiner Gnaden Bescheid sagen, dass Ihr fertig seid.«

Nana legte den Spiegel vorsichtig zur Seite, als die Kammerfrau hinausging. Sie wollte nicht darüber nachdenken, wie sie aussah und ob sie sich als edle Dame gefiel. Es ging auch nicht an, dass sie sich wünschte, Colin d'Harigny möge sie so sehen. Sie musste den leidenschaftlichen Ritter aus ihren Gedanken verbannen! Was in jener Nacht im Palast geschehen war, musste auf immer in ihrem Herzen verborgen bleiben. Sie durfte nicht zulassen, dass die Sehnsucht nach etwas Unmöglichem ihr Leben zerstörte.

Es war vielmehr an der Zeit, dass sie ihren Verstand zusammennahm, um herauszufinden, was der Graf von Mesnières mit ihr im Sinne hatte. Eines glaubte sie allerdings jetzt schon mit Sicherheit sagen zu können: Für einen Aufenthalt im Kerker hätte er sie bestimmt nicht derart prächtig ausstaffiert.

8. Kapitel

Obwohl Richard de St. Doye selbst die Anweisungen gegeben hatte, was Nanas neues Aussehen anging, traf ihr Anblick ihn doch wie ein Schlag. Das grüne Gewand und die königliche Frisur machten aus der kleinen, zerzausten Person, die in sein Haus gekommen war, eine so berückend schöne, vornehme Dame, dass er im ersten Moment um Worte verlegen war. Er konnte sie nur anschauen.

Sie stand am offenen Fenster, und das Sonnenlicht verlieh ihren rötlich-blonden Flechten einen satten Goldschimmer.

Sie wirkte größer, als er sie in Erinnerung hatte, aber auch daran war vermutlich die Haartracht schuld. Gleichzeitig schien sie ihm jedoch zerbrechlicher, zarter und so anbetungswürdig charmant, dass er wusste, dass er hoffnungslos verloren war.

Sie war nicht Melisande, aber sie war das Beste, was ihm seit vielen Jahren begegnet war.

»Ich hoffe, es ist alles zu deiner Zufriedenheit«, meinte er leise, nachdem sie keine Anstalten machte, das Gespräch zu eröffnen.

»Ihr macht Euch lustig über mich, Seigneur«, sagte sie spröde.

»O nein!« Mit zwei schnellen Schritten war er bei ihr und fasste nach ihren Händen, die sie ihm nicht entzog. »Das tue ich keinesfalls. Ich gebe dir das Recht, anspruchsvoll zu sein. Du bist nicht länger Magd im *Grünen Hahn;* ich stelle dich unter den Schutz meines Namens. Ein Mädchen wie du gehört nicht in die Gosse. Bleib bei mir und vergiss dein vorheriges Leben. Ich gebe dir mein Wort als Edelmann, dass ich für dich sorgen werde. Sehnst du dich denn nicht nach einem besseren Dasein?«

»Ich gehöre nicht in dieses Haus«, erwiderte Nana in dem Versuch, dieser Versuchung, die so verlockend war, zu widerstehen. »Ich habe kein Recht, diese Kleider zu tragen und in diesem Gemach zu wohnen.«

»Mein liebes Kind, du täuschst dich!« In der Stimme des Grafen klang unvermittelt so viel Hochmut, so viel herausfordernder Stolz mit, dass Nana sich jetzt gerne aus seinem Griff befreit hätte, wenn sie es gekonnt hätte. Sie hatte ihr Leben lang die Arroganz der Mächtigen fürchten müssen, die ein Mädchen wie sie nach Lust und Laune in den Staub treten konnten. »Dieses Haus gehört mir, ich bin Feldhauptmann Seiner Majestät, Graf von Mesnières und enger Kampfgefährte Jeanne d'Arcs, niemand wird es wagen, meine Befehle und Anweisungen in Frage zu stellen. Mein Wort macht dich zu einer Dame, der jedermann den fälligen Respekt entgegenbringen muss!«

»Jedermann?« Nanas Zweifel waren deutlich aus dem einen Wort herauszuhören.

Ein Lächeln spielte um die Mundwinkel des Grafen; so unverhohlen stellten die wenigsten seine Autorität in Frage. Es amüsierte ihn. In diesem Mädchen steckte ein kleiner, rebellischer Krieger. »Jedermann!«, bestätigte er kurz.

»Auch Euer Bruder?«

»Willst du damit sagen, du kennst meinen Bruder?« Der Graf von Mesnières hob verblüfft die Brauen.

Nana entschloss sich zu einer Mischung aus Wahrheit und Lüge, da sie instinktiv annahm, dass Guy de St. Doye seinem Bruder nie und nimmer sagen würde, welche perversen Spiele er mit ihr im Sinne gehabt hatte, falls sie ihn deswegen anklagen würde. Dass man, stand Aussage gegen Aussage, dem Edelmann und nicht der Magd glauben würde, glaubte sie ebenfalls zu wissen.

»Ich habe ihn im *Grünen Hahn* gesehen«, gab sie zu. »Er wird mich vielleicht trotz dieser Kleider wiedererkennen und nicht zögern, mich so zu behandeln; wie ich es seiner Meinung nach verdiene. Wie eine Kneipenmagd, die zu gehorchen hat, wenn er befiehlt. Ich habe Angst vor Eurem Bruder, Seigneur.«

Nana war selbst am meisten überrascht darüber, dass sie Richard ein solches Geständnis machte. Normalerweise behielt sie ihre Gefühle für sich. War sie etwa bereit, diesem Mann zu vertrauen?

»Du brauchst keine Furcht zu haben. Guy wirkt auf viele Leute aufgrund seines Gebrechens abstoßend, aber in Wirklichkeit ist er mir ein ergebener Gefolgsmann. Eine Frau, die unter meinem Schutz steht, wird auch er mit Ehrerbietung behandeln. Vergiss, was bisher gewesen ist, und ich schwöre dir, dass du es nicht bereuen wirst.«

»Ich kann nicht. Ich muss mich um meinen Vater kümmern …« erwiderte Nana. Sie konnte nicht einfach nur an sich selbst denken. »Er ist krank, und außer mir hat er keine Menschenseele, die für ihn sorgt und ihn pflegt.«

»Wahrhaftig, du bist das widerspenstigste Geschöpf, das ich kenne.« Der Graf seufzte. »Als nächstes wirst du mich noch bitten, mich um den räudigen Hofhund des *Grünen Hahns* zu kümmern und der Wirtin eine neue Magd zu besorgen. Ich warne dich, übertreibe es nicht …«

Nana bemerkte erstaunt, dass in seinen graublauen Augen ein Lächeln stand und er diese brummigen Ermahnungen offensichtlich nicht so meinte.

Dieser Mann verbarg unter seinem barschen Äußeren viel mehr Gefühl, als es anfangs den Anschein gehabt hatte. Sie empfand eine Wärme, wenn sie ihn ansah, die nahe an Zuneigung kam.

Natürlich ließ sich dieses Gefühl nicht mit jenen leidenschaftlichen Empfindungen vergleichen, die sie für Colin d'Harigny hegte, aber zwischen dem Grafen und sich spürte sie ein Verständnis, wie sie es bisher noch nie bei einem Menschen empfunden hatte. Nicht einmal bei ihrem Vater. Sie respektierte Hughes und tat ihre Pflicht als Tochter, aber bis sie nach Bourges gekommen war, hatte sie es sorgfältig vermieden, in die komplizierte Falle von Liebe und Zuneigung zu treten. Was hatte diese Stadt nur an sich, dass ihr das nun innerhalb kürzester Zeit gleich zweimal passiert war, obwohl sie genau wusste, dass am Ende nur Verzweiflung und Leid stehen würden?

»Ich werde veranlassen, dass dein Vater hierher gebracht wird; und einen Bader bitten, nach ihm zu sehen. Hält dich dieses Versprechen davon ab, schnurstracks mein Haus wieder zu verlassen?«, sagte Richard de St. Doye. Er sah sie ernst an. »Ich möchte dich nicht einsperren müssen. Gib mir dein Wort, dass du bleibst, und ich lasse den Riegel künftig offen.«

»Wer sagt Euch, dass ich nicht lüge?«

»Deine Augen.«

Sein Vertrauen entwaffnete Nana, die sehr wohl im Geheimen auf eine Chance zur Flucht gehofft hatte. Sie senkte schnell die Lider, aber der Schaden war schon passiert. Man belog keinen Menschen, der aufrichtig daran glaubte, dass man nach Ehre und Gewissen handeln würde.

»Ihr habt mein Wort«, erwiderte sie widerstrebend und nannte sich im Stillen eine dumme Gans, dass sie es tat. Warum wollte sie bei ihm bleiben?

Er beugte sich über sie und küsste sie sanft auf die Stirn. Nana wich nicht zurück, aber sie machte auch keine Anstalten, ihm entgegenzukommen. Mehr denn je war er davon überzeugt, dass sie, falls sie überhaupt je als Dirne gearbeitet hatte, dieses Gewerbe noch nicht lange ausgeübt haben konnte. Ihr fehlte jenes für dieses Gewerbe typische Entgegenkommen, jene Aufforderung, der ein Mann nicht widerstehen konnte. Er hätte in diesem Moment ebenso gut eine Marmorstatue küssen können statt diesem blassen Mädchen.

»Du wirst es nicht bereuen. Ich habe veranlasst, dass man nach einer Schneiderin sendet, damit du eine angemessene Garderobe bekommst, und Ermeline wird dich bei der Zusammenstellung und allen anfallenden Fragen beraten. Leider kann ich nicht hier bleiben, ich werde im Palast benötigt. Aber ich würde mich freuen, wenn du morgen dein Nachtmahl mit mir teilst und mich erwartest, wenn ich nach Hause komme. Und …« Er sprach nicht weiter, und Nana überlegte lange, was dieses ›Nachtmahl‹ wohl noch mit umfassen könnte.

»Ja, Herr?«, sagte sie.

»Da wäre immer noch die Frage, was du im Palast getan hast, als dich die Wache aufgegriffen hat. Wie bist du ohne Passwort hineingekommen? Ich weiß, dass dich jemand eingeschmuggelt haben muss. Die Sicherheitsvorkehrungen des Herrn Großkämmerers, der seine Feinde fürchtet, sind so umfassend, dass es anders nicht gewesen sein kann.«

Nanas Gefühle für ihren neuen Herrn schrumpften in Windeseile auf Nichts zusammen. Konnte er nicht endlich aufhören, Fragen zu stellen? Warum ließ er sie nicht in Ruhe? Sie presste die Lippen zu einem schmalen Strich zusammen. Was sollte sie antworten? Doch dann reagierte sie ganz anders, als er erwartet hatte – und auch sie selbst. Warum musste eigentlich nur sie Vertrauen beweisen?

»Ich kann es Euch nicht sagen«, erwiderte sie, leise seufzend. »Aber ich schwöre Euch, dass ich nichts Böses im Sinn gehabt habe und nur bemüht war, aus dem Irrgarten der Gänge nach draußen zu finden.«

»Du verlangst, dass ich dir das glaube?«

Nana reckte stolz das Kinn, und eine steile, senkrechte Falte furchte ihre Stirn.

»Ihr verlangt ja auch, dass ich Euch glaube!«

Der violette Blick hielt dem strengen graublauen ohne das kleinste Zeichen von Unsicherheit stand. Es fiel Nana nicht einmal besonders schwer, sie hatte schließlich nichts zu verlieren, denn sie besaß ja nichts. Nicht einmal die Kleider, die sie auf dem Leib trug.

»Du bist mutig, aber du hast Recht«, gab der Feldhauptmann des Königs schließlich zu. »Wenn ich deinem Wort glaube, dass du nicht fortläufst, werde ich auch glauben müssen, wenn du sagst, dass du nichts Unrechtmäßiges getan hast. Ich werde meinen Bericht dementsprechend abfassen.«

Nanas Spannung löste sich ein wenig, und sie bedankte sich mit einem leichten, noch ein wenig zittrigen Lächeln, das den Grafen endgültig bezauberte. Er verzichtete schweren Herzens darauf, sie zum Abschied leidenschaftlich zu umarmen, obwohl ihn danach drängte. Doch eine innere Stimme sagte ihm, dass sie kein Mädchen war, das man mit Gewalt erobern konnte, wenn man mehr von ihm wollte als nur eine flüchtige Begegnung.

»Ich danke Euch«, sagte sie mit so viel Wärme in der Stimme, dass er sich reich belohnt fühlte und die eine Freude in ihm erweckte, die immer noch nachklang, als er seinem jüngeren Bruder begegnete, ehe er das Haus verließ.

»Guy, wie gut, dass ich Euch treffe«, sagte er zu dem Buckligen, der wie immer mit erlesener Pracht gekleidet war und ihm im Innenhof über den Weg humpelte. »Ich habe eine junge Frau zu mir genommen, was möglicherweise Anlass zu Tratsch unter dem älteren Gesinde geben wird. Ich verlasse mich auf Euch, dass man ihr mit dem größtmöglichen Respekt begegnet, auch wenn sie einfacher Herkunft ist.«

Man sah Guy de St. Doye das steigende Unbehagen nicht an, das ihn während der Worte seines Bruders beschlichen hatte. Er wirkte gelassen und distanziert wie immer, obwohl hinter seiner hohen Stirn bereits alle Gedanken Alarm verkündeten.

»Ihr seht mich überrascht«, erwiderte er mit seiner unangenehm raschelnden Stimme. »Ich dachte, Ihr wäret den Freuden des Fleisches längst abhold. Was hat diese Dirne an sich, dass sie Euren Sinn gewandelt hat?«

»Ein Antlitz, das mich denken lässt, die Zeit sei wie durch ein Wunder stehen geblieben«, antwortete der Graf zu Guys nicht gelinder Überraschung. Richard gehörte normalerweise nicht zu den Männern, die zu solch poetischem Überschwang neigten.

»Der Himmel hat mir eine junge Frau gesandt, die bis aufs Haar meiner geliebten verstorbenen Gemahlin gleicht. Ist Euch die frappante Ähnlichkeit nie aufgefallen, wenn Ihr sie im *Grünen Hahn* gesehen habt? Sie sagte mir, dass sie Euch dort begegnet sei. Nun, möglicherweise liegt es daran, dass Melisandes Bild in meinem Herzen lebendiger geblieben ist als in Eurem. Ich habe sie in diesem Mädchen aufs Neue gefunden. Ich habe die Kleine zu mir genommen…«

»Ihr habt *was?*«

Richard de St. Doye glaubte, dass das unverhohlene Entsetzen, das die Stimme seines sonst stets so gelassenen Bruders färbte, darauf zurückzuführen war, dass es sich bei Nana um eine simple Kneipenmagd handelte.

»Ich habe wieder Sonne in mein Leben gebracht«, entgegnete er schmunzelnd und legte besänftigend eine Hand auf den Arm des anderen. »Ihr werdet mich verstehen, wenn Ihr sie in vernünftigen Kleidern seht. Es wäre ein Verbrechen, ein Mädchen wie dieses als Magd verkommen zu lassen. Außerdem, ich bin

Witwer, niemanden hat es zu kümmern, wie ich mein Leben einrichte. Es wäre mir nur lieb, wenn auch Ihr dafür sorgtet, dass niemand die junge Frau verächtlich behandelt und ihr vorwirft, was sie gewesen ist!«

Inzwischen hatte Guy den ersten Schock über diese Neuigkeit überwunden, und es gelang ihm, nach außen hin wieder so ungerührt wie immer zu wirken und die Maske des gehorsamen Bruders zu bewahren, der dem Älteren in jeder Hinsicht zu Diensten ist.

»Ihr setzt mich in Erstaunen«, bemerkte er. »Ich nahm an, Eure Trauer um Eure Gemahlin wäre tief genug, um jede Versuchung auszuschließen. Ich gönne Euch die Zerstreuung, aber dies ist ein ordentliches Haus, und Dame Angèle, meine Gemahlin, wird es nicht schätzen, dass Ihr einer Hure Obdach gebt.«

Diese verächtliche Bezeichnung Nanas färbte die Stirn des Grafen mit zorniger Röte.

»Nana ist mein Gast. Jeder, der sie etwas anderes nennt, beleidigt mich. Ihr werdet auch dafür sorgen, dass Eure verehrte Gemahlin ihre spitze Zunge im Zaum hält und das Mädchen in Ruhe lässt, wenn sie ihm begegnet. Es wird ihr seinen Respekt als Herrin des Hauses erweisen; sie wird also keinen Grund zur Klage haben.«

Es fiel dem Grafen nicht auf, dass sein Bruder den Blick senkte, um die rasende Wut zu verbergen, die ihn bis in die Fingerspitzen erfüllte. Eine Wut, der er erst in der Stille seines eigenen Arbeitskabinettes erlaubte, richtig Gestalt anzunehmen.

»Sein Gast, in der Tat«, knirschte er und goss sich aus einem silbernen Krug so stürmisch Wein in den bereitstehenden Becher, dass er die Truhe, auf der beides stand, ebenfalls mit Wein benetzte. »Zum Henker, ich wusste, dass er den Verstand verliert, wenn er dieses Weib sieht. Aber wie ist es ihr gelungen, seine Aufmerksamkeit zu erregen? Ist sie ihm bei ihrer Flucht aus diesem Hause in die Arme gelaufen? Verdammt! Zur Hölle mit Melisande und ihrer lästigen Brut!«

Nach zwei weiteren, hastig hinuntergestürzten Bechern des besten Burgunders fühlte er sich indes im Stande, die Angelegenheit von einem anderen Gesichtspunkt zu betrachten. Und, zwar von jenem des ätzenden, tief sitzenden Neides, den er seit jeher auf den starken, mutigen und wohlgestalteten älteren Bruder verspürt hatte. Auf diesen Rivalen, der von Geburt an alles in den Schoß geworfen bekommen hatte, wonach er, Guy, sich vergeblich sehnte und was ihm stets verwehrt geblieben war, weil ihm eine missgünstige Vorsehung diese abstoßende Gestalt verliehen hatte.

Doch dann sah er auch die Komik der ganzen Situation – zumindest empfand er es als solche, als herrlichen Witz des Schicksals.

»Er hält sich seine eigene Tochter als Maitresse! Der edle, ach so keusche Feldhauptmann, der noble Ritter Jeanne d'Arcs begeht Blutschande! Bei allen Heiligen, wenn er das erfährt, wird es ihn umbringen!«

Ein heiseres Gelächter schüttelte die verwachsene Gestalt, und Dame Angèle, die ihren Gatten eben aufsuchen wollte, blieb verblüfft in der Türe stehen. Sie beide verband wenig Zuneigung, aber dafür der gemeinsame Ehrgeiz für ihren einzigen Sohn, den sie als künftigen Grafen von Mesnières sahen. Angèle de St. Pol, deren hagere Gestalt von einem länglichen Gesicht mit scharfen Zügen und einem schmalen, fast lippenlosen Mund beherrscht wurde, war ebenso streitbar wie von tugendsamer Frömmigkeit.

Ihr Gatte verschwendete keinen Gedanken daran, ob sie von den Dingen wusste, die er in der Abgeschiedenheit seiner privaten Gemächer tat, wenn ihn die Erinnerung an Melisande de Guînes peinigte. Auch wenn sie die Mutter seines Sohnes war, so räumte er ihr doch nicht das Recht ein, seine Handlungen zu kritisieren. Er brach mitten im Lachen ab, als er sie entdeckte, und seine gesträubten Brauen zogen sich zu einem bösen Strich über den seelenlosen, ciskalten Augen zusammen.

»Was wollt Ihr?«

»Wissen, was Euch so amüsiert, mein Gemahl!«, erwiderte Dame Angèle prompt. »Es ist selten, dass Ihr so heiterer Laune seid, wenn Ihr mit Eurem Bruder gesprochen habt. Was ist der Anlass dafür?«

Sie zog die Tür hinter sich ins Schloss und trat näher. Sie achtete jedoch sorgfältig darauf, dass nicht einmal der Saum ihrer burgunderfarbenen, schweren Brokatrobe die Spitzen seiner Schnabelschuhe berührte. Es gelang ihr nicht immer, den tiefen körperlichen Abscheu zu verbergen, den ihr die unschöne Gestalt ihres gefühlskalten Gatten einflößte, aber sie hätte sich selbst am allermeisten darüber gewundert, wenn sie erfahren hätte, dass sie ihn damit tatsächlich kränken konnte.

»Den Anlass werdet Ihr noch früh genug vor Augen bekommen«, erwiderte der Seigneur und goss seinen Becher erneut voll, ohne ihr etwas anzubieten. Höflichkeiten waren nicht sein Fall. »Richard hat sich ein Schätzchen für sein Bett ins Haus genommen!«

»Ihr lügt!« Dame Angèle erblasste empört. Sie hatte eine heimliche, romantische Vorliebe für den Bruder ihres Gatten, seit sie ihn zum ersten Male gesehen hatte. Dass er noch immer um seine verstorbene Gattin trauerte, machte ihn in ihren Augen zu einem Helden, der hoch über allen anderen Männern stand, zur edlen Gestalt aus einem Ritterepos. Zu einem Idol, das sich auf erfreuliche Weise von allen anderen Grobianen und Kerlen unterschied, die eine Frau in Besitz nahmen und sofort wieder vergaßen.

»Er hat es mir selbst gesagt«, erwiderte ihr Gatte mit einem hässlichen Lächeln. »Er hat sie in einer Schenke aufgetrieben und sich in sie verguckt, weil sie Melisande ähnlich sieht. Vermutlich eine raffinierte Metze, die ihre Chance bei ihm wittert!«

Trotz aller schwärmerischen Verehrung für den Grafen war Angèle de St. Pol in erster Linie die fanatische Mutter ihres Sohnes, und sie sah sofort die Gefahren einer solchen Verbindung.

»Man muss verhindern, dass sie ihm einen Bastard schenkt, den er an Sohnes Stelle annehmen könnte«, sagte sie nachdenklich. »Wenn es um die Erinnerung an Melisande geht, verhält sich Euer Bruder völlig närrisch.«

»Ein Kind?« Ein neuerliches, gespenstisches Lachen schüttelte Guy de St. Doye. »Wahrhaftig, das wäre der Gipfel der Perversität. Ein Kind! Man sollte es fast geschehen lassen!«

»Jetzt seid *Ihr* närrisch!«, fuhr seine Gemahlin auf. »Was redet Ihr für Unsinn? Sorgt dafür, dass das Mädchen verschwindet und Euer Bruder wieder er selbst wird. Es ist kaum zu glauben, was alles geschehen kann, sobald erwachsene Männer mit dem zu denken beginnen, was sie zwischen den Beinen tragen.«

»Kümmert Euch um Euren Kram, Weib!«, herrschte ihr Gatte sie an. »Was wollt Ihr überhaupt von mir?«

»Dass Ihr mir endlich erlaubt, diese Alte fortzuschicken, diese Clemence. Sie sitzt wie eine Spinne in ihrer Kammer und macht mir die Mägde verrückt. Sie redet wirres Zeug und erschreckt alle zu Tode!«

»Seid Ihr nicht fähig, ein paar törichte Weiber zu beaufsichtigen? Ich hätte Euch für brauchbarer gehalten. Lasst die Alte, wo sie ist, und kümmert Euch nicht um sie. Ihr wisst, dass sie meine Amme war, damit hat sie sich das Recht verdient, in Ehren alt zu werden…«

»Eine Vettel, die ihre fünf Sinne nicht mehr richtig beieinander hat!«

Die Diskussion war wieder und wieder geführt worden in den vergangenen Jahren, aber Guy de St. Doye wich um kein Jota von seinen Ansichten ab.

Dame Angèle hingegen war so tief davon überzeugt, dass er nicht den Funken eines echten Gefühles besaß, dass sie nie und nimmer darauf gekommen wäre, dass der Bucklige in Clemence den einzigen Menschen sah, der ihn je selbstlos und aufopfernd geliebt hatte, ohne sich an seiner körperlichen Erscheinung oder seinen schrecklichen Taten zu stören. Er benötigte diese Liebe, um nicht völlig der Verdammnis anheim zu fallen, um sich einen schwachen Rest menschlichen Fühlens zu bewahren, trotz der Verbrechen, die er auf sich geladen hatte.

»Eine Vettel, der Ihr ähnelt, Madame. Erst recht, wenn Ihr so keift«, antwortete er erbarmungslos. Er genoss diese Bosheit, denn er wusste, dass er seine Gattin damit an ihrer verwundbarsten Stelle traf. Sie litt unter ihrer eigenen Hässlichkeit, auch wenn sie jeden Blick in den Spiegel vermied und sich in die teuersten und kostbarsten Gewänder hüllte, die für Geld zu bekommen waren.

»Es gebricht Euch an Ritterlichkeit, Seigneur!«, warf sie ihm vor und trat dann beleidigt den Rückzug an, verfolgt von einer neuerlichen Kostprobe jenes abscheulichen, rasselnden Gelächters, das eher dem Klappern eines Knochengerüstes glich als einem menschlichen Laut.

Sie war gekränkt, aber es war nicht schlimmer als jeder andere Zusammenstoß zwischen ihnen. Sie waren beide in ihrer eigenen, ganz persönlichen Hölle gefangen. In einer Gemeinschaft aus Hass und Verachtung.

Ihr Sohn war der einzige Lichtblick in diesem ausweglosen Elend. Gilles, dessen Erbe nun von einem Schankmädchen bedroht wurde, denn Dame Angèle zweifelte keinen Herzschlag daran, dass Richard diese Dirne umgehend schwängern würde. Mädchen aus dem Volk hatten keinerlei Schwierigkeiten, Kinder zu werfen wie Katzen ihre Jungen. Es war das zweifelhafte Privileg von Edeldamen wie ihr, sich den demütigenden Versuchen eines Krüppels ausliefern zu müssen, um wenigstens ein einziges Mal zu gebären. Aber für diesen Sohn würde sie sorgen, ob es Guy nun passte oder nicht.

9. Kapitel

So haltet doch still, wie soll denn die arme Frau ihre Arbeit ordentlich tun, wenn Ihr umherhüpft wie ein Sack voller Flöhe!«

Ermeline schüttelte den Kopf mit der frisch gestärkten weißen Leinenhaube, während sich Nana bemühte, sittsam still zu halten und die Schneiderin nicht länger in ihrer Tätigkeit zu behindern. Sie hatte keine Ahnung davon gehabt, wie viel Mühe in einer einzigen dieser wundervollen Roben steckte, die sie bisher nur von ferne bewundert hatte. Ihr schien, als müsse sie schon seit Stunden still stehen, damit die Meisterin an ihr Stoffbahnen ausmessen und Nadeln einstechen konnte, ehe sie ihren Mägden die richtigen Anweisungen gab.

Der Stoffhändler, den Richard de St. Doye auf seinem Weg zum Palast aufgesucht hatte, schleppte Ballen um Ballen der schönsten Gewebe herbei, deren bloße Namen Nana schon märchenhaft vorkamen. Tuche aus Gent und Brügge, Seide aus Venedig, Samt und Zindeltaft aus Luca sowie mit Gold und Silber bestickte Brokate aus Florenz, in Farben so leuchtend wie ein Sommergarten. Zarte Schleiergewebe aus Damaskus und spanische Spitzen von erlesener Schönheit.

Richard hatte den Auftrag gegeben, die komplette Ausstattung einer verwöhnten Edeldame anzufertigen, und wenn Nana das auch nicht wusste, so verriet ihr allein schon die Vielzahl der Stoffe, dass es nicht allein darum ging, ein oder zwei Gewänder anzufertigen.

»Das ist zu viel!« Sie hielt Ermeline fest, die der Schneiderin und ihren Mägden ein Kommando nach dem anderen erteilte, sichtlich glücklich in ihrer neuen Rolle.

»Das lasst nur meine Sorge sein, Kind!«, verkündete die Kammerfrau und bestimmte über Nanas Kopf hinweg den Spitzenbesatz für eine Reihe von Hemden, die mindestens so fein waren wie das, das sie in jener unheilvollen Nacht getragen hatte, die alles ins Rollen gebracht hatte. Danach kamen die Schuhe an die

Reihe, die Bänder, die Gürtel, die Hauben und Kopfbedeckungen.

Als endlich die letzte der Näherinnen Stoffe und Ballen aus dem Raum trug, senkte sich die Sonne bereits im Westen, und Nana merkte plötzlich, dass mehr als ein ganzer Nachmittag vergangen war, ohne dass sie auch nur einmal über ihre Lage nachgedacht hätte. Ihr Kopf schwirrte, und sie fürchtete, dass sie auch noch Kopfschmerzen bekommen würde. Mechanisch massierte sie sich die Schläfen, schloss die Augen und versuchte, Ordnung in das Chaos ihrer Gedanken und Empfindungen zu bringen. Sie hatte Mühe, sich selbst unter all diesen Schichten aus Stoff und Spitze wiederzuerkennen.

Doch auf einmal fiel ihr siedend heiß ein, dass sie auch Hughes über dem ganzen Wirbel, der um sie herum veranstaltet worden war, völlig vergessen hatte. Was war mit ihrem Vater passiert? Hatte der Graf Wort gehalten? Nana erwischte die Kammerfrau, die gerade davoneilen wollte, eben noch am Rockzipfel.

»Der Herr… er hat gesagt, er würde veranlassen, dass mein Va…« Sie brach ab. Es war bestimmt nicht allzu klug, einfach herauszuposaunen, dass sie die Tochter eines Gauklers war. »Dass man einen Mann mit dem Namen Hughes in das Haus bringt«, verbesserte sie sich, »und ihn versorgt, weil er krank ist. Wisst Ihr davon? Habt Ihr gehört, ob der Bader schon bei ihm war?«

»Nein, Mademoiselle, ich weiß nichts davon, aber ich werde nachfragen und Euch sofort Bescheid geben.«

Ermeline eilte davon, und Nana wiederholte im Stillen die respektvolle Anrede, die ihr eben zuteil geworden war. »Mademoiselle.« So sprach man ein Mädchen aus gutem Hause an, die Tochter eines anständigen Bürgers oder auch die eines freien Mannes, der eigenes Land besaß. Das war natürlich beileibe kein Adelstitel, aber viel mehr als einer Magd oder gar einer Landstreicherin zustand. Mehr als sie sich jemals hatte erhoffen können.

Als die Kammerfrau mit dem großen Tablett wiederkam, das Nanas Abendmahlzeit trug, musste sie das junge Mädchen jedoch enttäuschen. Hughes war nicht in dieses Haus gebracht worden, und es hatte auch niemand den Befehl erhalten, den alten Mann hierher zu bringen. Hatte der Graf sie belogen?

Seltsamerweise mochte Nana das nicht glauben. Irgendetwas musste passiert sein, das ihren Beschützer davon abgehalten hatte, sein Wort einzulösen. Die Frage war nur, was dies gewesen sein mochte. Nana hatte gelernt, dem Leben zu misstrauen und sich auf den eigenen Instinkt zu verlassen. Auf jenes Gefühl, das ihr auch jetzt sagte, dass sie sich in Gefahr befand. Dass es besser wäre, aus diesem trügerischen Paradies zu fliehen, in dem ihr ein Leben vorgegaukelt wurde, das nicht das ihre war.

»Wartet, bis Seine Gnaden wieder zurück ist», riet ihr die Kammerfrau und nahm die silbernen Deckel von den Schüsseln, die eine dampfende Gemüsesuppe, Wildragout, gekochtes Huhn sowie gebratene Flusskrebse enthielten. Eine Maronenspeise und ein Schälchen mit Mandeln rundeten das Mahl ab, und ein Korb mit herrlichstem weißem Brot und frisch gebackenen, gefüllten Törtchen, die wie kleine Blumen aussahen, stand daneben.

Nana fragte sich einmal mehr entgeistert, ob so die Fastenmahlzeiten der Reichen aussahen. Hughes und sie wären im *Grünen Hahn* begeistert gewesen, wenn ihnen die Dame Chestel wenigstens den Inhalt einer einzigen solchen Schüssel zugestanden hätte. Normalerweise mussten sie froh sein, salzlosen Getreidebrei oder wässerige, graue Suppen zu erhalten, deren befremdende Einlagen man besser keiner näheren Betrachtung unterzog.

»So esst, Mademoiselle!«, riet ihr die Kammerfrau, die ihr Zögern bemerkte. Sie rückte ein Schälchen mit Rosenwasser in erreichbare Nähe, in dem Nana ihre Finger säubern konnte, nachdem sie gegessen hatte. »Ihr seid viel zu dünn. Wenn Euch alle die schönen neuen Kleider passen sollen, müsst Ihr mehr essen. Gesegnete Mahlzeit.«

Doch obwohl Nana Hunger verspürte, hatte sie keinen Appetit. Wie konnte sie schlemmen, wenn so viele andere Hunger leiden mussten? Sie naschte an einigen Schüsseln und nahm sich schließlich nur eine Scheibe Brot, nachdem Ermeline sie endlich verlassen hatte. Während sie in winzigen Bissen das ofenfrische

Brot genoss, trat sie nachdenklich an das Fenster, das auf den Auron hinausführte.

Der Fluss lag in der Dämmerung wie ein lavendelfarbenes Band vor ihr. Hinter dem milchigen, leicht blasigen Glas der Butzenscheiben wirkte er breiter als in Wirklichkeit. Der Holunderbaum, der sich auf dem schmalen Uferrand zwischen Hausmauer und Wasser angesiedelt hatte, trieb bereits die ersten, hellgrünen Blattspitzen. Der Frühling ließ sich nicht länger verleugnen.

Das friedliche Bild erfüllte Nana mit einem unbekannten Sehnen, welches ihr das Herz noch schwerer machte, als es ohnehin schon war. Seit sie nach dem langen Erschöpfungsschlaf aufgewacht war, hatte sie sich verboten, an jene Nacht in Colins Armen zurückzudenken. Jenem bittersüßen Gefühl nachzugeben, welches Colins Bild vor ihren Augen heraufbeschwor. Unerwartet und umso heftiger überflutete sie nun das Verlangen, jenes Glück wiederzufinden, das er ihr geschenkt hatte. Jenen Traum einer Liebe, die viel zu schön und zu vollkommen für die Wirklichkeit war.

»Du wirst höchstens Verzweiflung und Kummer finden, wenn du noch länger diesen Hirngespinsten nachjagst!«, rief sie sich selbst zur Ordnung. »Colin d'Harigny war betrunken, sonst hätte er sich nie an einem Straßenmädchen vergriffen. Es wird Zeit, dass du dich um wichtigere Dinge kümmerst.«

Nana öffnete die Fensterflügel, beugte sich vor und sah hinaus. Unter ihr fiel die Hausmauer senkrecht ab. Im Erdgeschoss gab es keine Fenster. Offensichtlich hatten die Erbauer des Hauses damit möglichem Hochwasser des Auron vorbeugen wollen. Dieser Winter jedoch hatte keine Gefahr gebracht, und der Uferstreifen zu beiden Seiten des Holunderbaumes war mit Gestrüpp und frischem Grün bewachsen. Auf der gegenüberliegenden Seite zogen sich ähnlich prachtvolle Fassaden bis zur nächsten Brücke entlang.

Nachdenklich schätzte sie die Lage ab, bis der Entschluss, der sich zuerst nur ganz vage in ihrem Kopf geformt hatte, mehr und mehr Form annahm. Nana zweifelte keinen Augenblick daran, diesen Plan durchführen zu können, aber sie würde schweren Herzens warten müssen, bis die Dunkelheit hereinbrach. Die Gefahr, von der anderen Seite beobachtet zu werden, war zu groß. Und sie musste sicher sein, dass Ermeline sie nicht mehr stören würde.

Und so kam es, dass sich eine sehr gehorsame Nana von der tüchtigen Kammerfrau auskleiden ließ und gehorsam zwischen die duftenden Laken des großen Bettes kroch. Da der Graf in dieser Nacht im Palast sein musste, brauchte sie nicht zu fürchten, dass er sie aufsuchen würde, also konnte sie nackt schlafen, so wie es bei den Reichen üblich war, die den Luxus genossen, in einem richtigen Bett zu ruhen. So wie Nana gähnte und sich streckte, erweckte sie auf die Dienerin den Eindruck, dass sie zum Umfallen müde wäre und kaum noch die Augen aufhalten konnte.

Nana lauschte den Schritten nach, die sich entfernten, und zwang sich, reglos liegen zu bleiben. Die wenigen Geräusche, die aus dem Haus bis in die Abgeschiedenheit ihres schönen Gemaches drangen, verstummten nach und nach. Erst dann wagte sie, die Beine aus dem Bett zu strecken und auf den weichen, wundervollen Teppich zu treten, der den Boden bedeckte.

Es war zunehmender Mond, und in der klaren Nacht reichte sein Licht, das durch das geöffnete Fenster fiel, aus. Nana öffnete die Kleidertruhe unter dem Sims. Hoffentlich fand sie dort etwas, das sich für den geplanten Ausflug besser eignete als die prachtvolle grüne Robe, die sie während des Tages getragen hatte.

Unter Schichten von feinsten Geweben entdeckte sie schließlich ganz unten einen dunklen, schmucklosen Wollrock, zu dem ein waldgrünes Mieder und eine hanffarbene Bluse gehörten, wie sie die Mägde des Hauses trugen. Nana zog die Kleidungsstücke über die bloße Haut, weil sie keine Zeit damit vertun wollte, auch noch ein Hemd zu suchen. Zudem war sie ein so luxuriöses Kleidungsstück ohnehin nicht gewöhnt. Sie verbarg ihre auffälligen Haare unter einem dunklen Tuch, das vermutlich das Brusttuch eines anderen Gewandes war, und griff nach den Schuhen.

Die flachen dunklen Lederslipper, die der Schuster, der ihre Füße gemessen hatte, neben einem Paar eleganteren Pantöffelchen bereits dagelassen hatte, schob sie in die Taschen des Rockes. Seit sie denken konnte, verabscheute sie es, barfuß zu laufen. Sich an die schmalen, kaum zu spürenden Schuhe zu gewöhnen fiel ihr in dem neuen Leben, das sie führte, am leichtesten.

Freilich, sie eigneten sich nicht für die Klettertour, zu der Nana aufbrach, nachdem sie ihr Mieder geschnürt und die Bänder des Rocks festgezogen hatte. Ohne einen Blick an die Höhe der Mauer zu verschwenden, steckte sie den Rocksaum vorne und hinten in den Bund und schwang sich auf den Fenstersims.

Von dort versuchte sie eine stabile Astgabel in dem hoch aufragenden Holunderbaum zu finden, dessen oberste Spitzen nur eine knappe Handbreit unter dem steinernen Maßwerk endeten, das jenes Fenster ringsum schmückte.

Nana hatte von Kind an gelernt, die Zaubervorführungen ihres Vaters mit akrobatischen Tricks zu begleiten. Sie konnte sich in die winzigsten Kisten zwängen, auf einem straff gespannten Seil balancieren oder sich in kürzester Zeit aus fest angezogenen Fesseln befreien. Auch wenn sie derlei seit vielen Monaten nicht mehr regelmäßig getan hatte, gehörte die Aufgabe, über zwar relativ dünne, aber elastische Äste zu klettern, zu den geringsten ihrer Fähigkeiten. Nur wenige Augenblicke, nachdem sie sich nach draußen geschwungen hatte, stand sie im Ufergras und streifte sich die Schuhe über. Jetzt galt es nur noch, an den Mauern entlang zu schleichen, ohne entdeckt zu werden, und bei der nächsten Brücke nach oben zu gelangen.

Einmal mehr wagte es Nana im Schatten der Portale von Saint Etienne kurz stehen zu bleiben. Sie bekreuzigte sich dankbar. Die Tatsache, dass es ihr gelungen war, bis hierher zu kommen und jeder Begegnung aus dem Wege zu gehen, war ein kurzes Stoßgebet wert. Auch wenn sich ein Großteil der Bürger von Bourges längst in die Schlafkammern zurückgezogen hatte, waren die Fenster des königlichen Palastes noch hell erleuchtet, und die Soldaten, die keinen Dienst hatten, grölten auf ihrem Weg von einer Schenke zur nächsten.

Diese Landsknechte waren ein nicht unerheblicher Grund dafür, dass die ehrenwerten Bewohner der königlichen Hauptstadt es lieber heute als morgen gesehen hätten, wenn Jeanne d'Arc ihre Truppen gesammelt hätte und in Richtung des bedrohten Compiègne verschwunden wäre. Aber der König verweigerte *la pucelle* diese Truppen. Das heißt, eigentlich verweigerte der Großkämmerer die Genehmigung zum Feldzug, denn ein weiterer Erfolg des kriegerischen Mädchens hätte seine Macht über den zögernden, schwachen König eingeschränkt, der es hasste, Entscheidungen zu treffen.

Also litt Bourges weiterhin unter den vielen untätigen Kriegern, die sich langweilten, Händel suchten und die Versorgungslage der Stadt unnötig strapazierten. Den Kämmerer kümmerte es nicht, er feierte seine Feste und machte sich hinter dem Rücken Jeannes lustig über die Jungfrau und die Männer, die ihr die Treue hielten. La Trémoille war es ein Vergnügen, die strategischen und taktischen Vorschläge des Bauernmädchens, das zur Heerführerin geworden war, glatt zu ignorieren.

Nana hatte genügend Unterhaltungen im *Grünen Hahn* aufgeschnappt, um zu wissen, dass das einfache Volk auf Seiten der Jungfrau stand, die wohlhabenderen Bürger auf Seiten ihrer Geldbeutel und der König auf jener von George de la Trémoille. Es stand zu befürchten, dass Jeanne d'Arc das Nachsehen haben würde, und Nana empfand mehr und mehr Mitleid, wenn sie an das fromme Mädchen dachte, das noch bei der Befreiung von Orléans von allen Mächtigen gefeiert und bewundert worden war.

Nana zwang sich, den Schutz der Kathedrale zu verlassen, und setzte ihren Weg ins Gerberviertel fort. Wenn sie etwas über ihren Vater in Erfahrung bringen konnte, dann nur im *Grünen Hahn.* Sie hoffte und fürchtete zugleich, Hughes wie immer auf seinem Strohsack im Verschlag hinter dem Stall zu finden.

Sie hoffte es, weil sie dann sicher sein konnte, dass es ihm gut ging, und sie fürchtete es, weil es ihr beweisen würde, dass auch Richard de St. Doye zu jenen Männern gehörte, die ihr Wort nicht hielten, wenn es um eine Landstreicherin ging. Dabei war sie so etwas gewohnt, aber in seinem Fall würde es sie besonders treffen. Nana wagte nicht nachzugrübeln, warum das so war.

Ihre Nase führte sie in Richtung des Gerberviertels, ohne dass sie sich besonders orientieren musste. Der Geruch der stinkenden Häute, der Beizmittel, der Farben und des verwesenden Fleisches, das noch an den Häuten klebte, war eine so unverwechselbare Fährte, dass sie den *Grünen Hahn* nicht verfehlen konnte. Der Gestank, der jeden Atemzug schwerer machte, verlangsamte auch ihre Schritte. Hatten ein paar Tage außerhalb dieser Wolke sie bereits empfindlich dagegen gemacht?

Erst jetzt wurde ihr bewusst, wie schwer es ihr fiel, wieder in jenen Abgrund aus Elend, menschlichen und tierischen Ausdünstungen und Schmutz zu tauchen, dem sie erst vor so kurzer Zeit entflohen war. Ihre heimliche, aber unerschütterliche Überzeugung, dass es ein besseres Los geben musste, als mit ihrem Vater über die Landstraßen des Königs zu ziehen, war auf seltsame Weise Wirklichkeit geworden. Schon jetzt fürchtete sie die Rückkehr. Was auch immer geschehen mochte, mit dem Dasein einer Magd im *Grünen Hahn* würde sie sich nie wieder zufrieden geben können.

Sie wich einer Gruppe von Soldaten aus, die zwei kichernde Mädchen eskortierten, deren Gewerbe an den tief ausgeschnittenen Miedern und den fast entblößten Brüsten unschwer zu erkennen war. Dann tauchte sie unter dem vorspringenden Erker eines Fachwerkhauses in die Gasse der Gerber, wo sie schon von weitem die blakende Laterne neben dem *Grünen Hahn* sehen konnte. Gelächter, grölende Stimmen und die Wortfetzen eines unzüchtigen Liedes schallten ihr entgegen, während sie im Schutz der Nacht vorsichtig näher schlich. Mit Ausnahme der Laterne vor der Schenke brannten hier keine Lichter. Die Menschen im Viertel standen bei Sonnenaufgang auf und legten sich bei einbrechender Dunkelheit zu Bett. Kerzen und Öllampen besaßen nur die Reichen.

Da Nana oft genug durch das schwere Holztor geschlüpft war, das den Hof des Hauses verschloss, vermochte sie den einfachen Riegel auch im Dunkeln zu öffnen. Vorsichtig und ganz langsam schob sie einen Flügel auf und zwängte sich durch den schmalen Spalt. Das leise Knarren der ledernen Angeln ging im Lärm aus dem Wirtshaus unter, und sie konnte nur hoffen, dass der Wirt und die Mägde alle Hände voll zu tun hatten, so dass niemand an der Hintertür herumlungerte.

Sie rutschte auf dem Unrat aus und wäre um ein Haar gefallen. Im letzten Moment fand sie Halt an einem nachlässig aufgeschichteten Holzstoß, von dem nun ein paar Scheite mit großem Getöse herabfielen. Eines davon traf sie am Unterarm, und Nana unterdrückte einen Schmerzenslaut. Die Ahnung von drohendem Unheil wurde durch ihr Ungeschick nur verstärkt. Am liebsten wäre sie auf der Stelle wieder umgekehrt und in das noble Haus an der Rue d'Auron geflohen. Aber es kam natürlich nicht in Frage, dass sie ihren Vater im Stich ließ.

Außerdem gehörte die Angst so untrennbar zu ihr, dass sie sich an keine Zeit erinnern konnte, in der sie sich je unbeschwert und sorglos gefühlt hätte. Zwar suchten sie seit geraumer Zeit wenigstens nicht mehr diese Albträume heim, aber Nana ahnte, dass sie nicht völlig verschwunden waren. Als kleines Mädchen war sie Nacht für Nacht weinend hochgeschreckt, terrorisiert von einem namenlosen Schrecken, den sie nicht benennen konnte und dessen Einzelheiten sie beim Erwachen jedes Mal vergessen hatte.

Sie konnte sich des Morgens dann nur noch daran entsinnen, dass sie vor einem grauenvollen Ereignis floh. Dass sie rannte, bis ihr die Lungen vor Schmerzen brannten und die Augen vor lauter Tränen nichts mehr sahen. Eine Stimme trieb sie vorwärts, bis die Qual in ihrem Kopf explodierte und sie vor Bangigkeit zu sterben glaubte.

Sie rieb sich den schmerzenden Arm und blieb mit angehaltenem Atem stehen. Die hohen Wände schlossen das Mondlicht aus, dass die Gasse draußen erhellt hatte. Sie musste versuchen, sich aus der Erinnerung heraus zu orientieren. Rechter Hand ging es in die Küche und in den Weinkeller, kaum mehr als eine Grube mit Lehmwänden und einer morschen Balkendecke. Links waren die Ställe mit dem Verschlag für den Karren, auf dem Weinfässer, Kohlköpfe und das Brennholz transportiert wurden.

Gleich daneben vegetierte der Gaul, der diesen Karren zog, und nur durch eine dünne Bretterwand von ihm geteilt gab es den

Verschlag, in dem sich das Geschirr und das Zaumzeug befanden. Dort lebte Nana seit dem letzten Herbst mit ihrem Vater. Das erste Dach über dem Kopf, seit sie auf der Flucht vor den englischen Truppen ihren altersschwachen Wagen hatten zurücklassen müssen, der ihre Wohnung und ihr einziges Zuhause gewesen war.

Sie huschte lautlos über den fest gestampften Boden, der sich bei Regen in stinkenden Morast verwandelte, und berührte gerade mit den Fingerspitzen das raue Holz einer grob gezimmerten Wand, als sie innehielt. Schlief ihr Vater schon? Normalerweise hörte man seinen schweren Atem, sein Husten und das Knistern des Strohs, auf dem er sich ruhelos umherwarf. Die absolute Stille, die hinter dieser Wand herrschte, alarmierte sie unwillkürlich.

Sie trat einen Schritt zurück, aber sie stieß gegen ein Hindernis. Gegen etwas, das eben noch nicht an dieser Stelle gewesen war. Sie wollte schreien, aber ihr Schrei erstickte unter einer schweren Pranke. Eine raue Hand, die nach Schweiß, Fett und billigem Wein stank und sich ihr über Nase und Mund legte.

Nana rang nach Atem, aber sie hatte keine Chance. Sie zappelte, bis ihr die Sinne schwanden und es vor ihren Augen schwarz wurde.

10. Kapitel

Welch feines Täubchen haben wir denn da gefangen? Ein richtiges Fräulein in feinen Kleidern und Schuhen, kaum dass man es wiedererkennt… Komm ein wenig näher ans Feuer, meine Schöne.«

Die gutturale, ein wenig verschwommene Stimme mit dem schleimigen Tonfall weckte Nana schneller aus ihrer Benommenheit, als es ein Eimer Wasser vermocht hätte.

Maître Chestel war ein guter Kunde seines eigenen Weinkellers, und der Dunst seines Atems tat ein übriges, dass sich die junge Frau heftig aus seinem groben Griff befreite. Er hatte sie nicht in die Küche, sondern in den schmalen Korridor gezerrt, von dem aus eine ausgetretene Holztreppe nach oben in das erste und zweite Stockwerk des Hauses führte. Sie wich vor ihm zurück, bis sie die Balken in ihrem Rücken spürte.

»Maître Chestel…« Nana versuchte Zeit zu gewinnen, bis sie die Schwäche der kurzfristigen Ohnmacht überwunden hatte, die durch den Luftmangel verursacht worden war. »Es wäre nicht nötig gewesen, mich wie einen Dieb zu überwältigen. Ich war auf dem Wege zu Euch.«

»Wo hast du gesteckt, Mädchen? Man sucht dich in der ganzen Stadt!«

Nana konnte sich unschwer denken, wer sie suchte. Guy de St. Doye vermutlich. Der Mann, der so viel Silber für sie bezahlt hatte und dem sie entkommen war, ehe er den Gegenwert dafür kassieren konnte. Die Schenke war sein einziger Anhaltspunkt, um ihre Spur aufzunehmen. Er konnte ja nicht ahnen, dass er nur über den Hof zu gehen brauchte, um sie zu finden. Sie hoffte inständig, dass es auch noch lange dauern würde, ehe ihn diese Nachricht erreichte.

»Wo ist mein Vater?«, wollte sie wissen, und ihre Stimme klang trotzig.

»Das wüsste ich auch gerne!«, knurrte der Wirt des *Grünen Hahns.* »Der alte Gauner ist verschwunden, ohne einen Sol zu bezahlen. Ich dachte, dass ihr euch gemeinsam aus dem Staub gemacht habt, aber so ist mir die Sache natürlich viel lieber. Wie es aussieht, kannst du jetzt für euch beide bezahlen, mein Engelchen…«

Er fasste nach Nanas Mieder, tat, als wolle er den Stoff prüfen, und strich statt dessen mit gierigen Fingern über ihre Brust.

»Bezahlen?« Nana brachte sich mit einem Satz vor ihm in Sicherheit. Ihr Temperament ging mit ihr durch. »Ihr seid toll! Ich habe jeden Tag für Euch gearbeitet, seit ich mit meinem Vater in diesem Verschlag lebe, der für einen Hund noch zu lausig wäre. *Ihr* schuldet mir den Lohn für meine Dienste!«

»Nun, nun, nicht so heftig, mein Vögelchen!« Der Wirt kam näher und griff erneut nach Nana. Jetzt hätte sie sich nur noch in der Gaststube oder in der Küche vor ihm in Sicherheit bringen können, doch weder das eine noch das andere kam in Frage. Je weniger Menschen sie sahen, umso besser würde es sein. »Ich bin ein gütiger Mann, mit mir kann man reden«, fuhr er fort. »Ich könnte geneigt sein, eure Schulden zu vergessen, wenn du ein wenig freundlicher zu mir wärst! Komm mit nach oben, und ich zeige dir, was ein richtiger Mann und kein Krüppel ist.«

Nana fixierte den dürren Wirt mit ihrem verächtlichsten Blick. Freundlicher? Bei Gott, lieber würde sie sich in den nächsten Bratspieß stürzen, als ihm das zu erlauben, was er im Sinn hatte.

»Ihr lügt. Mein Vater ist nicht stark genug, von selbst zu verschwinden. Er ist krank. Wenn er nicht mehr im Schuppen ist, dann müsst ihr ihn fortgeschafft haben. Wo finde ich ihn? Warum könnt Ihr einem kranken, alten Mann nicht wenigstens ein wenig Frieden gönnen?«

»Nun, vielleicht fällt es mir ein, wenn du dich mehr bemühst!« Chestel zerrte sie rücksichtslos von der Treppe fort und drängte sie in die Nische unter den Stufen, die sich steil nach oben verjüngte. Während er sie mit einer Hand gepackt hielt, betatschte er mit der anderen ihren Körper und krallte sie schließlich um eine straffe Brust, die er unter dem weichen Leinen der Bluse deutlich spüren konnte.

Nana, die sich bis dahin stumm und verbissen gegen diese Zudringlichkeiten gewehrt hatte, entrang sich ein wütender Aufschrei.

»Nehmt Eure Pfoten von mir, Grobian!«

Ihre Hand fuhr hoch, und ein Schlag klatschte in das Gesicht des Wirts, der sie freigab, als habe er sich verbrannt. Das wütende Gebrüll, mit dem er diese Beleidigung quittierte, drang bis in die Wirtsstube, und die Dame Chestel schoss wie ein Blitz aus ihrer Küche heraus. Im Nu fand sich Nana von neugierigen Gesichtern umgeben, während sie mit der verbissenen Zähigkeit einer Katze, mit Händen und Füßen gegen die Umklammerung Maître Chestels ankämpfte und diesen gleichzeitig mit allen Schimpfnamen belegte, die sie im Laufe ihrer Reisen aufgeschnappt hatte. Es handelte sich dabei um eine bemerkenswerte Liste, die an blumiger Deutlichkeit nichts zu wünschen übrig ließ.

»Gib's diesem Halsabschneider, Mädchen! Ja, sag ihm, was für ein Schurke er ist!«

»Hast dir wohl ein Hühnchen ausgesucht, das zu munter für dich ist, alter Gauner!«

Diese und ähnliche Kommentare kamen zu dem allgemeinen Geschrei hinzu, und die Wirtin persönlich setzte in schrillem Diskant die Krone darauf.

»Wache! Holt die Wachen! Diese Hure gehört eingesperrt! Eine Diebin ist sie, eine Landstreicherin! Eine wohlfeile Metze, die jeden anständigen Mann verdirbt und in der Hölle dafür schmoren soll!«

»Wahrhaftig, welch ein bemerkenswert mörderisches Geschrei!« Colin d'Harigny musste nicht einmal seine Stimme sonderlich erheben, damit sich vollkommene Stille über den *Grünen Hahn* senkte.

Die Zuschauer machten ihm Platz, und der Wirt ließ unter dem funkelnden Blick der stahlblauen fordernden Augen Nana ganz von selbst aus seinen Fäusten. Sogar die resolute Dame Chestel brach mitten im Wort ab. Nana biss sich auf die Unterlippe, als wolle sie damit die Fülle der bilderreichen Beschimpfungen ersticken, die eben noch in unablässigem Strom aus ihrem Mund geflossen waren. Sie starrte den Edelmann fassungslos an. Mit ihm hatte sie in dieser verrufenen Spelunke zuletzt gerechnet.

»Habt Ihr mir nicht eben versichert, dieses Mädchen noch nie gesehen zu haben?«

Die frostige Feststellung jagte hektische Röte in Chestels Stirn, und Nana stutzte. Colin d'Harigny hatte nach ihr gefragt? Weshalb? Und wieso im *Grünen Hahn*? Sie hatte ihm mit keinem Wort gesagt, dass sie dort arbeitete. Sie senkte den Blick und betrachtete Colin durch den dichten Vorhang ihrer Wimpern, während er seinerseits Chestel fixierte, als sei dieser eines der jämmerlichen Kaninchen, die ihr Vater früher aus irgendwelchen Hüten gezaubert hatte.

Unter den einfachen Soldaten, Gerbern und Bürgern, die diese Schänke besuchten, blieb er auch in den schlichten Kleidern, die er heute trug, unzweifelhaft ein Mann nobelster Geburt. Niemand wagte seine Autorität anzuzweifeln, und sogar die Bürgerin Chestel zwang ihre giftige Zunge zu höflichen Worten, als sie für ihren Gatten auf Colins Frage antwortete, nachdem dieser kein Wort herausbrachte.

»Eine Schlampe ist sie, und wir waren froh, dass sie verschwunden war. Weiß der Himmel, was sie schon wieder bei uns will! Vermutlich hat sie sich heimlich ins Haus geschlichen, um uns zu bestehlen! Übergebt sie den Wachen, das ist das einzig Richtige für sie und ihresgleichen. Gesindel, Hurenpack!«

»Ich bin keine Diebin!« Der ungerechte Vorwurf brachte wieder Leben in Nana. »Ich wollte nach meinem Vater sehen. Was habt Ihr mit ihm gemacht? Habt Ihr einen kranken Mann auf die Straße gesetzt, ehrenwerte, fromme Christen, die ihr seid?«

»Gegangen ist er, und du kannst ihm gerne folgen, Miststück!« kreischte die liebenswürdige Wirtin und hatte ihr feines Benehmen schon wieder vergessen. »Wage es noch einmal, uns Vorwürfe zu machen! Durchgefüttert haben wir das Pack einen Winter lang, ohne ein Dankeschön dafür zu bekommen, Seigneur. Da seht Ihr, wie es uns gedankt wird. Mach dich fort, ich will dich nicht mehr unter meinem Dach sehen.«

»Ein Vorschlag, der es wert ist, beherzigt zu werden«, fand der

Ritter, der dieser Auseinandersetzung interessiert gefolgt war. »Es gebricht Euch gewaltig an der Gastfreundschaft, liebe Dame!«

Dann wandte er sich Nana zu. »Lass uns gehen, meine Kleine. Es gefällt mir in diesem Hause nicht besonders.«

Während sich das enttäuschte Publikum wieder in die Schenke zurückzog, weil es nichts mehr zu sehen und zu hören gab, leistete Nana auch Colin d'Harigny trotzigen Widerstand. Es missfiel ihr, von einer Befehlsgewalt in die andere überzugehen.

»Ich gehe keinen Schritt, ehe ich nicht weiß, wo sich mein Vater befindet. Er ist viel zu krank, um aus eigener Kraft zu verschwinden. Man muss ihn getragen haben, wenn er fort ist. Ich muss wissen, was mit ihm geschehen ist.«

»Eine berechtigte Forderung«, antwortete Colin d'Harigny und richtete seinen Blick auf Maître Chestel, der sichtlich kleiner wurde und seinen eckigen Schädel noch ein wenig tiefer zwischen die knochigen Schultern zog. »Beantwortet ihre Frage, Herr Wirt, und Ihr seid uns beide für immer los. Aber ich warne Euch, keine Lügen!«

Maître Chestel begriff, dass er es mit einem Manne zu tun hatte, der keinen Widerspruch duldete. Er schlurfte an ihnen vorbei zur halb offenen Küchentür und bedeutete dem Ritter mit einer Geste, dort einzutreten.

Colin fasste Nana am Handgelenk, und seine Berührung ging ihr durch und durch. Ihr Körper prickelte, und sie presste die Lippen aufeinander, um den Seufzer zu unterdrücken, der tief aus ihrem Herzen kam. Es wäre vernünftiger gewesen, wenn sie Colin nie mehr wiedergesehen hätte, und doch fühlte sie sich geradezu lächerlich stark und unbesiegbar an seiner Seite. Es genügte schon, die verkniffenen Züge der Dame Chestel zu sehen, die nur zögernd und widerwillig zur Kenntnis nahm, dass Nana einen mächtigen Beschützer gefunden hatte. Wenngleich sie sich auch nicht erklären konnte, wie das zugegangen sein mochte.

»Wo ist der Mann, den Nana sucht?«, fragte Colin d'Harigny. Sein Ton warnte die beiden, ihm ja die Wahrheit zu sagen.

Chestel zuckte zusammen und geriet ins Stottern. »Nun,

Herr… Ich bin ein einfacher Wirt, es geschieht nicht alle Tage, dass sich die noblen Seigneurs bei mir ein Stelldichein geben…«

»Zur Sache, Mann!«

»Man hat ihn abgeholt«, gab Chestel schließlich zu. »Der Seigneur, der diese da gekauft hat, kam noch in derselben Nacht, in der er sie mit sich genommen hatte, mit ein paar Knechten zurück. Er war sehr übel gelaunt und wollte mit dem Alten sprechen. Ich habe ihn in den Verschlag hinausgeführt, doch er hat mich fortgeschickt. Als ich später nachsah, stand das Hoftor auf, und der Alte war fort. Mehr kann ich nicht sagen, Herr!«

»Ein Seigneur hat Nana gekauft?« Die absolute Verblüffung, die in Colin d'Harignys Worten mitschwang, hätte die junge Frau amüsiert, wäre es dabei nicht um ihr eigenes Schicksal gegangen. »Du machst Witze! Sie ist doch keine Sklavin, die einfach verkauft werden kann.«

»Er hat mich für fünf Livres an den ehrenwerten Guy de St. Doye verschachert«, zischte Nana, und in ihren Worten schwang der ganze Zorn mit, den sie darüber empfand. »Unsereins ist eine Ware, die an den Meistbietenden verkauft werden kann, Seigneur. Habt Ihr das nicht gewusst? Wer kümmert sich schon um die Rechte eines Mädchens, das nicht einmal Bürgerin dieser ehrenwerten Stadt ist. Ich bin ein Nichts…«

»Guy de St. Doye…« Colin d'Harigny murmelte den Namen nachdenklich vor sich hin. Seine schwarzen Brauen hatten sich zu einem geraden Strich zusammengezogen. Zusammen mit der Narbe ließ ihn das äußerst bedrohlich wirken.

»Ihr kennt ihn?« Nana ahnte, dass er unschwer die Zusammenhänge hergestellt hatte. Sicher wusste er jetzt, dass es St. Doye gewesen sein musste, vor dem sie geflohen war, als sie ihm in die Arme lief.

»Keine Bekanntschaft, auf die ich sonderlich stolz bin«, gab d'Harigny zu. »Der bucklige Freund des Großkämmerers ist im Gegensatz zu seinem tapferen Bruder einer der schlimmsten Feinde Jeanne d'Arcs. Er scheut keine Mühen, sie bei Hofe in Misskredit zu bringen und sie zu verleumden. Wenn es nach ihm ginge, würden die Bewohner von Orléans noch immer von den

Engländern unterdrückt. Wie mir scheint, habe ich seit heute Abend noch einen weiteren Grund, diesen schurkischen Herren zu verabscheuen. Und was Euch betrifft, Herr Wirt...«

Chestel drängte sich schutzsuchend näher an seine mollige Gattin, die ihn nervös zur Seite stieß und ihre schmuddelige Schürze zwischen den Fingern knetete, wobei sie Nana verstohlene, gehässige Blicke zuwarf. Die junge Frau zweifelte nicht daran, dass die Dame ihr die Schuld für alle Unannehmlichkeiten gab, die sie und ihr halb betrunkener Gatte nun erlitten.

»Was Euch betrifft«, fuhr d'Harigny fort, »werdet Ihr vergessen, dass Ihr jemals eine Magd hattet, die sich Nana nannte. Wenn sich St. Doye wieder hier blicken lässt, werdet Ihr mit keiner Silbe verlauten lassen, dass Ihr mich oder Nana gesehen habt. Falls Ihr doch in Versuchung kommen solltet, so lasst mich Euch sagen, dass ich gute Verbindungen zum Rat der Stadt von Bourges habe. Es wird mir ein Leichtes sein, die Herrn zu bitten, eine so üble Kneipe wie den *Grünen Hahn* schließen zu lassen.«

Unheilvolles Schweigen breitete sich in der verräucherten Küche zwischen den vier Menschen aus. Stille, in der man den Lärm der Schankstube und das Kreischen der Mägde ebenso deutlich hören konnte wie den erschreckten Atemzug Maître Chestels, der puterrot anlief und sich in eine stammelnde, wirre Antwort stürzte, die der Ritter mit einer einzigen, herrischen Geste abwürgte.

»Es liegt an Euch, diese Gefahr abzuwenden. Und nun lasst uns durch den Hof hinaus. Es wird besser sein, wenn es kein weiteres Schauspiel in diesem Ausschank gibt, das unliebsame Aufmerksamkeit erregt.«

Wenige Augenblicke später huschte Nana an der Seite Colin d'Harignys durch das Gerberviertel. Erst als sie dem gröbsten Gestank entkommen waren, drängte Colin sie in den Schatten einer Mauer. Ehe die junge Frau indes begriffen hatte, was er von ihr wollte, hatte er sie in die Arme genommen und sich ihrer Lippen bemächtigt. Er riss sie wortlos in einen leidenschaftlichen, glühenden Kuss, der die Welt um sie beide versinken ließ.

Nanas Vorsätze verflüchtigten sich wie Nebel in der Sonne,

und sie gab sich, bezwungen von seiner berauschenden Zärtlichkeit, erneut dem törichten Traum ihrer unmöglichen Liebe hin. Die Berührung seines Mundes war wie ein Zauber, der sie in einen anderen Menschen verwandelte. Sie öffnete willig die Lippen, und bei ihm leistete sie keinen Widerstand, als die streichelnden Hände ihre Brüste fanden.

Im Gegenteil, wie ein Echo darauf verhärteten sich die Spitzen und drängten sich in verräterischer Deutlichkeit gegen den Stoff. Nur zu gut erinnerte sich ihr Körper an die Wonnen, die ihm die Umarmung Colins geschenkt hatte. Eine Mischung aus Verlangen und Schwäche entlockte Nana einen kehligen Seufzer, und sie drängte sich noch enger an ihn.

»Warum bist du vor mir geflohen?«, murmelte er irgendwann, die Arme fest um sie geschlossen, zwischen Küssen, die ihre Augen, ihre Wangen und ihre Schläfe trafen. »Ich bin kein Guy de St. Doye. Bleib bei mir, und du wirst es nicht bereuen.«

Sie antwortete nicht. Zu unsinnig war diese Forderung, zu absurd. Nana rang nach Atem und versuchte den Aufruhr in ihrem Körper wieder unter Kontrolle zu bringen.

»Versprich, mir, dass du bei mir bleibst und nicht wieder davonläufst«, forderte er. »Zugegeben, ich war betrunken, und ich habe dich vielleicht ein wenig roh behandelt, aber du musst mir verzeihen. Du hast mir so viel Lust geschenkt, dass ich den Kopf verloren habe. Ich werde es wieder gutmachen, ich werde dir zeigen, dass die Liebe nur beim ersten Mal Schmerzen bereitet. Vertrau dich mir an.«

Die liebenswürdige, gewinnende Stimme, mit der er so eifrig auf sie einredete und sie davon zu überzeugen versuchte, dass es nur zu ihrem Besten sein würde, wenn sie sich ihm hingab, entlockte Nana ein Lachen, das jedoch alles andere als fröhlich klang. Sie hatte viel zu viel Angst vor sich selbst. Ein paar Zärtlichkeiten mehr, und sie würde sich ihm wirklich wie eine Dirne im Schutze der Dunkelheit auf der Gasse hingeben.

»Habt Ihr vergessen, mit wem Ihr sprecht?«, flüsterte sie heiser. »Ich bin Nana, die Tochter von Hughes dem Gaukler. Eine Vogelfreie, eine Landstreicherin ohne jedes Bürgerrecht in dieser

Stadt. Ein Frauenzimmer, das jeder Metze, Schlampe oder Hure nennen darf.«

»Ich weiß nur, dass du wunderschön bist und dass mich in den vergangenen Tagen die Sehnsucht nach dir fast um den Verstand gebracht hat«, widersprach Colin leidenschaftlich. »Du bist frei, wer hindert dich, zu mir zu kommen? Hast du Angst vor Guy de St. Doye? Ich werde dich zu verteidigen wissen.«

»Habt Ihr mich deshalb gesucht? Wie seid Ihr in den *Grünen Hahn* gekommen?« wollte Nana wissen, ohne näher auf seine Fragen einzugehen.

»Das ist schon der zweite Tag, an dem ich mich auf die Suche nach einem Mädchen mit kupferfarbenen Haaren gemacht habe.« Colin zog eine Grimasse, als könne er dies selbst nicht so ganz fassen.

»Gott allein weiß, wie viele Läden, Schenken und Herbergen es in dieser Stadt gibt. Ich hatte schon jede Hoffnung aufgegeben, ein Lebenszeichen von dir zu finden, und ich wäre sicher nie in das Gerberviertel gegangen, wenn mir nicht ein Weinhändler von den hübschen Mägden im *Grünen Hahn* erzählt hätte. Aber du hast dort nicht als Dirne gearbeitet, nicht wahr?«

Nana schüttelte den Kopf. Es tat ihr gut, dass er so absolut davon überzeugt schien, dass sie kein übles Frauenzimmer war.

»Wir mussten unser Hab und Gut zurücklassen, als wir vor den Engländern flohen. Wir hätten es vielleicht geschafft, wenn es noch Märkte und Messen gäbe, aber der Krieg hat alles zerstört. Kurz vor dem Allerheiligenfest kamen wir nach Bourges, und hier wurde der Husten meines Vaters so schlimm, dass wir nicht mehr weiterziehen konnten. Ich musste mich bei Chestel als Magd verdingen, damit wir wenigstens ein Dach über dem Kopf und etwas zu essen hatten. Es war wenig genug, was die Dame Chestel uns gab, aber mit den paar Münzen, die mir die Gäste manchmal zusteckten, konnte ich Medizin für meinen Vater kaufen. Was soll ich tun, wenn der Seigneur de St. Doye mich zwingt, zu ihm zu gehen, weil er meinen Vater hat?«

»Das kann er nicht«, beruhigte Colin sie. »Du bist keine Sklavin, und wenn St. Doye dem Wirt des *Grünen Hahnes* Geld gegeben hat, so braucht dich das nicht zu interessieren. Er muss die Sache mit ihm ausmachen und nicht mit dir. Ich werde dich vor diesen Kerlen beschützen, ich schwöre es dir! Bitte, bleib bei mir!«

Ein jäher Einfall schoss Nana durch den Kopf. Bekam sie hier nicht die Unterstützung, die sie so dringend benötigte? Denn wie sollte sie alleine herausfinden, wohin Guy de St. Doye ihren Vater gebracht hatte? Im Palast am Auron befand er sich jedenfalls nicht, das hatte Ermeline ja bereits in Erfahrung gebracht.

»Helft mir, meinen Vater vor St. Doye zu retten, und ich komme mit Euch!«, antwortete sie ungestüm.

Colin jedoch fand die Bitte nicht unbescheiden. Er nickte. »Abgemacht, gib mir deine Hand darauf.«

Nana zögerte. Sie hatte ihr Wort bereits verpfändet. Sie hatte dem Grafen von Mesnières versprochen, dass sie nicht davonlaufen würde. Ein solches Versprechen musste gehalten werden, auch wenn sie nur die Tochter eines kranken Komödianten war. Aber sie liebte Colin mit der ganzen Kraft ihres einsamen Herzens. War es ein Wortbruch, wenn sie sich noch ein paar weitere Stunden der Liebe von ihm stahl? Die Versuchung war zu groß.

»Wenn wir meinen Vater finden und retten können, dann werde ich heute Nacht mit Euch kommen«, sagte sie und schlug in seine Hand ein. Daran, dass sie ihn danach wieder verlassen musste, wollte sie in diesem Moment nicht denken.

»Welch ein Segen, dass du diesem Scheusal entkommen konntest, ehe es dir Böses angetan hat«, seufzte Colin erleichtert und hüllte sie in die Wärme seiner Umarmung. Seine Hände streichelten über ihren Rücken und vermittelten ihr die Illusion von Geborgenheit.

»Wieso hast du mir nicht verraten, dass du vor ihm geflohen bist? Weshalb bist du im Morgengrauen verschwunden wie ein Geist? Wie bist du überhaupt aus dem Palast gekommen? Ich hatte schon gefürchtet, man habe dich arretiert.«

»Ihr habt mich kaum zu Wort kommen lassen, Seigneur«, wisperte Nana und genoss das sanfte Streicheln seiner Lippen auf ihren Wangen. »Und was mein Verschwinden anbetrifft, es schien mir besser zu gehen, ehe Ihr den Fehler machen würdet, mich zu bezahlen.«

»Ich weiß, dass du keine Dirne bist und dass dich vor mir noch kein Mann besessen hat«, raunte Colin, ohne seine Liebkosungen zu unterbrechen. »Du hast mir ein seltenes und kostbares Geschenk gemacht. Jetzt gehörst du mir, und ich werde nicht zulassen, dass du mir erneut wie ein Phantom durch die Finger schlüpfst.«

Nana dankte der Dunkelheit, die vor ihm verbarg, dass sich ihre Wangen röteten. So sehr sie ihn auch liebte und sich nach ihm sehnte, musste sie doch so schnell wie möglich wieder von ihm fort. Denn ihr Körper schien einen eigenen Willen zu entwickeln, sobald er Colins Nähe spürte das Verlangen, das sie empfand, war stärker als alle Vernunft. Und das war gefährlich. Denn sie wollte nicht einfach nur eine willfährige, ständig verfügbare Geliebte sein, sie wollte Ehre und Stolz nicht völlig vergessen.

Wenn schon ihr eigener Körper ihr Gegner war, waren es ihre Gedanken nicht minder. Dumme, verrückte Gedanken, wenn sie von Colin d'Harigny mehr wollte, als er ihr je geben konnte. Alles. Seine Achtung, seinen Respekt, seinen Namen. Unerreichbare Träume, alberne Illusionen. Je eher sie ihnen jede Nahrung nahm, umso besser würde es sein. Aber jeder Kuss und jedes Streicheln erweckte sie zu neuem Leben.

Nana beschloss, sich schnellstens auf sicheren Boden zurückzubegeben.

»Was können wir tun, um meinen Vater zu finden?«, fragte sie, um sich und ihn von ihrem Verlangen abzulenken.

»Es ist anzunehmen, dass St. Doye ihn als Druckmittel verwenden will, damit du zu ihm zurückkommst. Ich wette, dass Chestel in seinem Auftrag auf dich gelauert hat. Dass er dich festhalten und ihm übergeben sollte. St. Doye wird dich mit dem Wohl deines Vaters erpressen wollen. Der Wirt muss ihm verraten haben, wie sehr du an deinem Vater hängst und dass du alles für ihn tust. Er brauchte ihn also nur in seine Gewalt zu bringen und abzuwarten.«

»Aber wo ist er? In seinem Haus?« Nana zwang sich zu diesem Nachsatz, weil sie um keinen Preis der Welt verraten wollte, wo sie die letzten Tage verbracht hatte. Irgendetwas zwang sie, Colin genauso wenig von dem Grafen von Mesnières zu verraten, wie sie diesem von Colin gesagt hatte.

»Ich nehme es an.« Der Ritter nickte. »Ich kenne das Maison Mesnières, es ist wie alle anderen Häuser dieses Stadtteiles auf den Ruinen der alten römischen Häuser erbaut, denn Bourges war schon zu Zeiten der römischen Besatzung eine mächtige Stadt. Die Katakomben jedoch haben sich erhalten. Manche Kaufleute verwenden sie als Warenlager oder als Weinkeller, aber man kann sie auch genauso gut als Kerker benützen. Wir müssen einen Weg finden, dort hinunterzukommen. Ich möchte wetten, dass St. Doye deinen Vater dort gefangen hält.«

»Und wie wollt Ihr das machen?«

Selbst wenn Nana versucht hätte, Colin auf demselben abenteuerlichen Weg ins Haus zu bringen, den sie benutzt hatte, um von dort zu fliehen, wie hätten sie jemals in die Kellergewölbe hinabsteigen können, ohne die Aufmerksamkeit des halben Haushalts auf sich zu ziehen?

»Der Schwiegervater meines guten Freundes Jacques Cœur besitzt zwei Häuser weiter ein prächtiges Anwesen«, erklärte Colin d'Harigny. »Von ihm kenne ich das Geheimnis dieser Gewölbe, über das die meisten Leute in Bourges nicht gern sprechen. Mit seiner Hilfe kann ich hinunterkommen und mir den Weg unter das Maison Mesnières suchen. Ich kenne mich ein wenig aus in diesem Labyrinth, denn wir haben es erkundet, um einen möglichen Fluchtweg für Jeanne d'Arc zu finden, falls der Großkämmerer sie nicht aus der Stadt lassen will. Er möchte verhindern, dass sie weitere Schlachten gewinnt, aber es wird ihm nicht gelingen.«

»Ich komme mit«, erklärte Nana, als sie begriff, dass er diese Sache allein durchführen wollte.

»Das ist zu gefährlich.«

»Es ist mein Vater! Woher wollt Ihr denn überhaupt wissen, ob Ihr den richtigen Mann befreit? Vielleicht hält St. Doye dort unten noch mehr so arme Teufel gefangen, von denen ein jeder froh wäre, ihm zu entkommen?«

Darauf konnte Colin nichts erwidern, denn er kannte St. Doye gut genug, um zu wissen, dass Nanas Überlegungen gar nicht so abwegig waren. Er nickte, dann nahm er ihre Hand und zog das junge Mädchen hinter sich her. Nur kurze Zeit später schlichen sie in der Rue d'Auron an jenem stattlichen Haus vorbei, das Nanas neues Zuhause war, ohne dass ihr Begleiter etwas davon ahnte.

11. Kapitel

Die Laterne war an drei Seiten mit einer eisernen Blende abgeschirmt und warf nur einen schmalen Streifen Licht, der den größten Teil des unebenen Bodens im Dunkeln ließ. Nana hielt sich dicht hinter Colin, doch ihre Gedanken schweiften immer wieder ab zu der merkwürdigen Art, wie sie Zugang in das Haus des Kaufmanns und in diese geheimnisvolle Welt aus Säulen und Mauerbruchstücken gefunden hatten.

Ein rhythmisches Klopfzeichen hatte ihnen zu dieser späten Stunde Eingang in das Haus des wohlhabenden Kaufmannes verschafft. Der Hausherr selbst hatte eine geflüsterte Unterhaltung mit Colin geführt. Beide ahnten nicht, dass sie, Nana, über die ungewöhnliche Fähigkeit verfügte, ein geflüstertes Wort selbst übergroße Entfernung zu verstehen. Deshalb wusste sie, dass Colin ihm von ihrem Vater erzählt hatte, ohne jedoch weiter darauf einzugehen, wer sie war und warum sie sich in seiner Gesellschaft befand.

Der Kaufmann hatte ihr lediglich ein flüchtiges Nicken gegönnt. Genauso viel Interesse brachte er auch einem Warenballen entgegen – dem vielleicht sogar noch mehr. Unwillkürlich fragte Nana sich, ob auch Colin diese Geringschätzung empfand, und sie kam zu dem Schluss, dass dies sehr wohl der Fall sein konnte. Sie wollte sich selbst schließlich nichts vormachen.

Männer neigten dazu, Frauen ohnehin keinen Verstand zuzugestehen, und hätte er einen anderen Weg gewusst, ihren Vater zweifelsfrei zu identifizieren, er hätte sich vermutlich durch keine Bitte erweichen lassen, sie mitzunehmen. So sehr sie ihm gefiel, im Grunde sah er nur ein Spielzeug in ihr. Ein hübsches Kind, das er tätschelte und verwöhnte, solange es ihm gefiel.

Sie durfte nie aufhören, sich diese Tatsache ins Gedächtnis zu rufen. Sonst würde sie zulassen, dass ihre gefährliche Liebe für Colin sie schwächte und sie in eine Närrin verwandelte. Sie konnte es sich nicht leisten, auf ihr Herz zu hören. In einer Lage wie der ihren zählten nur der Verstand und die Vernunft.

Beides hatte sie auch dringend nötig, um sich von der seltsamen, unheimlichen Atmosphäre jener Gänge nicht einschüchtern zu lassen, durch die sie vorsichtig schlichen. Dumpfe, feuchte und modrige Luft erschwerte das Atmen, und manchmal fiel ein Tropfen Wasser von der Decke, und Nana fuhr etliche Male erschrocken zusammen, wenn ein solcher Tropfen ihre Arme oder ihr Gesicht traf. Es kam ihr wie die spukhafte Berührung verfluchter Seelen vor, deren schwache Seufzer in den Gängen widerzuhallen schienen.

»Ist es noch weit?«, flüsterte sie.

»Nein, wir müssen gleich da sein. Hörst du das Rauschen? Das ist der Auron. Zum Flussufer hin ist ein Teil der Anlage eingestürzt, und bei Hochwasser sind manche Gänge überflutet. Da, jetzt befinden wir uns genau unter dem Maison Mesnières. Man erkennt es dort an den beiden Säulen, die noch den Eingang des alten Kellers markieren.«

Nana sah nur zwei helle, längliche Schatten, über die das Licht der Laterne huschte, aber der Boden in diesem Bereich war plötzlich fester, zum Teil sogar noch mit gebrochenen Platten belegt und von möglichen Hindernissen gründlich befreit. Es war kein Zweifel möglich, dass hier Menschenhand dafür gesorgt hatte, dass die versteckten Kammern und Nischen zweckdienlich genutzt werden konnten. Aber hier roch es nicht nach exotischen Gewürzen wie im Hause Cœur.

Es hätte nicht viel gefehlt, und sie hätte sich eingebildet, den Angstschweiß und die vergossenen Tränen jener riechen zu können, die hier unten gelebt und gelitten hatten. Ihre Nerven waren bis zum Zerreißen gespannt, und kalter Schweiß bedeckte ihre Haut. Die dumpfe, ausweglose Dunkelheit dieses Ganges rief ein namenloses Entsetzen in ihr wach. So als wäre sie bereits einmal durch einen ähnlichen Tunnel gelaufen und dabei vergeblich vor einem schrecklichen Verfolger geflohen.

»Was ist mit dir? Du zitterst!« Jetzt bemerkte auch Colin d'Harigny, dass sie sich nur noch mit größter Mühe aufrecht hielt.

»Es ist nichts«, erwiderte Nana mit belegter Stimme. »Ich friere ein wenig.«

»Willst du meinen Umhang?«

»Nein, lasst uns weitersuchen...«

Der Ritter gab nach. Nana allerdings hielt sich nur durch pure Willenskraft noch aufrecht. In ihrem Kopf hallte schrill der Klang eines fernen Schreies wider. Eine Frauenstimme, gebrochen von Schmerz und wildem Zorn, die rief: »Lauf, Nadine!«, ehe sie in einem jammervollen Seufzer ganz plötzlich endete.

Wann hafte sie diesen Ruf gehört, und wer war Nadine? Nana vermochte es nicht zu sagen. Sie ahnte nur, dass es etwas mit ihrem Abscheu vor absoluter Dunkelheit, vor feuchten Gängen und mit jener würgenden Angst zu tun haben musste, unter der sie immer wieder litt.

»Hier, das muss es sein. Siehst du den Riegel?« Colin drehte die Laterne, so dass ein schmaler Lichtstrahl auf einen wuchtigen, vorgeschobenen Riegel fiel, der eine schwere Bohlentür verschloss. »Er scheint frisch geölt zu sein!«

Nana strich sich mit der Hand über die Stirn, als könne sie damit ihre wirren Sinneseindrücke fortwischen. Die Aufregungen der letzten Tage hatten die scheinbare Ruhe ihres Gemütes zerstört. Nichts würde jemals wieder so wie früher sein, und daran war auch der Ritter schuld, der nun die Laterne abgestellt hatte und mit größter Behutsamkeit den Riegel öffnete. So lautlos, als rechne er damit, dass ihm Guy de St. Doye persönlich hinter dieser Tür entgegentreten würde.

»Wenn dies wirklich ein Kerker ist, warum gibt es keine Wachen?«, fragte sie leise.

»Sieh dir dieses Schloss an!« Colin deutete auf das fingerdicke Eisen. »Nicht einmal ein gesunder Mann könnte diese Barriere von innen überwinden, und schon gar nicht ein Kranker. St. Doye hat keine Wächter nötig. Er scheut Zeugen bei seinen ruchlosen Unternehmungen. La Trémoille ist ein guter Lehrmeister für seine Freunde, wenn es um Ruchlosigkeiten und Verbrechen geht. Ich möchte wetten, dass ihm St. Doye hier unten schon manchen Gefallen getan hat.«

In diesem Moment gab der Riegel nach, und die Pforte schwang auf. Colin trat beiseite, als ihm ein schneller Blick in alle vier Winkel des Raumes einen alten Mann zeigte, der röchelnd auf der verfaulten Strohschütte lag und kaum den Kopf wenden konnte, um zu sehen, wer da kam, um sein Elend zu vertiefen.

»Vater!« Mit einem Aufschrei sank Nana neben ihm auf die Knie. Colin hielt die Laterne, deren gelblicher Schein grotesk gebrochene Glieder und Spuren angetrockneten Blutes enthüllte.

Guy de St. Doye hatte Hughes brutal gefoltert, bis er glaubte, sicher sein zu können, dass dieser Mann ihm alles gesagt hatte, was er wusste.

»Diese Bestie in Menschengestalt!« Nana strich dem Alten sanft die schmutzigen Haare aus der Stirn. »Was hat er dir angetan, Vater?«

»Mädchen... dem Himmel sei Dank, dass er meine Gebete erhört hat...«, sagte der Mann mit ersterbender Stimme.

»Wer... wer...«

»Das ist der edle Ritter Colin d'Harigny, Vater. Er hat mir geholfen, dich zu finden. Wir werden dich mit uns nehmen, und ich werde dafür sorgen, dass du...«

»Nein!« Mit überraschender Kraft stieß der Gaukler das Verbot hervor. »Es ist zu spät. Es geht zu Ende mit mir, und ich kann nicht sagen, dass ich traurig darüber wäre. Es ist nur schade, dass es in diesem Loch sein wird, wo ich doch den freien Himmel so sehr geliebt habe. Ich hätte ihn gerne noch einmal gesehen... Aber... hör mir zu, es gibt da etwas, was du wissen musst...«

Colin hatte mit dem erfahrenen Auge eines Kriegers, der schon auf vielen Schlachtfeldern den Tod gesehen hatte, erkannt, dass Hughes die Wahrheit sprach. Es brachte keine Hilfe mehr, den verwundeten Mann zu bewegen und ihm zusätzliche Schmerzen zu bereiten. Nana konnte nur noch von ihrem Vater Abschied nehmen und ihm das Ende seines irdischen Leidens gönnen.

»Ich werde draußen auf dich warten«, sagte er leise zu ihr. »Jemand muss die Gänge im Auge behalten, damit wir keinen Besuch bekommen, ehe unsere Aufgabe beendet ist. Die Zeit drängt...«

Bevor er das kleine Gelass verließ, drehte er sich noch einmal um und nahm das Bild Nanas in sich auf, die sich über den Alten beugte. In diesem Moment glich sie einer jener barmherzigen Madonnen, deren Statuen in den Kirchen standen. Das Leid und der Zorn, die ihr ebenmäßiges Gesicht beherrschten, konnten nichts an der zeitlosen Schönheit ihrer Züge ändern. Wie war es nur möglich, dass ein Mann wie dieser schmutzige, gewöhnliche Komödiant eine Tochter gezeugt hatte, die nicht nur den allergrößten Liebreiz besaß, sondern auch noch die vornehme Haltung einer Fürstin zeigte?

Doch er durfte jetzt nicht weiter Nana betrachten, sondern musste sich darauf konzentrieren, wachsam zu sein. Falls Guy de St. Doye in diesem Moment aufgetaucht wäre, um sie zu bedrohen, hätte er den Buckligen mit bloßen Händen erwürgt. Er hätte es nicht eine Sekunde lang bedauert. Und je länger Nana hinter dieser angelehnten Türe blieb, desto heftiger wurde sein Wunsch, dem Buckligen das Handwerk zu legen. Denn er hatte jetzt zum ersten Mal richtig darüber nachgedacht, was St. Doye wohl mit der jungen Frau gemacht hätte, wenn sie in dessen Gewalt geblieben wäre.

Nana mit ihrer seidigen Haut, ihrem verführerischen Körper und ihrer zärtlichen Leidenschaft wäre zum Spielzeug eines perversen Mannes degradiert worden, der sie zerstört und mit Sicherheit irgendwann getötet hätte. Der Wunsch nach Rache wurde so maßlos, dass Colin sich zwingen musste, an seinem Platz zu bleiben und nicht loszustürmen und den Eingang in das Haus zu suchen, um diesen Schurken zur Rechenschaft zu ziehen.

Die junge Frau indes wischte dem alten Mann sanft mit ihrem Rock den Schmutz und den Schweiß vom Gesicht, aber er hielt ihre Hand mit letzter Kraft fest und hinderte sie daran. Er zwang sie, seinem heiser geflüsterten Geständnis zu lauschen.

»Du bist nicht mein Kind, Nana! Ich hatte immer Angst, es dir zu sagen, denn ich dachte, du würdest mich dann verlassen. Ohne dich hätte ich mein Brot schon sehr viel früher nicht mehr verdienen können. Man hat uns doch nur deinetwegen zugehört und die Münzen in den Korb geworfen. Deine Schönheit hat die Leute angelockt. Aber jetzt ist sowieso alles dahin.«

Ein heiseres Husten unterbrach ihn, und blutiger Speichel lief ihm aus dem Mundwinkel. Trotzdem sprach er schnell weiter, als wisse er, dass ihm nicht mehr viel Zeit blieb. Dass der Tod bereits in der Türe stand.

»Ich habe dich kurz nach der Schlacht von Azincourt im Straßengraben gefunden, als unsere Gauklertruppe dort vor den Engländern floh. Dich und ein anderes Mädchen, ein Wickelkind fast noch. Es konnte kaum laufen. Du warst ohne Besinnung, und alle glaubten, dass du sowieso bald sterben würdest. Ich vermochte es nicht, ein Kind, das noch atmete, einfach liegen zu lassen. Also blieb ich bei dir, während die anderen mit der Kleinen weiterzogen. Sie nahmen sie mit, obwohl sie sich an dir festklammerte und pausenlos deinen Namen schrie. Nana! Nana! Und wieder Nana!«

Fassungslos starrte Nana auf den Sterbenden. Sie vermochte nicht zu glauben, was er sagte. War er noch richtig bei Verstand?

»Es stimmt!«, beharrte er, als könne er ihre Gedanken lesen. »Ihr hattet feine Kleider an, aus Samtstoffen, mit Spitzenbesatz. Ihr trugt Schuhe und Strümpfe, und das Kleinere hatte eine Goldkette mit einem juwelenbesetzten Medaillon um den Hals. Die anderen haben das Kind an sich genommen, damit sie diese Schätze bekamen, und dich haben sie nur deshalb nicht beraubt, weil ich ihnen freiwillig deine Kleider und deine Schuhe gegeben habe. Aber deine Kette…«

»Meine Kette?« Nana fuhr auf und presste die Hand auf ihr Mieder, als könne sie damit den Schlag ihres Herzens besänftigen. »Ich hatte auch eine solche Kette? Eine Kette mit echten Juwelen?«

»Ich habe sie verschwinden lassen, ehe die anderen sie sahen. Ich dachte, ich könnte sie verkaufen… falls du nicht mehr aufgewacht und gestorben wärst.«

»Hast du es getan?«, flüsterte die junge Frau, hin- und hergerissen zwischen Hoffnung und Enttäuschung.

»Ich habe es nicht übers Herz gebracht. Ich bin ein sentimentaler Narr, das weißt du doch. Sie gehört dir, und vielleicht kannst du dich ja irgendwann wieder erinnern, was passiert ist, ehe du halbtot an der Landstraße zusammengebrochen bist. Damals, als du erwacht bist, konntest du es nicht, und es hat auch niemand in dieser Gegend dort nach dir gesucht. Vielleicht ist deine Familie von den Engländern getötet worden, und du konntest entfliehen. Du hast viel geweint im Traum, als du noch klein warst, und immer nach deiner Mutter gerufen, aber wenn du morgens erwacht bist, wusstest du nichts mehr davon ...«

»Die Kette«, unterbrach ihn Nana mit zunehmender Ungeduld. »Wo ist sie?«

Hughes versuchte ein Lächeln, aber es wurde nur eine schmerzliche Grimasse daraus. Sein Atem kam mühsam und rasselnd.

»Dort in meinem Wams, im Saum ...« keuchte er mit letzter Kraft, ehe ihn erneut ein fürchterlicher Hustenanfall schüttelte.

Das zerschlissene Lederwams gehörte zu Hughes wie sein grauer Bart. Seit ewigen Zeiten trug er das speckige, unförmige Kleidungsstück. Manchmal, wenn es ihnen besser ergangen war, hatte er ein Hemd darunter gehabt, in mageren Zeiten lag es auf der bloßen Haut. Inzwischen war es schon dünn und hatte zahlreiche Löcher, aber ein paar Schlaufen, die Nana selbst in diesem Winter angenäht hatte, hielten es über der breiten Brust zusammen.

Sie tastete nach dem Saum und bemühte sich, nicht auf die zerquetschten Beine des Alten zu sehen, die wie blutige Klumpen leblos unter ihm lagen. An der Seite, dort, wo die Säume übereinanderliefen, ertastete sie etwas Hartes. Mit Fingernägeln und Zähnen riss sie den Saum auseinander. Sie hätte Colin um ein Messer bitten können, aber sie tat es nicht. Sie wollte nichts erzählen oder erklären müssen, bevor sie gründlich über diese seltsamen Tatsachen nachgedacht hatte, die Hughes ihr enthüllt hatte, und zu dem Schluss gekommen war, was sie davon halten sollte.

Dann hielt sie plötzlich eine feine Goldkette in den Händen, die im Laufe der Jahre zwar ziemlich verschmutzt war, aber dennoch erkennen ließ, wie kostbar sie war. Zierliche Glieder griffen ineinander, und in der Mitte hing ein rundes Medaillon von der

Größe eines kleinen Goldstückes. Nana fühlte mehr den Umriss eines Wappens, als dass sie es sah. Im Schein der Laterne funkelte ein dunkler, violetter Stein, der genau in der Mitte befestigt war. Auf der Rückseite fand sich ein verschlungenes Ornament, das Nana ebenfalls ein Rätsel war.

»Ich habe ihm nichts davon gesagt, diesem Vieh, das mich gefoltert hat…« stöhnte Hughes. »Vielleicht habe ich damit wenigstens ein bisschen von dem gutgemacht, was ich dir angetan habe…«

»Du hast mir nichts angetan, Vater«, widersprach Nana sanft und schloss die Faust um das geheimnisvolle Schmuckstück. »So wie es aussieht, hast du mir das Leben gerettet. Das andere Kind muss meine Schwester gewesen sein. Jetzt weiß ich, warum ich immer das Gefühl hatte, es sei nicht recht, dass ich alleine bin… Wo sie wohl ist? Wer waren die anderen, die sie aufgenommen haben?«

»Ein Zigeunerstamm, mit dem ich damals von Markt zu Markt zog. Messerwerfer, Wahrsagerinnen und zwielichtige Gestalten. Ein blondes, hellhäutiges Kind, das mit ihnen reist, ist so auffällig, das man sicher danach fragen kann… Vielleicht hätte ich es tun sollen in all den Jahren, aber ich… Die Stimme des Alten wurde schwächer und brach schließlich ganz.

»Vater! Vater, was hast du? Vater?«

Colin, der den Ruf gehört hatte, eilte herein. Er legte einen Finger an den Hals des Alten und schüttelte sacht den Kopf, als er keinerlei Pulsschlag oder Atem mehr spürte.

»Es ist vorbei, Nana. Dein Vater ist tot! Komm, lass uns verschwinden…«

»Er ist tot? Aber ich muss ihn doch noch so vieles fragen. Ich…«

Der Ritter richtete sich auf und berührte sie sanft an der Schulter. »Du kannst ihn nichts mehr fragen.«

Nana schaute ihn an wie eine Traumwandlerin. Sie war so erschüttert, dass sie Mühe hatte, überhaupt zu begreifen, was er ihr sagte.

»Warum…« wisperte sie heiser. »Wieso ausgerechnet jetzt…«

»Es ist ein Wunder, dass er überhaupt noch am Leben war«, meinte Colin. »St. Doye ist ein Teufel. Komm, wir müssen gehen.«

»Ich soll gehen?« Nana sträubte sich plötzlich, und erst als sich die Kanten des goldenen Medaillons scharf in ihre Handflächen gruben, brachte der Schmerz sie halbwegs wieder zur Besinnung. »Wir können nicht fort. Wollt Ihr ihn vielleicht in diesem Loch liegen lassen?«

»Wir müssen es. Begreif doch, dass wir in Gefahr sind. Wir sind zu spät gekommen, um deinen Vater zu retten – möchtest du, dass man an seiner Stelle uns beide einkerkert? Möchtest du in die Hände des ehrenwerten Seigneurs St. Doye fallen?«

Nana schüttelte so heftig den Kopf, dass das dunkle Tuch von ihren Haaren rutschte.

»Natürlich nicht, und das wisst Ihr genau. Aber hier liegt mein Vater.« Und das ist er, trotz allem, was er mir erzählt hat, fügte sie in Gedanken hinzu. Sie würde später in Ruhe überlegen, was seine Erzählung für sie bedeutete. Jetzt waren andere Dinge wichtiger. Sein Tod. Der zerstörte, geschundene, arme, alte Körper, der in diesem Loch den Ratten zum Fraß fallen würde, wenn sie nichts dagegen taten. »Er hat das Recht auf ein christliches Begräbnis. Ich kann nicht zulassen, dass er in diesem Kerker verrottet, ohne dass ein Gebet für ihn gesprochen wird!«

»Du kannst für ihn in jeder Kirche beten! Er ist längst jenseits aller Gefühle, Kleines. Es macht ihm nichts mehr aus, was mit seinen irdischen Resten geschieht!«

»Ach? Weil er ein Gaukler ist? Ein Stück Dreck, Gesindel, das man liegen lassen kann, wo es hingefallen ist? Kein Mensch, sondern nur Schmutz?«

Colin d'Harigny unterdrückte einen gereizten Seufzer. »Du bist ungerecht, und du weißt es, Nana! Das habe ich mit keinem Wort gesagt. Für uns gilt es abzuwägen, was wichtiger ist. Zu entkommen, ohne dass St. Doye Verdacht schöpft, oder ihm einen deutlichen Hinweis darauf zu geben, dass seine Machenschaften entdeckt worden sind. Willst du dich etwa nicht an ihm rächen?«

»Und ob ich das will!« Nana knotete das Tuch wieder fest. Sie hatte einen bitteren Geschmack im Mund, und bitter waren auch ihre Worte. »Ich will Rache, dessen dürft Ihr gewiss sein, aber ich werde über diesem Wunsch nicht meine Christenpflicht an dem Mann vergessen, der mir ein Vater war. Er hat es weiß Gott verdient, in geweihter Erde zu ruhen.«

Colin d'Harigny fiel in diesem Moment nicht auf, welche Formulierung Nana gewählt hatte. Er würde sich jetzt nicht mit Wortklaubereien aufhalten. Ohnehin nicht mit viel Geduld gesegnet, brachte es ihn gewaltig in Harnisch, dass sie sich ausgerechnet diesen Ort und diesen Zeitpunkt aussuchte, um ihre Sturheit zu zeigen. Außerdem hatte er keine Lust, seine Entscheidungen lange mit ihr zu diskutieren.

»Schluss mit dem unnützen Gerede. Wir müssen zurück, Maître Cœur wird sich bereits Sorgen um uns machen. Er ist geblieben, um uns wieder in Empfang zu nehmen. Wir können nicht noch mehr Zeit vertrödeln.«

»Dann geht, wenn Ihr nicht den Mut habt, mir zu helfen!«, fauchte Nana.

»Was willst du tun? Einen alten, toten Mann auf deinem Rücken zum Friedhof schleppen? Noch dazu einen, dem man auf den ersten Blick ansieht, dass er gefoltert wurde?«

»Was kümmert's Euch!« Nana war so außer sich, dass ihr gar nicht auffiel, dass sie auf dem besten Weg dazu war, sich mit Colin zu streiten. Er jedoch bemerkte es, er begriff aber nicht, dass sie viel zu erregt und erschüttert war, als dass man ihr Verhalten mit normalen Maßstäben hätte messen können.

»Wahrhaftig, ich denke, es ist an der Zeit, dass man dich übers Knie legt und dir ein wenig Vernunft und Gehorsam einbläut! Dein Vater scheint dies versäumt zu haben!«, erklärte der Ritter jetzt ebenso aufgebracht wie sie. »Ich kann nicht zulassen, dass deine Dickköpfigkeit uns beide in Lebensgefahr bringt.«

»Ihr habt kein Recht, mir Befehle zu erteilen, ich bin nicht Eure Magd!« Sie wich vor ihm zurück und stemmte die Hände in die Hüften.

»Diesen Punkt klären wir später, meine Schöne! Jetzt kommt erst eine Lektion in Gehorsam.«

Ehe Nana begriff, was er vor hatte, packte er sie mit beiden

Händen um die Taille und warf sie sich wie einen Sack über die Schulter. Während sie noch zappelte und mit den Fäusten auf seinen muskulösen Rücken einschlug, griff er nach der Laterne und bückte sich, um mit seiner wütenden Last unter der niedrigen Tür durchzukommen.

Sorgfältig schob er von außen den Riegel wieder vor. Obwohl die junge Frau vor Empörung schäumte, bewahrte sie wenigstens so weit Vernunft, in diesem kritischen Moment nicht auch noch entrüstet zu schreien. Sie gab jedoch nicht auf, sich zu wehren, aber sie hatte genauso viel Erfolg, als würde sie ein stabiles Eisentor mit bloßen Fäusten bearbeiten. Ihre Arme taten ihr bald weh, und Colin wirkte, als würde er nichts davon spüren.

»Lasst mich hinunter, ich komme mit Euch!«, sagte sie schließlich. Sie keuchte und rang um Atem, denn seine Schulter drückte ihr bei jedem Schritt die Luft ab und bohrte sich in ihren Magen, so dass ihr schlecht wurde.

»Wie einsichtig du doch sein kannst, mein Kleines!« murmelte Colin und stellte sie wieder auf die Füße. Vorsichtig geworden, hielt er sie jedoch am Handgelenk fest, um zu verhindern, dass sie auf dem Absatz kehrtmachte und sich aus reiner Dickköpfigkeit erneut in Gefahr brachte.

Nana verzichtete darauf, ihm mitzuteilen, was sie von seinem Benehmen hielt. Sie lief schweigend neben ihm her, bis er im vereinbarten Rhythmus gegen die Kellertür des Kaufmannes klopfte und ihnen darauf von innen geöffnet wurde.

12. Kapitel

Was ist das?«

»Mein neues Quartier!« Colin d'Harigny zog Nana in das schmale Haus neben dem Zehentspeicher in der Rue des Trois-Maillets. In Friedenszeiten war er einmal voll gewesen, weil die Gläubigen ihre Naturalabgaben für das Gotteshaus dort abgegeben hatten.

Inzwischen konnten die frommen Männer, die ihn verwalteten, jedoch froh sein, wenn sie wenigstens einen Bruchteil der früheren Abgaben erhielten, um die Heerscharen von Flüchtigen und Hungernden zu füttern, die in Bourges Obdach und Hilfe suchten.

»Wohnt Ihr nicht mehr im Palast?« Nana trat zögernd ein. Obwohl nicht so herrschaftlich wie das Maison Mesnières, war es doch ein hübsches, gut gepflegtes Haus, in dem es nach gewachstem Holz und den frischen Kräutern duftete, welche den steinernen Boden bedeckten.

»Nur wenn ich meinem Dienst nachkomme«, sagte der Ritter und schlug Feuer, damit er die Kerzen in dem Leuchter entzünden konnte, der auf einer Truhe an der Treppe stand. »Zudem wäre es nicht ratsam, wenn du im Palast bei mir bliebest. Es geht niemanden etwas an, dass du zu mir gehörst.«

»Ihr schämt Euch meiner.« Nana stellte es völlig unbeteiligt fest, aber das machte Colin betroffener, als wenn sie dies als Vorwurf geäußert hätte. Röte stieg ihm in die Wangen, und Nana deutete dies als Bestätigung, dass ihre Worte zutrafen.

»Unsinn!« widersprach er und hob den Leuchter. »Warum, glaubst du, habe ich dich in der ganzen Stadt gesucht, wenn ich mich deiner schämen sollte?«

»Weil Ihr mich begehrt«, hätte Nana erwidern können, denn der hungrige Ausdruck, mit dem er sie betrachtete, ließ eigentlich keine andere Antwort zu. Und sie selbst fühlte ja Ähnliches, wenn sie ihn anschaute. Dennoch tat sich gerade hier ein großer Unterschied zwischen ihnen auf. Denn bei ihr war diese Sehnsucht, dieses Verlangen, mit Liebe verbunden, für Colin jedoch ging ihre Beziehung sicher nicht über das Körperliche hinaus.

Nana nahm nicht an, dass Colin d'Harigny zu jenen Männern gehörte, die sich in öffentlichen Häusern vergnügten und mit Bademägden herumtändelten. Vermutlich wartete in seiner Heimat ein Edelfräulein auf ihn, das ihm seit frühester Kindheit anverlobt war, oder gar eine Ehefrau, die seine Kinder zur Welt gebracht hatte. Nana atmete ganz tief durch. Sie musste ganz ruhig bleiben, wollte nicht zeigen, wie sehr diese Vorstellung sie quälte.

Ein Edelmann und Ritter seiner Herkunft gab sich gewöhnlich nicht mit einer Komödiantin ab. Wenn ihm der Sinn nach Abwechslung stand, fand er unter den Hofdamen von Königin Marie sicher eine Menge der hübschesten Demoiselles, die nur darauf warteten, ihn zu verwöhnen. Was reizte ihn an ihr? Der Wunsch nach Abwechslung? Ein Abenteuer, das er sich bisher versagt hatte?

»Was ist mit dir? Komm!« Colin stand an der Treppe, die nach oben führte, und winkte ihr, ihm zu folgen. Er hielt ihr Zaudern für Scheu vor der ungewohnten Umgebung. »Du brauchst keine Angst zu haben, wir sind allein. Tagsüber kommt eine Frau mit zwei Mägden, um alles in Ordnung zu halten, aber jetzt ist niemand im Haus. Sie werden dir gehorchen, wenn ich den Befehl dazu gebe. Hier unten findest du nur die Küche und die üblichen Wirtschaftsräume, oben sind die Wohn- und Schlafkammern. Ich denke, es wird dir gefallen…«

Wie meinte er das? In dem Zustand, in dem Nana sich befand, so überreizt, wie sie nach all den Ereignissen war, reagierte sie überempfindlich. Glaubte er, dass jemand, der in einem zugigen Stallverschlag gehaust hatte, schon zufrieden sein musste, wenn er nur ein Dach über dem Kopf hatte? Nein, sie war ungerecht. Dieses Haus sah entzückend aus, und es musste ihn beträchtliche Mühe gekostet haben, in der überfüllten Stadt noch ein solches Schmuckstück aufzutreiben.

Doch in ihrem Kopf drehte sich alles, und es gelang ihr nicht, Ordnung in ihre Gedanken zu bringen. Es erschien ihr alles so unwirklich. Nur die Kette, die sie noch immer in der Hand hielt, schien Realität zu sein. Aber sie konnte nicht mit Colin darüber sprechen. Die Angst um ihren Vater hatte dem Entsetzen über seinen schmählichen, gewaltsamen Tod Platz gemacht. Nanas Furcht vor Guy de St. Doye war noch gewachsen, aber sie war auch erfüllt von dem erbitterten Wunsch nach Rache und Staunen darüber, dass ein Edelmann wie Colin d'Harigny sich nicht nur die Mühe gemacht hatte, nach ihr zu suchen, sondern auch eine solche Unterkunft für sie zu finden.

Nana ließ blitzschnell das Schmuckstück in dem kleinen Stoffbeutelchen verschwinden, das am Gürtel ihres Rockes baumelte und normalerweise dafür gedacht war, dass eine fromme Frau ihren Rosenkranz dort aufbewahrte. Die Erfahrung hatte sie gelehrt, dass es besser war, Geheimnisse für sich zu behalten.

Sie hatte es gerade noch rechtzeitig getan, denn ein sanfter Lichtschein fiel heraus auf den Flur, als Colin die Tür öffnete, die in das dunkel getäfelte Schlafzimmer eines wohlhabenden Bürgers führte. Ein breites Bett mit vier gedrechselten Pfosten beherrschte es völlig. Es stand mit der Stirnseite an einer Wand und konnte an den übrigen drei Seiten mit schweren, dunkelgrünen Samtvorhängen verschlossen werden, um Zugluft und Kälte auszusperren. Während der Ritter ein paar zusätzliche Kerzen entzündete, sah Nana sich neugierig um.

Die getäfelte Kassettendecke hing tief, so tief, dass Colin unwillkürlich den Kopf einzog, denn ihm blieb nicht mehr als eine Handbreit Platz. Das Maison Mesnières verfügte zwar über höhere Räume, aber die geschnitzte Truhe hier, die gepolsterte Bank und der Tisch mit dem ziselierten Silbertablett, auf dem Wein und Becher bereitstanden, waren ebenso kostbar wie dort. Dichte Samtportieren verschlossen auch die Fenster, und auf dem Kaminsims stand eine prächtige Vase mit den ersten Kirschenzweigen dieses Jahres. In der Wärme des Raumes hatten sich die Blütenknospen bereits geöffnet und verströmten einen süßen Duft nach Frühling.

Unwillkürlich entspannte Nana sich ein wenig und trat an den Kaminschirm, hinter dessen Schutz noch die Glut eines letzten

Feuers glomm. Sie schloss die Augen und neigte sich über die Blüten.

»Wie schön du bist!«

Colins geradezu andächtige Feststellung weckte sie aus ihrem flüchtigen Traum von Sonne und Frieden. Sie sah auf und blickte in die blauen Augen Colins, die sich wie diamantenes Feuer in die ihren brannten. Sie gefiel ihm. In einem solchen Maße, dass er es nicht erwarten konnte, sie in das Bett dort hinten zu tragen, aber nicht genug, dass er es auch nur eine Sekunde in Erwägung gezogen hätte, sich in der Öffentlichkeit zu ihr zu bekennen.

Heilige Mutter Gottes, war sie verrückt geworden? Was erwartete sie? Musste sie nicht froh sein, überhaupt seine Aufmerksamkeit erregt zu haben? Dankbar dafür, dass er ihr ein Heim und seinen Schutz bot?

Warum wollte sie ständig mehr? Was nährte ihren verhängnisvollen Ehrgeiz? Weshalb fühlte sie diese hartnäckige, fieberhafte Sehnsucht, von ihm nicht nur geliebt, sondern auch anerkannt und geehrt zu werden? Die Frau zu sein, die seine Kinder auf die Welt bringen und seinen Namen tragen durfte? Wo blieben ihre Klarsicht und ihr Verstand? Sie war keine Figur aus einem Märchen, das von jemandem auf dem Markt erzählt wurde, dies war die Wirklichkeit.

Aber Realität waren auch jenes Medaillon und das Geständnis von Hughes, dass sie jahrelang den falschen Mann für ihren Vater gehalten hatte. Wer war ihr wirklicher Vater? Wer ihre Mutter? Waren sie tot? Verschwunden wie jenes kleine Mädchen, das sich nicht von ihr hatte trennen wollen? Sie mussten tot sein, sonst hätten sie doch sicher Nachforschungen angestellt, nach den Kindern gesucht, die hilflos am Rande der Landstraße gelegen hatten.

Was waren das für Eltern, die ihre Kinder in samtene Kleider hüllten und sie mit goldenen Ketten schmückten? Keine armen Leute. Adelige? Trug sie einen Namen, der sie Colin d'Harigny ebenbürtig machte? Mit dem sie nicht eine Geliebte zu bleiben brauchte, sondern der sie in eine ehrbare Gemahlin verwandeln konnte? Wie konnte sie jemals in Erfahrung bringen, wie dieser Name lautete?

Colin d'Harigny interpretierte ihr hartnäckiges Schweigen falsch. Er glaubte, der Kummer hätte diese Reaktion hervorgerufen. Nana war gerade noch rechtzeitig gekommen, um Abschied von ihrem Vater nehmen zu können. Sie hatte ihn geliebt. Er Colin, musste ihr Zeit geben, sich zu fassen. Auch wenn er sich eigentlich nicht vorstellen konnte, was den grobschlächtigen, grauhaarigen Gaukler und seine liebenswerte Tochter verbunden hatte. Wie ein Mann wie Hughes überhaupt ein Wunder wie Nana hatte zeugen können. Dennoch respektierte er den Gram, den sie seiner Meinung nach empfinden musste.

»Trink etwas, das wird dir neue Kraft geben! Du bist völlig durchgefroren«, riet er ihr und goss Wein in einen Becher, den er ihr reichte.

Nana griff danach und stürzte die dunkelrote Flüssigkeit wie Wasser hinab. Ihre Kehle war völlig ausgetrocknet, und der milde, schwere Burgunder linderte das Kratzen. Gleich darauf spürte sie, wie sich angenehme Wärme in ihrem Körper ausbreitete, dies entlockte ihr einen tiefen Seufzer.

»Meine arme Kleine!« Colin trat an ihre Seite. »Es tut mir so Leid, dass wir zu spät gekommen sind. St. Doye ist ein Tier! Einen Menschen derart zu misshandeln. Glaube mir, es war eine Erlösung für deinen Vater, dass er sterben durfte…«

Wenigstens dieser Feststellung konnte Nana ohne Einschränkung zustimmen. Aber wenn sie daran dachte, dass sie Hughes keine einzige Frage mehr stellen konnte und dass er nun allein und ohne einen letzten Segen unter den Häusern von Bourges lag, dann überkam sie erst recht die nackte Verzweiflung.

»Wir hätten ihn nicht dort lassen dürfen«, sagte sie heiser.

»Ich verspreche dir, dass ich dafür sorge, dass er ein christliches Grab bekommt, sobald ich Guy de St. Doye unschädlich gemacht habe…«

Nana schwieg. Ihr Instinkt sagte ihr, dass ein so ehrenwerter und geradliniger Ritter wie Colin nicht die Fähigkeit hatte, es mit einem so abgrundtief schurkischen Mann wie St. Doye aufzunehmen. Um dazu in der Lage zu sein, musste man selbst eine Portion jener Bösartigkeit besitzen, die St. Doye prägte.

Colin und er waren wie Tag und Nacht. So elementar unterschiedlich wie das Gute und das Böse, weit voneinander entfernt und ohne jeden Berührungspunkt. Colins Tapferkeit, sein Kampfes- und sein Edelmut halfen ihm wenig weiter, wenn es gegen Verschlagenheit, Bösartigkeit und Hinterlist ging. Einen Mann wie Guy de St. Doye konnte man nur mit seinen eigenen Mitteln schlagen, und das traute sie sich selbst viel eher zu als dem Edelmann, den sie so sehr und so hoffnungslos liebte.

»Ich gebe dir Geld, damit du Messen für ihn lesen lassen kannst; ich bin sicher, seine Seele findet Gnade vor Gott. Unser Herrgott erbarmt sich der Menschen, die auf Erden gelitten haben und unschuldig für andere gestorben sind. Du musst nicht um deinen Vater weinen…«

Aber Nana weinte auch nicht. Einmal mehr fragte sie sich, ob es den Jammer lindern mochte, wenn sie weinte. Allein, ihre Augen blieben trocken, ihre Sinne hellwach und angespannt.

»Du brauchst nie wieder zu weinen«, versprach Colin ihr. »Ich habe dir doch versprochen, für dich zu sorgen. Niemand wird dir mehr weh tun, *ma petite.* Du gehörst jetzt zu mir… Du hast es versprochen, erinnerst du dich?«

Helft mir meinen Vater zu finden und zu retten, dann werde ich heute Nacht mit Euch kommen. Sie hatte es ihm versprochen. Diese eine weitere Nacht. Nicht mehr, aber auch nicht weniger. Wie sinnlos von ihm, Pläne zu machen und Luftschlösser zu bauen. Nana wollte nichts davon hören. Sie legte ihm die Fingerspitzen auf die Lippen, um ihn zum Schweigen zu bringen.

Die Einladung in ihren violetten Augen, die vor Leidenschaft schwarz geworden waren, war unmissverständlich. Genauso wie die Art, wie sie sich an ihn drängte und ihre Arme in seinem Nacken verschränkte. Mehr brauchte es nicht, um die Beherrschung zu zerstören, die Colin ohnehin nur mühsam aufrecht erhalten hatte. Er hätte es nie gewagt, sich einer Frau aufzudrängen, die tief betrübt um ihren Vater trauerte, aber eine Frau, die Vergessen bei ihm suchte, lief offene Türen ein.

Ihre Lippen fanden sich zu einem verzehrenden, leidenschaftlichen Kuss, der das Blut in Nanas Adern in flüssiges Feuer verwandelte. Ihr Atem ging heftiger, als sie Colins Hände spürte, die liebkosend über ihren Körper glitten, während Colin sich entzückt fragte, ob ihn in jener herrlichen Nacht sein berauschter Verstand getäuscht hatte oder ob es wirklich eine Frau auf Erden gab, die so vollkommen war und eine solche erfrischende Natürlichkeit mit so viel unschuldigem Verlangen verband.

»Willst du wirklich …« murmelte er an ihren Lippen, und Nanas Antwort klang heiser und kehlig. »Liebt mich! Bitte liebt mich! Macht, dass ich heute Nacht die Welt um mich vergesse!«

Ihre beschwörenden Worte wirkten wie eine lodernde Fackel in einem ausgetrockneten Strohhaufen. Mit einem unterdrückten Stöhnen eroberte er erneut ihren Mund, und er begann jenes träge und zugleich glühende Spiel, das alle Sinne in ihrem Körper alarmierte. Nana streichelte die festen Muskeln seiner Schultern und gab sich ganz seinem leidenschaftlich-fordernden Kuss hin, der ihr den Atem raubte. Das wilde Verlangen, das sie hatte, raste durch ihren Leib und löschte alles andere aus.

Colin löste sich kaum von ihr, als er mit einer Hand die Schnüre ihres Mieders lockerte und das Band der Bluse aufzog, damit er die seidige Haut ihrer Brüste besser streicheln konnte. Seine Finger glitten unter den Stoff und fanden die verhärteten Spitzen, die sich seiner Berührung entgegen drängten. Er stöhnte leise auf, als er spürte, wie Nana unter seinen Zärtlichkeiten ein Schauer über den Körper lief. Dass sie so leidenschaftlich und hingebungsvoll reagierte, erregte ihn nur noch mehr.

Nana merkte nicht, dass ihr die lose Bluse über die Schultern rutschte, zu sehr konzentrierte sie sich auf das, was Colin mit ihr machte. Jedes Streicheln, jeder Kuss, jede neue Zärtlichkeit machte sie gieriger, ruheloser, stachelte sie noch mehr an. Ihre schönen, schmalen Hände, die von der groben Arbeit, die sie getan hatte, an den Innenflächen so rau waren, glitten unter sein Wams, denn Nana wollte seine bloße warme Haut spüren. Sie seufzte auf, als sie fühlte, wie heftig und schnell sein Herz unter ihren Fingern schlug. Sie ahnte flüchtig, dass sie die gleiche Macht über ihn haben mochte wie er über sie.

Colin gab ihren Mund frei und zog eine Spur der heißesten

Küsse über ihre Schläfe, die Wange, den Hals weiter nach unten. Nana glaubte es kaum noch ertragen zu können, bis er endlich mit seinen Lippen ihre Brüste berührte und dort dieses unvorstellbare, wahnwitzige Spiel trieb, das sie halb besinnungslos vor Lust machte.

Spielerisch reizte er die sensiblen Knospen mit den Zähnen, mit seinen Lippen und der Zunge, und Nana wand sich unter dieser süßen Qual. Sie ergab sich Colin voll und ganz, bog sich ihm entgegen, dass er nur ja nicht mit diesen lustvollen Zärtlichkeiten aufhörte.

Sie stand ganz still, als er ihr in fieberhafter Hast Rock und Bluse über die schlanken Gliedmaßen streifte, doch dann hielt auch Colin einen Augenblick inne, um bewundernd Nanas Körper zu betrachten. Ein schöneres Kunstwerk hätte selbst der beste Künstler nicht schaffen können; die helle, golden überhauchte Haut kontrastierte in köstlicher Weise mit den kupferfarbenen Locken; die langen schlanken Beine schienen endlos zu sein, gingen schließlich über in die sanfte Rundung der Hüften, die sich zu einer schmalen Taille verengten, und ihre vollen Brüste schienen nur dazu geschaffen zu sein, von ihm berührt und liebkost zu werden.

»Du bist so schön, Nana! Ein Traum, die Mensch gewordene Verführung …«

Er zog Nana wieder an sich, flüsterte ihr die verrücktesten Sachen zu, und sie lachte heiser und sinnlich, während ihr Körper sich nach seinen Zärtlichkeiten verzehrte. Sie brannte, begehrte und wollte ihn spüren, denn dieses Mal zeigte er die Raffinesse eines Liebhabers, der seiner zärtlichen Geliebten alle Genüsse der Leidenschaft verschaffen will. Sie merkte kaum, dass er sich einen Moment zurückzog, um sich hastig seiner Kleider zu entledigen.

»Oh, bitte.« Sie wand sich unter seinen Liebkosungen und Küssen, die keinen Zoll ihrer Haut ausließen, die erkundeten und streichelten.

Als er ihren Schoß berührte, stöhnte sie auf. Sie öffnete sich seinen suchenden Fingern, und eine heiße Welle der Lust überfiel sie, raubte ihr den Atem, als seine Finger tiefer in sie glitten, ein aufreizendes Spiel begannen, das sie um den Verstand zu bringen drohte. Eine Spannung baute sich in ihr auf, die kaum noch zu ertragen war, die nach Erlösung schrie.

Seine warme, geschmeidige Haut berührte ihren glühenden Körper, und sie schloss ihre Finger um das Zeichen seiner Männlichkeit, hart und fest und davon kündend, welche Wonnen er ihr bald bereiten würde. Wieder stöhnte sie auf, als sie sich vorstellte, wie sie ihn in sich spüren würde, so, wie sie jetzt schon seine Finger spürte.

Er glitt heraus, tauchte wieder in die Tiefen ihres Schoßes, leidenschaftlich und sinnlich, und Nana gab sich ganz dieser Lust hin. Colin spürte die Spannung in ihrem Körper und sah, wie sie den Kopf hilflos von einer Seite zur anderen warf, während sich das Veilchenblau ihrer Augen zu stürmischer Nacht verdunkelte. Nana atmete schwer und heftig, und ihre vollkommenen Brüste hoben und senkten sich in stetiger Verlockung, bis er nicht mehr widerstehen konnte und seine Lippen um die eine, dann um die andere Knospe schloss, die nach Nana und nach Liebe schmeckten.

Unwillkürlich wurde ihre Hand schneller, und Colin musste all seine Beherrschung aufwenden, um sich noch ein wenig zurückzuhalten. Doch Nana wollte diese Zurückhaltung nicht, wollte ihn ganz in sich spüren, eins mit ihm werden, und sie schlang ihre Beine um seine Hüften, bog sich ihm fordernd entgegen, bis sein Widerstand zerbrach und er sich groß und erobernd in sie drängte und sie ausfüllte, bis sie nur noch aus heißem, lustvollem Gefühl bestand.

Für ein paar Herzschläge hielten sie inne und schauten sich an. Wie sie ihn liebte, diesen schönen Mann mit seiner Narbe, diesen edelmütigen Krieger, der sie bezwingen und besiegen konnte, bis sie sich völlig ergab. Doch dann konnte Colin, als er spürte, wie sie ihn umspannte, sich nicht länger zurückhalten.

Heftig stieß er in sie hinein, wieder und wieder, von einer Raserei besessen, die mit jedem Stoß heißer und wilder wurde, weil Nana sich ihm ebenso wild und ungezügelt entgegenwarf und ihn bei jedem Male tiefer und tiefer in sich aufnahm, bis er das Beben spürte, das sie durchlief. Dann konnte auch er sich nicht länger beherrschen, und mit einem heiseren Lustschrei verströmte er sich in ihr.

Nana schloss die Augen. Sie glaubte zu schweben, schwerelos und wunschlos glücklich. So, als ob sie nach einem glühend heißen Tag voller Anstrengungen auf dem Rücken in einem kühlen Teich liegen würde und die Sonne durch eine dünne Schicht Wasser ihren erschöpften Leib streichelte. Sie weigerte sich aufzuwachen, aber dann begriff sie, dass das kühle, feuchte Gefühl von einem weichen, nassen Tuch kam, mit dem ihr Körper abgerieben wurde.

Sie blinzelte und entdeckte, dass Colin ihr diesen Liebesdienst tat. Sie seufzte leise auf, denn er war so unglaublich schön, anbetungswürdig in seiner Nacktheit und mit diesem festen und sinnlichen Körper. Verzückt sah sie ihn an, und Colin lachte leise auf, als er ihren Blick bemerkte. Nana seufzte noch einmal, als er von neuem damit begann, ihrem Körper diese kühle Erfrischung zu bieten und dabei nicht versäumte, jeden Zentimeter wieder mit Küssen zu bedecken.

»Ich könnte Stunden damit verbringen, dich nur zu betrachten«, raunte er und hob den Kopf. »Es kann keine zweite Frau geben, die so vollkommen ist.«

»Ich finde, dass ihr auch ganz erfreulich anzusehen seid, Seigneur!«, erwiderte Nana mit einem Anflug von Koketterie – einer Koketterie, von der sie nicht gewusst hatte, dass sie sie besaß. »Es gefällt mir, Euch zu betrachten.«

»Welch ein Glück, dass ich dir zusage», sagte er und ging dabei auf ihren lockeren Ton ein. Er zog sie wieder in seine Arme, so dass ihr Kopf an seiner Schulter zu liegen kam und sich ihre Brüste an den schwarzen Haaren rieben, die seinen Brustkorb bedeckten und weiter unten in einem schmalen Strich ausliefen.

Nanas Blick folgte dem Verlauf dieser Haare, und sie errötete, als sie daran dachte, wie es sich anfühlte, wenn er in voller Erregung sich in ihr bewegte, wenn er so groß und hart und fest war, dass er sie ganz ausfüllte. Unwillkürlich schmiegte sie sich enger an ihn. Wie aufregend es doch war, ihm so nahe zu sein, von neuem jenes herrliche Begehren zu fühlen, das er so geschickt in ihr zu wecken wusste.

»Es gefällt mir auch, was Ihr mit mir macht, Herr!«, erwiderte sie in erfrischender Ehrlichkeit. »Werden wir es noch einmal tun?«

Colins Gelächter schallte durch den ganzen Raum, und ehe er antwortete, drückte er einen Kuss auf Nanas Scheitel. »Ich sehe schon, du bist eine harte Prüfung für einen tüchtigen Krieger. Ich möchte dir nicht weh tun, *petite.* Wir haben Zeit, bis du dich wieder erholt hast.«

»Ihr habt mir gut getan und nicht weh!«

Nana schaute ihn an und führte seine Hand, die auf ihrer Schulter lag, kühn an ihre Brust. Colin ließ es geschehen, und als er die Hand einfach nur auf ihrem Busen liegen ließ, spürte er schon, wie die Brustwarze größer und fester wurde. Amüsiert stellte er fest, dass Nanas Appetit noch längst nicht gestillt zu sein schien.

»Verführerin!«, murmelte Colin hingerissen und zog sie ein wenig höher, damit ihre Lippen sich besser treffen konnten.

Dann überraschte Nana sie beide – mit dem, was er ihr gezeigt und was er sie über das Spiel der Liebe gelehrt hatte, hatte er ihr eine solche Lust geschenkt, dass sie ihm ebenso viel Lust zurückgeben wollte. So, wie er sie geküsst hatte, so fordernd und leidenschaftlich küsste auch sie ihn nun, nahm ihm die Führung aus der Hand, und als sie auffordernd ihren Körper an seinen drängte, dauerte es nicht lange, bis sie sich wieder vereinten. Sie gab sich ihm mit einer eigenartigen Mischung aus Verzweiflung und Unersättlichkeit, was Colin erstaunte, worüber er in diesem Moment aber nicht nachdenken wollte.

Hätte er gefragt, hätte Nana ihm sagen können, dass sie in dieser Nacht die Erinnerungen für ein ganzes Leben von ihm haben wollte. Für heimliche Träume, an denen sie sich immer noch wärmen konnte, wenn dieses unvorstellbare Abenteuer längst nur noch Geschichte war. Aber sie schwieg; sie gab ihm ihren schönen Körper rückhaltlos, behielt aber gleichzeitig ihre Geheimnisse für sich.

Colin spürte, dass es etwas Störendes gab. Dass er nicht völlig bis in die Tiefen ihrer Seele vordrang, und diese kaum wahrnehmbare Zurückweisung spornte ihn nur noch mehr an. Er riss Nana in einen Taumel der Ekstase, der jede Erinnerung an die Vergangenheit auslöschen sollte. Er zeigte ihr, dass die Liebe zweier Menschen mehr Spielarten besaß, als sie in ihren kühnsten Träumen gedacht hätte.

Nach dem Tod ihres Vaters gehörte sie ihm. Es gab keinen anderen Ort, an den sie hingehen konnte, und dieses Mal würde sie sich ihm nicht so einfach entziehen können. Sie gehörte ihm, diese bezaubernde, veilchenäugige Hexe! Er war sich dieser Tatsache so sicher, dass er keinen weiteren Gedanken daran verschwendete, dass Nana nur von einer Nacht gesprochen hatte.

Kurz vor der Dämmerung siegte schließlich die Erschöpfung über die beiden Liebenden. Doch noch während Colin Nana mit einer eifersüchtigen Bewegung in die Arme zog, schlief er schon ein, so dass es ihr wenig später ein Leichtes war, sich aus seiner Umarmung zu lösen. Auch Nana war müde. Ermattet und ausgebrannt, doch sie verweigerte sich dem verführerischen Schlaf.

Die Zeit drängte, sie hatte ein Versprechen einzulösen. Die Nacht war vorbei, und am helllichten Tag gab es keine Märchen für ein Mädchen, welches das Schicksal auf die Landstraßen verschlagen hatte. Egal, wer auch immer dem Kind Nana einmal diese kostbare Kette umgehängt haben mochte, die ihr zentnerschwer in dem kleinen Stoffbeutel zu liegen schien.

13. Kapitel

Das goldene Medaillon hatte seinen ursprünglichen Glanz zurückerhalten, denn Nana hatte es mit einem Seidentuch wieder und wieder geputzt. Jetzt, nachdem der Schmutz zwischen den Ornamenten entfernt war, erkannte sie, dass es sich bei dieser Kette um ein echtes Meisterwerk handelte. Eine Goldschmiedearbeit von hohem Rang.

Die feinen Goldglieder hielten ein ovales Medaillon, das kaum so groß wie ein Wachtelei war. Auf die ebene Platte hatte der Meister ein Rankenwerk aus feinen Goldstreben gezaubert. Auf der einen Seite umgaben die Ornamente und Schnörkel einen eckig geschliffenen, wunderschönen Amethyst, und auf der anderen bildeten sie einen Buchstaben, der in einem hochkantigen Wappenschild stand, das mit Rauten verziert war.

Obwohl Nana nicht lesen konnte, wusste sie inzwischen, dass es sich um ein N handelte. Sie hatte den Grafen von Mesnières danach gefragt und ihm die Form in die Luft gemalt, ohne preiszugeben, welche Kostbarkeit sie heimlich in Besitz hielt. Sie hatte das Medaillon unter einer Bodendiele verborgen, die sie in der Ecke neben dem Kamin in mühsamer Arbeit gelockert hatte, nachdem sie ihre Kammer nach einer weiteren abenteuerlichen Kletterpartie an jenem Morgen wieder sicher erreicht hatte. Ihr nächtliches Abenteuer war unbemerkt geblieben, dessen war sie sicher, nachdem sie mehrere Tage lang in der ständigen Angst geschwebt hatte, dass jemand sie dabei beobachtet hätte, wie sie zurückgekehrt war. Doch nichts geschah.

Nana blieb zunächst allein. Offensichtlich gab es im Palast Vorbereitungen für eine neue Offensive Jeanne d'Arcs, und alle Offiziere Seiner Majestät waren zur Besprechung geladen. Richard de St. Doye schickte eine Nachricht, die seinen Haushalt darüber informierte, dass er auch an diesem Tag im Palast bleiben würde.

Nana hatte genügend Muße, darüber nachzugrübeln, wie Colin ihr neuerliches Verschwinden wohl aufgenommen haben mochte. Er musste sich genarrt vorkommen. Von einer Schankmagd zum Narren gehalten. Und das hatte seine Neigung zu ihr wohl schneller getötet, als jedes Wort dies vermocht hätte. Diese Gedanken taten Nana weh, und es half wenig, wenn sie sich immer wieder einzureden versuchte, dass sie nur so gehandelt hatte, wie es am vernünftigsten war.

Sofern man es als Vernunft bezeichnen konnte, dass sie einem Manne wie Richard St. Doye vertraute und daran glaubte, dass ihre Zukunft bei ihm in besseren Händen war als bei Colin. Wenn er sie nun ebenfalls begehrte und zu seiner Hure machen wollte? Wenn sie sich in seinen ehrenhaften Gründen täuschte und er nicht einfach nur einem Mädchen helfen wollte, dem das Schicksal übel mitgespielt hatte?

Sie hatte zu viel Muße, wie sie wenig später seufzend feststellte. An harte Arbeit und schweres Tagewerk gewöhnt, fiel es ihr schwer, den ganzen Tag nur in ihrer Kammer zu sitzen und darauf zu warten, dass die Schneiderin zu einer Anprobe erschien oder Ermeline mit ihr plauderte. Sie hatte sich inzwischen auch genügend ausgeruht, und sie würde verrückt werden, wenn sie immer wieder nur über das Chaos ihres eigenen Lebens nachgrübelte.

Es endete stets damit, dass sie sich fragte, wer ihre Eltern waren und was vor dreizehn Jahren passiert sein mochte, dass sie verletzt und ohnmächtig, nur in Begleitung eines noch kleineren Mädchens, in die Hände von Jahrmarkts-Gauklern gefallen war. Niemand würde ihr je diese Frage beantworten können, auch wenn sie den Versuch unternahm, zu fliehen und sich in Richtung Azincourt durchzuschlagen, wo sich all dies ereignet haben musste.

Ganz abgesehen davon, dass sich die Gegend dort noch immer in englischer Hand befand, war es augenblicklich nicht ratsam für eine Frau, allein zu reisen. Hinzu kam, dass sie gar keine Mittel für eine solche Reise hatte. Ihre mageren Ersparnisse aus der Zeit im *Grünen Hahn* hatte sich inzwischen Maître Chestel sicher längst angeeignet. Die Kette zu verkaufen verbot sich ebenfalls.

Im günstigsten Falle würde sie dabei betrogen werden, im ungünstigsten des Diebstahls verdächtigt und angeklagt. Wie sollte sie auch in den Besitz einer derartigen Kostbarkeit geraten sein? Es gab keine glaubhafte Erklärung dafür, zudem hätte sie dies um den einzigen Hinweis auf ihre wirkliche Abstammung gebracht. Zum ersten Male in ihrem Leben besaß sie mehr als nur wertlose, zerlumpte Kleider oder ein buntes Tuch.

»Ich muss etwas tun!«, sagte sie zu Ermeline, als die Kammerfrau das nächste Mal kam. »Ich werde närrisch, wenn ich den ganzen Tag nur aus dem Fenster sehe.«

»Warum versucht Ihr Euch nicht an Handarbeiten und am Nähen?«, schlug Ermeline vor.

Nana runzelte die Stirn. Die fadenscheinigen Kleider ihres Vaters und ihre eigenen in Ordnung zu halten schien etwas anderes zu sein, als jene hauchfeinen, kaum sichtbaren Stiche zu setzen, welche die Roben auszeichneten, die nun ihr gehörten. Trotzdem fand der Graf sie an diesem Nachmittag über einer Stickarbeit, als er sich nach seiner Rückkehr aus dem Palast und einem Besuch in der Badestube bei ihr vorstellte.

Unwillkürlich glitt ein Lächeln über sein ernstes Gesicht, als er die unterdrückte Verzweiflung registrierte, mit der sie ihre Arbeit betrachtete. Zwei steile Falten furchten ihre makellose Stirn, und eine ungebärdige Haarsträhne hatte sich aus ihren hochgesteckten Zöpfen gelöst, die sie immer wieder ohne hinzusehen nach hinten strich, damit sie von dort erneut herabfallen konnte.

»Zum Henker, ich kann es einfach nicht!«, rief sie verzagt und sah erst auf, als ihr ein unterdrücktes Lachen antwortete.

»Ihr!« Bunte Fäden, Stoff und Nadeln flogen von ihren Röcken, als sie aufstand und ihm respektvoll Reverenz erwies. Unter halb gesenkten Wimpern warf sie ihm einen Blick zu und entdeckte solch schmerzliche Trauer in seinem Blick, dass sie unwillkürlich die Hand auf ihr Herz legte und beschämt errötete.

»Hab ich's nicht richtig gemacht?« fragte sie leise. »Ermeline hat mir gezeigt, wie ich Euch grüßen soll, aber ich stelle mich so ungeschickt in allen Dingen an. Ich bin zu nichts nutze! Nicht einmal dieses Band kann ich einfassen, wie sich's gehört.«

»Nein! Nein, ich bitte dich…« Der Graf trat näher, fasste nach ihrer Hand und barg sie mit einer nun schon vertrauten Geste zwischen seinen mächtigen Pranken. »Du bist ein Wunder an Anmut, und ich habe mich nach deinem Anblick gesehnt, seit ich dieses Haus verlassen habe. Wer sagt, dass du zu nichts nutze bist?«

»Ich!« Nana zog eine Grimasse. »Meine Hände sind zu ungeschickt. Ich versuche mich zu beschäftigen, und es endet damit, dass die Fäden sich verwirren und der Stoff zerknittert. Es scheint, dass Nadelarbeiten schwieriger sind, als ich dachte…«

Richard de St. Doye, der Graf von Mesnières, schaute auf ihren gesenkten Kopf herab, und für einen Moment schien die Grenze zwischen Traum und Wirklichkeit aufgehoben zu sein. Melisande de Guînes, seine angebetete Gattin, hatte ebenfalls diese Abneigung gegen Näharbeiten verspürt.

Er sah sie förmlich vor sich, in einem lavendelfarbenen Seidenkleid und mit vor Verlegenheit hochroten Wangen und mühsam beherrschtem Groll.

»Angèle stickt die wundervollsten Bilder, und ich bin kaum im Stande, eine Windel zu säumen, mein Gemahl. Welch ein Segen, dass Clemence mir diese entsetzlich schwierige Arbeit abnimmt.«

»Seigneur?«

Nanas fragende Stimme riss ihn aus seinen Erinnerungen. Nein, das war nicht Melisande. Melisande hatte die glockenhelle, kultivierte Stimme einer Dame besessen. In Nanas Worten schwang der dunkle Ton von Anspannung und Heiserkeit mit. So, als habe sie in ihrem kurzen Leben schon zu viel und vergeblich geschrien und ihre einstmals reine Stimme damit überanstrengt.

»Entschuldige mich, *petite*. Ich bin müde, und manchmal denke ich, dass ich zu alt für die Dinge bin, die ich mir vorgenommen habe. Zerbrich dir nicht den Kopf über diese dummen Stickereien, ich bezahle die Schneiderin dafür, dass sie dir dies abnimmt.«

»Ihr seid zu großzügig«, warf Nana ein. Er hielt ihre Hand noch immer, und sie zog sie auch nicht weg.

Wie verschieden doch die Berührung eines Mannes wirken konnte. Würde Colin sie so halten, sie hätte längst weiche Knie bekommen und müsste gegen den Impuls ankämpfen, sich an seine Brust zu schmiegen. Bei Richard de St. Doye schien es ihr einfach selbstverständlich zu sein. Ein vertrauensvolles, freundschaftliches Miteinander, das ihr den Eindruck vermittelte, dass er ihr nie etwas Böses tun würde.

»Was sind schon ein paar Kleider und modische Kleinigkeiten gegen das Geschenk deiner Anwesenheit?«, erwiderte er ernst. »Aber es gibt da noch etwas, das ich dir sagen muss und von dem ich nicht weiß, wie ich es erklären kann. Du hast mich gebeten, im *Grünen Hahn* nach deinem Vater zu sehen, aber ... man kennt dort keinen Mann, der sich Hughes nennt, und der Wirt behauptet, auch nie eine Magd mit dem Namen Nana beschäftigt zu haben. Warum belügt er mich?«

In absolutem Erstaunen starrte Nana den Grafen an. Etwas war passiert, was die Grundfesten ihrer Welt erschütterte. Leise, ganz leise fragte sie schließlich: »Ihr glaubt mir?«

So gut wie niemand hatte es bisher für nötig gehalten, ihren Worten ohne jeden Beweis zu glauben. Der Graf von Mesnières jedoch hatte allein ihr Wort für ihre Tätigkeit im *Grünen Hahn* und die Existenz ihres Vaters. Wenn Maître Chestel ihrer beider Existenz leugnete, dann bedeutete dies, dass er in einer Mischung aus Angst und Respekt von Colin d'Harigny und Guy de St. Doye beschlossen hatte, das Kapitel »Nana« endgültig zu vergessen.

»Natürlich«, antwortete Richard de St. Doye jetzt. »Warum solltest du mich anlügen? Ich habe dir nur Gutes getan, also hast du keinen Grund zu lügen.«

Heilige Mutter Gottes, dieser bullige Krieger hat wirklich das Gemüt eines Lammes, schoss es Nana durch den Kopf. Sie hätte ihm tausend und einen Grund für eine geschickte Lüge nennen können. Der Wunsch, so angenehm wie möglich zu überleben, war nicht der geringste davon. Aber stattdessen sagte sie nur: »Ihr kennt mich kaum ...«.

»Ich denke, ich kenne dich besser als du dich selbst«, widersprach der Seigneur und gab endlich ihre Hand frei. »Du kommst mir vor wie ein kleines Kätzchen, das sich aus dem Sack freigekämpft hat, in dem es ertränkt werden sollte. Du erwartest jetzt den Augenblick, in dem du wieder zurückgestopft wirst, und du spreizt deine Krallen, noch ehe dich jemand richtig gepackt hat. Ich setze darauf, dass die Zeit dein Misstrauen einschläfert. Und was deinen Vater betrifft, kann es sein, dass er so weit gesundet ist, dass er sich alleine wieder auf den Weg gemacht hat, in der Meinung, du kämest ohne ihn besser zurecht?«

Nana senkte den Blick, denn sie musste wieder daran denken, dass Hughes' sterbliche Überreste viele Klafter tief unter ihr in demselben Haus lagen und dass er nie wieder die Freiheit der Landstraßen genießen würde, die er so geliebt hatte.

Doch was half es, diesem gutmütigen Mann zu sagen, dass sein Bruder den Alten zu Tode gefoltert hatte? Guy de St. Doye würde es in Abrede stellen, ehe sie auch nur den ersten Satz beendet hatte.

Sie griff nach der Ausrede, die der Graf ihr geboten hatte, während sie in Gedanken den Racheschwur an seinen Bruder erneuerte.

»Es scheint so, Seigneur. Ich finde keine andre Erklärung für sein Verschwinden. Ich hoffe, er steht unter Gottes Segen, dort, wo er jetzt ohne mich ist.«

St. Doye, der eigentlich mit Nanas Protest gerechnet hatte, mit dem dringenden Wunsch, ihrem Vater zu folgen oder wenn schon nicht dies, ihn wenigstens zu suchen, brauchte einen Moment, um diese Antwort zu bedenken. Dann lächelte er sichtlich erleichtert.

»Wie vernünftig und besonnen du doch bist, Nana«, lobte er. »Ich würde mir wünschen, die zahllosen Ratgeber Seiner Majestät des Königs und Jeanne d'Arcs hätten etwas von deiner inneren Stärke.«

»Ihr hattet Ärger?« Nana stellte fest, dass sie genau wusste, was in ihm vorging. Es schien fast, als gäbe es ein unsichtbares Band zwischen ihnen. Richard wirkte abgespannt, obwohl er es zu verbergen suchte.

»Dieser Waffenstillstand mit Burgund ist ein Ärgernis für jeden treuen Untertan Seiner Majestät«, meinte der Graf seufzend und bediente sich mit der Weinkaraffe, die in Nanas Gemach bereitstand und deren Inhalt sie selbst bisher noch nicht angerührt hatte. »Und doch, du wirst es erfahren, denn alle Welt spricht darüber. König Karl will auf das schmähliche Angebot eingehen, das ihm der Herzog von Burgund unterbreitet hat, und den Waffenstillstand noch ein weiteres Jahr einhalten. Das bedeutet, Paris bleibt für die nächsten Monate in englischer Hand! Hinzu kommt, dass sich die Gerüchte mehren, dass Philipp von Burgund Compiègne endgültig zurückerobern möchte. Er will ein Zeichen seiner Stärke setzen.« Er seufzte noch einmal. »Ach, was erzähle ich dir von Krieg, mein Kleines. Eigentlich wollte ich dich nicht mit meinen Sorgen behelligen, sondern mich an deinem Lächeln wärmen.«

»Es ist mehr als dieser Ärger, der an Euch zehrt«, bemerkte Nana und goss ihm Wein nach, da er den ersten Becher ohne abzusetzen hinuntergestürzt hatte. »Der Kummer liegt wie eine schwarze Wolke über Euch, schon seit ich Euch kennen gelernt habe. Wollt Ihr mir nicht erzählen, was Euch bedrückt?«

Einmal mehr wunderte sich der Graf über diese junge Frau, die er begehrte und doch nicht zu erobern wagte, wenn sie wie jetzt so unschuldig und freundlich um sein Wohl besorgt war. Sie besaß eine Reife und eine nüchterne Menschenkenntnis, die weit über ihre Jahre hinausging. Gleichzeitig weckte sie den Wunsch in ihm, sie zu beschützen. Sogar vor sich selbst und seinen leidenschaftlichen, männlichen Wünschen.

Richard wandte sich ab, stellte sich ans Fenster und drehte Nana den Rücken zu. Er schwieg so lange, dass sie die Hoffnung auf eine Antwort schon aufgab. Doch zu ihrem größten Erstaunen sprach er schließlich doch noch. »Du musst wissen, dass ich vor zwanzig Jahren geheiratet habe.«

Er überhörte Nanas unterdrückten Ausruf und redete weiter, als hätten sich die Schleusen geöffnet, die er so lange verschlossen gehalten hatte. »Meine Gattin hieß Melisande de Guînes, zählte fünfzehn Lenze und war mir in großer Zuneigung verbunden.

Leider kam sie samt unseren Kindern ums Leben, als die Engländer unsere Burg eroberten und zerstörten. Als ich damals nach Hause kam, fand ich nur noch Trümmer und Gräber. Ich habe mich bemüht zu vergessen, aber ich kann es nicht. Melisandes Bild verfolgt mich auch noch nach so vielen Jahren, und ich suche in jeder Frau ihr Bild. Möchtest du wissen, wie sie aussah?«

Nana nickte schweigend. Der Schmerz und die Trauer in seiner Stimme bekümmerten sie zutiefst.

»Dann komm!«

Er wandte sich um, hielt ihr die Hand hin, und Nana trat zu ihm, in der Meinung, er würde sie aus der Kammer führen und ihr ein Gemälde seiner Gattin zeigen. Aber er dirigierte sie nur mit sanftem Druck zu dem ovalen Spiegel, der, in einem silbernen Ständer befestigt, auf einer der Truhen stand und in dem sie sich betrachten konnte, wenn die Schneiderin Änderungen an ihren Gewändern anbrachte.

Die glänzend polierte Fläche zeigte ihr bis zur Taille das Bild einer jungen Frau, die ein blassgelbes Gewand trug, das modisch unter dem Busen gegürtet war. Ein weißer Kragen aus hauchfeiner Spitze zog sich um die Schultern und endete im spitzen Winkel in einem goldbestickten Gürtel. Die kupferfarbenen Flechten bedeckte ein durchsichtiger, weißer Schleier, der in festgesteckten Falten bis auf die Schultern reichte. Nana hatte größte Mühe, sich selbst in dieser modischen und sehr vornehmen Dame zu erkennen.

»Sie sah aus wie du«, sagte in diesem Moment der Graf, und deutlich klang Erregung in seiner Stimme mit. »Vielleicht waren ihre Locken eine Spur dunkler, mehr kastanienfarben, und ihre Gestalt eine Handbreit kleiner, aber ansonsten bist du Melisandes Ebenbild. Als ich dich an jenem Morgen im Palast sah, hatte ich Mühe, nicht an meinem Verstand zu zweifeln. Es schien mir, als hätte meine Trauer ein Wunder bewirkt und der Himmel habe endlich Erbarmen mit mir gezeigt.«

Nana betrachtete das Bild im Spiegel, als sei es wirklich ein Gemälde. Ihr schwindelte, und in ihrem Kopf drehte sich alles. Ihr Leben schien völlig auf den Kopf gestellt zu sein. Ihre Art zu denken, geprägt von dem harten Leben auf der Landstraße, ihre Gefühle, ihre Empfindungen standen in krassem Gegensatz zu ihrem neuen vornehmen Äußeren.

Das Medaillon jedoch, das dort unter der Fußbodendiele verborgen war und zu den Rätseln gehörte, die Hughes ihr hinterlassen hatte, passte besser zu dieser vornehmen Fremden, die sie nun war, als zu der alten Nana.

War es denn möglich, dass sie wirklich von edler Geburt war? Wenn sie aussah wie die längst verstorbene Gattin ihres Beschützers, konnte sie möglicherweise mit ihr verwandt sein?

Ein Schwesterkind vielleicht, das die Familienähnlichkeit weitergab?

»Eure verstorbene Gattin, Seigneur, hatte sie Bruder oder Schwestern?«, fragte sie aus diesen Gedanken heraus.

Der Graf von Mesnières, der mit seinen Händen Nanas Schultern umspannt hatte und den frischen Duft nach Rosen einatmete, der aus ihren Kleidern und aus ihrer Haut stieg, schüttelte den Kopf.

»Nein. Sie war das einzige Kind des Herrn von Guînes, ein verwöhntes, geliebtes Geschöpf. Es fiel ihr nicht leicht, ihre Heimat zu verlassen und mir zu folgen. Hätte ich gewusst, dass ich ihr Unglück und Tod bringe, ich hätte lieber auf sie verzichtet...« Seine Stimme verklang.

»Konntet Ihr die Folgen des Krieges vorausahnen?« warf Nana ein. »Sie muss Euch sehr geliebt haben, wenn sie mit Euch gegangen ist. Vielleicht war es ihr lieber, wenigstens ein paar Jahre voller Glück mit Euch zu haben, als auf ein Leben mit Euch ganz zu verzichten. Sie war doch glücklich, oder?«

Die besorgte Frage zwang den Grafen dazu, sich an eine Melisande zu erinnern, die ihn mit Tränen in den Augen angefleht hatte, zu bleiben, wenn er davonritt. Die mit jeder Schwangerschaft blasser, durchscheinender und schwächer geworden war. Nach der Geburt seines Sohnes hatte es so ausgesehen, als würde sie nie wieder Kinder bekommen können, und doch hatte sie erneut empfangen. Jene armen kleinen Würmer, die am Tage ihrer Geburt sogleich auch den Tod gefunden hatten. Wenn er doch nur an ihrer Seite gewesen wäre, sie zu beschützen! Er hätte wissen müssen, dass bei einem Sieg der Engländer das Hinterland in Gefahr sein würde.

Aber wer hatte vor jener Schlacht schon mit einer so demütigenden Niederlage gerechnet? Mit dem Regen, dem Schlamm und den englischen Bogenschützen, welche die Blüte der französischen Ritterschaft in den Tod geschickt hatten. In denselben Tod, den auch seine Kinder und seine Gattin gefunden hatten.

»Sie wird nicht immer glücklich gewesen sein«, erwiderte er und überraschte sich selbst mit dieser Antwort, denn zum ersten Mal gestand er sich offen ein, dass es so gewesen war. Die Erkenntnis fiel ihm schwer, und ein tiefer Atemzug weitete seine Brust. »Sie mochte es nicht, wenn der König meine Dienste forderte. Heute denke ich, dass sie wirklich gelitten hat, wenn ich davonritt. Dame Angèle, die Gemahlin meines Bruders, war auch in jüngeren Jahren keine geeignete Gesellschafterin für eine bezaubernde Frau, die Frohsinn und Ablenkung suchte. Aber Melisande hatte ja die Kinder.«

Nana wusste plötzlich ganz instinktiv, dass Melisande de Guînes unglücklich gewesen sein musste. Das Empfinden wehte sie so deutlich an, als käme eine Brise durch das stille Gemach über dem Auron. Als könne jene längst verstorbene Edeldame noch einmal ihr Leid klagen, ehe man ihren Namen ganz vergaß. Und Nana begriff auch, was Richard de St. Doye von ihr wollte.

»Glaubt Ihr, das Schicksal hat Euch eine Möglichkeit gegeben, etwas wieder gutzumachen?«, murmelte sie, und es gelang ihr nicht ganz, ihren Kummer zu unterdrücken.

»Warum nicht?«, fuhr er auf. »Ich habe meine Fehler wahrhaftig bitter bereut. Du siehst einen Mann ohne Gattin, ohne Erben vor dir. Einen Diener Seiner Majestät, der in den vergangenen Jahren nur das Leben auf dem Schlachtfeld gelebt und immer wieder den Tod gesucht hat. Es kann zu unser beider Wohl sein, dass ich dich gefunden habe. Oder sehnst du dich danach, wieder mit deinem Vater über die Straßen zu ziehen?«

»Habe ich denn eine Wahl?«

»Nein!« Richard de St. Doye riss sie so heftig und unvermittelt in die Arme und drückte sie an seine mächtige Brust, dass ihr für ein paar Herzschläge der Atem fortblieb und alles vor den Augen verschwamm.

»Ich lasse dich nicht gehen. Du bist mein! Ich habe dich gefunden, und du gehörst mir.«

Die unverhüllte, nackte Leidenschaft in seinem Gesicht erschreckte Nana. Auch wenn er nicht die Brutalität seines Bruders besaß, ließ er doch keinen Zweifel daran offen, dass er sich notfalls mit reiner Gewalt nehmen würde, was sie ihm verweigerte.

»Ich bitte Euch!« Keuchend versuchte sie, sich aus seiner Umklammerung zu lösen, und als er sie küssen wollte, drehte sie schnell den Kopf zur Seite, so dass sein Mund nur ihre Schläfe traf. Aus dem Mann, der sie beschützte, war plötzlich jemand geworden, der sie bedrohte. »Lasst mich! Bitte, Ihr tut mir weh! Ich möchte nicht…«

»Verzeih, meine Schöne. Ich bin ein Grobian.«

Nana wurde so plötzlich freigegeben, dass sie taumelte, und wenn sie sich nicht im letzten Moment an eine der Truhen abgestützt hätte, wäre sie gefallen. Schwer atmend hob sie den Kopf und starrte entsetzt den Grafen an, der, hochrot im Gesicht und mindestens ebenso außer sich wie sie, ihren Blick erwiderte. Doch er sah als erster zur Seite.

»Verzeih!«, wiederholte er und rieb sich die Stirn, als könnte er seine Gedanken wegwischen. Er lachte auf, doch es klang freudlos. »Mir scheint, ich nähere mich dir ein wenig zu stürmisch«, sagte er. »Ich habe die Finessen einer Werbung verlernt, und ich habe auch nicht damit gerechnet…«

»Ihr dachtet, eine Dirne von der Straße muss froh sein über jeden Landsknecht, der sich ihr aufzwingt.« Nana sprach, ohne zu überlegen. Sie war so wütend, so außer sich, dass sie ihre sonst so eiserne Fassung verlor.

»Ihr kleidet mich in Samt und Seide, lasst mich von einer Kammerfrau bedienen und schenkt mir die üppigsten Mahlzeiten – und dafür muss ich stillhalten und mich verkaufen? Dafür soll ich Melisande sein?«

»Ich bitte dich, so war das nicht gemeint. Beruhige dich um Himmels willen.«

Nana schlug die Hände vor das Gesicht und zwang sich mit aller Kraft zur Ruhe. Heilige Mutter Gottes, sie musste verrückt sein, diesen Mann so zu beleidigen! Wo blieb ihre Vernunft? Warum erlaubte sie ihm nicht, das zu tun, was er im Sinne hatte? Wegen Colin d'Harigny? Wegen der Leidenschaft für einen Ritter, der sie doch auch nur als Spielzeug betrachtete, genau wie jener da? Sie hatte nichts mehr zu verteidigen. Ihre Unschuld war dahin, und der Graf würde vermutlich auch gar nicht erwarten, eine Jungfrau in seinem Bett zu finden.

Nein! Auch wenn es noch so viele Gründe gab, sich Richard de St. Doye nicht zu verweigern. Sie konnte es nicht tun. Jetzt nicht. Nie. Jede Faser ihres Seins sträubte sich dagegen, einem anderen Mann zu gewähren, was Colin gehörte. Colin, der sie nie wieder in seine Arme schließen würde, obwohl jeder Atemzug, den sie tat, auch das Bekenntnis ihrer unwandelbaren Liebe zu ihm enthielt.

»Verzeiht!« Sie senkte die Hände und versuchte die richtigen Worte zu finden, Worte, die ihn nicht beleidigen würden. »Ich benehme mich ungebührlich. Ich ...«

»Nein!« Richard de St. Doye fasste erneut nach ihren Händen. Die Röte auf seinem Antlitz war gewichen. »Entschuldige dich nicht, du bist im Recht. Ich benehme mich wie ein Rüpel, aber du sollst wissen, dass ich dich zu nichts zwingen werde. Ich werde warten, bis du von selbst zu mir kommst. Ich kenne die Einsamkeit, ich bin lange genug allein gewesen, da soll es mir auf ein wenig mehr Zeit des Wartens nicht ankommen, wenn ich nur am Ende darauf hoffen kann, dass du mir vielleicht ein wenig geneigt bist.«

»Ihr seid zu gütig ...«, wisperte Nana und verbot sich zu sagen, dass dieses Warten vielleicht sehr lange dauern würde.

Denn wenn sie aussprach, was sie dachte, würde sie umgehend wieder in der Gosse landen, das nahm sie wenigstens an. »Ich ...«

»Nein, lass!«, unterbrach er sie erneut. »Ich kann als Entschuldigung für meine Ungeduld nur anführen, dass uns ein Abschied bevorsteht. Ich wollte mich deiner Zuneigung versichern, ehe ich reite. Aber vielleicht ist es so besser. Dann habe ich einen Grund, dieses Mal nicht den Tod, sondern das Leben in der Schlacht zu suchen. Es geht nach Compiègne, ich sage es dir im Vertrauen. Jeanne d'Arc möchte der Stadt zu Hilfe kommen, ehe der Herzog von Burgund sie vollends einschließen und zurückerobern kann.«

»Sagtet Ihr nicht, der König wolle den Waffenstillstand verlängern?« Nana begriff die Winkelzüge der Mächtigen nur schwer.

»Offiziell ja. Aber das hindert ihn keinesfalls daran, beide Augen zuzudrücken, wenn Jeanne trotzdem in Richtung Compiègne abrückt. Es befreit ihn von ihren frommen Ratschlägen, die er immer weniger hören will. Er ist enttäuscht von ihrem Fehlschlag vor Paris; sollte sie jedoch dem Herzog von Burgund quasi hinter seinem königlichen Rücken eine verheerende Niederlage beibringen, sieht die Sache natürlich wieder anders aus. Er hält sich alle Möglichkeiten offen und wird so eine Menge unzufriedener Soldaten los, die untätig in Bourges herumsitzen.«

»Die Armee rückt ab?«, fragte Nana und musste, obwohl sie es gar nicht wollte, schon wieder an Colin denken. Dann musste also auch er fort – aber was machte es schon aus, ob er in Bourges oder vor Compiègne kämpfte, wenn sie ihn eh nicht wiedersehen würde?

Und hatte sie ihn nicht gerade deswegen immer bewundert, wenn auch damals noch aus der Ferne, weil er so stolz und stark an der Seite Jeanne d'Arcs ritt? Weil er der Inbegriff des heldenmütigen Ritters war, der die Schwachen verteidigte und die Bösen vernichtete?

»In wenigen Tagen«, antwortete der Graf auf ihre Frage. »Wirst du mir zum Abschied den Kuss gewähren, den du mir vorhin verweigert hast?«

Nana schenkte ihm ein zitterndes Lächeln. Sie musste sich mit aller Gewalt beherrschen, um nicht erneut davonzulaufen, als er auf sie zutrat. Vielleicht war es die Angst in ihren Augen, dass er sich damit begnügte, die schönen Lippen nur sanft zu berühren. Der Kuss eines Freundes, nicht der eines Liebhabers.

»Gott sei mit Euch!« murmelte sie und verschlang die Hände ineinander, als er zurücktrat. »Passt auf Euch auf. Ich werde jeden Tag für Euch beten und hoffen, dass Ihr bald zurückkommt.«

»Da ich weiß, dass du auf mich wartest, werde ich zurückkommen. Ich hoffe, dich bei meiner Heimkehr wohlauf zu finden. Ermeline wird weiter für dich sorgen, mach dir also keine Sorgen. Auch habe ich meinem Bruder mitgeteilt, dass du unter meinem Schutze lebst. Es ist alles in bester Ordnung. Adieu, Nana!«

Dann ging er ohne zu zögern aus dem Zimmer und schloss sorgsam die Tür hinter sich. Aber er verharrte einen Moment auf der Galerie, ehe er seinen Weg fortsetzte. So hatte er sich diese Nacht nicht vorgestellt, und doch – er bereute den Verzicht keineswegs. Nana würde es ihm mit Vertrauen und Zuneigung danken, wenn er zurückkehrte, daran konnte es keinen Zweifel geben. Er hatte richtig gehandelt, indem er ihre Furcht respektiert hatte. Sie sollte erst ein Leben ohne Angst kennen lernen.

Auch Nana stand reglos da. Sie war wie erstarrt, denn neues Entsetzen erfüllte sie. Wenn Richard de St. Doye Bourges verließ, war sie allein und der Gewalt seines Bruders ausgeliefert. Schon der bloße Gedanke daran ließ ihre Nackenhaare sich sträuben. Sie fühlte die Ahnung drohenden Unheils – und sie konnte nichts, gar nichts, dagegen unternehmen.

Sie spürte, wie die Angst aus dem Winkel kroch, in den sie sich vorübergehend zurückgezogen hatte. Würgend und voller Schrecken.

14. Kapitel

Der April ging dann doch in den Mai über, bis die Truppen Jeanne d'Arcs endlich Bourges verließen, aber der Graf von Mesnières war in diesen Wochen sowieso mehr im Palast als in seinem Stadthaus. Nana genoss die Zeit der unerwarteten Freiheit, die es ihr sogar erlaubte, in Ermelines Begleitung die Frühmesse in der großen Kathedrale zu besuchen, die nicht weit entfernt war von dem Haus in der Rue d'Auron.

Auch an diesem Morgen hatte die junge Frau versucht, ihre eigenen rebellischen Gefühle und Gedanken der frommen Litanei der Gebete unterzuordnen. Sie hatte zu ihrem eigenen Erstaunen entdeckt, dass sie einen gewissen Trost in der strengen Liturgie der Kirche fand. Solange sie im düsteren Schatten des Gewölbes kniete, konnte sie daran glauben, dass es wirklich göttliche Gerechtigkeit gab, und Hoffnung für die Zukunft schöpfen.

Doch als die beiden Frauen aus dem Schatten des Seitenportales traten und nach Hause zurückkehren wollten, fanden sie den Weg durch geharnischte Reiter versperrt. Von den Neugierigen und den Frommen, gleichermaßen aufgehalten, blieb Nana auf der obersten Stufe stehen und hatte somit im wichtigsten Moment den besten Überblick.

Jeanne d'Arc ritt im Kreis ihrer Hauptleute vorbei. Eine schmale, aufrechte Gestalt in Männerkleidern mit kurz geschnittenem, nach Jungenart frisiertem Haar und blauen Augen, die Nana trauriger denn je erschienen. Sie wirkte müde, und der Strahlenglanz ihrer Erfolge schien verblasst. Die Monate des Kampfes gegen La Trémoille hatten sie mehr erschöpft als alle Kämpfe und Verwundungen der vergangenen Zeit. Sie war nicht für die Intrigen des Hofes geschaffen, und der Großkämmerer ließ sich nicht mit bloßer Frömmigkeit in seine Schranken weisen.

La pucelle sagte etwas zu einem hoch gewachsenen Edelmann, der in voller Rüstung an ihrer Seite ritt. Eine mächtige Gestalt in schwarzem Harnisch, gekrönt von einem ebenfalls tiefschwarzen Helm ohne Federzier. Das Visier jedoch war hochgeklappt, und als er ihr das Gesicht zuwandte, erkannte Nana die schönen, unvergessenen Züge Colin d'Harignys. Unwillkürlich presste sie die Hand auf ihr Herz, und als ob die Bewegung ihn auf sie aufmerksam gemacht hätte, wanderte sein Blick über die Menge und verharrte kurz bei den Kirchenportalen.

Nana hätte nicht zu sagen gewusst, ob er sie erkannte. Sie stand eingekeilt in einer Gruppe von Menschen. Verbarg das reglose Antlitz mit der Narbe Gleichgültigkeit oder Zorn, Liebe oder Hass? Sie hatte ihn seit jener Nacht nicht wiedergesehen, und sie verbot sich jede Überlegung, was er von ihr denken mochte. Der Traum in seinen Armen war ausgeträumt, und doch, sie hätte zu gerne gewusst, ob er sie bemerkt hatte und was er bei ihrem Anblick fühlte.

Lag auch er des Nachts wach und starrte in die Dunkelheit, den Körper schwer vor Sehnsucht und die Augen schmerzend vor ungeweinten Tränen? Fühlte auch er die Zärtlichkeiten, die sie einander gegeben hatten, lauschte auch er der vergangenen Melodie ihrer geflüsterten Liebesworte nach? Oder hatte er das unbeständige Mädchen aus dem *Grünen Hahn* längst vergessen, so wie er es Maître Chestel damals empfohlen hatte? Vermochte ein gewöhnliches, niedrig geborenes Geschöpf, wie sie es für ihn gewesen sein musste, die Sinne eines Ritters so lange zu fesseln, auch nachdem es ihn in einem solchen Maße verärgert hatte?

Er machte nicht die geringsten Anstalten, sein Ross anzuhalten. Er ritt vorbei, aber sein unverhoffter Anblick hatte Nana mit der Wucht eines Blitzes getroffen. Als sich die Kavalkade der Reiter entfernte, verschwamm der Platz vor ihren Augen, und Nana schickte unwillkürlich ein Stoßgebet zum Himmel.

»Beschütze ihn, o Herr! Lass nicht zu, dass er verwundet wird oder gar sein Leben einbüßt. Auch wenn ich nie die Seine bleiben kann, ich muss wenigstens wissen, dass er lebt. Dass es ihn gibt!«

»Mademoiselle! Was habt Ihr? Ist es Euch nicht gut?« Ermeline erschrak über die geisterhafte Blässe von Nanas Gesicht. Es kam so selten vor, dass sich die junge Frau Gefühle anmerken ließ, dass sie sie schon für kalt und herzlos gehalten hatte. Sie fragte sich sogar im Stillen, ob der Her nicht einen Fehler beging, wenn er sie mit so viel Luxus umgab. An manchen Tagen wirkte sie wie eine Puppe, die sich schmücken ließ, ohne selbst Gefallen daran zu finden. Eine leblose Hülle, die ihr unheimlich war.

»Nein, nein… Es ist alles in Ordnung, Ermeline«, flüsterte Nana und hoffte, dass die Kammerfrau ihr die faustdicke Lüge glaubte.

Sie fühlte sich schwach, als habe Colins Anblick alle Lebendigkeit aus ihrem Körper gezogen. Es schmerzte, es tat entsetzlich weh, ihn zu sehen und so wieder an ihren Verlust erinnert zu werden. In diesem Moment brachte sie es nicht fertig, ihre tiefe Liebe zu ihm zu verleugnen. Diese Liebe existierte, lebte und erfüllte sie. Sie ließ sie Angst um diesen Mann empfinden.

Dabei hatte sie sich schon frühzeitig geschworen, nie so zu lieben, dass sie Angst um einen Menschen haben musste. Liebe schwächte, machte elend, besorgt und abhängig. In diesem Zustand konnte man nicht vernünftig handeln, nicht richtig denken und schon gar nicht den so wichtigen eigenen Vorteil wahren. Wie sollte sie leben, wie sollte sie überleben, wenn sie dazu nicht mehr in der Lage war?

Sie musste für sich selbst sorgen, wenn sie nicht in der Gosse landen wollte. Empfindungen wie Liebe waren bei diesem Ziel nur störend. Es wäre vernünftiger, sie würde ihre Segenswünsche dem Grafen nachsenden, der zu einer wichtigen Figur in ihrem Leben geworden war, zum Inbegriff von Geborgenheit, Reichtum und einer möglicherweise sorglosen Zukunft. Wie konnte sie auch nur eine Sekunde daran denken, diese Zukunft wegen Colin aufs Spiel zu setzen?

Sie drängelte sich vor ihrer Kammerfrau durch die Menschenmenge und eilte so schnell wie noch nie in die Rue d'Auron zurück. Sie liebte es, durch die Gassen der Stadt zu bummeln und sich mit dem Heimweg Zeit zu lassen; das tat sie immer, wenn sie vom Messegang zurückkehrten. Heute freilich schnaufte die rundliche Ermeline hinter ihr her; sie war so atemlos, dass sie noch nicht einmal dazu kam, Nana Vorhaltungen zu machen, als sie unter dem Torbogen hindurch in den Innenhof des großen Hauses lief.

Dort jedoch blieb Nana stehen, als wäre sie gegen eine Mauer gerannt. Sie hatte wie üblich am großen Brunnen vorbei den Weg zum Herrenflügel einschlagen wollen – und stand nun vor Guy de St. Doye, der offensichtlich gerade von dort kam. Der kostbare, pelzgefütterte Umhang, den er trug, passte nicht zu der Wärme dieser ersten Maitage, und auch die Pracht seiner übrigen Kleidung konnte nicht über die Erbärmlichkeit seiner verwachsenen Gestalt hinwegtäuschen.

Nana stand da wie gelähmt. Sie fand nicht einmal die Kraft, unter dem eisigen Bann seines Blickes jene Reverenz zu machen, die nötig gewesen wäre, um ihm wenigstens nach außen hin Respekt zu erweisen. Mit hoch erhobenem Kopf und geradem Rücken trotzte sie der Musterung, der sie in aller Ausführlichkeit unterzogen wurde, während ihr Herz in schweren, furchtsamen Schlägen pochte.

In ihrem hübschen, bortenbesetzten grünen Leinenkleid und der schneeweißen gestärkten Flügelhaube wirkte sie adrett und tugendhaft. Die Haube verbarg ihre Haare und betonte den klaren Schnitt ihres Gesichts, das von den veilchenfarbenen Augen beherrscht wurde, die sich bei Guy de St. Doyes Anblick verdunkelt hatten.

Sie war in diesem Moment so sehr die Tochter ihrer Mutter, dass sich der ohnehin schon verkniffene Mund des Mannes zu einem bösen Strich verzog. Auch Melisande hatte diese anmaßende Art gehabt, seinen Blick ohne den kleinsten Wimpernschlag zu ertragen. Aber er würde auch ihre Tochter Nadine klein bekommen. Nadine de St. Doye, um genau zu sein.

Die Tatsache, dass er als einziger ihren wahren Namen kannte, löste seinen Ärger und erfüllte ihn mit dem Gefühl rachsüchtigen Triumphes. Sie wusste es nicht. Sie war nichts als eine Landstreicherin, die sich erdreistete, gegen den Herrn des Hauses aufzubegehren.

Die Dirne seines Bruders, der Inzest mit der eigenen Tochter beging. Es war das erste Mal, dass er ihr Auge in Auge gegenüberstand, seit Richard sie bei sich aufgenommen hatte. Er hatte die Wochen mit Bedacht vergehen lassen und mit der Geduld eines Raubtieres darauf gewartet, dass Nadine sich sicher fühlte. Dass sie annahm, er werde die Anweisungen seines Bruders erfüllen und sie in Frieden lassen. Er konnte dies in aller Gelassenheit tun, da er wusste, dass seine Stunde kommen würde.

Nun war es endlich so weit: Sobald sich die Stadttore hinter Richard geschlossen hatten, konnte er handeln.

»Mir scheint, man hat dich nicht gelehrt, Höherstehende zu grüßen«, sagte er nun trocken.

Erst jetzt bemerkte Nana, dass er sich auf einen silbernen Stock stützte, mit dem er nun ein paar Falten ihres Kleides anhob, so dass man die spitzenbesetzten Unterröcke sah. Eine wohlbemessene Geste der Verachtung, die es bei einer Frau von Stand nie gewagt hätte. Nana begriff ohne Worte.

»Verzeiht, Seigneur!«, mischte sich Ermeline ein, dann zog sie Nana energisch am Rock. »Ihr müsst den Seigneur de St. Doye begrüßen, Mademoiselle.«

Nana hörte das Drängen in Ermelines Stimme, aber sie konnte sich einfach nicht bewegen. Unter dem Bann dieses nachdenklichen, grausamen Blickes wurde sie wie schon einmal von einem so namenlosen Schrecken heimgesucht, dass sie wie gelähmt auf den tödlichen Stoß wartete. Einmal mehr kam es ihr so vor, als sei dies jene Situation aus ihren Albträumen, aus denen sie jedes Mal schweißgebadet erwacht war, ohne sich an Einzelheiten erinnern zu können. Und nun hatte sie auch noch das Bild von Hughes zerstörtem Körper vor Augen…

»Ich werde dafür sorgen, dass man dir den Hochmut austreibt, *Demoiselle!*« versprach Guy de St. Doye, und die Art und Weise, wie er diesen Ehrentitel betonte, verkehrte diesen genau in das Gegenteil.

Eisige Kälte ergriff Nana. Dieser Mann war ihr Feind. Er musste es schon in den grauen Nebeln vergangener Zeiten gewesen sein, denn anders konnte sie sich ihre eigene Reaktion auf ihn nicht erklären. Sie fühlte sich an etwas unvorstellbar Schlimmes erinnert, an etwas, das außerhalb ihres Fassungsvermögens lag. Das jedoch all ihre Sinne beherrschte und lähmte.

Erst als der unregelmäßige Schritt, begleitet vom Pochen des Stockes, hinter ihr verklang, vermochte sie sich wieder zu bewegen. Ermeline zog sie in das Haus und die Wendeltreppe hinauf in den ersten Stock. Erst nachdem sie die Tür hinter ihnen geschlossen hatte, wagte sie, der jungen Frau Vorwürfe zu machen.

»Die heilige Anna soll mich beschützen, was ist nur in Euch gefahren? Was treibt Euch, einem Mann wie dem Seigneur St. Doye den schuldigen Respekt zu verweigern? Wofür haltet Ihr Euch? Ausgerechnet ihm, der derartigen Wert darauf legt, dass...«

»Lass das Gezeter, Ermieline! Ich habe Kopfschmerzen, ich möchte alleine sein...«

Die Kammerfrau starrte Nana an, als habe sie sich vor ihren Augen in ein feuerspeiendes Ungeheuer verwandelt. Ohne dass die junge Frau im geringsten ihre Stimme verändert oder erhoben hätte, strahlte sie plötzlich eine solche Autorität aus, dass die verblüffte Dienerin sich ohne jedes weitere Wort zurückzog und Nana tatsächlich in ihrem hübschen Gemach alleine ließ.

Nana schickte ihr ein bitteres Lächeln hinterher. Vermutlich hatte sie sich damit auch den letzten Rest der Loyalität Ermelines verscherzt. Sie spürte genau, was in der Kammerfrau vorging. Aber sie konnte sich weder zu jenen Begeisterungsausbrüchen aufraffen, die die emsige Kammerfrau ständig von ihr erwartete, noch wollte sie sich von ihr zurechtweisen lassen.

Ihre Dankbarkeit galt dem Grafen von Mesnières und sonst niemandem. Auch seine Dienerin tat nur, was ihr befohlen wurde. Wäre sie Ermeline als Magd aus dem *Grünen Hahn* begegnet, hätte jene mit Sicherheit ihre ordentlichen Röcke gerafft, damit sie nicht mit solchem Abschaum in Berührung kamen. Sie war das Inbild der braven Bürgerin, die auf den Abschaum aus der Gosse herabsah.

Nana sank auf ein gepolstertes Taburett und versuchte die Besorgnis erregende Ahnung abzuschütteln, dass Guy de St. Doye soeben den Krieg zwischen ihnen beiden eröffnet hatte. Sie war sicher, dass er nur auf den Moment gewartet hatte, in dem sein Bruder sich entfernte, damit er sie erneut in seine Gewalt bekam.

Allerdings, was konnte er ihr antun? Wie weit ging sein Einfluss in diesem Haushalt? Wenn sie an Ermelines panische Reaktion dachte, sehr weit. Wie weit respektierte er das Wort des Grafen, der ihn darum gebeten hatte, Nana zu respektieren? Aber war es nicht bodenlose Dummheit, Besseres als das Schlechteste zu erwarten? Nana ballte die Fäuste. Sie musste sich wappnen, denn die Frage war nur, wie lange er sie warten lassen würde.

Zumindest diese Frage bekam Nana schon am selben Nachmittag beantwortet. Ein grimmig dreinblickender Lakai in der Uniform des Hauses klopfte an ihre Tür und bat sie mürrisch, ihm zu folgen. Nana zögerte, aber wen hätte sie schon um Rat bitten sollen?

Ermeline war nicht da. Sie hatte ihr schweigend das Tablett mit einem Mittagsimbiss gebracht und sich danach nicht mehr blicken lassen. Sie war beleidigt, und das ließ sie Nana merken. Nun, diese Möglichkeit hatte sie, Nana, sich also verscherzt.

Mit einem Anflug von Eigensinn sagte sie sich dann jedoch, dass sie ihr ganzes Leben lang nach eigenem Gutdünken gehandelt hatte und nun nicht damit zu beginnen brauchte, andere um Rat zu bitten

Sie erhob sich, schüttelte ihre Röcke in Form und erinnerte sich im letzten Moment daran, dass sie einmal mehr grübelnd ihr Medaillon betrachtet hatte, um den Gedanken an Colin zu entkommen. Obwohl es in ein Spitzentuch eingewickelt auf der Truhe lag, wollte sie es nicht unbeaufsichtigt zurücklassen. Sie traute der Neugier ihrer Kammerfrau nicht. Es vor den Augen des Dieners wieder zu verstecken, kam auch nicht in Frage.

Also ging sie zu der Truhe und barg das Tuch mitsamt seinem Inhalt in der Faust. Während der Lakai voranschritt, ließ sie die Kette schnell in ihren bescheidenen Ausschnitt gleiten. Die kühle Berührung des Juwels ließ sie erschauern, so dass sie unwillkürlich die Schultern ein wenig gerader hielt. Aber sie erinnerte sie auch daran, dass sie keine Magd mehr war.

»Wohin bringt Ihr mich?«, wagte sie zu fragen.

Sie bekam keine Antwort. Der Mann ging nicht die Treppe hinab, sondern führte sie durch eine Tür nach draußen, wo die hölzerne Galerie um den ganzen Innenhof lief. Er ging an der Längsseite entlang und bog um die Ecke zum Ostflügel des Hauses, wo sich die Gästekammern und der große Festsaal befanden. Eine weitere Türe wurde geöffnet, und Nanas Schritte knirschten auf hölzernen Bohlen.

Es roch ein wenig muffig und unbewohnt. Der Graf von Mesnières bekam kaum Gäste, und Feste hatte er hier noch nie gefeiert. Der leere Gang hatte etwas Gespenstisches und Einsames, und es verwunderte Nana nicht mehr, dass Guy de St. Doye sie in der Kammer erwartete, in die sie schließlich geführt wurde. Die spukhafte, unheimliche Atmosphäre passte zu ihm. Vermutlich fühlte er sich in diesem vergessenen Winkel besonders wohl.

»Nun, Demoiselle!«, grüßte er sie hämisch, und als sich der Lakai entfernte, erhob er sich von dem dreibeinigen, hölzernen Schemel, auf dem er wartend gesessen hatte. »Seid willkommen in Eurem neuen Zuhause. Es wird mir gefallen, Euch wieder dort einzuquartieren, wo Ihr hingehört. In die schmucklose Kammer eines Dienstboten, denn mehr seid Ihr ja nicht für meinen Herrn Bruder. Eine Metze, die ihm zu Diensten ist, wenn er hier schläft. Eine Beleidigung für jede anständige Frau in diesem Hause. Deswegen möchte ich vermeiden, dass Ihr mit Eurem Anblick meine Gattin stört.«

Nana verzog die Lippen. Sie hatte Dame Angèle noch nicht ein einziges Mal gesehen – was sie allerdings auch nicht bedauerte. Die Gattin Guys hielt sich hauptsächlich in der kleinen Kapelle des Hauses und in den Räumen ihres Sohnes auf, der ebenfalls das Tageslicht zu meiden schien.

Gilles de St. Doye war ein blässlicher, dicker Junge in prächtigen Kleidern, der Nana mit offenem Munde angegafft hatte, als sie ihm ein einziges Mal unter dem Torbogen begegnet war. Sie hatte bei seinem Anblick eine Mischung aus Mitleid und Verblüffung empfunden. Mitgefühl, weil er so erbärmlich dreinsah, und Verblüffung darüber, dass es sich bei diesem Fettkloß um den stolzen Erben des Hauses Mesnières handeln sollte.

Unter gesenkten Lidern sah sie sich in dem düsteren Zimmer um. Ihre Gedanken rasten. Das winzige Fenster der Kammer ließ kaum genügend Tageslicht herein, dass man erkennen konnte, dass die Einrichtung nur aus einem Strohsack bestand, der auf dem Boden lag. Und jenem Hocker und einem Krug in der Ecke, der vermutlich Wasser enthielt, sowie einem blechernen Nachtgeschirr. Die Tür war aus festen Brettern gefügt und sah aus, als würde sie sogar einem Angriff mit Waffen standhalten.

Eine Gefängniszelle wie jene, in der Hughes gestorben war, den sie bis dahin für ihren Vater gehalten hatte. Mit dem einzigen Unterschied, dass hier nicht jene Feuchtigkeit wie in den Katakomben herrschte, Wasser durch die Mauern drang. Dafür fror sie unter der Bösartigkeit des Mannes, der sie betrachtete wie das Opfer, das auf dem Marktplatz hilflos an den Pranger gefesselt ist. Nana versuchte, sich gegen seine nächste Gemeinheit zu stählen.

»Nun, gefällt es dir? Mein Bruder hat dir ein Dach über dem Kopf und den Schutz seines Hauses versprochen: Hier bekommst du, was dir zusteht.«

Nana tat ihm nicht den Gefallen zu antworten. Sie würde sich nicht vor ihm demütigen.

»Wir werden dir den Stolz schon noch austreiben, meine Schöne.«

Dass er die Drohung so freundlich, ja fast unbeteiligt ausstieß, verlieh ihr umso mehr Schrecken. »Ein zweites Mal wirst du mir nicht entkommen. Und erwarte nicht, dass dir mein edler Herr Bruder zu Hilfe eilt. Compiègne ist weit, und man weiß nicht, was alles passieren kann auf einem langen Feldzug…«

Die junge Frau ballte die Hände zu Fäusten und versuchte das Zittern zu unterdrücken, das über ihren Körper lief. Die Gehässigkeit dieses Mannes zerstörte Nanas Kraft und verwandelte sie in bebendes Bündel aus Furcht. Sie vermochte kaum klar zu denken.

»Was… was habt Ihr mit mir vor…« stieß sie tonlos hervor und hasste sich selbst für die Schwäche, die aus ihren Worten klang.

Die Andeutung eines boshaften Lächelns stahl sich auf seine wohl geformten Lippen und machte sogar aus diesem einzigen Schönen an ihm etwas Schleimig-Hässliches, das zu seinen heimtückischen Worten passte.

»Das wirst du schon noch merken«, erklärte er gelassen. »Du bekommst ausreichend Zeit, dir alle Möglichkeiten selbst auszumalen. Erwarte nicht, dass du dieses Mal wieder entwischen kannst. Zu dieser Kammer besitze nur ich den Schlüssel, und die Dienerin, die für dich sorgen wird, ist mir treu ergeben. Sie ist ein wenig alt und seltsam, aber das braucht dich nicht zu stören. Rechne nicht mit einer mitleidigen Bademagd. Ich habe die dumme Person ausgepeitscht und hinausgeworfen. Es war allen anderen im Haus eine Warnung, meine Befehle künftig nicht mehr zu missachten...

Nana wich vor ihm zurück, bis sie die Wand im Rücken spürte. Dieser Mann war eine Ausgeburt der Hölle. Sie versuchte, jeden Gedanken an das arme Mädchen zu vermeiden, das ihr geholfen hatte, um dem hypnotisierenden Blick der steinernen Augen auszuweichen, aber es gelang ihr nicht.

Sie stand wie paralysiert, als er mit spitzen Fingern ein nicht vorhandenes Fältchen an ihrem Spitzenkragen glättete. Er berührte ihre Haut dabei, und Nana verspürte den hilflosen Drang, sich auf der Stelle vor Ekel zu übergeben. Seine Finger fühlten sich eiskalt und gleichzeitig feucht an.

»Gehab dich wohl, meine spröde Schöne! Ich sehe mit Vergnügen in die Zukunft...«

Die Tür schloss sich hinter ihm, und Nana sank in die Knie, als hätten sich ihre Knochen in Wasser verwandelt. Es schien, als habe sie nur noch ein Rest von Stolz aufrecht erhalten. Sie zitterte unkontrolliert, wahrend lähmendes Entsetzen sie überflutete. Wie dumm sie doch gewesen war, Richard de St. Doye zu versprechen, nicht zu fliehen! Das kam davon, wenn man Vertrauen zu einem anderen Menschen hatte. Sie würde es büßen. Schrecklich büßen. Wie jenes andere arme Mädchen, das einer mitleidigen Regung nachgegeben und Guy de St. Doye nicht gehorcht hatte.

Sie hatte bereits jedes Gefühl für Zeit verloren, als sich die Tür wieder öffnete. Das Licht hinter dem winzigen Fenster, das sich nicht öffnen ließ und von dem aus sie nur auf ein schräges Dach mit bunt glasierten Fliesen und mit einem funkelnden goldenen Wetterhahn sah, der ihr höhnisch zu glitzern schien, war gegangen und nach einer langen Nacht wiedergekommen.

Die fernen Geräusche der Stadt, die an ihr Ohr drangen, gefiltert von der Entfernung, vom Glas, der Höhe und Nanas zunehmender Verzweiflung, verstärkten nur noch ihre Einsamkeit. Trotzdem blieb Nana sich ständig der Tatsache bewusst, dass sie nicht vergessen war. Guy de St. Doye lauerte in seinen prächtigen Gemächern wie die Spinne im Netz, bis sich die gefangene Fliege hoffnungslos in seinen giftigen Fäden verstrickt hatte und er sie töten und aussaugen konnte.

Plötzlich, als sie vor der Tür Geräusche hörte, spannte Nana sich an, denn sie erwartete ihren Kerkermeister zu sehen, aber sie täuschte sich. Eine alte Frau schlurfte herein, nachdem sie die Türe sorgfältig von innen wieder verschlossen hatte. Das fahle Tageslicht enthüllte Nana ein verwüstetes, faltenreiches Gesicht, mit schweren, hängenden Lidern und wirren, grauen Haarsträhnen, die von einer schmutzigen Haube bedeckt waren. Die Alte trug ein Bündel Kleider über dem Arm, in den Händen hielt sie einen Krug sowie einen halben Laib Brot, der so aussah, als hätte er mindestens schon fünf Tage im hintersten Winkel der Küche gelegen.

Nana verfluchte ihren nagenden Hunger. Sie hatte das Mittagessen, das Ermeline ihr am Vortag gebracht hatte, kaum angerührt, und nun zog sich ihr Magen schon beim Gedanken an Essen zusammen. Die wenigen Wochen eines sorgenlosen Lebens im Maison Mesnières hatten sie bereits jener Fähigkeit beraubt, die zeit ihres Lebens so wichtig gewesen war: klaglos nagenden Hunger zu ertragen.

»Hast du Hunger, Täubchen? Gleich darfst du essen!« Die Alte sprach mit krächzender Stimme und lachte dann so irre, dass Nana ein eiskalter Schauer über den Rücken jagte.

Und dann bemerkte sie, dass der Greisin auch noch Speichel

aus den Mundwinkeln lief und ihre Augen trübe blinzelten. Eine Verrückte! Guy de St. Doye hatte sie der Obhut einer geisteskranken alten Vettel anvertraut! Unwillkürlich wich sie vor den klauenartig gekrümmten Händen zurück, die die Alte ihr entgegenstreckte, als sei sie zu allem Überfluss auch noch blind und müsse ihren Weg durch vorsichtiges Tasten suchen.

»Komm, mein Kindchen! Clemence wird für dich sorgen, musst keine Angst haben, Clemence ist wie eine Mutter zu dir... hihihi...«

Nana drückte sich an der Wand entlang, stets bemüht, den Klauen zu entkommen. Sie stieß gegen den Wasserkrug, der scheppernd umfiel, was der Alten ein neuerliches Lachen entlockte.

»Täubchen, warte. Du darfst nicht weglaufen... wir müssen dir neue Kleider anziehen. Er sagt, du sollst nicht die Kleider einer Dame tragen. Wir müssen tun, was er befiehlt, sonst wird er böse. Er mag es nicht, wenn man ihm nicht gehorcht... Komm, mein Kindchen!«

Trotz ihres Alters war die Frau behände, und ehe Nadine sie daran hindern konnte, hatte sie ihr schon die Haube von den Haaren gezogen und dabei auch die Zöpfe gelöst, die Ermeline vor ewigen Zeiten so sorgfältig geflochten und festgesteckt hatte. Clemence strich geradezu andächtig über die seidige Flut der hüftlangen Locken, die schwer und glänzend über Nanas Schultern fielen.

»Sonnenhaar... ja, das liebt er. Sie hat auch Sonnenhaar gehabt... Ach, was ist das nur für ein Elend. Ein fortwährendes Unglück...«

Nana bemerkte erstaunt, dass Tränen über die runzligen Wangen liefen.

»Mein armer Junge. Alle haben sie ihn immer schlecht behandelt, niemand wollte ihn haben. Nicht einmal seine eigene Mutter, die hochwohlgeborene und ach so fromme Dame. Ihre Gebete haben ihm nichts geholfen. Kein Wunder, dass er sie hasst, die Schönen und Grausamen, die allzu Stolzen und die Glücklichen...«

Wie ein Gebet leierte sie ihre rätselhaften Sätze herunter, während sie Nana in eine Ecke trieb und an den Schlaufen ihres Gewandes zog. Die junge Frau versuchte vergeblich, sich zu wehren, und sie merkte erstaunt, dass die dürre, klapprige Alte über Kräfte verfügte, die eher zu einer Jüngeren gepasst hätten. Augenscheinlich war sie nicht so betagt, wie es ihr Aussehen vermuten ließ.

»Lass dir helfen, Kindchen. Ich habe dir andere Kleider mitgebracht. Je weniger hübsch du bist, umso besser wird es für dich sein... Lass dich hässlich machen. Die Hässlichen verschont er... Die Hässlichen sind ihm näher als die Schönen... Komm... komm...«

Nach einer Nacht und einem Morgen voll Angst und Schrecken waren Nanas angespannte Nerven dieser albtraumartigen Szene nicht mehr gewachsen. Sie stieß die Greisin mit aller Kraft von sich und erkämpfte sich Freiheit – ein paar Atemzüge lang. Sie zitterte am ganzen Körper, aber ein unnachgiebiger Überlebenswille hielt sie aufrecht. Das Bewusstsein, dass ihr Unrecht getan wurde. Ein verhängnisvoller Stolz, der tief aus ihrem Inneren kam und es nicht zuließ, dass sie sich unterwarf und verleugnete.

»Den Teufel werde ich tun!«, protestierte sie und ihre Stimme klang rau. »Die Kleider deines Herrn kenne ich. Hurenkleider, die ich nicht tragen werde. Ich will raus hier, dein Herr hat kein Recht, mich einzusperren!«

»Tu, was man dir sagt, Mädchen. Sonst zieht er dich mit der Peitsche aus!«

Ehe sie begriff, was die Frau vorhatte, packte die Alte den Spitzenkragen von Nanas Kleid und zerrte daran. Der zarte Stoff riss und auch ein Teil der Schulternaht gab nach. Die Luft drang kühl an ihre bloße Haut, und Nana stieß einen wütenden Schrei aus.

»Lass das!« Sie versuchte die schmutzigen Klauen von ihrem Zerstörungswerk abzuhalten. »Du bist närrisch!«

»Natürlich bin ich närrisch. Alle sagen es! Clemence ist närrisch... hihihi... Eine irre alte Vettel, die allen nur Böses tut!«

Die Wahnsinnige ließ nicht ab, Nana das Kleid in Fetzen vom Leib zu reißen. Kreischend grabschte sie nach jedem Stück Stoff, das sie erhaschen konnte, und die winzige Kammer ließ Nana wenig Raum, ihr auszuweichen, so sehr sie sich auch darum bemühte. Sie stolperte über den Hocker und fiel in die Knie.

Schon klaffte das Mieder, und das zarte Hemd, das Nana noch darunter trug, hatte einen tiefen Riss über ihrem Busen. Etwas klirrte auf den Boden, und im ersten Moment wusste sie nicht, was dieses Geräusch verursacht haben konnte, aber dann sah sie es.

In einem der diffusen Lichtflecken, die durch die mit Blei eingefassten trüben Scheiben auf den staubigen Boden fielen, lag ihr kostbares Medaillon. Die goldene Kette schlängelte sich wie ein fremdartiges Band zu dem Oval, in dessen Mitte der Amethyst sein sprühendes Feuer warf. Nana hatte gar nicht mehr an das Schmuckstück gedacht, aber nun war es zu spät.

Die Greisin hatte innegehalten und war ihrem Blick gefolgt. Ihre starren Augen waren wie magisch angezogen auf den Edelstein gerichtet.

15. Kapitel

Das seltsame Geräusch, das tief aus der Brust der schwachsinnigen Alten zu kommen schien, weckte Nana aus ihrer Erstarrung. Anstatt sich nach dem Schmuckstück zu bücken und es wieder an sich zu bringen, sah sie fasziniert in das verfallene Gesicht, dessen Mund sich wie im Schmerz verzerrt hatte und die gelblichen, lückenhaften Zähne bis auf das Zahnfleisch freigaben. Die Frau hatte von ihr abgelassen und starrte ungläubig auf das schöne Schmuckstück, das vor ihnen beiden auf dem Boden lag.

»Heilige Mutter Maria«, murmelte sie. »Woher hast du diese Kette? Sag! Ich bitte dich beim Heil deiner Seele, sag mir, woher du sie hast!«

Der eigenartige flehende Ton bannte Nana an ihren Platz. Die Greisin bückte sich stöhnend, nahm das Juwel auf und drehte es auf die Rückseite, dort, wo die verschlungenen Linien ein N zeigten. Ein tiefes Stöhnen entrang sich ihrer Kehle, und sie sah aus, als habe sie gefunden, was sie gesucht habe.

»Gib! Das gehört mir!«, forderte Nana und bemühte sich, ihre Angst nicht zu zeigen. Sie hatte gewusst, dass man sie des Diebstahls verdächtigen würde, wenn man diesen Juwel in ihrem Besitz fand. »Ich habe die Kette nicht gestohlen, sie gehört mir.«

»Dir?«

Die junge Frau vermochte nicht genau zu erkennen, was in diesem einen Wort mitschwang. Unglauben, Entsetzen, Fassungslosigkeit. Aber nichts mehr von der Verrücktheit, die sie eben noch so fürchterlich erschreckt hatte. Die Alte war mit einem Schlag so normal wie sie selbst.

»Die Kette ist mein Eigentum«, beharrte Nana und wollte nach dem Schmuckstück fassen, aber die Greisin brachte es mit einer flinken Bewegung hinter ihrem gebeugten Rücken in Sicherheit. »Ich habe sie getragen, als man mich fand.«

»Als man dich fand? Wer hat dich gefunden? Du erinnerst dich daran?«

Warum sollte sie lügen? Es würde nichts an den Tatsachen ändern. Hughes hatte ihr gesagt, dass Guy de St. Doye sowieso bereits davon wusste. Müde strich sie sich die losen Strähnen aus der Stirn und hielt das zerrissene Mieder über ihrem Busen notdürftig zusammen.

»Nein, ich erinnere mich nicht«, gestand sie müde. »Ich kenne die Ereignisse nur aus den Erzählungen des Mannes, den ich bis vor kurzem für meinen Vater hielt. Er fand mich vor gut fünfzehn Jahren bewusstlos am Straßenrand. Ein kleines Mädchen war bei mir, das kaum reden und laufen konnte. Beide trugen wir kostbare Kleider und jede eine solche Kette. Es waren Gaukler, die uns fanden, und sie nahmen die Kleinere, die nicht verletzt war, mit sich. Einer von ihnen zeigte ein Herz für das zweite Kind und ließ es nicht allein zurück. Er erkaufte sich das Recht bei mir zu bleiben, indem er meine Gewänder den anderen gab, aber es gelang ihm, wenigstens meine Kette vor ihrer Habgier in Sicherheit zu bringen.«

»Wo... wo fand dies statt? Ich bitte dich bei meiner Seele, sag, was du weißt!«

Dieses Verhör mutete Nana seltsam an, aber es war immer noch besser, als sich die Kleider vom Leibe reißen zu lassen. Also antwortete sie.

»Ich weiß es nicht genau. Mein Ziehvater sagte, es sei irgendwo in der Nähe des großen Schlachtfeldes von Azincourt gewesen. Sie befanden sich auf der Flucht, um den nachrückenden Engländern zu entkommen, die dort gesiegt hatten und die Gegend plünderten.«

»Gott sei gedankt. So gibt es also doch noch Gerechtigkeit auf dieser Erde!«

Dass ausgerechnet ihre Peinigerin einen so tief empfundenen Dank ausstieß, fand Nana ausgesprochen merkwürdig. Sie wagte endlich auch eine Frage. »Weshalb wollt Ihr all dies wissen?«

Eine kleine Ewigkeit geschah nichts, dann zog die Alte Nana am Arm vor das Fenster, drückte sie auf den Hocker, der dort stand, und machte sich daran, im diffusen Licht ihr Gesicht genauer zu betrachten.

Nana schrak zurück, als die Alte mit schmutzigen Fingern die

Linien ihrer Nase, der Wangenknochen und des Mundes nachfuhr.

Die Hände stanken nach Schmutz, Schweiß und Abfällen, aber es ging eine kuriose, hypnotische Wirkung von ihnen aus. Nana wehrte sich auch nicht, als die Alte ihr zudem das Kleid über die rechte Schulter zog und jenes bräunliche, sternförmige Mal berührte, das sie wohl schon seit ihrer Geburt hatte.

»Der Himmel hat ein Einsehen gehabt«, murmelte die Alte mit ersterbender Stimme. »Meine Gebete sind erhört worden. Aber bei allen Heiligen, was kann ich tun? Wie eine weitere Katastrophe verhindern, wie dich schützen, nachdem ich schon einmal versagt habe? Ich muss verhindern, dass er weitere Schuld auf sich lädt.«

Nana wurde nicht klug aus diesen Worten. Und dennoch, auch wenn sie nicht verstand, was die Alte damit meinte, war es doch nicht dieses närrische Gefasel wie zuvor. Es hörte sich an, als wisse die Alte nun, wovon sie sprach. Nana schob ihr Kleid zurecht und entschlüpfte den fahrigen Händen, die sich ununterbrochen an ihr zu schaffen machten.

»Kann es sein, dass Ihr diese Kette kennt?« fragte sie leise, denn das war die einzige Erklärung, die ihr für das Verhalten der Greisin einfiel.

»Wie sollte ich sie nicht wiedererkennen? Deine Mutter hat sie dir zu deinem ersten Geburtstag um den Hals gelegt. Du hast sie nie abgelegt und auch an jenem unseligen, verfluchten Tag getragen, als das schreckliche Unglück seinen Lauf nahm…«

»Welches Unglück?«

Nana hätte die Alte am liebsten geschüttelt, aber sie begriff intuitiv, dass sie nur dann etwas erfahren würde, wenn sie nicht drängte. Die Erinnerungen der Alten ließen sich nicht erzwingen.

Jetzt war es die Dienerin, die auf den Hocker sank und die Oberarme um sich schlang, als wolle sie sich damit vor Schlägen schützen, die eine unsichtbare Macht auf sie einprasseln ließ.

»Er hat sie geliebt, von dem Moment an, als Richard sie als seine Gemahlin ins Haus brachte. Sie war so jung, so fröhlich und ein so bezauberndes Geschöpf. Es hätte keine zwei Frauen geben können, die verschiedener geschaffen wurden als Dame Angèle und die kleine Gräfin. Ich wusste, dass er den Boden anbetete, auf dem sie ging, aber dass seine Wünsche so weit gingen, dass er die Gemahlin seines Bruders um jeden Preis besitzen wollte, das erkannte ich zu spät. Sie wies ihn voller Empörung ab. Er aber nahm an, dass sie sich über ihn lustig machte. Dass sie ihn abwies, weil er nicht die Schönheit seines Bruders besaß. Es stimmte nicht, denn sie war herzensgut und nur Richard zugetan, aber der Schaden war passiert. Er schwor ihr Rache.«

»Kann…« Nana musste sich räuspern, ehe sie die Worte über die Lippen brachte. Sie hatte Angst vor der eigenen Frage und musste sie doch stellen. »Kann es sein, dass Ihr von meiner Mutter sprecht?«

»Von wem sonst?« Für einen Augenblick schüttelte die Alte irritiert den Kopf, und die junge Frau fürchtete schon, einen Fehler gemacht zu haben. Dann, nach einer langen Pause, die Nana kaum ertragen konnte, sprach die Alte endlich weiter.

»Er berichtete ihr vom angeblichen Tod ihres Mannes, kaum dass sie die Zwillinge zur Welt gebracht hatte. Wieder Mädchen, so dass sein Sohn der Erbe des Titels und der Ländereien sein würde, wenn er sie und ihre Kinder aus der Welt schaffte. Es war Wahnsinn! Abgrundtiefer Hass aus namenloser Liebe geboren und von einem kranken Verstand in das Gegenteil verkehrt. Er hat sie getötet und mir befohlen, die Zwillinge zu ersticken. Man sollte glauben, sie seien bei der Geburt gestorben, falls es nach dem drohenden Angriff der Engländer überhaupt noch Überlebende geben würde, die Fragen stellen konnten. Er ist euch nachgelaufen durch den Geheimgang, erinnerst du dich nicht mehr? Ich habe nie erfahren, was geschah, und auch nie danach gefragt, ich nahm an, dass ihr beide in dem brennenden Schloss ums Leben gekommen seid, als es vom Feind zerstört wurde. Er ist ein Ungeheuer, weißt du das? Mein kleiner, liebebedürftiger, sanfter Junge ist zu einem schauerlichen Ungeheuer ohne Gewissen und Moral herangewachsen… Oh, hätte ich ihn doch nur getötet, als er in seiner Wiege lag, statt ihn zu lieben und zu hätscheln! Ich bin schuld an dem Unglück, das über deine Mutter und ihre Töchter kam…«

»Ich habe Schwestern?« Was Hughes erzählt hatte, bekam durch die alte Clemence plötzlich Konturen und Farbe. Nana spürte den rasenden Schlag ihres Herzens, als sie die Alte nicken sah.

»Es war Alison, die du an der Hand geführt hast. Die beiden Kleinen waren ja gerade erst geboren. Ich habe sie vor ihm in Sicherheit gebracht. Gott wird für sie gesorgt und ihre unschuldigen Seelen zu sich genommen haben. Aber ich konnte nicht verhindern, dass Guy zum Mörder wurde. Das Kind, das ich mit meiner Milch genährt und mit meiner Liebe verwöhnt habe. Ich bin schuldig, schuldig am Tode deiner Mutter! Schuldig, schuldig! So sündig, als hätte ich selbst den tödlichen Dolch geführt.«

Das entsetzliche Bekenntnis ließ die Stimme der alten Amme wieder umkippen, aber dieses Mal fürchtete sich Nana nicht mehr davor. Kein Wunder, dass eine einfache Frau den Verstand verlor, wenn sie mit all diesem Entsetzen konfrontiert wurde.

Die junge Frau platzte fast vor Fragen, aber es waren so viele auf einmal, dass sie gar nicht wusste, welche sie als erste stellen sollte. In ihrem Kopf drehte sich alles. Bruchstücke der Erzählungen Clemences mischten sich mit dem, was Richard de St. Doye ihr anvertraut hatte, und plötzlich keuchte Nana auf, als sich die Teile zu einem Bild zusammenfügten.

»Lieber Himmel, dann ist er mein Vater?«

»Wer?«

»Der Graf von Mesnières?«

»Natürlich ist er das. Du bist Nadine de St. Doye, die älteste Tochter Seiner Gnaden. Die Erstgeborene, der Alison und sein Sohn folgten. O Gott…«

Die Greisin öffnete den Mund und schlug sich voller Entsetzen die Hand auf die Lippen. »Welch eine Sünde, du hast mit deinem Vater Unzucht getrieben!« Nana runzelte die Stirn. Die Selbstverständlichkeit, mit der alle Mitglieder des Hauses annahmen, dass sie das Bett des Grafen wärmen würde, war wirklich ärgerlich. Sie hasste es, wenn man sie für eine Dirne hielt und ihr die Eigenschaften dieser Profession andichtete.

Aber jetzt begriff sie plötzlich, worin das Geheimnis der magischen Anziehungskraft lag, die Richard de St. Doye auf sie ausübte. Weshalb sie gegen jede Vernunft das Wagnis eingegangen war, ihm zu glauben. War es möglich, dass ihr Kopf die Erinnerung verweigerte, während ihr Herz sich entsann? Dass sie instinktiv gewusst hatte, dass er ihr nie etwas Böses antun würde?

»Er hat mich nicht verführt, wenn es das ist, was Ihr wissen wollt«, erwiderte sie gereizt und verdrängte die Erinnerung an das eine Mal, als er es versucht hatte. Der Himmel musste sie beide vor dieser Schandtat bewahrt haben! »Er hat mich lediglich bei sich aufgenommen, weil ich ihn an seine verstorbene Gattin erinnere. An Dame Melisande…«

»Du bist ihr wie aus dem Gesicht geschnitten«, bestätigte Clemence. »Guy de St. Doye muss gedacht haben, dass ihr Geist aus dem Grab auferstanden ist, um ihn erneut zu peinigen. Er hat sich immer wieder Frauen gesucht, die ihr ähnlich waren, aber niemals war eine dabei, die ihr so glich wie du, Nadine!«

Der ungewohnte, fremde Name störte Nana. Sie konnte sich nicht daran gewöhnen. Sie war zu lange Nana gewesen.

»Der Mann, der mich gerettet hat, sagte, das Mädchen, das bei mir gewesen sei, habe mich Nana gerufen…«

»Alison hat dich so genannt. Sie nannte dich nie Nadine. Für sie warst du Nana, und sie ist dir, sobald sie laufen konnte, auf ihren kleinen Beinen den lieben langen Tag wie ein treues Hündchen gefolgt. Arme, süße Alison… was mögen ihr diese Gaukler angetan haben?«

Nana mochte nicht darüber nachdenken. Sie hatte vieles gesehen auf den Märkten. Blasse Kinder, die zum Stehlen abgerichtet worden waren, die man absichtlich verkrüppelt hatte, damit sie beim Betteln mehr Mitleid erregten oder die in zartestem Alter an lüsterne Männer verkauft wurden.

Hughes hatte nie Derartiges von ihr verlangt aber er war eine Ausnahme in diesem Gewerbe gewesen. Man hatte ihn allenthalben ein wenig ausgelacht wegen der närrischen Zuneigung, die er Nana entgegenbrachte. Man hielt ihn für töricht, dass er sich die Goldstücke entgehen ließ, die er hätte verdienen können, wenn er die Schönheit seiner Tochter verkauft hätte. Doch er war tot, sie konnte ihn nicht mehr befragen. Und Alisons Spur verlor sich wohl für immer im Dunkel.

»Ich weiß es nicht, Clemence«, seufzte Nana. »Aber Guy de St. Doye hat den alten Gaukler, der mir wie ein Vater war, getötet. Er hat ihn gefoltert und misshandelt. Hughes hat ihm gesagt, wie und wo er mich gefunden hat. Wahrscheinlich weiß er längst, dass meine Ähnlichkeit mit Melisande ganz normale Gründe hat.«

»Umso schlimmer!« Die Amme rang die Hände. »Er ist besessen von dem Gedanken an deine Mutter. Er kann nicht aufhören zurückzuschauen, und er wird ihre Tochter vergelten lassen, was ihm die Mutter angeblich zugefügt hat. Du bist in Gefahr. Wenn er weiß, wer du bist, sogar in allergrößter Gefahr!«

»Weshalb hat er Euch dann zu mir geschickt? Er musste doch damit rechnen, dass Ihr mich erkennt.«

»Er glaubt wie alle anderen, dass ich den Verstand verloren habe«, gab die Greisin zu. »Er benützt mich, um den armen Seelen, die er quält, weiteren Schrecken einzujagen. Es ist die einzige Aufgabe, die ich noch habe. Würde ich mich weigern, bliebe mir nur das Armenhaus ...«

»Er ist ein Ungeheuer.«

»Er war es nicht immer. Eine freudlose Kindheit und eine herzlose Mutter haben ihn dazu gemacht. Ich weiß es, denn ich war seine Amme. Heute bin ich vielleicht die Einzige, der er noch ein wenig menschliches Gefühl entgegenbringt. Wenn er mich aus dem Haus wirft, wird er völlig vom Bösen besessen sein.«

»Warum helft Ihr ihm?« Nana konnte nicht verhindern, dass ihre Stimme vorwurfsvoll klang.

»Wegen meines Sohnes, seinem eigenen Milchbruder! Ich muss gehorchen, wenn wir beide Arbeit und Essen haben wollen. Jacques ist Pferdeknecht, und er träumt davon, einmal genügend Erspartes zu haben, um sich einen kleinen Bauernhof kaufen zu können. Soll ich ihm diesen Traum zerstören? Und an meinen Sünden ändert es nichts. Ich bin so oder so dazu verdammt, auf ewige Zeiten in der Hölle zu schmoren…«

Nana nahm der Alten die Kette aus der Hand und legte sich das Schmuckstück um. Es fühlte sich überraschend schwer und fremd an, noch gehörte es nicht ihr, aber sie wollte sich daran gewöhnen. Es war die einzige Verbindung zu ihrer Mutter, die ihr noch geblieben war. Die einzige Verbindung zu ihrer Vergangenheit.

»Ich begreife nicht, weshalb mein Vater mit seinem Bruder unter einem Dach wohnt, wenn dieser seine Frau getötet hat!«, sagte sie verwundert.

»Der Graf weiß nichts davon«, gab Clemence zu. »Alle Welt nahm an, dass die Gräfin und ihre Töchter von den Engländern getötet worden seien. Die Burg wurde eingenommen und bis auf die Grundmauern zerstört. Guy hat verhindert, dass Mesnières verteidigt wurde. Alle Zeugen dieser Tat kamen jedoch ums Leben, nur Guy selbst brachte sich in Sicherheit. Ich verdanke mein elendes Dasein der Tatsache, dass ich deine Schwestern fortbrachte, jene armen Würmer, deren Leben wohl ohne die rettende Milch einer Mutter oder Amme sowieso in Gefahr war.«

»Wohin… wo sind sie?«

»Ich gab sie in das Kloster der Ursulinerinnen von Les Forêt des Dames, aber es wurde ebenfalls wenige Tage später von den Engländern angegriffen und zerstört. Viele der frommen Frauen wurden getötet, die anderen flohen. Zwei wenige Tage alte Säuglinge können eine solche Flucht nicht überlebt haben.«

Nanas Hand schloss sich um das Medaillon. Sie fühlte das vertraute Brennen ungeweinter Tränen hinter ihren Lidern. Arme kleine Schwestern. Nur der stets zunehmende Hass auf den Mann, der all dieses Leid verursacht hatte, verhinderte, dass sie völlig verzweifelte.

»Wieso habt Ihr das meinem Vater nie gesagt?«

»Wir dachten doch, er sei auch tot. Er kam erst zwei Jahre später aus der Gefangenschaft der Engländer frei. Als er mich in

Mesnières fand, wo ich in den Ruinen hauste, war ich völlig außer mir und wirklich nicht mehr richtig im Kopf. Der Schmerz und die Reue hatten mich närrisch gemacht. Niemand nahm ernst, was ich sagte. Er brachte mich in dieses Haus und sorgte dafür, dass man mich gut behandelte. Guy wagte nicht, ihm zu widersprechen, denn auf seine Weise war er auch wieder froh, dass ich noch lebte. Er kriecht vor seinem Bruder, obwohl er ihn um seine gerade Gestalt und seinen Titel beneidet. Dame Angèle liegt ihm ständig damit in den Ohren, dass sie mich loswerden will. Sie hat Angst vor mir und sie denkt, dass ich ihrem Sohn schaden will. Sie ist eine dumme Gans.«

»Aber Ihr seid nicht verrückt…« Nana hatte schon vergessen, dass sie selbst vor der Greisin vorhin noch panische Angst gehabt hatte.

»Ich war's, Kind, und vielleicht bin ich's immer noch ein wenig! Aber als ich wieder gesundete, begriff ich, dass eine alte Amme wie ich leichter lebt, wenn sie für närrisch gehalten wird. Man macht einen Bogen um sie, gibt ihr eine eigene Kammer und verschont sie vor allzu schweren Arbeiten. Es lässt mir viel Zeit zu beten. Ich hab' auch für deine Seele gebetet, Nadine, und für die deiner Schwestern und deiner Mutter.«

»Gebete allein helfen nichts«, wandte Nana ein. Sie merkte, wie die Kraft der alten Frau nachließ. Man sah ihr an, dass der kurze, aufregende Ausflug in die Vernunft und die Wirklichkeit sie erschöpft hatte. Ihr Atem ging pfeifend, und sie zupfte nervös an den Falten ihres schmutzigen Gewandes.

»Wir müssen etwas tun!« Nana beugte sich zu ihr hinab und suchte ihren Blick. »Oder wollt Ihr, dass Guy de St. Doye das dumme Versäumnis bereinigt, das mich am Leben gelassen hat? Wir müssen den Grafen erreichen. Er ist der einzige, der uns helfen kann! Ich muss nach Compiègne! Vielleicht kann ich zum Heer stoßen, noch ehe die Kämpfe beginnen.«

»Das ist nicht so einfach.« Clemence erschrak vor dem unbeugsamen Willen in Nanas Augen. Sie erkannte darin eine Ähnlichkeit mit Richard de St. Doye, die nicht einmal der jungen Frau selbst bewusst war. »Niemand verlässt dieses Haus oder betritt es, ohne dass *er* davon erfährt. Aber ich werde nicht zulassen, dass er dir Böses tut. Ich werde einen Weg finden, das schwöre ich dir. Ich werde dich beschützen, er darf dir nicht wehtun. Aber vorerst müssen wir so tun, als hätte ich dich zum Gehorsam gezwungen. Zieh diese Kleider an, ich bitte dich, es muss sein.«

Angeekelt tauschte Nana ihr zwar zerrissenes, aber doch sauberes und hübsches Gewand gegen den groben, schmutzigen Kittel einer Magd. Er kratzte auf ihrer zarten Haut, denn natürlich hatte Clemence kein Hemd mitgebracht. Unwillkürlich schauderte sie, als sie die Bänder des langen Rockes darüber festzog. Wie schnell sie sich doch an den Luxus schöner Kleider und angenehmer Stoffe gewöhnt hatte! Sie ließ sich ihre Gefühle nicht anmerken, aber sie weigerte sich strikt, die Kette wieder abzulegen.

»Ich ziehe den Kittel am Hals zu, dann sieht man die Kette nicht, Clemence«, sagte sie fest. »Ich lasse nicht zu, dass man sie mir ein zweites Mal fortnimmt.«

»Gott sei mit dir«, seufzte die Alte. »Wenn ich wiederkomme, werde ich dir Essen bringen. Warte, denn das Brot dort ist schon voller Maden. Er wollte dich hungern lassen, um deinen Trotz zu brechen.«

Sie raffte die Kleider zusammen, die Nana abgelegt hatte, und floh überstürzt aus der Kammer. Trotzdem dachte sie daran, das Schloss wieder sorgsam zu verschließen, und Nadine de St. Doye blieb mit ihren Gedanken, Hoffnungen und Träumen erneut allein.

Sie versuchte verzweifelt sich zu erinnern. Aber weder die Namen noch die Schilderungen Clemences konnten das Dunkel in ihrem Kopf durchdringen. Kein Echo, kein noch so winziger Schimmer von Vertrautem kam auf. Nana spürte lediglich hämmernde Kopfschmerzen und den Hunger, der wütend in ihren Eingeweiden wühlte.

Was hatte sich damals in Mesnières ereignet? Wie war es ihr gelungen, mit der kleinen Alison Guy de St. Doye zu entkommen? Hughes hatte gesagt, sie habe eine Kopfverletzung gehabt und sei lange ohnmächtig gewesen. Lag hier der Grund für ihre Unfähigkeit, sich zu entsinnen? Die Schrecken jenes fernen Tages schienen so gar nichts mit ihr zu tun zu haben.

Sie wusste nur von Kindertagen und bunten Märkten, von endlosen Fahrten auf Hughes' Wagen, der ihnen Bühne und Wohnung zugleich gewesen war. Von Landstraßen, Dörfern und Städten, die in endlosem Wechsel an ihr vorübergezogen waren. Von fremden Gesichtern und der nervösen Spannung, die jedes Mal aufkam, wenn endlich hinter dem Vorhang die Münzen gezählt wurden, die von den Zuschauern auf den Karren oder in einen Korb geworfen worden waren.

Aber endlich konnte sie sich die Albträume erklären, die sie verfolgten. Die Angst, die sie beim Blick in Guys steinerne Augen überfallen hatte, und warum der bloße Ton seiner Stimme dafür sorgte, dass sich alle Härchen auf ihrer Haut sträubten. Ihm zu entkommen war das dringlichste Problem. Er plante ihren Tod, daran zweifelte sie keine Sekunde mehr. Aber einen Tod voller Qualen, die sie demütigen, zerbrechen und zerstören sollten, bis sie nur noch ein Zerrbild ihrer selbst sein würde.

Wie lange würde es dauern, bis ihr Stolz unter Schmerzen brach? Bis sie um ihr jämmerliches bisschen Leben bat? Wer konnte schon sagen, was sie aushielt und wie weit ihre Beherrschung reichte? Das Bild von Hughes' zerschmetterten Gliedern, das ihr jäh vor Augen stand, trug nicht gerade dazu bei, dass sie neue Hoffnung fasste.

Nana fror. Aber es hatte nichts mit den wenig vor der Kälte schützenden Lumpen zu tun, die Guy an ihr sehen wollte. Die Kälte kam tief aus ihrer Seele, dort, wo die Wunden schmerzten, die ihr ein grausamer, kranker Mann vor vielen Jahren zugefügt hatte und die nie vernarbt waren, auch wenn sie sich an keine Einzelheiten mehr erinnern konnte.

Sie versuchte zu beten, wie es ihr Clemence geraten hatte, aber ihre Gedanken irrten ab und ihre Worte ergaben keinen Sinn. Andere Bilder schoben sich vor ihre Augen. Colin d'Harigny, der auf seinem mächtigen Schlachtross vorbeiritt und ihr den Gruß verweigerte. Hughes auf seinem Strohlager im Verschlag hinter dem *Grünen Hahn.* Guy de St. Doye, wie sie ihn an jenem unheilvollen Apriltag zum ersten Male gesehen hatte, als er seine unheilvollen Geschäfte in der Kneipe in aller Heimlichkeit beredete.

»Niemand wird sich wundern, wenn man Richard mit durchgeschnittener Kehle findet.« Glühendheiß kam ihr dieser schreckliche Satz wieder in Erinnerung. Wie war es möglich, dass sie ihn bisher vergessen hatte? Natürlich, an jenem Abend war ein Mordkomplott geschmiedet worden, und plötzlich kam ein neues Bild hinzu. Das des kräftigen Mannes, der im Scheine einer Lampe eine blutende Fleischwunde an seinem Arm versorgte. Eine Stichwunde!

Guy de St. Doye plante, jenen Vater, den sie eben erst gefunden hatte, zu töten! Seiner eigenen Bruder! »Lieber Gott, lass nicht zu, dass es ihm gelingt! Lass nicht zu, dass er Erfolg hat. Lass mir wenigstens einen Menschen, der zu mir gehört!«

Nana stand auf und versuchte den Riegel zu öffnen, aber sie quetschte sich nur den Finger ein, ohne dass sich die stabile Tür das kleinste Stück bewegte. Sie kauerte sich auf die äußerste Kante des Strohsacks, erneut eine Beute ihrer wirren Ängste und Besorgnisse. Noch vor wenigen Tagen hatte sie geglaubt, sie würde der glücklichste Mensch der Welt sein, wenn sie erfuhr, wer ihre Eltern waren und wie ihr richtiger Name lautete.

Jetzt wusste sie es, aber außer zitterndem Entsetzen vermochte sie nichts zu empfinden. Sie hatte Angst. Tödliche Angst vor Guy de St. Doye. Das volle Ausmaß der Gefahr, in der sie sich befand, kam ihr erst jetzt zu Bewusstsein. Sie wagte nicht an Clemences Hilfe zu glauben. Wer konnte schon sagen, ob die alte Amme ihren Verstand so weit zusammenhalten konnte, dass sie tatsächlich ihr Versprechen einlösen würde.

Weit wahrscheinlicher schien es, dass die Erschütterungen durch das so unvermittelte Auftreten der Vergangenheit ihren Geist aufs Neue verwirren würden. Was, wenn die Alte nur für kurze Zeit fähig war, normal zu denken? Wenn sie einfach vergaß, wer das Mädchen war, mit dem sich der perverse Seigneur seine schrecklichen Späße erlaubte? Denn was half es schon, wenn sie, Nana, jetzt wusste, wer sie war – Nadine de St. Doye war ebenso allein und hilflos, wie es Nana, die Tochter des Gauklers, gewesen war.

16. Kapitel

Die Sonne hatte ihre tägliche Reise über die Dächer der alten Stadt schon fast hinter sich gebracht, ehe Nana sich eingestand, dass sie mit ihren Befürchtungen wohl Recht gehabt hatte. Clemence schien sie tatsächlich vergessen zu haben. Während sie durch das schmale Fenster nach draußen starrte, verfolgte sie, wie das Tageslicht stetig abnahm. Selbst wenn sie ein entsprechendes Werkzeug gehabt hätte, um die gefassten Fenstergläser zu zerstören, wäre es ihr nicht gelungen, sich durch die schmale Öffnung zu zwängen, um bei einer waghalsigen Flucht über das steile Dach ihr Leben zu riskieren.

Die Erkenntnis, dass ihr nichts anderes übrig blieb, als auf den nächsten Zug ihres Peinigers zu warten, erfüllte sie mit einer Mischung aus Zorn und Resignation. Warum hatte das Schicksal sie mit diesem Mädchengesicht und diesem weichen, unnützen Körper geschlagen? Warum war sie nicht ein Mann geworden, der seine Sache mit dem Schwert vertreten durfte und seine Beleidiger zum fairen Kampf auf Leben und Tod fordern konnte?

Es war nun einmal etwas ganz anderes, wenn man auf dem Schlachtfeld stark oder ehrenvoll im Turnier verlor, man war nicht hilflos, nicht einfach ausgeliefert – so wie sie es war als Opfer dieses widernatürlichen Lüstlings! Ein Opfer, wie es ihre Mutter und ihre Schwestern gewesen waren, an die sie nicht denken konnte, ohne dass ihr die Brust eng wurde und sie kaum noch Luft zum Atmen bekam.

Nana war derart in ihre melancholischen Gedanken versunken, dass sie im ersten Moment nicht bemerkte, wie sich die Tür öffnete. Erst das leise Quietschen der Angeln ließ sie herumfahren. Sie bot Guy de St. Doye ein Bild wilder Schönheit, das durch die Blässe ihres Gesichtes und das deutliche Leid in ihren Augen noch vertieft wurde. Die schäbigen Lumpen, die sie trug, verfehlten ihren Zweck. Sie verbargen weder die Eleganz ihrer Haltung, noch machten sie die niedrige Magd aus ihr, wie er es sich vorgestellt hatte.

Die junge Frau mit den offen fallenden kupferfarbenen Locken, der zarten Haut und den riesigen, veilchenfarbenen Augen blieb auch in Lumpen eine königliche Erscheinung. Als sie gereizt die Hände in die Hüften stemmte und angriffslustig das Kinn hob, waren ihr ihre Ängste nicht anzusehen. Es würde ihm größtes Vergnügen bereiten, sie zu bändigen. Er hatte sich schon seit Jahren nicht mehr so lebendig und erregt gefühlt.

»Komm mit!«, befahl er kurz angebunden.

»Wohin?«, antwortete sie im selben Ton.

Die leblosen, steinernen Augen weiteten sich für einen winzigen Moment. Einen Gegner, der ihn herausforderte, schätzte Guy de St. Doye umso mehr, wenn er seines Sieges so sicher sein konnte wie jetzt.

»Du hast zu gehorchen und keine Fragen zu stellen, Dirne!«

Seine unmenschliche Stimme schrammte wie ein Reibeisen über Nanas gespannte Nerven, aber sie verbarg ihre Emotionen hinter einer blassen, gefassten Maske.

»Ihr täuscht Euch, ich bin keine Dirne, Ihr wisst es sehr wohl!«

»Mir fehlt die Zeit für müßiges Geschwätz!«

Er packte sie am Arm und zerrte sie nach draußen. Obwohl nur mittelgroß, verfügte er doch über eine so geballte und brutale Kraft, dass Nana ein leiser Schmerzenslaut entfloh, während sie neben ihm herstolperte und fast über ihren langen Rock gefallen wäre. Guy packte sie so fest, dass sie kein Gefühl mehr im Arm empfand.

Gespenstische Stille lag über dem Haus, und keine Menschenseele begegnete ihnen, als er sie über die Galerie in seine privaten Räume zerrte. Es hatte fast den Anschein, als verberge sich das Gesinde, um dem übellaunigen Seigneur aus dem Wege zu gehen. Nana konnte es den Männern und Frauen nachfühlen, und sie hätte es ihnen gerne gleich getan. So konnte sie sich nur noch tiefer in die Ecke verkriechen, in die er sie grob schleuderte, nachdem er mit ihr ein großes, prächtig möbliertes Gemach betreten hatte.

Das Blut kehrte kribbelnd und schmerzvoll in ihren Arm zurück, und eine ihrer Fußsohlen schmerzte abscheulich. Nana strich die wirren Haare aus dem Gesicht und sah dann, dass sie sich einen Holzsplitter in den Fuß getreten hatte. Mit einem kindischen Gefühl der Genugtuung stellte sie fest, dass sie mit der kleinen Wunde blutige Spuren auf der kostbaren Seide des Teppichs hinterlassen hatte.

Nana biss die Zähne zusammen, während sie den kleinen Holzsplitter entfernte. Langsam richtete sie sich wieder auf und begann dann, ihre Umgebung näher in Augenschein zu nehmen. Vielleicht bot sich ja doch noch eine Gelegenheit zur Flucht.

Wenn sie schon geglaubt hatte, bei Richard de St. Doye in einem luxuriösen Gemach zu wohnen, so wurde sie nun eines Besseren belehrt. Die Pracht, die sie umgab, erfüllte sie mit einem solchen Staunen, dass sie für einen Moment sogar ihre Sorgen vergaß.

Die Wände waren fast vollständig von kunstvoll bestickten Wandteppichen bedeckt; verschwenderisch gepolsterte Armstühle, seidene Kissen, geschnitzte Truhen und ein massiver Tisch aus purem Silber zogen Nanas Blick an. Staunend betrachtete sie das riesige quadratische Bett, das in einer Ecke stand und dessen Säulen üppig mit geschnitztem Rankenwerk aus Blüten und Blättern verziert waren. Ein Himmel aus silberblauer, geraffter Seide und kostbarem dunklem Samt überragte das Ganze. Mehrere Pelzdecken übereinander kündeten von dem Wunsch seines Besitzers nach Wärme.

Nanas Blick wanderte weiter zu dem prächtigen großen Schauschrank, in dem silberne Pokale neben goldenen Schüsseln und Elfenbeinkästchen glänzten. Ein Fürst hätte keinen größeren Reichtum präsentieren können.

Allein, all die Schönheiten und kostbaren Gegenstände betonten nur die abstoßende Hässlichkeit des Mannes, der sich damit umgab. Sein fahles Gesicht wirkte aufgeschwemmt und gelblich, als hätten die Exzesse seiner Gewalt bereits seine Gesundheit untergraben. Der volle, einstmals gut geschnittene Mund war zu einem schmalen Strich verkniffen, und das Weiße in seinen Augen war von einem dichten Netz roter Äderchen durchzogen.

Nana war sich überdeutlich der Tatsache bewusst, dass er sie beobachtete und sich an ihrem Staunen über seinen Wohlstand weidete. Es gefiel ihm, Melisandes Tochter in dieser demütigenden Situation zu sehen. Seit er wusste, dass sie Nadine de St. Doye war, bereitete ihm das grausame Spiel, das er mit ihr spielte, einen Genuss, der ihn selbst am meisten überraschte. Keine Frau, außer ihrer stolzen Mutter, hatte er jemals so heftig begehrt.

»Sieh dich in Ruhe um«, meinte er und erlaubte sich ein heiseres Lachen, das mehr einem Husten glich. »Ich habe noch zu tun, ehe ich mich mit dir beschäftigen kann.«

Er riss an einem schweren, bestickten Band, das irgendwo im Haus Verbindung mit einer Glocke haben musste, denn wenig später führte der mürrische Diener, der sie schon in das Verlies unter dem Dach gebracht hatte, eine höchst merkwürdige Gestalt herein.

Unter einer zerfetzten Filzkappe steckte ein pockennarbiges Gesicht mit den flinken, unsteten Augen eines Wiesels. Der schmale Mund klaffte wie eine Höhle und gab beim Grinsen geschwärzte Zahnstummel zwischen breiten Lücken frei. Die Kleidung dieses abschreckenden Individuums setzte sich aus verschiedenen Schichten von Lumpen zusammen, die von einem kräftigen Ledergürtel zusammengehalten wurden, in dem ein beeindruckendes Messer steckte. Ein Galgenvogel. Nana hatte genug Kerle von dieser Sorte gesehen, um ihn sofort einordnen zu können. Was hatte er bei Guy de St. Doye zu suchen?

Der Seigneur winkte die Vogelscheuche näher an den Tisch, während er selbst in seinem hochlehnigen Armstuhl sitzen blieb. Er verschränkte die beringten Hände über dem Knauf seines Silberstocks und schoss dem Mann einen giftigen Blick zu.

»Ich bin unzufrieden mit dir, mein Freund. Ich nehme an, das weißt du.«

Nanas Blut schien bei dem eisigen Tonfall dieser Worte zu gefrieren. Auch der Besucher sank ein wenig tiefer in seine Lumpen und bemühte sich deutlich, die junge Frau zu übersehen, deren leuchtende Haare das Licht der Kerzen einfing, die in den hohen Ständern brannten.

»Es war Pech, Seigneur. Verdammtes Pech! Dabei hab' ich

mich ehrlich bemüht. Aber er ist schnell und vorsichtig wie eine Ratte. Ich traf ihn nur am Arm. Man kommt kaum an ihn ran…«

»Das ist dein Problem! Eine dritte Chance bekommst du nicht. Es muss dir ein Leichtes sein, den Tross einzuholen. Sie kommen nur langsam vorwärts, denn sie warten auf die zusätzlichen Truppen aus Orléans. Dieses Mal wirst du ganze Arbeit leisten, oder es kostet dich deinen eigenen Hals. Ich finde dich, das weißt du.«

»Ich soll einen Feldhauptmann inmitten seiner Männer so einfach…« Eine entsprechende Geste mit der flachen Hand quer über seine Kehle demonstrierte die Todesart, die der Gauner seinem Opfer zugedacht hatte.

»Exakt!«, stimmte Guy de St. Doye zu und verengte die Augen, als er sich ein wenig vorbeugte. »Und kein neuerliches Herumgestichel, das ihn nur ankratzt, verstanden? Ein sauberer Schnitt, der meinen edlen Herrn Bruder endlich in die Hölle befördert, verstanden? Du bekommst den Rest deines Goldes, sobald mir seine Todesnachricht vorliegt. Hier, das ist eine Anzahlung. Nicht zu viel, damit du keinen Verdacht erregst, aber genug, um deine Skrupel zu besänftigen und deinen Appetit anzuregen. Wenn dir also an mehr liegt, dann…«

Ein schmaler Lederbeutel wechselte den Besitzer, während Nana die Hand auf den Mund presste, um den Aufschrei zu ersticken, der in ihrer Kehle hochgestiegen war. Die gelassene Grausamkeit, mit der Guy de St. Doye den Tod seines älteren Bruders befahl, hatte etwas Unheimliches, nicht mehr Menschliches. Dieser Mann war nicht nur körperlich verkrüppelt, auch seine Seele war missgestaltet, wenn er überhaupt eine solche besaß. Neid und Missgunst beherrschten ihn vollkommen.

»Ihr könnt Euch auf mich verlassen, Seigneur…«

Der gedungene Mörder streichelte mit seiner knotigen, schmutzigen Hand geradezu liebevoll das Schlächtermesser in seinem Gürtel. Nana beobachtete fasziniert diese Bewegung. Wenn es ihr gelang, den Mann zu überraschen und die Waffe an sich zu bringen, oder wenn sie wenigstens die kurzzeitige Ablenkung nutzen konnte, um zu fliehen…?

Kaum gedacht, versuchte sie die Idee schon in die Tat umzusetzen. Sie spannte die Muskeln zum Sprung an, doch es war bereits zu spät.

Unter einer Reihe von ungelenken Reverenzen katzbuckelte der Spitzbube rückwärts zur Tür, sichtlich daran interessiert, sich umgehend aus dem Staube machen zu können.

»Seid bedankt, Seigneur. Und... viel Vergnügen noch an diesem Abend...«

Sein schmieriges Grinsen schloss diesmal Nana mit ein, welche die Vergeblichkeit ihres Planes einsah und ihr Gesicht ärgerlich hinter der Flut ihrer Haare verbarg. Warum hatte sie nicht früher reagiert?

»Pack dich!«, knurrte der Bucklige und zerrte erneut an dem Band, das den Lakai herbeizauberte.

»Wein!«, bellte er den Mürrischen an. »Aber schnell! Und schaff diesen Kerl aus dem Haus.«

Die Türe fiel ins Schloss, und Nana begriff, dass sie wieder mit ihrem Henker allein war. Sie versuchte jeden Gedanken an ihre Angst, ihren Hunger und ihre Schmerzen auszuschalten. Sie durfte sich nicht aufgeben, sie musste kämpfen – nicht nur für sich, sondern auch für ihre Mutter, ihre Schwestern, für das Leben ihres Vaters

»Nun, meine Stolze, willst du mich weiterhin anstarren wie das Kaninchen die Schlange?«

Bei seinem spöttischen Worten straffte Nana die Schultern noch ein wenig mehr, doch gleich darauf zuckte sie zusammen, als sie das Gewicht verlagerte und dabei den verletzten Fuß zu stark belastete.

»Schön«, kommentierte er ihre Haltung. »Es gefällt mir, dass du nicht aufgibst. Es verleiht unserer Begegnung eine zusätzliche Würze...«

Der erhobene Silberstock legte sich schwer auf ihre Schulter, ehe er mit seiner Spitze an ihrem Körper entlangglitt. Mit einem schnellen Schritt brachte Nana sich davor in Sicherheit. Doch die nächste Quälerei wartete schon. Der Diener brachte den verlangten Wein und ein riesiges Silbertablett, das eine Fülle der appetitanregendsten Leckerbissen trug. Der Duft und der Anblick der Speisen ließen Nana das Wasser im Mund zusammenlaufen.

»Du hast Hunger«, stellte Guy de St. Doye befriedigt fest und schnitt sich ein Stück der goldbraunen Pastete ab, das er mit sichtlichem Genuss verspeiste.

Unter dem Deckel einer zweiten Terrine dampften Stücke gebratenen Huhnes, und damit setzte er seine Mahlzeit fort, nicht ohne sich zuvor einen schweren Silberpokal mit dem schwarzroten Wein vollzugießen, der, in eine ziselierte Silberkaraffe gefüllt, das üppige Mahl abrundete.

Nana schluckte unwillkürlich. Die Zunge klebte ihr am Gaumen, und sie verachtete sich selbst für die Begehrlichkeit, mit der sie beobachtete, wie dieser monströse Mann Bissen für Bissen hinunterschlang, und ihn um diesen Genuss beneidete. Selbst in ihren ärmsten Zeiten hatte sie nicht dieses grausame Verlangen nach einem Bissen Essen verspürt.

»Hier!« Er warf ihr nachlässig ein Stück Huhn zu, als sei sie ein bettelnder Hund.

Er hatte absichtlich daneben geworfen, denn er wollte, dass sie das Essen vom Boden aufklaubte, aber er hatte nicht mit ihrem akrobatischen Geschick und ihrer Flinkheit gerechnet. Nana fing das Fleisch und grub zwei Reihen ebenmäßiger weißer Zähne hinein, ohne sich groß zu zieren. Damenhafte Feinheiten ließ ihr Überlebenswille nicht zu. Ihr Onkel begriff, dass sie aus härterem Holz als ihre Mutter geschnitzt sein musste.

»Hm ..« Guy de St. Doye gab nur diesen undefinierbaren Laut von sich, ehe er eine Scheibe Braten auf ein dickes Stück weißen Brots legte und davon abbiss.

Nana leckte ihre Finger ab. Ihre Gier nach Essen war durch die wenigen Bissen nicht gestillt, sondern nur verschlimmert worden, und sie begriff, dass dieser Mann ein Meister der subtilen Folter war. Er weckte Wünsche, gab sich den Anschein, sie zu erfüllen und verweigerte sie exakt in jenem Moment, in dem der Verzicht am meisten weh tat. Hatte er mit dem armen, geschwächten Hughes die gleichen gemeinen Spiele getrieben? Der

Gedanke an Hughes ermöglichte es Nana, ihre Fassung wiederzufinden.

Noch ein Opfer, das gerächt werden musste. Sie würde sich kein zweites Mal von ihm als Magd behandeln lassen. Ohne auf ihre schmerzende verletzte Sohle zu achten, trat sie auf den zweiten Stuhl zu und setzte sich. Die steife Lehne verlieh ihrem müden Rücken Stabilität.

»Warum wollt Ihr meinen Vater umbringen?«, fragte sie ruhig. »Was hat er Euch getan?«

Für eine winzige Spanne blitzte Erschrecken, Zorn, vielleicht sogar widerwillige Hochachtung in den ungerührten Steinaugen auf, dann senkten sich die faltigen, viel zu schweren Lider darüber, und der Mund verzog sich zu jener abstoßenden Grimasse, die bei ihm als Lächeln galt. Selbst eine Ratte wirkte liebenswerter als dieser Mann.

»Du weißt es also… Aber Richard weiß es nicht. Wieso hast du geschwiegen? Was hat dich davon abgehalten, diesen Narren mit deinem Wissen zu beglücken?«

Nana antwortete nicht. Sie durfte Clemence nicht verraten.

»Was wollt Ihr mit mir tun? Ihr habt kein Recht, mich gefangen zu halten. Nun weniger denn je…«

»Zum Teufel, willst du hier Forderungen stellen, Demoiselle? Lass dir gesagt sein, dass du mich im Moment amüsierst, und nur das erlaubt dir zu sprechen.«

»Und wie wollt Ihr meiner Kammerfrau mein Verschwinden erklären?«, forschte Nana und wagte eine Lüge. »Sie… sie weiß Bescheid. Sie wird meinem Vater sagen, was Ihr getan habt.«

St. Doye unterbrach nicht einmal seine Mahlzeit, um mit einer gelangweilten Geste abzuwinken. »Ich habe dafür gesorgt, dass sie ihren Mund hält. Für immer. Und nun langweile mich nicht mit weiterem Gezeter…«

Nana wurde noch eine Spur blasser. Guy de St. Doyes Worte ließen nur einen Schluss zu. Arme Ermeline. Hatte sie auch ihr den Tod gebracht? Wie war es möglich, dass sich ein einziger Mann zu einem so grausamen Herrn über Leben und Tod aufschwingen konnte? Besaß ihr Onkel aufgrund seiner Freundschaft mit dem Kämmerer so viel Macht, dass er all seine Verbrechen vertuschen konnte? Wagte denn niemand, sich gegen seine Taten aufzulehnen?

Der Bucklige setzte seine Mahlzeit fort, so dass seine nächsten Worte undeutlich klangen, als er sich einen gesottenen Krebs aus der Schale nahm und ihn schmatzend auslutschte.

»Du erinnerst dich anscheinend wieder... Dieser Gaukler sagte, du hättest dein Gedächtnis verloren. Ich dachte mir gleich, dass er lügt...«

Nana stellte es nicht in Abrede. Auf diese Weise konnte sie ihn mit seiner ruchlosen Tat konfrontieren, ohne dass er sich fragte, woher sie diese genauen Einzelheiten wusste.

»Ihr habt meine Mutter und meine Schwestern auf dem Gewissen! Ihr seid ein Mörder! Gott wird Euch strafen!«

»Du lieber Himmel, willst du mir einen Schrecken einjagen? Mir mit der ewigen Verdammnis und meinem verlorenen Seelenheil drohen?«

Ein heiseres Lachen überfiel ihn, und er verschluckte sich an dem Bissen, den er gerade zu sich nahm. Er hustete und strich sich mit einem rot gesäumten Leinentuch über die schweißnasse Stirn. »Das ist wirklich komisch! Sehr amüsant. Lass dir gesagt sein, damit kannst du mir nicht drohen. Mein Leben ist bereits die Hölle! Seit dem Tag meiner Geburt brenne ich darin!«

Nana erinnerte sich wider Willen an Clemences Worte. Wie musste es sein, von Kind an nichts anderes als einen Körper zu kennen, der allen anderen Abscheu einjagte, darin für immer eingeschlossen zu sein? Ein Junge zu sein, dessen Mutter sich voll Grauen abwendete, wenn er um Liebe bettelte, und ein Mann, vor dem die Frauen nur Abscheu empfanden?

Heilige Mutter Gottes, es war sicher entsetzlich. Doch auch die bedauernswerteste Kreatur hatte deshalb nicht das Recht, andere umzubringen. Melisande de Guînes und ihre Töchter trugen keine Schuld daran, dass seine Gestalt sich von der normaler Menschen unterschied.

»Eine Hölle, die du erträglicher für mich machen wirst, meine

Schöne!«, fügte er nun hinzu und erhob sich von seinem Stuhl, die Handflächen auf den Tisch gestützt. »Zieh dich aus!«

Nana hätte fast gelacht, so absurd fang sie die Aufforderung. War er verrückt geworden? Wofür hielt er sie? Sie schüttelte stumm den Kopf.

»Nun dann!«

St. Doye schien völlig in den Anblick des Tablettes vertieft zu sein, wie geistesabwesend strich er mit den Fingerspitzen über Schüsselränder und Körbe. Er ging ein paar Schritte um den Tisch herum und kam Nana näher, aber sie schöpfte keinen Verdacht. Als er sich mit einem Ruck zu ihr umwandte, war es zu spät.

Ein rasiermesserscharfes, tödliches, silbernes Stilett glitzerte im Kerzenlicht, und die Bänder ihres Kittels klafften auseinander. Die Klinge berührte ihre Haut, und Nana wagte es nicht, sich zu bewegen, denn sonst wäre der Stoff vollends über ihre Schultern gerutscht.

Sie hielt den Atem an, ganz auf den Druck des Stahls auf ihrer Kehle konzentriert. Wollte er sie auf der Stelle umbringen? Kalter Schweiß brach ihr zwischen den Schulterblättern aus und rann den Rücken hinab.

Das Wissen, dass dieser Mann sehr wohl fähig war, ohne den geringsten Skrupel zu töten, lähmte sie.

Warum nur hatte Clemence ihr Versprechen nicht gehalten? Niemand würde ihr helfen. Sie würde in diesem prächtigen Gemach sterben, ohne dass es einen einzigen Menschen kümmerte.

Jetzt bewegte sich das Messer abwärts und schob die Reste des Kleidungsstücks zur Seite, so dass der Ansatz ihrer Brüste sichtbar wurde. Sanft getönte, seidige Haut, die in krassem Gegensatz zu den üblen Lumpen stand, die sie nur noch notdürftig bedeckten. Freilich geriet jetzt auch die Kette in Guys Blickfeld, die auf dieser prachtvollen Unterlage ruhte. Der Amethyst schimmerte nur geringfügig heller als Nanas Augen, und im Rhythmus ihrer Atemzüge hob und senkte er sich auf ihrer Brust.

»Hübsch«, flüsterte Guy spöttisch. »Ein Geschenk deines väterlichen Liebhabers? Er ist wie verjüngt, seit er sich zwischen deinen Schenkeln vergnügt. Wie schade, dass ich auf die Genugtuung verzichten muss, ihm zu sagen, wen er da aufgespießt hat. Es hätte mir größtes Vergnügen bereitet, seine Selbstherrlichkeit in Fetzen zu reißen...«

»Er hat mich nicht... nie...« zischte Nana, obwohl sie wusste, dass es ein Fehler war, ihn zusätzlich zu reizen. Die Spuren des Dolches waren deutlich auf ihrer Haut zu sehen. Es waren keine blutenden Wunden, sondern rote Striche, so, als habe ein scharfer Nagel darüber gekratzt.

»In der Tat?« Der Mund verzog sich noch mehr vor Verachtung. »Dann ist er ein noch größerer Narr, als ich bis jetzt geglaubt habe. Ich hätte mich nicht von dir mit albernen Ausflüchten abspeisen lassen. Ich hätte dir die Schenkel gespreizt und dir gezeigt, was man mit einer Hure macht!«

Nana fröstelte. Obwohl sie jetzt verstand, nach allem, was Clemence ihr erzählt hatte, warum die unmittelbare physische Gegenwart dieses Mannes eine so Grauen erregende Wirkung auf sie ausübte, vermochte sie nichts dagegen zu tun. Der Stuhl, der ihr eben noch so viel Sicherheit verliehen hatte, war nun zur Falle geworden. Sie konnte nicht aufstehen, ohne das Stilett tiefer in ihren Körper zu drücken.

»Bezaubernd. Das kurze Intermezzo mit Richard hat dir gut getan, du bist nicht mehr das magere Hühnchen, das im *Grünen Hahn* über meinen Weg lief«, stellte er sarkastisch fest und verharrte mit seiner Waffe so unmittelbar vor ihren Brustspitzen, dass sich die Warzen vor Schreck verhärteten und verräterisch durch den Stoff drängten.

Sie konnte den Blick nicht von ihm wenden. Sie suchte vergeblich nach einer Spur von Gefühl in diesen ungerührten Zügen, nach etwas Menschlichem. Aber sie sah nur den Speichel, der aus seinem Mundwinkel lief, während er ihre Brüste betrachtete und sie langsam, geradezu genießerisch mit der Waffe entblößte. Ein deutlich sichtbarer Schauer lief über ihre Haut.

»Sehr schön«, sagte er mit dieser schrecklich raschelnden Stimme. »Vollendet.«

Im selben Moment beugte er sich vor und strich mit seinen

widerwärtigen Händen über ihre vollen Brüste, dann kniff er sie so unerwartet und brutal in die harten Spitzen, dass Nana gequält aufschrie.

»Steh auf!« sage er so ruhig, als habe er weder etwas getan noch etwas gehört.

Nana zitterte. Die unmittelbare Pein ließ zwar nach, aber der dumpfe Schmerz, der von seiner Grobheit rührte, mahnte zur Vorsicht. Sie erhob sich langsam, aber sie musste sich auf die Lehnen stützen, damit sie aufrecht stehen konnte. Die Reste ihres Kittels fielen herab, so dass sie mit bloßem Oberkörper dastand und sich diesem sabbernden Ungeheuer und seinen Blicken ausliefern musste.

Es überraschte sie nicht mehr, dass er mit derselben taschenspielerhaften Geschicklichkeit auch die Bänder ihres Rockes aufschnitt. Mit einem leisen Knistern glitt der Stoff an ihren nackten Gliedern zu Boden. Jetzt bedeckten sie nur noch ihre hüftlangen Haare, die sie mit einer ungestümen Bewegung nach vorne warf, so dass sie wenigstens den Busen verbargen.

»Lady Godiva, nur mit ihrem Haar bedeckt«, murmelte er und trat einen winzigen Schritt zurück, um sie besser betrachten zu können. Er bleckte die gelblichen Zähne, als sei sie, Nana, eine Mahlzeit, die besonders appetitlich angerichtet für ihn bereitstand.

Nana, die keine Ahnung hatte, wovon er sprach, fragte sich, ob dies auch eine der Frauen gewesen sein mochte, die er auf dem Gewissen hatte. Der Stoffwulst um ihre Füße fesselte sie hilflos an ihren Platz, aber in diesem Gemach gab es ohnehin keine Möglichkeit auszuweichen.

An ihren Oberschenkeln spürte sie die kalte, harte Kante des silbernen Tisches, und vor ihr geiferte dieser Irre. Denn das musste er sein, mehr als Clemence und jeder andere Narr, den sie jemals kennen gelernt hatte. Nur ein Geisteskranker konnte dieses unheilvolle Vergnügen am Leid anderer Menschen finden, den Wunsch haben, wehzutun und gewaltsam alles Schöne zu zerstören.

Nana begriff, dass sie diesem Manne nicht mit Worten oder

Vernunft kommen konnte. Sie würde um ihr Leben kämpfen müssen. Mit den übelsten Tricks, die sie auf den Märkten und den Landstraßen gelernt hatte. Wenn sie nur in diesem Moment dazu fähig gewesen wäre, sich an einen davon zu erinnern!

»Knie nieder!« befahl er und öffnete den pelzbesetzten Hausmantel, den er trug und der ihn bis zu den absurd hoch gebogenen Schnabelschuhen bedeckte. Er war nackt darunter. Weißes, schwammiges Fleisch, dessen Masse an der Brust nur von ein paar spärlichen grauen Haaren unterbrochen wurde. Ein unappetitlicher Anblick.

Nana spürte die Übelkeit, die aus ihrem leeren Magen hochstieg, und sie würgte, obwohl sie ihren Blick ausschließlich auf sein Antlitz konzentrierte. Sein Grinsen wurde breiter, und seine leblosen Augen glitzerten plötzlich vor Gier. Er kam näher und näher.

»Knie nieder und nimm mich in deinen Mund, Hure! Hörst du, gehorche!»

Nana wich zurück, obwohl gar kein Raum mehr dafür da war. Sie bog sich nach hinten über den Tisch und verlor fast das Gleichgewicht bei dem Versuch, ihm zu entkommen. Sie musste nach hinten greifen, um sich abzustützen, sonst wäre sie rückwärts zwischen die Schüssel gefallen, aber ihre Hände ertasteten nicht den Tisch, sondern die schwere, massive Weinkanne mit dem verzierten Deckel.

Jetzt stand er so nahe vor ihr, dass sie die widerliche Wärme seines Körpers auf ihrer bloßen Haut spüren konnte. Seine Hände griffen erneut nach ihren Brüsten, und die Erinnerung an die Qual von eben zuckte durch ihr Hirn. Es war zu viel! Niemand konnte dies ertragen!

Sie handelte blindlings aus ihrem Instinkt heraus und ohne auch nur einmal an die Folgen zu denken.

Die Kanne mit der ausgestreckten Hand fassend, packte sie den Griff und schlug sie Guy de St. Doye über den kahlen Schädel, als er sich eben über ihre Brüste beugte. Ihr Angriff kam so unerwartet und kraftvoll, dass der Seigneur nicht eine Geste mehr machen konnte.

Seine grauen Augen weiteten sich in völliger Verständnislosigkeit, während die Kanne in einem Regen aus rotem Wein zu Boden fiel. Die blasse Haut auf seinem Kopf brach auf, und das Blut spritzte auf Nanas Körper. Langsam, unendlich langsam, brach er vor ihr in die Knie.

17. Kapitel

Fassungslos starrte Nana auf ihren Onkel, der wie eine weißliche, abstoßende Qualle zwischen Samt und Pelzen auf dem Boden lag, während aus seiner tiefen Kopfwunde unablässig Blut auf den kostbaren Teppich sickerte. Hatte sie ihn getötet?

Und wenn schon! Dieses Scheusal verdiente den Tod. Hundertfach. Tausendfach. Wie betäubt strich sie sich die Haare aus der Stirn und sah an sich herab. Die eigene Nacktheit wirkte so befremdlich auf sie, dass sie im ersten Augenblick nicht wusste, was sie tun sollte. Sie musste fliehen, sofort! Aber sie konnte es doch nicht ohne einen Faden am Leib tun. Hastig zog sie ihren Rock wieder hoch und versuchte mit fliegenden Fingern, das zerschnittene Band zusammenzuknoten, aber es war zu kurz dafür.

Ein leiser Fluch entfloh ihren Lippen. Ob sich in einer dieser Truhen Kleider befanden? Himmel, sie hatte keine Zeit, sie musste fort. Wie von Furien gehetzt plagte sie sich mit einem Deckel ab, aber als sie ihn endlich hochgehoben hatte, fand sie nur Pergamentrollen darin.

Hatte sich der Mann bewegt? Sie wusste es nicht zu sagen. Sie hielt die Fetzen ihrer Kleider mit den Händen zusammen. Ein Geräusch von draußen ließ sie so heftig zusammenfahren, dass sie gegen den Stuhl stieß, auf dem sie vorhin noch gesessen hatte. Er kippte, fiel gegen einen silbernen Kerzenständer und riss diesen mit um. Dass dabei eine der Kerzen aus der Halterung geriet und mitten in die Pergamente fiel, bemerkte Nana in ihrer Erregung gar nicht. Sie riss die Tür auf und fachte mit diesem Luftzug das kleine Flämmchen hinter sich zu einer bedrohlichen Flamme an. Als sie hinaushuschte und sie wieder schloss, war das Unglück schon geschehen. Helle Flammen loderten auf und griffen im Nu auf die Wandbehänge und Vorhänge über.

»Dem Himmel sei Dank, komm! Ich habe mir den Kopf zermartert, wie ich dich aus seinem Gemach holen kann! Was tut er? Schläft er? Umso besser. Schnell, lass uns gehen…«

Nana starrte Clemence an, die aus einer Nische im Gang vor sie glitt und nach ihrem Arm griff.

»Wo… wo wart Ihr?«, fragte sie heiser.

»Komm!« Clemence hatte Wichtigeres zu tun, als Nanas Fragen zu beantworten. »Ich habe alles für dich vorbereitet. Wir müssen uns beeilen. Mein Sohn erwartet dich, ihr müsst die Stadt verlassen haben, wenn die Tore geschlossen werden. Du musst der Armee folgen und deinen Vater suchen.«

Das entsprach so sehr Nanas Wünschen, dass sie der Alten ohne Widerrede folgte. Über eine steile Wendeltreppe aus schmucklosem Holz, die offensichtlich für die Dienstboten bestimmt war, ließ sie sich in einen Gang im Erdgeschoss ziehen, der neben der Küche liegen musste. Es roch nach frischem Brot und Gewürzen, nach Braten und brodelnden Suppen. Clemence indes mied die große Küche und fand um mehrere Ecken und durch verschiedene Gänge in den Nordteil des Maison Mesnières, wo sich die Pferdeställe befanden.

Sie zerrte Nana in die Sattelkammer, wo ein untersetzter Mann mit rötlichem Haar und gutmütigen braunen Augen auf sie wartete. Er trug einen Lederkittel und lederne Hosen, und seine Pupillen weiteten sich, als er durch die zerfetzten Kleider der jungen Frau jede Menge glatte Haut und auch Blutspritzer sah. Ein so spärlich gewandetes Frauenzimmer hatte er noch nie zu Gesicht bekommen.

»Was ist passiert, Mutter?«

»Weiß ich's?«, schimpfte Clemence. »Es ist ihr gelungen, sich den Seigneur vom Hals zu schaffen, und ich habe nicht nachgefragt, wie. Dort sind Kleider für dich, Nadine! Zieh sie über, während ich dir die Haare flechte. Du musst Zöpfe tragen, damit du eine Kapuze überziehen kannst. Niemand darf dich für eine Frau halten, denn er wird nach einer Frau suchen lassen…«

Nana begriff, dass sie Clemence Unrecht getan hatte. Während sie an der Amme gezweifelt hatte, schien die alte Frau einen regelrechten Fluchtplan ausgearbeitet zu haben. Sie duckte sich hinter ein Gestell mit Sätteln, um die Reste ihres Gewandes abzustreifen, danach zog sie die einzelnen Teile eines Kostüms über, das sie in einen jungen, ein wenig feminin wirkenden Bürger verwandelte.

Clemence nickte zufrieden bei ihrem Anblick und strich das rehbraune Wams zurecht, das Nana zu Hosen in gleicher Farbe und einem weißen Männerhemd trug. Die dazu passenden Stiefel mussten mit ein wenig Heu ausgestopft werden, aber alles in allem gab sie einen passablen Jüngling ab, der fürs Erste keinen Verdacht erregen würde.

»Es sind alte Kleider von Monsieur Gilles«, sagte die Amme. »Er wird sie nicht vermissen, denn seine Mutter besteht darauf, dass er sich stets auf das Prächtigste und Modernste kleidet.«

Endlich wieder bis zum Kinn bedeckt und mit dem angenehmen Gefühl frischen sauberen Stoffs auf der Haut, begann Nanas Zittern endlich nachzulassen. Sie fühlte sich immer noch seltsam orientierungslos, und ihre Bewegungen waren so fahrig, dass sie kaum die Schlaufen und Knöpfe schließen konnte, aber Clemence half ihr geschickt.

»Jacques wird dich begleiten«, erklärte sie dabei. »Wir werden sagen, dass er eine wichtige Nachricht für den Grafen überbringen muss, die vom Schloss gekommen ist. Niemand wird sich darüber wundern. Er wird mit den Pferden an der Brücke auf dich warten. Am besten zwängst du dich dort durch das Stallfenster. Dann wendest du dich nach rechts, bis du zum Fluss kommst. Halte dich an der Mauer entlang und gehe…«

Nana nickte, während Clemence in ihren Erklärungen fortfuhr. Sie hätte ihr sagen können, dass sie denselben Weg schon einmal hinter sich gebracht hatte, aber sie verzichtete darauf. Sie wusste, dass die Zeit drängte, wenn sie dem Gauner zuvorkommen wollte, den Guy de St. Doye auf die Fersen seines Bruders geheftet hatte. Sie zog die lederne Kapuze über, die ihr Gesicht eng umschloss, und drückte den rehbraunen Filzhut darauf. Im Schatten der breiten Krempe waren nur noch eine Nasenspitze und ein blasser Mund auszumachen. Im Verein mit der beginnenden Nacht musste es zur Täuschung reichen.

»Geh mit Gott, mein Kind!« Clemence zeichnete ein Kreuz

auf ihre Stirn. »Ich werde für dich beten, wie ich es auch bisher an jedem Tag getan habe.«

Jacques stand in der Stalltür und schnupperte. »Es riecht nach Rauch, Mutter, findet Ihr nicht auch?« sagte er in seiner bedächtigen, leicht schwerfälligen Sprechweise.

»Papperlapapp!«, wies ihn Clemence unwirsch zurecht. »Du redest Unsinn. Mach dich auf den Weg, damit Nadine nicht zu lange auf dich warten muss. In einer halben Stunde werden die Stadttore geschlossen, und vergiss den Proviantsack nicht. Sie muss vor Hunger umkommen, das arme Kind. Ich vertraue sie dir an, hörst du!«

Nana hörte den Wortwechsel noch, während sie sich an der Mauer herabließ und mit allen Vieren im Gras landete. Dann rappelte sie sich auf und lief davon, so schnell sie konnte. Es duftete nach Frühling, aber sie musste Jacques zustimmen. Eine Spur von Rauch lag in der Luft, so als habe jemand trotz der milden Mailuft seinen Kamin wie im Winter geheizt. Für einen Moment blieb sie stehen und atmete tief durch. Noch verbot sie sich jedes Gefühl der Erleichterung. Erst wenn die Stadtmauern von Bourges hinter ihr lagen, konnte sie hoffen.

Und sie verdrängte auch alles andere, was nicht unmittelbar mit dem Gelingen ihrer Flucht zu tun hatte. Jetzt war nicht die Zeit, sich über die Folgen ihrer Flucht oder all das Neue, was sie in den letzten Tagen über sich erfahren hatte, den Kopf zu zerbrechen. Ebenso wenig wie über die schreckliche, schmutzige Szene in dem prächtigen Gemach. Sie wollte nicht darüber nachdenken, ob sie ihren eigenen Onkel tatsächlich getötet hatte oder ob Guy de St. Doye der Gerechtigkeit des Himmels überlassen blieb.

Es verblüffte sie zu sehen, wie das Leben in der Stadt seinen Gang nahm, als sei nicht das Geringste passiert. Es herrschte die übliche Stimmung, die dem Feierabend vorausging, wenn nach einem gerüttelt Maß an Arbeit wieder einmal ein Werktag unter den letzten Sonnenstrahlen zu Ende ging. Allenthalben waren Bürgerinnen und Mägde mit Körben und Bündeln unterwegs, während der eine oder andere Handwerker bereits die Auslagen zusammenzuräumen begann und die Läden vorzulegen. Vielleicht, um im letzten Lichtschein noch einen Spaziergang auf den Wällen oder am Fluss entlang zu machen oder, sofern er es sich leisten konnte, eine der zahllosen Schänken aufzusuchen.

Das Bild friedlicher Geschäftigkeit stand in so krassem Gegensatz zu dem Schrecken, den Nana eben erst durchlebt hatte, dass sie nicht genau unterscheiden konnte, ob sie träumte oder wirklich unbehelligt hier im Schatten der Brücke stand, um auf Jacques zu warten. Sie rechnete jeden Moment damit, dass der strafende Blitz der göttlichen Gerechtigkeit sie treffen würde.

Aber seine Mutter hatte den sonst eher trägen Pferdeknecht mit einer Geschwindigkeit auf den Weg gebracht, dass Nana schon bald erlöst wurde. Sie zog sich mit Jacques' Hilfe auf einen knochigen Gaul, der eher das Interesse eines Abdeckers als das eines Pferdehändlers erregt hatte. Auch das zweite Reittier war keine größere Schönheit, aber Nana war an solche Mähren gewöhnt, denn der Karren ihres Vaters war von keinen besseren Tieren über die Landstraßen gezogen worden. Sie versuchte, sich einigermaßen im Sattel zu halten und den Anschluss an Jacques nicht zu verpassen, der zügig auf das nördliche Stadttor zuritt und so weit es möglich war, in schnellem Trab das Viertel der Tuchweber in diese Richtung durchquerte.

Sie erreichten das Tor, als die Soldaten gerade begannen, die schweren Flügel zu schließen, und schlüpften mit den letzten Bauernkarren, die Brennholz und mageres Federvieh in die Stadt gebracht hatten, nach draußen. Niemand fragte nach ihrem Begehr und ihrem Ziel. Seine Majestät der König und sein gieriger Großkämmerer waren froh um jedes hungrige Maul, das Bourges verließ. Wieder hineinzukommen würde weit schwieriger sein.

Als Nana endlich daran dachte, den Kopf zu wenden, um der Stadt, in der sie so lange wie noch nie in einer anderen geblieben war, einen letzten Blick zuzuwerfen, hatte die Dämmerung bereits die Mauern, Dächer und Windfahnen verschluckt. Eine düstere Masse aus Stein ragte hinter ihnen auf, die sich kaum von der Landschaft und den Wäldern unterschied, die sie umgaben.

Mehr als ein halbes Jahr war sie in Bourges geblieben, und erst jetzt wurde ihr bewusst, dass es ihr gefallen hatte, an einem Ort zu bleiben. Sie wollte nicht länger herumziehen. Sie hätte gern einen Ort gehabt, an den sie gehörte. Eine Heimat. Etwas, das immer gleich blieb und sie mit Wärme und Geborgenheit umgab, wie jenes bezaubernde Gemach, das ihr Vater für sie bereitgestellt hatte.

Jacques bemerkte ihren zurückgewandten Blick und schenkte ihr ein gutmütiges Grinsen. »Keine Angst, ehe man entdeckt, dass wir die Stadt verlassen haben, ist es zu spät, um uns zu verfolgen. Ich habe diese beiden Gäule genommen, denn sie waren ohnehin für den Abdecker bestimmt. Niemand wird sie vermissen, und in diesen Zeiten ist es vielleicht sogar besser, auf den Landstraßen nicht den Neid irgendwelcher Vagabunden zu erregen.«

Nana nickte nur, antwortete nicht. Sie kannte die Gesetze der Landstraße mit Sicherheit besser als Jacques, und sie hüllte sich ohne Klagen in ihren Mantel, um sich auf der bloßen Erde zum Schlafen zu legen, als sie in dieser Nacht keine Herberge mehr erreichten. Sie hatte sich mit der Gier eines ausgehungerten Wolfes über die einfache Mahlzeit hergemacht, die ihnen Clemence mitgegeben hatte, und aus der hohlen Hand das Wasser einer Quelle geschöpft. Geredet hatten sie kaum, doch das störte Jacques nicht, denn er respektierte ihr Schweigen, weil es seiner eigenen Wortkargheit entsprach.

Nachdem sie das immer noch von den Engländern besetzte Paris umgangen hatten, erreichten Nana und Jacques am Abend des dritten Tages die Ortschaft Crépy-en-Valois. Die Neuigkeiten, die sie von den wenigen Reisenden erfuhren, die ihnen unterwegs begegneten, verkündeten wenig Erfreuliches.

Jeanne d'Arc und die Armee des Königs hatten Compiègne zwar unbehelligt erreicht, aber Jean de Luxembourg, der im Namen Philipps von Burgund die Engländer unterstützte, umschloss die Stadt mit einem von Tag zu Tag immer dichter werdenden Gürtel aus Waffen und Männern. Gegen die übermächtigen Truppen, die der Herzog von Burgund aufgeboten hatte, um sie zu besiegen, schien die Jungfrau kaum Chancen zu haben; dennoch munkelte man von einem bevorstehenden Ausfall Jeannes.

Der Weg über Villers-Cotterêts war bereits blockiert; nur noch durch die Wälder am Rande der Oise konnte man die Stadt erreichen, die sich verzweifelt gegen den übermächtigen burgundischen Feind zu verteidigen suchte. Nana und Jacques lagerten in der Nähe der Flüchtlinge, die Villers-Cotterêts verlassen hatten und nun in der Abtei von Crépy-en-Valois Zuflucht suchten.

Es waren ihrer zu viele, als dass jeder ein Dach über dem Kopf gefunden hatte, und so hatten sie sich in der Mainacht um große Lagerfeuer versammelt, sofern sie nicht auf Karren und im Schutz der Mauern schliefen. Nana aß das letzte Stück Käse aus ihrem Proviantsack und überließ es Jacques, mit den Leuten zu sprechen.

Im Laufe ihrer Reise hatte er damit begonnen, sie vor anderen als einen maulfaulen, ein wenig beschränkten Jüngling hinzustellen, so dass es ihr erspart blieb, viel zu reden und sich mit ihrer zwar melodisch tiefen, aber doch deutlich weiblichen Stimme zu verraten. Der Schock, den ihr die Ereignisse in Bourges versetzt hatten, saß tief. Sie hatte nur ein Ziel, ihren Vater vor dem Mörder zu warnen, den sein Bruder gedungen hatte. Darüber hinaus wagte sie nicht zu denken.

»Es wird schwer sein, in die Stadt zu kommen«, meinte Jacques bekümmert, als er zu ihr zurückkehrte. »Die Burgunder sind überall. Man sagt, der Herzog nennt Jeanne eine Hexe und hat befohlen, sie um jeden Preis zu töten oder gefangen zu nehmen!«

»Hexe!« Nana lachte auf eine so merkwürdige Art, dass Jacques ihr einen besorgten Blick zuwarf. »Immer das alte, dumme Lied. Man nennt eine Frau Hexe, dann darf man sie ohne weiteres töten, verletzen oder zerstören. Wahrhaftig, in welcher Welt leben wir?«

Jacques blinzelte. Er wusste nicht, was er auf eine solche Bemerkung antworten sollte, und so beschloss er, sie einfach zu ignorieren. Seine Begleiterin schüchterte ihn ohnedies ganz schön ein. Von seiner Mutter wusste er, dass es sich um die Tochter des Grafen handelte. Aber eine Comtesse, die Männerkleider trug, wie ein Mann ritt, des Nachts ein Feuer schlagen konnte und auf der Erde schlief, entsprach nicht seinen Vorstellungen von einem adeligen Fräulein.

Auch am nächsten Morgen war sie vor ihm wach und rüttelte ihn ungeduldig an der Schultet

»Steh auf, wir müssen weiter! In einer halben Stunde geht die Sonne auf.«

Jacques brummte und kam schwerfällig auf die Beine. Er schüttelte sich in der Morgenkälte.

»Wenn wir uns sputen, können wir heute Abend in Compiègne sein«, sagte Nana ungewohnt gesprächig. »Wir müssen nach Verberie und dann an der Oise entlang. Der Weg ist nicht zu verfehlen.«

»Wir sollten am Südufer der Oise bleiben«, brummte Jacques. »Ich habe gehört, dass sich die burgundischen und englischen Truppen im Norden konzentrieren. Es wäre besser, ihnen aus dem Weg zu gehen.«

Nana nickte, sie hatte ihr Pferd bereits gesattelt, musste allerdings beträchtliche Mühe aufwenden, die alte Mähre, der der scharfe Ritt zugesetzt hatte, wieder in Trab zu bringen. Wenig später zockelte sie an der Seite des Stallknechtes in Richtung Verberie, und in der zunehmenden Helligkeit des Tages bot sich ihr das gleiche traurige Bild wie überall im Königreich Frankreich.

Brachliegende Felder, die kein Bauer gepflügt hatte, ab und zu die brandgeschwärzten Mauern eines verlassenen Anwesens. Dazu trostlose Dörfer, die sich um Straßenkreuzungen versammelten, als könnten sie der Aufmerksamkeit der Plünderer entgehen, indem sie sich so ärmlich und verlassen wie möglich präsentierten. Der jahrelange Krieg mit England hatte schlimme Spuren hinterlassen, und niemand vermochte vorauszusagen, ob es irgendwann wieder Zeiten des Friedens geben würde.

Nana fragte sich, wie das sein mochte – Frieden! Seit sie sich erinnern konnte, gab es Krieg in Frankreich, und mit jedem Jahr war die Lage schlimmer geworden, gab es mehr Hunger und größeres Elend. Sogar die kurze, glorreiche Hoffnung, die Jeanne d'Arc zu verdanken gewesen war, hatte sich in einem langen Hungerwinter verflüchtigt. Es schien nichts zu geben, was den Machthunger der Engländer und die Intrigen des Herzogs von Burgund bremsen konnte.

Auch Verberie war nur eine kümmerliche Ansiedlung, der man ansah, dass heftig um sie gekämpft worden war. Obwohl augenblicklich wieder im Besitz des französischen Königs, hatten nur wenige Einwohner gewagt, in ihre Häuser zurückzukehren, und niemand hielt die beiden Reisenden auf, die an einem Brunnen ein wenig Wasser für sich und ihre Pferde schöpften. Aber es fand sich auch keine Menschenseele, die ihnen wenigstens etwas Brot oder Käse verkauft hätte. Niemand öffnete auf ihr Klopfen.

Als Nana endlich das breite, blaue Band der Oise vor sich sah, konnte sie ein erleichtertes Aufatmen nicht unterdrücken. Sie war hungrig, erschöpft und abgehetzt. Aber sie hielt nicht inne. Sie hatte das Gefühl, dass jeder Atemzug, jedes Zögern, ihren Vater in Gefahr brachte. Sie musste ihn vor seinem Mörder erreichen. Doch sie hatte in keiner Menschenansammlung und keinem Ort, den sie passierten, die Vogelscheuche mit dem Filzhut entdecken können. Was würde sein, wenn er den Grafen vor ihnen erreichte?

Doch darüber wollte sie nicht nachdenken, denn sie war viel zu erschöpft. Ihr Ziel war, den Grafen zu retten; darauf musste sie sich konzentrieren. Sie konnte es sich nicht leisten, sich von Überlegungen, was passierte, wenn sie versagte, ablenken zu lassen. Der Graf von Mesnières war der einzige noch lebende Mensch, der durch die Bande des Bluts mit ihr verbunden war, ihn durfte sie nicht verlieren.

Und sie wollte auch nicht darüber nachdenken, wie sich alles weiter entwickeln würde, wenn sie Richard de St. Doye enthüllte, wer sie wirklich war. Würde er sie weiterhin bei sich behalten wollen, ihr den Rang zugestehen, der ihr gebührte, sie aber auch ängstigte?

Es gab noch ein Thema, das sie in ihren Gedanken zu vermeiden suchte, ohne dass es ihr gelang. Colin war wie eine Melodie, die sie nicht vergessen konnte. Ein Teil von ihr, der für Glück und Lachen stand. Ein Blick ins Paradies, an das sie, wenn sie vernünftig war, besser nicht glauben sollte. Colin war der unerreichbare Traum, den sie nie wieder vergessen und nach dem sie sich ewig sehnen würde.

»Vorwärts!« Mit diesem Wort trieb sie sowohl Jacques wie den stolpernden Gaul an, der die kurze Pause sofort dazu genutzt hatte, die frischen Gräser am Wegrand abzuzupfen. »Dort unten, das sieht wie eine Fähre aus. Der Fährmann kann uns sicher den Weg beschreiben.«

Doch die Hütte war leer, und der Kahn, der unterhalb des Steges ankerte, so morsch, dass er bestimmt schon den ganzen Winter über dort gelegen haben musste. Niemand setzte hier über die Oise, aber es gab einen kaum merklichen Pfad, der sich am Ufer entlangschlängelte und den Nana einschlug, ohne sich darum zu kümmern, ob Clemences Sohn ihr auch weiterhin folgte.

Die Nähe Compiègnes beflügelte sie, und sie hieb ihre Fersen in die mageren Flanken des Gaules, um ihn zu einer müden Version von Galopp zu zwingen. Zwischen Stolpern und Traben gelang es ihm, in geradezu halsbrecherischem Tempo unter den Weiden entlangzurasen, und Nana umklammerte krampfhaft die Zügel, während sie ihr ganzes Geschick aufbieten musste, um im Sattel zu bleiben.

Vielleicht war dieser Umstand daran schuld, dass sie die drohende Gefahr zu spät erkannte. Ganz auf das Pferd und seine Kapriolen konzentriert, sah sie zu spät, dass sie mitten in einen Trupp Soldaten hineingaloppierte. In einen kleinen Spähtrupp, der eine Standarte mit burgundischen Farben bei sich hatte.

»Hoh, wen haben wir denn da! Nicht so stürmisch, Kleiner!«

Eine Hand griff in Nanas Zügel, und das Pferd brach in die Knie. Nana flog in hohem Bogen aus dem Sattel, und dabei rutschte ihr die Kapuze herunter. Noch während sie sich bemühte, wieder einen klaren Kopf zu bekommen, hörte sie eine verblüffte Stimme:

»Bei Gott, das ist ein Mädel!«

18. Kapitel

Benommen versuchte Nana zu verstehen, was um sie herum vorging. Hatte dieser elende Gaul sie abgeworfen? Wieso war es so laut? Wo kam der ganze Lärm her? Allmählich jedoch vermochte sie diesen »Lärm« als verblüfftes Stimmengewirr zu identifizieren, und schließlich gelang es ihr auch wieder, einzelne Sätze zu verstehen. Die Benommenheit war gewichen.

»Ein leckeres Ding, wenn man diesen Rotstich in ihren Haaren mag. Ein bisschen schmutzig, aber…«

»Bindet die beiden, ehe sie zu sich kommt…«

»Hast du ihre Brüste gesehen, Jeannot? Hübsche kleine Äpfelchen, die einem Mann wohl Vergnügen bereiten können. Fest und doch hübsch anzufassen.«

Der folgende wütende Aufschrei kam von Jacques, der sich wie ein Besessener wehrte und mit dem Hieb eines gepanzerten Kampfhandschuhes zum Schweigen gebracht wurde. Nana zwang sich, die Augen zu öffnen. Es hatte keinen Sinn, noch länger die Ohnmächtige zu spielen.

Sie sah direkt in das Gesicht eines burgundischen Sergeanten, der sie ungeniert betrachtete. Erst sein schmieriges Grinsen brachte ihr zu Bewusstsein, dass man ihr Wams geöffnet und die Bänder des Hemdes darunter gelöst hatte. Die Empörung darüber, dass man ihre Brüste so dreist entblößt hatte, hatte Jacques zu jenem Protestschrei veranlasst. Aber Nana war keine empfindliche Schönheit, die in einer solchen Situation den Kopf verlor.

Obwohl ihr Kopf von der Wucht des Sturzes immer noch dröhnte und ihr alle Knochen im Leib wehtaten, war sie mit einer so geschmeidigen, blitzartigen Bewegung auf den Füßen, dass der Burgunder kaum dazu kam, verblüfft den Mund aufzureißen, als sie auch schon die Hemdbänder neu verknotete und das Wams zurechtzog. Dann warf sie die halb gelösten Zöpfe in den Nacken und ließ ihrem Zorn und ihrer Enttäuschung freien Lauf. Sie musste es einfach tun, sonst wäre sie geplatzt vor Erbitterung.

Warum konnte eigentlich nicht einmal etwas ohne Probleme gehen in ihrem Leben?

»Was gibt's da zu gaffen, Burgunder?«, schimpfte sie wütend. »Ist es bei Euch Sitte, dass man Frauen überfällt und belästigt? Dann wundert es mich nicht, dass Ihr Euch mit den englischen Hunden zusammentut, um unser schönes Land zu verwüsten! Lasst gefälligst meinen Begleiter los, wir sind harmlose Reisende…!«

»Harmlose Reisende, dass ich nicht lache!«, schnitt ihr der Sergeant das Wort ab, sobald er sich einigermaßen wieder unter Kontrolle hatte. »Harmlose Reisende, die sich in die falschen Kleider hüllen und ein Juwel um den Hals tragen, von dem ein armer Bauer viele Jahre lang leben könnte. Macht euch nicht lustig über mich. Eine Spionin seid Ihr! Fesselt das Weib endlich! Wir haben keine Zeit, uns länger mit ihr aufzuhalten, wir nehmen sie mit und führen sie heute Abend dem Hauptmann vor. Vorwärts!«

Nana war sich des kostbaren Medaillons auf ihrer Haut plötzlich überdeutlich bewusst. Seltsam, dass sie es ihr nicht abgenommen hatten. Es schien sich um eine besonders disziplinierte Truppe zu handeln, dafür sprach auch die Geschwindigkeit, mit der die Befehle des Sergeanten erfüllt wurden. Trotzdem wurde sie natürlich immer wieder heimlich angestarrt, und der Mann, der sie fesselte, konnte es nicht lassen, ihre Brüste dabei ausgiebig zu betatschen und Nana zu allem Überfluss auch noch in den Po zu kneifen.

Sie trat ihm zum Dank dafür kräftig gegen das Schienbein und zog im selben Moment das Knie hoch, um seine ungeschützte Männlichkeit zu treffen. Sein Aufschrei brachte ihm jedoch nur den gutmütigen Spott seiner Kameraden ein. Immerhin war die junge Frau danach vor weiteren Belästigungen sicher. Wenig später fand sie sich im Sattel ihres Pferdes wieder, während Jacques halb ohnmächtig war, ein böse geschwollenes Gesicht hatte und sich nur mühsam aufrecht hielt.

So kurz vor dem Ziel traf Nana das Scheitern ihrer Mission umso härter. Sie machte sich selbst erbitterte Vorwürfe wegen ihres Leichtsinns. Sie hätte damit rechnen müssen, dass Burgunder und Engländer entlang der Oise patrouillierten. Heilige Einfalt, wieso war sie nicht vorsichtiger gewesen? Die Wut hielt sie aufrecht, hinderte sie aber gleichzeitig daran zu erkennen, dass die Burgunder denselben Weg genommen haften wie sie. Sie waren sich nicht aus verschiedenen Richtungen kommend begegnet, sondern sie hatten sie eingeholt. Die seltsame Art, wie die Burgunder sich verstohlen auf die Südseite von Compiègne schlichen, die doch eigentlich französisches Gebiet war, registrierte sie erst, als sie in einem verfallenen Gehöft vom Pferd gezogen wurde.

Die fünf Soldaten, die unter Führung des Sergeanten unterwegs waren, kümmerten sich um die Pferde, während ihr Anführer in das Haus trat, das nur noch aus geschwärzten Mauern und den verkohlten Resten eines Dachstuhles bestand, die wie dunkle Finger in den Abendhimmel ragten.

Nana ließ sich an der Außenwand nieder, zog die Beine an den Leib und legte müde ihren Kopf auf die gefesselten Hände. So nahe und doch so fern von Compiègne zu sein, war mehr, als sie ertragen konnte. Sie fühlte sich zwischen völliger Verzweiflung und matter Gleichgültigkeit hin- und hergerissen. Was konnte sie schon gegen das Schicksal ausrichten?

Eher unbewusst hatte Nana registriert, dass sich im Inneren des Hauses zwei Männer unterhielten, und sie hatte nicht weiter darauf geachtet. Erst allmählich drang die Bedeutung dessen, was da gesagt wurde, in ihr Bewusstsein – und plötzlich schreckte Nana zusammen. Himmel, welche Schurkerei wurde da geplant!

»...plant einen Ausfall, ehe die Burgunder sich endgültig formiert haben. Schon morgen soll er stattfinden. Hier, ich zeichne Euch den genauen Plan in diesen Sand. Wenn Messire de Luxembourg seine Kräfte an jener Stelle konzentriert, wird es ihm gelingen, Jeanne und ihre Kämpfer zu umzingeln. Sie könnte sich nur noch in die Stadt zurückziehen, aber de Flavy wird dafür sorgen, dass das Tor geschlossen bleibt!«

»Sehr gut, dann kann sich Messire de Luxembourg auf Eure Mithilfe verlassen?«

»Ihr wisst, dass mir unsere Stadt am Herzen liegt. Ich werde nicht zulassen, dass sie in einem sinnlosen Kampf zerstört wird. Wenn Jeanne d'Arc tot ist, kann es nur noch eine Frage der Zeit sein, bis der König von Frankreich besiegt ist.«

Nana blieb in der gleichen Haltung wie vorher sitzen, aber es kostete sie ihre ganze Beherrschung, um nicht aufzuspringen. Diese Hunde! Jetzt wurde Jeanne d'Arc offensichtlich schon von ihren eigenen Leuten verraten! Sie würde morgen in den Tod reiten. Sie und all diese tapferen, edlen Hauptleute, die an ihrer Seite waren und die sich mit Sicherheit mit ihrem Leben für sie einsetzen würden. Richard de St. Doye, der Graf von Mesnières zum Beispiel, Poton de Staintrailles und auch Colin d'Harigny.

Durch den heimtückischen Verrat würde es zu einem Blutbad kommen, würden sie alle gemeuchelt werden, weil die ahnungslosen Männer Jeannes mit einem Überraschungseffekt rechneten, den es nicht mehr gab. Wenn die Sonne des nächsten Tages unterging, würden die beiden Männer, die Nana am meisten bedeuteten, mit Sicherheit den Tod durch burgundische Schwerter gefunden haben. Natürlich nur, falls ihr Vater bis dahin noch am Leben war.

Nana biss sich auf die Fäuste, um ihren Schmerz und ihre Wut nicht herauszuschreien. Sie durfte sich nicht anmerken lassen, was sie gehört hatte. Mit einem Schlag hatte sich ihre ganze Lethargie verflüchtigt. Auch wenn es noch so hoffnungslos aussah, sie musste den Versuch wagen zu fliehen. Sie musste wach und aufmerksam bleiben, um selbst die winzigste Chance wahrzunehmen.

Aus den Augenwinkeln sah sie, dass der Sergeant wieder in den Hof trat und sich dabei umschaute. Sein Blick streifte sie, aber offensichtlich hatte er keinen Verdacht, dass sie gelauscht haben konnte. Er konnte schließlich nicht ahnen, dass sie die Fähigkeit besaß, wesentlich besser als andere Menschen zu hören – und außerdem war sie kein Risiko, da sie ja gefesselt war. Er fühlte sich in Sicherheit, und die Nachrichten, die er seinem Befehlshaber überbringen konnte, waren so positiv, dass er in Erwartung des kommenden Lobes bereits jetzt vor Stolz fast platzte. Er glich einem aufgeplusterten Hahn, der seine Federn ins schönste Licht rückte.

»Auf die Pferde, wir reiten zurück!«, kommandierte er und kam dann auf Nana zugeschlendert.

»Das gilt auch für dich, Mädchen! Beeil dich, ich möchte keine Zeit versäumen, denn der heutige Abend verspricht sehr anregend zu werden…«

Nana ahnte, was er damit sagen wollte. Die Blicke, die er ihr ununterbrochen zuwarf, waren nicht misszuverstehen, und da ihn seine Männer respektierten, würden sie ihm den Vorrang lassen. Nur die Verabredung mit dem Spion hatte ihn davon abgehalten, seine angeblichen Rechte schon am Ufer der Oise geltend zu machen. Nana fürchtete, dass er über sie herfallen würde, sobald er seinen Auftrag beendet und die Neuigkeiten überbracht hatte.

Und wieder überkam sie fürchterlicher Zorn. Hatte sie Guy de St. Doye niedergeschlagen und vielleicht sogar getötet, um am Ende zur Kriegsbeute der Burgunder zu werden?

Sie rappelte sich auf und drehte ihm verächtlich den Rücken zu. Jacques stolperte über seine eigenen Füße und sah so bleich wie ein Laken aus. Er hatte sich offensichtlich übergeben müssen und stank entsetzlich. Wenn er nicht bald die Hilfe eines Baders bekam und seine Wunde verbunden wurde, würde er dieses schreckliche Abenteuer mit seinem Leben bezahlen.

»Gebt mir wenigstens Wasser und ein paar Leinenstreifen, dass ich meinem Gefährten helfen kann«, bat sie den Sergeanten, erntete aber nur ein rohes Lachen.

»Wozu? Im Morgengrauen wird er ohnehin aufgeknüpft. Die übliche Strafe für Spione, hast du das nicht gewusst? Eine Hochzeit mit des Seilers Tochter!«

Ihr bedient Euch doch selbst der Spione, wollte ihm Nana entgegenhalten, aber sie biss sich im letzten Moment auf die Unterlippe, bis sie Blut schmeckte. Armer Jacques, was konnte sie tun, ihm dieses Schicksal zu ersparen? Clemence hatte ihr den einzigen Sohn zum Schutze mitgegeben, und sie hatte nichts Besseres zu tun gehabt, als ihn direkt in den Tod zu führen.

»Ihr könnt uns nicht verurteilen, ohne einen einzigen Beweis dafür zu haben«, widersprach sie trotzig, während man sie in den Sattel ihres Pferdes hob, weil sie mit gefesselten Händen nicht selbst aufsteigen konnte.

»Du wirst schon noch sehen, was wir alles können, meine hochnäsige Schöne!« knurrte der Sergeant und packte ihre Zügel. Er stülpte die herabgerutschte Kapuze grob über ihren Kopf und stopfte die Haare mit darunter. Er tat Nana weh, aber sie gab keinen Laut von sich.

»So, das wär's! Es muss ja nicht gleich ein jeder sehen, was für einen hübschen Fang wir gemacht haben, wenn wir ins Lager kommen, nicht wahr?«

Die Burgunder hatten ihr Lager in Sichtweite der Türme von Compiègne aufgeschlagen, und Nana konnte durch die Nacht den rötlichen Schein der Pechfackeln und Feuertöpfe auf den Mauern erkennen. Ob Colin dort oben auf dem Wehrgang stand und sich fragte, was der morgige Tag bringen mochte? Beschäftigte er sich nur mit dem Kampf, oder erinnerte er sich manchmal auch an jene wunderbaren Stunden, die sie einander in Bourges geschenkt hatten? Nein, sicher war er ihr böse, weil sie ohne ein Wort gegangen war. Sein Stolz würde nicht zulassen, dass er sich nach einer Frau sehnte, die ihn verlassen hatte.

Das Lager glich mehr einer Stadt, und erst, als Nana auch die bedrohlichen Umrisse der Kriegsmaschinen wahrnahm, kam ihr zu Bewusstsein, dass Ordnung, Sauberkeit und Zucht das Handwerk des Tötens auf eine ganz besonderes abnorme Art komfortabel machten. So, als gäbe es für einen aufrechten Mann nichts Erstrebenswerteres, als sich dieser Gemeinschaft anzuschließen und seine Feinde in Stücke zu hauen. Man musste wohl als Mann aufgewachsen sein, um diesen eigenartigen Ehrenkodex zu begreifen. Um Zerstörung, Leid und verbrannte Felder mit dem Hinweis auf die Rechtmäßigkeit des einen oder anderen Herrschers zu rechtfertigen. Nana vermochte es nicht.

Beim ersten Vorposten wurden Parolen ausgetauscht, und danach trennte sich der Trupp. Der Sergeant ritt mit einem Begleiter die breite Hauptstraße entlang in Richtung der prächtigen Zelte, die von Leibwachen flankiert waren und wohl den Führern dieser Armee gehören, während Nana und ihr halb bewusstloser Begleiter mit den übrigen vier Soldaten abbogen und ins Dunkel tauchten.

Hier brannte nur ab und zu ein Feuer, um das ein paar Männer saßen, die den Weinbecher kreisen ließen oder um ein paar Münzen würfelten. Man warf ihnen neugierige Blicke zu, aber niemand stellte eine Frage. Die Nacht und das Männerkostüm verhinderten, dass man mehr in Nana sah als irgendeinen armen Teufel, den ein paar Soldaten in Fesseln gelegt hatten, warum auch immer. Dergleichen kam zu oft vor, als dass man sich darüber allzu sehr den Kopf zerbrach.

Ohne viel Federlesens wurde Nana schließlich am Rand des Lagers aus dem Sattel gezogen und in ein Zelt gestoßen. Auch Jacques sank neben ihr in das Stroh, das ordentlich auf den trockenen Boden geschüttet worden war. Sein schweres Stöhnen bewies, dass es ihm nicht besser ging.

»He, du! Soldat, was geschieht mit uns?« Nana hielt den Mann auf, der eben die Zeltklappe wieder fallen lassen wollte, nachdem er ihnen im Schein einer Laterne auch noch die Beine mit Stricken zusammengebunden hatte.

»Weiß ich's?« Er zuckte mit den Schultern. »Ich befolge nur Befehle, und meiner lautet, dich gut zu verschnüren und hier zu deponieren. Mehr weiß ich nicht.«

»Dann bring uns wenigstens etwas zu essen und ein wenig Wasser«, forderte Nana mit aller Arroganz, deren sie fähig war. »Oder ist es bei Euch Burgundern Sitte, Frauen und Verletzte verhungern und verdursten zu lassen?«

Der Mann zögerte, und Nana glaubte so etwas wie Mitleid über sein breites Gesicht huschen zu sehen. Schnell nutzte sie ihre Chance.

»Vermutlich habt Ihr Angst, dass ich meine Fesseln sprenge, wenn Ihr mir einen Schluck Wasser gebt!«, spottete sie. »Die tapferen Soldaten des Herzogs sind schließlich geübt im Kampf gegen Frauen. War es nicht eine Frau, die Euch aus Orléans und Compiègne vertrieben hat? Kein Wunder, dass Ihr jetzt gegenüber allen anderen Weibern auch vorsichtig seid...«

»Man sollte dir das Maul mit Seifenkraut auswaschen«, knurrte der Soldat. »Einer Dirne, die so viel Unrat versprüht, gehört die Peitsche!«

Mit einem dumpfen Klatschen sank der Vorhang des Zeltes herunter, und Nana blieb im Dunkeln allein. Im ersten Moment hörte sie nur das rasende Klopfen ihres eigenen Herzens und Jacques mühsame Atemzüge. Hätte sie den Mann bitten sollen? Ihn anflehen, statt ihn beschimpfen? Vermutlich. Aber sie brachte es nicht fertig. Zu oft hatte sie sich in ihrem Leben erniedrigen müssen, und sie war dessen müde. Bei allen Heiligen, warum musste sie sich demütigen, um weiterleben zu können?

Sie kroch näher zu Jacques und strich mit den gefesselten Händen vorsichtig über seine schweißnasse Stirn. Sie kam ihr fieberheiß vor.

»Wie geht es dir?«

Ein gequältes Stöhnen antwortete ihr. »Mein Schädel scheint zersprungen zu sein, und ich könnte pausenlos kotzen, wenn ich noch etwas im Magen hätte«, erwiderte Jacques drastisch, aber mit wesentlich stärkerer Stimme, als Nana erwartet hatte.

»Meinst du, dass du laufen kannst, wenn es uns gelingt, aus diesem burgundischen Rattennest zu entkommen?«, fragte sie leise.

»Gütiger Himmel, wie wollt Ihr das bewerkstelligen?« flüsterte Jacques. »Die Schweine haben uns verschnürt wie eine Wurst. Sogar wenn sie mir mein Messer nicht abgenommen hätten, könnte ich nichts ausrichten.«

In diesem Moment wurde die Zeltklappe erneut geöffnet, und der breitschultrige Sergeant, der sich nun in Begleitung eines kostbar gekleideten Mannes befand, erhellte den Raum mit einer großen viereckigen Laterne. Mit einer Kinnbewegung deutete er auf Nana.

»Das ist die Frau, die Ihr sehen wolltet, Messire!«

»Ihr sagtet, sie habe sich in der Nähe eures Treffpunktes herumgetrieben?«

»Keine halbe Reitstunde entfernt, Messire.«

»Wer seid Ihr?«

Ich weiß es nicht, hätte Nana am liebsten geantwortet, denn das traf es genau. Sie war weder die Tochter des Gauklers noch die eines Edelmannes. Sie lebte zwischen allen Welten, und wenn es diesem Mann gefiel, würde sie nicht einmal mehr die Zeit haben, dies zu bedauern.

Er betrachtete sie nachdenklich und kratzte sich unter der Samtkappe, die sein Haupt bedeckte.

»Hm, Ihr denkt also, sie sei eine Spionin aus Compiègne, die unserem Mann gefolgt ist?«, wandte er sich wieder dem Sergeanten zu.

»Die Möglichkeit besteht, Messire.«

»Nun, immerhin habt Ihr sie aufgegriffen, ehe sie Schaden anrichten konnte.«

»Aber wird es nicht Verdacht erregen, wenn sie nicht zurückkommt?«

»Dieses Risiko müssen wir eingehen. Lasst sie gut bewachen, im Moment fehlt mir die Zeit, mich näher mit ihr zu befassen. Und…«

Nana lauschte mit angehaltenem Atem. Sie starrte auf den schimmernden, schwarz geschuppten Kürass des großen Mannes und versuchte ihn mit der puren Kraft ihres Willens zu beeinflussen. Etwas davon spiegelte sich wohl in ihren funkelnden, violetten Augen wider, die im Laternenlicht fast schwarz wirkten und eine Intensität besaßen, die den Blick eines Kenners fesselten. Jean de Luxembourg war ein Soldat, aber er war nicht immun gegen die Schönheit einer Frau, der nicht einmal Schmutz und Männerkleidung etwas von ihrem Reiz rauben konnten.

»Ich möchte nicht, dass sich Eure Männer an ihr zu schaffen machen, ehe sie verhört wurde, verstanden? Ich mache Euch für ihre Sicherheit verantwortlich. Ich denke nicht, dass man eine einfache Dirne mit einer solchen Aufgabe betraut hat. Wir werden herausfinden müssen, mit wem wir es bei dieser Frau zu tun haben. Aber heute Nacht gibt es Wichtigeres zu tun, wenn wir morgen siegen wollen. Ich verlasse mich auf Euch.«

Nanas erleichtertes Aufatmen verkehrte sich jedoch sofort in das Gegenteil, als der Sergeant wiederkehrte, nachdem er seinen

Oberbefehlshaber hinausbegleitet hatte und für kurze Zeit verschwunden geblieben war. Er warf ein paar Decken in ihre Richtung und richtete sich selbst in einer anderen Ecke des Zeltes ein Lager zum Schlafen.

»Was wollt Ihr hier?«, fauchte Nana, die ihn um jeden Preis loswerden musste, ehe sie ihren Plan in die Tat umsetzen konnte. Seine Anwesenheit würde alles zunichte machen.

»Schlafen, meine Schöne«, knurrte der Mann. »Wenn schon nicht mit dir, dann bei dir. Ich kann nicht allen meinen Männern so trauen, wie es nötig wäre, und einen Befehl Jean von Luxembourg befolgt man, wenn man nicht wegen Ungehorsam ausgepeitscht werden will. Für diese eine Nacht bist du in Sicherheit. Und nun halt den Mund und versuch auch zu schlafen.«

»Wie kann ich das, wenn mein Begleiter vor Schmerzen stöhnt und mein Magen knurrt? Ich habe Hunger und Durst; ist es Euer Ziel, mich zu foltern? Geht man so in Burgund mit Frauen und Verwundeten um?«

»Mein Ziel ist es, mich auszuruhen, und wenn du mich mit deinen Zänkereien wach halten willst, werde ich dir auch noch den Mund verschnüren. Ich bin nicht deine Kammerzofe, und wenn du Hunger und Durst hast, dann erinnere dich daran, dass du in einem Heereslager und nicht beim Mahl des Königs bist.«

Nana ließ den Kopf auf das Stroh zurücksinken und holte zitternd Atem. Sie begriff, dass sie bei diesem Mann nichts erreichen würde. Nur einem Krieger, dem er bedingungslos vertraute, würde der Oberbefehlshaber des Herzogs von Burgund eine solche heikle Aufgabe anvertrauen. Es blieb ihr nichts anderes übrig, als auf den Morgen zu warten.

Einmal mehr zu warten.

19. Kapitel

Das Kreischen von Rädern und das Dröhnen naher Kanonen weckte Nana aus dem todesähnlichen Schlaf, in den sie irgendwann im Verlaufe der Nacht gefallen war. Zunächst hatte sie zwischen dem sonoren Schnarchen des Sergeanten und Jacques' Stöhnen kein Auge zutun können, aber dann hatte ihr Körper auf seinem Recht bestanden. Sie war in einen Schlummer gesunken, der bis weit in den Vormittag andauerte. Die Sonne brannte auf das Zelt, und ihrem Stand und der Wärme nach musste es bereits auf Mittag zugehen.

Nana blinzelte. Ihre Augen brannten, und sie versuchte, das trockene Gefühl in ihrem Hals nicht zu beachten. Wenn sie nicht bald ein wenig Wasser bekam, würde sie am Ende noch die eigene Seligkeit dafür verkaufen. In den eng geschnürten Fesseln waren ihre Glieder fast abgestorben, und es kostete sie ihre ganze Kraft, sich halb aufzurichten und sich prüfend umzusehen.

Sie war mit Jacques allein. Endlich!

»Verdammt, warum hast du mich nicht geweckt«, schimpfte sie heiser. »Wir haben jede Menge kostbare Zeit verloren, die wir besser nutzen können.«

»Wozu?«, murmelte der Knecht. »Damit Ihr länger leiden könnt? Seid froh um jede Stunde des Vergessens, die Euch der Schlummer schenkt.«

»Dummkopf«, erwiderte Nana, obwohl sie wusste, dass sie ihm damit Unrecht tat. Er hatte es ja nur gut gemeint, und für seinen beschränkten Geist konnte er nichts. »Sind das Kanonen, die wir da hören?«

»Es scheint so«, stimmte Jacques zu und stöhnte leise. »Sie haben eben erst mit dem Beschuss begonnen. Der Sergeant ist bereits in aller Frühe davon, aber er hat eine Wache vor das Zelt gestellt. Ich hab' gehört, wie er den entsprechenden Befehl dazu gab!«

»Nun, bei diesem Lärm wird sie kaum etwas hören«, murmelte Nana vor sich hin und begann sich mit ihren verkrampften Gliedern auf eigenartige Weise zu bewegen.

Sie wand sich wie ein Wurm auf dem raschelnden Stroh, und Jacques sah ihr verdattert dabei zu. Man sah ihm an, dass er glaubte, sie habe bedauerlicherweise über Nacht den Verstand verloren. Als sie indes plötzlich aufrecht dasaß und die Stricke von ihren Beinen abstreifte, entrang sich ihm ein entgeistertes Keuchen.

»Wie... wie...?«

»Pssst!« Nana bedeutete ihm, leise zu sein. »Es ist ein Jahrmarktskunststück. Nicht mehr. Es kommt darauf an, beim Fesseln die Hände in einer bestimmten Art zu halten, damit sich der Strick spannt. Es gibt Entfesselungskünstler, die das auf Wanderbühnen vorführen, hast du nie einen von ihnen gesehen? Ich wollte schon gestern Abend diese Stricke loswerden, aber mit dem Sergeanten im Zelt war das ja leider nicht möglich.«

Nana massierte sich die Handgelenke und die Knöchel, ehe sie auch Jacques befreite und seine verletzte Gesichtshälfte stirnrunzelnd in Augenschein nahm. Das geronnene Blut hatte die Platzwunde jedoch verschlossen, und es sah ganz danach aus, als würde er zwar noch ein paar Tage einen gehörigen Brummschädel haben, aber in Kürze wieder gesund sein. Erleichtert wandte sie sich von ihm ab.

»Wir müssen versuchen, die Zeltplane dort hinten zu lockern«, sagte sie dann. »Soweit ich gestern gesehen habe, steht dieses Zelt in der letzten Reihe, direkt am Flussufer. Sie denken wohl, dass die steile Böschung jeden davon abhält, hier zu fliehen oder anzugreifen. Wenn wir jedoch dieses Hindernis überwinden und im Schutz der Uferweiden bleiben, können wir die Stadt erreichen. So kommen wir vielleicht noch rechtzeitig...«

»Rechtzeitig wozu?«, wollte Jacques wissen.

»Rechtzeitig genug, um nicht verhört und gefoltert zu werden. Glaubst du, sie werden uns mit freundlichen Worten weiterziehen lassen, wenn sie keine Beweise für ihre Verdächtigungen finden?«, flüsterte Nana. Das war zwar nur die halbe Wahrheit, aber es reichte, dass der Pferdeknecht schon aus reinem Selbsterhaltungstrieb mithalf, die Ösen des Zeltes zu lösen.

Sie hatte sich nicht getäuscht. Der Palisadenzaun, der das

Lager umgab, war an dieser Stelle unterbrochen, da man angenommen hatte, dass das Steilufer der Oise eine natürliche Barriere bilden würde, die vor jedem Angriff an dieser Stelle schützte.

Mit der Geschmeidigkeit einer Katze schlüpfte Nana hinaus, während Jacques mit diesem einfachen Kunststück bereits seine Probleme hatte. Schwer atmend kauerte er zuletzt neben ihr im Schatten der Weiden und starrte den steilen, übermannshohen Abhang nach unten, wo der Fluss gurgelte und nur einen winzigen Streifen Ufer freigab.

»Heilige Mutter Gottes, wir werden ertrinken!«, flüsterte er bang. »Wie sollen wir dort hinunterkommen, ohne in das Wasser zu stürzen?«

»Unsinn« wehrte Nana ab, dann wandte sie sich um und warf einen besorgen Blick auf das Lager hinter ihnen.

Alles schien ruhig zu sein. Sie konnte nicht wissen, dass Jean de Luxembourg jeden Krieger aufgeboten hatte, der einen Bogen halten und ein Pferd reiten konnte. Ein Teil der Männer sollte den Anschein aufrecht erhalten, dass die Belagerung unverändert weitergeführt wurde, während sich das größere Truppenkontingent in einem nahen Wäldchen versteckte, um später einzugreifen.

Jeanne d'Arc plante einen Ausfall, der die Belagerer überraschen sollte. Sie war erst kurz zuvor in der Stadt eingetroffen und brannte darauf, in den heiligen Kampf zur endgültigen Befreiung Frankreichs zu ziehen. Sie und ihre militärischen Ratgeber gingen davon aus, dass die Burgunder annahmen, sie würde sich erst mit den Gegebenheiten der Stadt und des Geländes vertraut machen, ehe sie die Initiative ergriff. Dass es einen Verräter in den eigenen Reihen gab, davon hatten sie keine Ahnung.

»So komm doch!« Nana zog Jacques an seinem Kittel. Sie stieß ihn mit aller Kraft über die Kante, und der ungeschlachte Mann polterte in einem Regen aus Steinen, Erdbrocken und Staub zum Fluss hinunter. Es gab ein Höllengetöse, das jedoch von einer zur gleichen Zeit abgefeuerten Kanonensalve übertönt wurde. Wie es schien, befand sich dieses Mal der Himmel auf ihrer Seite: Jacques kam auf dem Uferstreifen auf, und Nana begutachtete nur flüchtig die neuen Schrammen ihres Reisegefährten. Wenn es ihnen nicht gelang, die Stadt zu erreichen, hatten sie beide ihr Leben ohnehin verspielt.

Während sie sich vorsichtig einen Weg suchten, hörten sie immer lauter werdendes Geschrei, Fanfarenklänge und schrilles Pferdewiehern, begleitet von dem metallischen Klirren der aufeinanderprallenden Schwerter und Morgensterne und dem dumpfen Sirren, wenn die Armbürste abgeschossen wurden. Sie sahen nichts, aber sie wussten, dass die Schlacht jetzt in vollem Gange sein musste. Völlig außer Atem erreichten sie die große, hölzerne Zugbrücke unterhalb des Stadttores. Das Tor war offen geblieben und das Fallgitter hochgezogen, nachdem Jeanne und ihre Männer zu ihrem Angriff aus der Stadt geritten waren.

Nana zog sich geschickt an den Pfeilern und Felsbrocken nach oben, um sich, geschützt durch die Brücke, vorsichtig einen Überblick zu verschaffen. Der Lärm war ohrenbetäubend, und im aufwirbelnden Staub gelang es der jungen Frau kaum, Freund und Feind zu unterscheiden. Der Kampf entfernte sich jedoch offensichtlich immer weiter aus dem unmittelbaren Bereich der Stadt. Nana ahnte nicht, dass die Burgunder absichtlich zurückwichen, um Jeanne in die Falle zu locken.

»Wir müssen hinein«, stöhnte Jacques, der inzwischen bei ihr angelangt war.

Seine Wunde war neu aufgebrochen, und er stolperte blutend an ihr vorbei. Voraus auf die verlockende Höhlung zu, die ihnen Schutz und Hilfe versprach. Nana zögerte. Hier winkte Sicherheit – dort draußen drohte nichts als Gefahr. Aber sie musste Jeanne d'Arc finden! Und sie würde die Jungfrau nirgendwo anders als in dem Kampfgetümmel vorn auf dem Feld finden!

Nana wandte Compiègne den Rücken zu, und während Clemences Sohn bereits die sichere Mauer und damit die Stadt erreicht hatte, bewegte sich plötzlich der Boden unter ihr. Nana sprang im letzten Moment zur Seite.

Das Fallgitter rasselte herab, und die Brücke geriet rumpelnd und schwerfällig in Bewegung. Compiègne verschloss seine Tore vor dem heranrückenden Feind. Damit allerdings auch vor den eigenen Truppen, die dort vorne gegen eine zunehmende Übermacht kämpften, von deren Existenz sie bis vor wenigen Augenblicken keine Ahnung gehabt hatten. Nana fühlte eine Welle tödlichster Verzweiflung, die sie blindlings vorwärtstrieb.

Eine taumelnde, staubige Knabengestalt, die eher einem verirrten Jungen als einem Kämpfer glich. Schon starben um sie herum die Männer, wieherten die Rosse in Panik und klirrten die schweren Schwerter gegeneinander. Doch sie missachtete die Gefahr, in die sie sich brachte. Sie musste Jeanne d'Arc warnen, ihre Hauptleute finden, sie bitten, sich und die Jungfrau vor den übermächtigen Burgundern zu schützen. Kopflos rannte sie mitten in das größte Kampfgetümmel hinein.

Colin d'Harigny konnte später nie mehr genau sagen, weshalb er dem schmutzigen, waffenlosen Knappen plötzlich seine Aufmerksamkeit schenkte. Vielleicht, weil er so zielsicher auf den gefährlichsten Punkt der Schlacht zulief, dort, wo die helle Standarte die Anwesenheit Jeanne d'Arcs verkündete. Er hatte gerade seinen Gegner, einen bulligen burgundischen Sergeanten mit einem präzisen Stoß aus dem Sattel und dem Leben befördert, als der Schuss einer Armbrust das zierliche Bürschchen mitten im Lauf traf.

Es sah aus, als wäre der Junge gegen eine Mauer gerannt. Er blieb mit einem Ruck stehen, und die Wucht des Einschlags riss ihm die nachlässig übergestreifte Kapuze vom Kopf. Im Zusammenbrechen taumelte die Gestalt einem anderen Burgunder vor die Füße, der seine Keule auf die herausflutenden roten Locken niedersausen ließ, ehe er von einem so wütenden Ritter angegriffen und getötet wurde, dass er kaum eine Chance bekam, die Waffe ein zweites Mal zu heben, bevor er aus dem Sattel sank.

Colin ließ schwer atmend sein blutiges Schwert sinken und sprang aus dem Sattel, um den leblosen Körper aufzuheben. Er hatte sich nicht getäuscht. Das weiße Gesicht mit dem zärtlichen

Mund war das seiner unvergessenen Geliebten. Wie kam sie auf dieses Schlachtfeld, und noch dazu in Männerkleidern? Helles Blut strömte aus einer grässlichen Armwunde, in der der Armbrustbolzen noch steckte. Sie würde auf diesem Acker verbluten, wenn er nicht schleunigst etwas für sie tat.

Da Colin d'Harigny in diesem Moment noch nichts von dem Verrat wusste, der ihrer aller Verderben sein sollte, und weiterhin glaubte, dass sie sich bei allzu großer Gefahr wieder in die Stadt zurückziehen könnten, meinte er durchaus das Recht zu haben, erst für diese schöne Verrückte zu sorgen, die erneut auf die rätselhafteste Weise in seinem Leben aufgetaucht war. Er barg die Ohnmächtige sorgsam in seinen Armen und bestieg sein Pferd, um schnellstens nach Compiègne zurückzureiten.

»Halt! D'Harigny, wo wollt Ihr hin?« Die raue Stimme des Grafen von Mesnières, der mit ein paar anderen den Rücken Jeannes deckte, hielt ihn auf. »Wen habt Ihr da? Seid Ihr wahnsinnig, Euch in diesem Moment um einen Verwundeten zu kümmern?«

»Um diese Verwundete kümmere ich mich!«, wehrte Colin ärgerlich ab. Natürlich war der Vorwurf des Grafen berechtigt, aber in jenem Augenblick kümmerte das Colin nicht im geringsten.

»Wer? Eine Frau? Bei allen Heiligen, das ist Nana! Wie kommt das Mädchen hierher?«

»Ihr kennt sie?« Fragend schaute Colin den Grafen an, dann wanderte sein Blick wieder zu dem blassen Gesicht Nanas zurück. Als er noch einmal aufschaute, sah er auf dem Gesicht Richard de St. Doye eine befremdliche Mischung aus Zorn, Zuneigung und Besorgnis.

»Sie muss mir gefolgt sein, verdammt!« Der Graf wischte sich mit der gepanzerten Faust den Schweiß und den Staub von der Stirn. »Verdammt, sie hat mich gebeten, sie nicht allein in Bourges zu lassen. Aber wer konnte damit rechnen, dass sie eine solche Dummheit begeht? Habt Ihr gesehen, was passiert ist?«

»Ein Armbrustbolzen und ein Knüppelschlag. Aber ich kenne

einen geschickten jüdischen Arzt, der alles für sie tun kann, was möglich ist. Ich bringe sie in die Stadt zurück! Wie kann sie Euch gefolgt sein, wenn…«

»Verdammt, sie lebt in meinem Hause! Und nun faselt nicht länger, seht Ihr nicht, dass sie dem Tod näher als dem Leben ist? Kommt, ich bringe Euch zu einer Ausfallpforte, die ich für alle Fälle habe öffnen lassen.«

Colin sah ein, dass er seine Fragen auf später verschieben musste. Er trieb sein Pferd an und folgte dem Grafen, der solch ein wunderliches Interesse an Nana bekundete. Er konnte sich nicht daran erinnern, dass Mesnières nur ein einziges Mal einen Ausfall früher abgebrochen oder auch nur eine menschliche Regung angesichts zahlloser Verwundeter und Toter gezeigt hätte. Dieser Mann schien ein Herz aus Stahl zu haben. Zumindest hatte er dies bisher von ihm angenommen.

Die kleine Brücke an der Ausfallpforte war so niedrig, dass Colin absteigen musste, aber diese Pforte hatte den Vorteil, nur zwei Straßen vom jüdischen Viertel entfernt zu liegen, so dass Colin das verletzte Mädchen ohne Verzögerung in das Haus des Arztes Ben Simon bringen konnte, den er kennen gelernt hatte, als sich Compiègne im Rausch der ersten Siege der Jungfrau unter die Fahne Jeanne d'Arcs gestellt hatte.

»Rettet sie, Meister!«, bat er, und die Anspannung in seiner Stimme verriet, wie viel ihm an dieser Frau lag. »Es geht nicht an, dass so viel Schönheit und Liebreiz durch diesen sinnlosen Krieg vernichtet werden.«

»Sie hat viel Blut verloren, aber dass sie bewusstlos ist, erleichtert die Entfernung des Bolzens«, sagte der alte Mann mit der leidenschaftslosen Stimme des Mediziners, der gute Arbeitsbedingungen zu schätzen weiß. »Ich werde sehen, was ich für sie tun kann, aber ihr Leben liegt in der Hand Gottes, dessen Willen wir Menschen uns beugen müssen.«

»Rettet sie, und Ihr werdet es nicht bereuen«, fügte der Graf von Mesnières hinzu, und der Blick des Arztes wanderte in leichter Verblüffung von einem zum anderen, während er geschickt den Ärmel des Wamses aufschnitt und die freigelegte Wunde mit

Wein begoss, um sie zu säubern. Die Spannung, die zwischen den beiden Rittern herrschte, war nicht zu übersehen.

Colin brachte es nicht fertig, zuzusehen, wie Simon mit seinen Instrumenten in Nanas Fleisch fuhr, um dort den festsitzenden Bolzen zu packen. Es kam ihm vor, als spüre er alle Schmerzen, die Nana litt, im eigenen Körper mit. Mit keinem Menschen hatte er sich je so eng verbunden gefühlt. Der Graf hingegen fixierte Nanas lebloses Gesicht mit solcher Eindringlichkeit, als könne er sie durch pure Willenskraft dazu bringen, dies zu ertragen und wieder zu gesunden.

Wenig später bedeckte der Arzt die Wunde mit einer scharf duftenden Salbenauflage und einer Kompresse aus mehreren sauberen Leinenlaken. Dann umwickelte er den Arm mit Binden, ehe er die Reglose auf eine schmale Lagerstatt bettete, die im selben Raum stand. Sie war gleich einem Hospitalbett von Vorhängen umgeben und mit frischen Tüchern straff bezogen.

»Wie rätselhaft, dass ihre Ohnmacht anhält«, murmelte er dabei.

»Sie bekam zusätzlich einen Schlag mit einem Knüppel auf den Kopf«, erklärte Colin.

»Wieso sagt Ihr mir das jetzt erst?«, rügte Ben Simon und fand unter der Flut der roten Haare schnell die verkrustete Wunde, die schuld daran war, dass Nana noch immer bewusstlos war.

»Lasst sie bei mir«, riet er den Männern. »Es ist nicht ratsam, sie in diesem Zustand zu transportieren. Man kann nicht wissen, was in ihrem Kopf bei diesem Schlag alles verletzt wurde. Ich gebe Euch Nachricht, sobald ich weiß, was mit ihr ist…«

Colin schüttelte den Kopf.

»Ich bleibe bei ihr, wenn Ihr erlaubt, Meister Simon!«

Mit dem dumpfen Dröhnen der Kanonenschläge im Hintergrund wirkte das Schweigen, das sich nach diesen Worten zwischen den drei so verschiedenen Männern ausbreitete, regelrecht dramatisch.

»Was habt Ihr mit Nana zu schaffen, d'Harigny?« Eine Wildheit, die den Grafen von Mesnières selbst am meisten erstaunte, schwang in diesen Worten mit.

Colin zwang sich, seinen Blick von Nanas bleichem, so hinfällig wirkendem Gesicht abzuwenden. Er hatte vergeblich versucht, die reinen Linien dieses Antlitzes zu vergessen, die ungewöhnliche Veilchenfarbe der Augen, den verführerischen Körper, der so viel Entzücken zu schenken verstand, und die melodiöse, manchmal so fremdartig raue Stimme, die in solch krassem Gegensatz zu Nanas Sanftheit stand. Sie war nicht mit den Maßstäben anderer Frauen zu messen.

Er hatte lange Nächte der Sehnsucht und Einsamkeit hinter sich bringen müssen, um dies zu begreifen, um den eigenen, empfindlichen und arroganten Stolz zum Teufel zu schicken. Nana war einzig. Unverwechselbar und ungewöhnlich. Die Frau, von der sein Leben und sein Glück abhingen. Sie war in seinem Blut und in seinen Gedanken, sie zog ihn an wie ein Magnet. Egal, wo sie herkam und was sie gewesen war, er würde nicht mehr auf sie verzichten. Welche Folgen sein Entschluss auch immer haben würde, ohne sie taugte sein Leben ohnehin nichts.

»Ich werde sie zu meiner Gattin machen, wenn sie wieder gesund ist«, erwiderte er schließlich mit größter Ruhe auf die von Richard so zornig gestellte Frage.

»Ihr? Seid Ihr toll?« Mesnières hob unwillkürlich seine Stimme. »Ihr seid ein Edelmann! Ein d'Harigny, dessen Familie schon den ersten Herrschern unseres Lands gedient hat. Wollt Ihr mir weismachen, dass Ihr im Ernst die Tochter eines Gauklers zur Gattin nehmen wollt? Woher kennt Ihr das Mädchen überhaupt?«

Colin hätte beinahe gelächelt. All diese Dinge hatte er sich selbst bereits gesagt, aber jetzt war dies alles unwichtig geworden. Nanas Blut, das über seine Hände gelaufen war, hatte seine Zweifel und Bedenken fortgewaschen. Er hatte sie zweimal verloren, und er würde nicht zulassen, dass es ein drittes Mal geschah. Dieses Mal würde es ihr nicht gelingen, wie ein Phantom in der Dunkelheit zu verschwinden. Dieses Mal würde ein Priester ihren Bund segnen, sobald sie nur ein »Ja!« hauchen konnte.

»Es ist mir egal, wer der Vater dieses Mädchens ist, Messire«, antwortete er ruhig. »Ich liebe Nana, und ich weiß, dass sie auch mich liebt. Sie ist tapfer, mutig und so rein wie ein Diamant. Wollt Ihr mit mir über das Vorrecht von Adel und Geburt streiten, wo doch dort draußen ein einfaches Bauernmädchen sein Leben hingibt, um Frankreich zu retten? Es ist mir egal, was Ihr von meinem Entschluss haltet, ich bin Euch keine Rechenschaft schuldig!«

»Aber dem König!«

»Der König hat meine Loyalität und meinen Lebenseid. Nana meine Liebe!«

Die schlichte und zugleich stolze Antwort verschlug Mesnières die Sprache. Er wusste nur zu gut, welches Maß an Zuneigung und Begehren das Mädchen dort in einem Mann wecken konnte. Sie hatte auch in ihm die Sehnsucht geweckt, brennende Sehnsucht, während er sich zähneknirschend damit begnügte, ihre Hand zu halten, bis sie Vertrauen zu ihm fasste. Auch ihn beherrschte nur der eine Wunsch, dass sie wieder gesund werde, dass sie die Augen aufschlagen und ihm ihr Lächeln schenken möge.

Ein Lächeln, an dem auch dieser junge Ritter sein Recht anmeldete, und d'Harigny war weiß Gott kein dummer Narr. Er zählte zu den edelsten Mitstreitern Jeannes, und sein Mut und seine Treue waren legendär. Die Töchter aus Frankreichs edelsten Familien träumten davon, seine Gattin zu werden. Und er – er war bereit, seine Zukunft für die Tochter eines Gauklers aufs Spiel zu setzen, für eine Kneipenmagd.

Colin tat mehr, als er, Mesnières, jemals in Erwägung gezogen hatte, und das lag nicht nur an seinem leidenschaftlichen Schwur, Melisande niemals eine Nachfolgerin zu geben. Es lag auch an seinem Stolz darauf, der Graf von Mesnières zu sein. Er wollte Nana besitzen, aber sein Blut mit dem ihren zu mischen wäre ihm nie in den Sinn gekommen.

»Ihr solltet Euren Streit bis zur Genesung dieses armen Geschöpfs vertagen«, riet der Arzt in diesem Moment mit ungerührter Stimme.

Er war gerade dabei, Nanas zerfetztes Wams vollends zu entfernen, und zog die Reste des Kleidungsstückes sorgsam unter ihr hervor, ohne sie mehr als nötig zu bewegen. Die notdürftig zusammengeketteten Schnüre des ebenfalls zerrissenen Hemdes lösten sich dabei von neuem, so dass ihr alabasterweißer, üppiger Busen fast ganz enthüllt wurde.

Colin spürte die Röte, die ihm bei diesem Anblick in die Wangen stieg, und gleichzeitig empfand er eine verzehrende Eifersucht auf Richard de St. Doye, der Nana anstarrte, als habe er dergleichen noch nie gesehen.

»Schämt Ihr Euch nicht!«, knurrte er böse. »Sie ist ohnmächtig, und Ihr…«

»Bei Gott, haltet den Mund!«, befahl ihm der Graf mit einer so merkwürdigen Stimme, dass Colin vor lauter Überraschung auch tatsächlich nichts mehr sagte.

Erst jetzt bemerkte er, dass St. Doye weniger die sicher wundervolle Wölbung von Nanas verführerischem Busen betrachtete als das Schmuckstück, das zwischen ihren Brüsten lag. Unwillkürlich trat er näher, um es ebenfalls besser betrachten zu können. Es wirkte sehr kostbar – wie konnte ein einfaches Mädchen wie Nana in seinen Besitz gekommen sein?

Wie ein Schlafwandler streckte der Graf von Mesnières die Hand danach aus, doch im letzten Moment zuckte er davor zurück, als habe er sich verbrannt.

»Habt Ihr Nana diesen Schmuck geschenkt?«, fragte er mühsam den jungen Ritter.

Colin schüttelte den Kopf. »Nein, ich sehe diese Kette zum ersten Mal an ihr. Ist Euch das Juwel bekannt?«

»Bei Gott«, murmelte der Graf. »Und ob es das ist! Ich habe dieses Medaillon in einem anderen Leben in Auftrag gegeben und bezahlt! Herr des Himmels, das darf doch nicht wahr sein!«

Er schlug die Hände vor das Gesicht und sank auf einen hölzernen Hocker, der an der Wand stand. Colin und der jüdische Arzt, der Nana inzwischen bis auf ihr Hemd entkleidet hatte und nun ein Laken über ihre Gestalt legte, tauschten einen Blick völliger Verblüffung.

War es möglich, dass der Feldhauptmann Jeanne d'Arcs, einer

der ruhmreichsten und mutigsten Krieger des Königs von Frankreich, auf dem Schemel eines jüdischen Arztes zu Compiègne saß und weinte, als bräche ihm das Herz?

20. Kapitel

»Würdet Ihr mir einen Gefallen tun?« Colin und der Arzt erschraken, als sie plötzlich diese erstickte, raue Stimme hörten, die so gar nicht zu Richard de St. Doye zu gehören schien. »Seht auf die linke Schulter dieses Mädchens und sagt mir, was Ihr dort findet.«

Colin hätte es ihm sofort sagen können, doch es schien ihm kaum der geeignete Moment zu sein, darauf hinzuweisen, dass er Nanas Körper kannte wie seinen eigenen. Er trat an die Liegestatt und schob sanft eine Haarsträhne zur Seite, damit er das Muttermal beschreiben konnte, das sich dort im oberen Teil des Schulterblattes befand.

»Man könnte es fast einen Stern nennen«, erwiderte er zögernd. »Ein bräunliches Mal, das einem Stem gleich in winzigen Zacken ausläuft. Wollt Ihr uns nicht erklären, was Euch bewegt, Messire?«

Die tiefe Erschütterung, die den Grafen beherrschte, hatte Colins Eifersucht besänftigt. St. Doye benahm sich nicht wie ein Liebhaber; er wirkte niedergeschmettert, völlig am Boden zerstört. Plötzlich kam es ihm vor, als habe er sich das leidenschaftliche Begehren in den Blicken des Älteren vorhin nur eingebildet.

Der Graf erhob sich. Die Brust hob und senkte sich heftig unter seinen schweren Atemzügen. Er schien innerhalb einiger Augenblicke um Jahre gealtert. Als hätte ein unsichtbarer Schlag ihn getroffen und bis in die Grundfesten erschüttert. Stumm stand er an Nanas Lager, verfolgte ihre mühsamen, langsamen Atemzüge.

»Sagt es mir, *docteur* … Wird sie überleben?« Er schien sich jedes Wort abringen zu müssen, und man sah ihm an, dass er die Antwort schon fürchtete, noch ehe der alte Jude sie ausgesprochen hatte.

»Es liegt in der Hand des Allmächtigen«, wiederholte der Arzt. »Was die Medizin für sie tun kann, habe ich getan. Es hängt davon ab, ob sie Wundfieber bekommt, wie stark der Schlag auf den Kopf war und wie groß ihre allgemeine Widerstandskraft ist. Sie wirkt sehr zart, so als habe sie lange große Entbehrungen gelitten... Wenn Ihr etwas für sie tun wollt, dann betet. Bleibt, wenn Ihr wollt, aber haltet Euch ruhig und benachrichtigt mich, sobald sie zu sich kommt. Ich bin in meinem Laboratorium, um eine Medizin für das Fieber vorzubereiten...«

Die hagere, schwarz gekleidete Gestalt des jüdischen Arztes verschwand, nachdem er ein letztes Mal sanft die Stirn der Ohnmächtigen gefühlt hatte.

»Der Herr wird es nicht zulassen, dass ich sie verliere, nachdem ich sie eben erst gefunden habe«, murmelte St. Doye vor sich hin. »Es sei denn, er denkt, ich habe es verdient, weil ich ihn mit meinen Flüchen und Taten beleidigt habe. Es ist wahrhaftig nicht meiner Standhaftigkeit zu verdanken, dass ich wenigstens diese eine fürchterliche Sünde vermieden habe

»Ihr sprecht in Rätseln«, warf Colin d'Harigny ein, hin- und hergerissen zwischen Mitleid für den sichtbaren Schmerz dieses Mannes und Zorn über dessen besitzergreifende Zuneigung für Nana. Was sagte er da von »wiedergefunden«? Nana gehörte ihm!

»Ihr habt Recht, mein Freund«, meinte der Graf von Mesnières. »Nach allem, was Ihr vorher gesagt und was ich Euch geantwortet habe, schulde ich Euch diese Geschichte. Setzt Euch in Gottes Namen, sie wird länger dauern...«

Misstrauisch, aber doch bereit, einen kurzen Waffenstillstand zu halten, zog Colin d'Harigny einen Hocker an das schmale Kastenbett und lehnte sich mit dem Rücken an einen der Eckpfosten, während sich St. Doye in Simons Armstuhl niederließ, der ihm gegenüberstand.

Beide Männer trugen noch ihre staubigen Harnische, und bei jeder Bewegung klirrte leise das Metall. Es lag keine Absicht daran, dass sie die Rüstung nicht ablegten, sie hatten es schlicht vergessen.

»Verzeiht, aber ich muss bis in das Jahr 1410 zurückgehen, in dem ich Melisande de Guînes lieben lernte und sie zu meiner Gemahlin nahm«, begann Richard de St. Doye.

Und während Colin anfangs nicht sonderlich gefesselt zuhörte, wurde er von steigender Erregung gepackt, als St. Doye auf die Ereignisse der jüngeren Zeit zu sprechen kam, die damit begannen, dass ihm Nana im Palast von Bourges über den Weg gelaufen war.

So hatte sie es also fertig gebracht, spurlos zu verschwinden, diese kleine Hexe! Natürlich wäre er nie auf die Idee verfallen, sie beim Grafen von Mesnières zu suchen. Bei dem eisernen Feldhauptmann, von dem seine Männer sagten, dass seine Todesverachtung nur von seiner Kampfkraft übertroffen wurde. Aber weshalb hatte dieser standhafte Kämpfer sich von einem zerzausten jungen Mädchen rühren lassen, das in seinen Augen die Gebote des Palastes verletzt haben musste?

»Sicher fragt Ihr Euch, welcher Wahnsinn mich getrieben hat, dieses Mädchen, an dessen Profession ich an jenem Morgen nicht den geringsten Zweifel hatte, in mein Haus aufzunehmen?«, sagte Richard in Colins Gedanken hinein.

»Nun, es war ihre geradezu gespenstische Ähnlichkeit mit meiner verstorbenen Gattin. Man hätte meinen können, Melisande sei von den Toten auferstanden. Ich vermochte der Versuchung nicht zu widerstehen, der Frage nachzugehen, wie dieses Trugbild in den richtigen Kleidern aussehen würde.«

Colins Gesicht wirkte plötzlich so starr wie eine Maske, aber er wollte sich nicht anmerken lassen, welche Angst er auf einmal empfand. Angst, die ihn wie ein wildes Tier bei Richards letzten Worten angesprungen hatte; Angst, dass er sich Illusionen über Nanas Gefühle machte. Dass sie der Verlockung des Reichtums und eines Lebens in Sorglosigkeit, wie Richard de St. Doye es ihr bieten konnte, längst nachgegeben hatte.

War sie ihm deswegen ein zweites Mal entflohen? Hatte sie kühl kalkulierend denjenigen Beschützer gewählt, von dem sie dachte, dass er ihr mehr Pracht und Reichtum zu Füßen legen würde? Das Haus am Speicher war hübsch gewesen, konnte aber natürlich keinem Vergleich mit dem Maison Mesnières standhalten! Täuschte er sich in ihrer Reinheit?

Er musste sich mit Gewalt dazu zwingen, ruhig sitzen zu bleiben. Er würde diese Geschichte wohl oder übel bis zum bitteren Ende anhören müssen, auch wenn es ihn umbrachte.

St. Doye schilderte gerade, was er von Nana über ihr bisheriges Leben erfahren hatte.

»Es scheint, dass sie mit diesem Manne über die Landstraßen zog und sich ihr kärgliches Dasein auf Märkten, Messen und ländlichen Festen verdiente. Sie lebten vom Gaukelspiel, von seinen Zauberkunststücken, und manchmal bekam sie auch eine kleine Rolle in einem Mysterienstück. Zu wenig, um satt zu werden, zu viel, um sofort zu verhungern. Ein ärmliches Dasein, das sie in Bourges stranden ließ, als der Alte zu krank wurde, um weiterhin zu arbeiten. Man kann ihr keine Vorwürfe machen für das, was aus ihr geworden ist.«

»Ich weiß«, antwortete Colin. »Ich habe es auch nie getan.«

»Ich habe ihr den Schutz meines Hauses angeboten, meine Freundschaft. Ich gestehe auch, dass ich gerne weiter gegangen wäre, aber ich hatte Angst, jenes zögernde Vertrauen zu verlieren, das sie trotz ihrer Bedenken gerade zu mir zu entwickeln begann. Es schien, als fände sie Gefallen an ihrem neuen Leben, und ihr Lächeln war mir vorerst Belohnung genug. Ich habe sie in meinem Hause unter dem Schutz vertrauenswürdiger Dienstboten zurückgelassen, die den Befehl hatten, gut für sie zu sorgen. Ehrlich gesagt, ich begreife nicht, wieso wir sie verwundet auf dem Schlachtfeld vor Compiègne gefunden haben.«

In einem Haus, in dessen Keller ihr Vater zu Tode gequält wurde, fügte Colin in Gedanken hinzu. Noch verschwieg er indes seinen genauen Anteil an Nanas Geschichte. Er wollte erst wissen, was der Graf noch zu sagen hatte.

»Und jenes Medaillon?« fragte er, denn er nahm an, dass damit die Erzählungen St. Doyes zu einem Ende gekommen seien.

»Dieses Medaillon, bei Gott…« Der Graf strich sich mit einer verwirrten Geste über die Stirn. »Ich habe im Jahre 1412 bei einem Goldschmied in Paris zwei Ketten dieser Art machen lassen. Eine trug einen Amethyst, die andere einen Saphir. Außer in den Steinen unterschieden sie sich nur noch in dem Buchstaben, der auf ihrer Rückseite eingraviert wurde. Ein A für die kleine

Alison und ein N für ihre Schwester Nadine. Es war ein Geschenk für meine beiden Töchter! Für jene Kindet die in der alten Burg von Mesnières getötet wurden, als die Engländer Azincourt und Frankreich überrannten.«

Colin verengte die Augen. Die Schlussfolgerung, die sich aus diesen Worten aufdrängte, war zu abenteuerlich, um ernst genommen zu werden. »Ihr denkt…«

»Ich denke nicht, d'Harigny! Ich weiß. Melisande hatte ein sternförmiges Muttermal auf ihrer Schultet und sie hat dieses Mal sowohl Nadine als auch Alison vererbt. Ich habe es selbst auf dem Körper meiner Töchter gesehen, und ihr müsst zugeben, dass es von nicht alltäglicher Form ist. Dieses Mal allein wäre vielleicht kein Beweis. Aber dieses Mal in Verbindung mit dem richtigen Medaillon und dieser unglaublichen Ähnlichkeit mit meiner Melisande lässt für mich nur einen einzigen Schluss zu…«

»Dass Nana Eure Tochter Nadine ist.«

»Ja.«

Wie in geheimem Einverständnis wandten sich beide Männer wieder der reglosen Gestalt im Bett zu. Wie Feuer stach das Rotgold ihrer Haare von den weißen Laken ab, stand in scharfem Kontrast dazu. Doch selbst dic Haarc, dic sonst wie cine heftig lodernde Flamme leuchteten, schienen allen Glanz verloren zu haben. Haut, Lippen und Lider waren von so durchscheinender Blässe, dass das feine Netz der Adern darunter erkennbar wurde, und die Atemzüge hatten nichts von ihrer mühsamen Qual verloren.

»Wie kann das möglich sein?« sagte Colin leise.

St. Doye schüttelte den Kopf. »Ich weiß es nicht, es gibt zu viele offene Fragen. Nadine war vier Jahre alt, als die Burg überfallen wurde. Sie war ein lebhaftes und für ihre Jahre sehr reifes Kind. Es kann nicht sein, dass sie alles vergessen hat. Sie hätte wissen müssen, dass ich ihr Vater bin und wie ihr richtiger Name lautete. Sie muss auch wissen, was sich auf Mesnières ereignet hat, als die Engländer kamen.«

»Sie wird es Euch sagen, wenn sie wieder zu sich kommt…«

St. Doye zweifelte daran. »Wieso hat sie dann bis jetzt geschwiegen? Wieso ist sie als Tochter eines Vagabunden aufgewachsen? Als Komödiantin, deren verwirrende Schönheit sie zur arglosen Beute des männlichen Begehrens machte? Als Dirne...«

Das letzte Wort war es, das Colin aus seinem Mitleid riss.

Zorn furchte seine Stirn und klang in den Worten mit, die er dem Älteren hinwarf.

»Eine Dirne, deren Ihr Euch selbst sehr gerne bedient hättet. Ihr habt es zugegeben! Messt Ihr da nicht mit zweierlei Maß, Messire? Gebt Ihr Nana die Schuld für Dinge, zu denen Männer wie Ihr oder wie ich sie gedrängt haben? Wollt Ihr Euch ein Urteil darüber anmaßen, was sie hätte tun oder nicht tun sollen? Wollt Ihr Euch wirklich fragen lassen, ob nicht auch Ihr Verantwortung für ihr schreckliches Schicksal tragt?«

»Sie hat einen guten Anwalt in Euch, d'Harigny!«, gab der Graf zu. »Aber es stimmt, es fällt mir schwer zu akzeptieren, dass meine Tochter nicht das reine Edelfräulein ist, als das sie hätte aufwachsen sollen. Es kommt mir vor, als habe das Leben sie beschmutzt.«

»Der Schmutz liegt in Euren Gedanken, Messire!« fuhr Colin ihn an. »Ihr habt Eure eigene Tochter begehrt, und Ihr solltet dem Schicksal danken, dass Nanas Stolz Euch diese Todsünde erspart hat. Ich werde es dieser jungen Frau selbst überlassen, Eure Fragen zu beantworten.«

»Sie lief mir im Palast über den Weg, in Männerkleidern und in einem Zustand, der auf zwei Meilen Entfernung erkennen ließ, dass sie geradewegs aus dem Bett eines Mannes kam«, sagte St. Doye bitter. »Haltet mich bitte nicht für einen Dummkopf. Ich kenne das Leben. Ich versuche mich lediglich mit den Tatsachen abzufinden; das heißt nicht, dass ich diesem armen Kind einen Vorwurf mache.«

»Herr im Himmel, Ihr seid wahrhaftig stur!« Colin verlor nun endgültig die Beherrschung. »Wenn Ihr es genau wissen wollt, sie kam aus meinem Bett, und sie war bis zu diesem Abend noch Jungfrau gewesen. Die unschuldigste Verführerin, die ich je in meinen Armen hielt. Sie war vor Eurem schurkischen Bruder davongelaufen, der sie dem Wirt des *Grünen Hahnes* abgekauft hatte, um seine Spielchen mit ihr zu treiben. Sie trug ein Hurengewand, und auch ich hielt sie für etwas, was sie nicht war, aber bei Gott, ich wollte sie mit meinem ehrlichen Namen dafür entschädigen.«

»Ihr wollt ... ihr habt...«

Die Blicke der beiden Männer klirrten wie Schwerter gegeneinander, während der Graf von Mesnières sichtlich Schwierigkeiten hatte, den Inhalt von Colins deutlicher Rede zu verarbeiten. Auch Colin sah man an, dass er Mühe hatte, sein gascognisches Temperament im Zaum zu halten, das wieder einmal mit ihm durchgehen wollte. Sie beide bemerkten kaum, dass plötzlich das ganze Haus von heller Aufregung ergriffen zu sein schien; erst als auf einmal der jüdische Arzt in der Tür stand, blickten sie beide auf.

»Sie haben Jeanne d'Arc und ihren Stallmeister Jean d'Aulon gefangen genommen.«

Mesnières schüttelte den Kopf, als habe ihm jemand einen Eimer eiskaltes Wasser darüber gegossen und als müsse er erst seinen Blick klären.

»Wer?«

»Die Burgunder!« Man sah Ben Simon an, dass ihn diese Nachricht zutiefst erschütterte. Die ganze Hoffnung der Bevölkerung von Compiègne ruhte auf Jeanne d'Arc! Würde die Stadt standhalten können, wenn die Jungfrau die Verteidigung nicht mehr anführte?

»Wie ist das möglich?« Colin d'Harigny wollte Einzelheiten wissen, aber ihr Gastgeber zeigte nur ein ratloses Schulterzucken.

»Offensichtlich haben die Burgunder Truppenverstärkung bekommen. Als die Männer um die Jungfrau dies merkten, wollten sie sich in die Stadt zurückziehen, aber die Tore blieben geschlossen. Es kam zu einem bösen Scharmützel, und am Ende führte Jean de Luxembourg seine Gefangene in einem wahren Triumphzug davon. Die ganze Stadt spricht von nichts anderem!«

»Verdammt, Flavy war für das Stadttor zuständig. Ich muss sofort nach dem Rechten sehen...« Richard de St. Doye stand auf, aber dann ging sein Blick zu Nana zurück.

»Ich wache über sie«, versprach der alte Arzt. »Geht, Ihr werdet im Moment beide dringender draußen gebraucht. Geht, ehe man nach Euch schickt und Wirbel in diesem Hause macht, der jener Kranken nur schaden kann.«

Beide Männer sahen die Richtigkeit des Ratschlages ein, aber es fiel ihnen schwer, Nana zurückzulassen. Noch wussten sie nicht, ob Freundschaft oder Feindschaft in Zukunft zwischen ihnen herrschen würde, was es bedeutete, dass sie beide diese Frau liebten, wenn auch der Ältere dies nun unter anderen Voraussetzungen tat.

Der weißhaarige Arzt nahm Colins Platz ein, während sich die schweren Schritte der beiden Männer entfernten. Er hatte wenig Hoffnung für ihr Leben, denn die Röte auf ihrer Stirn, die sich unmerklich verstärkte, deutete darauf hin, dass sie zu allem Überfluss auch noch Wundfieber bekommen würde. Es gefiel ihm nicht.

Im weiteren Verlauf des Tages bestätigte sich seine Diagnose. Während sich die Verteidiger von Compiègne zu hektischen Besprechungen trafen und die letzten Versprengten der fehlgeschlagenen Attacke in die Stadt zurückkamen, verschlechterte sich Nanas Zustand mit jeder Stunde mehr. Sie lag immer noch in dieser todesähnlichen Ohnmacht, wurde nun aber zusätzlich noch von schlimmen Fieberschüben gepackt. Simon brauchte die Hilfe seiner Tochter, damit sie die tobende Kranke in ihrem Bett halten konnten.

Nana versuchte immer wieder, die helfenden Hände von sich wegzustoßen, und die wirren Worte, die sie ausstieß, ergaben nur selten einen Sinn. Erst Richard de St. Doye, der am Abend hastig vorbeischaute und dabei auf Colin traf, vermochte einiges davon zu verstehen.

Beim Anblick des sanften Gesichtes der jungen Jüdin, die ihre hellen Zöpfe unter einem weißen Schleier hochgesteckt hatte, rief Nana voller Entsetzen: »Mama! Mama, man kämpft...« Und später: »Alison, bitte, du darfst nicht weinen, du musst jetzt laufen! Mama sagt, du musst laufen...« Dann jedoch wurden die Worte wieder unverständlich, aber das, was sie davor gesagt hatte, hatte St. Doye vor dem hölzernen Kastenbett auf die Knie sinken lassen. Erschüttert legte er die Stirn an die fieberheiße Hand seiner Tochter. Für einen Moment blieb Naria ganz ruhig, ihre Augen öffneten sich, doch in ihrem Blick zeigte sich kein Erbarmen.

»Colin?!« flüsterte sie fragend. »Die Jungfrau, man muss es ihr sagen... Lieber Gott, lass Colin nicht sterben, ich liebe ihn doch so sehr ... mein Vater...«

Dann war der Augenblick vorübergehender Klarheit wieder vorbei. Mit einem klagenden Aufschrei sank Nana zurück, riss ihre Hände los und begann erneut ihren Kampf gegen die Dämonen des Fiebers, der Angst und der Vergangenheit.

»Ihr dürft die Hoffnung nicht aufgeben«, sagte der Arzt gegen die eigene Überzeugung, als er die Verzweiflung der beiden Männer wahrnahm. »Wenn es uns gelingt, das Fieber zu senken, hat sie eine Chance.«

Nanas heisere, unartikulierte Schreie erschütterten auch ihn. Er zuckte unter den fragenden Blicken Colins und des Grafen nur mit den Schultern.

»Diese junge Frau muss ein Ausmaß an Angst und Schrecken kennen gelernt haben, das über jedes menschliche Maß hinausgeht. Ohne die Kontrolle ihres Verstandes und ihre sicher überdurchschnittliche Selbstbeherrschung macht sich ihre gequälte Seele nun Luft.«

Wie zum Beweis dafür bäumte sich die Kranke erneut auf, und in ihren tiefblauen Augen stand blindes Entsetzen. Sie nahm nichts um sich herum wahr. Es schien, als taste sie sich durch einen dunklen Tunnel, ehe sie mit einem Seufzer zurücksank. Alle hatten den Atem angehalten und holten nun tief Luft.

»Gütiger Himmel, ich muss gehen«, stöhnte der Graf von Mesnières. »Ausgerechnet jetzt! Man erwartet mich auf der Kommandantur; es gilt, die morgige Verteidigung zu organisieren. Wir nehmen an, dass der Luxemburger mit besonderer Vehemenz angreifen wird, weil er denkt, dass wir ohne Jeanne d'Arc aufgeben werden. Wenn ich doch nur an ihrer Seite gewesen wäre, ich hätte sie durch die Pforte wieder in die Stadt gebracht! Ich habe meine Pflicht verletzt, um bei Nadine zu bleiben. Ich…«

»Ihr macht Euch sinnlose Vorwürfe. Ihr wart nicht der einzige, der für Jeannes Sicherheit sorgen musste. Ladet Euch nicht die Verantwortung für die Launen des Schicksals auf. Kommt, Messire«, meinte Colin sanft, »es geht auch um Nanas Sicherheit. Wenn die Stadt fällt, dann bleibt ihr nicht einmal mehr die winzige Chance, die sie im Augenblick noch hat. Es liegt an uns, dafür zu sorgen, dass sie genesen kann. Vielleicht war es der Wille Gottes, dass er sie an diesem Tage nach Compiègne geschickt hat und damit verhinderte, dass auch wir in Tod oder Gefangenschaft gerieten. Sie braucht Menschen, die sie lieben und für sie sorgen. Sie hat es ehrlich verdient.«

»Ihr habt Recht.« St. Doye nahm die Hand, die ihm gereicht wurde. »Wenn d'Aulon das Fiasko nicht verhindern konnte, hätte ich es sicher auch nicht gekonnt.«

Ein tiefer Atemzug weitete die Brust des Grafen, und er begriff, weshalb seine Tochter Colin d'Harigny ihr Herz geschenkt hatte. Colin war ein Mann, der nie aufgab. Ein edelmütiger, tapferer Ritter, der hoffte, solange es noch einen Funken von Hoffnung gab. Er selbst durfte deshalb nicht weniger hochherzig sein.

21. Kapitel

Nana kam es vor, als befände sie sich irgendwo zwischen den Wolken. Manchmal hatte sie den Eindruck, in großer Helligkeit hoch oben zu schweben und hinunterzusehen auf ihren Körper, der zwischen kühlen, weißen Laken lag und über den sich abwechselnd mehrere Gestalten beugten. Ein hellhaariges Mädchen war darunter, zwei Ritter im Harnisch und ein merkwürdiger, hagerer Mann in einem hemdähnlichen dunklen Gewand mit knochigen, kühlen Händen, deren Berührung sie sogar in ihrem losgelösten Zustand als angenehm empfand.

Dann wieder schien sie in der Hölle zu brennen, und pure Hitze flammte über ihre Haut. Sie sehnte sich nach Wasser, aber sie konnte niemandem sagen, was sie wollte. Ihr Kopf drohte zu zerplatzen, und in ihrem Arm wühlte rasender Schmerz. Dazwischen lagen lange Phasen völliger Dunkelheit, großen Schreckens und ungeheurer Furcht. Am Ende schließlich ein ewiger, tiefer Schlaf, aus dem sie schwach wie ein neu geborenes Kätzchen erwachte. Sie blinzelte gegen das Tageslicht, als habe sie es für lange Zeit nicht mehr gesehen und könne sich kaum erinnern, was diese Helligkeit sollte.

Auch ihre Umgebung war Nana unbekannt. Sie lag in einem Kastenbett, das nur einer Person Platz ließ, und die sorgsam geplätteten und gebleichten Laken dufteten nach Lavendel und Sommer. Sie hatte keine Ahnung, wo sie sich befand, und sie ließ ihre Blicke suchend durch das schlichte Gemach mit den einfachen, aber zweckmäßigen Möbeln wandern. Auf einer schwarzen Truhe stand ein blitzblank polierter silberner Leuchter mit sieben Armen und verriet ihr, dass sie sich in einem jüdischen Haushalt befinden musste.

Als ihre Blicke zu dem kleinen, zweiflügeligen Fenster schweiften, dessen Flügel weit offen standen, entrang sich ihr unwillkürlich ein Seufzer der Überraschung. Colin d'Harigny stand dort, in einem grünsamtenen Wams und einer dazu passenden Hose, die sich eng um seine muskulösen Beine schmiegte.

Auf den kurz geschnittenen schwarzen Haaren spielte die Sonne in blauen Reflexen, und er unterhielt sich mit einem Mann, von dem sie gefürchtet hatte, dass sie ihn ebenso wenig wiedersehen würde wie Colin.

Auch Richard dc St. Doye, der Graf von Mesnières, trug an diesem Tage keine Rüstung. Es war der Stadt in den Wochen, in denen Nana mit dem Fieber kämpfte, gelungen, den Angriffen der Burgunder nicht nur standzuhalten, sondern die Feinde sogar fürs Erste zurückzuschlagen. Allerdings hatte man in Compiègne die Besorgnis erregende Nachricht erhalten, dass der Herzog von Burgund seine kostbare Gefangene den Engländern übergeben wolle.

Der englische Truppenführer John of Bedford hatte bereits ein Angebot gemacht, und die Empörung darüber, dass Philipp Jeanne d'Arc wie eine Sklavin an ihre Feinde verkaufen wollte, loderte auch in den beiden Männern, die sich gerade über diese erschreckende Neuigkeit in gedämpftem Ton unterhielten.

Ihr Verhältnis hatte sich in der gemeinsamen Angst um Nana deutlich gewandelt. Die anfängliche Eifersucht auf beiden Seiten war einem freundschaftlichen Ton gewichen, und tief in seinem Herzen gab St. Doye zu, dass er gerne einen Schwiegersohn wie Colin haben würde, obwohl es ihm schwer fiel zu akzeptieren, dass dies ja gleichzeitig bedeutete, dass Nanas Platz dann an der Seite ihres Gatten sein würde.

Den leisen Seufzer hörten die beiden nicht, da sie so in ihre Unterhaltung vertieft waren; zudem stritten sich im Kirschbaum draußen vor dem Fenster lautstark ein paar Amseln. Erst als Nana versuchte, sich auf ihren verletzten Arm zu stützen und dabei aufstöhnte, wandten sich die beiden Männer ihr zu, gleichermaßen von Unglauben und neu erwachter Hoffnung erfüllt.

Ein wenig verwirrt wich Nana wieder in die Kissen zurück, als beide an ihr Lager stürzten und gleichzeitig nach ihrer Hand griffen, die ihr Vater schließlich wie eine Siegestrophäe zwischen seinen mächtigen Pranken barg. Ihr Vater. Und diesmal wusste sie aus ihren eigenen Erinnerungen heraus, dass Richard de St. Doye ihr Vater war.

Sie erinnerte sich an einen Mann, der damals für sie riesig gewesen war. Ein Fels. Ein gutmütiger Berg, der sie in die Luft geworfen und wieder aufgefangen hatte, während sie vor Vergnügen kreischte. Der sie unter dem Kinn kitzelte und ihr Naschwerk zusteckte, wenn er seine seltenen Besuche im Kinderzimmer machte. Ihr Vater, der nicht da gewesen war, als das Messer seines Bruders ihre Mutter traf. Nach dem das Kind umsonst gerufen hatte.

»Er hat sie getötet!« sagte sie heiser, mit dieser Stimme, die wie eine Glocke tönen konnte, wenn sie sich freute, in der nun aber das Echo ihrer vergeblichen Hilferufe mitschwang. »Unser Onkel hat Mama mit dem Messer wehgetan. Sie hat mich fortgeschickt. Aber ich hätte bleiben sollen. Ich hätte ihr helfen müssen... Ich hab gesehen, dass er ihr den Dolch ins Herz stieß... Er nannte sie Hexe!«

Die kindlichen, verzweifelten Vorwürfe, die sie sich unbewusst all die Jahre gemacht haben musste, brachen mit voller Macht aus ihr heraus. Sie stammelte all die Worte, die eine unheimliche Blockade sie bisher nicht hatte aussprechen lassen.

»Guy? Mein Bruder? Du...« Der Graf von Mesnières ließ Nanas Hand los, als sei sie glühendes Eisen. Doch der tiefe Ernst, der in ihren Augen stand, ließ keinen Zweifel zu. Sie wusste, was sie sagte, und es stimmte. Sie hatte es mit eigenen Augen gesehen.

Erinnerungen fluteten über ihn hinweg. Versäumnisse, die er nie wieder gutmachen konnte. Wie oft hatte Melisande ihn gebeten, seinen Bruder zurechtzuweisen, ja ihm das Haus zu verbieten. Er hatte sie empfindlich, geradezu hysterisch genannt, hielt für völlig unsinnig, was sie von ihm verlangte. Glaubte, dies sei auf die Überempfindlichkeit einer Schwangeren zurückzuführen. Wieso fand sie ein wenig Bewunderung für ihre unzweifelhafte Schönheit so lästig?

Doch die Erkenntnis, dass er ihr Unrecht getan hatte, half nun auch nichts mehr.

»Er hat sie getötet. Er will auch dich töten. Er hat einen Mann geschickt, der dich töten soll. Derselbe, der dich am Stadttor in Bourges nur verletzt hat. Er will uns alle vernichten, sein Hass ist wie Gift...« Richard erblasste. Nanas Worte entsprachen der

Wahrheit. Hatte er nicht selbst jenen Galgenvogel unschädlich gemacht, der zum zweiten Mal versucht hatte, ihn zu ermorden?

Doch der Messerstecher hatte erneut die Geschicklichkeit und den Mut des Feldhauptmannes unterschätzt und seinen Fehler mit dem Leben bezahlt. Natürlich hatte Richard de St. Doye sich gefragt, weshalb ihn dieser Galgenvogel töten wollte, doch dann waren wichtigere Probleme zu lösen gewesen. Erst Nana hatte ihn wieder daran erinnert.

»Der Mann ist tot, *petite*, du brauchst keine Angst mehr zu haben«, murmelte er »Du brauchst nie wieder Angst vor etwas zu haben!«

»Aber Onkel Guy! Er hat mich eingesperrt, er... er wollte mich...«

Nana brachte es nicht fertig auszusprechen, was Guy mit ihr vorgehabt hatte, aber die tiefe Röte, die ihr Gesicht erfasste, verriet genug. »Ich bin geflohen. Clemence hat mir geholfen, weil sie das Medaillon erkannt hat. Aber er wird mich suchen. Ich habe solche Angst vor ihm...«

Nana sank zurück, und die Röte wich einer tödlichen Blässe; die Aufregung war zu viel für sie gewesen. In diesem Moment trat Ben Simon, der Arzt, ein und begriff die Situation mit einem einzigen Blick. Als er tadelnd den Kopf schüttelte, schauten die beiden Männer reumütig drein.

»Man sollte meinen, Ihr wäret klüger«, sagte Simon bissig. »Kaum ist dieses arme Wesen wieder bei sich, habt Ihr nichts Besseres zu tun, als sie derart aufzuregen, dass sie erneut die Besinnung verliert.«

Er schob die beiden zur Seite und prüfte Nanas Puls. Doch sie schlug die Augen schon wieder auf und öffnete den Mund für neue Fragen. Simon jedoch legte ihr einen Finger auf die Lippen.

»Ihr seid in Sicherheit, und niemand tut Euch hier Böses, Demoiselle. Das ist das einzig Wichtige. Eure Fragen können alle später beantwortet werden. Ihr habt noch viel Zeit. Jetzt müsst ihr ein wenig Suppe essen, damit Ihr wieder zu Kräften kommt. Ihr besteht nur noch aus Haut und Knochen, und schon der geringste Windhauch könnte Euch umwerfen...«

»Der Doktor hat Recht, Nadine!«, brummte der Graf und musste sich räuspern, weil seine Stimme so belegt klang. »Du bist in Sicherheit. Vergiss die Vergangenheit.«

Nana antwortete nicht, ihre Blicke waren zu Colin gewandert, der bisher kein Wort gesagt hatte. Wie eine Verdurstende trank sie seinen Anblick in sich ein. Wie sie ihn liebte! Aber warum wich er ihrem Blick aus? Weshalb dieses Schweigen, wo sie doch so sehr auf ein Wort, eine Geste von ihm wartete?

Sie ahnte nicht, dass der Ausdruck auf ihrem Gesicht mehr über ihre Liebe zu Colin verriet, als alle Worte es gekonnt hätten. Simon und der Graf wandten ihre Blicke ab, denn die Intimität dieses Augenblickes machte sie ein wenig verlegen, schloss sie aus.

Nanas Lippen formten Colins Namen, aber kein Laut kam über ihre Lippen. Eine eigenartige Mischung aus Befangenheit, Schwäche und Stolz hielt sie davon ab, den ersten Schritt zu tun, um seine Aufmerksamkeit zu betteln, wenn er sie ihr nicht freiwillig schenken wollte. Dass er ihr gezürnt hatte, konnte sie verstehen, aber inzwischen musste ihm doch längst klar geworden sein, dass sie aufgrund äußerer Zwänge so gehandelt hatte. Wieso schwieg er?

Colin d'Harigny starrte auf einen Punkt, der genau über Nanas Kopf lag, dort, wo die Hand des Schreiners über die ganze Breite der hölzernen Rückwand des Bettes ein Band aus Rauten und Ranken geschnitzt hatte. Er spürte, dass Nana ihn ansah, aber er wagte es nicht, ihrem Blick standzuhalten. Denn ein seltsames, demütigendes Gefühl der Schuld hatte ihn erfasst. Scham über sein Verhalten.

Keiner von ihnen hatte jemals seine Pflicht dieser jungen Frau gegenüber erfüllt. Der Vater hatte nicht vermocht sie vor einem Leben in Angst und Elend zu beschützen. Und auch er, Colin, hatte das Seine dazu getan, hatte sie des einzigen Schatzes beraubt, den sie besaß und den sie bis dahin so sorgsam gehütet hatte. War es nicht die erste Aufgabe eines jeden Ritters, die Schwachen und Schutzlosen vor dem Übel zu bewahren?

Stattdessen hatte er sie in seiner Trunkenheit in sein Bett gezerrt und danach ganz Bourges nach ihr abgesucht, weil seine Begierde nach ihr noch nicht gestillt war. Zeichen der Liebe hatte sie von ihm nie erhalten. Nur Zeichen der Begierde, der Leidenschaft. Wenn er nun von Liebe redete, musste sie dies doch als Hohn empfinden. Würde sie nicht denken, dass er nur deshalb seinen Sinn geändert hatte, weil sie nun Nadine de St. Doye war und nicht mehr Nana, die Gauklerstochter?

Colin d'Harigny hasste sich selbst für seine Rücksichtslosigkeit, doch Nana interpretierte den finsteren Ausdruck in seinen Augen falsch und kam zu der Überzeugung, dass sie sich keine Hoffnungen machen durfte. Auch jetzt nicht. Sie hatte völlig richtig gehandelt, als sie ihn in Bourges verließ, und sie konnte nur hoffen, dass er nie erfahren würde, wie verzweifelt und vergeblich sie sich nach ihm sehnte.

»Ihr werdet genügend Zeit haben, über alles zu reden«, sagte Simon der Arzt und brach damit die lastende Stille. »Fürs Erste ist es wichtiger, dass diese junge Dame etwas Nahrung zu sich nimmt und nicht weiter geplagt und aufgeregt wird. Ich muss Euch bitten, Messires, Euren Besuch abzukürzen und zu gehen. Nun, da Ihr wisst, dass das Schlimmste überstanden ist, werdet Ihr Euch sicher noch ein paar Tage gedulden können.«

»Ihr habt Recht«, stimmte der Graf von Mesnières ihm zu und beugte sich über Nana. »Das Wichtigste ist, dass du wieder gesund wirst, *petite*.«

»Ihr seid mein Vater«, sagte Nana mit ihrer normalen Stimme. »Clemence hat es mir erzählt, aber plötzlich erinnere ich mich auch. Ihr habt mich durch die Lüfte fliegen lassen, wenn Ihr in die Burg zurückkamt... Wieso erinnere ich mich erst jetzt? Ich habe mir so oft den Kopf zermartert, mich aber nie erinnern können, und nun plötzlich scheint es, als habe eine Hand den Vorhang zurückgezogen...«

»Das kann mit dem Schlag zusammenhängen, den Euch dieser Burgunder mit seiner Keule versetzt hat«, erklärte Ben Simon. »Der Bereich des Verstandes und der Erinnerung ist ein schwieriges Gebiet, und die Medizin hat noch längst nicht alles erforscht.«

»Ich danke dem Himmel, dass er mir meine Tochter zurückgegeben hat«, sagte Richard de St. Doye voller Wärme. »Du kannst nicht ahnen, was das für mich bedeutet. Aber nun werden wir dich allein lassen, ehe uns Ben Simon hinauswirft. Gott sei mit dir, meine Tochter!«

Er wagte nicht, Nadine einen Kuss auf die Stirn zu geben, wie er es so gern getan hätte. Er verzichtete lieber darauf. Es gab da Erinnerungen und Szenen zwischen ihnen, die am besten so schnell wie möglich in Vergessenheit gerieten. Und auch bald vergessen sein würden, daran zweifelte er nicht, nachdem ihn ein gütiges Schicksal davor bewahrt hatte, sie beide in tiefe Sünde zu stürzen.

»Kommt Ihr mit, Colin?« fragte er und riss damit den jungen Ritter aus dessen düsteren Grübeleien.

Colin d'Harigny nickte. In einem Moment der Unachtsamkeit schweifte sein Blick doch zu Nana ab, und diesmal gelang es ihr, ihn festzuhalten.

»Seigneur?«, murmelte sie heiser.

»Demoiselle Nadine…« Obwohl er ihr mit dieser Anrede Respekt erwies und den Rang anerkannte, der ihr zustand, war es doch nicht das, was sie von ihm hören wollte.

»Colin hat dich erkannt, als du verwundet wurdest, und vom Schlachtfeld getragen«, erklärte der Graf, als ihm klar wurde, dass beide nicht wussten, was sie sagen sollten. »Ihm hast du dein Leben zu verdanken.«

Es gehörte Colin, dieses Leben, jetzt mehr denn je, aber auch das konnte Nana ihm nicht sagen. Sie schaute verzweifelt in das sommerliche Blau seiner Augen und versuchte herauszufinden, was er für sie empfand. Täuschte sie sich, oder las sie das wirklich in seinem Blick: Zorn, Empörung, Ungeduld? War das enge Band zwischen ihnen noch vorhanden, das ihr in Bourges gestattet hatte, seine Empfindungen so genau zu erkennen wie ihre eigenen? Oder hatten die Ereignisse jene Verbindung zwischen ihnen zerstört?

In diesem Moment trat ein braun gekleidetes, molliges Mädchen ein. Sie hatte ein freundliches, rosiges Gesicht, und unter der frisch gestärkten Haube lugten zwei blonde Zöpfe hervor. Sie trug ein Tablett, auf dem eine Suppenterrine dampfte, und ihr Erscheinen vertrieb zu Nanas Bedauern die beiden Ritter endgültig. Das Mädchen deutete einen Knicks vor ihnen an und trat an das Bett der jungen Frau.

»Das ist meine Tochter Rachel«, stellte der Arzt die Kleine vor. »Sie wird sich um Euch kümmern.« Dann verließ auch er den Raum.

Sie schluckte gehorsam Löffel für Löffel der kräftigen Brühe, die Rachel ihr einflößte. Die junge Jüdin, die in ihrem einfachen, aber blitzsauberen Kleid und mit der Haube, die fast wie ein Segelschiff wirkte, ein Muster an Ehrbarkeit und Tüchtigkeit verkörperte, schüchterte Nana noch mehr ein als die Männer.

Rachel war eine jener properen, selbstsicheren Bürgerinnen, die Nana von jeher glühend beneidet hatte. Zu wissen, wohin man gehörte, täglich wiederkehrende, feste Aufgaben zu haben und mit dem gesteiften Leinen auch den Kopf ganz hoch tragen zu können, das war ihr viele Jahre lang als das Erstrebenswerteste überhaupt erschienen.

Dass Rachel sie zwar freundlich, aber mit deutlichem Respekt behandelte, fiel ihr erst einige Tage später auf, als es ihr bereits so gut ging, dass sie das erste Mal ihr Lager verlassen konnte.

»Euer Vater hat diese Kleider geschickt«, erzählte Rachel und half ihr, zunächst das feine, spitzenbesetzte Hemd anzuziehen und darüber dann eine Robe aus minzfarbenem venezianischen Stoff, die unter dem Busen mit einem silbernen Band gegürtet wurde.

Der v-förmige Ausschnitt war mit einer schmalen Borte aus Silberspitze verziert, und unter den geschlitzten Ärmeln, die den Oberarm bauschig umgaben, ehe sie vom Ellbogen an enger wurden, schimmerte silberner Stoff hervor. Der Rock legte sich in weiche Falten und endete in einer Schleppe.

»Ein ganzes Heer von Schneidern in Compiègne bedankt sich für die Aufträge Eures Vaters«, verriet das junge Mädchen beeindruckt. »Wie wunderbar Euch dieses Gewand doch steht!«

Eng gewirkte weiße Seidenstrümpfe und weiche braune Lederslipper vervollständigten Nanas Toilette. Dann machte sich Rachel mit Begeisterung daran, die kupferfarbenen Locken zu bürsten, zu Zöpfen zu flechten und auf dem Hinterkopf festzustecken, damit sie den schmalen Silberreif darauf drücken konnte, der den zartgrünen Schleier hielt, der auf Nanas Schultern herabrieselte.

»Wie schön Ihr seid!«, sagte sie andächtig und seufzte. »Wenn Euch jetzt der Sieur d'Harigny sehen könnte! Ich wette, er, würde sich auf der Stelle in Euch verlieben, wenn er Euch nicht schon längst anbeten würde.«

»Rede keinen Unsinn«, fuhr Nana auf. Zu diesem Thema vertrug sie keine Scherze. »Messire d'Harigny hat Wichtigeres zu tun, als mich anzubeten.«

»Mag sein.« Rachel lächelte unbeeindruckt. »Aber ich möchte wetten, dass ihn das nicht daran hindert, sich nach Euch zu sehnen. Was für ein schöner Ritter ist er, ach, Ihr seid zu beneiden...«

»Um was?«, fragteNana trocken. »Der Sieur d'Harigny hat mich kein zweites Mal besucht und sich auch nie nach meinem Befinden erkundigt. Ihr bildet Euch Dinge ein, die nur in Eurer Fantasie geschehen, Rachel!«

»O nein!«, widerprach die andere und zupfte eine letzte Falte an Nanas hinreißender Erscheinung zurecht. »Wenn Ihr gesehen hättet, wie er während Eures Fiebers an Eurem Bett gewacht und gebetet hat, dann würdet Ihr nicht länger an seinen Gefühlen zweifeln. Er ist Euch zutiefst ergeben...«

Nana versuchte sich an diesen Satz zu klammem, während die Tage vergingen und ihre Genesung Fortschritte machte. Doch es war schwer, an die tiefe Ergebenheit eines Mannes zu glauben, der wie vom Erdboden verschluckt zu sein schien. Wo steckte Colin d'Harigny?

Selbst wenn sie berücksichtigte, dass Compiègne sich immer noch im Belagerungszustand befand und dass jeder Mann auf den Mauern dringend benötigt wurde, war das kein ausreichender Grund, weshalb er fortblieb. Denn ihr Vater fand trotz allem jeden Tag wenigstens ein bisschen Zeit, sie zu besuchen und mit ihr zu sprechen. Er half ihr, ihre Erinnerungen zu ordnen, und hörte erschüttert, was mit seinen anderen drei Töchtern geschehen war.

Er teilte Nanas Furcht, dass sie alle längst tot waren, und er verstand, wie schwer es ihr fiel, von einem Leben in das andere zu schlüpfen. Er liebte Nadine so sehr, dass er ihr Misstrauen, ihre Angst und ihre tiefe Unsicherheit begreifen konnte. Und natürlich auch ihren heißen Wunsch nach Rache an seinem schurkischen Bruder, denn er empfand diesen Wunsch ebenfalls.

»Guy entkommt uns nicht«, hatte er sie getröstet, als sie davon sprach. »Er wird für die Jahre der Verzweiflung und des Elends bezahlen, das schwöre ich dir bei meiner Ehre. Sobald Compiègne die versprochene Verstärkung bekommt und du wieder gesund bist, werden wir nach Bourges aufbrechen.«

Nana kehrte mit ihren Gedanken wieder in die Gegenwart zurück.

Was für ein Gesicht würde er machen und was würde er sagen, wenn sie ihm heute zum ersten Male wieder angekleidet und aufrecht gegenübertrat?

Aber es war nur Jacques, der am späten Nachmittag in Ben Simons Haus auftauchte. Der Pferdeknecht hatte sein Abenteuer unbeschadet überstanden, indem er sich, sobald er das Stadttor passiert hatte, den Weg zum Quartier des Grafen weisen ließ und nun eine Mischung aus Waffenmeister und Kammerdiener für ihn war. Jacques brachte die Nachricht von einem neuerlichen Ausfall der Verteidiger, und es dauerte zwei Tage, bis Nana den Grafen wiedersah.

Er wirkte müde und erschöpft, eine frische, blutige Schramme zog sich über seine Stirn, und ein leichtes Humpeln verriet, dass ein kräftiger Hieb mit dem Morgenstern ihn am rechten Oberschenkel getroffen hatte. Mit einem Schlag begriff Nana, wie groß jeden Tag aufs Neue die Gefahr war, ihn noch einmal zu verlieren.

Ohne einen Deut auf die majestätische Pose zu geben, die sie für ihn eingeübt hatte, raffte sie die Röcke und warf sich mit einem leisen Aufschrei in seine Arme. »Ihr seid verletzt! Die Burgunder hätten Euch töten können! Was ist passiert?«

Für einen Augenblick zögerte Richard de St. Doye, versteifte sich, dann ging ein erleichtertes Aufatmen durch seinen Körper, und er schloss ein wenig schwerfällig die Arme um sie. Seine männlichen Wünsche waren längst dem alleinigen und allumfassenden Gefühl väterlicher Liebe gewichen. Er küsste seine Tochter innig auf die Stirn.

»Psst! Meine Kleine, es ist das Handwerk eines Kriegers zu kämpfen. Was sollen die Leute von Compiègne von der Armee des Königs denken, wenn sie sich hinter den Mauern versteckt und den Burgundern das Land überlässt? Aber du brauchst keine Angst zu haben! Ich hänge an meinem armseligen bisschen Leben, seit ich dich gefunden habe. Ich lasse nicht zu, dass wir erneut getrennt werden.«

Er küsste sie noch einmal sanft auf die Wangen, dann hob er ihr Kinn mit dem Zeigefinger leicht an.

»Ist das alles, was diese dunklen Schatten in deine hübschen Augen zaubert, oder gibt es noch einen anderen Grund für deinen Kummer?«

Nana senkte den Blick, und eine zarte Röte stieg ihr in die Wangen. »Hattet Ihr große Verluste?« fragte sie, während sie nervös an ihrer Manschette nestelte.

»Kann es sein, dass du mich nach dem Befinden des Sieur d'Harigny fragst?« Er legte ihr die Hände auf die Schultern und schaute Nana an.

Die junge Frau räusperte sich und zerrte weiter an der Spitze, die als Abschluss auf den Ärmel genäht war.

»Es geht ihm gut?«, sagte sie leise.

»Ich nehme es an, mein Kind. Er hat nämlich nicht an dem Ausfall teilgenommen. Dein Ritter hat die Stadt vor fünf Tagen verlassen.«

»Ohhh!«

Nana löste sich von ihm und trat an den Tisch, auf dem sich neben Federn und Tinte Pergamente und ein hübsch gebundenes Stundenbuch befanden. Rachel hatte sich bereit erklärt, sie in die Geheimnisse des Schreibens und Lesens einzuweihen, die sie selbst so hervorragend beherrschte. Nana hatte dabei entdeckt, dass ihr diese Beschäftigung mehr Vergnügen bereitete als jene lästigen Nadelarbeiten, die am Ende bei ihr nur ein Gewirr aus bunten Fäden darstellten. Sie machte gute Fortschritte und konnte bereits ihren Namen schreiben.

Nun starrte sie auf die Buchstaben, ohne sie zu sehen. Colin war fort. Colin hatte die Stadt verlassen, ohne Lebewohl zu sagen. Er hatte sie verlassen.

Der Raum verschwamm vor ihren Augen, und sie spürte die Feuchtigkeit, die unter den Lidern hervorquoll und über ihre Wangen lief. Nana machte jedoch keine Anstalten, sie abzuwischen. Es war, als ob sie neben sich stand und sich selbst beobachtete. Sie sah die Tropfen, die auf das Pergament fielen und die Tinte des Geschriebenen verwischten. Sie hatte so lange keine Tränen mehr vergossen, dass sie erst allmählich begriff, dass sie tatsächlich weinte.

»Nadine!« Erneut griff der Graf von Mesnières nach den Schultern seiner Tochter und zog sie tröstend an sich. »Er wird zurückkommen. Ich weiß es. Du hast keinen Grund, um ihn zu weinen.«

Doch innerlich verfluchte er Colin d'Harigny, der einfach so verschwunden war und niemandem verraten hatte, welchen dringenden Grund er haben mochte, ausgerechnet jetzt die belagerte Stadt zu verlassen. Er hatte auch ihn enttäuscht, aber das wollte er Nadine nicht auch noch sagen.

»Nein.« Nana schüttelte den Kopf, als habe sie seine Gedanken gelesen. »Warum sollte er? Er ist fort. Er liebt mich nicht.«

Hilflos strich Richard de St. Doye über die Haare seiner weinenden Tochter. Ihre Tränen trafen ihn schlimmer als Schwerthiebe. Melisandes Tränen hatte er stets mit einem Schulterzucken abgetan, Frauen waren nun einmal zart besaitet und hatten nahe am Wasser gebaut. Seine Gattin hatte schon bei Kleinigkeiten geweint. Nadine indes hatte diese Empfindlichkeit nicht geerbt.

Dass die ersten Tränen, die er bei ihr sah, Colin d'Harigny galten, veranlasste ihn zu einem düsteren Stirnrunzeln. Wo steckte dieser Schurke? Was war aus seinen heldenhaften Schwüren geworden, Nadine zu seiner Gattin zu machen? Weshalb ließ er sie leiden?

»Er kommt wieder, ich schwöre es dir«, murmelte er rau, und gleichzeitig schwor er sich, dass er d'Harigny zur Rechenschaft ziehen würde, wenn er in diesem Moment einen Meineid geleistet hatte.

22. Kapitel

»Der Ring um die Stadt schließt sich immer enger.« Der Graf von Mesnières beantwortete die Fragen des jüdischen Arztes mit sichtlichem Widerwillen. »Die Versorgung der Bevölkerung bereitet bereits Probleme, und wir werden mit Seuchen und Hunger rechnen müssen. Unsere einzige Hoffnung ist der Marschall de Boussac, der die Truppen in der Normandie kommandiert. Wenn er uns zu Hilfe kommt, haben wir eine Chance!«

»Aber ich denke, der Herzog ist abgezogen, weil er nichts erreicht hat?« Ben Simon begriff, dass er sich falsche Hoffnungen gemacht hatte.

»Sicher«, bestätigte St. Doye mit einem Kopfnicken. »Aber Messire du Luxembourg ist auch kein schlechter Feldherr. Auch mit verringerter Truppenstärke kann er den Würgegriff um Compiègne aufrecht erhalten. Wenn es uns nur gelänge, einen Boten aus der Stadt zu bringen, der Boussac tatsächlich erreicht.«

Nana hörte dem Gespräch zu, ohne sich selbst daran zu beteiligen. Von Rachel wusste sie, dass der Hunger längst in den Küchen von Compiègne Einzug gehalten hatte. Es galt die wenigen Dinge, die man noch besaß, sparsam einzuteilen, und die nahrhaften Suppen und Speisen, die sie während ihrer Genesungszeit erhalten hatte, waren längst wässerigen Gerichten und dünnen Brotscheiben gewichen. Besitzer eines Gartens wie Ben Simon zählen nun zu den Reichen, denn der Sommer erlaubte wenigstens die Ernte von Gemüse und Obst. Nana und Rachel stritten sich täglich in aller Frühe mit den Vögeln um die Beeren und Kräuter.

Obwohl sie nun schöne Kleider trug und im Quartier des Grafen ein prächtiges Zimmer bewohnte, kam es der jungen Frau so vor, als habe sich im Gegensatz zu ihren Zeiten auf den Landstraßen recht wenig geändert. Sie hatte sich sogar wieder an den leisen Hunger gewöhnt, der ihr ständiger Begleiter war.

Die Besucher von Compiègne konnten lediglich von Glück sagen, dass die Stadt am Zusammenfluss von Oise und Aisne lag, so dass der heiße Sommer zumindest nicht auch noch ausgetrocknete Brunnen und Zisternen bescherte. Gemeinsam mit Rachel war Nana eben damit beschäftigt, Leinenbinden vorzubereiten, von denen so viele für die Verteidiger der Stadt benötigt wurden, wenn man sie verwundet zu Ben Simon brachte. Nana haue in der jungen Jüdin etwas gefunden, was sie noch nie in ihrem Leben besessen hatte. Eine Freundin. Und es war Rachel zu verdanken, dass sich die Traurigkeit, die wie ein Mantel über Nanas Worten und Bewegungen lag, wenigstens manchmal für ein Lächeln oder einen Scherz hob.

Ihre Tage verbrachte Nana meistens in dem kleinen Haus oder dem winzigen Obstgarten, und an diesem Tag hatte sich der Graf von Mesnières auf der Suche nach seiner Tochter ebenfalls dorthin gewandt, als er sie in seinem Quartier nicht vorfand.

So kam es, dass der Mann, der so sicher geglaubt hatte, dass er nur Ben Simon vorfinden würde und ihn allein befragen konnte, mitten in eine Szene ungewohnten häuslichen Friedens platzte. Die beiden älteren Männer saßen bei einem Krug verdünnten Weines im Schatten des Kirschbaumes beisammen, während die beiden jungen Frauen ihre Köpfe über die Körbe mit Leinen gebeugt hatten. Alle vier Gesichter wandten sich ihm gleichzeitig zu.

Nanas erschreckte Bewegung ließ den Korb von ihrem Schoß rutschen, und Bahnen sorgsam aufgerollten Leinens kullerten über den Boden, ohne dass jemand die geringsten Anstalten machte, sie wieder aufzuheben. Die großen veilchenfarbenen Augen weiteten sich, als sie Colin d'Harigny erkannten. Staubig, mit dem Schatten eines mehrere Tage alten Bartes im Gesicht, aber unversehrt in einem leichten Harnisch, mit dem mächtigen Schwert an seiner Seite.

»Potzblitz! Da seid Ihr ja wieder!« polterte der Graf los. Er hatte als erster die Sprache wiedergefunden. »Stand Euch der Sinn nach einem Ausflug, oder wo habt Ihr Euch herumgetrieben?«

Colin, der Nana betrachtet hatte, die ein blassblaues Leinenkleid und nur einen zarten gleichfarbigen Schleier über den Haaren trug, zwang sich, seinen Blick abzuwenden und dem Grafen von Mesnières zu antworten.

»Ich grüße Euch! Ich bringe Euch Nachricht von Eurer Schwägerin und Eurem Neffen!«

Auf den Grafen und seine Tochter hatten die Worte Colins die Wirkung einer Kanonenkugel. Nana sprang auf und presste die Hand auf ihr wild klopfendes Herz. Sie sah aus, als rechnete sie jeden Augenblick damit, dass Guy hinter Colin hervortreten würde.

Colin begriff, was in ihr vorging. Er ignorierte ihren Vater, trat vor sie und beugte ein Knie, ehe er nach ihrer Hand griff.

»Ihr müsst keine Angst mehr haben, Demoiselle. Guy de St. Doye ist tot. Er kann Euch nichts Böses mehr tun! Ihr könnt ihn vergessen.«

Noch nie in ihrem Leben hatte Nana sich so erleichtert gefühlt; und diese Erleichterung war so heftig, dass ihre Beine unter ihr nachzugeben drohten. Vielleicht aber rührte ihre Schwäche auch nur daher, dass Colin ihre Hand hielt.

»Tot?«, wiederholte sie fassungslos.

»Es gab ein verheerendes Feuer im Maison Mesnières, von dem man annimmt, dass es in seinem Schlafgemach ausgebrochen sein muss. Die Flammen griffen auf die Teppiche und das Holz über und schlossen ihn ein. Jede Rettung kam zu spät. Das Haus ist völlig zerstört, und nur einem nächtlichen Wettersturz mit heftigen Regenfällen ist es zu verdanken, dass der Brand nicht auf andere Häuser übergriff. Bis auf Guy de St. Doye konnten sich indes alle Bewohner retten. Angèle de St. Pol und ihr Sohn haben bei Königin Marie Zuflucht gesucht.«

»Was hattet Ihr in Bourges zu suchen?«, fragte der Graf. Während seine Stimme emotionslos klang, zeigte ein Blick in sein Gesicht, wie sehr ihn das Gehörte bewegte.

»Ich war der Bote, der die Nachrichten zum König brachte«, gab Colin zu. »Ich habe mich freiwillig gemeldet, um die Stadt verlassen zu können und nach Bourges zu gelangen, sobald feststand, dass Nana wieder völlig gesund werden würde.«

»Ihr wolltet ihn töten!« Nana wusste plötzlich, weshalb Colin all dies getan hatte. »Ihr seid nach Bourges geritten, um Guy de St. Doye zu töten!«

D'Harigny nickte. »Er hatte den Tod tausendfach verdient. Ich wusste, dass Ihr nie Ruhe finden würdet, solange er noch irgendwo lebt.«

»Seid Ihr des Wahnsinns?«, fragte Richard de St. Doye entsetzt. Er begriff weit besser als Nana, welche Konsequenzen es für Colin gehabt hätte, hätte er Guy getötet. »Ohne mein Wort hätte man Euch des Mordes bezichtigt, wenn Ihr gefasst worden wäret. La Trémoille hätte Euch mit größter Begeisterung und ohne das kleinste Zögern an den Galgen geknüpft. Ihr wisst, dass er nur darauf wartet, Euch loszuwerden. Ihr seid ein unvertretbares Risiko eingegangen, Colin! Bis diese Nachricht uns erreicht hätte, wäre es längst um Euch geschehen gewesen.«

»Ich musste es tun.« Das klang so ruhig und gelassen, dass Richard erst einmal nichts mehr darauf zu erwidern wusste.

Nana hatte keine Anstalten gemacht, ihre Hand zu befreien. Sie suchte Colins Blick, und so bemerkte sie nicht, wie verärgert ihr Vater Colin weiterhin betrachtete. Sein Groll gegen den jungen Ritter war eher noch gewachsen.

»Warum seid Ihr zurückgekommen? Dies ist eine belagerte Stadt. Es gibt kaum genügend für alle zu essen, und vielleicht werden wir alle miteinander noch in diesem Sommer sterben.«

»Wir werden einen so unsinnigen Tod zu verhindern wissen«, erwiderte Colin ernst, ohne den Blick von Nana zu nehmen. »Ich werde Euch mit meinem Leben beschützen und mit meinem Arm verteidigen. Ich werde Euer Ritter sein, Euer Diener, bis Ihr eines Tages begreift, wie sehr ich Euch verehre, und mir die Möglichkeit gebt, um Euch zu werben. Ich werde mir Eure Achtung und Euren Respekt verdienen.«

Rachel seufzte ein wenig neidisch, aber niemand beachtete das junge Mädchen. Aller Augen hingen an Nana, die plötzlich mit dem Fuß aufstampfte und den Kopf in den Nacken warf, dass der zarte Schleier um ihren Kopf flog. Ihre Augen funkelten, und Röte war in ihre Wangen gestiegen.

»Ich bin keine noble Dame, Colin!« sagte sie temperamentvoll. »Und ich begreife nicht, was Ihr mir mit diesem gespreizten Zeug sagen wollt. Gibt es denn nichts, was Ihr mir sagen könnt, das ich verstehe?«

Der Griff um ihre Hand verstärkte sich.

»Ich liebe dich, egal, ob du Nana oder Nadine bist. Ich bitte dich, dein Leben mit mir zu teilen und meine Frau zu werden.«

»Oh!«

Dieses Mal war es Nana, die seufzte, und endlich gestattete sie ihren zitternden Beinen nachzugeben, bis sie neben Colin auf dem Boden kniete.

»Deine Frau?«, wiederholte sie heiser.

»Die Dame d'Harigny, die Mutter meiner Kinder, das Licht meines Lebens.«

Nana kämpfte gegen die Schwäche an, die sie plötzlich empfand. Ihr Glück war so übermächtig, dass es sie schwindelte und Colins Gesicht vor ihren Augen verschwamm. Sie umklammerte seine Hand, als könnte sie durch den Kontakt die Kraft ziehen, die sie benötigte, um nicht in Ohnmacht zu fallen.

Er hatte sein Leben aufs Spiel gesetzt, um diese Liebe zu beweisen, aber Gott war gnädig gewesen und hatte verhindert, dass er für sie zum Mörder wurde. Das Bild eines kippenden Kerzenleuchters trat plötzlich vor ihre Augen, und mit einem Male wusste sie, was geschehen war. Sie selbst hatte sich gerächt!

Guy de St. Doye war durch ihre Hand gestorben. Der Rauch, den Clemence gerochen hatte, stammte von dem beginnenden Feuer. Die Burg von Mesnières, von der ihr Leben und das ihrer Schwestern zerstört worden war, war von Flammen vernichtet worden – und nun hatte eine ausgleichende Gerechtigkeit dafür gesorgt, dass auch der Mörder im Feuer umgekommen war.

Nadine seufzte auf. Es war vorbei. Sie hatte sich und die Ihren gerächt.

Sie sank in Colins wartende Arme, und ihr Kuss gab ihm die

Antwort, die er haben wollte. Die Wälle von Compiègne bebten unter dem Einschlag des burgundischen Bombardements aber Nana hatte keine Angst mehr. Sie hatte die Angst besiegt.

November 1431

Sie sind fort! Sie sind fort!«

Der aufgeregte Ruf pflanzte sich durch die Straßen von Compiègne, und es dauerte nicht lange, bis sich alles, was Beine hatte, auf den Wällen versammelte, um das verblüffende Ereignis mit eigenen Augen zu sehen. Leer und öde lag die Ebene da.

Wo sich gestern noch das Heerlager Jean du Luxembourgs befunden hatte, sah man nur noch zertrampelte Erde und die vereinzelten schwarzen Flecken der Lagerfeuer. Die Burgunder waren mit ihren Kriegsmaschinen und Männern abgezogen, die Belagerung von Compiègne war zu Ende.

Allenthalben war man sich darüber einig, dass dies zwar auch dem Marschall de Boussac zu verdanken war, aber in erster Linie dem Lebensmitteltransport, der die Stadt nach langer Hungerzeit im Oktober endlich erreicht hatte. Das Husarenstück, dem dies zu verdanken war, hatte den Mut der tapferen Verteidiger neu entfacht und die Schwachen wieder gestärkt.

Von den Verteidigern der Stadt und den Truppen des Marschalls in die Zange genommen, hatte der Luxemburger aufgegeben und war verschwunden. Man munkelte sogar davon, dass sein Herzog mit einem neuerlichen Waffenstillstand mit seiner Majestät König Karl liebäugelte. Und viele glaubten sogar, dass sich die Zeiten der Engländer auf französischem Boden endlich dem Ende zuneigen würden. Man begann wieder vom Frieden zu sprechen, so als sei dies keine fantastische Erfindung eines Märchenerzählers, sondern mögliche Realität für das geschundene Königreich Frankreich.

»Sie sind wirklich fort?«

Nadine d'Harigny vermochte einen leisen Zweifel nicht ganz aus ihrer Stimme zu bannen. Zudem fiel es ihr schwer, die warme Zuflucht des breiten Bettes zu verlassen, obwohl das behagliche Zimmer von einem mächtigen Kaminfeuer erwärmt wurde, das der Kälte des nebeligen Novembertages keine Chance gab.

»Wenn Ihr Euch erhebt und Euch ankleidet, werdet Ihr Euch

auf den Wällen selbst von diesem Wunder überzeugen können«, versicherte ihr Colin, der die Nachricht soeben nach Hause gebracht hatte.

Nach einer durchwachten Nacht auf den Mauern von Compiègne wirkten seine hageren Züge noch ein wenig schmäler, und der schwarze Schatten seines nachwachsenden Bartes gab ihm das Aussehen eines Briganten. Der zerbeulte Harnisch zeugte von so vielen aufeinander folgenden Kämpfen, dass ihm nicht einmal mehr der Gang zum Waffenschmied möglich gewesen war.

Die Ruhr, an der er wie so viele andere Soldaten des Königs im September gelitten hatte, war endlich überstanden. Die durch die Krankheit und die Strapazen so schrecklich ausgemergelte Gestalt hatte wieder Formen angenommen.

Nadine wurde nicht müde, ihren Mann mit Blicken zu verschlingen und ihm dabei zuzusehen, wie er seine Rüstung ablegte und sich in der silbernen Schüssel wusch, in der Jacques das Wasser für ihn gebracht hatte. Die Haare noch nass, nur mit einer eng anliegenden Hose bekleidet, wandte er sich schließlich seiner schönen, wartenden Gemahlin zu.

»Wie ich sehe, trefft Ihr keine Anstalten, Eurer Neugier nachzugeben«, stellte er lächelnd fest.

Nadine, deren bloße Schultern aus der Decke hervorschauten, da sie der Sitte entsprechend nackt schlief, erwiderte sein Lächeln und schüttelte dann den Kopf. Die Bewegung ließ das Linnen noch ein wenig tiefer rutschen, so dass die Wölbung ihrer Brüste sichtbar wurde. Die wenigen Stunden, die sie in ihrer kurzen Ehe bisher miteinander geteilt hatten, zwischen Kampf und Krankheit, zwischen Hunger und Entbehrung, hatten längst nicht genügt, ihre Sehnsucht nach ihm zu stillen.

Aber auch Colin war erfüllt von einer verzehrenden Sehnsucht nach ihr. Er hätte dieser subtilen Aufforderung nicht bedurft, damit er seine Kleider abstreifte und sich hinter den Vorhängen dieses Betts den leidenschaftlichen Wünschen seiner Gemahlin widmete. Die zurückliegenden Monate hatten Nadine, die nach ihrer Verwundung ohnehin geschwächt war, die Zerbrechlichkeit einer Elfe verliehen. Allerdings einer höchst verführerischen Elfe.

Umso mehr überraschte es ihren zärtlichen Gatten, dass es ihm so vorkam, als seien ihre schönen Brüste größer geworden und als habe die schmale Taille ein wenig von ihrer Zierlichkeit verloren.

»Kann es sein, dass unsere Lebensmittelrationen derart üppig geworden sind?«, scherzte er, während er sie mit einem hungrigen Kuss eroberte und seine suchenden Hände über ihren Körper gleiten ließ, der ihn täglich aufs Neue faszinierte.

Nadine gab sich dem vertrauten Feuer hin, das seine Zärtlichkeiten in ihr entfachten, und lachte unterdrückt. Sie würde ihm später antworten, jetzt wollte sie seine Aufmerksamkeit, nicht von dem ablenken, was er vorhatte. Später würde sie es ihm sagen, wenn das Verlangen und die Lust abgeklungen waren und sie sich seines ungeteilten Interesses gewiss sein konnte. Bis dahin musste die Neuigkeit warten, die ihr der treue Ben Simon gestern bestätigt hatte.

Ben Simon, der jüdische Arzt, dessen einzige Tochter Rachel zu den vielen Opfern zählte, welche die Seuche auch unter der geschwächten Zivilbevölkerung der Stadt gefunden hatte. Kaum ein Haus, das keine an der Krankheit Gestorbenen oder Verhungerten beklagte. Am schlimmsten hatte es die ganz Alten und die ganz Jungen getroffen.

Ausgerechnet die mollige, gesunde Rachel hatte der Ruhr nicht standgehalten. Sie hatte zu den ersten Opfern der verheerenden Seuche gehört, und der Arzt war seitdem merklich gealtert. Hätten die Menschen in der Stadt seine ärztliche Kunst nicht so dringend gebraucht, dann hätte er sich sicher einfach aufgegeben, davon war Nadine überzeugt. Er wäre vor Kummer gestorben.

Auch sie vermisste die Freundin, aber sie hatte kaum Zeit gehabt, sich um sie zu grämen, als Colin erkrankte. Sie hatte den Kampf gegen seine Krankheit mit einer Leidenschaft und Verbissenheit aufgenommen, die nichts anderem Raum ließ.

Dass sie ihn letztendlich gerettet hatte, schob Ben Simon mehr der Kraft ihrer Liebe als der medizinischen Versorgung zu. Einer

Liebe, die so ausschließlich und unerschütterlich war, dass sie sogar einen mörderischen Sommer und Herbst in einer belagerten Stadt überstanden hatte.

Doch in diesem Moment war kein Raum für die Trauer um jene, die eine solche Kraft nicht gehabt hatten. Die vergangenen Monate hatten Nadine gelehrt, dass es wenig Sinn machte, an das Morgen zu denken. Man musste die Gegenwart genießen und jede gestohlene Minute zu einem unvergesslichen Erlebnis gestalten. Nur so war das Übermaß an Tod und Kummer zu ertragen, das Compiègne erfüllte, während die endgültig abgeschlossene Stadt nur die spärlichen Neuigkeiten erfuhr, die lebensmutige Boten oder Spione hinter ihre Mauern schmuggelten.

Auch Richard de St. Doye war schließlich ein Opfer jener letzten heftigen Kämpfe geworden. Bei der Verteidigung det kostbaren Lebensmittel, welche die Stadt retteten, hatte den Grafen ein so verheerender Schwerthieb getroffen, dass Colin, nachdem er seinen Schwiegervater unter Einsatz des eigenen Lebens in die Stadt zurückgebracht hatte, einen Schmied holen musste, der Richards Helm öffnen konnte.

Ben Simon hatte Richards Verletzungen behandelt, aber er hatte sein rechtes Auge nicht mehr retten können. Es war Richard de St. Doye schwer gefallen, aber es war ihm nichts anderes übrig geblieben, als sich damit abzufinden, dass seine Zeit auf dem Schlachtfeld endgültig vorbei war.

Der Graf trug schwer an diesem Schlag des Schicksals, und Nana hoffte sehr, dass ihn die Nachrichten, die sie für ihn hatte, wenigstens ein bisschen aufmuntern würden.

Doch dann hörte Nadine auf, an irgendetwas anderes als an Colin und ihre Liebe zu denken.

»Wie schön du bist, *chérié*…«, murmelte Colin und küsste die rosigen Knospen jener üppigen Hügel, die so prall und reif sein Begehren weckten. Er wusste, wie sehr das Spiel mit seinen Lippen Nana entflammte, und er nutzte dieses Wissen gnadenlos aus, bis sie ihn zitternd um Erlösung anflehte.

»Colin, ich bitte dich! Lass mich nicht warten. So nimm mich doch…«

Die leichte Heiserkeit ihrer Stimme war ihr geblieben, aber das Glück hatte sie gleichsam poliert, in einen geschmeidigen, melodiösen Alt gewandelt, dessen Klang Colin ebenso erregte wie der Inhalt ihrer Worte.

Er liebte es, wenn sie sich hemmungslos und leidenschaftlich unter ihm wand und ihm die Hüften entgegenhob. Ihn mit eigener Hand in sich führte, um seinem vermeintlichen Zögern ein Ende zu machen. In solchen Momenten war sie wild und ungezügelt, eine wahre verführerische Hexe, die einen Mann so um Kopf und Verstand bringen konnte, dass er nicht mehr wusste, was er tat.

Aber noch mehr berührte es ihn, wenn er spürte, wie sie unter ihm dahinschmolz, ganz die Seine wurde und sich ihm vertrauensvoll auslieferte. Diese stolze junge Frau, der es gelungen war, die eigene Integrität unter den unheilvollsten und schwierigsten Umständen zu bewahren. Sie war wie edelster Stahl aus Toledo, man konnte sie bis zum Übermaß biegen, aber sie würde nie brechen, nie von Üblem besudelt bleiben.

Ihre tiefblauen Augen weiteten sich und begegneten den seinen in einem Aufstrahlen der Liebe, das ihm noch intensiver und schöner geworden zu sein schien. Geheimnisvoller vielleicht, fraulicher, weicher und unendlich viel sanfter.

»Ich liebe dich, meine Schöne«, sagte er mit rau klingender Stimme, als er wieder zu Atem gekommen war und seine hinreißende Frau besitzergreifend an sich zog. »Ist dir klar, dass wir nun beginnen können, an unsere Zukunft zu denken? Wir können Compiègne verlassen! Diese Stadt braucht keine Verteidiger mehr, sie braucht Baumeister und Handwerker!«

Nana, die sich zärtlich an ihn kuschelte und seine muskulöse Schulter mit kleinen, liebevollen Küssen bedeckte, schrak auf.

»Compiègne verlassen! Heilige Anna, wohin sollen wir gehen? Nach Bourges zum Sieur de la Trémoille, der dich hasst wie die schwarze Pest? In das zerstörte Haus meines Vaters? Oh ... ich weiß nicht...«

Colin lachte so fröhlich und unbeschwert auf, dass Nana unwillkürlich seinen Blick suchte. Von dieser Seite hatte sie ihn noch nie kennen gelernt. Er wirkte plötzlich wie ein kleiner Junge, der eine besonders schöne Überraschung hat und sich kaum noch zurückhalten kann, um nicht alles zu verraten.

»Mein Herz, du bist die Dame d'Harigny, oder hast du das vergessen? Du hast keinen Söldner geheiratet, sondern einen Lehnsherrn des Königs von Frankreich. Ich besitze mehrere Dörfer in der Gascogne, und die Burg von Harigny, die augenblicklich unter der Herrschaft meines Vogtes steht, kann sich rühmen, ein ebenso großes wie schönes Haus zu sein. Wenn es, dir gefällt, kannst du dich an jedem Tag der Woche in einem anderen Gemach zur Ruhe legen.«

Nana schaute ihn verblüfft an. Sie hatte tatsächlich noch nie darüber nachgedacht, woher Colin kam. Sie hatte stets nur den tapferen Feldhauptmann Jeanne d'Arcs in ihm gesehen. Jener armen Jungfrau, die zwischen Burgundern und Engländern wie ein Spielball hin- und hergeschoben wurde. Den tapferen Ritter, der für die Ehre des Königs von Frankreich stritt und der in jedem Kampf siegte. Dass sie darüber hinaus die Gattin eines äußerst wohlhabenden Edelmannes war, war ihr bis jetzt noch nie in den Sinn gekommen.

»Wir haben ein Haus«, sagte sie zwischen ein paar weiteren Küssen. »Wie schön! Dann muss ich mir ja gar keine Sorgen machen.«

»Welche Sorgen solltest du dir denn machen, mein geliebtes Herz?«

»Nun, zum Beispiel jene, unter welchem Dach unser Sohn zur Welt kommen soll…«

Sie sagte es so beiläufig und normal, dass Colin den Sinn dieser Worte nicht gleich begriff. Dann sah er sie völlig verdutzt an.

»Du bist… ich habe… ich werde…« Nadine konnte ein Lächeln nicht unterdrücken, als sie dieses Gestammel hörte.

»Ihr seid dabei, Vater zu werden, mein Gemahl. Ihr habt Eure Gattin geschwängert und Ihr werdet vermutlich im April des nächsten Jahres einen Sohn oder eine Tochter bekommen. War es das, was Ihr wissen wolltet?«

Wenn Nana förmlich wurde und ihr gleichzeitig der Schalk in

den Augen stand, war sie noch unwiderstehlicher als sonst, und es dauerte geraume Zeit, ehe der Sieur d'Harigny und seine Gemahlin Richard de St. Doye aufsuchen konnten, der sein Quartier im Hause Simons genommen hatte.

Eine eigenartige Freundschaft verband den alten Juden und den halb erblindeten Ritter, die alle Grenzen von Stand und Religion überwunden hatte. Im gemeinsamen Leid um Verstorbene, die nur noch in ihrer Erinnerung lebten, hatten sie sich verbündet, und manchmal machte sich Nana schon ein wenig Sorgen, ob ihr Vater im Begriff war, ein wenig wunderlich zu werden. Er benötigte eine Aufgabe, ein Ziel.

»Wir reisen ab«, verkündete sie deswegen mit einem Elan, der die beiden melancholischen Männer verblüfft auffahren ließ. »Der Winter kann jeden Tag mit Macht über uns hereinbrechen, und ich möchte zu Hause sein, ehe das passiert. Werdet Ihr mit uns kommen?«

»Wer Ihr?«, knurrte Richard de St. Doye, obwohl er sich an dem Anblick der strahlenden jungen Frau freute, in die sich seine Tochter verwandelt hatte.

»Nun, Ihr, liebster Vater, und Euer Freund Ben Simon. Ich bin es meiner Freundin Rachel schuldig, Euch nicht allein zu lassen«, fügte sie an den Arzt gewandt hinzu. »Compiègne ist frei, und Ihr könntet Eure ärztliche Kunst auch an einem anderen Ort ausüben.«

»Zu Hause!« sagte ihr Vater mit unverhohlener Bitterkeit. »Wolle Gott, ich könnte dir ein Zuhause bieten. Das Haus in Bourges ist abgebrannt, die Burg in Mesnières besteht nur aus Trümmern, und es würde Monate dauern, bis ich eines davon wieder aufbauen lassen könnte. Ich kann mir nicht vorstellen, dass du bis dahin bei Königin Marie und ihrem Hofstaat bleiben willst, wie es Angèle tut, oder?«

»Aber Vater, wo denkt Ihr hin? Mein Zuhause ist natürlich bei Colin. Er behauptet, seine Burg sei groß genug für eine ganze Eskadron, also – wo liegt das Problem? Lasst die Ruinen den Verstorbenen und Lebenden eine Mahnung sein und kommt mit uns!«

»Daran, dass man einen alten Baum nicht mehr verpflanzen soll, habt Ihr wohl nicht gedacht?«

»Tatsächlich? Und es gibt keinen Grund, der Euch veranlassen könnte, diese Meinung zu ändern?«

»Nicht einen«, behauptete er.

»Wie bedauerlich.«

Colin, der dieses schelmische Lächeln an seiner Frau nur zu gut kannte, betrachtete den Grafen und freute sich jetzt schon auf das verdutzte Gesicht, das sein Schwiegervater gleich machen würde.

»Dann wird Euer Enkelkind also ohne Euch zur Welt kommen müssen und keinen Großvater haben, der es behütet und beschützt«, fuhr Nadine fort. »Wie schade…«

Colin grinste. Er kam voll auf seine Kosten. Zum ersten Male seit Wochen zeigte Richard de St. Doye wieder Spuren seines alten Elans. Er sprang auf.

»Du bekommst… du wirst… du hast…«

Nadine bekam langsam Übung darin, auf das törichte Gestammel der Männer zu antworten.

»Ich bekomme ein Kind, Simon wird es dir bestätigen. Ich werde Mutter, und ich habe die Absicht, den Vater, den ich endlich wiedergefunden habe, nicht in Compiègne zurückzulassen. Das wolltet Ihr doch wissen, oder nicht?«

Damit war so gut wie alles gesagt. Einen Tag später hatte Simon sein Haus verkauft, und zwei Tage später verließ ein kleiner Tross, angeführt von Jacques, Compiègne durch das südliche Stadttor, um seinen Weg in Richtung Gascogne zu nehmen. An der Wegkreuzung zögerte Nadine.

»Was hast du, mein Herz?«, fragte ihr Gatte, als sie das Maultier zügelte, das zwar reichlich ausgemergelt, aber doch das einzige Reittier war, das sie in der Eile für sie hatten auftreiben können. Noch war Compiègne weit von seinem alten Reichtum entfernt.

»Ich weiß es nicht«, sagte Nadine. »Ich träume jetzt immer öfter von meiner Schwester. In diese Richtung müssten wir uns wenden, um nach Azincourt zu kommen…«

Colin folgte ihrem Blick, der zum Horizont schweifte, wo die dunklen Arme der Weiden in den Nebel tauchten und das Grau der Erde sich mit dem des Himmels mischte.

»Es waren Vagabunden, die Alison mit sich genommen haben, *chérie*. Zigeuner. Du hast selbst gesagt, wie gering die Möglichkeit ist, dass ein so kleines Kind die Strapazen eines solchen Lebens unbeschadet überlebt hat. Alison war kaum mehr als ein Säugling. Du änderst nichts an ihrem Schicksal, wenn du dein eigenes Kind deswegen in Gefahr bringst.«

Nana seufzte.

»Ihr habt Recht, mein Gemahl. Wir werden sie Alison nennen, wenn wir eine Tochter bekommen. Dann wird meine Schwester wenigstens nicht in Vergessenheit geraten.«

Der Trupp ritt wieder an und verschwand schließlich in den aufkommenden Nebelschwaden. Compiègne blieb zurück, während Nana und die Ihren davonritten, einem neuen Leben entgegen.

ENDE

Alison
Geliebte Gauklerin

DAS FEUER

Paris im Dezember 1431

Das Feuer war ihr Freund. Lebendige, leuchtende, wärmende Flammen, die Wohlbefinden, Nahrung, Geborgenheit und die Illusion einer Heimat versprachen. Helle Glut, um die sich alle versammelten. Von den Kleinsten, die noch zu jung zum Betteln, zum Stehlen und zum Kämpfen waren, bis hin zu den Alten, denen das Leben vorzeitig seinen Stempel aufgedrückt hatte und die geschwächt und hoffnungslos, nur noch wie Tiere dahin vegetierten. Die dünnen Arme nach Wärme und Trost ausgestreckt.

Alison liebte das Feuer. Als sie noch ein Kind gewesen war, hatte sie sich zwischen den Beinen der Großen nach vorne gedrängt. So nahe, dass La Trisanne, die Zigeunerin, die sich um sie kümmerte, das ungehorsame Balg ein um das andere Mal im letzten Moment davor bewahren musste, angesengt zu werden. Sie hatte das Mädchen verprügelt, um es Gehorsam zu lehren. Vergeblich. Alison konnten weder Schläge noch Flüche etwas anhaben.

Sie blieb stumm, sie weinte schon längst nicht mehr. Seit aus dem Kind ein Mädchen, eine junge Frau geworden war, hatte niemand sie eine einzige Träne vergießen sehen. Sie trotzte den Verboten, dem Stock und La Trisanne. Ihre schmale, vor dem Feuer zusammengekauerte Gestalt war längst ein vertrauter Anblick für alle anderen.

Niemand ahnte, dass die Flammen viel mehr als Glut und Asche für sie waren. Dass sie, wie von einer unsichtbaren Macht gezogen, die Nähe des Feuers suchen musste. Dass es Tage gab, an denen sie viel mehr als nur Glut und Hitze spürte. Tage, an denen merkwürdige Bilder ihren Verstand bedrängten und ihr Herz beschwerten. Aber auch Tage, an denen sie Trost und Zuversicht darin fand. Die sichere Gewissheit, dass alles in eine gottgewollte Ordnung münden würde. Es hatte wenig Sinn, die Augen zu schließen oder fernzubleiben. Das Feuer rief sie, und wehrlos gehorchte sie der mysteriösen Macht.

Sie musste sehen. Das schmerzvoll verzogene Gesicht einer durchscheinend blassen Frau, bei deren Anblick ihr Herz sich vor Sehnsucht verkrampfte und »Mutter!« rief. Das Messer, das sie tötete und zu Boden zwang. Und den Mörder. Diesen verwachsenen, hässlichen, fast kahlköpfigen Mann, dessen Augen die Farbe toter Steine hatte. Diesen Mann, der ihre Mutter begehrte, obwohl sie einem anderen gehörte. Den Mann, den die Sterbende verfluchte.

Sie sah, wie der Schurke einem anderen Mädchen seinen Willen aufzwang. Einem Mädchen mit kupferroten Haaren und veilchenfarbenen Augen, von dem Alison mit merkwürdiger Sicherheit wusste, dass es Nana heißt und dass sie es liebte. Aber Nana war stärker als die zarte, kranke Frau, die er so viele Jahre vor ihr getötet hatte. Sie konnte ihn niederschlagen, und das Feuer wurde zum Verbündeten ihrer Flucht.

Eine orangefarbene Lohe, die über geschnitzte und bemalte Balken züngelte und fast den Mann erreichte, der mit blutendem Kopf, nur mit einem prächtigen Hausmantel bekleidet, auf dem Teppich zusammengebrochen war. Da kämpfte sich durch den Rauch eine alte Frau, die sich einen feuchten Umhang über Kopf und Schultern geworfen hatte. Fast ging es über ihre Kräfte, den bewusstlosen Mann nach draußen zu ziehen, aber sie schaffte es.

Er blieb am Leben, und Alison verspürte sogar Dankbarkeit dafür. Somit blieb ihr die Hoffnung, dass sie ihm eines Tages heimzahlen konnte, was er ihr und den Ihren angetan hatte.

Maßloser, unvorstellbarer Hass beherrschte Alison in solchen Momenten. Der heiße Wunsch nach vernichtender, tödlicher Rache. Der Fremde verkörperte das Böse in seiner schlimmsten und unheimlichsten Form für sie. Er war der Schatten, der über ihrem Leben lag, die Ursache allen Leides und allen Elends.

Sie lebte dafür, ihn zu vernichten, das wusste sie, ohne seinen Namen zu kennen und ohne zu wissen, ob sie ihm jemals begegnen würde.

Aber sie sah auch IHN im Feuer. Sie erblickte ihn so deutlich, als stände er vor ihr und verneigte sich mit diesem angedeuteten, spöttischen Lächeln, das um seine Mundwinkel spielte.

Ein schmaler, edler Kopf, helle Haut. Augen von strahlendstem Saphirblau, eine scharfe, gerade Nase und jener schöne, lebendige und so zynische Mund. Die wilde Fülle widerspenstiger sehr blonder Haare war durch die Gewalt der Schere zu einen leuchtenden Helm gekürzt worden und wirkte je nach Gesichtsausdruck wie ein Heiligenschein oder eine Helmzier.

Welch ein Antlitz! Alles schien in ihm enthalten zu sein. Held oder Schurke, Ritter oder Gaukler, Narr oder Weiser. Ein Komödiant, der sich zum Bild dessen machte, was andere in ihm sehen wollten. Der aber sein eigenes Gesicht und seine eigenen Gedanken hütete wie ein Geldverleiher das erhortete Vermögen.

Als sie ihn zum ersten Male sah, traf es sie mit der Wucht eines Schwerthiebes und besiegelte die Niederlage in einem Kampf, der noch gar nicht stattgefunden hatte. Jener unbekannte, jener so schöne und anziehende Schurke hatte eine geheime Macht über sie, eine Macht, die sie zutiefst verängstigte. Denn gleichzeitig mit dieser Erkenntnis stieg in ihr das Wissen auf, dass sie die größten Schmerzen, die tiefste Demütigung und die schwärzeste Verzweiflung durch ihn kennen lernen würde. Mochte der Himmel sie davor beschützen, ihm jemals gegenüber zu stehen!

Aber die göttlichen Mächte hatten sicher Besseres zu tun, als ein Mädchen zu schützen, das zu den Ausgestoßenen und Ärmsten dieser einstmals so prächtigen Stadt gehörte. Alison trug Lumpen und Fetzen und keine Seide, wie die Gestalten, die sie sah. Die sich in Kreisen bewegten, die ihr so fern waren wie das Firmament, das sich über Paris spannte.

16. Dezember 1431
Paris

1. Kapitel

Paris hatte noch nie eine so schäbige Krönung erlebt. Die Stadt, von den Wirren des Krieges geschwächt, vom Hunger der Gewalt und den Politikern bedrängt, brachte nicht die nötige Festesstimmung auf, um dem Engländer zuzujubeln, der seine Herrschaft über Frankreich durch die Weihen der Krönung legitimieren wollte. Was war das auch schon für ein Herrscher, dieses sechsjährige Kind? Eine Marionette in den Händen seines machtgierigen Onkels, der in Frankreich einen Krieg kämpfte, dessen Beginn schon mehr als eine Generation zurücklag und dessen tragischer Höhepunkt jener Scheiterhaufen in Rouen gewesen war, auf dem Jeanne d'Arc, die Hoffnung des Volkes, getötet worden war.

Murrend drängte sich das Volk an Straßenrand zusammen und beobachtete aus schmalen Augen das eher ärmliche Spektakel. Die Bischöfe von Paris, Noyon, Beauvais und Thèrouanne in ihren prächtigen Roben bekamen noch die meisten wohl gemeinten Zurufe. Aber alle Zuschauer waren sich bewusst, dass der Erzbischof von Sens, der weit über den Bischöfen stand, fehlte. Er hüllte sich in Schweigen zu dieser Krönung, so wie sich die Straßen der Stadt und ihre Giebel im winterlich kühlen Nebel hüllten.

»Ein jämmerliches Schauspiel«, beschwerte sich der hagere Bürger, den seine Tracht als Gerber auswies und der neben Alison den Zug verfolgte, der sich zur Kathedrale Nôtre Dame schlängelte. »Man könnte meinen, der Himmel selbst verhüllt sein Haupt vor diesem Frevel!«

»Achtet auf Eure Worte, Meister Gaspard«, mahnte ihn sein Begleiter. Er tat es ein wenig kurzatmig, denn sein dicker Wanst hatte ihn zum Schnaufen gebracht, bis er ebenfalls die schmale Balustrade erklommen hatte, von der er und sein Freund sowie das Mädchen in dem fadenscheinigen Rock einen besseren Überblick hatte. »Die neuen Herren fürchten eine Rebellion und schlagen unbarmherzig zu, wenn sie nur den geringsten Verdacht haben. Was glaubt ihr, warum nicht einmal die armen Teufel in der Bastille eine Amnestie erhalten haben? Sie haben sogar Angst vor Taschendieben und Betrügern, die englischen Helden.«

Alison hörte dem Gespräch nur mit einem halben Ohr zu. Sie schielte auf die dicke Geldkatze, die am Gürtel des Feisten hing, und überlegte, ob sie es wagen sollte. Wenn sie heute wieder ohne Beute nach Hause kam, würde sie gewaltigen Ärger mit César le Noir bekommen. Er hatte ihr schon einige Male gedroht, sie und La Trisanne auf die Straße zu setzen, wenn sie nicht besser für ihn arbeitete. Sie wusste, was diese Drohung bedeutete. Er würde sie in die Reihen seiner Huren aufnehmen, aber erst, nachdem er ihr höchstpersönlich alle Scheußlichkeiten beigebracht hatte, die seiner Meinung nach für diesen Beruf erforderlich waren.

Der rotgesichtige Bürger sah immerhin so aus, als könne er den Verlust der Münzen verschmerzen, und ihr würde es Zeit verschaffen. Zeit, die sie dringend benötigte, um sich César auch weiterhin vom Hals zu halten.

Von diesem Punkt ihrer Gedanken bis zur ausgeführten Tat dauerte es nur die Spanne eines Wimpernschlages. Die Männer, in ihr Gespräch vertieft, nahmen nicht wahr, dass Alison enger an sie rückte und mit geschickten Fingern ihre Arbeit verrichtete. Als sie mit einem geschmeidigen Sprung ihren Platz verließ und in der Menge untertauchte, sah ihr der Gerber wohlgefällig nach. Obwohl das fadenscheinige Mieder und der zerschlissene Rock bewiesen, dass sie dem Gesindel gehörte, das sich anlässlich der Feierlichkeiten von beiden Ufern aus über die Cité ergoss, gefiel ihm ihre anmutige Art, sich zu bewegen. Das Schimmern ihrer leuchtend roten Locken, die sich unter dem nachlässig gebundenen Tuch hervorstahlen, erinnerte ihn an diesem trüben Wintertag an Sommer und Sonne.

Alison war bereits sicher auf dem linken Seine-Ufer angekommen, als der Dicke den Verlust seiner Börse entdeckte. Und als César mit hereinbrechender Dämmerung seine Bande im Hof der Wunder um sich versammelte, konnte Alison dem abendlichen Rapport zum ersten Male wieder mit Gelassenheit entgegensehen. Die Krönung des englischen Königs, welche die Bevölkerung von Paris so ungern sah, hatte zumindest ihr Glück gebracht und ihr eine weitere Galgenfrist verschafft.

So poetisch der Name ›Hof der Wunder‹ auch klang, dahinter verbarg sich jedoch nichts anderes als ein verlassenes Ruinenviertel zu Füßen der alten Stadtbastion Philipp-Augustes. Banditen, Gaukler, Bettler und jede Menge zwielichtiger Gestalten fanden dort ihren Unterschlupf, und der Profos duldete sie gezwungenermaßen, denn im Moment hatte er andere Sorgen als das Treiben der kriminellen Elemente rund um den Tour de Nesle, dem markantesten Gebäude dieser Gegend.

Hier konnte man ebenso leicht ein Neugeborenes kaufen wie das eigene Leben an der nächsten Straßenecke verlieren. Man konnte sich Gift, eine Jungfrau oder falsche Edelsteine besorgen und einen Dolch, der so scharf war, dass er mühelos durch jedes Lederwams schnitt. Beherrscht wurde der Irrgarten jeweils vom brutalsten und hinterhältigsten Gauner, der sich in zahllosen Kämpfen behaupten musste. Seit einigen Jahren war dies César le Noir und er übte sein Regiment mit eiserner Grausamkeit aus.

Seit sie denken konnte, lebte Alison in diesem Quartier an der Seite der alten Trisanne, die inzwischen zu steife Finger und zu müde Gelenke hatte, um noch bei den Gauklern auf dem Pont Neuf zu arbeiten. Jetzt zog sie als Bettlerin durch die Stadt, wenn sie Lust dazu hatte. Aber meist war es nicht nötig. Trisanne war schlau genug gewesen, sich rechtzeitig ein Kind zu greifen, es aufzuziehen, für sich arbeiten zu lassen.

Kinder wie Alison gab es in einem vom Krieg zerrissenen Land viele. Magere Dinger, die kaum ihren Namen sprechen konnten und vor Hunger heulten. Trisannes Truppe hatte die Kleine in der Nähe des Schlachtfeldes von Azincourt gefunden. Verstört und nicht fähig, mehr zu stammeln als den eigenen Namen und den seiner Schwester, die mausetot am Straßenrand lag. Die feinen

Kleider hatten die Gaukler dazu bewogen, das Kind mitzunehmen, vielleicht eignete es sich zum Betteln. Um an das Mitleid der Bürger zu appellieren, musste man entweder sehr hübsch oder sehr krank sein. Damals schien beides auf Alison zuzutreffen.

Als sich La Trisanne von ihrer Gruppe trennte und in Paris blieb, behielt sie das Mädchen bei sich. Craque-dent, der große Ringer vom Pont Neuf, der ihr so gut gefiel, hatte einen Narren an dem Kind gefressen, und sie fragte sich später oft, ob er nicht eher die Kleine hatte haben wollen als die Pflegemutter. Die Frage war nie gelöst worden, denn der bullige Kämpfer hatte sich mit César le Noir angelegt und war eines Abends mit durchgeschnittener Kehle unterhalb des Tour de Nesle in der Seine gefunden worden. Seitdem gehorchten Trisanne und Alison, wie alle anderen Frauen ohne Schutz, dem schwarzen César.

Ein Leben, das geraume Zeit erträglich gewesen war, bis César entdeckte, dass sich unter den Lumpen des Mädchens eine Figur rundete, wie er sie vollkommener noch nie gesehen hatte. Seitdem beanspruchte er Alison offen für sich. Bisher jedoch war es ihr gelungen, ihm auszuweichen. Mit List hatte sie ihm das Versprechen abgerungen, dass sie für sich selbst sprechen durfte, solange sie das ihre zum Einkommen der Bande beitrug. Doch sie war sich seiner gierigen Blicke stets bewusst. Sie ahnte, dass der Herr des Hofs der Wunder am Ende seiner ohnehin knapp bemessenen Geduld war. Ein flackerndes Feuer erleuchtete das dunkle Gewölbe fast taghell, und die Spannung, die aufgrund des festlichen Ereignisses über der ganzen Stadt lag, formte sich hier zu einer gefährlichen Mischung aus Erregung, unterdrückter Gier und offener Gewalt Vor César, der auf einer Art Thron saß, stand der angeschlagene, fleckige Kupferkessel, in den jeder seine Beute werfen musste.

Wehe dem Unglücksraben, der es wagte, heimlich etwas für sich auf die Seite zu bringen! Alison kannte die Strafen, und sie hatte auch die heulenden nackten Dirnen gesehen, die anfangs zum brutalen Spaß hin- und herumgeschubst wurden, bis sie mit systematischer Grausamkeit von César und seinen Mannen vergewaltigt und gedemütigt wurden. Nur wenige überlebten dieses tierische Höllenspiel, und einige von denen, die es überlebt hatten, zogen es am nächsten Tag vor, sich in der Seine zu ertränken.

Alison hob den Kopf, als die Reihe an sie kam. Sie trat mit geschmeidigen Schritten vor und warf die Börse in den Kessel. Der Klang der Münzen dröhnte wie ein Glockenschlag, und César runzelte der Stirn. Er sagte nichts. Lediglich ein Schnippen seiner Finger zeigte, was er wollte. Einer seiner Adjutanten sprang vor, nahm den Beutel an sich und reichte ihn César, der ihn nachdenklich in der Rechten wog. Dann warf er dem schlanken, stolzen Mädchen einen spöttischen Blick zu.

»Ich gratuliere dir! Du bist mutig. Weißt du, was sie mit dir gemacht hätten, wenn sie dich erwischt hätten, rote Alison?«

O ja, Alison wusste es. In dieser Stadt hatte niemand Erbarmen mit den Armen und Schwachen, mit den Dieben und Bettlern. Welches Motiv auch immer sie für ihre Tat gehabt haben mochten, es kümmerte den Scharfrichter herzlich wenig, wen er verstümmelte oder brandmarkte. Ein Leben war wenig wert, wenn man den Unwillen der Mächtigen und Gerechten auf sich zog.

»Hier, das ist für dich!« Ein silberner Bogen blitzte zu Alison, und mit akrobatischer Geschicklichkeit fing sie die Münze auf. »Ich erwarte dich zum Fest!«

Alison nickte nicht, aber das kümmerte César keinen Deut. Das verschlagene, narbige Gesicht unter der zottigen schwarzen Perücke zeigte einen Ausdruck von Zufriedenheit. Er hatte gesiegt – und das Mädchen begriff das erst, als sie sein schmieriges Grinsen sah. Dadurch, dass sie ihm die mit einem Wappen verzierte Börse überlassen hatte, hatte er sie in der Hand.

Welche Dummheit! Er konnte sie mit diesem Beweisstück jederzeit der Wache ausliefern. Die Dirne, die einen reichen, hochwohllöblichen Bürger der Stadt Paris bestohlen hatte. Es gab keinen Platz für sie, an dem sie sich verbergen konnte, keinen Fluchtweg und keine Möglichkeit, dem allmächtigen Herrn des Hofs der Wunder zu entkommen.

Auch Trisanne bestätigte das, aber sie begriff nicht, weshalb diese Tatsache Alison in derart blinde Panik versetzte.

»Sei froh, dass er dich haben will, dumme Gans!«, keifte sie, als das Mädchen in den Unterschlupf kroch, den sie beide bewohnten. »Solange du dir sein Begehren erhältst, kannst du leben wie eine Königin. Essen, trinken, Kleider – was dein Herz begehrt! Was ist daran so übel?«

»Die Tatsache, dass ich lieber sterbe, als mich diesem Vieh hinzugeben.« Alison stöhnte auf und ballte die Hände zu Fäusten. Wütend stampfte sie mit dem Fuß auf. »Ich werde mich nicht verkaufen!«

»Papperlapapp!« La Trisanne ließ keinen Zweifel an ihrem Standpunkt. »Es ist an der Zeit, dass du mir vergiltst, was ich für dich getan habe. Ohne mich warst du tot! Hab' ich dir nicht oft genug erzählt, wie ich dich als greinendes Balg zu mir genommen hab'? Willst du mich auf meine alten Tage verhungern lassen, weil du zu stolz bist, dich zu einem Mann zu legen?«

»Ich hab' dir hundertmal vergolten, was du je für mich getan hast!«, rief Alison empört Sie empfand wenig Zuneigung für die unzufriedene alte Zigeunerin, die nie eine Mutter, sondern immer nur eine Gebieterin für sie gewesen war. »Wenn ich dir auch noch die Schläge, den Hunger und die Bosheiten vergelten würde, die du mir gegeben hast, wäre unsere Rechnung noch besser ausgeglichen!«

La Trisanne lief rot an, und ihre klauenartigen, verkrüppelten Finger versuchten vergeblich das Mädchen zu fassen, das sich geschmeidig außer Reichweite brachte.

»Halt!«, kreischte sie. »Lauf nicht fort! Wo willst du denn hin? Er wird dich finden! César wird dich überall finden! Du gehörst ihm! Ich habe dich ihm versprochen, du dummes Ding!«

Aber Alison hörte ihr nicht zu. Sie lief hinaus ins Dunkel. Fort, einfach nur fort und weg, wo sie diese krächzende, fordernde Stimme nicht mehr hörte. Irgendwohin, wo sie Stille und Ruhe finden konnte. Wo niemand etwas von ihr verlangte und niemand Zwang ausübte. Wo César le Noir keine Macht über sie hatte.

Doch an diesem Abend suchte sie in einer Stadt, deren Festschmuck nicht darüber hinwegtäuschen konnte, dass sie in den Händen der Feinde war, vergeblich nach einem solchen Ort. Was war das für eine Stadt, die sich einmal gerühmt hatte, die schönste im Land zu sein.

In der Hand von kriegslüsternen Engländern, von ehrgeizigen Universitätsdekanen und geldgierigen Bürgen war sie zum Spielball geworden. Die alten Häuser verfielen, neue wurden nicht gebaut, und die Kirchen vermochten kaum die Mengen der Betenden zu fassen, die um eine Besserung ihres Schicksals flehten, um ein wenig Brot und Arbeit zwischen all den Auseinandersetzungen und Kriegen. Bürgerrevolten, Machtkämpfe und nicht zuletzt der allgegenwärtige Hunger seiner Bewohner hatten das stolze Paris in Armut und Elend gestürzt.

Alison zog im Laufen das schäbige Tuch, in das sie sich wärmesuchend hüllte, über ihre Haare und verbarg auch das schmale Gesicht bis zur Nasenspitze hinter diesem Schutz. Obwohl sie ihre Holzpantinen mit Stroh ausgestopft hatte und unter dem dicken, groben Rock noch einen zweiten trug, zitterte sie plötzlich vor Kälte. Sie biss die Zähne zusammen und lief um eine Ecke, in das Dunkel der nächsten ärmlichen Gasse. Der schlammige Boden knisterte unter einer dünnen Frostschicht, bei jedem Schritt brach das Eis wieder auf.

Zu ihrer Rechten schimmerte Licht durch die Risse morscher alter Läden; sie hörte Stimmengewirr und Gelächter. Die fragwürdigen Kumpane Césars feierten bereits. An diesem Abend würde kein ehrbarer Bürger auch nur einen Fuß in das Viertel unterhalb des Tour de Nesle setzen, wenn er nicht seine Börse, seine Sicherheit oder gar sein Leben riskieren wollte. Wer dennoch um diese Zeit hier unterwegs war, führte nichts Gutes im Schilde.

Alison indes war sicher vor diesen Halsabschneidern, denn keiner von ihnen wagte etwas anzufassen, das César für sich beanspruchte. Sie hatte, unsichtbar und doch unübersehbar, bereits sein Mal auf ihrer Stirn. Die Rote Alison, das Liebchen, nach dem der Schwarze hungerte und das ihn so raffiniert hinhielt. Jeder Grobian im mannbaren Alter senkte die Augen, wenn er sie sah. César war schnell mit dem Messer und wer sein armseliges bisschen Leben liebte, legte sich besser nicht mit dem Anführer an.

Schwarze Schatten schlüpften an Alison vorbei und belebten die geheimnisvollen Wege der Nacht. Sie vernahm das Tap-Tap der Bettlerkrücken und die schrillen Schreie einer Dirne. Inzwischen hatten sich ihre Augen an das Dunkel gewöhnt, und sie vermochte mehr Einzelheiten zu erkennen. Dichte Nebelschwaden hingen erstickend über die steilen, schiefergedeckten Dächer herab, und wenngleich die Schenken zum Bersten gefüllt waren, so verspürte doch kein Pariser das Bedürfnis, die Krönung des Jungen aus dem Hause Lancaster mit Tanz in den Straßen zu feiern.

Das Mädchen lief auf die Cité zu. Dort auf der Insel war wenigstens Licht. Pechfackeln beleuchteten die Straßen, und der Wind verfing sich in den farbenprächtigen Bannern und grünen Girlanden, die den Weg König Heinrichs an diesem Tag gesäumt hatten. Alison hatte ihn aus der Ferne gesehen. Eine gesichtslose, schmale Kindergestalt, in starren, prächtigen, juwelenbesetzten Gewändern. Eher eine Statue als ein Mensch. Wesentlich mehr jedoch hatten sie die noblen Damen und Kavaliere interessiert, die ihm gefolgt waren.

Die Pracht ihrer Roben und Wämser, ihrer Juwelen und Perlen hatte sie beeindruckt, aber die Eleganz ihrer Bewegungen und Gesten noch viel mehr. Für diese sorglosen Menschen existierte kein Schmutz, kein Hunger und kein Krieg. Wie musste es sein, so zu leben? Solche Kleider zu tragen und auf einem geschmückten Pferd zu reiten, das einen in sanftem Passgang über den Unrat auf den Straßen hinwegtrug, ohne dass die eigenen wundervollen Schuhe überhaupt beschmutzt wurden?

Tief in ihre Träume versunken bog sie um die Ecke zum Brückenhaus von St. Michel und prallte im selben Moment gegen eine Gestalt, die soeben aus einem verfallenen Torgang kam und zielstrebig in die gleiche Richtung eilte. Der Zusammenstoß kam so unerwartet und heftig, dass Alison in ihren viel zu großen, mit Stroh gegen die Kälte ausgestopften Holzschuhen den Halt verlor und sich hart mitten in den Schmutz der Gasse setzte.

Noch während sie zornig aufschrie, spürte sie die kalte, unangenehme Feuchtigkeit, die höchst ekelhaft und stinkend in ihre Röcke sickerte. Es roch ganz danach, als habe sie sich zu allem

Überfluss auch noch in den Inhalt eines Nachttopfes gesetzt, der eben geleert worden war.

»Verdammt! Könnt Ihr nicht aufpassen, wohin Ihr tretet, Tölpel!«, schrie sie in ihrer ersten Wut und hatte wenigstens die Genugtuung zu sehen, dass der Tölpel mitten in der Bewegung erstarrte.

Alison richtet sich mit einer geschmeidigen Bewegung auf und suchte ihren zweiten Schuh, der ihr bei diesem Sturz abhanden gekommen war. Auch das wollene Tuch war von ihrem Kopf gerutscht, und eine Flut ungebärdigen Haars fiel ihr ins Gesicht. Sie kämpfte mit dem Schmutz, den Haaren und dem Schuh, als das Mondlicht für ein paar Sekunden zwischen den Wolken hindurchfiel und den Mann, der für ihren Sturz verantwortlich war, in silbernes Licht tauchte.

Sie erstarrte mitten in der Bewegung, nicht ahnend, dass dasselbe Licht auch sie schlagartig aus dem Dunkel holte und dem Fremden ihre Züge wie das kühle weiße Relief einer kostbaren Kamee zeigte. Ein vollkommenes Oval von makelloser Reinheit. Die Skulptur eines Künstlers, der unter einer klaren gewölbten Stirn eine kleine gerade Nase und ein eigenwilliges, trotzig vorgeschobenes Kinn gemeißelt hatte. Die leicht schräg stehenden, mandelförmigen Augen wurden von dunklen, hoch geschwungenen Brauen gekrönt, der schöne Mund war leicht geöffnet und zeigte ebenmäßige Zähne, die wie eine Reihe schimmernder Perlen nebeneinander standen.

Die wilden Strähnen des vollen, lockigen Haares bildeten einen dunklen Rahmen um dieses Bild, und die geschmeidige, graziöse Bewegung, mit der sie zurückwich, ließ erkennen, dass unter den groben Lumpen ihres Kleides ein junger, beweglicher Körper steckte, dessen Formen vollendet waren.

»Bei Gott, ein Engel!« murmelte eine raue Stimme, und Alison fühlte den festen Griff einer Hand um ihren Oberarm. »Wer bist du?«

Sie war nicht fähig zu antworten. Selbst wenn es um ihr Leben gegangen wäre, hätte sie es nicht vermocht. Sie starrte den Fremden einfach nur an.

Der Mann aus dem Feuer! Sie hatte ihn oft genug gesehen, um keinen Zweifel zu haben. Auch wenn das kalte Licht des Mondes die Farben verfälschte, so erkannte sie doch jede Linie seines Antlitzes. Und auch dieses spöttische Lächeln, das um seine Mundwinkel spielte und sich in seinen Augen widerspielte, war unverkennbar. Lediglich seine Größe überraschte sie.

»Ihr seid es!«, murmelte sie aus diesen Gedanken heraus und verschlang dieses unversehens lebendig gewordene Traumbild mit den Augen.

»Was zum…«

Er sprach nicht weiter, sprach den Namen des Fürsten der Hölle nicht aus. Sie schrie leise auf, als sein Griff plötzlich eisenhart wurde und seine Hand ihren Arm wie in einer Klammer hielt.

»Du kennst mich? Woher? Wer bist du? Sprich, Mädchen! Wer hat dich geschickt, mir nachzuspionieren?« Seine Fragen brachen so schnell und heftig über sie herein, dass sie ihn nur entgeistert betrachten konnte.

»Ich habe Euch gesehen…« erwiderte sie schließlich der Wahrheit entsprechend.

Aus dem Hintergrund der Gasse hörten sie den Klang sich nähernder Schritte, und Alison wurde unter den Torbogen gezogen, aus dem der Fremde vorhin gestürmt war. Ohne sich um ihren Protest zu kümmern, hielt er ihr den Mund mit der Hand zu, bis die beiden Männer mit ihrer Laterne ein gutes Stück außer Hörweite waren.

»Du hast mich also gesehen«, klang die melodiöse Stimme seltsam leise und körperlos durch die Dunkelheit zu ihr.

»Zum Henker mit dir, Mädchen. Das ist genau das, was ich an diesem Tag nicht gebrauchen kann. Was mache ich jetzt mit dir? Woher kennst du mich? Rede!«

Alison hatte gelernt, auf Untertöne zu achten die den meisten Menschen verborgen blieben. Obwohl seine Stimme weiterhin freundlich klang, hörte sie doch die Drohung aus seinen Worten heraus. Gefahr schwang darin mit, und das Mädchen war sicher, dass er leidenschaftslos die Frage geprüft hatte, ob ein flinker

Messerstich das Problem nicht am wirksamsten beseitigen würde. Sie hatte keine Angst vor ihm, aber die tödliche Kälte, die sie in ihm spürte, erschreckte sie zutiefst. Das Bild des ritterlichen Helden, wie sie es im Feuer gesehen hatte, schien wenig Ähnlichkeit mit der Wirklichkeit zu haben.

Gleichzeitig erzitterte sie unter der frechen Hand, die über die Konturen ihrer Gestalt glitt und sich langsam über ihren Leib bewegte. Er ließ sich Zeit, und Alison atmete in kurzen, angestrengten Zügen.

»Lasst mich«, sagte sie und unterdrückte ein Stöhnen. Sie verspürte Entsetzen – nicht so sehr über seine Dreistigkeit, sondern über die Empfindungen, die seine Berührungen in ihr auslösten. Hitze stieg in ihr auf und ihre Knie zitterten.

»Das kann ich nicht, meine Schöne! In der Tat, das ist sogar unmöglich, wenn du dich weigerst, mir zu sagen, woher du mich kennst.« Seine Antwort klang so ruhig, als redeten sie über das Wetter. »Du wirst mich wohl begleiten müssen, bis ich mich entschieden habe, was ich mit dir anfange. Ich kann kein Risiko eingehen, und wenn es noch so ein hübsches ist...«

»Lasst mich! Wie könnt ihr...«

Plötzlich kam Leben in Alisons Gestalt, und sie schien in seinem Griff zu explodieren. Nicht umsonst war sie im Hof der Wunder aufgewachsen und hatte frühzeitig gelernt, sich zu verteidigen und zu wehren. Doch vergeblich. Außer einer stolzen Reihe blauer Flecken und einem Riss in ihrem Mieder erreichte sie nichts. Der Fremde drehte ihr den Arm auf den Rücken und der stechende Schmerz raubte ihr fast den Atem. Sie musste sich geschlagen geben.

»Du wirst dich benehmen, mein Schätzchen!«, sagte er leise, und sein Atem schien nicht einen Hauch schneller zu gehen. »Komm jetzt!«

»Nein! Ich...« Ein Ruck an ihrem Arm ließ sie aufkeuchen.

»Ihr tut mir weh...«

»Dann gehorche«, forderte er unbarmherzig und lockerte seinen Griff nicht einen Deut.

Alison wurde vorwärts gestoßen und stolperte auf die Gasse

hinaus. Schon bald fiel ihr auf, dass er sorgsam darauf achtete, dass sie beide stets im tiefen Schatten der Häuser und Mauern blieben. Wer immer dieser mitleidlose Fremde war, er wollte kein zweites Mal in dieser Nacht unliebsame Aufmerksamkeit erregen.

Der peinigende Griff um ihren Arm lenkte sie nahezu widerstandslos durch das Dunkel, in Richtung auf das Universitätsviertel, den Gassen um das Kolleg von Navarra zu. Sie kannte die Gegend nur vom Hörensagen. Die Studenten und Scholaren waren zu arm für César und seine Männer, zudem herrschten im Universitätsviertel eigene Gesetze. Alison wusste, dass seine Bewohner sogar dem Spruch der Stadtrichter zu widersprechen wagten und sich gegen jede Bevormundung auflehnten.

Sie wäre beinahe noch einmal gestolpert, als ihr plötzlich klar wurde, was das bedeutete. Das Universitätsviertel! Natürlich, warum hatte sie nicht gleich daran gedacht? Bis hierher reichte der Arm Césars nicht!

Wenn es ihr dort gelang, diesem zornigen Fremden zu entkommen, der sie mit sich riss, würde sie zumindest eine Chance haben.

Doch im Grunde ihres Herzens wusste sie bereits, dass sie sich Illusionen machte. Die Begegnung mit diesem Mann war ihr vorherbestimmt. Die Ahnung eines drohenden Unheils, die sie jedes Mal beim Blick in die Flammen überkommen hatte, stieg erneut und mächtiger als je zuvor in ihr auf. Diese Nacht war nicht nur jene der Krönung des fremden Königs, es war auch jene, in der sich ihr Schicksal ändern wurde. Ob zum Guten oder zum Schlechten, hing ganz allein von diesem Mann ab. Sie wusste, dass sie ihm ausgeliefert war.

Aber wusste er es auch?

2. Kapitel

Setz dich!«

Ein Stoß verlieh der knappen Aufforderung zusätzlich Nachdruck, und Alison fand sich auf einer eckigen Truhe sitzend wieder, deren eisenbeschlagene Kanten sich in ihre Kniekehlen drückten. Sie strich sich die zerzausten Haare aus dem Gesicht und sah, dass der Fremde die abgedeckte Glut in einem großen, steinummauerten Kamin zu neuen Flammen anfachte und dicke Holzscheite auflegte. Dann entzündete er die Kerzen in den Zinnleuchtern und holte so das rechteckige Gemach, in das er sie geführt hatte, aus dem Dämmerlicht.

Alison blinzelte in der plötzlichen Helligkeit und umfing ihren Oberkörper schützend mit den Armen. Der Schmerz in ihrer Schulter ließ durch diese Bewegung nach. Unter halb gesenkten Wimpern unterzog sie den schmucklosen, fast kahlen Raum einer schnellen Musterung. Sie bemerkte ein Pfostenbett, mit einer schäbigen Decke versehen, einen Tisch, zwei Hocker und einen Betstuhl vor einem hölzernen Kruzifix, das die Wand gegenüber dem Kamin beherrschte. Die Bohlen des Bodens waren mit einer dicken Schicht Stroh bedeckt, das die winterliche Kälte abhalten sollte, und auf dem Kaminsims und dem Tisch stand je ein mehrarmiger Leuchter, so dass das Licht bis unter die dunklen, schweren Balken der Decke reichte.

Obwohl peinlich sauber gehalten, war es ein ärmlicher Raum. Alison wusste nicht, wieso sie das so genau sagen konnte, denn es war das erste richtige Zimmer, das sie überhaupt betrat. Sie vermutete, dass es sich um eine Kammer im Kolleg von Navarra handeln musste, das Johanna von Navarra, die Gattin Philipps des Schönen, vor guten hundert Jahren für arme Studenten gegründet hatte. Hinter vorgehaltener Hand wurde gemunkelt, dass das Kolleg auch an diesem Tag eher dem König von Bourges als jenem Engländer die Treue hielt, dem man heute die Krone Frankreichs auf das Haupt gesetzt hatte.

»Haare wie die Flammen des Feuers«, sagte in diesem Moment

die unpersönliche Stimme des Fremden, und Alison hob mit einem Ruck den Kopf.

Ihre ungebärdigen Locken fielen weit über die Schulter, bis auf die Hüfte hinab, und hüllten sie in einen prächtigen, glänzenden Mantel aus leuchtendem Dunkelrot, in dem wie das Aufblitzen der Sonne vereinzelte hellere Strähnen leuchteten. Sie hatte erst am vergangenen Tag die Gunst der Stunde genutzt und sich wie viele andere der Bewohner von Paris in einem der Schwitzbäder gereinigt, die an Ufer des Flusses lagen und aus Anlass der Krönungsfeierlichkeiten mehr Zulauf hatten als sonst. La Trisanne nannte das lächerlichen Unsinn und fürchtete jedes Mal, wenn sie es tat, um ihre Gesundheit, aber Alison hatte ein tief innerliches Bedürfnis nach Ordnung und Sauberkeit, das mit den Jahren immer ausgeprägter wurde.

Sie zwang sich, ruhig sitzen zu bleiben, als der Fremde auf sie zutrat und mit der Rechten in ihre Haare griff. Sie spürte, wie seine Finger ihren Hals hinunterglitten, ihren Nacken umspannten und den Druck verstärkten, bis sie sich erhob. Auch jetzt musste sie den Kopf zurücklegen, um in jene kornblumenblauen Sommeraugen zu sehen, die mit einer Mischung aus ehrlicher Bewunderung und deutlich erkennbarem Misstrauen auf sie herabschauten.

»Wer bist du, Mädchen? Eine Magd? Eine Dirne? Eine Leibeigene? Wer ist dein Herr? Wer hat dich geschickt, mir heute Nacht zu folgen? Sprich, wenn du nicht möchtest, dass ich dich dazu zwinge!« Ihre Kleider ließen keine andere Deutung zu, wenngleich etwas in ihrer Haltung und in ihren Zügen lag, das ihn an dieser Einschätzung zweifeln ließ. Mit so viel angeborenem Stolz und unbewusster Grazie hielt sich weder eine Magd noch eine Leibeigene.

»Man nennt mich die Rote Alison«, gab sie leise zur Antwort.

»Die Rote Alison? Das passt. Ich bewundere deinen Mut, Schätzchen. Wer schickt dich bei Nacht und Nebel auf die Straßen? Hast du keine Angst? Suchst du um diese Zeit üblicherweise deine Kunden?«

Alison wurde noch eine Spur blasser, und der Kontrast zwischen ihren marmorbleichen Zügen und dem fast lebendig wirkenden, flammendroten Haar ließ ihn den Gestank vergessen, der aus ihren schmutzigen Röcken aufstieg.

»Glaubt, was Ihr wollt«, antwortete sie mit rau klingender Stimme. »Ich habe nichts Unrechtes getan. Ich kenne Euch nicht, ich weiß ja nicht einmal Euren Namen.«

»Du lügst!«, sagte er ihr auf den Kopf zu. »Du wusstest sehr genau, wer ich bin. Ich konnte es in deinen Augen lesen. Wieso?«

Alison versuchte seinem Blick auszuweichen, aber sie konnte es nicht. Er schien sie festzuhalten und zwang sie zur Wahrheit.

»Ich habe Euch im Feuer gesehen. Wieder und wieder. Ich wusste, dass wir uns begegnen würden. Niemand kann seinem Schicksal entkommen...« flüsterte sie tonlos.

»Was soll das? Willst du mich mit Hexenkram beeindrucken? Sei vorsichtig, du könntest an den Falschen geraten sein. Hast du keine Angst davor, dass du im Feuer enden wirst, wenn du solche Dinge sagst? Es lebt sich nicht gut in diesem Land, wenn man den Aberglauben und die Angst der Besatzer schürt. Sie schicken die Leute schnell auf den Scheiterhaufen, wenn sie sich damit Ärger ersparen können, und es ist ihnen egal, ob es sich bei dem Opfer um eine Dirne oder ein Mädchen handelt, das Schlachten gegen sie gewonnen hat.«

»Jeanne d'Arc war ebenso wenig eine Hexe, wie ich eine bin!« Alison konnte ihren Protest nicht zurückhalten. Ihr missfiel sein spöttischer Ton auf das Heftigste. »*La Pucelle* war Frankreichs einzige Hoffnung, eine Heilige. Die Männer, die sie verbrannt haben, werden der Strafe Gottes nicht entgehen.«

»Was ist das, eine Prophezeiung oder ein Fluch?« Die Hand glitt von Alisons Nacken nach vorne und löste das Tuch, das sie fröstelnd um die schmalen Schultern gezogen hatte. Er packte den Stoff und warf das Tuch in die Flammen, wo es sofort Feuer fing, sich in Hitze und Rauch auflöste.

»Wie könnt Ihr...« Alison riss sich so heftig los, dass ein paar ihrer Haare in seiner Hand blieben. »Ich habe keinen Mantel, womit soll ich mich jetzt gegen die Kälte schützen?«, fuhr sie ihn an. »Ah, Ihr hohen Herren seid alle gleich! Rücksichtslos, launenhaft und immer dabei, Euch auf Kosten armer Leute einen Scherz zu machen. Warum lasst Ihr mich nicht gehen?«

»Vielleicht, weil ich denke, dass es auch dem Rest dieser Lumpen, die du da trägst, nicht schaden würde, wenn wir sie verbrennen.«

»Untersteht Euch…«

Alison wich vor ihm zurück, bis sie gegen das Gestell des Betstuhles stieß.

Er war ihr langsam gefolgt, war sich seiner Beute sicher. Gleichmütig betrachtete er sie, keine ihrer Reaktionen entging ihm. Sein Blick glitt von ihrem Gesicht zu dem Ausschnitt ihrer grob gewebten, ungefärbten Bluse.

»Ich würde mir schwerlich die Mühe machen, dich durch die halbe Stadt zu schleppen, mein Schätzchen, wenn ich nicht die Hoffnung auf eine hübsche Belohnung in meinem rabenschwarzen Herzen hegen würde, wenn du mir erst deine Geheimnisse verraten hast«, sagte er und lachte auf, doch dieses Lachen verlieh den blauen Augen keinen Schimmer von Wärme.

Alison unterdrückte einen Schauer, als er nach dem Band griff, das den Ausschnitt ihrer Bluse hielt, und dabei mit seinen schlanken Fingern ihren Hals berührte. Hätte ein anderer Mann dies getan, sie hätte sich heftig dagegen gewehrt, doch dieser Fremde hielt sie so in seinem Bann, dass sie zu keiner Bewegung mehr fähig war.

»Hübsch!«, kommentierte er leise, während er ihre schmalen Schultern betrachtete und sein Blick dann tiefer glitt zu ihren Brüsten, die nun kaum noch von Stoff bedeckt waren. »Ein hübscher Leckerbissen. Wie viele Kerle hast du bereits diese Früchte pflücken lassen?«

Diese unverschämte Bemerkung brachte Alison jäh wieder in die Wirklichkeit zurück Doch erst als es klatschte und sie dann das rote Mal ihrer fünf Finger auf seiner Wange sah, begriff sie, wozu sie sich hatte hinreißen lassen.

Angstvoll sah sie ihn an, doch sein Gesicht verriet ihr nicht, was er dachte. Wahrhaftig, dieser Fremde verfügte über eine Selbstkontrolle, um die man ihn nur beneiden konnte.

»Habe ich dich gekränkt? Je nun, was? Deine Tugend oder deinen Geschmack? Du musst mich entschuldigen, es ist das erste Mal, dass ich es mit einer Hexe zu tun habe, und was ich bisher von euch gehört habe, lässt mich nicht gerade an eure Moral und Züchtigkeit glauben. Komm schon, meine kleine rote Hexe, ehe wir uns daran machen, das Gespinst aus den Lügen zu zerreißen, die du mir aufgetischt hast, wollen wir ein wenig Vergnügen aneinander finden. Du gefällst mir, und ich bin kein Grobian, du wirst es sehen…«

Der sanfte Plauderton, die flinken Finger und die so herrlich betörende Stimme machten Alison unsicher. Gegen Gewalt und Beschimpfungen konnte sie sich zur Wehr setzen, aber dieses sanfte, schnurrende Schmeicheln eines liebenswürdigen Katers ließ ihre ohnehin geschwächte Widerstandskraft vollends erlahmen. Federleicht streichelten seine Finger am Rand des Ausschnitts entlang, über ihre Brüste, und Alison erschauerte unter den Gefühlen, die diese Berührungen in ihr erweckten. Gefühle, wie sie sie noch nie erlebt hatte. Gefühle, die so unglaublich süß und erregend waren…

Der Mann im dunklen Lederwams drängte sich enger gegen sie, und er hielt sie so, dass sie nicht weiter zurückweichen und den Betstuhl polternd umstoßen konnte. Hilflos schaute sie mit ihren großen grünen Augen zu ihm auf und versank in der Tiefe seines Blickes. Ohne sich bewusst zu sein, was sie tat, hob sie ihre bebenden Lippen seinem Kuss entgegen.

Alison war in ihrem Leben nicht oft geküsst worden. Trisanne war keine zärtliche Mutter gewesen, und die Gaukler, Banditen, Zigeuner und Handwerksburschen, die es bisher gewagt hatten, der Roten Alison zu nahe zu treten, hatten dies bitter büßen müssen; mit Kratzen und Treten hatte das Mädchen sich gewehrt. Alison hasste jeden Zwang und jede Gewalt, aber dies hier war weder das eine noch das andere. Dies war Verführung pur, und nichts, was sie in ihrem abenteuerlichen Leben bisher gelernt hatte, war ihr von Nutzen, warnte sie vor der Falle, die sich seidenweich und endgültig um sie schloss.

Ihr Herz raste, das Blut rauschte in ihren Ohren. Ein Zittern lief durch ihren Körper, als der kundige, ungestüme Mund sich auf ihre Lippen legte und rücksichtslos die Süße kostete, die sie ihm boten. Alison wusste nicht, was sie tun sollte, sie bot sich einfach dar, davongetragen von diesen unvertrauten Gefühlen und der Gewissheit, dass dies der Mann war, für den sie ihre Küsse aufgespart hatte. Die Gefahr, das Unheil und die Angst, die sie zunächst bei seinem Anblick verspürt hatte, verblassten im Fieber der auflodernden Leidenschaft.

Es erschien ihr ganz natürlich, völlig selbstverständlich zu sein, dass seine Finger tiefer glitten, in ihr Mieder und ihre Brüste berührten. Ihre Körper schmiegten sich aneinander, als seien sie dafür geschaffen worden. Alisons Leib war geschmeidig und zierlich und doch voller Kraft, seiner stark und hart und fest, und sie ergänzten sich vollkommen.

Alison öffnete seinem Drängen die Lippen und trank den fremden Atem, der nach Wein und etwas anderem, Berauschendem, Fremdartigem schmeckte. Sie spürte seine Zunge über ihre Zähne gleiten, spürte sie die ihre berühren und ließ sich in den Tanz einer nie gekannten Leidenschaft hineinziehen. Sie ließ zu, dass er ihre Brüste vollends entblößte, und seufzte unter der lustvollen Berührung, als er sanft die rosigen Brustwarzen liebkoste. Als die Sanftheit wich und hemmungslosem Verlangen Platz machte, entfachte der Fremde damit pures Feuer tief in Alison.

»Seigneur! Seigneur! So öffnet, ich bitte Euch! Seigneur!«

Das beharrliche Klopfen erschien Alison fern und unwirklich, genau wie die leise, aber dennoch dringlich klingende Stimme. Der Mann jedoch, der Alison eben noch so leidenschaftlich umfangen hatte, schob sie nun blitzschnell zum Bett und zog die Vorhänge zu.

»Bleib da!«, befahl er. »Und keinen Laut, wenn dir dein Leben lieb ist – hast du mich verstanden?«

Alison erklomm den hohen Bettkasten. Als sie die Füße in den schmutzigen Schuhen vorsichtig auf die Kante stellte, hörte sie, wie die Tür des Zimmers entriegelt wurde. Die Stimme des Mannes, der sie eben noch in den Armen gehalten hatte, klang nun so unbeteiligt, als wäre nie etwas zwischen ihnen geschehen. Höflich begrüßte er den Besucher, und Alison, die in tiefe Nachdenklichkeit verfiel, bemerkte erst nach einer Weile, dass die beiden Männer Englisch sprachen.

Sie hatte in den langen Jahren des Krieges ein paar Redewendungen aufgeschnappt, den rauen Dialekt der Soldaten und der schottischen Bogenschützen, aber es reichte nicht aus, um in allen Einzelheiten zu verstehen, worüber sich die beiden unterhielten, die sich einer deutlich gepflegteren Ausdrucksweise bedienten. Sie begriff lediglich, dass der Besucher sehr aufgeregt auf Seine Gnaden Lord Windhurst einredete und von jenem mit knappen Befehlen abgespeist wurde, die keinen Widerspruch duldeten.

»Du wirst tun, was ich dir sage. Die Botschaft darf Burgund nicht erreichen, ist das klar?« Das hatte sie verstanden, und sie fragte sich unwillkürlich, ob damit das Herzogtum Burgund oder Herzog Philippe selbst gemeint war.

Die Tür schlug zu, der Riegel wurde wieder vorgelegt, dann wurden die Vorhänge zurückgezogen.

»Wer seid Ihr?«, platzte Alison heraus. »Gehört Ihr zu den Engländern?«

Die Verachtung, die alle Pariser für die Männer Heinrichs empfanden, schwang auch in ihren Worten deutlich mit. Niemand liebte die Eindringlinge, die sich das Recht anmaßten, über Frankreich bestimmen zu wollen, nur weil hunderte von Jahren zuvor ein normannischer Fürst ihr König geworden war, nachdem er ihre Insel erobert hatte.

Diese Frage lenkte Alison so sehr ab, dass sie sogar vergaß, dass sie immer noch halbnackt war. Der Fremde jedoch übersah es keineswegs. Während er beobachtete, wie ihre makellosen Brüste sich unter ihren Atemzügen hoben und senkten, spielte wieder dieses für ihn so typische spöttische Lächeln um seine Lippen.

»So neugierig, kleine Hexe? Meine Freunde nennen mich Francis, das sollte auch dir genügen.«

Francis, Lord Windhurst, dachte Alison und bemühte sich, sich ja nicht anmerken zu lassen, dass sie Teile des Gespräches sehr wohl verstanden hatte. Sie befand sich in der Macht dieses Mannes, und es wäre dumm gewesen, ihm zu vertrauen. Sie hatte im Verlauf der vergangenen achtzehn Jahre gelernt, solche Dummheiten zu vermeiden. Und außerdem hatte er jetzt schon keine hohe Meinung von ihr.

»Warum lasst Ihr mich nicht gehen?« Alison glitt vom Bett und brachte sich hinter einem breiten Tisch in Sicherheit. Hastig zog sie die Bluse wieder hoch, doch es gelang ihr nicht gleich, das Mieder zu schließen, da die Schnüre sich verheddert hatten. »Was wollt Ihr von mir?«, fragte sie, während sie weiter mit den Schnüren kämpfte.

Wieder antwortete er ihr mit diesem aufreizendem Lächeln, das seine Augen nie erreichte.

»Hast du es noch nicht begriffen? Mir liegt daran, dass nicht bekannt wird, in welcher Gegend ich heute Abend war. Meine Geschäfte verlangen eine gewisse Geheimhaltung. Es ist dein Pech, dass du mich erkannt hast. Ich werde dafür sorgen müssen, dass du dein Wissen mit niemandem teilst.«

»Aber Ihr täuscht Euch«, widersprach sie. Warum nur wollte er nicht zulassen, dass sie dieses Missverständnis erklärte, das sie zu seiner Gefangenen machte? »Ich kenne Euch nicht, ich wusste nur, dass wir uns begegnen würden. Es stand in der Zukunft und in den Sternen geschrieben. Eure Geschäfte sind mir egal. Ich werde Euch nicht dabei stören.«

»Sagte die Katze und verspeiste mit bestem Appetit ihre Maus.« Der Fremde nickte gelassen. »Meine Schöne, du wirst meine Gastfreundschaft ertragen müssen, bis ich mir überlegt habe, wie ich dich loswerde.«

Panik schlug über dem jungen Mädchen zusammen, und unwillkürlich schaute sie zur Tür hin und dem vorgelegten Riegel.

Er hatte ihren Blick richtig gedeutet. »Ich bin schneller als du«, sagte er kühl. »Zudem wirst du Mühe haben, ein unbekanntes Schloss so schnell zu entriegeln. Erspare mir die Peinlichkeit, ein zappelndes, halbnacktes Mädchen fesseln zu müssen, das ich viel lieber lieben würde. Gib mir dein Wort, dass du hier bleibst, und ich verzichte darauf.«

»Mein Wort«, spottete Alison, und sie hatte Mühe, ihr Temperament unter Kontrolle zu halten. »Wer sagt Euch denn, dass ein Straßenmädchen wie ich sein Wort auch hält? Vielleicht löse ich mich in Luft auf, sobald Ihr mir den Rücken zudreht. Seid Ihr nicht vorschnell, auf mein Wort zu bauen?«

Bei César und Seinesgleichen hatten solche Bemerkungen immer funktioniert. Sie ließen sich ins Bockshorn jagen, denn ihr beschränkter Verstand war solchen Spitzfindigkeiten nicht gewachsen. Bei Francis Windhurst hingegen erntete sie nur fröhliches Gelächter.

»Willst du mir Angst machen, kleine Hexe?« Er packte ihr Kinn und drehte das Gesicht näher zum Feuer. »Weiß der Teufel, wer oder was du bist, aber deine Ähnlichkeit mit einer Straßendirne hält sich in Grenzen. Es könnte interessant sein herauszufinden, wie du in sauberen Kleidern aussiehst. Und irgendetwas sagt mir, dass es ein Fehler wäre, dich einfach laufen zu lassen!«

»Wollt Ihr mich gefangen halten? Ihr seid nicht der Profos von Paris!«

»Bei Gott, dieses Amt reizt mich auch nicht. Ob Gefangene oder Gast, auf jeden Fall wirst du diese Nacht hier verbringen, bis ich entschieden habe, was ich weiter mit dir tue…«

Samtweich und vergnügt klang seine Stimme, und gerade das beunruhigte Alison, denn es stand in krassem Gegensatz zu seinen Worten. Es war, als wollte er sie einlullen und unsichtbare Fesseln um sie schlingen – und alles in ihr rebellierte dagegen, obwohl ihr Verstand längst erfasst hatte, dass sie in der Falle saß.

»Ich bringe Euch um, wenn Ihr mich anfasst!«, fauchte sie und erinnerte sich zum ersten Mal wieder an das Messer, das in ihrem Gürtel steckte. Wie hatte sie dies bis jetzt nur so vollkommen vergessen können?

»Bemüh dich nicht«, meinte er und betrachtete gelassen den gezückten, gefährlich wirkenden Dolch. »So wie es aussieht, werden dir diese Aufgabe irgendwann die Engländer, die Burgunder oder die Franzosen in Bourges abnehmen. Bis dahin jedoch solltest du mir dieses hübsche Spielzeug zu treuen Händen überlassen!«

Ehe Alison genau begriffen hatte, wie es geschah, lag der Dolch in seinen Händen und sie rieb sich unwillkürlich ihr schmerzendes Handgelenk. Fasziniert schaute Windhurst die wilde, wütende Schönheit an, deren Augen sich zum tiefen Graugrün eines stürmischen Meeres verdunkelt hatten und die auch nach diesem Rückschlag nicht daran dachte, aufzugeben.

Etwas wie Respekt lag für den Bruchteil eines Herzschlages in seinem Blick, dann breitete er weit die Arme aus.

»Fühl dich wie daheim! So wie deine Röcke riechen, lebst du in einer Höhle in der Nähe des Tour de Nesle, und mein bescheidenes Quartier ist sicher besser als das Loch, in dem du üblicherweise zu hausen scheinst. Warum sehnst du dich danach zurück?«

Die Anspielung auf ihren Sturz in die Gosse trug nicht gerade dazu bei, Alisons Laune zu heben. Sie wusste selbst, dass sie entsetzlich stank, aber es war schließlich nicht ihre Schuld gewesen, dass sie sich so beschmutzt hatte.

»Es ist *Euer* Verdienst, dass ich in dem stinkenden Schmutz gelandet bin«, rief sie empört »Und eines will ich Euch sagen, Seigneur! Lieber friere ich in einer Ruine als in den Räumen eines Engländers!«

Seine leicht hochgezogenen Brauen waren das einzige Anzeichen dafür, dass er ihre Worte vielleicht doch nicht ganz so gelassen hinnahm. Seiner Antwort indes war nichts anzumerken, nur der übliche Spott steckte darin.

»Ich bin, was die Situation erfordert, meine Schöne. Engländer oder Burgunder, Franzose oder Türke. Wenn du mich erst besser kennst, wirst du wissen, dass ich dem diene, der mich bezahlt! In meiner Lage kann man sich Skrupel nicht mehr leisten.«

»Aber Ihr seid ein Seigneur«, sagte Alison verwirrt. Seine Sprache, sein Benehmen verriet ihr das.

»Ahnungslose Seele«, spottete er. »Hängst du dem weit verbreiteten Irrtum an, dass sich Adel auch auf den Charakter bezieht? Nun, so ist es nicht. Ich bin weder edel noch reich, weder gut noch bereit, irgendwelche Unschuldigen zu verteidigen. Meine eigene Haut ist mir am teuersten, und wenn es einen

Herrn gibt, dem ich treu diene, dann ist dies mein hungriger Magen. Du tätest gut daran, dir keine Ilusionen über mich zu machen. Und nun gehab dich wohl. Solltest du dich zur Ruhe legen wollen, so wäre ich dir dankbar, wenn du nicht mit deinen Röcken in mein Bett steigst…«

Erst als er schon die Hand am Riegel hatte, begriff Alison, dass er sie allein lassen wollte.

»Ihr geht?«

»Mit Bedauern, aber ohne Verzögerung. Da hast mich von einer Besorgung abgehalten, und mein Freund hat mich vorhin mit Recht daran erinnert, dass ich säumig bin. Wie es scheint, besitzt du die gefährliche Fähigkeit, mich die Zeit vergessen zu lassen!«

»Aber ich…«

Nein, es hatte keinen Sinn.

Die Tür fiel zu, ein Schlüssel drehte sich von außen, und Alison war allein.

Heilige Jungfrau Maria, was hatte das zu bedeuten? Obwohl es im Zimmer warm war, kauerte sich Alison vor das Feuer und starrte in die Flammen. Sie wusste nicht, welche Bilder auf sie warten mochten, aber dieses Mal sah sie nur, wie die Flammen das Holz rötlich färbten und in gleißenden Irrlichtern über die Scheite tanzten. Ein fröhliches, fast schon höhnisches Tänzchen, das sie auslachte und ihr eine Nase drehte. O ja, Rote Alison, es ist dir gelungen. Du bist César le Noir entkommen – aber um welchen Preis?

3. Kapitel

Bist du närrisch, Mädchen? Wieso hast du dich nicht ins Bett gelegt?«

Die unwillige Männerstimme drang in Alisons Schlummer und weckte sie von einem Herzschlag zum anderen. Von klein auf daran gewöhnt, gescholten, fortgeschickt und mit Tritten bedacht zu werden, wenn man in fremdem Stroh schlief, war sie so schnell auf den Beinen, dass Francis Windhurst unwillkürlich einen Schritt zurückwich, als sie so abrupt vor ihm hochschoss.

Alison hatte auf dem Stroh geschlafen, das den Boden bedeckte, und die harte Unterlage hatte sie nicht weiter gestört.

Im Gegenteil, die behagliche Wärme des Feuers und die frischen Halme hatten ihr beim Einschlummern sogar einen Traum von Sommer und Sonne geschenkt. Es war einer jener Träume gewesen, deren Ursprung sie sich nie erklären konnte.

Sie war noch sehr klein und stand auf dem Turm einer Burg. Sie musste sich auf die Zehenspitzen recken, um über die Zinnen zu sehen. Das Land, auf das sie herabschauen konnte, zog sich grün, sommerwarm und endlos dahin, lediglich unterbrochen von den Umrissen eines kleinen Dorfes mit einem gedrungenen, steinernen Kirchturm.

Eine helle Mädchenstimme sagte: »Wenn wir fliegen könnten wie jene Schwalben dort, Alison, dann würde ich dich mit zum Meer nehmen. Ich möchte zu gerne wissen, wie das Meer aussieht. Papa sagt, dass es wunderbar ist …«

In dem Moment, in dem sich Alison zu der anderen umdrehen wollte, um ihr zu antworten, war sie erwacht. Sie hatte ihr Gesicht nicht mehr wahrnehmen können, aber sie wusste, dass es Nana gewesen war. Nana, die Gefährtin eines Lebens, das sie nur im Traum kannte.

»Ich hab' noch nie in einem solchen Bett geschlafen«, antwortete sie nun trotzig, während sie die letzten Spinnweben der nächtlichen Bilder aus Ihrem Kopf vertrieb. »Ihr sagtet, ich solle es nicht schmutzig machen.«

Es war Tag, und durch die handtellergroßen, zinngefassten Rauten des Fensters drang das milchige Licht eines trüben Dezembermorgens. Da der Fremde mit dem Rücken zum Licht stand, sah sie nur die dunklen Umrisse seines Körpers.

»Du hättest diese Lumpen ausziehen können, anstatt dich wie eine Magd auf den Boden zu legen«, sagte er ärgerlich.

Alison dankte dem Himmel dafür, dass sie es nicht getan hatte. So plötzlich geweckt zu werden und diesem gefährlichen Fremden nur im Hemd gegenüberzustehen war keine erfreuliche Vorstellung. Sie zog hastig die Bänder ihres Oberteils fest und rieb sich die Arme mit den Händen. Das Feuer war ausgegangen, und es herrschte eine empfindliche Kälte im Raum. Ihre Geste entlockte dem Mann einen Fluch, und er schob sich an Alison vorbei, um sich des Feuers anzunehmen.

Sie trat schweigend zur Seite und sah ihm zu, wie er die bereitliegenden Späne entzündete und schließlich die Scheite darüber legte. Er tat die einfachen Handgriffe mit der Routine eines Mannes, der offensichtlich keinen Diener hatte, der sich um diese biederen Aufgaben kümmerte. Sie bemerkte auch, mit welch geschickter Sparsamkeit er das Feuer am Brennen hielt, und sie nahm das als Zeichen dafür, dass er nicht von Überfluss gesegnet war.

»Ich nehme an, du hast Hunger«, sagte er, während er sich die Hände abwischte, und deutete auf den Tisch, wo ein Krug und ein großes Holzbrett standen. Alison roch das frische Brot und sah, dass er nicht nur Käse dazu gelegt hatte, sondern auch ein großes Stück Wurst und zwei rotbackige Winteräpfel.

Ohne sich groß zu zieren, setzte sie sich auf einen der Hocker und begann mit der konzentrierten Aufmerksamkeit eines Menschen zu essen, der jede günstige Gelegenheit zu nutzen weiß. Sie riss sich ein großes Stück Brot ab, grub ihre weißen Zähne in die Wurst und spülte alles mit der Milch hinunter, die sich in dem Krug befand. Erst als sie schließlich den letzten Apfel an ihrem Ärmel polierte und hineinbiss, bemerkte sie, dass der Fremde auf dem Bett saß und sie die ganze Zeit beobachtet hatte.

»Wie klug, dass ich mein Frühstück vor dir eingenommen habe«, stellte er fest. »Wenn du fertig bist, gehen wir!«

»Wohin?« Alison ließ die Frucht sinken und sah ihn an. Das Morgenlicht zeichnete sein Gesicht weicher, milderte der Härte, die es normalerweise prägte. Er wirkte entspannt und gelöst, als ob er sich heimlich über etwas amüsierte. Doch Alison ließ sich nicht täuschen. Sie wusste, dass unter der Oberfläche stählerne Härte und Unnachgiebigkeit lauerten. Er war ein Mann, der seiner eigenen Wege ging und seine Unabhängigkeit verteidigte.

»Eine gute Freundin von mir benötigt Hilfe und Unterstützung; ich denke, du bist genau die richtige Person dafür. Sie kann dir nicht viel dafür geben, aber du wirst ein Dach über dem Kopf und etwas zu essen haben.«

»Und sie wird mich für Euch beaufsichtigen, ist es das, was Ihr damit sagen wollt?«, setzte sie eine kleine Ansprache ruhig fort.

»Eine scharfe Zunge, aber eine gewandte Ausdrucksweise«, stellte er fest und sah das Mädchen nachdenklich an. »Wer hat dich so sprechen gelehrt, Alison?«

Sie antwortete nicht. Was hätte sie auch sagen sollen? Dass sie von klein an eifrig gelauscht hatte, wenn sie auf den Märkten die Reichen und Mächtigen sah, die sich dort amüsieren wollten? Dass sie sich sonntags vor den Gotteshäusern herumgetrieben hatte, wenn die noblen Bürger zur Kirche gingen? Dass sie schnell begriffen hatte, dass die Leute ihr viel bereitwilliger eine Münze zuwarfen, wenn sie sich gefällig ausdrückte und die Sprechweise der einfachen Leute vermied, die Silben nicht verschluckte und die Flüche unterdrückte? Zuerst hatte sie die Ausdrucksweise der besser Gestellten nur imitiert, aber im Laufe der Jahre war sie ihr in Fleisch und Blut übergangen, und sogar César le Noir hatte es inzwischen aufgegeben, sie Prinzessin zu nennen, wie er es anfangs aus reiner Boshaftigkeit getan hatte.

»Ich schätze schweigsame Frauen«, meinte der Fremde schließlich amüsiert. Es gibt viel zu wenige von dieser Sorte. Bist du fertig mit dem Frühstück?«

Sie nickte und erhob sich, während er den Funkenschutz vor den Kamin schob und dann nach einem weiten Umhang griff, der über dem Fußende des Bettes lag. Schweres, schwarzes Tuch, mit einer einfachen Wollpaspel geschmückt. Zum ersten Mal schenkte sie seiner Kleidung mehr Aufmerksamkeit. Er trug das Wams und die ledernen Kniehosen, die er schon in der Nacht angehabt hatte. Ein weißer Spitzenkragen von eher bescheidenem Ausmaß zierte den Hals, und auch die Manschetten der langen Ärmel waren lediglich mit Kordeln geschlossen. Schenkelhohe Stiefel umspannten die langen Beine, und das schwere Schwertgehänge bewies, dass er keinen Zierdegen, sondern eine richtige Waffe zu tragen pflegte.

Sie erinnerte sich unwillkürlich an die grell bunten Gewänder der edlen Herren, die sie am vergangene Tag im Krönungszug gesehen hatte. An die Pelzbesätze, die königsblauen Samtstoffe und leuchtend roten Brokate, an die blauen, gelben und grünen Strümpfe, die bunt gefärbten Federn und üppigen Spitzenborten. Entweder hatte dieser Fremde nicht das nötige Geld für solche Modetorheiten, oder er legte einfach keinen Wert darauf. Es gab ja Menschen, die eine schmucklose Kleidung für gottgefällig und fromm hielten. Allerdings wirkte dieser Mann nicht besonders fromm auf sie – eher schon ein wenig diabolisch.

Alison fuhr aus ihren Gedanken auf, als er ihr den Umhang um die Schultern legte. Er kümmerte sich nicht um ihren Protest, sondern strich ihr mit der Hand die Haare aus der Stirn, fasste sie zusammen und versteckte sie unter der Kapuze. Alison, die sich der Wirkung nicht bewusst war, nicht ahnte, wie sehr der feine Schnitt ihres schönen Gesichts betont wurde, blickte erstaunt auf, als der Fremde scharf die Luft einzog.

»Es tut mir nicht Leid um den Fetzen, den ich gestern verbrannt habe«, sagte er ein wenig angespannt und schloss die Schnalle an ihrem Hals. »Ich bin sicher, dieser Umhang wird dir bessere Dienste leisten. Es ist kalt draußen.«

»Warum tut Ihr das?«, fragte sie unwillig, obwohl das neue Kleidungsstück ihren Körper in angenehme Wärme hüllte. Aber nicht nur der Umhang erzeugte diese Wärme in ihr, sondern auch der Blick, mit dem er sie betrachtet hatte und der fast wie ein Streicheln über ihre Brüste geglitten war. Alison war froh, dass der Umhang nun ihren Körper bedeckte, denn sie spürte, wie ihre Brustspitzen sich aufgerichtet hatten.

»Du könntest dich bedanken, statt mich zu rügen«, sagte er unwillig. »Ich möchte wetten, es ist der erste Umhang, den du jemals besessen hast!«

Natürlich lag er mit dieser Vermutung richtig, aber Alison bestätigte es nicht. »Ich habe gelernt, dass die Menschen selten etwas umsonst zum Geschenk machen«, erwiderte sie trotzig. »Und es missfällt mir, einem Unbekannten verpflichtet zu sein, von dem ich nur weiß, dass er mich meiner Freiheit beraubt hat und sich anmaßt, mir Befehle zu geben.«

»Wenn du bisher nicht gelernt hast, einem Herrn zu gehorchen, dann solltest du dankbar sein, dass ich diese Lücke fülle«, erwiderte er mit dem üblichen Spott und Alison schnaubte.

Sie ignorierte die leichte Gereiztheit, die sich auf seinem Gesicht abzeichnete. Seit sie ihm am vergangenen Abend in die Arme gelaufen war, kam sie sich vor wie eine zu straff gespannte Bogensehne. Dass sie diesem Mann, dessen Bild sie so oft im Feuer gesehen hatte, nun tatsächlich begegnet war, hatte sie bis tief in ihr Innerstes aufgewühlt, hatte Gefühle in ihr geweckt, die kaum zu ertragen waren und mit denen sie erst einmal fertig werden musste.

Aber sie wusste auch, dass diese Begegnung ihr vom Schicksal vorherbestimmt war, und dies allein war der Grund, dass sie keinen Fluchtversuch machte, dass sie sich von ihm durch die Stadt führen ließ, als sei sie eine gehorsame Magd, die sich bemüht, mit ihrem Herrn Schritt zu halten. Dies und die Tatsache, dass jeder Schritt sie weiter von dem Machtbereich Césars wegbrachte.

Es war tatsächlich kalt Ein schneidender Wind pfiff durch die Gassen, und Alison musste die Kapuze ihres Umhanges festhalten, damit sie nicht heruntergeweht wurde. Sie registrierte, dass der Fremde sie auf dem kürzesten Weg in das Quartier de la Cité brachte, das sich um die große Kathedrale von Nôtre Dame zog und das eigentliche Herz von Paris bildete.

Zahllose enge Gassen, in denen die alten Häuser dicht an dicht standen, zogen sich rund um das große Gebäude der Kirche und die Häuser der Domherren. So schmal waren die Gassen, dass kaum das Tageslicht hereinfallen konnte, und die Häuser, die in jedem Stockwerk noch ein wenig weiter vorgebaut waren, nahmen noch mehr Licht weg. Wenn Alison aufschaute, konnte sie nur einen flüchtigen Blick auf einen schmalen Streifen des Dezemberhimmels erhaschen.

Neugierig betrachtete sie das Fachwerkhaus, vor dem Windhurst schließlich stehen blieb. Zweifelsohne hatte dieses Haus schon bessere Zeiten gesehen. Zwar bewies ein verblichenes Wappen über der Tür, dass es einst einem Herrn von Stand gehört haben musste, aber die Balken wirkten wurmstichig, an mehreren Fenstern fehlten die Läden, und das Wasser des tauenden Schnees rann ungehindert durch die zahllosen Risse und Löcher der kupfernen Dachrinnen.

Kein Zeichen von Leben war zu sehen und die gläsernen Scheiben vor den kleinen Fenstern schienen Alison blind und dunkel zu sein. Es kam ihr fast so vor, als lehne das Haus es ab, von jemandem betreten zu werden, als stünde es seit Jahren leer und verweigere den Menschen seine Dienste. Sie musste sich zwingen, nicht einfach davonzulaufen, als Windhurst seine Aufmerksamkeit für einen Moment von ihr abwandte und die Fassade prüfend betrachtete. Sie musste den Verstand verloren haben, sich in die Angelegenheiten dieses Mannes verwickeln zu lassen!

La Trisanne und César würden sie suchen, wenn auch aus verschiedenen Gründen. César, weil ihm eine sicher geglaubte Beute entkommen war, und La Trisanne, weil sie in Alison eine Sklavin sah, die für ihr Wohlergehen zu sorgen hatte. Sie liebte das Mädchen nicht, das sie aufgezogen hatte, hatte es nie geliebt, aber sie war daran gewöhnt, mitsamt ihren wechselnden Gefährten von Alison versorgt zu werden. Sie war zu alt, um auf dem Markt zu stehlen, um Brennholz zu besorgen oder um den fein gekleideten Damen, die die Goldschmiede auf der Pont au Change aufsuchten, aus der Hand zu lesen. Wenn Alison nicht mehr nach Hause kam und César die Alte vertrieb, würde sie betteln müssen.

Alison schrak zusammen, als der Mann im Lederwams sie wieder am Arm packte und die niedrige Tür des Hauses öffnete, ohne um Einlass gebeten zu haben. Sie hatte damit gerechnet, dass es drinnen dunkel war, aber die große Küche, in der sie eintraten, war sowohl von einem Herdfeuer wie von einer großen Öllampe erleuchtet. Auf dem Herd brodelten einige Töpfe, und der Duft, der aus ihnen aufstieg, mischte sich mit dem der getrockneten Kräutersträuße, die von den Balken der Decke herabhingen. Die steinernen Wände waren schwarz von Ruß und Feuchtigkeit, und der eiserne Käfig, in dem man das Federvieh hielt, bis es geschlachtet wurde, stand leer. Auch die Kästen und Töpfe, die Krüge und Vorratsbehältnisse, die auf den Stellagen standen, schienen nicht gefüllt zu sein. Ohne Zweifel wurde die Küche benutzt, aber wer auch immer das tat, hatte keine üppigen Vorräte angelegt.

Eine große schwarze Katze, die mitten auf dem gescheuerten Holztisch geschlummert hatte, erhob sich majestätisch, um die Besucher zu betrachten. Außer dem Tier befand sich jedoch niemand in dem Raum, und Alison wurde von ihrem Begleiter zu einer Steige gezogen, die im Hintergrund hinauf in die Wohnräume der oberen Stockwerke führte. Aus den Augenwinkeln entdeckte sie einen Ausgang zum Hof, aber hier war ein hölzerner Riegel vorgelegt.

»Wohin führt Ihr mich?« Alison war ein wenig außer Atem, als sie am ersten und zweiten Stockwerk vorbei zu einer dritten Treppe geschubst wurde, die noch steiler und schmaler war als die vorhergehenden und geradewegs unter das Dach des Hauses zu führen schien.

»Wart's ab«, wurde ihr beschieden, als ihr Begleiter eine Tür aufstieß, die in eine Stube mit schrägen Wänden führte, eine Stube, die so freundlich und hell war, dass Alison überrascht stehen blieb.

Ein mächtiges Pfostenbett mit schwarzgrünen Vorhängen nahm fast die ganze hintere Wand des tiefen, länglichen Raumes ein. Durch eine Reihe hell verglaster Fenster, die zur Straßenfront gingen, fiel genügend Tageslicht ein. Der Boden war nicht wie in der Küche mit Stroh, sondern mit einem dicken Teppich bedeckt. Ein gepolsterter Schäferinnenstuhl stand mitsamt einem gepolsterten Taburett am Fenster. Daneben befand sich ein quadratischer Tisch, der mit Pergamenten, Federn und einem Tintenfass bedeckt war. Den Rest des Mobiliars, einen mächtigen Schauschrank und zwei Truhen, den großen Kamin und die vielen Silbergegenstände auf dessen Sims nahm Alison gar nicht mehr wahr.

Ihr Blick war an der Bewohnerin dieser entzückenden Stube hängen geblieben, die soeben die Feder aus der Hand legte und mit ausgestreckten Armen auf Alisons Begleiter zueilte, wobei sie ihn liebevoll schalt.

»Michel! Dem Himmel sei Dank! Könnt Ihr Euch vorstellen, wie sehr ich auf Euch gewartet habe, böser Junge, der Ihr seid? Wo habt Ihr nur gesteckt? Ich habe mir Sorgen um Euch gemacht. Wie geht es Euch?«

Alison sah mit Erstaunen, dass er diese Vorwürfe mit einem nachsichtigen Lächeln hinnahm, und die aufgeregte Dame mit einem Kuss auf die Stirn begrüßte. Sie reichte ihm kaum bis zur Brust. Sie war eine zierliche, zarte Person, deren schneeweiße Haare von einem koketten Spitzenhäubchen gekrönt wurden und deren Gestalt fast in einem wallenden Gewand aus dunkelbraunem Samt verschwand. Ein schlichtes Kleid, das nur am Saum und an den Ärmeln mit einem helleren Seidenband verziert war und mit einer bescheidenen Spitzenkrause am Hals abschloss.

Erstaunt bemerkte Alison, dass Gesicht und Hände der Dame von einem Spinnennetz feinster Falten überzogen waren. Sie war alt, älter, als Alison zu schätzen vermochte. Sie sah aus, als habe sie mehrere Leben hinter sich und als würde der nächste Windstoß sie bereits in die Ewigkeit wehen – wären da nicht diese lebhaften, strahlenden, arglosen, himmelblauen Augen gewesen. Augen wie ein Kornblumenfeld. Augen, die Alison bewiesen, dass die beiden, die sich da umarmten, verwandt sein mussten.

»*Ma mie*, ich habe Euch eine Magd versprochen«, sagte der Mann und unterbrach damit den Redeschwall der alten Dame. Er winkte Alison heran, die näher trat und einen Knicks versuchte.

»In der Tat…«, murmelte die alte Dame. Sie wandte sich von ihrem Besucher ab und maß Alison mit einem langen, nachdenklichen Blick. Einem Blick, der das Mädchen unwillkürlich dazu zwang, die Verneigung noch respektvoller zu wiederholen. Die Anmut, mit der sie dabei die Falten des Umhangs raffte, ließ die Greisin stutzen. Sie machte einen Schritt auf Alison zu und berührte sie an der Schulter.

»Wie heißt du, Mädchen?«

»Alison«, antwortete der Mann für sie. »Ihr werdet sie anleiten müssen, denn ich fürchte, dies ist der erste ordentliche Haushalt, in dem sie arbeitet. Aber ich nehme an, es wird Euch Vergnügen bereiten, *ma mie.* Werdet Ihr mit ihrer Hilfe meine Bitte erfüllen können?«

Wieso ließ er sie nicht selbst zu Wort kommen? Wobei sollte sie helfen? Worum hatte er diese Frau gebeten, die er mit einem so zärtlichen Kosenamen ansprach und die ihn bei einem ganz anderen Namen nannte als der nächtliche Besucher. Offensichtlich schien er je nach Bedarf einen anderen Namen zu haben.

»Könnt Ihr es denn nicht lassen, stets Euren Kopf durchzusetzen?«, antwortete die Greisin. »Müsst Ihr Euch partout in Gefahr bringen? Ist das, was geschehen ist, nicht schon genug? Ihr wisst, dass ich Eure Pläne nicht gutheiße. Was wird sein, wenn sie scheitern?«

»Was wird sein, wenn ich es nicht tue?«

Alison erschrak über die Bitterkeit, die in diesen Worten mitschwang und unwillkürlich sah sie den Mann an, der sie ausgesprochen hatte. Er umfasste die schmalen Schultern der alten Frau, und man merkte ihm an, welche Anstrengung es ihn kostete, sich zu beherrschen. »Ihr wisst, dass ich es tun muss, *ma mie!* Ich habe einen Schwur geleistet, das Meine beizutragen. Fürchtet nicht immer gleich das Schlimmste; ich hatte bisher Glück, und ich gedenke es auch weiterhin zu haben. Nehmt Euch nun des Mädchens an und haltet Euch bereit.«

Alison, der es in dem gut beheizten Raum warm geworden war, öffnete den Umhang und schob die Kapuze zurück Das

Licht fing sich in dem auffälligen Rot ihres Haares und veranlasste die Hausherrin zu einem überraschten Ausruf.

»Heilige Mutter Gottes, was für Haar! Es sieht aus, als ob ihr Kopf in Flammen stünde. Dieses Mädchen ist nie und nimmer eine Magd. Wo habt Ihr es gefunden? Mit Sicherheit nicht auf dem Dienstbotenmarkt! Bindet mir keinen Bären auf, Michel!«

Sein Lächeln hellte sein düsteres Gesicht auf, und Alison stockte der Atem, als sie diese Verwandlung sah.

»Nein, *ma mie*!« antwortete er. »Nicht auf dem Dienstbotenmarkt. Alison ist mir im wahrsten Sinne des Wortes in die Arme gelaufen, und sie schien mir ideal für die Dienste, die Ihr benötigt. Sie braucht einen Ort, wo sie möglichst wenig gesehen wird, und Ihr braucht eine kräftige junge Person, die Euch die Arbeit abnimmt. Voilà, somit ist Euch beiden gedient.«

»Willst du mir dienen, Alison?«

Alison sah hinab in die arglosen, fragenden blauen Augen und nickte wie unter Zwang. Ein unbekanntes, fremdes Gefühl zwang sie dazu. Ein Gefühl, das ihr gut tat, wohlige Wärme in ihr verbreitete und ihre Laune hob. Das die fieberhafte Anspannung milderte, in der sie sich seit dem vergangenen Abend befand.

»Natürlich will sie das.« Wieder antwortete Windhurst an ihrer Stelle. Er wandte sich ihr zu. »Hör zu, Alison. An einem der nächsten Tage wird ein Mann die unteren Räume beziehen. Er hat dieses Haus gemietet und erhält dafür das Recht, hier zu wohnen und Besucher zu empfangen. Ihm liegt daran, möglichst unbemerkt zu bleiben, damit niemand von seiner Anwesenheit in Paris erfährt. Deine Aufgabe ist, seine Wohnung in Ordnung zu halten, für ihn zu kochen und zu waschen, soweit er es verlangt. Das hier…«, er zeigte auf der alte Frau, »ist Dame Eleanor de Carhaix, und sie ist die Herrin dieses Hauses. Du befolgst ihre Befehle, bis ich dir etwas anderes sage.«

Alison sah ihn aufmerksam an, und gleich darauf wünschte sie, sie hätte es nicht getan. Die Anziehungskraft, die er auf sie ausübte, hatte eine höllische Wirkung auf ihr seelisches Wohl. Sie ertappte sich dabei, dass sie seinen Mund betrachtete und prompt errötete, denn sie wurde von der Erinnerung an seinen leidenschaftlichen Kuss und die fiebrigen Zärtlichkeiten, die sie ausgetauscht hatten, fast überwältigt. Das Blut rauschte schneller durch ihre Adern, und am liebsten hätte sie die Fingerspitzen auf diesen Mund gelegt und ihn um Küsse statt um Befehle gebeten. Um ein wenig von seiner Zuneigung.

»Ich muss fort, *ma mie*! Ich vertraue Euch das Mädchen an. Passt auf Euch auf! Komm, Alison, du kannst hinter mir den Riegel an der Haustür schließen.«

Seine Worte rissen sie aus ihren Gedanken, und sie begleitete ihn schweigend nach unten, nachdem er sich von der alten Dame verabschiedet hatte. In der Küche blieb er jedoch noch einmal stehen und drehte sich in lässiger Haltung zu ihr um.

»Dame Eleanor ist mir sehr teuer, Alison. Ich möchte nicht, dass du ihr Ärger bereitest. Wenn du mir in dieser Sache gut dienst, soll es dein Schaden nicht sein…«

»Mein Schaden?« Auch Alison konnte spotten. »Woher wollt Ihr wissen, was mir schadet und was nicht? Mir scheint, um mich kümmert Ihr Euch bei dem rätselvollen Unternehmen, das Ihr plant, am allerwenigsten.«

»Du täuschst dich!« Ehe sie sich wehren konnte, lag sie schon in seinen Armen. »Ich fürchte, ich bin dabei, mich viel zu sehr um dich zu kümmern, Rote Alison! Du bist dabei, mich zu verhexen!«

Und wieder machte sein Kuss sie wehrlos und ließ sie in seinen Armen dahinschmelzen, vergiftete ihr Blut mit Sehnsucht. Wie von selbst schlangen ihre Hände sich um seinen Nacken.

»Du wirst nicht fortlaufen, ehe wir dies zu einem befriedigenden Ende gebracht haben. Schwöre es!«

Es war keine Bitte, es war ein Befehl! Und Alison, wohl wissend, dass sie sich dumm, töricht und kindisch benahm und genau das Falsche tat, schwor es. Schwor ihm beim Kostbarsten, was sie besaß, bei der Erinnerung an ihre flüchtigen Träume von einem anderen Leben.

Die Tür fiel zu und der Riegel lag schwer und kalt in ihren Händen. Hätte es je ein närrischeres Geschöpf als sie gegeben? Sie sperrte sich selbst ein!

4. Kapitel

So, und nun zu uns beiden, Kind! Setz dich dort auf das Taburett und erzähl mit wie du an diesen Abenteurer geraten bist! Wo kommst du her? Was ist mit deiner Familie?«

Eleanor de Carhaix thronte in dem Schäferinnenstuhl am Fenster, als Alison wieder in das Zimmer trat, und deutete auf den gepolsterten Hocker vor sich. Sie hatte trotz der Wärme im Raum eine gefütterte Decke über ihre Knie gelegt und den Sessel so gedreht, dass die hohe Rückenlehne sie gegen mögliche Zugluft schützte.

»Ich habe niemanden, zu dem ich gehöre.« Alison zog es vor, als erstes die unverfänglichste Frage zu beantworten, und setzte sich wie befohlen. »Ich bin ein Findelkind, und die Zigeuner, die mich gefunden haben, zogen mich auf.«

»Du bist also eine Landstreicherin?«

»Nennt es, wie Ihr wollt«, erwiderte sie und bemühte sich, nicht zu zeigen, dass diese Bemerkung ihren Stolz getroffen hatte. »Auch Menschen wie wir müssen leben. Eine Zigeunerin namens La Trisanne hat mich in ihrem Wagen mitgenommen, und als sie sich vor vielen Jahren hier in Paris mit einem Ringer zusammentat, hat sie mich bei sich behalten. Ich versuche mein Brot zu verdienen, indem ich manchmal bei den Gauklern auf der Pont Neuf kleine Rollen spiele und den Leuten die Zukunft aus der Hand lese…«

»Tatsächlich?« Die alte Dame zeigte sich eher verblüfft als empört. Sie hatte noch nie mit einem Mädchen zu tun gehabt, dass sich auf diese Weise durchs Leben schlug. Sie hatte Armut kennen gelernt, aber nicht ein solches Elend wie Alison. »Reicht das zum Leben oder eher nur zum Sterben?«, fragte sie neugierig. »Liest du wirklich etwas in den Handlinien der Menschen?«

Alison zuckte mit den Schultern. »Ich sehe, ob sie mit ihren Händen arbeiten«, antwortete sie ehrlich. »Ihre Gesichter und ihr Benehmen sagen mir, worauf sie hoffen und was sie hören wollen. Ich mache ihnen Mut für das Morgen, und sie zahlen mir ein paar Kupfermünzen dafür. Die Reichen sogar mehr.«

»Für wohlmeinende Lügen?«

»Warum nicht?« Alison warf trotzig die Flut ihrer Haare über die Schultern zurück und verschränkte die Finger im Schoß. »Das ist besser, als sie mit den Schrecken der Zukunft zu belasten. Diese Bilder rauben einem den Schlaf und machen Angst. Besonders, wenn man ohnehin nichts tun kann, wenn man hilflos abwarten muss, wie die Dinge ihren Lauf nehmen...«

»Welche Bilder?«

Alison hätte nicht zu sagen gewusst, warum sie sich ausgerechnet dieser Frau anvertraute, die sie doch gar nicht kannte.

Sie hatte noch nie mit einem Menschen über ihre Gefühle und Ängste gesprochen.

»Ich sehe sie manchmal im Feuer. Gesichter, Ereignisse und Kämpfe. Dinge, die in der Vergangenheit passiert sind und die darauf warten, dass sie in der Gegenwart zu Ende geführt werden. Ihn habe ich auch gesehen...«

»Wen?«

Die alte Dame beugte sich interessiert vor.

»Ihn, der mich hierher gebracht hat. Francis Windhurst, Michel oder wie immer er sich nennt. Ich habe es ihm gesagt, aber er hat mir nicht geglaubt...«

»Das kann ich mir vorstellen. Es fällt ja sogar mir schwer, dir das zu glauben«, gab Dame Eleanor zu. »Aber immerhin befindest du dich in bester Gesellschaft. Auch Jeanne d'Arc behauptete, Dinge zu sehen und zu hören, die nicht von dieser Welt sind.«

»Ihr müsst mir nicht glauben, ich bin daran gewöhnt, dass man mich für verrückt hält«, versicherte Alison und seufzte leise. »Manchmal denke sogar ich selbst, dass ich nicht normal bin. Es gibt so viele Dinge, die ich fühle und weiß und von denen ich nicht sagen kann, wie sie in meinen Kopf hineinkommen. Es ist, als ob ich zwei Leben führen würde, zwei Leben, die mich teilen. Als ob mich eine unbekannte Macht lenken und zu Handlungen zwingen würde, die mir selbst fremd sind.«

»Ich werde meine Entscheidung über deinen Geisteszustand noch zurückstellen«, sagte die alte Dame trocken und verschränkte die Arme vor der Brust. »Du erlaubst, dass ich mir selbst meine Meinung bilde. Bis dahin sollten wir sehen, womit du dich nützlich machen kannst. Hast du dein Bündel mitgebracht?«

»Was ich besitze, trage ich am Leib«, erwiderte Alison mit einem Anflug von Stolz, versuchte aber gleichzeitig, ihre Holzschuhe unter dem Rocksaum zu verbergen.

»Gut, dann werden wir uns als erstes um dein Äußeres kümmern, Kind. Ich mache dir deine Profession nicht zum Vorwurf, aber unter meinem Dach wirst du wie eine ordentliche Jungfer aussehen und auch so riechen. Die Lumpen, die du da trägst, scheinen mir das Waschen nicht mehr wert zu sein. Mach dort hinten an der Wand die Truhe auf und lass uns sehen, was wir für dich finden...«

Alison machte schnell die Erfahrung, dass Dame Eleanor bei aller körperlichen Gebrechlichkeit über einen eisernen Willen verfügte. Sie bekam den Auftrag, Wasser aus dem Brunnen im Hof zu holen, und musste dann unter Aufsicht der Hausherrin in einem Verschlag neben der Küche einen großen Zuber füllen, der als Badewanne diente.

Mit angezogenen Knien im Wasser sitzend, musste sie hilflos zusehen, wie die einzigen Kleider, die sie besaß, verbrannt wurden und die alte Dame lediglich den kleinen Beutel vom Gürtel löste, der Alisons wenige Besitztümer enthielt. Ein grünes, schon verschlissenes Samtband, einen kleinen Hornkamm und ein spitzengesäumtes winziges Leinentuch, das sie schon immer besessen hatte. Eine Kostbarkeit, die sie vor Trisannes gierigen Händen ebenso behütet hatte wie vor allzu häufigem Gebrauch. Sie wusste nicht, woher dieses Tüchlein kam und wer es ihr gegeben hatte, aber sie fand eine seltsame Art von Trost in seinem Besitz und registrierte erleichtert, dass die alte Dame diese Kleinigkeiten respektierte und nicht ebenfalls ins Feuer warf.

Alison hatte indes gelernt, ihre Gefühle zu verbergen, und solange es nicht um Francis Windhurst ging, hatte sie auch keine

Probleme damit. Ihrem Gesicht war nicht anzusehen, was sie dachte. Sie rieb ihre Haut gehorsam mit einem groben Lappen ab, duldete, dass ihre Haare mehrmals gespült wurden. Dann hüllte sie sich in ein großes weißes Leinentuch, das zu diesem Zweck bereitlag.

»Komm mit nach oben«, kommandierte ihre Herrin. »Den Zuber kannst du später im Hof auskippen. Die Arbeit in diesem Haus läuft dir ganz bestimmt nicht davon!«

Sie eilte vor dem Mädchen die Stiege hinauf, und Alison, in ihr Tuch gewickelt, hatte Mühe zu folgen. In ihrem Gemach machte Dame Eleanor sich über den Inhalt einer der Truhen her, dann trat sie mit einem Arm voll Kleidungsstücke auf Alison zu, die sich wegen der Wärme des Feuers auf einen Hocker vor dem Kamin gekauert hatte.

»Wir müssen sehen, ob wir etwas für dich ändern müssen. Die Sachen haben meiner Kammerfrau gehört, aber die Ärmste ist im vergangenen Sommer am Fieber verstorben. Seitdem lebe ich allein in diesem Haus, und Michel liegt mir ständig in den Ohren, dass ich mir eine neue Magd nehmen soll. Hier, zieh erst einmal das Hemd an, damit du nicht so frierst.«

Alison schlüpfte in ein Kleidungsstück aus leicht vergilbtem Leinen, das am Hals und an den langen Ärmeln mit weißen Bändern geschlossen wurde, und sie konnte einen entzückten Seufzer nicht ganz unterdrücken. Sie hatte noch nie ein Hemd besessen, das sich so wundervoll sanft auf der Haut anfühlte.

»Dacht' ich mir's doch, dass dir diese Sachen passen müssen«, murmelte Dame Eleanor zufrieden. »Guilleaumette, das arme Ding, hatte deine Größe, und was zu weit ist, kannst du mit den Bändern regulieren.«

Wenig später befestigte die alte Dame den Gürtel um ein Gewand aus dunkelblauem Genter Wolltuch und trat einen Schritt zurück, um Alison aus leicht zusammengekniffenen Augen zu betrachten. Die schmalen Ärmel reichten nur bis zu den Ellbogen, die langen Ärmel des hellen Hemdes kamen bauschig darunter hervor und reichten bis zu den Handgelenken. Der weite Rock war vorne einen Zoll breit angehoben, und der dicke

Unterrock, der auf diese Weise sichtbar wurde, war eine Nuance heller als das Oberkleid. Der runde Ausschnitt ließ das gefältelte Oberteil des Hemdes frei, das sittsam bis zum Hals alles bedeckte.

Wären da nicht die Haare gewesen, die mit jeder Minute, während sie trockneten, mehr Leuchtkraft gewannen, das Mädchen hätte wie eine brave Bürgerstochter gewirkt, die sich bereit macht, morgens zur Messe zu gehen. Die Locken konnten so nicht bleiben.

»Du musst dein Haar kämmen, zu Zöpfen flechten und aufstecken, damit es unter eine Haube passt«, kommandierte Dame Eleanor und griff schließlich selbst ein, weil Alison hilflos mit den Haarnadeln kämpfte. Als die letzte rebellische rote Strähne unter steifem weißen Leinen verschwunden war, nickte sie zufrieden.

»Sehr schön. Nun siehst du aus, wie es sich gehört, mein Kind.«

Alison sah an sich herab.

Sie musste sich erst daran gewöhnen, dass ihr Blickfeld seitlich von den steifen Flügeln der Haube eingerahmt wurde; die Zöpfe waren so fest geflochten, dass ihre Kopfhaut spannte. Alles an ihr fühlte sich sauber, eng und fremd an. Der Gürtel, das straff geschnürte Mieder, das sie über das Unterhemd hatte ziehen müssen, und nicht zuletzt jenes absurde Band, dessen genaue Bezeichnung sie schon wieder vergessen hatte. Es wurde eine Handbreit über ihren Knöcheln durch Schlaufen im Unterhemd gezogen und zur Schleife gebunden, damit das Kleidungsstück eng am Körper saß und keine kalte Luft an ihre Beine drang. Sie war damit gezwungen, kleine Schritte zu machen, dabei wäre sie in den weichen dunklen Lederschuhen und den gestrickten Strümpfen, die zu ihrem Kleid gehörten, am liebsten mit weit ausholenden Schritten gelaufen, um den nie erlebten Luxus weicher und passender Schuhe richtig genießen zu können.

Für diese Herrlichkeiten wünschte sie der verstorbenen Kammerfrau einen Platz im Paradies, und sie fragte sich, ob man ihr erlauben würde, diese Kleider zu behalten, wenn sie ihre Pflicht getan hatte und der Seigneur mit den vielen Namen sie entließ. Wenn sie gehen musste. Schon der Gedanke daran schmerzte. Sie wusste, dass sie ihn nicht würde verlassen können.

»Wer seid Ihr, dass Ihr so viel für mich tut?«, fragte sie die alte Dame, und ihre Stimme klang ungewohnt rau dabei.

»Wer ist dieser Mann, der hier wohnen soll, aber nicht gesehen werden will?«

»Meinen Namen hat Michel dir gesagt…«

Alison biss sich auf die Unterlippe, aber es gelang ihr nicht, ihre Neugier zu unterdrücken. »Habt Ihr ebenfalls mehrere davon, so wie *er*?«

Es konnte keinen Zweifel geben, wen sie damit meinte, aber die alte Dame sprach einfach weiter, als habe sie die Worte des Mädchens nicht gehört.

»… Den Namen unseres Gastes werden wir von ihm selbst erfahren. Mehr brauchst du nicht zu wissen. Wenn du einen guten Rat von mir annehmen willst, dann bemühe dich auch nicht, mehr zu erfahren.«

»Also verbirgt er sich hier. Vor wem? Vor dem neuen König? Werdet Ihr keinen Ärger bekommen, wenn der Profos der Stadt das herausbekommt? Warum begebt Ihr Euch in solche Gefahr?«

Dame Eleanor schüttelte seufzend den Kopf. »Weil ich Michel damit helfen kann und weil mir der Fremde einen stattlichen Mietzins für dieses Quartier bezahlt. Ich bin nicht reich, Kind. Ich bin auf solche Einkünfte angewiesen. Die Zeiten, in denen unsere Familie über Vermögen und Einfluss verfügt hat, sind vorbei. Dieses Haus ist das einzige, was ich noch besitze, und ich muss sehen, wie ich damit mein Leben friste. Wenn du mir hilfst, wird es dir nicht schlecht ergehen.«

Nicht reich? Alison hätte fast gelacht. Allein die Kleider, die sie trug, hätten die Gaukler einen Monat lang ernährt. Würde sie damit zu La Trisanne gehen, die Alte würde mit Sicherheit darauf bestehen, dass sie das Gewand auszog und verkaufte. Anscheinend gab es auch zwischen Armut und Armut gewaltige Unterschiede.

»Ich werde Euch helfen, weil Ihr freundlich und gut zu mir

seid«, antwortete sie der Dame Eleanor und verbeugte sich respektvoll vor ihr. »Wenn Ihr erlaubt, werde ich nun unten für Ordnung sorgen. Soll ich Euch etwas zu essen heraufbringen?«

»Das wäre nett von dir. Ich muss gestehen, dieser Vormittag hat mich doch ein wenig erschöpft!«

Die Hausherrin zog sich in ihren Schäferinnenstuhl zurück, und als Alison mit dem Tablett kam, schlief sie mit halb offenem Mund, den Kopf zurückgelehnt. Alison legte ihr die Decke, die herabgerutscht war, wieder über die Knie und stellte die Suppenschale neben das Kaminfeuer, um sie warm zu halten. Dann ging sie auf Zehenspitzen nach draußen. Wenigstens schien Eleanor de Carhaix keine schwierige Herrin zu sein.

Wenn sie indes darauf gehofft hatte, ein wenig Zeit zu haben, um sich an ihr verändertes Leben zu gewöhnen, so sah sie sich schon am selben Abend getäuscht. Sie war gerade dabei, die Töpfe zu scheuern, die offensichtlich seit Wochen nicht mehr mit Sand und Wasser in Berührung gekommen waren, als sie hinter sich ein unterdrücktes Lachen hörte. Sie fuhr herum und fand sich Francis Windhurst gegenüber, den ihre sittsame, neue Aufmachung prächtig zu amüsieren schien.

»In der Tat, sie hat eine Klosterschwester aus meinem Feuervogel gemacht. Unbezahlbar! Diese Haube! Ich werde einen Weg finden müssen, das gute Stück zu verbrennen, wenn wir dieses Abenteuer überstanden haben.«

»Untersteht Euch!«, rief Alison empört und vergewisserte sich mit einem schnellen Griff, dass das kritisierte Leinengebinde noch korrekt auf ihren Haaren saß. »Wo kommt Ihr überhaupt her, auf so leisen Sohlen, dass Ihr ebenso gut ein Gespenst hättet sein können?«

Ihr Blick flog zur Eingangstür, deren vorgelegter Riegel davon kündete, dass niemand auf diesem Weg das Haus betreten haben konnte. Auch die hintere Tür war verschlossen, und unwillkürlich blieben ihre Augen an der Kellertreppe hängen. Dame Eleanor hatte ihr lediglich gesagt, dass dort ein paar Vorräte und ein Fass Wein lagerten, aber Alison wusste, dass viele der Häuser von

Paris auf den Ruinen anderer Gebäude standen, dass es Katakomben und Gänge gab, die ebenso gut Versteck wie Lager sein konnten und dass manche Gauner und Diebe auf diesem Wege schneller die Flucht ergreifen konnten als durch die nächtlichen Gassen, die von Wächtern kontrolliert wurden.

»Wie ich sehe, hast du dich bereits über die Gegebenheiten informiert«, erwiderte er und nickte. »Unser Gast ist eingetroffen. Geh hinauf und zünde das Feuer im Kamin an, aber erst, nachdem du dich vergewissert hast, dass die Läden zur Straße vorgelegt sind. Hast du Kerzen hinaufgebracht? Die Betten gelüftet und frisches Stroh auf den Boden gelegt?«

Alison, die den Nachmittag über damit beschäftigt gewesen war, die beiden großen Räume im ersten und zweiten Stock zu säubern und vorzubereiten, nickte schweigend. Sie wischte ihre Hände an einem Tuch ab und griff nach der Feuerschaufel. Dann nahm sie einige Glutstücke aus dem Herdfeuer, deckte sie sorgsam mit Asche ab und lief hinauf in den Wohnraum, wo die Scheite und Späne bereits darauf warteten, entzündet zu werden. Nur wenige Zeit später loderten die Flammen munter auf, und sie konnte den Funkenschutz davor stellen.

Das Zimmer war eher sparsam eingerichtet, aber ein gepolsterter Lehnstuhl, ein Tisch mit geschnitzten Beinen und ein fadenscheiniger Wandteppich verliehen ihm trotzdem den Anschein einer gewissen Gemütlichkeit. Alison stellte den fünfarmigen Kerzenleuchter vom Kaminsims in die Mitte des Tisches und verließ nach einem letzten prüfenden Blick das Gemach. Als sie wieder in die Küche trat, fand sie Francis Windhurst im Gespräch mit einem stämmigen Mann, der einen dunklen Umhang trug und den Hut tief in die Stirn gezogen hatte. Er wandte ihr den Rücken zu, und es sah so aus, als sei eine Schulter höher als die andere.

Alison verharrte mitten im Schritt. Eine Welle der Kälte und des Schreckens bannte sie auf ihrem Platz, und die Schaufel, mit der sie die Glut hinaufgetragen hatte, wäre um ein Haar aus ihren Fingern geglitten. Noch ehe sich der Mann umdrehte, wusste sie, dass sie ihn kannte. Sie wusste es, ohne dass sie ihm in das kantige, steinern wirkende Gesicht zu sehen brauchte.

Alles war ihr vertraut, die hohe Stirn mit der wulstigen Narbe, die scharf gebogene Nase, der sinnliche, so wenig in dieses hässliche Gesicht passende Mund mit den vollen Lippen. Genauso vertraut waren ihr die felsengrauen Augen, die unter dichten, struppigen Brauen ihr Opfer musterten. Augen kalt wie Steine, ohne jedes menschliche Gefühl und ohne jedes Zeichen von barmherziger Wärme. Basiliskenaugen, die Alison auf die Stelle bannten und ihren Herzschlag aussetzen ließen.

»Das ist die Magd, die sich um Euer Wohl kümmern wird, Seigneur«, sagte Windhurst in diesem Moment. »Sie gehorcht der Herrin dieses Hauses und wird auch Euch zu Diensten sein, um für Euch zu kochen und Euer Quartier in bester Ordnung zu halten. Es ist nicht sehr reich ausgestattet, aber dafür könnt Ihr gewiss sein, dass niemand, der es nicht wissen soll, etwas von Eurer Anwesenheit erfährt.«

Alison kam sich vor, als zögen die grässlichen Augen eine Spur aus Schleim und Ekel über ihre Gestalt. Der Mund verzog sich zu etwas, was wohl ein Lächeln sein sollte, aber doch nur eine abstoßende Grimasse war.

»Sagt ihr, dass sie mich nicht so angaffen soll«, sagte er, und nun hörte sie zum ersten Male seine kalte Stimme. »Ich hasse dumme Gänse, die sich nicht beherrschen können.«

Alison benötigte ihre ganze Selbstbeherrschung, um endlich einen Knicks zu machen, wie es der Bucklige von ihr erwartete. Sie brachte jedoch kein Wort über die Lippen, und sie war so blass, dass sich ihr schmales Gesicht kaum vom weißen Leinen der Haube unterschied. Nur die jadefarbenen Augen wirkten lebendig und glänzten auf eine merkwürdige, entrückte Weise. So, als ob sie Dinge sähe, die den beiden Männern verborgen blieben.

Dass dies tatsächlich der Fall war, wagte sie nicht zu verraten, und sie biss sich auf die Unterlippe, um nicht aufzuschreien. War es ihr Schicksal, dass sie plötzlich die Bilder, die sie bisher nur im Feuer gesehen hatte, zu Wirklichkeit werden sah? Dies war der Mann, der Nana fast zerstört hätte. Den sie mit einem Leuchter niedergeschlagen hatte und der in den Flammen verbrannt wäre, wenn ihn nicht die alte Frau im letzten Moment gerettet hätte.

Dies war der Mann, der die Frau getötet hatte, die sie für ihre Mutter hielt. Ihn als Gestalt von Fleisch und Blut zu sehen, entsetzte sie mindestens genauso wie die Aura des Bösen, die ihn umgab.

»Nun, zeigt mir, wo ich mich ausruhen kann«, forderte er jetzt, und Francis Windhurst übernahm es, ihn hinaufzuführen. Als er nach einer halben Stunde wieder in die Küche kam, fand er Alison reglos am Tisch sitzend. Sie starrte auf die gescheuerte Platte und rührte sich nicht. Erst als er sie an der Schulter packte und sie schüttelte, kehrte sie wieder in die Wirklichkeit zurück. Sie sah aus, als hätte sie soeben die sieben Plagen Ägyptens auf einmal und leibhaftig vor Augen gehabt.

»Wer ist dieser Mann?«, fragte sie und packte Windhurst in panischer Angst am Arm. »Sagt mir seinen Namen, ich bitte Euch!«

»Das kann ich nicht.« Er schüttelte den Kopf. »Es ist nicht gut, wenn du Dinge weißt, die dich nichts angehen. Er ist ein Seigneur, begegne ihm also mit Respekt. Mehr brauchst du nicht über ihn zu wissen.«

»Respekt? Für ihn? Das kann ich nicht«, murmelte Alison tonlos. »Er ist böse. Er ist durch und durch böse und giftig wie eine schwarze Viper, wisst Ihr das denn nicht? Wenn Ihr Geschäfte mit ihm macht, werdet Ihr nur Unheil hervorrufen. Er bringt Tod und Verderben über die Menschen, die mit ihm zu tun haben!«

Windhurst lachte auf. »Mein kleiner Feuervogel, du befindest dich hier nicht auf der Pont Neuf, und ich bin kein dummer Handwerksbursche, den du mit deinen Vorhersagen in Schrecken versetzen kannst.«

»Ihr seid wahnsinnig!« Alison war so außer sich, dass sie ihn am Arm packte und festhielt. »Er ist ein Mörder, und er kennt keine Rücksichten. Denkt nach! Wieso sollte er sich sonst verstecken? Er, ein Seigneur, der in Palästen gewohnt hat und das Wohlwollen der Mächtigen besaß.«

»Du bist gut informiert, Rote Alison«, sagte Francis Windhurst langsam und sehr leise. Seine Stimme klang bedrohlich, und Alison nahm die Hand von seinem Arm, als hätte sie sich verbrannt. »Du wirst mir erzählen müssen, woher du das alles weißt.

Die Reihe der Fragen, auf die du mir noch keine Antworten gegeben hast, wird immer länger.«

Alison seufzte leise auf. Nun waren sie also wieder bei demselben Punkt angelangt wie am Tag zuvor. Wenn sie ihm von den Bildern im Feuer erzählte, würde er ihr ja doch nicht glauben, also konnte sie es sich gleich ersparen zu sagen, dass sie wusste, dass der Mann, der oben eingezogen war, ihre Mutter getötet und sie selbst ins Unglück gestürzt hatte. Sie brauchte ihm auch nicht zu verraten, dass die Schreckensgestalt dieses Ungeheuers sie in ihren Albträumen verfolgt hatte. Sie konnte ja nicht einmal sich selbst erklären, woher sie all dies wusste. Sie konnte nur sagen, dass es in ihr war. In ihren Geist gebrannt und von ihrem Verstand als Wahrheit registriert. Allein, wie sollte sie einem Mann, der so rational und kühl alles leugnete, was sich nicht mit den Händen greifen ließ, davon überzeugen? Er würde sich doch nur über sie lustig machen.

»Ihr sagt mir ja auch nicht, was Ihr vorhabt«, erwiderte sie und wählte so den Angriff anstelle der Verteidigung. »Ich habe Euch gewarnt, mehr kann ich nicht tun.«

»Unsinn!« In seinem Ton klang eine neue, unbarmherzige Schärfe mit. »Du solltest den Bogen nicht überspannen. Die Tatsache, dass du gut in meine Pläne passt und ich eine gewisse Schwäche für dich kratzbürstiges Wesen entwickelt habe, sollte dich nicht dazu verleiten, mich für dumm oder beeinflussbar zu halten.«

»O nein, das seid Ihr ganz bestimmt nicht«, erwiderte Alison, und sie war plötzlich so zornig, dass sie redete, ohne nachzudenken. »Ihr seid nur rücksichtslos, kalt und von einem unstillbaren Ehrgeiz besessen. Ihr wollt alles auf einmal, ist es nicht so? Ruhm, Ehre, Reichtum, Rache. Aber sind all diese Dinge es wert, sich mit dem Teufel persönlich zu verbünden?«

Für einen Moment schien das Schweigen zwischen ihnen unerträglich. Mit ihren Blicken fochten sie ein Duell aus, doch der Zorn, der in ihnen loderte, wich schnell etwas anderem. Spürte auch er diese Verbindung zwischen ihnen, die weit über das Körperliche hinausging? Oder erkannte nur sie, Alison, dass das

Schicksal selbst sie zusammengeführt hatte und unweigerlich aneinander band?

Die sittsame Haube, die Windhurst anfangs zu solchem Spott hingerissen hatte, umrahmte streng Alisons schmales Antlitz, doch gerade diese fast klösterliche Strenge betonte nur ihre Schönheit. Ihre herrlichen roten Haare ließen sie wild und herausfordernd erscheinen; diese Flut gebändigt, verborgen unter dem weißen Leinen, wirkte ihr Gesicht edler und feiner – und auf eine bestürzende Art verführerischer.

»Hexe!«, murmelte Francis Windhurst und brach damit den Bann.

Er packte Alison um die Schultern und eroberte ihren bebenden Mund mit einem wütenden, hungrigen Kuss. Doch es war eine Kuss ohne jede Zärtlichkeit und voller Gier; dennoch wehrte Alison sich nicht, als er ihre Lippen auseinander zwang und ihren Mund eroberte.

Sie stöhnte leise auf, als eine seiner Hände tiefer wanderte und ihre Brust umfasste. Er hielt sie so eng an sich gepresst, dass sie deutlich die provozierende Härte seines Begehrens spürte, und sie erschauerte unter einer Welle unbekannter Empfindungen, die ihren Körper in Flammen aufgehen und sie sich schamlos wünschen ließen, er würde mehr, viel mehr von ihr verlangen.

Sie leistete ihm keinen Widerstand. Er war grob, aber sie unternahm keinen Versuch, sich gegen die rohe, ungezügelte Gewalt seiner Leidenschaft zu wehren. Sie ließ ihn gewähren, und es war genau diese Bereitwilligkeit, die ihn wieder zu Verstand brachte. Er ließ von ihr ab und starrte auf ihre geschwollenen Lippen und den winzigen Riss, aus dem ein Blutstropfen quoll.

»Welch ein Barbar ich bin«, murmelte er schuldbewusst und berührte die kleine Wunde. »Du kannst mich mit Fug und Recht einen Grobian nennen, mein Schätzchen.« Er verzog den Mund zu einem schiefen Lächeln. »Doch ich gebe die Hoffnung nicht auf, dass ich dir zeigen kann, dass ich auch anders sein kann. Doch für heute muss ich dich verlassen. Der Seigneur wünscht nicht mehr gestört zu werden. Wie er es mit den Mahlzeiten hält, wird er dir morgen sagen. Für heute hast du dein Tagwerk getan…«

Ehe Alison sich von ihrer Überraschung erholt hatte, war er schon verschwunden. Es schien wohl seine besondere Eigenart zu sein, immer wieder ganz unerwartet zu verschwinden.

Sie atmete ein paarmal tief durch, um sich wieder zu beruhigen, doch ihre Knie zitterten so sehr, dass sie sich setzen musste. Unwillkürlich berührte sie ihre Lippen, auf denen sie immer noch seine Küsse zu spüren glaubte. Ihr ganzer Körper schmerzte vor Verlangen nach Francis – doch sie war wieder allein…

5. Kapitel

Hübsch«, murmelte die grauenvolle, klanglose Stimme und Alison spürte den Blick seiner kalten Augen in ihrem Rücken. »Eine sittsame Jungfer in steifem Barchent. Schau mich gefälligst an, wenn ich mit dir rede!«

Alison stellte den Wassereimer ab und drehte sich um, den Blick sittsam gesenkt haltend, und versuchte, die Rolle der Dienstmagd perfekt zu spielen. Doch sie hatte wenig Ahnung, wie sich ein solches Mädchen tatsächlich benahm. Sie wusste nur, dass eine Magd es bestimmt nicht wagen würde, die Worte auszusprechen, die ihr, Alison, auf der Zunge lagen. Also schwieg sie und wartete.

Seit zwei Tagen wohnte der Bucklige im Haus. Alison brachte ihm die einfachen Mahlzeiten, die sie auch für Dame Eleanor zubereitete, schleppte die Wassereimer nach oben, die er forderte, und rannte treppauf, treppab, um seine Wünsche nach diesem und jenem zu erfüllen. Es schien dem Mann eine geradezu diabolische Freude zu bereiten, sie zu drangsalieren, und sie war sich seiner Blicke stets bewusst. Er saß wie eine graue, leblose Spinne in dem schönen Gemach und spann sein Netz.

Sie hatte die Nacht in einem Verschlag neben der Küche verbracht, und zum ersten Mal in ihrem Leben hatte sie den Luxus eines eigenen Raumes genießen können. Das schwere Bett war mit einem dicken Strohsack gepolstert. Es stand an der Rückwand der Feuerstelle, und die Wand übertrug die Wärme des Kamins und der ständig glimmenden Glut. Saubere Decken und ein frisches Kissen trugen dazu bei, dass es noch gemütlicher war in ihrem winzigen Reich.

Und trotzdem hatte sie keinen Schlaf gefunden.

Sie hatte die Schritte gehört, die Stimmen, die das Haus zum Leben erweckten. Dame Eleanor hatte ihr gesagt, dass sie sich um nichts kümmern sollte, was des Nachts geschah, aber Alison lag wach und lauschte, während die nahen Glocken von Nôtre Dame die Nacht in säuberliche, genau bemessene Abschnitte teilten.

Während ihr Körper sich nach der Berührung eines Mannes sehnte, der sie erst richtig zum Leben erweckte.

Doch nun packten eisige, lange Finger Alisons Arm, und mit der anderen Hand drehte er ihr Gesicht zum Licht Sie zuckte zusammen und hätte vor Schreck um ein Haar den wassergefüllten Eimer umgestoßen. »Halt still«, kommandierte er. »Widersetz dich nicht, du dumme Närrin. Deinesgleichen hat zu gehorchen… Wenigstens bist du sauber, soweit ich das sehe…«

Sowohl seine Worte als auch sein Tonfall bewirkten, dass Alison ganz instinktiv reagierte. Die Jahre bei den Gauklern hatten sie Geschmeidigkeit und manchen Trick gelehrt. Sie war keine schüchterne Magd, die stillhielt, weil man einem Seigneur eben gehorchte, auch wenn sie vor Entsetzen fast starb. Sie gab nach, und in dem Moment, als er seinen Griff ein wenig lockerte, sackte sie abrupt zusammen, packte blitzschnell den Eimer und war bereits an der Tür, ehe der Mann begriffen hatte, dass ihm sein Opfer sehr geschickt entkommen war.

»Bleib!«, donnerte er hinter ihr her, aber Alison lief bereits die Treppe hinunter und erreichte die rettende, warme Küche.

Sie wusste sehr wohl, was der Seigneur von ihr wollte. Sie kannte diesen Blick, denn sie hatte die gleiche Begierde in Césars Augen und denen der anderen Gauner gesehen. Aber sie hätte sich eher in den Fluss gestürzt, als dem nachzugeben. Und sie war nicht dem Anführer des Hofs der Wunder entkommen, um sich nun dem Willen dieses Seigneurs zu unterwerfen, der in seiner Grausamkeit mit Sicherheit noch schlimmer war als César und der zweifellos Vergnügen daran finden würde, ihr bei der ganzen Sache auch noch wehzutun.

Aber wie konnte sie ihm entkommen? Sie hatte zweimal ihr Wort gegeben; das Haus nicht zu verlassen. Außerdem konnte sie sich nur allzu lebhaft vorstellen, wie César getobt haben musste, nachdem er gemerkt hatte, dass sie ihm entkommen war. Und natürlich würden er und seine Leute nach ihr Ausschau halten, denn er wusste, dass ein Mädchen aus dem Tour de Nesle irgendwann wieder auftauchen musste. Schon weil es Hunger und Durst hatte und weil es in diesen Dezembernächten nicht ratsam war, im Freien zu schlafen, wenn man am nächsten Morgen aufwachen wollte.

Alison wusste, dass sie nicht einmal den Vorplatz von Nôtre Dame erreichen konnte, ohne dass César davon erfuhr. Die Bettler, Taschendiebe, Quacksalber und Mädchen, die zu seiner Bande gehörten, trieben sich überall herum. Hinzu kam, dass Dame Eleanor seit dem vergangenen Tag unter einem hartnäckigen Husten litt und im Bett geblieben war. Der Kräuterabsud, den Alison am Morgen für sie bereitet hatte, dampfte auf dem Herd, und es war an der Zeit, dass sie den warmen Ziegelstein auswechselte, der verhindern sollte, dass der Kranken zu kalt wurde.

Die Konzentration auf ihre häuslichen Pflichten beruhigte Alisons zitternde Nerven. Sie prüfte den Sitz ihrer Haube und strich sich die Schürze glatt. Sie wollte ja gar nicht fort. Sie wollte in diesem Haus bleiben, ihre Arbeit verrichten, Dame Eleanor dienen. Hier konnte sie sich unbeschwert der Illusion hingeben, dass sie so etwas wie ein Heim gefunden hatte. Dass sie keine Landstreicherin und keine Gauklerin, keine Wahrsagerin und keine Dirne war, sondern eine unbescholtene, einfache Küchenmagd, die nur ihre Pflicht tat. Hier zu bleiben und unbelästigt leben zu können war alles, was sie sich wünschte.

Alison trat auf den kleinen Hof hinaus, den rechts das leere Stallgebäude und links ein Verschlag für Holz und Hühner begrenzte. Das Federvieh war offensichtlich längst im Kochtopf gelandet, und die Holzvorräte waren ebenfalls nicht sehr üppig. Sie schüttete das Waschwasser des Seigneurs in der Rinne des Abtritts. Da das Haus über einen eigenen Brunnen mit klarem, reinem Wasser verfügte, konnte sie sich den Luxus leisten, den Eimer auch noch auszuspülen. Als sie wieder in die Küche kam, fand sie auf dem Tisch zwei grobe Körbe mit Vorräten, die ihr bewiesen, dass Francis Windhurst in der Zwischenzeit gekommen sein musste.

Unwillkürlich trat sie näher an die Stiege, denn sie nahm an, dass er umgehend ihren Gast aufgesucht hatte, und die beiden lauten Männerstimmen, die sie hörte, bestätigten diese Vermutung. Es hörte sich nach einer Auseinandersetzung an. Von unbezwingbarer Neugier geplagt schlich Alison ein paar Stufen hinauf, bis sie die Worte genauer zu verstehen vermochte. Welch ein Glück, dass Windhurst seit jener Nacht im Kolleg nur noch französisch sprach. Sie hatte keine Skrupel, dass sie einfach so lauschte. Sie konnte sich den Moralkodex, den andere für gegeben hielten, nicht leisten. Sie musste sehen, wo sie blieb, und dafür sorgen, dass sie erfuhr, was sie erwartete.

»… ich kann Euch versichern, dass La Hires Plünderungszüge nicht auf Befehl La Trémoilles geschehen. Der Feldhauptmann hat sich mit dem Konnetabel überworfen, er hält Richemonts Taktik für feige und will auf eigene Weise eine Entscheidung herbeizwingen. Allerdings könnte man ihn davon abhalten, aber ehe er dementsprechend auf Richemont einwirkt, erwartet der Sieur de la Trémoille ein entsprechendes Angebot von Eurer Seite. Ihr glaubt ja wohl nicht, dass er sich zu weit vorwagt, ehe er eine Sicherheit in der Hand hat!«

Alison wusste, dass es sich bei La Hire um einen Kampfgefährten der armen, hingerichteten Jeanne handelte und dass La Trémoille der wahre Herr in Bourges war. König Karl war ein schwacher, beeinflussbarer Herrscher, und er tat stets, was sein Kanzler vorschlug. In seiner Vertrauensseligkeit verschloss er zudem die Augen davor, dass jener in erster Linie sich selbst diente und nicht dem Königreich Frankreich. Aber hatte sie das alles wirklich richtig verstanden? Paktierte La Trémoille tatsächlich im Geheimen mit den Engländern? Beabsichtigte er, seinem eigenen König in den Rücken zu fallen?

»Sicherheiten? Liegt es nicht erst einmal an Euch zu beweisen, wie weit Ihr für Euren schwierigen Herrn sprechen könnt, St. Doye? Wollt Ihr mir weismachen, dass Ihr in eine belagerte Stadt gekommen seid, ohne konkrete Anweisungen des Kanzlers?«

St. Doye? Der Name rief ein Echo in Alison wach, obwohl sie schwören konnte, dass sie ihn noch nie gehört hatte. Ein Edelmann also. Ein Adeliger mit dem Gesicht eines Scheusals und dem Charakter eines Satans. Alison war unter dem Abschaum von Paris aufgewachsen, unter Tagedieben und Dirnen, unter Betrügern, Bettlern, und manch einer von Césars Kumpanen hatte mit Sicherheit auch den einen oder anderen Totschlag auf dem Gewissen, aber nicht einen dieser Männer hatte sie so verabscheut und verachtet wie diesen Seigneur, dessen prächtige Kleider und Juwelen in so krassem Gegensatz zu seiner Hässlichkeit standen.

»Unsere Forderungen sind klar, und Euch wird nichts anderes übrig bleiben, als sie anzunehmen«, antwortete er nun, und man musste schon die Ohren eines Luchses haben, um ihn wie das Mädchen gut zu verstehen. »Vor wenigen Tagen hat eine Gesandtschaft aus Bourges in Lille einen vorerst geheimen Friedensvertrag mit dem Herzog von Burgund unterschrieben. Wenn die Bedingungen dieses Vertrages korrekt eingehalten werden, ist es mit dem Kriegsglück des Herzogs von Bedford vorbei.«

Sogar Alison, die, wie die meisten Pariser, wenig über die Pläne und Machenschaften der Mächtigen wusste, war klar, dass eine Allianz zwischen dem König in Bourges und dem Herzog von Burgund die Engländer in arge Bedrängnis bringen würde. Aber sie bedeutete auch Frieden! Frieden für ein Volk, das wahrhaftig ein wenig davon verdient hatte. Wollte St. Doye diesen so dringend benötigten Frieden tatsächlich durch Verrat sabotieren?

»In der Tat«, antwortete Francis Windhurst. Auch er hatte die Stimme gedämpft. »Doch Ihr habt sicher Verständnis dafür, dass der Regent so weit reichende Zugeständnisse, wie La Trémoille sie verlangt, nicht ohne entsprechende Garantien von Eurer Seite festschreibt. Ich kann Euch eine geheime Audienz beim Herzog von Bedford verschaffen, der Rest ist dann Eure Sache!«

»Dann tut es und stehlt mir hier nicht meine Zeit«, erwiderte der Seigneur St. Doye unfreundlich. »Ich bin als geheimer Kurier des Kanzlers auf Euch angewiesen. Aber wenn ich den Eindruck bekomme, dass Ihr mich hinhalten wollt, so habe ich meine Möglichkeiten. Macht keinen Fehler, Seigneur.«

»Daran zweifle ich nicht«, gestand Windhurst, und Alison hörte Schritte. Ihr blieb nichts anderes übrig, als schnellstens ihren Lauschposten zu verlassen, und als der junge Mann die Küche betrat, fand er sie beim Einräumen der Vorratskammer, als hätte sie nie etwas anderes getan.

»Die fleißige Magd«, spöttelte er und lehnte sich mit verschränkten Armen an den Türrahmen. Er musterte sie auf geradezu unverschämte Weise. »Ich muss gestehen, ich hätte nicht erwartet, dass du so häuslich, gehorsam und tüchtig sein würdest. Dame Eleanor ist voll des Lobes über dich.«

»Was habt Ihr denn erwartet?« fragte Alison gereizt. Sie mochte es nicht, wenn er sich so kühl und arrogant gab. »Dass ich Asche ins Brot backe und das volle Weinfass im Keller leer trinke? Wir haben eine Übereinkunft getroffen, und ich halte meinen Teil davon. Auch ein Straßenmädchen hat seinen Stolz.«

Sie wischte sich die Hände an der Schürze ab und steckte dann eine vorwitzige rote Strähne unter die Haube zurück. Die Anmut ihrer Bewegungen verwirrte Francis Windhurst mehr als er sich eingestehen wollte. Es war ihm einfach nicht möglich, dieses Mädchen in eine bestimmte Kategorie einzuordnen. Wann immer er sie sah, tat sie irgendetwas, was ihn von neuem überraschte und seine Meinung über sie durcheinander brachte. Und wenn er versuchte, sie auszuhorchen und mehr von ihr zu erfahren, dann widersetzte sie sich dem so hartnäckig, dass er ungeduldig wurde.

Alison war sich seiner Ungeduld und seiner mühsam unterdrückten Gereiztheit bewusst. Die ständige Spannung, die zwischen ihnen herrschte, konnte man fast mit den Händen greifen. Um sich abzulenken, packte sie den Korb mit den Äpfeln, dabei hätte sie lieber seine Schultern umfasst und sich an Francis geschmiegt.

»Wenn Ihr mir den Weg freigebt... bitte...« Das nachgeschobene, leise »Bitte!« endete in einem Seufzer, denn er trat natürlich nicht zur Seite, sondern legte seine Arme auf ihre Schultern. Der geflochtene Weidenkorb, den Alison vor sich hielt, verhinderte, dass ihre Körper sich berührten, aber trotzdem zitterte das Mädchen. Stumm sahen sie sich an. Im hellen Sommerblau seiner Augen verloren, konnte Alison kaum atmen und benetzte nervös ihre Lippen mit der Zungenspitze. Ihr Herz raste, und der dumpfe Schlag dröhnte in ihren Ohren.

»Du bist schön, das weißt du, nicht wahr?«, murmelte Francis Windhurst. »Wie viele Männer haben es dir schon gesagt? Wie viele haben dir die Flechten gelöst und diesen verführerischen Körper liebkost? Welchen geheimnisvollen Zauber wirfst du mit deinen Türkisaugen über mich, dass ich glauben muss, du wärst anders als alle anderen Frauen?«

Alison achtete weniger auf den Inhalt seiner Worte als auf den Klang seiner Stimme. Sie misstraute diesem Mann, der nicht nur einen Namen hatte, der von politischem Hochverrat sprach und geheimnisvolle Botschafter beherbergte, und war ihm doch längst ausgeliefert. Dass er sie für eine Dirne hielt, für ein Mädchen, das seine Gunst freigiebig verschenkte, tat ihr weh, aber einmal mehr verzichtete sie darauf, seinen Irrtum richtig zu stellen. Entscheidend war doch, dass sie unschuldig war; was die anderen dachten, war unwichtig. Alison senkte den Blick. Sie machte sich selbst etwas vor, denn das, was sie in diesem Moment empfand und sich wünschte, war meilenweit von dem entfernt, was ein keusches junges Mädchen denken sollte.

Sie wollte von ihm geküsst werden. Sie wollte seine Hände auf ihrem Leib spüren und wieder jene drängende Sehnsucht verspüren, die er schon einmal in ihr geweckt, aber nicht befriedigt hatte. Seitdem waren ihre Gedanken und Gefühle aufgewühlt, und selbst der Schlaf schenkte ihr nicht die nötige Ruhe. Wenn sie die Augen schloss, sah sie sein Gesicht vor sich. Und auch in ihren unruhigen Träumen tauchte er immer wieder auf.

Das ungeduldige Scheppern einer Glocke holte sie beide abrupt in die Wirklichkeit zurück. Der Seigneur St. Doye malträtierte den Glockenzug, der bis in die Küche reichte, mit der Gereiztheit eines ärgerlichen Kranken. Alison schrak so zusammen, dass sie um ein Haar den Korb mit den Äpfeln hätte fallen lassen. Windhurst griff zu, und ihre Hände berührten sich über dem groben Gitterwerk der geflochtenen Zweige. Und so leicht diese Berührung auch war, sie sandte doch eine ungeheure Hitze durch ihre Körper.

»Du musst hinauf«, sagte er und Bedauern schwang in seiner Stimme mit. »Es ist wichtig, dass der Seigneur unter diesem Dach bleibt. Denk daran. Er soll sich wohl fühlen und nicht den Wunsch haben, das Quartier zu wechseln.«

»Und wie weit soll ich gehen, dass er sich wohl fühlt?«, fragte sie erbittert »Dass ich ihm im Notfall sein Bett wärme, damit er bleibt?« Alison wusste, dass sie ihn provozierte, aber sie brauchte diese Wut, um sich zu schützen. »Schmeichelt Ihr mir deswegen? Damit ich es als Ehre ansehe, von diesem gemütsarmen Krüppel berührt zu werden?«

»Zum Donner, nein!«, brauste der junge Mann auf, und das blaue Feuer seiner Augen verwandelte sich in pures Eis. »Wofür hältst du mich? Hüte deine spitze Zunge und troll dich an die Arbeit! Hinauf mit dir! Morgen komme ich wieder.«

Alison stellte den Korb mitten in der Küche ab und lief zur Stiege. Sie knickste, als sie in den Wohnraum trat, und hielt den Blick auf die polierten Dielen des Bodens gerichtet. Es ziemte sich so für eine Magd, und es stand im Einklang mit ihren eigenen Wünschen. Sie wollte diesen grässlichen Menschen nicht ansehen.

»Wo steckst du? Füll den Wein auf und bring mir zu essen!«, befahl er unfreundlich. Er stand am Fenster und sah auf die Gasse hinab, als beobachte er dort eine Sache von höchstem Interesse.

Alison knickste gehorsam, nahm den polierten Zinnkrug und huschte hinaus. Was dieser Mann den ganzen Tag nur tat? Sie hatte die Papiere auf dem Tisch gesehen, Tinte und Feder, Petschaft und Siegelwachs. Seite um Seite eng beschriebenen Pergaments lag dort. Briefe, Urkunden, Schriftstücke, lauter Rätsel, die sie nicht lösen konnte, weil ein Kind im Hof der Wunder vielleicht stehlen, betteln und betrügen lernte, aber nicht schreiben und lesen.

Als sie mit dem schweren Tablett zurückkam, auf dem neben dem gewünschten Wein auch eine saftige Hasenpastete, eine Schale Hühnerragout, eingemachte Früchte und eine Auswahl Käse standen sowie das Brot, das sie erst am Morgen frisch gebacken hatte, saß er wieder über seinen eng beschriebenen Blättern. Unter seinem kalten Blick, den sie wie einen Dolchstich im Rücken spürte, deckte sie einen kleinen Tisch in der Nähe des Fensters und rückte den gepolsterten Sessel davor, damit er sich dort setzen konnte. Es machte sie nervös, dass er sie nicht einen

Moment aus den Augen ließ, und ein Schauder lief ihr über den Rücken, als sie sah, dass er sich schwerfällig erhob und näher trat.

Sein prächtiger, pelzbesetzter Brokatmantel schimmerte in Schwarz- und Goldtönen, so dass sein fahles Gesicht noch blasser wirkte, als es ohnehin schon war. An beiden Händen schimmerten große Ringe, und das Feuer eines eckigen Rubins wetteiferte mit dem Funkeln eines geschliffenen Mondsteines. In der Stille des Gemachs raschelte und knisterte der Stoff bei jedem Schritt.

»Wünscht Ihr noch etwas, gnädiger Herr?«, murmelte sie mit sorgfältig kontrollierter Stimme, die weder ihre Furcht noch ihre Anspannung verriet.

»Ich schätze es nicht, wenn sich eine Dienstmagd sperrt«, sagte der Seigneur trocken. »Befahl ich dir nicht zu bleiben?«

Ehe Alison reagieren konnte, hatte er sie am Kopf gepackt, die Hand durch den Stoff der Haube in ihr Haar gekrallt, und zog ihn ihr so qualvoll weit nach hinten, dass sie auf den Platz gebannt stehen bleiben musste. Das schwere Tablett rutschte ihr aus den Fingern und polterte auf den Boden, während sie vergeblich die Hände hob, um dem groben Griff zu entkommen. Doch damit war ihre Qual noch nicht zu Ende, denn mit der freien Hand umschloss er eine ihrer Brüste, so grob, dass er ihr wehtat.

»Fest und prall, wie sich das gehört«, kommentierte er, als sei sie eine Ware, die zum Angebot stände. Alison traten Tränen des Zorns und des Schmerzes in die Augen, und als sie sie wegzublinzeln versuchte, wurde das hässliche Gesicht dieses boshaften Mannes zu einer verschwommenen Grimasse. Sein höhnisches Lachen drang wie aus weiter Ferne zu ihr.

»So hab' ich das gern«, meinte er kichernd und drückte nun auch die andere Brust, auf die gleiche grausame Weise, so dass Alison unwillkürlich aufkeuchte. »Gut, ich sehe, du hast begriffen, so dass wir die Lektion ein andermal fortsetzen können. Und nun pack dich fort und hüte dich vor neuem Ungehorsam.«

Der Stoß, den er ihr versetzte, schleuderte Alison quer durch den Raum und ließ sie hart gegen die Umrandung des Kamins prallen. Erst im letzten Moment brachte sie ihre Röcke vor der Glut in Sicherheit. Ihre Kopfhaut prickelte und brannte, und ihre Brüste schmerzten, außerdem hatte sie sich die Hüfte gestoßen. Sie verzichtete auf eine Antwort, ebenso wie auf das Tablett. Sie lief aus dem Zimmer so schnell sie konnte, und das böse Gekicher des Seigneurs St. Doye folgte ihr die Treppe hinab.

Bei allen Heiligen, dieser Mann war verrückt! Einer von denen, die es genossen, einer Frau Schmerzen zuzufügen. Alison hatte genug Huren gesehen, die solchen Männern zu Gefallen sein mussten. Sie kamen zu La Trisanne, die recht gut mit Kräutern Bescheid wusste, um sich Tinkturen für ihre Wunden geben zu lassen oder Salben, die Prellungen und blaue Flecken verschwinden ließen. Aber sie, Allison, gehörte nicht zu jenen Mädchen Césars, die keine andere Wahl hatten, als zu gehorchen! Sie hatte sich nicht von ihm befreit, nur um einem Teufel in Brokat und Pelz in die Finger zu fallen.

Alison richtete ihre Haube und berührte vorsichtig ihren Busen. Sie würde blaue Flecken bekommen, ohne Zweifel. Und wenn es nur dabei blieb, konnte sie von Glück sagen. Unwillkürlich trat sie zum Fenster, dessen Läden gegen neugierige Blicke vorgelegt waren. Der Spalt in der Mitte gab jedoch einen schmalen Ausschnitt auf die Gasse frei. Ein Holzfuhrwerk ratterte vorbei und nahm ihr die Sicht auf den Eingang des winzigen Ladens gegenüber, wo ein frommer alter Herr geschnitzte Rosenkränze und kleine Heiligenstatuen verkaufte, die sich bei den Kirchgängern von Nôtre Dame großer Beliebtheit erfreuten.

Erst beim zweiten Hinschauen entdeckte sie die hagere Gestalt im grauen Umhang, die sich in die Schatten neben dem Eingang drückte. Der abgetragene Filzhut mit dem Muschelschmuck wies ihn als Pilger von St. Jago aus, aber das rote Band, das ihn ebenfalls schmückte, kannte Alison genau, und sie fuhr mit einem leisen Schrei zurück.

Craque-dent war sehr stolz auf dieses Band und trug es wie eine Auszeichnung, denn er hatte es einem Blumenmädchen abgenommen, das er ein paar Tage nach Martini vergewaltigt hatte. Er war der wichtigste der drei Stellvertreter des Schwarzen César, und im ersten Schreck zweifelte Alison keinen Herzschlag lang daran, dass er nur ihretwegen dort aufgetaucht war. Er bewachte sie! Er lauerte darauf, dass sie das Haus verließ! Dass sie ihm in die Arme lief!

Alison schlug die Hände vor den Mund, um einen weiteren Aufschrei zu unterdrücken, und wich in die hinterste Ecke der großen Küche zurück. Doch langsam kehrte ihr Verstand wieder zurück Woher sollte César wissen, dass sie sich hier befand? Windhurst hatte sie unauffällig und auf direktem Weg vom Kolleg hierher gebracht, und seitdem hatte sie das Haus nur verlassen, um im Hof Wasser zu pumpen. Niemand, außer ein paar zerzausten Spatzen und hungrigen Raben, die dort nach Nahrung suchten, hatte sie gesehen.

Und dennoch – weshalb sonst stand dann der brutalste und wendigste der Männer Césars vor ihrer Haustür und hinderte sie an der Flucht vor einem Edelmann mit höchst merkwürdigen Neigungen?

6. Kapitel

Trinkt, Dame Eleanor! Das Gerstenwasser wird Euch helfen!« Vorsichtig stützte Alison die alte Dame und flößte ihr nach und nach das warme Getränk ein.

»Danke…« seufzte die Greisin. »Ich fürchte, ich lass dich schmählich im Stich, mein Kind. Ausgerechnet jetzt!« Ein neuer Hustenanfall schüttelte die schmale Gestalt in dem großen Himmelbett, und es dauerte einige Zeit, bis Dame Eleanor die Frage stellen konnte, die ihr die ganze Zeit auf der Seele gebrannt hatte.

»Wie kommst du mit dem Seigneur zurecht? Ich habe den Eindruck, er ruft dich unziemlich oft nach oben. Vielleicht war es ein Fehler, dich in diese Kleider zu stecken. In Lumpen und unter einer Schicht aus Schmutz wärst du vor ihm und seinesgleichen sicherer. Du bist zu schön, Kind, ich fürchte fast, dass diese ausgefallene Schönheit mehr Last als Segen für dich ist.«

Alison hatte nicht das Herz, Dame Eleanor zu gestehen, dass sie mit ihren Vermutungen vollkommen richtig lag. Die Herrin war sehr krank. Es war nicht der rechte Zeitpunkt, sie auch noch mit anderen Problemen zu belasten. Rasselnd und keuchend holte sie Luft, die Stirn war vom Fieber gerötet, die Augen wirkten glasig. Dame Eleanor benötigte Ruhe und Schonung; zusätzliche Aufregungen würden ihr nur schaden.

»Macht Euch keine Sorgen«, erwiderte sie scheinbar ganz gelassen. »Er ist ein anspruchsvoller, nicht sehr freundlicher Seigneur, aber er kümmert sich nicht um eine Magd. Er scheint mit wichtigeren Dingen beschäftigt zu sein…«

Die Kranke schien die angedeutete Frage überhört zu haben. Sie schloss erschöpft die Lider, und Alison stopfte die Decken, die den schmalen Körper bedeckten, noch ein wenig fester. Doch als sie sich aufrichten wollte, wurde ihr Handgelenk jäh gepackt, und der Blick, mit dem die alte Dame sie anschaute, war überraschend Klar.

»Lass dich nicht von Michel in etwas hineinziehen, was dir widerstrebt, Kind! Ich sehe dir an, dass du etwas für ihn empfindest und in seiner Gegenwart nicht unbeeinflusst denken kannst«, sagte die Greisin leise, aber eindringlich. »Es sind gefährliche Geschäfte, die er betreibt. Ich bin eine alte Frau, und wer weiß, ob ich den Erfolg seiner Bemühungen überhaupt noch erleben werde, aber dir wird Böses geschehen, falls er scheitern sollte…«

Ein neuerlicher Hustenkrampf hinderte sie wieder am Sprechen und nahm ihr noch mehr von ihrer Kraft. Als sie endlich wieder Luft bekam, schlief sie auf der Stelle ein. Was mochte die alte Dame mit ihren Worten gemeint haben?

Alison unterdrückt einen Seufzer und feuchtete ein Leintuch an, um der Kranken die Stirn zu kühlen. Und obwohl sie sich Sorgen um Dame Eleanor machte, schweiften ihre Gedanken immer wieder zu Francis Windhurst ab.

Warum kam er nicht? Wieso verbrachte er nur so wenig Zeit in diesem Haus? Was machte er in der Zwischenzeit? Sie hätte ihn so gern gefragt, ob sie nicht doch nach einem Arzt schicken sollte. Doch selbst wenn sie gewusst hätte, wo sie ihn suchen sollte, hätte sie das Haus nicht verlassen können, denn jeden Morgen, wenn sie aus dem Fenster sah, stand auch Craque-dent schon wieder auf seinem Beobachtungsposten. Wie eine stumme, reglose Drohung.

Es dämmerte schon, als sie die steile Stiege hinunterlief, um neues Gerstenwasser anzusetzen und nach der Bouillon zu schauen, die sie für die Kranke auf den Herd gesetzt hatte. Sie war so besorgt, dass sie für einen verhängnisvollen Augenblick die Vorsicht vergaß, die sie sich im Umgang mit dem Mieter des Hauses angewöhnt hatte.

Die Tür zu seinem Gemach stand auf, und die herrische Stimme, die ihr einzutreten befahl, ließ sich schlecht überhören. Den leeren Krug in den Händen und die gebrauchten nassen Tücher über dem Arm, machte sie ihre übliche Reverenz.

»Schließ die Tür!«, wies er sie an, und als Alison zögerte, bemerkte sie plötzlich die dünne Reitgerte in seinen Händen. Sie gehorchte, blieb aber neben dem rettenden Ausgang stehen.

»Was wünscht Ihr?« fragte sie leise.

»Was fehlt der Frau oben?«, bellte er.

»Ein böser Husten«, gab ihm Alison Bescheid. »Außerdem quält sie das Fieber. Es sieht schlimm aus, und meine Mittel reichen kaum aus, ihr zu helfen. Könnt Ihr mir sagen, wann Ihr Euren Freund erwartet? Vielleicht sollte man einen Doktor rufen, der nach ihr sieht.«

»Mein Freund? Vom wem sprichst du?«

»Von Lord Windhurst«, erwiderte das Mädchen und sah erschreckt den Ausdruck blanken Hasses, der für einen Moment über sein Gesicht glitt.

»Windhurst! Mein Freund? Das hätte mir gerade gefehlt.« Er spuckte die Worte fast aus. »Dieser polierte Geck von einem Engländer... Gefällt er dir? Ich kenne euch Frauenzimmer. Eine anziehende Larve, ein paar goldene Haare, und schon glaubt ihr dem Erzengel Michael persönlich gegenüber zu stehen. Ihr seid alle gleich. Auch sie war so. Sie und diese andere, dieser Teufelsbraten, der mir alles zerstört hat. Aber noch ist nicht alles verloren, noch ist mein Einfluss groß, und ich werde mich rächen! Vergiss diesen Lackaffen Windhurst. Weiß der Teufel, wann er kommt. Heute sicher nicht mehr, heute sind wir allein, meine Schöne! Und wenn die Alte dort oben an ihr Bett gefesselt ist, umso besser. Nimm die Haube ab.«

Alison war so verdutzt von seiner Forderung, dass sie gar nicht reagierte.

Weshalb sollte sie die Haube abnehmen? Wozu benötigte er ihre Kopfbedeckung?

»Du willst nicht? Nun, ich werde dich Gehorsam lehren, mein Täubchen...«

Alison sah den Schlag nicht kommen, aber sie hörte das Zischen, als die Gerte die Luft durchschnitt, und plötzlich lag die Haube auf dem Boden. Der festgesteckte dicke Zopf löste sich und fiel schwer auf ihre Schulter. Ihr Aufschrei ging in seinem heiseren Gelächter unter. Aber es war kein richtiges Lachen, es war ein unmenschliches Geräusch, das sie zusammenzucken ließ. Es war unheimlich, wie das Rascheln von Ratten in einer Kornkammer, die man nur hörte, aber nicht sehen konnte.

»Rote Haare! Eine von diesen rothaarigen Hexen bist du, dachte ich mir's doch! Ein feuerfarbener Zeitvertreib, so wie ich's mag…«

»Lasst mich! Ihr habt kein Recht…« schrie Alison und versuchte verzweifelt seinen Hieben zu entkommen, aber sie hatte seine Schnelligkeit unterschätzt. Zudem gebrauchte er die Gerte mit der Präzision eines Folterknechts. Er trieb sie immer weiter von der Tür fort und in eine Ecke, wo sie mit den Kniekehlen gegen eine Truhe stieß und mit einem Stöhnen auf das harte Holz plumpste. Gefangen zwischen der Wand und seiner Reitgerte.

»Leibeigene haben keine Rechte«, erklärte er, und sie sah ihm an, wie sehr er es genoss, sie in die Enge getrieben zu haben. »Sagte ich dir nicht, dass du mir zu Willen sein wirst, rote Hexe? Du hast Angst, nicht wahr? Ich sehe es. Wie schön… ich liebe es, wenn sie Angst haben und zittern. Es macht das Vergnügen vollkommen und bereitet mir mehr Genuss!« Er packte sie am Kragen ihres Gewandes, der eh schon durch einen der Hiebe halb abgetrennt war, und riss ihr den Stoff mit einer heftigen Bewegung von den Schultern. Es gab ein hässliches Geräusch, aber noch hässlicher war das, was Alison in seinen Augen sah. Wie gelähmt starrte sie ihn an, unfähig, sich zu bewegen. Die Schrecken schon einmal gesehener Bilder tauchten wieder vor ihrem inneren Auge auf, und sie hörte aus einer anderen Welt den fernen, wilden Schrei ihrer verstorbenen Mutter.

Dass ihr Kleid ihr in Fetzen von den Schultern glitt, bemerkte sie kaum. Sie achtete auch kaum darauf, dass ihre Brüste plötzlich entblößt waren, und erst, als St. Doye mit dem Griff der Gerte die Linien ihres Busens nachfuhr, kehrte sie wieder in die grausame Wirklichkeit zurück. Die neutrale, fast sachliche Berührung schickte einen Schauder puren Entsetzens durch Alisons Körper.

»Schön«, näselte die fürchterliche Stimme, und die Gerte wurde durch eiskalte, knochenharte Finger ersetzt. Aber es war nicht diese gemeine Belästigung, die Alison schließlich aus ihrer Unbeweglichkeit riss. In ihr flammte eine so unbeherrschte urtümliche Wut auf, wie sie sie noch nie empfunden hatte. Es war ein Zorn von fürchterlicher Gewalt, der alle Fesseln sprengte und sie ganz instinktiv reagieren ließ. Sie war kein Opfer, dass sich in dummen Schafsgehorsam unterwarf. Sie nicht! Vorsichtig suchend tasteten ihre Finger unter ihrer Schürze nach dem Messer, das sie in ihren Gürtel geschoben hatte. Sie zwang sich, ruhig zu bleiben und seine Hand zu dulden, bis sie das Messer gefunden hatte, das sie seit seinem letzten Überfall ständig bei sich trug. Sie baute darauf, dass Guy de St. Doye nicht mit ihrer Gegenwehr rechnete und dass er sich in seiner Begierde viel zu sehr von ihrem Körper ablenken ließ.

Im ersten Augenblick begriff er nicht, was passiert war. Die Augen quollen ihm fast aus dem Kopf, als er das kalte Metall der Messerspitze an seinem ungeschützten Hals spürte. Der Druck ritzte die Haut, und er konnte den Blutstropfen fühlen, der aus der kleinen Wunde rann.

»Rührt mich nicht an!«, zischte Alison. »Ich steche Euch ab wie ein Schwein, wenn Ihr es tut. Ich bin nicht Eure Sklavin. Ich bin eine Hausmagd und keine Hure, Seigneur!«

Unwillkürlich wich der Mann weiter zurück, aber sie folgte ihm, ohne den Druck der Klinge auch nur ein einziges Mal zu verringern. Sie sah unzweifelhaft danach aus, als würde sie ihre Drohung ohne den geringsten Skrupel in die Tat umsetzen.

»Bist du verrückt?«, rief er ebenso verblüfft wie entrüstet. »Ich werde dich anzeigen! Willst du mich töten, du Hexe?«

»Ihr könnt mich nicht anzeigen«, widersprach Alison mit einer Ruhe, die sie in Wirklichkeit nicht empfand. »Ihr seid heimlich in Paris, soviel weiß auch ich. Es ist in Eurem eigenen Interesse, dass die Herren der Stadt nichts von Eurer Anwesenheit erfahren. Also spart Euch Eure Drohungen, mich könnt Ihr nicht schrecken.«

»Woher weißt du…«

»Auch eine Magd hat Augen und Ohren, Seigneur. Dies ist ein Geschäft auf Gegenseitigkeit. Ihr fasst mich nicht mehr an, und ich bewahre auch weiterhin das Geheimnis Eurer Anwesenheit in diesem Haus.«

Alison zog mit der freien Hand notdürftig die Reste ihres Gewandes hoch und wich rückwärts an die Tür zurück. Das Messer jedoch ließ sie keine Sekunde sinken, und die Art, wie sie es hielt, bewies ihm, dass sie sehr wohl damit umgehen konnte. Das war kein Küchenmesser, das war ein scharf geschliffener Dolch, wie ihn die Gauner von Paris bei sich trugen.

Und zum ersten Male entdeckte sie eine Regung in seinem steinernen Gesicht. Den Ausdruck mörderischer, unkontrollierter Wut.

Von einer Küchenmagd übertölpelt und bedroht zu werden war mehr, als der Seigneur St. Doye ertragen konnte. Seine Stirn rötete sich, und die wulstige Narbe wurde zum feurigen Mal. Alison hatte im Feuer gesehen, wie Nana ihn mit einem Kerzenleuchter traf und wie er zusammengebrochen war. Der Gedanke an Nanas Sieg gab ihr Kraft und Mut.

»Das wirst du bereuen!«, sagte er so leise, dass sie die Worte kaum hörte. »Du wirst dir noch wünschen, du hättest das nicht getan, meine Kleine.«

Sie spürte den Türknauf in ihrem Rücken und entriegelte die Tür, ohne sich umzudrehen. St. Doye war beim Kamin stehen geblieben und hatte ein weißes Leinentuch aus der Tasche seines Hausmantels genommen, das er gegen die winzige Wunde an seinem Hals drückte. Als die Tür ins Schloss fiel, nahm er den Stoff und betrachtete den Blutfleck. Dann warf er das Tuch mit einem lästerlichen Fluch in die Flammen und sah zu, wie es verbrannte. Ein hässliches Lächeln spielte um seine Lippen.

Alison flog förmlich die Stiege hinunter in die rettende Abgeschiedenheit der Küche. Aber war es nicht nur eine Illusion, wenn sie glaubte, dass sie sich dort in Sicherheit befände? Gab es überhaupt irgendwo auf der Welt einen Ort der Sicherheit und des Friedens für sie? Tief versteckt in ihrem Herzen bewahrte sie eine halb vergessene Erinnerung an Wärme, Liebe, Geborgenheit und Lachen, wenn sie sich auch nicht erklären konnte, woher diese Erinnerung kam, denn die Wirklichkeit ihres Lebens sah ganz anders aus. Und auch hier schenkte das Leben ihr nichts. Sie hatte die Wahl, zum Tour de Nesle zurückzukehren oder hier zu bleiben, in diesem Haus, wo sie auch keinen Schutz und keine Hilfe finden würde.

Erschöpft ließ sie sich auf die Bank fallen, legte die Arme auf den Tisch und legte den Kopf darauf. Ihr Leben war noch nie einfach gewesen, aber nun schien es ihr, als habe sie sich unrettbar in den Fallstricken verfangen, die man für sie ausgelegt hatte. Ihre Müdigkeit wurde lediglich von ihrer Ratlosigkeit übertroffen.

»Bei Gott, was ist passiert? Wie siehst du aus?«

Verblüfft hörte Alison diese Worte. Sie fuhr hoch und versuchte vergeblich, ihre Haare mit den Händen zu bändigen. Im ersten Moment hatte sie Erleichterung darüber verspürt, dass Francis gekommen war, doch diese Erleichterung wich schnell einem heftigen Zorn, denn seine Worte klangen wie ein Vorwurf – ein Vorwurf an sie! Als teilte er ihr von vornherein die Schuld zu, ohne zu wissen, was überhaupt geschehen war. Windhurst betrachtete entsetzt das Bild, das sie bot: Ihr Gewand war zerrissen, und die Fetzen bedeckten kaum ihre Blöße. Zwei brandrote Striemen zogen sich über ihre Schulter, dort, wo die Gerte sie getroffen hatte.

»Er hat dich geschlagen?« Es gehörte nicht viel Fantasie dazu, diese Male richtig zu deuten.

»Er hätte noch mehr getan, wenn ich nicht so gut mit einem Dolch umgehen könnte«, sagte Alison heiser und zerrte an ihrem Kleid.

Vergeblich. Sie mochte zerren und ziehen, soviel sie wollte, es gelang ihr nicht, ihren Körper vor Francis' Blicken zu verbergen, die wie gebannt auf ihrer hellen, samtweichen Haut ruhten.

So gab sie es auf und nahm seine Blicke hin, ohne mit der Wimper zu zucken. Stolz, trotzig und bereit, beim geringsten Anlass mit ihrem Zorn zurückzuschlagen. Ihre Haltung rührte Gefühle in Francis an, von denen er glaubte, dass er sie längst vergessen habe.

Und doch konnte er nicht eingreifen, um Alison zu helfen. Er konnte sich solche edlen Gefühle einfach nicht leisten, denn es stand mehr auf dem Spiel als Leben oder die Tugend eines einfachen Mädchens, das mit seiner Schönheit Guy de St. Doye offensichtlich um den Verstand brachte. Aber war das nicht eine Möglichkeit, eine Chance…

Erstaunt stellte Alison fest, dass sie die Gedanken hinter seiner Stirn lesen konnte, als wären es ihre eigenen. Für Seine Gnaden

Lord Windhurst war sie kein Mensch, sondern ein Gegenstand. Zugegeben, eine Frau, die ihm gefiel, aber das bedeutete noch lange nicht, dass er sich deshalb überflüssige Gedanken über sie zu machen brauchte oder Wert auf ihre Unversehrtheit legen müsste. Wenn es nötig sein sollte, würde er sie seinen Zielen opfern. Von ihm konnte sie keine Hilfe erwarten. Ganz im Gegenteil, er würde sie ohne Skrupel zerstören, so wie es ihr die Flammen bereits verraten hatten.

»Du solltest dein heißblütiges Temperament in Zukunft besser zügeln«, sagte er nun, und es klang wie ein Befehl. »Es ist wichtig, dass unser Gast sich wohl fühlt und unversehrt bleibt.«

»Ich habe Euch verstanden – was mit mir passiert, ist nicht so wichtig«, antwortete Alison mit ätzender Schärfe, um zu verbergen, wie sehr er sie damit verletzte. Sie griff nach ihrem Dolch und befestigte ihn wieder am Gürtel. »Seid unbesorgt, ich denke, ich habe mich mit dem hochedlen Seigneur geeinigt. Ich wäre Euch jedoch dankbar, wenn Ihr Eure Sorge um sein Wohlergehen für einen kurzen Augenblick auch auf Dame Eleanor ausweiten könntet. Sie leidet unter einem schweren Brustfieber, und es wäre ratsam, wenn ein Doktor nach ihr sähe.«

Er erschrak sichtlich, als er ihre Worte hörte; offensichtlich schien die alte Frau ihm wirklich viel zu bedeuten. Alison hatte gerade ihr zerrissenes Gewand gegen ein anderes aus der Truhe der ehemaligen Dienerin ausgetauscht, als er auch schon einen hageren alten Juden nach oben führte, der nach Dame Eleanor sehen sollte. Nach der Untersuchung sagte der Arzt zu Alison, worauf sie bei der Pflege der Kranken achten musste, und er ließ ihr die entsprechenden Tinkturen und Salben da.

Alison machte sich daran, seinen Anweisungen zu folgen, und die Kammer der Hausherrin wurde zu ihrer Zuflucht in dieser Nacht. Sie wärmte die Kräutertinktur für die Brustumschläge über dem Kaminfeuer und flößte der Kranken in regelmäßigen Abständen die Medizin ein. Dazwischen blieb ihr indes genügend Muße, über die eigene verzweifelte Lage nachzusinnen. Außer La Trisanne gab es niemanden, dem etwas an ihr lag – und dies auch nur aus eigensüchtigen Gründen, damit sie ihre Belohnung kassieren konnte, wenn sie das Mädchen César le Noir auslieferte.

Das würzige Kampferaroma der Flüssigkeit, mit der der Brustwickel der Kranken getränkt wurde, zog durch den Raum. Die Aufregungen des Tages hatten Alison erschöpft und die Wärme im Zimmer machte sie noch schläfriger. Müde sank sie in den gepolsterten Schäferinnenstuhl. Die Flammen zogen ihren Blick wie magisch an, und schon bald formten sich Bilder in ihnen, und Alison verfiel in eine Art Trance.

Ihr war, als befände sie sich mitten unter den Menschen, die sie dort sah. Als hörte sie ihre Worte und nähme an ihrem Leben teil, ohne dass sie von ihnen bemerkt wurde. Im ersten Moment erkannte sie die kostbar gekleidete Edeldame gar nicht, deren Haare unter einem spitzen, perlenbesetzten Hennin verschwanden und die ein zartgrünes Samtgewand trug, das von einem gleichfalls zartgrünen Schleier umwölkt wurde. Die Robe war unter dem Busen mit einem breiten Perlengürtel gerafft und unterstrich ihre zierliche Gestalt, aber die Art, wie sie die Hände schützend vor dem Leib gefaltet hatte, legte den Verdacht nahe, dass sie guter Hoffnung war.

Erst als sie die blauen, veilchenfarbenen Augen aufschlug und sanft lächelnd den Edelmann betrachtete, der mit finsterer Miene vor ihr stand, begriff Alison, dass es sich um Nana handelte. Das Mädchen, das durch ihre Träume geisterte und dem es gelungen war, den Machenschaften des Seigneur St. Doye zu entkommen. Es hatte sich auf wundersame Weise in eine elegante Dame verwandelt. In eine Frau, die Autorität und Einfluss besaß und die ihrem Gatten zu widersprechen wagte.

»Ich werde bei Königin Marie bleiben«, sagte Nana in diesem Moment. »Es ist das Vernünftigste, Colin, Ihr wisst es selbst. Die Straßen sind zu schlecht, um in die Gascogne zu reisen, und es wäre zu gefährlich für unser Kind. Außerdem könnt Ihr nicht einfach Euer Schwert wegstecken. Der Konnetabel de Richemont braucht jeden Mann. Nun, nachdem der Friede mit Burgund so gut wie sicher ist, haben wir zum ersten Male Hoffnung auf ein Ende des Krieges. Wollt Ihr nicht dazu beitragen?«

»Ihr wollt doch nur für den Fall, dass die Nachforschungen Eures Vaters etwas ergeben, in Bourges bleiben«, sagte ihr der dunkelhaarige, wütende Edelmann auf den Kopf zu. »Alles andere ist nur Vorwand, ich kenne Euch, mein Herz. Aber ich habe Angst, dass Ihr enttäuscht werdet. Es ist so gut wie unmöglich, dass ein kleines Kind jene schlimmen Wirren überlebt hat, in die ihr beide nach der Schlacht von Azincourt geraten seid.«

»Ich weiß, dass Alison lebt!«, erwiderte die junge Frau mit Nachdruck. »Ich spüre, dass sie mit mir verbunden ist, und ich weiß, dass wir uns wiedersehen werden, Colin! Meine Schwester ist bei mir. So sicher, als ob ich in diesem Moment ihre Hand ergreifen könnte…«

Das Mädchen vor dem Kamin streckte in leidenschaftlicher Sehnsucht die Hände aus, um jene Finger zu fassen, aber die Bewegung vertrieb das Bild. Alison fuhr zusammen und schauderte, ihr Verstand war immer noch befangen in dem, was sie gerade gesehen hatte. Als sie sich umschaute, wusste sie im ersten Moment nicht, wo sie sich befand, dann hörte sie das Stöhnen der Kranken und begriff…

Das Feuer. Sie hatte wieder einmal nur geträumt.

7. Kapitel

Die Glocken weckten Alison. Die der nahen Kathedrale von Nôtre Dame verbanden sich mit denen der anderen Kirchen von Paris, um den Morgen des ersten Weihnachtstages einzuläuten. Unwillkürlich empfand die junge Frau ein Gefühl der Hoffnung, das in krassem Gegensatz zu den tatsächlichen Gegebenheiten ihres Lebens stand.

Mit steifen Gliedern rappelte sich Alison aus dem Stuhl hoch, in dem sie die Nacht verbracht hatte, und tappte zum Fenster. Hinter dem milchigen Glas der kostbaren Scheiben lag die Gasse in morgendlichem Frieden. Frost hatte den Reif wie eine durchscheinende, silbrig glitzernde Decke über die Dächer gelegt.

Da Alison sich im obersten Stock des schmalbrüstigen Hauses befand, konnte sie zwar über die übrigen Dächer hinweg, aber nicht auf die gepflasterte Gasse hinunter schauen. Dafür verlor sich ihr Blick in einem Himmel, der sich wie zarteste blaue Seide über der Stadt spannte und in dem sogar die Rauchfahnen der Kamine an diesem Morgen nicht grau, sondern weiß und frisch erschienen. Ein Morgen, an dem alles möglich zu sein schien, der Weihnachtsfrieden versprach und Geborgenheit.

Alison war so in ihre Gedanken versunken, dass sie nicht gleich bemerkte, dass etwas Seltsames im Haus vorging.

Gepolter und laute Stimmen ließen sie schließlich zusammenschrecken. Scherben klirrten, Männer riefen sich etwas zu und trampelten mit schweren Stiefeln über die Treppe.

Neuerliche Besucher für den Seigneur St. Doye? Aber weshalb machten sie einen solchen Lärm?

Das Mädchen warf einen besorgten Blick zum Bett hin, das auf drei Seiten mit dicken Vorhängen gegen Zugluft geschützt war und in dem Dame Eleanor die erste ruhige Nacht seit längerem verbracht hatte. Das Fieber war abgeklungen, und auch der erschöpfende Husten so weit eingedämmt, dass sie bis auf wenige Unterbrechungen ruhig hatte schlafen können. Auch jetzt schlief sie so fest und tief, dass sie nichts von dem hörte, was um sie herum geschah.

Alison zog das warme Tuch, das sie über den Schultern trug, fester um ihren Oberkörper und lauschte angespannt. Sie hatte sich während der vergangenen Woche ausschließlich um Dame Eleanor gekümmert und weder den Seigneur St. Doye noch Francis Windhurst zu Gesicht bekommen. Aber sie hatte sehr wohl während der langen, durchwachten Nächte bemerkt, dass Leben im Haus war und in den Räumen im ersten und zweiten Stock Fremde ein- und ausgingen, die in Windhursts Begleitung über die verschlungenen Kellerwege auftauchten und wieder verschwanden.

Neugier und Sorge trieben sie hinaus auf den nächsten Treppenabsatz, der von einer kleinen Öllampe erhellt wurde. Sie wollte nicht, dass die Kranke erwachte, aber sie wollte auch wissen, was geschah und warum eine derartige Unruhe im Haus herrschte. Sie prallte förmlich gegen eine stinkende Wand aus Muskeln und Lumpen, und sie schrie unwillkürlich auf. Sie hatte den Mann sofort erkannt – es war Craque-dent. Doch ehe sie reagieren konnte, zappelte sie schon in seinen Fäusten.

»Wen haben wir denn da? Das Täubchen kenne ich doch!«, rief Craque-dent und zerrte Alison der Treppe hinab, obwohl sie sich mit Händen und Füßen gegen ihn wehrte. Verbissen und ohne einen Laut, ganz im Gegensatz zu dem bulligen Galgenvogel, den ihre wütenden Versuche nur zum Lachen reizten. »Da wird sich César aber freuen, wenn er erfährt, dass du das Täubchen bist, das man ihm angeboten hat. Ich wette, dass er keine Ahnung davon hatte, sonst wäre er selbst mitgekommen. Ist nicht gut auf dich zu sprechen, unser Anführer, Täubchen! Er hat was gegen Dirnen, die sich ohne seinen Willen selbstständig machen wollen!«

Die saubere Küche, auf die Alison so stolz gewesen war, glich einem Schlachtfeld. Geöffnete Truhen, umgestürzte Regale, Teller, Löffel und Töpfe und willkürlich ausgeschüttete Vorräte bildeten ein wildes Durcheinander, in dem Césars Leute sich alles griffen, was Wert für sie hatte.

»Man wird euch anzeigen«, schrie Alison, die dieser verheerende Anblick in solche Wut versetzte, dass sie die Sprache wiederfand. Sie hatte jede Solidarität für die Kerle aus der Gosse längst vergessen. »Ihr könnt nicht einfach in das Haus eines unbescholtenen Bürgers eindringen und…«

Das raue Gelächter Craque-dents und seiner Kumpane schnitt ihr das Wort ab.

»Hast dich wohl schon als ehrsame Bürgerin gefühlt, Täubchen?« rief der Anführer erheitert. »Damit ist's jetzt vorbei! Spar dir das bisschen Luft in deinen Lungen für César, ich möchte wetten, dass er dir mit Vergnügen deine Träume aus dem Leib prügelt. Jetzt komm schon, wir müssen verschwinden, eh' der Lärm die ganze Nachbarschaft misstrauisch macht…«

»Ihr werdet nicht… Hiiiilfe! Zu Hiii…«

Alisons schriller Schrei erstickte unter einer mächtigen Pranke. Bevor ihr die Sinne schwanden war ihr letzter Gedanke, nach wem sie eigentlich rief. Weder der Seigneur St. Doye noch Lord Windhurst hätten diesen Lärm überhören können. Dass sie nicht einschritten, bedeutete entweder, dass sie nicht im Hause waren oder dass dieser Überfall mit ihrem Einverständnis stattfand.

Durchdringende Kälte und das heftige Rütteln eines Wagens brachten sie wieder zu sich. Sie konnte sich nicht rühren, weil sperrige Bündel auf ihr lasteten. Unter dem schmutzigen Lumpen, der ihren Mund verschloss, brachte sie bloß ein heiseres Krächzen hervor, und in der Dunkelheit, die sie umgab, konnte sie nur ein paar vage Schatten erkennen. Es dauerte viele weitere Herzschläge, bis ihr klar wurde, dass sie von Reisigbündeln bedeckt auf dem Boden eines Karrens liegen musste, der, von einem langsamen Tier gezogen oder von ein paar Menschen geschoben, durch die Gassen der Stadt rumpelte. Craque-dent und seine Bande hatten dafür gesorgt, dass sie ihnen nicht mehr durch die Finger schlüpfen konnte.

Als der Karren endlich hielt und sie aus ihrem Gefängnis befreit wurde, war sie steif gefroren, und vermutlich war sie auch mit blauen Flecken übersät Sie erkannte die vertraute Silhouette des Tour de Nesle hoch über sich und hätte die Augen am liebsten wieder geschlossen. Sie begriff nicht, wie César le Noir ihre

Spur hatte finden können, aber sie wusste, dass sie keine zweite Chance bekommen würde, ihm zu entkommen. Er war kein Mann, der sich zweimal an der Nase herumführen ließ.

»Willkommen daheim, Schätzchen!«, sagte Craque-dent voller Spott, packte sie an den gefesselten Händen und riss sie grob vom Wagen herunter Alison stolperte und stürzte schwer auf die Knie. Während sie sich wieder aufrappelte, warf sie schnell einen Blick in die Runde und sah, dass Craque-dent und seine Kumpane einen so dichten Ring um sie bildeten, dass nicht einmal eine Maus zwischen ihnen hätte hindurchschlüpfen können. »Unser Chef wartet schon ungeduldig«, teilte er ihr mit. »Wenngleich ich wette, dass wir ihm mit dir eine Überraschung bereiten, mit der er nicht gerechnet hat.«

Alison konnte sich keinen Reim auf seine Bemerkung machen, aber sie wusste, dass es ohnehin sinnlos war, Craque-dent Fragen zu stellen. Sie leistete keinen Widerstand, als er sie am Arm packte und in den großen Keller zerrte, der früher einmal das Quartier der Wachmannschaften gewesen war und nun César le Noir als Hauptquartier und Wohnung diente.

Seltsamerweise empfand Alison kaum Überraschung, als sie den Seigneur St. Doye erkannte, der in einen kostbaren Umhang gehüllt wie eine fremdartige, pelzig-braune Spinne neben César hockte. Ihm also hatte sie diese unsanfte Reise zu verdanken. Wie gut sie zusammenpassten, diese beiden Scheusale, das eine in Brokat und Pelz, das andere in Leder und stinkenden Lumpen, aber einer so bösartig und verdorben wie der andere.

Der Schein der Feuerstelle und ein paar Fackeln beleuchteten den Schlupfwinkel, in dem es auch bei Tag kaum hell wurde. Der kahle Schädel des Edelmannes glänzte rötlich im Licht der Flammen. Als er sie erkannte, setzte César den Weinkrug, den er eben gehoben hatte, mit einem harten Ruck zurück auf die Tischplatte. Das Geräusch veranlasste seinen vornehmen Gast dazu, in dieselbe Richtung zu schauen, und Alison erahnte den triumphierenden Glanz in seinen Augen mehr als sie ihn sah.

»Das also ist die Magd, die wir für Euch holen sollten?« knurrte César und brachte Craque-dent, der eben den Mund aufmachen wollte, mit einer herrischen Geste zum Schweigen. »Beim Henker von Paris, das nenne ich eine saubere Geschichte!«

»Das ist die Frau«, bestätigte der Seigneur unfreundlich.

»Weshalb? Was habt Ihr mit dem Weib vor?«

Für einen Moment maßen sich Edelmann und Bandit mit ihren Blicken. César konnte sehr wohl zwischen Geschäft und privaten Interessen unterscheiden. Der Fremde war kein Unbekannter mehr für ihn, denn sie machten schon seit geraumer Zeit Geschäfte miteinander. Er bezahlte gut für das, was er bekam, und das genügte César. Normalerweise kümmerte er sich nicht darum, welche Gründe seine Auftraggeber antrieben, und es war ihm auch bei dem Seigneur stets gleichgültig gewesen. Bis jetzt. Nun aber ging es um Alison, und wenn einer ein Anrecht auf dieses Mädchen hatte, dann er, César le Noir! Auch wenn dieser Mann verdammt viel Geld für die Entführung des Mädchens gezahlt hatte!

»Kümmert Euch nicht um meine Angelegenheiten«, wies ihn der Seigneur herrisch zurecht. »Ihr wisst, dass Ihr mir zu Diensten sein sollt, sonst nichts. Lasst mich endlich allein mit der Frau.«

Zu Alisons nicht gelinder Überraschung gehorchte César widerspruchslos. Er warf ihr zwar noch einen nachdenklichen Blick zu, dann jedoch erhob er sich und gab seinen Männern ein Zeichen. Gleich darauf war sie allein mit Guy de St Doye. Mit immer noch auf den Rücken gefesselten Händen. Sie hob den Kopf und bemühte sich, ihren Feind nichts von der Panik merken zu lassen, die sie überflutete. Sie stand still und wartete.

St. Doye, der mit einem Wutausbruch, mit Fragen, mit Hysterie, mit Angst und mit Flehen gerechnet hatte, sah sich einmal mehr getäuscht. Er verzog die Lippen zu der Karikatur eines Lächelns hoch, und in seinen Augen las Alison etwas, was sie zutiefst erstaunte. Widerwillig Anerkennung und etwas, das man fast hätte Furcht nennen können. Vor allem aber ungläubiges Erstaunen über die Kraft dieses Mädchens, das ihm zu trotzen wagte.

»Ich habe dich gewarnt«, sagte er und brach damit als erster das Schweigen. »Ich vergesse keine Beleidigung und schon gar keinen Tropfen Blut.«

»Ich auch nicht!«, erklärte Alison, und sie spürte, wie wieder jener überwältigende, rätselhafte Zorn tief in ihr aufbrach und sie Worte sagen ließ, von denen sie selbst nicht wusste, weshalb sie sich auf ihre Zunge drängten. Der eine andere Stimme weckte, die aus dem Dunkel der schrecklichen Vergangenheit des Mannes aufstieg und ihn mit abergläubischem Schrecken bannte.

»Es ist eine schlimme Rechnung, die zwischen uns offen steht, Seigneur. Das Blut meiner armen Mutter, die Wunden meiner verlassenen Schwestern, die Ruine meines Elternhauses, das Unglück meines Vaters... Ein Menschenleben reicht nicht aus, um all das zu sühnen, was Ihr mir und den Meinen angetan habt!«

Sie sah, wie sein Blick starr wurde und das Blut völlig aus seinem ohnehin schon so bleichen Gesicht wich. Sie sah, wie sein Adamsapfel auf und ab hüpfte, als er versuchte, etwas zu sagen, aber kein Wort herausbrachte. Sie sah, wie er die rechte Hand hob, als wolle er einen bösen Geist abwehren.

»Wie... was... woher... Du bist es also doch! Deshalb diese Ähnlichkeit. Aber...«

Er rang noch immer um Worte, als Alison näher kam und so dicht vor ihm stehen blieb, dass ihre schmutzigen Rocksäume seine bordierten Lederschuhe berührten.

»Ihr habt sie getötet, ich habe es gesehen, und das Bild hat sich in meine Seele eingebrannt. So wie Ihr auch Nana und mich töten wolltet und die eben geborenen Kleinen, die in ihrer Unschuld noch nicht einmal getauft waren. Ihr seid der Abschaum alles Bösen, und ich verfluche Euch! Ich verfluche Euch bis zum jüngsten Tag und darüber hinaus! Der Tod ist zu schade für Euch, denn er erlöst Euch vom Leid. Ihr sollt leben, leben und leiden. Endlos, solange noch ein Funken Kraft in Euch ist!«

Alison sprach wie im Fieber, tief in ihrem Inneren trieb sie ein hasserfülltes Wissen, das mehr war, als ein einzelner Mensch ertragen konnte. Es gab ihr diese Worte ein, von denen jedes einzelne den Mann weiter zurückweichen ließ, bis die Mauer seiner Flucht ein Ende bereitete und er sich in die Enge getrieben sah.

»Hexe!«, kreischte er mit sich überschlagender Stimme. »Elende Hexe! Tochter einer Hexe und Schwester einer Hexe! Verflucht sei der Tag, an dem ich es versäumt habe, Melisande de Guînes Höllenbrut genau wie sie selbst mit dem Messer zu töten. Mit diesem Messer, siehst du?!«

Er riss die Waffe aus der Scheide, die er am Gürtel trug. Bläulich schimmernder Stahl mit einem blutigen Rubin am Griff, todbringender Stahl, der sich nun genau auf Alisons Herz richtete. Aber sie achtete nicht einmal darauf, denn etwas anderes interessierte sie mehr als ihr eigenes Leben. Endlich ein Name, ein Anhaltspunkt. Melisande. Melisande de Guînes.

»Stoßt zu!«, sagte sie voller Verachtung. »Zeigt, was für ein Held Ihr seid, ein Held, der eine Frau erst in Fesseln legen muss, damit er sie überwinden kann. Glaubt Ihr denn, Ihr werdet mein Bild los, wenn Ihr mein Leben auslöscht? Ich werde Euch verfolgen in allen schlaflosen Nächten und Tagen Eures Lebens, so wie Euch das Bild meiner Mutter verfolgt, die Ihr in jedem armen Wesen, dem Ihr Eure erbärmliche Männlichkeit aufzwingt, aufs Neue besiegen müsst.«

Mit einem unterdrückten Aufschrei warf sich Guy de St. Doye vorwärts, aber Alison wurde im selben Augenblick von einer groben Hand zur Seite gestoßen. St. Doye stolperte über einen ausgestreckten Fuß, stürzte schwer zu Boden, und sein Dolch fiel klappernd zur Erde. Als beide sich wieder aufrichteten, Alison und der Seigneur, stellten sie fest, dass César le Noir bereits wie ein unüberwindbarer Fels zwischen ihnen stand.

»Seid Ihr wahnsinnig?« fuhr er den Edelmann wütend an. »Es war keine Rede davon, dass Ihr die Kleine abstechen könnt, wie es Euch gerade passt.«

Guy de St. Doye schwankte ein wenig, und sein verwachsener Körper warf einen grotesken Schatten hinter ihm an die Wand, während er seinen beschmutzten Umhang abklopfte und mit einem schnellen Griff den kostbaren Dolch wieder in seinen Besitz brachte.

Was mischt Ihr Euch ein?«, knurrte er unwillig und schob die Waffe in ihre Scheide zurück.

»Wollt Ihr den Weihnachtsfrieden mit dem Profos von Paris brechen?«, schrie César wütend. »Wenn Ihr Euch mit einem Mord die Finger schmutzig macht, dann nicht in meinem Quartier und nicht an diesem Mädchen. Sie gehört zu uns, und ich bestimme, wie lange ihr Leben für uns von Nutzen ist. Sie steht unter meinem Schutz.«

Ein höchst zweifelhafter Schutz, das wusste auch Alison. Einer, der sie vom Regen in die Traufe brachte, aber im Augenblick fühlte sie sich so erschöpft und zerschlagen, dass ihr alles egal war. Die wütende Auseinandersetzung mit St. Doye hatte sie ihre ganze körperliche und geistige Kraft gekostet.

»Behaltet das Miststück!« St. Doye hatte endlich seine Selbstkontrolle zurückgewonnen und die abergläubische Panik überwunden. Aber all dies hatte seine Feindseligkeit Alison gegenüber nur verstärkt, genau wie den Wunsch, sie zu zerstören und endgültig zum Schweigen zu bringen. Und sein teuflischer Verstand hatte ihm auch schon eine Idee eingegeben, wie er das bewerkstelligen konnte.

»Ich schenke sie Euch«, begann er, »wenn Ihr mir versprecht, dass Ihr sie tötet, sobald Ihr ihrer Talente überdrüssig seid. Sie verdient es, als Hure zu enden, so wie es ihre Mutter getan hat…«

»Ich soll sie töten?« Obwohl César mehr als einen Mord auf dem Gewissen hatte, fand er diesen Befehl denn doch merkwürdig. Was hatte die Rote Alison diesem Verrückten getan, dass er ihren Tod forderte?

»Wenn Ihr Euren Spaß mit ihr gehabt habt. Ihr und meinetwegen die ganze Horde Eurer Männer!« wiederholte der Seigneur. »Sobald Ihr mir ihre Leiche zeigt, bekommt Ihr noch einmal so viel wie für ihre Entführung. Schlagt ein, das Geschäft gilt. Aber beeilt Euch, ich werde nicht ewig in dieser Stadt bleiben.«

Ein tödliches Angebot für sie und eins, dem César le Noir kaum widerstehen konnte. Alison wusste es, noch bevor sie ihn zustimmend nicken sah.

St Doye wandte sich zum Gehen. In der Tür drehte er sich noch einmal um und fixierte Alison mit seinem starren Blick. »Gehab dich wohl, schöne Hexe! Ich denke jetzt schon mit Vergnügen daran, wie du aussehen wirst, wenn sie mit dir fertig sind. Sie werden dir den Stolz austreiben, den dir deine verfluchte Mutter vererbt hat.«

»Melisande de Guînes, war das meine Mutter?«

Alison hasste sich selbst dafür, dass sie diese Frage stellte, aber sie war ihr herausgerutscht, ehe ihr Stolz es verhindern konnte. St. Doye lächelte böse, und seine Augen funkelten in boshaftem Triumph.

»Gehört das nicht zu den Dingen, die du weißt? Ich werde den Teufel tun, dir mehr zu erzählen. Eines aber sollst du dennoch wissen. Ich pflege mich für die Beleidigungen zu rächen, die mir angetan wurden. Melisande de Guînes musste für ihren Stolz büßen, und auch du wirst nicht mehr viel davon übrig haben, wenn die ganze schmutzige Bande Césars ihr Vergnügen mit dir gehabt hat!«

»Aber ich…«

Alison bekam keine Antwort mehr. Ein leises Rascheln des kostbaren Umhanges noch, ein letztes höhnisches Auflachen, dann schloss sich die Tür hinter dem Seigneur St. Doye. Niemand war daran interessiert gewesen, ihn aufzuhalten.

»Und nun zu uns beiden, mein Täubchen!«

César le Noir! Auch das noch. Alison ignorierte die hämmernden Kopfschmerzen, die ihre Schläfen zu sprengen drohten, und konzentrierte sich auf die kommende Auseinandersetzung. César war nicht sonderlich intelligent, aber bauernschlau und äußerst brutal. Der Handel, den Guy de St. Doye ihm angeboten hatte, entsprach durchaus seinem Geschmack. So bekam er beides, noch mehr Geld und die Rote Alison. Frauen verloren sowieso an Wert für ihn, wenn er sie einige Zeit gehabt hatte. Er liebte den Reiz des Neuen, die Abwechslung…

»Wir haben noch eine Rechnung offen. Du weißt, ich mag es nicht, wenn meine Mädchen verschwinden. Wie hast du es geschafft, als Magd in dieses Haus zu kommen?«

Unwillkürlich dachte Alison wieder an diesen hochgewachsenen Edelmann, der so unvermittelt in ihr Leben getreten war und zum ersten Mal an diesem schrecklichen Morgen fragte sie sich, wo Francis Windhurst wohl gerade sein mochte. Ob er schon in das Haus von Dame Eleanor gekommen war? Wie würde er reagieren, wenn er die Verwüstung sah, die Craquedent und seine Männer angerichtet hatten. Wenn er bemerkte, dass sie, Alison, spurlos verschwunden war…

Sie glaubte nicht daran, dass er deswegen den Profos bemühen würde; Francis Windhurst wirkte wie ein Mann, der engen Kontakt zu den Behörden lieber mied. Würde er sich überhaupt die Mühe machen, nach ihr zu suchen? Einen einzigen Gedanken an sie verschwenden? Wohl nicht.

Heilige Mutter Gottes, warum nur beschwerte diese Erkenntnis ihr Herz?

Hatte das Leben sie nicht gelehrt, dass niemand für sie sorgte, wenn sie es selbst nicht tat? Weshalb konnte sie sich nicht gegen diesen Blick aus blauen Sommeraugen verhärten? Weshalb brachte sie es nicht einmal jetzt fertig, sein Bild in ihrem Kopf zu löschen?

»Man antwortet nicht? Man sitzt auf dem hohen Roß und hält sich für etwas Besseres? Interessant!« César versetzte ihr bei jedem seiner Worte einen heftigen Stoß, und Alison schwankte hilflos, denn sie konnte sich nicht dagegen wehren, weil sie noch immer gefesselt war. Und jedes Mal, wenn er sie so grob stieß, schien ihr Kopf vor Schmerzen explodieren zu wollen.

»Wir werden schon sehen, ob wir dir deinen Hochmut austreiben können. Fein sind wir geworden. Wer ist der Kerl, der dir diese Kleider gekauft hat? Ist es der Engländer, der den Seigneur beherbergt? Hat er dich bestiegen? La Trisanne hat mir eine Jungfer versprochen, und nun bekomme ich gebrauchte Ware, das missfällt mir sehr. Du hättest besser auf dich aufpassen sollen…«

Wie Hagelschlag prasselten seine Fragen auf Alison herab. Sie beantwortete nicht eine. Vor ihren Augen drehte sich alles, und sie sank erschöpft auf die nächstbeste Bank. Das nächste, was sie hörte, war La Trisannes heisere, keifende Stimme. »Du hast sie also gefunden! Ich gratuliere dir, César! Ich freue mich, dass unser kleines Geschäft nun doch zustande kommt…«

Es hatte keine halbe Stunde gedauert, bis La Trisanne von Alisons Rückkehr erfahren hatte. Neuigkeiten verbreiteten sich stets mit Windeseile am Hof der Wunder, und nun war die alte Zigeunerin gekommen, um ihre Belohnung zu kassieren.

»Geschäft!« César lachte, aber es klang nicht besonders amüsiert »Du denkst doch nicht, dass ich deine beschädigte Ware auch noch bezahle, Trisanne! Wer weiß, mit welchem Kerl sich die Rote herumgetrieben hat, schau dir nur die Kleider an, die sie trägt. In einem Haus auf der Cité haben sie die Dame gefunden, und jetzt ist sie sich zu fein, auch nur den Mund aufzumachen…«

»Ich hab' dir immer gesagt, dass sie was Besseres ist, César!« Trisanne umklammerte seinen muskulösen Unterarm und redete hastig auf den Banditen ein. Sie musste ihre Chance wahren, ehe er sich über Alison hermachte. »Ich kann's dir beweisen. Schau sie doch an, besitzt eins deiner Weiber einen solchen hochmütigen Stolz, eine solche edle Haltung? Angeboren ist's ihr, denn sie ist eine Dame!«

Alison war mindestens ebenso verblüfft wie César le Noir, der es ihr abnahm, die Fragen zu stellen, deren Antworten sie so brennend interessierten.

»Eine Dame? Du faselst, ein Findelkind ist sie, und du hast sie mit dir herumgeschleppt, bis sie so weit war, dass sie für dich sorgen konnte, Trisanne…«

»Auch Findelkinder haben Eltern!« Trisanne trat so nahe wie möglich an den Mann heran, und obwohl sie die Stimme dämpfte, konnte Alison sie dennoch gut verstehen. »Meine Leute haben sie in der Nähe von Azincourt gefunden. Ein greinendes Kleinkind in Samt und Seide und mit Juwelen behängt – denkst du, ein solches Kind wird von einfachen Eltern aufgezogen? Das Schloss, in dem es gewohnt hat, wurde von den Engländern überfallen und zerstört.«

»Du träumst, Alte!« César stieß La Trisanne grob zur Seite, aber Alisons Ziehmutter war eine derartige Behandlung gewohnt. Sie gab nicht auf.

»Und was ist das?« Die Zigeunerin langte in den fadenscheinigen Beutel, der stets an ihrem Gürtel hing. Das Licht der

Fackeln schimmerte plötzlich auf goldenen Kettengliedern und einem fein ziselierten, ein wenig verkratzten Medaillon.

»Das trug sie!« Die Alte kicherte triumphierend. »Die anderen haben den Stein aus der Fassung gebrochen, aber als ich mit dem Kind verschwand, gelang es mir, die Kette an mich zu bringen. Sie hatten das Juwel für Notzeiten aufgehoben, und ich fand, dass mir wenigstens etwas zustand, wenn ich mich schon um das Balg kümmere.«

César pfiff lautlos zwischen den Zähnen und riss La Trisanne das Schmuckstück aus den Fingern. Es baumelte von seiner Pranke, während er langsam mit dem Zeigefinger der anderen Hand die feine Gravur nachzog.

»Ein Wappen?« murmelte er nachdenklich. »Man kann es kaum noch erkennen, die Trottel haben es zerkratzt, als sie den Stein herausbrachen. Die Arbeit eines Goldschmiedes, der sein Handwerk versteht.« Sein Blick wanderte zu Alison. »Und was weißt du von der Sache? Was war das für ein Gefasel von der toten Mutter und den Schwestern?«

»Sie konnte kaum laufen, als wir sie fanden«, mischte sich La Trisanne ein. »Und reden noch weniger, nur immer ›Nana‹ und ›Alison‹ und sonst nichts. Nana muss das andere, das tote Mädchen gewesen sein, denn als wir sie Alison nannten, beruhigte sie sich. Ich denke nicht, dass sie sich an irgendetwas erinnern kann. So kleine Bälger haben doch noch gar keinen Verstand…«

Alison schwieg. Sie wollte weder mit Trisanne noch mit César über die eigenartigen Bilder und Erinnerungen sprechen, die seit geraumer Zeit immer häufiger über sie hereinbrachen. Die ein Wissen und Gefühle in ihr freisetzten, mit denen sie selbst noch nichts anfangen konnte. Wie gerne hätte sie das Medaillon näher betrachtet, das César so achtlos in seine Tasche gesteckt hatte. Sie hatte keine Ahnung gehabt, dass von ihrem früheren Leben mehr als nur das kleine Spitzentuch übrig geblieben war.

»Zwischen dir und dem Kahlkopf geht etwas Seltsames vor«, fuhr César fort. »Er ist gerissen und eiskalt, aber es gab einen Augenblick, in dem er dich so gefürchtet hat wie den Leibhaftigen. Er hätte dich abgestochen wie ein Schwein, wenn ich nicht rechtzeitig dazwischen getreten wäre. Vielleicht sollte ich mir doch Zeit lassen, ehe ich seinen Auftrag bis zum letzten erfülle. Es scheint, dass mir das Schicksal keine schlechten Karten in diesem Spiel zugeteilt hat, mein Täubchen!«

»Und mein Anteil?« drängte La Trisanne und packte ihn am Ärmel, damit er stehen blieb. »Ich hab' sie für dich bewahrt. Keiner der Lümmel hat sie jemals angerührt! Sie ist eine Jungfrau!«

»Das war einmal.« César lachte böse. »Denkst du, der Engländer hat sie in Frieden gelassen? Ein Goldstück wie sie? Aber ich hab' dem Frieden nie getraut Außerdem zahle ich nicht für Dinge, die mir bereits gehören. Pack dich fort, Alte!« Sein Stoß schleuderte die Alte bis zur Feuerstelle, und im letzten Moment brachte sie ihre Lumpen vor den Flammen in Sicherheit.

»Das wirst du bereuen, César!« zischte sie, als sie sich stöhnend aufrappelte und die Faust ballte, aber die beiden anderen achteten nicht mehr auf sie.

Alison nicht, weil César sie brutal gepackt hatte und in seine Schlafkammer zerrte, und César nicht, weil er schon voller Vorfreude auf das war, was er mit dem Mädchen tun würde, sobald sich die dicke Bohlentür hinter ihnen geschlossen hatte.

8. Kapitel

Francis Windhurst hatte wenig Schlaf bekommen in den letzten Nächten. Das Doppelspiel, das er mit dem Herzog von Bedford und dem Abgesandten des Sieur de la Trémoille trieb, zog sich unangenehm in die Länge. Zwei gleich vorsichtige Füchse, von denen keiner nachgeben wollte und die einander belauerten, kämpften um die Vorherrschaft in Frankreich. Im Grunde ging es darum, wer im Namen des Kinderkönigs tatsächlich über das Land regieren würde, sobald die Schlachten gewonnen und der französische König besiegt worden war.

Francis Windhurst war die Rolle des Boten zugewiesen worden, dem beide Seiten zumindest so weit vertrauten, dass sie die Informationen nicht bezweifelten, die er ihnen lieferte. Er hatte sich nicht darum bemüht, sondern einer Bitte nachgegeben, der er nicht hatte widerstehen können. Dabei hatte er verblüfft festgestellt, dass in ihm sehr wohl noch Gefühle schlummerten, von denen er geglaubt hatte, sie seien ihm gründlich ausgetrieben worden, dass er doch nicht so zynisch und von Zweckdenken geprägt war, wie er es von sich selbst stets behauptet hatte.

Nach der Schlacht von Azincourt war er einem höchst wechselvollen Schicksal anheim gefallen und später als halbwüchsiger Junge im Hause des Herzogs von Bedford gelandet. Rechtlos, arm und nur mit einem gefälligen Aussehen gesegnet, was er jedoch schnell als Fluch empfunden hatte. Jahre, die ihn gelehrt hatten, stets nur auf den eigenen Vorteil zu achten, die ihm alle Träume und allen Idealismus genommen hatten.

Der sanfte Junge, der in einem früheren Dasein den schönen Künsten zugetan gewesen war und von edlem Rittertum geträumt hatte, war in der harten Schule dieses Haushalts neu geformt und zu eiserner Härte gebrannt worden. Er hatte gelernt, sich zu behaupten und alle Gefühle zu leugnen. Sein Vermögen bestand in seiner Intelligenz und seinem Ehrgeiz.

Seine Pläne behielt er für sich, und seine Loyalität schien er einzig und allein für die eigene Person reserviert zu haben. Die

Frauen mochten ihn, wenngleich keine der reizenden Damen die Dummheit beging, ihre Hand einem armen Edelmann zu schenken, der völlig von der Gnade eines kriegsführenden Herzogs abhängig war. Der sich in dessen Diensten als Sekretär durchschlug und kaum genügend Geld hatte, um sich standesgemäß zu kleiden.

Windhurst schien sich mit den Gegebenheiten arrangiert zu haben, und die Geschicklichkeit, mit der er sich dem Herzog von Bedford unentbehrlich machte, hatte ihm nach und nach wenigstens eine gewisse materielle Sicherheit eingebracht. Aus der er jedoch wieder herausgerissen worden war, als er den Großteil seines Geldes geopfert hatte, um dieses Haus zu kaufen, damit Dame Eleanor wieder ein Dach über dem Kopf hatte. Deshalb bereitete es ihm eine gewisse Genugtuung, dass der Herzog von Bedford durch den Mietzins für den Seigneur St. Doye für einen gewissen Ausgleich sorgte, ohne etwas davon zu ahnen.

Francis Windhurst fand an diesem Weihnachtsmorgen, dass er mit sich und seinen Geschäften durchaus zufrieden sein konnte. Lediglich die Gesundheit Dame Eleanors und die Begehrlichkeit, die der Seigneur St. Doye der schönen jungen Magd gegenüber zeigte, bereiteten ihm Sorge. Als er jedoch durch den versteckten Eingang des Kellers in die Küche trat, blieb er wie angewurzelt stehen, und sein Gesicht verhärtete sich.

Durch die offene Hintertür wehte der kalte Hauch des Dezembertages in das Haus, und das Herdfeuer war ausgegangen. Zerbrochene Krüge und auf dem Boden verschüttete Vorräte zeugten von Kampf oder mutwilliger Zerstörung. Und nirgends eine Spur von den Bewohnern des Hauses. Der junge Mann zog seinen Degen und lief schnell in das oberste Stockwerk. Ein Blick in das Bett zeigte ihm, dass Dame Eleanor friedlich schlief. Es schien, dass sie nichts bemerkt hatte.

Der Raum sah aus, als sei Alison eben erst hinausgegangen. Das Feuer hinter dem Kaminschirm verbreitete behagliche Wärme. Der Stuhl vor dem Bett, die Arzneien und ein Teller mit Brot und Früchten bewiesen, dass das Mädchen die Nacht offensichtlich hier verbracht haben musste, um sich um die alte Dame zu kümmern.

Was war passiert? Wem hatte der Anschlag gegolten? Dem Seigneur St. Doye? Wer hatte sein Versteck entdeckt? War Alison das ahnungslose Opfer seiner Intrigen geworden? Man musste sie mitgeschleppt haben, denn nirgendwo fand sich ein Hinweis auf ihre Anwesenheit oder auch nur eine Spur von Blut. Aber wer hatte dieses Räuberstück vollbracht? Wo steckte St. Doye?

»Verdammt sei seine gierige Seele«, murmelte Windhurst vor sich hin, und er umklammerte den Griff des Degens so fest, dass seine Knöchel weiß hervortraten.

»Was ist passiert, Michel?« Die schwache Stimme der alten Dame ließ den jungen Mann zusammenfahren.

»*Grand-mère*, dem Himmel sei Dank! Wie fühlt Ihr Euch? Geht es Euch besser?«

»Pssst!«, mahnte Dame Eleanor und legte ihm sanft einen Finger auf den Mund, denn er war neben ihrem Bett auf ein Knie gesunken und beugte sich besorgt über sie. »Wirst du wohl damit aufhören? Du weißt, dass niemand davon wissen darf. Wo ist Alison?«

Für einen Herzschlag spielte er mit dem Gedanken, ihr die Wahrheit zu verschweigen. Aber was sollte er sagen? Wie das Verschwinden des Mädchens erklären, das die alte Dame in ihr Herz geschlossen hatte?

»Ich weiß es nicht.« Er hatte beschlossen, ihr nur die halbe Wahrheit zu sagen. »Alison ist fort. Auch St. Doye scheint das Haus verlassen zu haben. Er hat gestern die letzte Botschaft des Herzogs übernommen, und ich hatte damit gerechnet, ihn vor seiner Abreise noch zu sehen, obwohl wir das nicht ausdrücklich verabredet hatten. Er lässt sich nicht in die Karten schauen, und ich wollte ihn nicht drängen, um den großen Plan nicht zu gefährden. Wie es aussieht, habe ich einen Fehler gemacht... Dieser Brief, den er bei sich trägt, darf nicht in die Hände La Trémoilles geraten! Ich muss sofort...«

»Du musst dich zuerst um das Mädchen kümmern«, unterbrach ihn Dame Eleanor und fasste nach seiner Hand. »Es muss ihr etwas geschehen sein. Alison hätte mich nie ohne ein Wort im Stich gelassen. Sie hat mir versprochen zu bleiben, und ich weiß, dass sie es ernst gemeint hat. Es geht nicht mit rechten Dingen zu, wenn sie fort ist. Du hast sie in deine Pläne mit hineingezogen, und nun trägst du die Verantwortung für ihr Leben, Michel!«

»Macht Euch keine Sorgen, ich weiß, was zu unternehmen ist«, versprach Windhurst grimmig. Er war geneigt, der Kranken zuzustimmen. Alisons einzige Zuflucht war dieses Haus gewesen. Wenn sie es trotzdem verlassen hatte, dann bestimmt nicht freiwillig.

Weshalb hatte man sie mit Gewalt fortgebracht? Wegen der Dinge, die sie wusste? Weil sie St. Doye gesehen hatte? Wer hatte den Frieden des Weihnachtstages ausgenutzt, um in ein Haus einzudringen, das er, Francis, dummerweise für völlig sicher gehalten hatte, da niemand wissen konnte, dass es sich in seinem Besitz befand?

Fragen, die er der Greisin nicht stellen konnte, ohne sie noch mehr zu beunruhigen. Er versorgte sie, soweit es in seinen Kräften stand, und verschwand dann auf dem schnellsten Wege durch den Keller. Und obwohl er sich selbst verbot, unnützen Gedanken nachzuhängen, gelang es ihm nicht, das Bild des rothaarigen Mädchens zu verdrängen und die Erinnerung daran, wie ihr schöner, geschmeidiger Körper sich seinem entgegengebogen hatte und welches Feuer in ihren Küssen lag. St. Doye hatte schon einmal versucht, ihre Schönheit mit Peitschenhieben zu verunstalten!

Es war etwas an Alison, das die Männer anzog wie das Licht einer Fackel die taumelnden Falter bei Nacht. Eine Mischung aus Unschuld und Leidenschaft, aus Sanftheit und Feuer, die sie von allen anderen Frauen unterschied. Auch wenn sie eine Gauklerin, eine Dirne war, man vergaß es beim Blick in ihre Augen. Dann wurde sie zur Göttin der Liebe schlechthin. Zu allem, was ein Mann in voller Sehnsucht nach Erfüllung und Frieden suchte.

War es nicht gerade jene Sehnsucht gewesen, die ihn dazu verleitet hatte, sie zu Dame Eleanor zu bringen? Das närrische Empfinden, dass sie ihm jenen inneren Frieden schenken könnte, den er seit den schlimmen Tagen von Azincourt verloren hatte? Die Hoffnung, dass er bei ihr vielleicht zur Ruhe kommen könnte?

Bei allen Heiligen, er hatte Wichtigeres zu tun, als über die Eigenschaften einer kleinen Magd nachzusinnen, auch wenn sie ihm wie Gift ins Blut gedrungen war, und er jedes Mal, wenn er sie sah, seine ganze Beherrschung aufbieten musste, um sie nicht einfach zu nehmen und zu seinem Besitz zu machen. Hier ging es um den Bestand des Königreichs Frankreich und nicht um das Feuer in seinen Lenden und das Verlangen in seinem Herzen.

Niemand schenkte der schlanken, dunklen Gestalt Aufmerksamkeit, die durch den Seiteneingang des Hôtel de Guyenne schlüpfte, wo der Herzog von Bedford im Moment residierte. Der Palast hatte seit den Aufständen der Armagnacs und Burgunder, die hier, ihren Anfang genommen hatten, ein höchst wechselvolles Schicksal erlitten, und die Spuren der Zerstörung und zahlreicher Plünderungen waren an seinen Mauern noch abzulesen. Die einstmals prachtvollen Gärten litten nicht nur unter dem Winter, sondern auch unter der Achtlosigkeit der ständig wechselnden Bewohner.

Francis Windhurst bewohnte ein eher bescheidenes Quartier, weitab von den prachtvoll ausgestatteten Gebäuden der Anlage, die alle zusammen eine Stadt für sich bildeten. Mit einem unterdrückten Seufzer der Erleichterung nahm er den wuchtigen, einfach gekleideten Mann wahr, der sich bei seinem Anblick von einer Bank erhob und die steifen Muskeln dehnte, ehe er mit ihm zusammen eintrat.

»Gott sei's gedankt, dass Ihr da seid, Jean. Was habt Ihr beobachtet?«

»Eine Schande! Fast hätte ich mich über Euer Verbot hinweggesetzt und eingegriffen«, brummte der Mann, unter dessen buschigen, dunklen Brauen braune, lebhafte Augen blitzten und neben dessen massiver, riesiger Gestalt Lord Windhurst noch eleganter und schmaler wirkte. »Es ist nicht recht, dass wir es zulassen, dass dieses Mädchen unter den Ereignissen leidet. Es war eine Bande vom Tour de Nesle. Craque-dent, von dem man sagt, er sei einer der Leutnants von César le Noir. Der Seigneur hat ihnen die Tür geöffnet und ist dann verschwunden. Wie verabredet, bin ich ihm gefolgt und nicht der Horde Banditen. Er hat sein Äußeres geschickt verändert und ist in das Haus der Gesandtschaft des Herzogs von Burgund entwichen, die anlässlich der Krönungsfeierlichkeiten in die Stadt gekommen ist. Da es sich ausschließlich um unwichtige Männer handelt, hat sich niemand die Mühe gemacht, sie sonderlich zu überprüfen. Er nennt sich inzwischen Bélin de Morsaque, das hat mir einer der Lakaien verraten. Angeblich hat er seine Gemächer in der letzten Zeit nicht verlassen. Mit der Behauptung, er sei krank und könne deshalb nicht an den offiziellen Empfängen und Hochämtern teilnehmen, hat er seine Abwesenheit verschleiert. Und er hat auch uns an der Nase herumgeführt.«

Francis Windhurst goss sich aus einem bereitstehenden Krug einen Becher Wein ein und stürzte durstig die Flüssigkeit hinunter, während er aufmerksam zuhörte. Er fragte sich nur am Rande, wie es St. Doye gelungen sein mochte, sich unter die Leute des Herzogs von Burgund zu schmuggeln. Aber weshalb er es getan hatte, lag auf der Hand. Der neue, noch empfindliche Friede zwischen König Karl und dem Herzog von Burgund vertrug noch keine Störungen. Ein falscher Befehl, ein Überfall, ein Mord zur unrechten Zeit an der richtigen Person, und die Waffen wurden erneut erhoben. Es würde Herzog Philippe nichts ausmachen, abermals die Fronten zu wechseln und damit das Schicksal Frankreichs unter englischer Herrschaft zu besiegeln.

»Ich werde mich von nun an selbst um ihn kümmern. Ihr begebt Euch zu Dame Eleanor!«, befahl er dem Riesen nach kurzem Überlegen. »Es ist nicht gut, dass sie allein in diesem Haus bleibt. Ich gebe Euch Nachricht, wenn ich Eure Dienste brauche.«

Er überzeugte sich, dass der Gang vor seinem Quartier leer war; ehe er den Mann wieder hinausließ. Dann tauschte er seinen pelzgefütterten Umhang gegen ein bescheideneres Exemplar aus, verbarg seine auffälligen blonden Haare unter einer engen Kappe und überprüfte, ob Dolch und Messer an der richtigen Stelle saßen.

Die Gegend, die er aufzusuchen gedachte, erforderte derartige Vorsichtsmaßnahmen, und er hatte genügend von César le Noir gehört, um dem Herrn des Hofs der Wunder mit dem nötigen Respekt zu begegnen. Er konnte nur hoffen, dass er nicht zu spät kam.

»Wage nicht, mich anzufassen!«, fauchte Alison und wich vor dem gierigen Wolfsblick in Césars Augen zurück. Sie konnte nicht anders, sie musste gegen ihn ankämpfen, auch wenn es das Dümmste war; was sie in dieser Situation tun konnte. Weshalb sich selbst Schmerzen zufügen? Weshalb sich nicht fügen und versuchen, dieses Untier für sich einzunehmen, es um den Finger zu wickeln, um das eigene, jämmerliche bisschen Leben zu retten?

Aber lieber wollte sie untergehen, lieber sterben, als zulassen, dass er sich zum Herrn über sie und ihren Körper machte. Ihr Stolz, ihr Selbstwertgefühl, ihre Ehre, alles bäumte sich dagegen auf und führte sie in einen Kampf, der nur mit ihrer Niederlage enden konnte.

Die Kammer Césars war klein, mehr eine Höhle als ein Raum, und sie war bis in die letzte Ecke mit den Beutestücken seiner zahllosen Raubzüge vollgestopft. Die riesige Bettstatt, die fast die Hälfte der Kammer einnahm, verschwand fast unter dem Berg von Pelzen und Umhängen, der sie bedeckte. Es war ein mehr als merkwürdiges Sammelsurium aus kostbaren Stoffen und schmutzigen Lumpen. Alison keuchte auf, als ein grober Stoß sie mitten auf diesen Haufen beförderte.

Der Strick um ihre Handgelenke schnitt ihr tief in die Haut, und die Fesseln schränkten ihre Bewegungsfreiheit zusätzlich ein. Als sie aufs Bett gefallen war, hatte sie überdies ihre Haube verloren, und ihre Haare fielen ihr nun über die Augen, die Schultern, den Rücken. Sie nahmen ihr die Sicht, fesselten sie zusätzlich. Zornig warf sie den Kopf in den Nacken, damit sie wenigstens etwas sehen konnte.

Du hältst am besten den Mund, Täubchen«, knurrte César und kam zu ihr auf das Lager, das sich unter seinem beträchtlichen Gewicht senkte, so dass Alison hilflos auf ihn zurollte. »Inzwischen solltest du wissen, was ein Mann von dir will.«

»Nichts weiß ich, du grobes Tier!«, erwiderte Alison wütend und wild. »Binde mich los, César oder ich verhexe dich, dass du keinem Mädchen in der ganzen Stadt mehr Freude bereiten kannst.«

Wenn sie gedacht hatte, César mit dieser Drohung beeindrucken zu können, so sah sie sich allerdings getäuscht. Er hatte ihr gar nicht richtig zugehört. Er grunzte lediglich und betatschte ihre Brüste.

Sein einfaches Gemüt war auf das Naheliegende konzentriert, und das war in diesem Moment eben jener hübsche weiße Körper, nach dem es ihn schon so lange gelüstete und den er schon oft heimlich betrachtet hatte, wenn ihm La Trisanne die Gelegenheit dazu gegeben hatte, um seine Gier noch weiter anzustacheln.

Alison sah sein Grinsen und schloss für einen Moment die Augen, um sich gegen einen neuen Angriff zu wappnen. Die gierigen Hände auf ihren Brüsten, ihren Hüften und ihren Schenkeln wurden immer emsiger. Stoff zerriss unter groben Fingern, und wo ihm Alisons gefesselte Hände beim Ausziehen der Kleider im Weg waren, nahm er einfach sein Messer zu Hilfe. Die kleinen Kratzer und Risse, die sie dabei abbekam und aus denen Blut quoll, kümmerten ihn wenig.

Obwohl die Wärme von der Feuerstelle in der großen Halle auch in diese Kammer drang, zitterte Alison. César hatte nicht lange gebraucht, bis er sie aus ihrer Kleidung geschält hatte, und nun lag sie vor ihm, seinen Blicken hilflos preisgegeben.

All ihre Courage war verschwunden, und Mutlosigkeit hüllte sie ein wie eine erstickende Wolke. Was konnte sie schon tun, um sich zu retten?

César hatte sich auf die Hacken zurücksinken lassen und betrachtete seine Beute aus hervorquellenden Augen. Er hatte in seinem Leben noch nie eine klassische Statue gesehen, sonst hätte er erkennen können, dass Alisons Körper die gleiche klare, ebenmäßige Schönheit besaß. Dennoch wusste er, dass sie etwas Besonderes war und schaute sie einen Moment lang voller Bewunderung an. Unerwartet vorsichtig strich er die Haare über die Schultern zurück.

Alison, die ihn unter halb gesenkten Wimpern hervor betrachtete, sah, wie er sich mit der Zunge über die wulstigen Lippen fuhr, dann richtete er sich mit einem tiefen Grunzen auf. Ihre aufflammende Hoffnung sank jedoch sofort wieder in sich zusammen, als sie begriff, dass er dies nur tat, um sich seines Wamses und der übrigen Kleider zu entledigen.

Er war hässlich, und mit den schwarzen Haaren, die fast seinen ganzen Körper bedeckten, wirkte er nur noch abstoßender auf sie. Wie ein Tanzbär sieht er aus, dachte sie, doch sie beging nicht den Fehler, dieses Raubtier für harmlos zu halten.

»Nun, meine Schöne, wie gefällt dir, das...«, knurrte er, während er sich an ihre Seite wühlte und die rauen, schwieligen Hände von neuem über ihren zitternden Körper wandern ließ. »Gut fühlst du dich an. So fein, wie es Trisanne versprochen hat. Eine Dame von, warte...«

Er ließ noch einmal von ihr ab, griff nach seinen Kleidern und fand die Kette, die er La Trisanne abgenommen hatte. Er ließ die Goldglieder über Alisons Kopf gleiten und hob sie an den Schultern hoch. Dann zog er die Haare darunter hervor und schubste Alison auf das Lager zurück. Das Medaillon lag nun genau zwischen ihren Brüsten. Das Gold wirkte stumpf, denn niemand hatte sich die Mühe gemacht, das alte Schmuckstück zu putzen, aber seine feine Schönheit wurde durch den Schimmer der zarten, weißen Haut des Mädchens auf das Vorteilhafteste betont.

»Es steht dir gut!«, stellte César zufrieden fest und begann dann wieder, Alison zu berühren.

»Au! Du tust mir weh! Hör auf...« Sie biss die Zähne zusammen. Es gelang ihr, sich halb unter ihm hervorzuwinden, ein Bein anzuwinkeln und einen gezielten Stoß in Césars Unterleib zu landen. Der Mann brüllte auf.

Doch dieser Angriff trug ihr nur einen Fausthieb ins Gesicht ein, der sie halb ohnmächtig nach hinten warf – und sie César noch mehr auslieferte.

Niemand hatte Alison je so berührt, wie er es nun tat, das Leben im Hof der Wunder sie sehr wohl auch über die Einzelheiten der körperlichen Vereinigung aufgeklärt hatte. Bei den ausschweifenden Festen in halbwegs lauen Nächten machte sich keiner der Briganten erst die Mühe, schützende Dunkelheit aufzusuchen, bevor er ein Mädchen an sich zog. Und sie wusste sehr wohl, dass die grobe Art, wie er sie überall zu befingern versuchte, nur der Anfang war. Der Beginn der Entwürdigung. Der Auftakt zur Katastrophe.

»Hör schon auf, dich zu wehren!«, knurrte César. »Entweder machst du jetzt mit oder ich lasse anschließend Craque-dent und die ganze Bande über dich, damit sie ihren Spaß mit dir haben. Dann bleibt von der feinen Dame nicht mehr viel übrig. Du hast die Wahl, dann binde ich dich auch los, mein Täubchen.«

Alison hatte kein Gefühl mehr in den Armen, und ihr war schlecht vor Ekel. Sie schloss die Augen, doch als sie gerade glaubte, nicht mehr ertragen zu können, spürte sie, wie er sich bereitmachte, in sie einzudringen. Sie riss die Augen auf und stieß einen Schrei aus.

»Komm schon, alle Frauen mögen das... du wirst deinen Spaß daran haben...« sagte er, als er die nackte Panik in ihrem Blick bemerkte.

Er hob ihre Hüften an und Alison stöhnte in ohnmächtiger Wut auf. Was war das für eine Welt, in der es möglich war, dass einer wehrlosen Frau Gewalt angetan wurde? Die ihr keine Möglichkeit ließ, sich zu verteidigen und sie zum willenlosen Opfer eines lüsternen Schurken machte?

César, der sich schon fast am Ziel seiner Wünsche sah, vergaß alles andere, und als Alison dennoch versuchte, ihm zu entkommen, und die Furcht ihr ein wenig mehr Kraft verlieh, landete ein Faustst0ß in ihren Rippen und sorgte dafür, dass sie wieder ruhig liegen blieb. Sie hatte gar keine andere Wahl, denn jede Bewegung ließ heiße Wellen des Schmerzes durch ihren Körper laufen. Das war das Ende. Die schlimmste Erniedrigung, die einer Frau zustoßen konnte. Es war der Moment, in dem Alison sich aufgab. Sie schloss die Augen und wünschte sich nur eines: zu sterben. Augenblicklich ihre Seele auszuhauchen und in Vergessen einzutauchen, ehe sie die letzte Qual über sich ergehen lassen musste.

Und es schien, als wäre ihr Gebet erhört worden. Der unvermeidliche Schmerz, gegen den Alison sich zu wappnen versucht hatte, blieb aus. Das widerwärtige Gesicht Césars wurde von ihr genommen und sie hörte, wie ein Körper dumpf auf den Boden prallte.

»Du lieber Himmel, wen haben wir denn da?« sagte eine fremde Stimme, und Alison schlug langsam die Augen auf.

Einen Moment lang sah sie das gutmütige Gesicht eines Mannes, der sie mitleidig betrachtete, dann schwanden ihr die Sinne.

9. Kapitel

Als Allison wieder zu sich kam, spürte sie, dass sie zwischen etwas angenehm Kühlem und Glattem lag. Sie fühlte sich entspannt und ruhig, doch als sie tief Atem holte, schoss ein scharfer Schmerz durch ihren Körper. Jedes Atemholen tat entsetzlich weh.

»Sie ist wach«, sagte eine ruhige Frauenstimme, und Alison fühlte eine kühle Hand auf ihrer Stirn. »Kein Fieber. Ihr könnt beruhigt sein. Ich nehme allerdings an, dass sie die Prellungen noch geraume Zeit spüren wird. Sie sieht aus, als wäre sie unter ein Fuhrwerk gekommen, das arme Ding. Die Menschen, die ihr das angetan haben, müssen Barbaren sein.«

»Und das andere... ich meine..., ist sie...« Verlegen verstummte der Frager.

»Dankt dem Herrn, dass Ihr gerade noch rechtzeitig gekommen seid. Dies ist Gott sei Dank unversehrt geblieben, man hat ihr dieses kostbare Gut nicht auch noch genommen.« Die Frau seufzte auf. »Es ist kaum zu glauben, was diese Bande sich erlaubt. Es herrscht kein vernünftiges Gesetz, und es gibt keine Gerechtigkeit mehr in dieser Stadt. Wenn Ihr mich fragt, der Schwertstreich war noch zu gut für den Schurken. Vierteilen hätte man ihn sollen oder auf das Rad binden. Sehr langsam, damit er wenigstens einen Teil der Qual hätte nachvollziehen können, die er diesem hübschen Geschöpf bereitet hat.«

»Mére Bénédicte, Ihr habt mir sehr geholfen. Seid bedankt und nehmt das für Eure Mühen.«

Alison, die vorsichtig die Augen geöffnet hatte, sah, wie die Münzen den Besitzer wechselten, und erkannte erstaunt an der Tracht der Frau, dass es sich um eine Hebamme handelte, die sie offensichtlich mit der sachlichen Gründlichkeit ihrer Zunft untersucht und versorgt haben musste. Die Hebamme tat ihren Lohn in einen Beutel an ihrer Schürze und verschwand dann aus Alisons Gesichtsfeld, während diese zu erkennen versuchte, wo sie sich befand.

Es handelte sich um ein kleines, sauberes und ordentliches Zimmer, das nur mit einem Bett, einem Hocker, einem Tisch, einer Bank und einer Truhe eingerichtet war. In einer Ecke neben dem Fenster hing ein schmuckloses Kruzifix, darunter stand ein Betstuhl. Von irgendwoher erklangen scharfe Stimmen und das Heulen vieler Frauenstimmen, dann wurde eine Tür zugeschlagen, und es war wieder still.

»Ihr seid wach! Gott sei's gedankt«, sagte in diesem Moment der Mann, dessen Stimme sie nun schon kannte. Und dann fiel ihr ein, dass sie auch sein Gesicht schon einmal gesehen hatte. Aber wo?

»Wer... wer seid Ihr? Ich habe Euch schon einmal gesehen. Wo... wo bin ich? Wohin habt Ihr mich gebracht?«, stammelte sie verwirrt. Sie versuchte sich aufzurichten, sank aber mit einem leisen Schmerzensschrei wieder in das Kissen zurück.

»Ich bin Joseph Thirney, Hauptmann der Stadtwache des Profos von Paris. Ihr befindet Euch in meinen Räumen in der Bastille. Es schien mir angebracht, Euch die Dienste einer kundigen Frau so schnell wie möglich zukommen zu lassen!«, antwortete der Mann so respektvoll, dass Alisons Augen noch ein Stück größer wurden. »Man hat Euch bei einer Razzia befreit, als wir auf höchsten Befehl ein Banditennest am Tour de Nesle ausräucherten. Ich darf mir schmeicheln, dass wir gerade im rechten Moment kamen, um Eure Ehre zu retten. Hat man Euch entführt, um Lösegeld zu erpressen? Wollt Ihr mir nicht Euren Namen sagen, damit wir Eure Familie benachrichtigen können? Sicher wartet man dort ungeduldig auf eine Nachricht von Euch...«

Alison schluckte. Sie wusste in diesem Moment kein Wort zu sagen, und ihr armer Kopf weigerte sich, sich die Möglichkeiten, die seine Worte ihr boten, in allen Konsequenzen auszumalen. Dieser Gardist, Hauptmann oder was immer er war, hielt sie für eine Dame! Für ein Edelfräulein! Für das Opfer einer Entführung. Was bei der heiligen Jungfrau Maria brachte ihn auf eine derart absurde Idee?

»Ich bedaure indes, Euch sagen zu müssen, dass es uns nicht möglich war, mehr von Eurem Besitz zu retten als diese goldene

Kette«, fuhr er fort. »Wie es scheint, hatten die Banditen den Stein bereits herausgebrochen, aber wenigstens ist Euch die Kette erhalten geblieben...«

Einen Momentan baumelte die goldene Kette mit dem Medaillon zwischen den dicken Fingern des Hauptmannes, ehe sie vor Alison auf die Bettdecke fiel.

»Nehmt sie«, forderte er sie auf. »Sie gehört Euch, Ihr habt sie getragen, als wir Euch vor diesem schrecklichen Mann errettet haben.«

Unwillkürlich schloss Alison die Finger um das Medaillon. Sie schwieg noch immer, in ihrem Kopf drehte sich alles. In dem Augenblick, als sie das Schmuckstück berührte, kehrte ihre Erinnerung vollständig zurück. Ihre Gedanken überschlugen sich. Konnte sie es wagen, diese Chance zu nutzen? Konnte sie eine so kühne Lüge überhaupt formulieren? Würde die Strafe des Himmels sie nicht auf der Stelle ereilen? Aber war es nicht sträflicher Leichtsinn, eine solche Gelegenheit ungenutzt verstreichen zu lassen? Wem war sie Rechenschaft schuldig? Doch nur sich selbst!

Wenn sie gestand, eines von Césars Mädchen zu sein, würde man sie unverzüglich nach unten bringen, dorthin, von wo das Geschrei zu hören war. Alison zweifelte nicht daran, dass man gerade dabei war, den weiblichen Gefangenen die Köpfe zu scheren und dass sie, wenn man gnädig war, ins Arbeitshaus gebracht wurden; wenn nicht, drohte ihnen die Auspeitschung. Man machte nicht viel Federlesens mit den Frauen, die man am Tour de Nesle aufgriff. Sollte sie etwa riskieren, genauso behandelt zu werden, wenn sie die Gelegenheit hatte, es zu vermeiden. Und gab es da nicht plötzlich einen Namen, von dem sie mit Fug und Recht annehmen konnte, dass es auch der ihre war?

»Habt Dank«, murmelte sie. »Mein Name ist Alison de Guînes. Ich... meine Mutter ist tot, und ich habe keine Familie mehr Ich... bin nach Paris gekommen, um nach Verwandten meiner Mutter zu suchen, und da... ich wurde überfallen, ehe ich... Ach, es war so schrecklich!«

Die Erinnerung an das, was sie tatsächlich erlitten hatte, verlieh ihrer Stimme die nötige Eindringlichkeit, um das Lügenmärchen zu bestätigen. Der Hauptmann hatte nicht nur ein gutes Herz, sondern auch ein schlichtes Gemüt. Dieses zarte, bildschöne, so brutal behandelte Mädchen entsprach so sehr seinem Idealbild von einer Dame, dass er jedes Wort glaubte.

»Dann habt Ihr niemanden, der Euch beschützt und für Euch sorgt? Ihr müsst Euch der Herzogin anvertrauen. Anna von Burgund, die hochedle Dame von Bedford, ist für ihre Mildtätigkeit und ihre Güte bekannt. Sie hilft, wo sie nur kann. Ihr solltet Euch unter ihren Schutz stellen, bis Ihr Eure Verwandten gefunden habt…«

Alison umklammerte das Medaillon wie einen Talisman und zwang sich zu einem Nicken. Irgendetwas trieb sie vorwärts, von einer Lüge zur nächsten. Die Lüge wurde größer, verselbstständigte sich.

»Und dieser Mann… dieser schreckliche Kerl…«

»…der Euch Gewalt antun wollte?« Thirney machte eine eindeutige Geste. »Er ist tot. Ihn hat die Strafe Gottes ereilt, und einige seiner Männer ebenfalls. Man geht nicht gerade zimperlich mit Briganten um, die eine Dame misshandeln und am Weihnachtstag Bürgerhäuser ausräubern.«

»Haben sie das getan?« murmelte Alison, als wisse sie von nichts und erfahre soeben etwas völlig Neues.

»Und noch viel mehr. Der Schwarze César hat das Gesetz schon viel zu oft gebrochen; allerdings hätten wir ihn vielleicht auch dieses Mal nicht erwischt, wenn er nicht so…« Er brach ab und sah Alison Entschuldigung heischend an. »Verzeiht, wenn er nicht so beschäftigt gewesen wäre. Das hat ihn so abgelenkt, dass er nicht auf seine üblichen Vorsichtsmaßnahmen geachtet hat.«

»Wie schön, dass ich Euch zu Diensten sein konnte«, murmelte Alison sarkastisch, und dem armen Hauptmann stieg die Röte in die Stirn. Ihr Spott trieb ihn aus dem Zimmer, und unter einer Reihe vonVerbeugungen verabschiedete er sich und ging rückwärts aus dem Raum. Alison hätte es komisch gefunden, wenn ihr im Moment der Humor nicht gründlich vergangen gewesen wäre.

»Wenn Ihr erlaubt, werde ich der Kammerfrau der Herzogin Bescheid geben«, sagte er an der Tür. »Eine ihrer Mägde ist meine Base, und ich werde dafür sorgen, dass Euer schlimmes Los die Aufmerksamkeit der hohen Herrin erregt. Verlasst Euch auf mich!«

Das Klappen der Tür verriet Alison, dass sie allein war. Das Medaillon noch immer fest umklammert, richtete sie sich auf, die Schmerzen in ihrem Körper tapfer ignorierend. Sie sah, dass man ihre Blöße mit einem fehgefütterten Mantel bedeckt hatte, der ihr jenes Gefühl von Seidigkeit vermittelt hatte, das sie beim Aufwachen gespürt hatte. Sie war darunter so nackt, wie der Hauptmann sie gefunden hatte – und demnach war er fest davon überzeugt, dass sie edler Herkunft war. Nun gut, Männer konnte man vielleicht eher täuschen, aber würde auch eine hohe Dame wie die Herzogin, die Gattin des englischen Regenten und Schwester des Herzogs von Burgund, ein solches Lügengespinst glauben?

Alison schlug den Mantel kurz auseinander und betrachtete schaudernd die rötlichen und blauschwarzen Male, die sich nicht nur auf ihren Armen und den Oberschenkeln gebildet hatten, sondern auch auf den Brüsten und an ihren Rippen – eine Erinnerung an Cèsar, die ihr noch eine Weile bleiben würde. Dazu die Kratzer, die er ihr mit dem Messer zugefügt hatte. Sie sah wahrhaftig so aus, als wäre sie unter einen Karren geraten. Alison schauderte. Sie glaubte César immer noch zu riechen, zu fühlen. Sie hüllte sich enger in den Umhang, als könne sie damit die Erinnerung an die beschämenden Dinge, die er ihr angetan hatte, ausschließen. Aber konnte man ein solches Erlebnis überhaupt vergessen?

Sie versuchte, sich zusammenzureißen. Es gab andere, wichtigere Dinge zu bedenken! Das wenige an Information, was ihr der Seigneur St. Doye in seiner Wut und seinem Schrecken gegeben hatte, und die Auskünfte La Trisannes über ihre Herkunft vereinigten sich immer mehr zu einem Bild, auch wenn einiges Alison noch unklar blieb. Wenn ihre Mutter Melisande de Guînes geheißen hatte, dann war Alison de Guînes doch ihr richtiger Name, oder etwa nicht? Dann war sie keine Lügnerin und keine Betrügerin. Vielleicht maßte sie sich den Status eines Edelfräuleins nicht unrechtmäßig an, sondern besaß ihn wirklich.

»Alison de Guînes«, flüsterte sie vor sich hin, um sich an den Klang der Worte zu gewöhnen. Es fiel ihr leicht, und der Funken Hoffnung, der in ihr glomm, wuchs zu einer kleinen Flamme. Im Moment jedoch war sie zu untätigem Warten verurteilt. Mit nichts als diesem Mantel am Leib konnte sie kaum aus dem Zimmer spazieren. Und ganz abgesehen davon, dass sie nicht einmal wusste, wohin sie sich hätte wenden sollen, befand sie sich immer noch in der größten Festung, dem größten Kerker der Stadt.

Finger für Finger öffnete sie ihre Hand und betrachtete das Schmuckstück, dessen Umrisse sich in ihre Haut gedrückt hatten. Sie polierte es ein wenig mit dem Mantel und fuhr die verschlungenen Linien mit den Fingerspitzen nach. Es fühlte sich so vertraut an, als hätte sie dies schon sehr oft gemacht, als hätte sie in den goldenen Linien etwas erkannt. Ein Wappen?

Die Kratzer jedoch, die entstanden waren, als der Stein herausgebrochen wurde, ließen keine genauen Einzelheiten mehr erkennen. Langsam und vorsichtig legte Alison sich das Schmuckstück wieder um den Hals. Was auch immer dieser Tag noch bringen mochte, von dieser Kette wollte sie sich nie wieder trennen. Unwillkürlich musste sie an ihre unglückliche tote Mutter denken. Wenn es eine Gerechtigkeit gab, dann befand Melisande sich in der ewigen Seligkeit und war vielleicht im Stande, ihrer verzweifelten Tochter den Trost der Zuversicht zu spenden.

»Erhebt Euch, Dame Alison! Ich bitte Euch, es gibt keinen Grund mir zu danken. Ich habe nur meine Christenpflicht getan!«

Anne von Burgund, die junge, zarte Gemahlin des Herzogs von Bedford, des Regenten von Frankreich, der für König Heinrich die Staatsgewalt auf dem Kontinent vertrat, bis dieser alt genug war, die Regierungsgeschäfte selbst zu führen, winkte der jungen Frau gnädig, sich aus ihrer Reverenz zu erheben.

Alison richtete sich schnell auf und bemerkte die verstohlene Bewegung, mit der die hohe Dame ein Spitzentuch an die Lippen führte, um einen drohenden Hustenanfall zu unterdrücken. Die bittere Kälte des rauen Dezembers setzte der Herzogin zu, auch wenn in den mächtigen Kaminen des Hôtel de Guyenne große Feuer brannten und wohlige Wärme die kostbar ausgestattete, herrschaftliche Kemenate durchzog, in der sie Alison empfangen hatte.

Nach den eher bescheidenen Krönungsfeierlichkeiten war der Hof wieder in die übliche Routine zurückgefallen, und die Rettung eines Edelfräuleins, das in letzter Minute und unter peinlichsten Umständen vor einer Vergewaltigung bewahrt worden war, war eine Sensation und sorgte für neuen Gesprächsstoff unter den Damen. Alle lechzten danach, Näheres zu erfahren.

Die Aufregung wuchs noch, als sich herausstellte, dass es sich bei dieser Dame um ein bildschönes Mädchen handelte, das völlig allein auf der Welt stand und dessen Familie offensichtlich während der Kämpfe zwischen dem König von Frankreich und jenem von England ausgelöscht worden war.

Anne von Burgund unternahm nichts gegen den Klatsch, denn er lenkte ihre Hofdamen von der ausschließlichen und fast hysterischen Sorge um ihre Gesundheit ab. Die Aufmerksamkeit, die Alison de Guînes auf sich zog, verschaffte ihr selbst mehr Luft. Sie empfand ein wenig Scham darüber, dass sie das arme Mädchen so ausnützte, und sie versuchte, es durch ihre großzügige Freundschaft wieder wettzumachen.

Alison selbst konnte den Wirbel nicht fassen, den sie mit ihrer Lüge entfesselt hatte. Im Auge des Sturmes verharrend, staunte sie über die Aufmerksamkeit und die Gutgläubigkeit der Herzogin. Dabei ahnte sie nicht, dass sie in ihren neuen Kleidern so sehr dem Idealbild eines Edelfräuleins entsprach, dass auch der misstrauischste Höfling niemals auf die Idee gekommen wäre, ihre Identität zu bezweifeln.

Die Jahre an der Seite La Trisannes hatten sie zudem gelehrt, sich auf jede Situation einzustellen, und ihre Fähigkeiten als Komödiantin sorgten dafür, dass es ihr leicht fiel, das Benehmen der Damen um sie herum zu kopieren, ja, es durch die ihr eigene Anmut sogar noch zu verfeinern. Wo es ihr an Bildung oder den nötigen Informationen fehlte, schwieg sie lieber und lächelte süß, und so bot sie allen ein Bild edelster Gesinnung, besten Stils und vortrefflicher Bescheidenheit.

»Ich heiße Euch im Kreise meiner Damen willkommen, Alison de Guînes, bitte nehmt Platz«, beendete die Herzogin den offiziellen Teil ihrer Begrüßung und deutete auf ein gepolstertes Taburett an ihrer linken Seite. Alison verneigte sich erneut und nahm schweigend Platz. Verstohlen sah sie sich um. Sie fühlte die neugierigen Blicke, die ihr galten, aber unter den prächtig gekleideten Höflingen gab sich keiner die Blöße, sein Interesse allzu offen zu zeigen. Man tuschelte nur hinter vorgehaltenen Händen und Fächern.

Von einer der herzoglichen Haushofmeisterinnen, der einschüchternden und runden Dame Bonne of Liddleville, hatte Alison bereits an diesem Morgen erfahren, dass sie ab sofort über das bescheidene, aber in ihren Augen unvorstellbar hohe Einkommen einer Hofdame verfügen konnte. Sie hatte nun ein eigenes Gemach, eine Zofe und eine Magd, und die Herzogin hatte aus ihrem eigenen Garderobenbestand die nötigsten Gewänder zur Verfügung gestellt, bis sie sich um dieses Problem selbst kümmern konnte.

Seit man sie unter großen Aufwand aus der Obhut jenes Hauptmannes, der sie vor César gerettet hatte, aus der Bastille geholt und in das Hôtel de Guyenne gebracht hatte, überstürzten sich die Ereignisse. Mehr als einmal hatte Alison sich gefragt, ob sie wachte oder träumte, und wären da nicht die Schmerzen gewesen, die sie bei jeder falschen Bewegung empfand, hätte sie tatsächlich geglaubt, dies alles sei nur ein schöner Traum.

»Wie ich sehe, habt Ihr Euch von den Schrecken Eures schlimmen Abenteuers gut erholt«, begann die junge Herzogin, und Alison stellte fest, dass Anne, wenn sie auf das steife höfische Englisch verzichtete, zu dem sie ihre Position zwang, viel lebendiger und jünger klang. Anne von Burgund war in Dijon aufgewachsen, und die Art, wie sie manche Worte betonte, kam Alison irgendwie vertraut vor, ohne dass sie begründen konnte, weshalb.

»Vergesst die schlimme Zeit, die hinter Euch liegt«, riet ihr die

Fürstin weiter. »Es ist in diesen Tagen kriegerischer Auseinandersetzungen nicht immer leicht, zwischen Freund und Feind zu unterscheiden, und es passiert auf allen Seiten viel Unrecht.«

Alison stimmte gehorsam zu und erinnerte sich an die Geschichten, die über die junge Frau erzählt wurden. Die blutjunge Schwester des Herzogs von Burgund war vor ein paar Jahren aus politischen Gründen mit einem Mitglied des englischen Adelshauses Lancaster verheiratet worden, mit einem Mann, der das gute Aussehen, aber auch die Rücksichtslosigkeit und den kriegerischen Geist seiner Familie besaß. Es war eine Ehe, welche die burgundisch-englische Allianz festigen sollte. Dass nun Annes eigener Bruder hinter dem Rücken der Engländer diese Allianz kündigte und sich mit König Karl verbündete, machte ihre Position sicher nicht leichter.

Verständnis und auch eine Spur von Mitleid klangen in der leisen, respektvollen Antwort Alisons mit. »Ich verstehe nicht genug von Politik, um mir ein Urteil erlauben zu können, Euer Gnaden. Ich habe bei einer alten Tante gelebt, und erst kurz vor ihrem Tode sprach sie mit mir über meine Familie.«

»Und dann habt Ihr Euch allein und fast mittellos auf den Weg gemacht, um Euer Schicksal selbst in die Hände zu nehmen. Bewundernswert!« Die Herzogin staunte wie ein kleines Kind. »Erzählt, wie seid Ihr in die Stadt gekommen? Hattet Ihr keine Angst?«

Alison zerknitterte nervös den hellbraunen Samt ihrer Robe zwischen den Fingern, als sie sich daran machte, eine weitere Lüge zu den anderen hinzuzufügen. Sie erzählte von einem Getreidehändler, der ihr einen Platz auf einem Seinekahn verschafft hatte, mit dem er eine Lieferung Getreide in die Stadt gebracht hatte, und sie erfand eine treulose Magd, die sie nach ihrer Ankunft um die wenigen Habseligkeiten, die sie besaß, erleichtert und sich davongeschlichen hatte.

Was immerhin erklärte, dass sie, als man sie bei César fand, nur im Besitz jener Kette gewesen war.

»Man muss dieses Geschöpf suchen und bestrafen«, sagte die Herzogin zornig.

»Ich habe ihr längst verziehen«, schwindelte Alison weiter. »Ihre schlimme Tat hat sich für mich zum Guten gewendet, denn immerhin hat sie mich in Eure Dienste geführt, Madame!«

Die junge Herzogin lächelte geschmeichelt.

Der Respekt in den Augen der bildschönen Alison de Guînes gefiel ihr.

Die meisten ihrer englischen Hofdamen begegneten ihr eher mit Gleichgültigkeit, wenn nicht sogar mit unterschwelliger Verachtung, seit ihr Bruder die Krönungsfeierlichkeiten gemieden hatte und man von seinen Verhandlungen mit dem französischen König munkelte. Sie war dankbar dafür, dass diese junge Frau ihr unvoreingenommene Bewunderung und deutliche Freundschaft entgegenbrachte.

»Wenn Ihr erlaubt, ich sehe dort eine Laute.« Alison versuchte, das Gespräch auf weniger gefährliche Dinge zu bringen. »Soll ich Euch etwas vorspielen?«

Das erwies sich als guter Einfall. Alison hatte von den Gauklern auf der Pont Neuf gelernt, Saiteninstrumente zu spielen, und wenn ihre Stimme auch nicht mehr als hübsch anzuhören war, war ihre Fingerfertigkeit doch meisterlich. Sie beherrschte die Lieder des Volkes ebenso wie die Balladen vergangener Tage, und die Herzogin von Bedford vernahm gerührt die alten Weisen aus ihrer Heimat Burgund, die an ihrem englischen Hof niemand singen konnte.

Als sich die Gruppe der Damen an diesem Nachmittag auflöste – man würde sich erst wieder am Abend zum Bankett zusammenfinden –, war es Alison de Guînes, dem Mädchen vom Tour de Nesle, gelungen, sich eine mächtige Gönnerin zu schaffen.

10. Kapitel

Ich heiße Hélie, Madame, und bin Eure neue Zofe!« Das dunkel gekleidete Mädchen mit der steifen, weißen Schürze knickste ehrerbietig, und Alison blieb unsicher in der Tür zu ihrem neuen Gemach stehen. Was erwartete diese rundliche Magd mit dem offenen Lächeln und den freundlichen braunen Augen von ihr?

Am Morgen hatte sich die Dame Liddleville mit einer Schar von Frauen Alisons angenommen, und sie war so überrascht gewesen, dass sie alles mit sich hatte machen lassen. Man hatte sie aus dem Bett geholt, angekleidet, frisiert und an ihr herumgezupft, ohne sich um ihre Wünsche zu kümmern. Der Kirchgang stand bevor, und Madame Liddleville wollte so wenig Zeit wie möglich mit den barmherzigen Werken der Herzogin verschwenden.

Dass sie tatsächlich Wort gehalten hatte und alle die angekündigten Wohltaten eingetroffen waren, bewiesen nun die Truhen und die Anwesenheit der kleinen Magd, die mit demütig gesenktem Blick darauf wartete, dass ihre neue Herrin die Inspektion des zugewiesenen Quartiers beendete. Alison trat ein und schloss die Tür hinter sich, ehe sie antwortete.

»Danke, Hélie.« Sie seufzte leise und gestattete sich endlich, die Maske eiserner Beherrschung sinken zu lassen, die sie während der vergangenen Stunden aufrechterhalten hatte. »Meinst du, du könntest mir etwas zu essen und zu trinken besorgen?«

Erst jetzt bemerkte sie die zweite, einfacher gekleidete Frau, die sich im Hintergrund hielt und die von Hélie nun mit einem schnellen Befehl hinausgeschickt wurde, wobei die Zofe die Unwichtigkeit dieser Person dadurch demonstrierte, dass sie sie nicht einmal vorstellte. Hélie war ein gutes Stück älter, als sie auf den ersten Blick wirkte, und sie erkannte schnell, dass die Dame Alison sich unbehaglich fühlte. Sie schob es auf den hohen Hennin, der Alisons Schläfen zusammenpresste, und so befreite sie sie schnell von dem Kopfputz mit dem goldfarbenen Schleier.

»Lasst mich Eure Flechten lösen, Dame Alison«, schlug sie vor. »Ich werde Euch die Haare bürsten, das verschafft Euch Erleichterung.«

Von der Tüchtigkeit der neuen Zofe ein wenig eingeschüchtert, gehorchte Alison und ließ sich auf der breiten, gepolsterten Bank nieder, auf die Hélie wies. Das Sitzmöbel stand vor einem zierlichen Tisch, der zwischen den beiden Fenstern Platz gefunden hatte, und war mit Flakons, Bürsten, Kämmen und Tiegelchen voll gestellt. Ein großer, silbergerahmter Spiegel, in dem sich Alison im Sitzen bis zur Taille erkennen konnte, war dahinter gegen die Wand gelehnt. Einmal mehr wagte sie nicht zu fragen, woher dieser Luxus kam.

»Was für wundervolles Haar Ihr habt«, plauderte die fröhliche Zofe weiter, während sie die Nadeln aus den Flechten zog und die Flut der feuerfarbenen Locken bis auf Alisons Hüften herabfiel. »Es macht richtiges Vergnügen, es zu pflegen. Dame Bonne hat nur noch ein paar mausgraue Strähnen unter ihrer Haube, und wenn man sich damit beschäftigt, jammert sie um jedes Haar, das in der Bürste bleibt. Als ob unsereiner etwas dafür könnte, dass sie ihre besten Jahre längst hinter sich hat!«

Während Alison Hélies respektlosem Geplauder lauschte und das angenehme Bürsten genoss, löste sich nach und nach die Spannung auf ihrem Nacken und den Schultern. Die Massage mit der Bürste vertrieb auch den Anflug von Migräne, der hinter Alisons Schläfen pochte, bedingt durch ihr schlechtes Gewissen, das ihr ständig Vorwürfe machte.

Erst jetzt fand sie den Mut, das ihr so fremde Bild im Spiegel genauer zu betrachten. Sie hatte es bisher nicht gewagt, als sei es zu schrecklich, um es näher zu betrachten. Als würden alle Strafen der Hölle über ihr Haupt kommen, wenn sie sich ihrem neuen Anblick stellte, denn was war sie mehr als eine dreiste Hochstaplerin? Eine Lügnerin, die der Herzogin erfundene Geschichten erzählte, ihr Lieder vorspielte und sich für ein Edelfräulein ausgab, obwohl sie in der Rangfolge selbst noch unter der namenlosen Magd stand.

Als wäre es das Bild einer Fremden, betrachtete sie ihr Spiegelbild. Das klare, ovale Gesicht mit dem eigenwilligen Kinn und der stolzen kleinen Nase wies keinen Makel auf. Ihre großen, schimmernden Augen tendierten in diesem Moment mehr zum tiefen Blaugrün eines schattigen Waldes, und ihre vollen Lippen glänzten in einem tiefen Rot, das sie einer seltsamen Paste verdankten, die am Morgen aufgetragen worden war und auch nach so vielen Stunden noch ein wenig haftete.

Sie war schön, aber der Gedanke bereitete ihr keine Freude. Das Leben hatte sie gelehrt, deshalb noch vorsichtiger zu sein, denn ihre Schönheit hatte ihr bis jetzt wenig Gutes gebracht. César le Noir, der Seigneur St. Doye und auch jener andere Edelmann, dessen Bild sie ganz tief in ihrem Herzen verschlossen hatte, alle hatten sie sie wegen ihrer Schönheit begehrt, und keiner hatte ihr Gutes getan. Sie wollte kein Opfer mehr sein, sie wollte den Nachstellungen der Männer nicht mehr ausgesetzt sein. Sie wollte endlich in Frieden gelassen werden, von ihnen allen.

Es klopfte, dann wurde die Tür geöffnet, und die Magd schleppte ein Tablett herein. Als Alison die Köstlichkeiten darauf sah, lief ihr das Wasser im Munde zusammen. Seit dem hastigen Frühstück am Morgen, das nur aus einem Becher Wasser und einer Scheibe weißen Brots bestanden hatte, war ihr Magen leer geblieben. Sie hatte es nicht gewagt, sich wie alle anderen Hofdamen beim Mittagsmahl den Teller mit einem Edelmann zu teilen. Es schien üblich zu sein, aber sie wusste nicht, ob sie sich einfach zu einem der Herren setzen sollte oder ob sie warten musste, bis sie dazu aufgefordert wurde. Sie hatte sich fürs Fasten entschieden, um keinen Fehler zu machen.

»Danke, Hélie.« Sie nickte der Zofe zu. Sie ließ sich neben dem Feuer nieder, und Hélie rückte einen kleinen Tisch neben den gepolsterten Sessel, damit sie dort ihre Mahlzeit zu sich nehmen konnte. Sie goss den golden schimmernden Wein in ein zierliches, venezianisches Glas und nahm den silbernen Deckel von einer Schüssel, in der frische Pastetchen dampften und aus der es herrlich nach Huhn und Gewürzen duftete.

Alison bediente sich nach und nach an den Köstlichkeiten,

während die Zofe und ihre Helferin aus einer der Truhen ein Staatsgewand entnahmen und es mitsamt Unterröcken, Strümpfen, Schuhen, Gürtel und Kopfputz bereitlegten, damit sie es nach dem Essen anziehen konnte.

Die steife, elfenbeinfarbene Seide des Untergewandes knisterte verführerisch, und das Obergewand aus tiefgrünem, fast schwarzem Samt war mit silberfarbenem Pelz gesäumt und verziert.

Die Kleider, die ihr die Herzogin von Bedford geschickt hatte, konnten es an Eleganz mit denen der anderen Damen unschwer aufnehmen. Alison hatte noch nie etwas so Schönes gesehen.

Sie musste sich zwingen, gelassen weiterzuessen und nicht über den schimmemden Pelz zu streichen, der weich und unendlich kostbar aussah.

Sie griff nach dem Weinpokal und trank ihn in durstigen Zügen leer. Die Wirkung ließ nicht lange auf sich warten. Wärme breitete sich in ihrem müden Körper aus, gefolgt von einer Leichtigkeit, die es ihr einfach machte, hoffnungsvoller in die Zukunft zu sehen. Sie war Alison de Guînes, Hofdame der Herzogin von Bedford, Herrin einer Zofe und einer Magd. Sie war schön, reich gekleidet, hatte genug zu essen, und nichts an ihr erinnerte mehr an die Rote Alison. Die Rote Alison war mit César gestorben. Die Erinnerung an ihn und an der seinetwegen erlittenen Schrecken konnte für immer begraben werden.

Der Seigneur St. Doye hatte in der Absicht, ihr Böses zu tun, unbeabsichtigt Gutes bewirkt. Er hatte ihr einen Namen gegeben. Auch an einem englischen Hof wie diesem gab es genügend Familien mit französischen Verbindungen. Wenn sie es geschickt anstellte, würde sie vielleicht sogar eine Spur der Familie de Guînes finden. Welche bessere Gelegenheit konnte es dafür geben, als ein offizielles Bankett mit anschließendem Ball und Tanz, so wie es für diesen Abend geplant war?

Plötzlich waren Alisons Bedenken verschwunden, und sie begann mit neuer Energie, Pläne zu schmieden. Die Edeldame, die Hélie an diesem Abend zum Bankett entließ, machte sowohl den Bemühungen der Zofe wie denen der Herrin größte Ehre.

Hélie hatte sie dazu überredet, ihre Haare nicht unter einem

Kopfputz zu verstecken. Da sie noch unverheiratet war, erlaubte es das Zeremoniell, und die Zofe hatte trotz Alisons erstickter Proteste mit einer Schere Ordnung in die wilde Pracht gebracht.

Eine paar kürzere, fedrige Löckchen ringelten sich um die Schläfen; das restliche Haar hatte die Zofe um zwei Handbreit gekürzt, so dass es ihr nun nur noch bis über die Schultern fiel. Wenn Alison sich bewegte, wippten ihre Locken, und man hatte den Eindruck, es handle sich um lebendige, goldrote Flammen. Ein schmaler goldener Reif ohne jede Verzierung umspannte Stirn und Kopf und bändigte das Haar, damit es ihr nicht ins Gesicht fiel.

Das grüne Oberkleid war eigentlich mehr ein geschmackvoller Rahmen für das Untergewand. Unter den breiten, pelzgesäumten Schlitzen der Ärmel lugte die helle Seide hervor, unter den Schlitzen seitlich am Rock drängte der raschelnde elfenbeinfarbene Stoff wie ein heller Wasserfall hervor. Das enge grüne Mieder betonte ihre schmale Taille; unter dem Busen wurde die Robe von einem breiten, goldbestickten Gürtel zusammengehalten.

Das prächtige Dekolleté, das für Alisons Geschmack die Brüste höchst unschicklich weit enthüllte, ließ auch die schmalen Schultern frei, und auch im Rücken war der Ausschnitt tief gezogen! Bei jeder Bewegung spürte sie, wie ihre langen Haare ihre Haut streichelten. Aber Hélie hatte sich, trotz Alisons Protestes, ungerührt gezeigt und sich stur geweigert, den Stoff auch nur einen Zentimeter höher zu ziehen.

»Ihr wollt doch nicht provinziell wirken?«, hatte sie die errötende Alison gescholten. »Ihr seid so schön, warum wollt Ihr Euch verstecken? Ihr werdet Euch doch unter all den edlen Herren einen Gatten suchen wollen. Je mehr von ihnen sich aufgrund Eurer Schönheit um diese Ehre bewerben, umso größer ist Eure Auswahl. Nehmt meinen Rat an, setzt Eure Schönheit als Preis aus. Ihr verfügt nur über die Gnade der Herzogin und leider nicht über ein Vermögen, das zusätzlich einen Gatten anlocken könnte …«

Die Art, wie Hélie ihre, Alisons, Lage ganz nüchtern einschätzte, hatte ihr ein Lächeln entlockt. Aber am Ende musste sie der Zofe Recht geben, wenn sie auch bezweifelte, dass sie ihr falsches Spiel bis zu einer Ehe würde durchhalten können. Sie schritt in der geborgten oder geschenkten Pracht ihrer Gewänder zum Bankett und nahm ihren Platz unter den Damen ein und wurde von der Herzogin mit einem besonders liebevollen Lächeln begrüßt und damit ausgezeichnet, dass diese ihr den Platz zu ihrer Linken anwies.

Der Herzog von Bedford, den Alison bei dieser Gelegenheit zum ersten Male von Angesicht sah, gönnte ihr einen langen, interessierten Blick, der für ihren Geschmack ein wenig zu intensiv auf ihrem halb entblößten Busen ruhte und in dem die gleiche erschreckende Gier lag, wie auch César sie gezeigt hatte. Sie registrierte die scharfen Falten um seinen sinnlichen Mund und die nachlässige Grausamkeit, mit der er seine zarte Frau übersah. Instinktiv ahnte sie, dass es nicht ratsam war, sich diesen Mann zum Feind zu machen, dessen Ehrgeiz und Machtgier sogar über die königlichen Interessen des eigenen Bruders hinausgingen.

Sie senkte den Blick züchtig auf ihren Teller, beobachtete aber unter halb gesenkten Lidern hervor, wie sich der Hofstaat des Herzogs um die hufeisenförmige Thfel scharte, deren Seitenflügel eine Stufe tiefer als der herrschaftliche Tisch standen. Hier oben hatten auch die Damen eigene Teller und wurden von den Lakaien bedient, während dort unten jeder Edelmann für das Wohlergehen der Begleiterin zuständig war, mit der er seinen Teller teilte.

Während Küchenmeister, Bedienstete, Zuschneider, Kellermeister und zahllose andere dienstbare Geister die Speisen herbeischleppten, präsentierten und servierten, während Musikanten spielten und eine Gruppe von Gauklern mit Jonglier-Kunststücken für Kurzweil sorgte, thronte Alison neben der zierlichen Herzogin an der Tafel und gab sich größte Mühe, so zu wirken, als wäre Zeit ihres Lebens eine so bevorzugte Behandlung ganz selbstverständlich für sie gewesen.

Die Souveränität, mit der sie diese Aufgabe meisterte, war es, die Seine Lordschaft Francis Windhurst an seinen Augen und an seinem Verstand zweifeln ließ. Seit er die verlassenen Quartiere des Hofs der Wunder am Tour de Nesle durchkämmt hatte, seit er die keifenden Mädchen und Frauen kontrolliert hatte, die nach jeder Razzia kahl geschoren und wütend in den Arbeitshäusern saßen, und seit er sich in schlaflosen Nächten den Vorwurf gemacht hatte, die Rote Alison im Stich gelassen zu haben, hatte er weder Ruhe noch ausreichend Schlaf gefunden.

Er hatte alles aufs Spiel gesetzt, um der Stadtwache jenen Hinweis zu liefern, der die Razzia in Gang setzte, aber als er eintraf, war es zu spät gewesen. Er hatte nur noch Tote gefunden und die Fetzen eines braunen Gewandes, das einmal Alison gehört haben mochte. Seit diesem Weihnachtstag war sie wie vom Erdboden verschwunden.

Narrten ihn nun seine übermüdeten Sinne? Konnte es möglich sein, was er sah? Gab es eine solche Ähnlichkeit wirklich, oder hatte eine absurde Laune der Natur zwei Frauen mit dem gleichen Aussehen in diese Stadt gebracht? Und das ausgerechnet bei diesem offiziellen Bankett, bei dem er mit beträchtlicher Mühe dafür gesorgt hatte, dass auch der burgundische Seigneur Bélin de Morsaque eine fürstliche Einladung erhielt. Eine Aufforderung, der er sich nicht widersetzen konnte, ohne die unliebsame Aufmerksamkeit hoher Beamter des Herzogs oder gar Seiner Gnaden selbst auf sich zu ziehen, und das in einem Moment, in dem der Seigneur die Stadt eigentlich so schnell wie möglich hatte verlassen wollen.

Francis Windhurst verabscheute den ehrgeizigen und skrupellosen Lancaster, aber er hatte sich durch seine klugen Dienste sein Ohr und seine Aufmerksamkeit gesichert. Francis' Einfluss war nicht zu unterschätzen, und der Seigneur de St. Doye ahnte sehr wohl, wem er es zu verdanken hatte, dass er unter einer erstickenden Perücke und in einem billigen Samtkostüm mit ausgestopfter Schulter schwitzend diesem festlichen Anlass beiwohnen musste.

Bis zum Auftauchen der Herzogin und ihrer Damen hatte er kaum seine Flüche unterdrücken können, aber dann war das schöne Mädchen in Grün mit den ungewöhnlichen roten Haaren in seinen Blick geraten. Im Gegensatz zu Francis Windhurst hatte er nicht eine Sekunde lang an ihrer Identität gezweifelt.

Er hatte Melisande de Guînes auf dem Höhepunkt ihrer Schönheit gesehen. Damals, als sie jung und verliebt seinen Bruder Richard geheiratet hatte. Dieses Mädchen glich ihr vom Äußeren her nicht so bemerkenswert, wie es ihre älteste Tochter Nadine tat, aber sie hatte etwas an sich, das nur ihre Mutter besessen hatte. Ein Feuer, eine innere Stärke, die förmlich dazu herausforderte, gebrochen zu werden. In Guy de St. Doyes Augen war Melisande de Guînes eine Hexe gewesen, und ihm schien, dass sie ihre übernatürlichen Kräfte auch an Alison weitergegeben hatte.

Wie sonst hätte das Mädchen den Pranken Césars entkommen können, um wenig später an diesem Bankett teilzunehmen? In Seide gekleidet, strahlend schön und unverletzt? Als Freundin der Herzogin von Bedford, ein strahlender neuer Stern bei Hofe. Nur eine Hexe vollbrachte ein solches Wunder.

Sein Nachbar beantwortete die entsprechende Frage gutmütig, denn das Schicksal der jungen Frau hatte die Runde bei allen Klatschmäulern gemacht.

»Die Dame de Guînes wurde von einem Briganten entführt und konnte gerade noch rechtzeitig gerettet werden, ehe sie Schaden erlitt. Habt Ihr nichts von der großen Razzia am Weihnachtstag gehört, als der Tour de Nesle ausgeräuchert wurde? Es war auch an der Zeit, dass man dieses Banditennest zerstört hat. Man könnte meinen, es liege den Stadtvätern von Paris daran, die Ordnung zu vernachlässigen, damit man Seiner Gnaden Bedford die Schuld dafür gibt…«

Die Dame de Guînes. Bélin de Morsaque, wie sich der Seigneur de St. Doye in seiner Verkleidung nannte, verzog die Lippen zu einem wölfischen Grinsen. Sie war klug, aber nicht so klug wie er. Sie mochte César le Noir entkommen sein, aber Bélin de Morsaque würde sie nicht durch die Finger schlüpfen. Dieses Mal würde er keinen anderen damit beauftragen, sie zu zerstören. Dieses Mal würde er es klüger anfangen und alles selbst übernehmen. Er hatte schließlich den Vorteil, ihre Maske zu kennen, wogegen sie nicht wissen konnte, wer sich unter dieser mausbraunen Perücke verbarg.

Auch Francis Windhurst bekam eine ähnliche Auskunft auf

seine dezenten Nachfragen. Es bereitete ihm beträchtliche Mühe, die exquisite Erscheinung neben der Herzogin nicht zu auffällig anzustarren. Wann hatte sie gelogen? Als sie sich für eine Magd ausgab oder jetzt, indem sie die Edeldame spielte? Hatte nicht ständig ein leichter Zweifel an ihm genagt, ob sie wirklich die Wahrheit sagte? Er war schließlich immer davon überzeugt gewesen, dass jenes Zusammentreffen in der Nacht der Krönung kein Zufall gewesen war. Aber warum? Hatte man sie als Spionin auf ihn angesetzt? Aber wer? Zumindest würde dies ihre Anwesenheit bei Hofe besser erklären als – unglaubliche Geschichte, der über ihre Rettung kursierte.

Sein Blick kehrte wieder zu ihr zurück. Sie war hinreißend schön, aber etwas an ihrer allzu eleganten, überlegenen Erscheinung störte ihn, und es dauerte eine geraume Zeit, bis er begriff, was es war. In seiner Erinnerung sah er sie immer als scheuen, bezaubernd ungezähmten Wildfang vor sich. Als einen rohen Diamanten, um dessen Schliff er sich hatte kümmern wollen, sobald seine schwierige Aufgabe erfüllt war. Die Erkenntnis, dass diese Dame längst keinen Schliff mehr benötigte, dass es ihr aufgrund welcher Zauberkräfte auch immer von ganz allein gelungen war, die Freundschaft der Herzogin von Bedford zu gewinnen, verärgerte und erboste ihn.

Wie sollte er sich ihr nähern? Wie verhindern, dass sie einem dieser gelangweilten Höflinge zum Opfer fiel, die bereits mit den Augen in ihrem Dekolleté klebten? Wie vermeiden, dass sie gar den Fehler beging, die stürmischen Aufmerksamkeiten Bedfords selbst zu missverstehen? Er kannte den Herzog gut genug, um die Blicke einschätzen zu können, die dieser dem neuen Stern des Hofes zuwarf.

Auch Alison war sich bewusst, dass sie von allen Seiten angestarrt wurde. Während sie an ihrem Weinpokal nur nippte und die Köstlichkeiten der herzoglichen Küche kostete, kam sie sich vor wie ein Kalb mit zwei Köpfen. Für diese vergnügungssüchtigen Höflinge, die sich kaum darum kümmerten, dass die Menschen außerhalb der Palastmauern hungerten und froren, war sie wie eine brandneue Jahrmarkts-Sensation.

»Trinkt, Dame Alison! Oder schmeckt Euch unser Wein nicht?«, fragte nun der Herzog sie, der an der rechten Seite seiner Gemahlin saß und diese nach besten Kräften ignorierte. Die Tatsache, dass sie eine Fehlgeburt nach der anderen erlitt und nun seit Monaten nicht mehr empfangen hatte, machte sie ihm nicht lieber.

Alison hob gehorsam ihren Becher und trank. Sie beantwortete die höfliche Frage des hohen Herrn mit einem Lächeln, das diesen für einen Moment sichtlich aus der Fassung brachte. Dann winkte er herrisch einem Diener hinter sich, gab einen gedämpften Befehl und wandte sich wieder dem Essen zu.

Francis Windhurst, der den Vorfall beobachtet hatte, konnte sich im Gegensatz zu Alison unschwer einen Reim darauf machen. Er wunderte sich selbst über den unkontrollierbaren Zorn, der plötzlich in ihm aufflammte. Bisher war es ihm stets gelungen, seine wahren Gefühle zu verbergen und seine Rolle zu spielen. Er musste vorsichtig sein. Es stand mehr auf dem Spiel als nur sein Verlangen nach einem Mädchen.

Er beendete sein Mahl mit der Routine eines erfahrenen Höflings. Während er der Dame, die seinen Teller teilte, artige Komplimente machte, beschäftigte sich sein Geist ausschließlich mit einer anderen. Er aß, trank, plauderte und dankte dem Himmel, als das Bankett schließlich zu Ende war und seine Partnerin der Werbung eines anderen Edelmannes folgte. Wenig später schlängelte er sich flink durch die Menge, die sich in den Ballsaal drängte. Er beherrschte die Kunst, sich in einer Menge nahezu unsichtbar zu machen, und nicht einmal Alison bemerkte die schlanke, hochgewachsene Gestalt, die ihr wie ein Schatten folgte.

Obwohl ein Großteil der Krönungsgäste die Stadt längst verlassen hatte, feierte der Herzog von Bedford dieses Ereignis bis in das neue Jahr hinein. Es schmeichelte ihm, der Regent dieses Landes zu sein, und die Jugend sowie die unsichere Gesundheit seines königlichen Neffen ließen ihn berechtigte Hoffnungen hegen, eines Tages selbst die Kronen beider Länder zu tragen.

Die gemessenen, langsamen Takte des ersten Menuetts klangen

durch den Saal. Der Herzog und die Herzogin eröffneten miteinander den Ball. Beide respektierten damit nur die äußere Form. Alison schaute sich unter den Menschen um sie herum um und glaubte, noch nie so viel Eleganz und Grazie gesehen zu haben. Eine Fülle edelster Stoffe, von Satin und Samt über Seide und Silberspitze, bauschte sich zu traumhaften Roben und eleganten Gewändern. Ihre Träger reichten sich nur die Fingerspitzen, sie verneigten sich gemessen und trennten sich wieder, während das Licht zahlloser Kerzen auf glitzernden Juwelen und kostbaren Stoffen schimmerte.

Mit großen Augen betrachtete sie diese Demonstration von Reichtum und Sorglosigkeit. Die feierliche Musik, die schweren Düfte der Parfüms, die Wärme der vielen Menschen, all das versetzte sie in höchst eigenartige Gemütsverfassung. Sie machte nach außen hin ganz den Eindruck, dass sie mit vollem Recht an diesem traumhaften Fest teilnahm, aber tief in ihrem Inneren wusste sie, dass sie nicht hierher gehörte.

Plötzlich ließ eine nur allzu vertraute Stimme sie zu Eis erstarren. »Verzeiht meine Kühnheit, aber kann es sein, dass wir uns kennen, schönste Dame?«

11. Kapitel

Die Hand gegen ihr Herz gepresst, fuhr Alison de Guînes herum. Ihre Augen trafen auf tiefblaues Feuer, und für endlose Augenblicke versank alles um sie herum. Weder Musik noch Gelächter, weder Stimmen noch Geräusche drangen in ihre Welt; ihr Blick schien fest in seinem gefangen zu sein. Es war, wie es immer zwischen ihnen gewesen war. Heiße Leidenschaft flammte zwischen diesen beiden Menschen auf; eine Leidenschaft, die bis tief in ihre Seelen drang. Alison wurde noch ein wenig blasser, die Falten um Francis' lächelnden Mund, dessen vollkommene Form sie nicht hatte vergessen können, vertieften sich.

Alison nahm die Einzelheiten seiner Erscheinung in sich auf. Wieder trug er Schwarz. Ob aus Bescheidenheit oder weil sich von dem dunklen Ton seine blonde Erscheinung umso auffälliger abhob, vermochte sie nicht zu sagen. Der Gegensatz zu den bunt und auffällig gekleideten Höflingen in ihren gelben, rosaroten oder himmelblauen Kostümen betonte seine Schlichtheit und ließ ihn in ihren Augen eleganter wirken als die gespreizten Pfaue um ihn herum.

Sie spürte seine Gegenwart in ihrem ganzen Körper, mit all ihren Sinnen registrierte sie die Anspannung, die ihn beherrschte. Seine Sehnsucht, sein Verlangen. Gefühle, die so stark und so heftig waren wie ihre eigenen und unter deren Ansturm sie unwillkürlich schwankte.

»Ich wüsste nicht, dass wir uns vorgestellt wurden, Seigneur«, antwortete sie mit einer fremden, heiseren Stimme, die sie kaum als ihre eigene erkannte.

»Offiziell sicher nicht«, erwiderte er. Er spielte das Spiel mit und verneigte sich mit spöttischem Respekt vor ihr. »Francis Windhurst, Euer gehorsamer Diener, Dame Alison! Ihr seht mich entzückt über Eure Anwesenheit in diesem Hause, das durch Euch noch mehr an Glanz gewinnt.«

Alison nahm seine Komplimente mit eindrucksvoller Selbstbeherrschung entgegen. Sie ahnte nicht, dass sie in diesem Moment die gleiche Haltung wie ihre Mutter zeigte, die ihren Töchtern nicht nur Schönheit, sondern auch Stärke und Intelligenz vererbt hatte.

»Ich bin allein durch die Güte der Herzogin hier«, antwortete sie leise. »Ihr werdet mich nicht bewandert in höfischen Sitten finden, Seigneur. Wollt Ihr mir nicht sagen, was Euer Stand in diesem Hause ist?«

»Ihr seht in mir einen bescheidenen Sekretär des Herzogs, schönste Dame«, erwiderte er, denn es hätte keinen Sinn gehabt, dies vor ihr zu verbergen. »Seinen Gnaden zu Dienste, wo immer er meiner bedarf und mich hinschickt.«

Alison hörte die Warnung heraus. Sie sollte schweigen, ihn nicht auf die Dinge ansprechen, die sich in dem Haus von Dame Eleanor ereignet hatten, sonst würde sie sich den Zorn des Herzogs zuziehen. Bei allen Heiligen, sie hatte sowieso keine Lust darüber zu sprechen, und wenn sie überhaupt etwas interessierte, dann nur, ob es Dame Eleanor, die sie in ihr Herz geschlossen hatte, wieder gut ging. Alles andere konnte ihr gestohlen bleiben, und erst recht jener Mann, der dort wohnte und dessen Hass sie fast vernichtet hätte.

Welch ein Segen, dass nicht nur die Seine, sondern eine ganze Welt sie von ihm trennte. St. Doye war ein heimlicher Spion, jemand, der das Tageslicht und die Öffentlichkeit scheute, damit er seine Mission nicht gefährdete. Hier befand sie sich endlich in Sicherheit vor ihm.

»Seid bedankt für Eure Auskunft«, murmelte Alison und hoffte, dass Francis nicht bemerkte, wie wild ihr Herz schlug – wie immer in seiner Gegenwart. Verlegen blickte sie zu Boden, denn sie wusste nicht, worüber sie sonst noch mit Francis reden konnte, und doch fand sie nicht die Kraft, einfach zu gehen.

Gegen alle Hoffnung hatte sie ihn wiedergesehen – aber dieses Wiedersehen barg nicht nur Freude in sich, sondern auch Gefahr. Was war, wenn er sie verriet?

Doch Francis Windhurst dachte gar nicht daran. Die Anziehungskraft, die sie aufeinander zutrieb, war wie die tückische Strömung eines gefährlichen Flusses. Er legte sich keine Rechenschaft darüber ab, weshalb er die wenige Zeit, die ihm blieb, mit der hoffnungslosen Suche nach ihr verschwendet hatte. Er wusste nur, dass es mehr war als rein körperliches Begehren, das ihn beherrschte, wenn er sie sah. Er wusste, dass er es nicht zulassen würde, dass sie ihm ein zweites Mal durch die Finger schlüpfte, und er würde zu verhindern wissen, dass ihm ein Lancaster etwas nahm, was er für seinen eigenen Besitz hielt.

»Dame Alison? Seine Gnaden, der Herzog von Bedford bittet Euch, Euch seiner Gesellschaft anzuschließen.«

Windhurst erkannte den Lakai, der seinen beim Bankett erhaltenen Befehl nun in die Tat umsetzte, und er handelte, ehe Alison antworten konnte.

»Wie bedauerlich, schönste Dame«, wandte er sich an Alison. »Die Herzogin hat mich nach Euch geschickt. Sie fühlt sich zu müde, um weiterhin am Ball teilzunehmen, und bittet Euch, Ihr zu Diensten zu sein...«

Alisons Blick flog durch den festlich geschmückten Saal, und tatsächlich war Anne von Burgund nicht mehr anwesend. Zwischen diesen beiden Befehlen hin- und hergerissen, wandte sie sich instinktiv an Lord Windhurst und legte ihre Hand auf den Arm, den er ihr reichte. Dann schenkte sie dem Diener ein entschuldigendes Lächeln.

»Verzeiht, bitte entschuldigt mich bei Seiner Gnaden. Ich muss dem Ruf meiner Herrin folgen. Es schickt sich nicht, dass ich sie warten lasse.«

Als sie sich gemessenen Schrittes zum Ausgang wandten und den Ballsaal verließen, folgten ihnen eine Reihe neugieriger Blicke.

Alison schwieg, während sie nebeneinander hergingen. Sie war nervös und angespannt. Sie kannte sich noch nicht gut genug aus, um zu wissen, wohin er sie durch die Gänge, Torbögen und Treppenfluchten führte, aber als er die Tür zu einem kleinen Raum öffnete, in dem nur ein einziges Nachtlicht brannte, war ihr klar, dass es sich um ein Schlafzimmer handelte und nicht um die Räume der Herzogin.

»Aber...«

»Eine Notlüge«, gab er zu, noch ehe sie die Frage ausgesprochen hatte, während er die übrigen Kerzen im Zimmer entflammte. »Madame hat sich nach dem Bankett bereits zurückgezogen, und jedermann weiß, dass sie die rauschenden Bälle nicht schätzt, die ihr Mann in diesen Tagen veranstaltet und auf denen, je weiter die Nacht voranschreitet, nur allzu oft gegen die guten Sitten verstoßen wird. Ihr könnt mir dankbar sein, dass ich Euch entführt habe. Der Appetit des Herzogs auf hübsche Mädchen ist unersättlich…«

»Aber er würde sich doch nie…«

»An einer Hofdame seiner Gemahlin vergreifen?« Wieder antwortete er, bevor sie den Satz ausgesprochen hatte. »Wer weiß? Aber vielleicht lockt es ihn, das Werk fortzusetzen, das der schwarze César unvollendet lassen musste, wie inzwischen der ganze Hof weiß. Er schätzt eine gewisse Brutalität.« Alison ballte unwillkürlich die Hände zu Fäusten.

»Nicht doch, meine Kleine!« Lord Windhurst ergriff ihre Rechte und begann sanft einen Finger nach dem anderen zu lösen. »Dies ist auf seine Art ebenfalls ein Hof der Wunder. Nur dass die Menschen hier prächtiger gekleidet und besser genährt sind. Aber hier herrscht genauso das Recht des Stärkeren wie dort. Kann es sein, dass Ihr das noch nicht begriffen habt?«

»Heilige Mutter Gottes, ich begreife überhaupt nichts mehr«, murmelte Alison vor sich hin. »Ich…«

»Du brauchst mir keine Erklärungen zu geben und auch keine Lügen zu erzählen«, unterbrach Francis Windhurst, und bei dem Ton seiner Stimme stutzte Alison.

Er glaubte ihr nicht Er hielt jedes Wort, das sie sagte, für erfunden, und er hielt sie alles in allem für eine raffinierte Schwindlerin, eine Abenteurerin, die die Gunst der Stunde geschickt nutzte. In diesem Moment begriff sie ihn vielleicht sogar besser als er sich selbst. Er begehrte sie, aber gleichzeitig störte ihn ihre Anwesenheit, die auf irgendeine Weise seine eigenen, komplizierten Pläne zu durchkreuzen schien. Er wollte sie ebenso sehr loswerden, wie er sie behalten wollte.

»Werdet Ihr mich verraten?«

»Du weißt genau, dass ich das nicht kann«, fuhr Windhurst auf. »Ich bin auf dein Schweigen ebenso angewiesen wie du auf das meine. Der Himmel weiß, dass ich keine weiteren Komplikationen brauchen kann, und doch …«

Ehe Alison begriffen hatte, was geschah, hatte er sie an sich gezogen und erforschte mit sanften, zärtlich überredenden Lippen ihr Gesicht, hauchte federleichte Küsse auf ihre Stirn, ihre Schläfen, ihre Wangen, bis er schließlich Besitz nahm von ihrem Mund, der weich und willig auf die Eroberung wartete.

Doch kaum wurde sein Kuss drängender, da zog Alison sich erschreckt zurück Mit aller Gewalt brachen die Erinnerungen wieder über sie herein, die sie versucht hatte zu verdrängen. Panik, Ekel und Angst schüttelten ihren Körper.

»Was haben sie mit dir gemacht, mein anmutiges Mädchen?« Francis Windhurst zog sich zurück, hielt sie aber immer noch in seinen Armen. Nachdenklich betrachtete er sie, sah die Furcht in ihren weit aufgerissenen Augen, sah, wie heftig sie atmete. Sie versuchte sich von ihm zu befreien, aber er ließ sie nicht gehen.

»Schschscht …« beruhigte er sie, als wäre sie ein kleines Kind. »Ich will dir nicht wehtun. Vergiss, was du erlebt hast. Wenn du dein neues Leben genießen willst, musst du die Vergangenheit aus deinem Kopf verbannen. Niemand hat dir wehgetan, und niemand hat dich je geschlagen. Du bist eine Dame, ein Edelfräulein, eine Frau, von der jeder Mann nur träumen kann. Lass mich dir zeigen, wie eine Dame geliebt wird… Schscht, *Mignonne*! Bleib ruhig, mein Herz! Ich gebe dir mein Wort, dass ich dir nicht wehtun werde …«

Beruhigend und einlullend klang seine Stimme, zärtlich und tröstend glitt seine Hand über ihren Rücken, und allmählich entspannte Alison sich. Anfangs merkte sie kaum, dass er von neuem begonnen hatte, leichte, verführerische Küsse auf ihr Gesicht zu hauchen, doch dann erwachte wieder diese herrliche Sehnsucht in ihr. Dieser Mann hatte tatsächlich die Macht, sie César und ihre schrecklichen Erlebnisse vergessen zu lassen.

Von fern drang der fröhliche Lärm des Festes zu ihr, doch sie achtete nicht darauf. Francis roch so gut, und sie fühlte sich in seinen Armen geborgen. Die Kraft seines Körpers versprach ihr Schutz, und seine Liebkosungen waren so ganz anders als die gierigen, abstoßenden Berührungen Césars. Seine Lippen, die so frech und siegesgewiss über ihre Haut glitten, waren warm und verführerisch.

Ihr Herz pochte schwer, und eine süße Schwäche ergriff ihren ganzen Körper. Die Angst war verschwunden und hatte etwas anderem Platz gemacht, war vertrieben worden von einer weiß glühenden Flamme, die tief in Alison aufloderte und alles verschlang. Von einer schweren, süßen Sehnsucht, die sie berauschte und alles andere vergessen ließ.

Einladend öffnete sie ihre Lippen.

Dieses Mal war es anders. Sein Kuss hatte die gleiche Wirkung wie ein Funke, der in trockenes Reisig fährt. Hell loderten die Flammen auf, nichts schien sie löschen zu können. Alison gab sich ganz den Gefühlen hin, die Francis in ihr auslöste, bedingungslos und ohne falsche Scham.

»Du bist wundervoll, *Mignonne*«, flüsterte die verführerische Stimme weiter, dann wanderten seine Lippen über ihren Hals bis zur Wölbung ihrer halb entblößten Brüste. Ein Laut, halb Keuchen, halb Stöhnen, entfloh ihrem Mund, als seine Hand unter den seidigen Stoff glitt und kühl und erregend ihre Haut berührte. Zärtlich fordernd schlossen seine Finger sich um eine Brust, streichelten die sich verhärtende Brustwarze. Alison empfand ein so heftiges Verlangen, dass ihr fast die Sinne schwanden.

Doch ein Teil in ihr wartete immer noch auf den Schmerz. Jetzt würde er ihr wehtun, so wie es alle anderen getan hatten, die sie gegen ihren Willen berührt hatten. Alison hatte die Pein nicht vergessen, die César und der Seigneur St. Doye ihr verursacht hatten. Sie versuchte, sich gegen den erwarteten Schmerz zu wappnen – und sie merkte, dass es überhaupt nicht nötig war.

Die Qual, die seine Liebkosungen verursachten, war süß und von anderer Art, ließ sie beben vor köstlicher Lust, schickte heiße Pfeile des Verlangens durch ihren Körper und entlockte ihr ein kehliges Seufzen.

Sie leistete keinen Widerstand, als er mit großer Geschicklichkeit ihren Gürtel löste und das Obergewand über die Seide der unteren Robe zu Boden glitt. Dann fand er die Bänder, die auch dieses Kleidungsstück schlossen, und hob gleich darauf ihren schlanken Körper aus dem Kreis der prachtvollen Stoffe und raschelnden Röcke. Sie trug nun nichts mehr als ein Paar bezaubernd frivole weiße Seidenstrümpfe mit einem Band aus Spitze und die Satinpantöffelchen, die zu ihrer Robe gehörten.

Sie widerstand den Impuls, die Arme vor den Brüsten zu kreuzen, und bot sich seinen verlangenden, bewundernden Blicken dar. Warum sollte sie Scham empfinden? Wenn es je einen Mann gegeben hatte, dem sie sich hingeben wollte, dann ihm. Ihm würde sie freiwillig geben, was sie allen anderen verweigert hatte, denn für ihn war sie bestimmt, von Anbeginn aller Tage. Nicht nur ihr eigenes Verlangen verriet ihr das, sie hatte es auch im Feuer gesehen und nahm dieses Schicksal gerne hin.

Mit ihren flammenden, glutroten Locken glich sie einer heidnischen Göttin der Liebe, und Francis Windhurst beeilte sich, sie zu dem breiten Kastenbett zu tragen, das im Hintergrund des Raumes auf sie beide wartete.

Wie er diesen Moment ersehnt hatte und wie er sie begehrte! Noch nie war einer Frau begegnet, bei der sich so viel herausfordernde, leidenschaftliche Schönheit mit derart sanfter Hingabe verband. Was immer sie erlebt hatte, es hatte ihr nicht die Unschuld des Wesens nehmen können, die sie immer noch ausstrahlte. Aber als er im Schein der Kerzen die dunklen Stellen auf ihren Rippen und die blauen Flecken an Armen und Hüften sah, stieg ein fürchterlicher Zorn in ihm auf, erfüllte ihn mit dem Wunsch zu töten und Rache auszuüben. Sie hatten ihr wehgetan, aber sie blickte ihm trotzdem mit einem Vertrauen entgegen, das ihn beschämte und zugleich entflammte. Er schwor sich in diesem Moment, sie nicht zu enttäuschen.

Alison hatte sich ganz ihren Empfindungen ergeben. Sie dachte nicht mehr, sie fühlte nur noch. Sein Blick auf ihrem nackten Körper war wie die Berührung eines zarten Frühlingshauchs, wie die wohlige Wärme eines knisternden Feuers an einem kalten Tag oder der Duft einer warmen Suppe für einen hungernden

Bettler. Willkommen, ersehnt und angenommen in Demut, Erfüllung dessen, was sie sich am meisten wünschte.

Sie sah ihm zu, wie er das dunkle Warns über den Kopf zog, die Schnüre seines Hemdes löste, und voller Bewunderung betrachtete sie dann seinen starken, geschmeidigen Körper, anmutig und elegant wie der eines Raubtiers – und ebenso gezeichnet mit den Narben vergangener Kämpfe. Er glich jenen klassisch schönen Marmorstatuen, die Alison an den winterlich trockenen Brunnen des Palais gesehen hatte. Sein helles Haar leuchtete wie Gold im Schein der Kerzen, die Licht und Schatten warfen auf sein edles, aristokratisches Gesicht.

»Ihr seid schön«, sagte sie in ehrlicher Bewunderung. Noch nie hatte sie einen Mann wie ihn gesehen, und die hellen, lichten Farben seines Körpers vertrieben endgültig und für immer die letzten Spinnweben der Erinnerungen an das schwarze, behaarte Böse, das sie besudelt und verletzt hatte.

Es trieb sie dazu, die Arme nach ihm auszustrecken und sich an seinen harten, sehnigen Körper zu schmiegen, der das perfekte Gegenstück zu ihren runden, weichen, weiblichen Formen zu sein schien.

Sie hob den Kopf und bot ihm den Mund, während ihre Hände noch zögernd Bekanntschaft mit seiner Haut und seinen Muskeln machten. Das, was sie empfand, war deutlich in ihren Augen zu lesen, die nun die Farbe eines sonnenüberfluteten Teiches im dunklen Wald hatten, und es machte alle Worte überflüssig.

Francis Windhurst trank die Süße ihrer Lippen und verlangte gierig nach mehr. Er kostete ihre glatten Schultern, die zierlichen Ohren, die empfindsame Innenfläche ihrer Hand. Während seine geschickten Finger streichelten, erkundeten und neckten, beobachtete er die Reaktionen dieses willigen Körpers. Wie ihre Wimpern zu flattern begannen, sobald er ihre empfindsamen Brustwarzen berührte, die unwillkürliche Bewegung ihrer Hüften, die ihren wartenden Schoß näher an seine Finger bringen sollten, die sanft ihre Schenkel teilten. Das köstliche Dreieck an der Pforte ihrer Weiblichkeit nahm ihn auf, empfing ihn und verriet ihm, wie sehr sie sich nach ihm sehnte, dass sie bereit war, ihn aufzunehmen.

»Nicht so schnell, *Mignonne«*, murmelte er heiser. »Wir haben Zeit...«

Alison lebte auf unter dem Spiel seiner Hände, war nur noch Gefühl und Hingabe. Sie drückte seinen Kopf an ihre Brust, fuhr ungeduldig mit den Fingen durch seine Haare, als er seine Lippen um eine rosige Brustspitze schloss, während er die andere mit seinen Fingen liebkoste.

Seine Zunge begann ein erregendes Spiel und unwillkürlich bäumte Alison sich auf und bog sich ihm entgegen. Seine lustvollen Zärtlichkeiten entzündeten ein heißes, wildes Feuer in ihrem Schoß, das alle Spuren der Misshandlungen ausbrannte und sie erbeben ließ. Jede Faser ihres Körpers sehnte sich nach seiner Berührung, sie spannte sich an unter dem Verlangen, das er entfachte.

»O bitte«, schluchzte sie. »Bitte...«

Dabei wusste sie doch selbst nicht so recht, worum sie ihn bat. Darum, dass er aufhörte oder weitermachte? Ganz hingegeben und verloren in einem ekstatischen Taumel spürte sie seine heißen Lippen weiterwandern, ihren Leib bewundern, und sie stöhnte auf, als er schließlich jene verborgene Stelle fand, an der all ihre Sehnsucht und ihr Verlangen sich konzentrierte, sie mit einer Lust erfüllten, die sie kaum noch ertragen konnte.

Sanft und unwiderstehlich drängte er ihre Schenkel auseinander und berührte andächtig und hauchzart ihren Schoß. Zuerst nur mit den Fingerkuppen, dann mit Lippen und Zunge. Alison schrie auf, vor Überraschung und vor qualvoll-süßer Lust. Sie wollte sich zurückziehen, aber er hielt sie fest.

»Lass mich dich kosten, meine Schöne! Du musst keine Angst vor mir haben!«, raunte er mit heiserer Stimme. »Schenk mir den Nektar deines Verlangens. O Gott, wie schön du bist, wie vollkommen!«

Alison wusste nicht, wie ihr geschah. Sie verkrampfte die Hände in den Laken und bäumte sich auf, während er geschickt jenen Ort erforschte, bis das Verlangen, sich ihm noch mehr zu öffnen und von ihm völlig und ganz und gar erobert zu werden, sie zu überwältigen drohte. Pures Feuer rann durch ihre Adern, und sie wusste nicht, dass das ferne, leise Wimmern, das sie hörte, aus ihrer eigenen Kehle kam.

Diese süßen Laute der Sehnsucht brachten Francis Windhurst endgültig um die Beherrschung, die er eh noch mit Mühe aufrechterhalten hatte, Leidenschaft und Verlangen schlugen übermächtig über ihm zusammen. Seine guten Vorsätze, geduldig zu sein, zerflossen in nichts. Von neuem eroberte er ihren Mund, während er stürmisch in sie eindrang.

Eng und lustvoll umschloss sie ihn, und als er das überraschende Hindernis spürte, war es schon zu spät. Er konnte nicht mehr zurück, denn die gewaltig aufdrängende Explosion in seinen Lenden zwang ihn zu einem kraftvollen Stoß, der Alison einen rauen Schrei entriss.

Aber es war nicht der Schmerz, der sie dazu trieb. Es war der Triumph. Die Erkenntnis, dass sie eins waren und dass er ihr in diesem Moment gehörte, dass er seinen Empfindungen genauso hilflos ausgeliefert war wie sie den ihren. Sie bog sich ihm entgegen, und der Schmerz, den sie nur am Rande fühlte, wich einem unvorstellbaren, neuen Gefühl. Einem Gefühl, das mit der Gewalt eines Orkans hochbrauste und sie mit sich riss.

Ein Gefühl, in dem sie willig ertrank und von dem sie davongespült wurde. Das mit jeder Bewegung ihres Schoßes wuchs, bis sich ihr Körper in einem Regen aus Sternen auflöste.

12. Kapitel

»Trink, *Mignonne*, du musst durstig sein …«

Der klare, kühle Wein rann in Alisons Kehle, während Francis ihren Kopf stützte. Trotzdem ging ein Gutteil des Malvasiers daneben, rann ihren Hals hinab über die Brust. Alison wollte den Wein abwischen, aber eine Hand hielt die ihre fest.

»O nein, lass! Nicht so …«

Francis Windhurst folgte der Spur des Weins mit seiner Zunge. Die raue, faszinierende Liebkosung auf ihrer empfindsamen Haut ließ alle Nerven in Alison vibrieren, den Nachhall der Leidenschaft, die sie zusammen erlebt hatten, stärker in ihrem Körper klingen.

Sie dehnte sich unter den streichelnden Händen und bot ihren Körper seinen Lippen entgegen. Alison ließ ihre Hände über seinen muskulösen Rücken gleiten, spielerisch fuhr sie mit den Fingernägeln über seinen straffen, festen Po, und sie spürte den Schauer, der Francis dabei durchfuhr.

»Ich werde dir wehtun, wenn du so weitermachst. Du prüfst meine Beherrschung auf unmenschliche Weise«, warnte er mit belegter Stimme. »Wieso hast du mir nicht gesagt, dass dich noch nie ein Mann besessen hat?«

»Hättet Ihr es mir denn geglaubt?«

Nein, die Röte, die in seine Stirn stieg, war Antwort genug. Natürlich hätte er es nicht geglaubt. Und wozu sollte sie ihm erklären, dass La Trisanne ihre Jungfernschaft nur deshalb so eifrig gehütet hatte, damit sie sie einmal an den Meistbietenden verkaufen konnte? Es gab genug ehrbare Bürger die bereit waren, eine Menge Geld für eine Jungfrau zu bezahlen, oder ein Bandenführer wie César …

Heilige Jungfrau, sie wollte nicht mehr an ihn denken. Gott oder der Teufel mochten seiner Seele gnädig sein, nur dass er sein Leben ausgehaucht hatte, war ein Segen für sie.

»Wenn ich es gewusst hätte, dann hätte ich mich dir anders genähert«, gab Francis zu. »Es tut mir Leid, aber ich habe dich um etwas gebracht, das im Falle einer Eheschließung Wert für dich besessen hätte. Ich habe dir geschadet, das wollte ich nie tun.«

»Im Falle einer Ehe mit wem?«, murmelte Alison und ahnte die Antwort im Voraus.

»Du bist so schön, dass es nicht auszuschließen ist, dass sich bei Hofe jemand findet, der über den Makel deiner höchst verschiedenen Beschäftigungen in der Vergangenheit hinwegsieht und auf eine Mitgift verzichtet.«

»Aber Ihr seid nicht dieser Mann, habe ich das richtig verstanden?«, fragte sie angriffslustig und warf den Kopf in den Nacken. Sie hatte sich aufgesetzt und die Decke bis zum Ansatz der Brüste hochgezogen. Sie wollte nicht, dass er sie weiterhin streichelte und küsste, denn sie traute sich selbst nicht.

»Eine Heirat? Ich?! Mit mir?«

Sie hatte mit allem gerechnet, aber nicht damit, dass ihn diese Möglichkeit zum Lachen reizen würde. Es war ein sehr zynischer Heiterkeitsausbruch, der ihr mehr wehtat, als sie sich anmerken ließ. Endlich fasste Francis sich wieder und strich sich mit einer seltsam resignierten Geste über die Stirn.

»Eine Verbindung mit mir brächte dich vom Regen in die Traufe, mein Kind«, sagte er hart. »Mein Name ist auf zweifelhafte Weise errungen, ich besitze nichts, hänge von der Laune des Herzogs ab, und wovon ich eine Frau und einen Stall voller Kinder ernähren sollte, wüsste ich nicht. Wobei ich auch keine Garantie dafür abgeben möchte, dass ich nicht morgen auf der Place de Grève am Galgen hänge. Nein, lass die Finger von einem wie mir, Mädchen. Ich kann dich die Liebe lehren, aber für ein sicheres Leben tauge ich nicht… Komm, küss mich und vergiss die Dummheiten!«

Alison ließ die Decke sinken und bot bewusst ihre vollen Brüste seinen begehrlichen Blicken dar. Wenn ihm erst einmal die Endgültigkeit zu Bewusstsein kam, mit der sie zueinander gehörten, dann würde er anders darüber denken. Ihr war egal, ob er ein Höfling oder Abenteurer, ein Edelmann oder Gauner war, sie wollte von ihm geliebt werden, und ihr makelloser Körper war eine einzige, drängende Aufforderung an ihn, das noch einmal zu tun.

»Dann lehr mich die Liebe, wenn du sonst kein anderes Geschenk für mich hast«, raunte sie und schmiegte sich in seine Arme.

»Schon wieder?« Er sah sie voller Verblüffung an. »Ich sagte doch, ich werde dir…«

»Du wirst mir nicht wehtun«, unterbrach sie ihn temperamentvoll. »Deine Liebe kann mir nicht wehtun. Das können nur deine Worte.«

Sie ließ sich blitzschnell auf ihn gleiten, dann stützte sie sich auf ihre Arme. Ihre Haare fielen nach vorne über ihre Schultern und Brüste und streichelten seine Haut. Sie ließ sich langsam sinken, bis ihr Körper seinen bedeckte, ihre Brüste sich gegen seine Rippen drängten und seine Männlichkeit an ihre langen schlanken Schenkel gedrückt wurde, bis sie von neuem erstarkte.

Sie senkte den Mund auf seine Lippen, und mit ihrem fordernden, leidenschaftlichen Mund zerstörte sie mit systematischer Grausamkeit die Reste seiner Selbstbeherrschung. Es war keine besonders schwere Arbeit, und der Rest der Nacht gehörte dem Spiel ihrer Körper, die sich zu einer Hymne an die Liebe vereinten und den uralten Tanz der Leidenschaft neu für sich erfanden, bis sie beide schließlich erschöpft in Schlaf sanken.

Hélie gab mit keiner Geste und keiner Silbe zu verstehen, ob sie es ungewöhnlich fand, dass ihre Herrin erst im Morgengrauen vom Ball nach Hause kam. Sie hatte auf der Bank vor dem Kamin auf sie gewartet und sorgte ohne viele Worte dafür, dass Alison zwischen die Kissen sinken konnte, ehe sie im Stehen einschlief.

Wenn sie den schlanken Mann erkannt hatte, der die neue Hofdame nach Hause geleitet hatte, so verlor sie auch darüber keine Bemerkung.

Alison hätte leicht denken können, dass sie die vergangene Nacht nur geträumt hatte, als sie schon sehr bald wieder von der Zofe zur Frühmesse geweckt wurde.

Allein die Veränderungen, die sie an ihrem Leib spürte, bewiesen, dass sie eine Nacht wilder Leidenschaft und zügellosen Vergnügens hinter sich hatte, dass sie einen Schritt getan hatte, der unwiderruflich war und von dem sie nicht wusste, was für Folgen er haben würde.

Die Herzogin von Bedford hörte die Frühmesse in ihrer prächtig ausgeschmückten Privatkapelle, und außer Alison waren nur noch drei andere Hofdamen anwesend. Die folgende Promenade durch die winterkahlen Gärten des Palastes trug wenig dazu bei, die bedrückte Stimmung der frommen, jungen Herzogin zu heben. Alison fragte sich im Geheimen, ob Anne wusste, dass ihr Gatte die eheliche Treue geringschätzte oder ob es einfach die Jahre dieser erzwungenen Gemeinschaft mit einem Lancaster waren, die ihr die Freude und die Jugend schon vor der Zeit geraubt hatten.

Ein kalter Wind pfiff um die spitzen Dächer und steinernen Verzierungen der Gebäude. Er trieb ein paar vergessene Herbstblätter über die gepflasterten Wege und rüttelte an den kahlen Zweigen der in künstliche Formen gezwungenen Bäume. Alison zog ihren pelzgefütterten Mantel enger um sich und hoffte, dass Hélie die ausladende Hörnerhaube, die sie trug, sicher genug festgesteckt hatte, damit sie nicht beim nächsten Windstoß davonflog. Sie hielt es für eine närrische Laune der hohen Dame, bei diesem Wetter zu promenieren. Weshalb setzte sie ihre ohnehin gefährdete Gesundheit noch der Kälte und der Feuchtigkeit aus?

Alison war so in ihre eigenen Gedanken vertieft, dass sie die stämmige Gestalt, die seltsam schwerfällig aus dem Eingang eines Irrgartens heraustrat und am Wegrand wartete, bis Anne von Burgund sie erreicht hatte, kaum beachtete. Der Mann verbeugte sich höfisch-zeremoniell, und wartete darauf, dass die Herzogin ihn ansprach.

»Seigneur Bélin de Marsaque?«, fragte sie mit deutlicher Kühle.

»Mit Euer Gnaden Erlaubnis«, entgegnete der Mann, und Alison zuckte unter dem Ton der raschelnden, trockenen Stimme zusammen, als habe sie ein Messerstich aus dem Hinterhalt getroffen.

Sie fixierte den Mann, der einen braunen Samtumhang trug und unter dessen Kappe mausbraune, struppige Haare hervorlugten, mit schmalen Augen. Die Haare waren es, die sie irritierten, schließlich hatte sie ihn nahezu kahlköpfig in Erinnerung. Aber als sie einen tückischen Blick der kalten, toten Augen erhaschte, war sie sich trotz aller Bedenken sicher. Bélin de Marsaque war der Seigneur St. Doye!

»Es mutet mich seltsam an, dass mein Herr Bruder Euch mit einer Botschaft zu mir schickt, die von solcher Heimlichkeit ist«, sagte nun die Herzogin und rieb sich unwillkürlich die kühlen Finger. »Weshalb dieser Umstand? Weshalb ein Mann, der mir völlig unbekannt ist?«

»Ich maße mir nicht an, die Beweggründe Seiner Gnaden zu kennen«, erwiderte St. Doye heuchlerisch. »Aber vielleicht ist es besser, die offiziellen Wege zu meiden. Manchmal sagt ein Wort vom Bruder zur Schwester mehr als ein versiegeltes Schreiben und ein offizieller Herold.«

Anne von Burgund, die ihren ältesten Bruder kaum je zu Gesicht bekommen hatte und die seinem politischen Ehrgeiz eine Ehe verdankte, die sie nicht glücklich gemacht hatte, nickte leicht.

An Tagen wie diesem wünschte sie sich, auf den klugen Rat ihrer Mutter Marguerite zurückgreifen zu können, aber die Herzoginwitwe war längst gestorben, und es gab niemand in Annes Leben, der ihren Platz hätte einnehmen können. Sie war auf sich und ihre eigenen Fähigkeiten angewiesen. Wenn sie nur nicht so müde gewesen wäre! So müde und gleichgültig gegenüber all diesen politischen Dingen, die Männer so wichtig fanden.

»Nun dann, Eure Botschaft, Seigneur de Marsaque«, forderte sie ungeduldig und entfernte sich mit ihm ein paar Schritte von ihren Begleiterinnen.

Man musste schon ein so außergewöhnlich feines Gehör wie Alison haben, um die geflüsterten Worte St. Doyes zu verstehen. Vielleicht lag es auch daran, dass sie eine besondere, durch tödlichen Hass und echte Blutsbande geschaffene Verbindung hatte, die ihre Aufnahmefähigkeit schärfte.

»Der Herzog bittet Euch, auf Euren Gemahl einzuwirken, dass er dem Gerücht über mögliche Friedenspläne zwischen Burgund und Frankreich keinen Glauben schenkt«, erklärte er. »Es handelt sich lediglich um ein Ablenkungsmanöver, er denkt nicht daran, seine englischen Verbündeten im Stich zu lassen, aber im Moment erscheint es ihm viel versprechender, sich den Anschein zu geben, als würde er es tun. Burgund steht auf Seiten Englands, daran wird sich nichts ändern. Das lässt Euch Euer Bruder versichern.«

Alison hatte inzwischen genügend von der verwickelten politischen Lage mitbekommen, um St. Doyes Pläne zu durchschauen. Als Abgesandter des Kanzlers von Frankreich verhandelte er im Geheimen mit den Engländern. Der Kanzler wollte seinen schwachen König opfern, um unter der englischen Krone mehr Macht und Einfluss zu erhalten. Eine erfolgreiche Allianz mit Burgund indessen würde Frankreich ausgerechnet jetzt stärken und Trémoille, dessen Einfluss beim König ohnehin nachließ, vielleicht sogar in Ungnade stürzen. Also musste alles daran gesetzt werden, den unliebsamen Friedensschluss zu sabotieren, damit König Karl den Kürzeren zog. Wie konnte dies besser geschehen als durch eine Intrige, die sogar die ahnungslose Anne von Burgund miteinbezog?

»Ich danke Euch für diese Nachricht, Seigneur«, antwortete die Herzogin in diesem Moment ziemlich gleichgültig. »Aber Ihr könnt meinem Bruder mitteilen, dass mein Einfluss auf Seine Gnaden den Herzog nur der einer Gattin ist und nicht der einer Ratgeberin. Was ich indes für Euch tun kann, werde ich bei Gelegenheit versuchen zu tun…« Sie machte eine fahrige Geste, und St. Doye war entlassen.

Alison fühlte seinen Blick auf sich, und sie ahnte, dass auch sie sich in Kürze diesem Mann gegenüber sehen würde, der wie ein düsterer Schatten aus der Vergangenheit erneut aufgetaucht war. Die unterschwellige Furcht vor diesem Zusammentreffen schenkte ihr die nötige Geduld, während der folgenden Tage die endlosen Stunden der Gebete, Stickereien und Tratschereien mit den Damen der Herzogin zu ertragen. Lieber vor Langeweile sterben, als einem Mann gegenüberzutreten, der sie vernichten wollte. Dass er es schon zweimal vergeblich versucht hatte und gescheitert war, konnte nur zur Folge haben, dass er es ein drittes Mal nur um so raffinierter versuchen würde.

Und immer wieder sah sie sich mit der Gegenwart von Lord Windhurst konfrontiert. Der junge, gut aussehende, leichtsinnige Mann schien der Liebling aller Damen zu sein.

Von der voluminösen Bonne of Liddleville bis hin zur kapriziösen, hübschen Bertrande de Valmourose und der eleganten Lady Marsh waren alle ein wenig in ihn verliebt, und Alison machte zum ersten Male Bekanntschaft mit der Eifersucht.

Die Art, wie Dame Bertrande den Kopf schief legte und den blonden Lord anlächelte, wenn er das Knie vor der Herzogin beugte, trieb sie dazu, im Schutz ihrer Röcke die Fäuste zu ballen und den flammenden Blick ihrer grünen Augen zu senken. Die nachlässige Vertraulichkeit, mit der er Lady Marsh begegnete, schien ihr ein Beweis dafür zu sein, dass die Dame mehr mit ihm geteilt hatte als nur den Teller beim Essen.

Auch die Herzogin selbst schien auf sehr vertrautem Fuße mit Seiner Lordschaft zu stehen. Sie wirkte jünger in seiner Gegenwart, und manchmal lachte sie sogar, und man sah einen Abglanz der unbeschwerten Schönheit, die sie vor ihrer Ehe besessen haben musste. Alison gönnte ihr die Freude, aber nach dem Dreikönigstag stand ihre Meinung über Francis Windhurst unverrückbar fest.

Der Mann, den sie liebte, war nicht weniger ein Gaukler als sie selbst. Er spielte jedem die Rolle vor, die dieser von ihm erwartete. Dann schüttelte er sie ab, lachte darüber, und begann die nächste Posse. Er schien keine Skrupel, kein Gewissen und keine Hemmungen zu haben, und wenn es überhaupt jemanden geben sollte, den er liebte – dann hieß dieser Mensch Francis Windhurst.

Alison verbarg auch ihre bittere Enttäuschung darüber, dass er nach jener einen verzauberten Nacht nie wieder den Versuch gemacht hatte, sich ihr zu nähern, dass ihm diese Stunden nicht mehr bedeutet hatten als ein weiteres, zärtliches Abenteuer an einem Hof, an dem man es mit der Moral nur nach außen hin genau nahm. Er hatte das Interesse an ihr verloren, als der Reiz der Eroberung verflogen war und nachdem er sie besessen hatte.

Dass sie jede Nacht stundenlang wach lag und jede Sekunde,

jede Geste und jede Zärtlichkeit im Geiste wieder und wieder erlebte, blieb ihr Geheimnis. Ihr eben erst erweckter hungriger, junger Körper sehnte sich nach ihm mit einem Begehren, das sie umso mehr erschreckte, als es nicht geringer, sondern immer stärker wurde.

Sie versuchte sich abzulenken, indem sie der Dame Liddlevine zu Diensten war, die die Funktion einer Oberhofmeisterin bei der Herzogin hatte und deren Tätigkeitsbereich von der Kleiderkammer bis hin zu den Befehlen an die herzogliche Küche reichte. Dame Bonne begriff sehr wohl, dass die schöne Alison de Guînes so gut wie keine Ahnung von der Führung eines großen Hauses hatte. Aber da sich die junge Frau in aller Bescheidenheit zu ihre Schülerin machte, verlor sie kein Wort darüber, sondern brachte ihr bei, was sie für nötig hielt. Sie hielt sie beschäftigt, so dass Alison des Abends oft todmüde zwischen die Kissen sank und so erschöpft war, dass sie tatsächlich Schlaf fand.

Auch die Herzogin fand immer größeren Gefallen an ihrer neuen Begleiterin, die auf wundersame Weise stets zu wissen schien, wann sie zu müde zum Plaudern war, wann sie sich nach etwas Musik sehnte oder wann sie an welcher Stelle den Hungernden dieses Winters am ehesten ein sinnvolles Almosen zukommen lassen konnte. Dass Alison sie deswegen so bereitwillig begleitete, weil sie sich selbst unter den zerlumpten Gestalten sah, die sich um den Suppenkessel drängten oder einen Laib Brot erbettelten, konnte die Herzogin nicht ahnen.

»Es ist eine Schande«, vertraute Anne ihr an, als sie an diesem bitterkalten Januartag gemeinsam in die Sänfte stiegen, in der ein kleines Eisenöfchen voller Glut die bittere Kälte linderte. Die Herzogin winkte den Trägern, dass sie in den Palast zurückgebracht werden wollte, und schloss die ledernen Vorhänge, ehe sie die klammen Finger unter einer gefütterten Pelzdecke verbarg. »Das Volk darbt, und wenn der Krieg so weiter geht, wird irgendwann niemand mehr übrig sein, den Engländer, Burgunder oder Franzosen regieren können. Sie vergessen über Ehre, Ruhm und Stolz, dass ihr Land aus Menschen besteht, aus diesen hungernden, frierenden und obdachlosen Geschöpfen, die jeden Tag verfluchen, den diese Auseinandersetzung weiter andauert.«

»Wer kann etwas dagegen tun? Wer etwas daran ändern?«, seufzte Alison, die noch besser als die hohe Dame wusste, dass dies eine sehr treffende Einschätzung der verzweifelten Lage im Land war.

»Es gibt Männer und Frauen, die es versuchen«, erwiderte Anne von Burgund. »Aber ich fürchte, dass sie umsonst ihr Leben aufs Spiel setzen, dass sie nichts erreichen. Niemand scheint im Stande zu sein, diese bittere Spirale aus Gewalt und Machtgier zu beenden…«

»Euer Bruder versucht es, indem er sich mit dem anderen König in Bourges verbündet…« wagte Allison einzuwerfen, aber nur, weil sie allein waren und die vier goldbemalten Lederwände der Sänfte die Illusion von Ungestörtheit vermittelten.

»Mein Bruder… Ich wollte bei Gott, ich könnte seinen edlen Zielen vertrauen. Aber ich fürchte, dass nicht die Liebe zu diesem Land, sondern die Liebe zur Macht ihn leitet. Ich habe Angst…« Alison wusste nicht, was sie darauf antworten sollte.

Unwillkürlich hielt sie die eiskalten Finger näher an die kleine Wärmequelle mit den glühenden Holzkohlen. Schweigend hingen die beiden Frauen ihren Gedanken nach, bis Anne von Burgund sich wieder an ihre Gefährtin wandte.

»Kann es sein, dass Ihr Lord Windhurst mit sehr gefälligen Augen betrachtet, liebe Alison? Habt Ihr ihn ins Herz geschlossen?«

Die Frage war so überraschend gekommen, dass die junge Frau ertappt zusammenfuhr. Verräterische Röte stieg in ihre blassen Wangen.

»Oh… nein, ich… Ihr täuscht Euch…«, stammelte sie verwirrt und wich dem prüfenden Blick der jungen Herzogin aus. »Ich kenne ihn ja kaum…«

»Die wenigsten Menschen kennen ihn wirklich«, sagte Anne von Burgund so leise, dass man sie kaum verstehen konnte. »Das ist sein Problem. Ich möchte Euch raten, lasst Euch nicht von etwaigen Äußerlichkeiten täuschen. Es gibt Gründe dafür, dass er so ist, wie er sich gibt. Habt Geduld und urteilt nicht, ehe Ihr ihn genau kennt. Er hat verdient, dass Ihr ihm Gerechtigkeit widerfahren lasst.«

»Ich verstehe nicht…« murmelte Alison und wartete auf eine weitete Erklärung, aber die Herzogin schwieg. Sie schien mit ihren Gedanken wieder weit fort zu sein, und die schmalen, tief eingegrabenen Linien zu beiden Seiten ihres Mundes verrieten, dass sie wieder Schmerzen haben musste. Alison wagte nicht, noch einmal nachzufragen.

13. Kapitel

Der hübsche, reichlich arrogante Page in der Livree des Hauses Lancaster, der Alison die Nachricht überbrachte, wiederholte die Worte höchst ungern. Er hatte eine Art, sich in seinem Samtkostüm zu spreizen und auf sie herabzusehen, dass sie gegen den Impuls ankämpfen musste, ihm eine Ohrfeige zu geben. Sie bedachte ihn jedoch mit einem so eisigen Blick, dass er rot anlief und seine Botschaft eine Spur bereitwilliger noch einmal aufsagte.

»Lord Windhurst bittet Euch nach dem Mittagsmahl zu einer Promenade in die Menagerie. Er erwartet Euch dort gegen vier Uhr, Madame!«

Also hatte sie sich doch nicht verhört. Alison entließ ihn mit einer Handbewegung und der Page, der sich eine kleine Anerkennung seines Dienstes von ihr erwartet hatte, verschwand mit finsterem Gesicht. Einen Moment lang stand sie ganz still da. Lord Windhurst bat sie zu einer Promenade in die Menagerie! Und das nach Wochen des Wartens, der Verzweiflung, der Wut und der hilflosen Sehnsucht. Er schickte ihr einfach einen Pagen und nahm an, dass sie kommen würde.

Das vernünftigste wäre, diese Nachricht zu vergessen. Sich dem Stickzirkel der Damen anzuschließen und auch diesen Nachmittag in der gepflegten Langeweile eines Haushaltes zu verbringen, der auf die Rückkehr des Herzogs wartete, der mit einem Großteil seiner Männer in Maine unterwegs war, wo die Übergriffe des Konnetabels Richemont für Unruhe sorgten.

Nachdem bekannt geworden war, dass in Lille tatsächlich ein sechsjähriger Waffenstillstand zwischen Burgund und König Karl VII. unterzeichnet worden war, nahmen die Übergriffe der Franzosen auf englisch besetzte Gebiete drastisch zu. Seit den längst vergangenen Siegen Jeanne d'Arcs hatten sich die Truppen des Königs von Frankreich nicht mehr so stark gefühlt.

Aber was war schon dumme, langweilige Vernunft gegen die Flut dieser verrückten Gefühle, die sie überrollten? Gegen das

Wissen, dass sie barfuß nach Bourges und zurück gegangen wäre, um wenigstens ein freundliches Wort oder einen Kuss von diesem Mann zu erhalten?

Von einem Moment auf den anderen entfachte Alison in ihrem kleinen Gemach eine Hektik, die Hélie und ihre Helferinnen völlig unvorbereitet traf.

»Ein Bad! Ich benötige ein Bad, Hélie«, kommandierte sie. »Und dann die neue smaragdfarbene Samtrobe... Oder nein, besser ich nehme das goldfarbene Gewand. Oder vielleicht doch das gestreifte grüne? Auf jeden Fall eines, das zu dem silberbestickten Henin passt, die Hörnerhaube sieht so entsetzlich hausbacken und bieder aus. Hast du den Saum des schwarzen Umhanges schon geflickt? Du erinnerst dich, dass ich neulich einen Riss entdeckt habe? Worauf wartest du? Schick die Kleine nach dem Wasser, es eilt! Du weißt doch, wie lange es dauert, bis meine Haare getrocknet sind! Und dann bringst du bitte meine Entschuldigungen an die Dame Liddleville, dass ich heute meinen Dienst in der Kleiderkammer Ihrer Gnaden nicht wahrnehmen kann. Ich bitte um Nachsicht und werde morgen wieder zur Stelle sein. Vergiss es nicht, es ist wichtig, und...«

Sie brach ab, weil Hélie keine Anstalten machte, auch nur eines all dieser wichtigen Dinge zu tun. Sie stand da und starrte ihre Herrin an, als seien dieser soeben zwei Köpfe auf den schmalen Schultern gewachsen.

»Ich weiß...«, sagte Alison, machte einen tiefen Atemzug, um sich zu beruhigen, und zog eine kleine, komische Grimasse. »Ich benehme mich kindisch. Es ziemt sich nicht, in derartige Hektik zu verfallen, nur weil Seine Lordschaft mit mir durch die Menagerie spazieren möchte. Was rätst du mir, soll ich nicht hingehen?« Schon ihr Tonfall verriet, dass dies lediglich eine rhetorische Frage war und sie gar nicht daran dachte, so etwas ernsthaft in Betracht zu ziehen.

»Macht Euch so schön wie möglich, aber lasst ihn, um Eures eigenen Seelenfriedens willen, nicht wissen, dass Ihr auf dieses Zeichen seiner Aufmerksamkeit so sehr gewartet habt«, riet Hélie. Sie hatte ihre neue Herrin ins Herz geschlossen, die sie viel mehr wie eine Freundin als wie eine Magd behandelte. »Die meisten Männer sind schwierig zu behandeln, aber dieser gehört zu den Schwierigsten. Er sucht keine Braut. Er sucht Macht und Erfolg, das solltet Ihr wissen.«

»Ich brauche keinen Gatten, Hélie«, murmelte Alison und trat nervös an das schmale, zweigeteilte Lanzetten-Fenster, das mit seinen grün-gelben Rautenscheiben ihr Gemach schmückte.

Sie fuhr mit den Fingerspitzen die Bleifassungen nach und bemerkte den leisen Luftzug, der unterhalb des Fensters kühl in das Zimmer drang. Das alte Fenster war bei einer der zahllosen Plünderungen, die das Hôtel du Guyenne erlebt hatte, zerstört worden, und die neuen, schmuckloseren Scheiben waren eher schnell als meisterlich eingefügt worden. Inzwischen hatte Alison gelernt, unter dem glänzenden Schein die Provisorien zu erkennen, die deutlich machten, dass der augenblickliche Hausherr wichtigere Sorgen hatte als die angemessene Instandsetzung seines Herrschaftssitzes.

»Ihr braucht einen Gatten und keinen Liebhaber«, widersprach die mollige Zofe energisch, während sie sich daran machte, die Kleidertruhen zu öffnen und eines der gewünschten Gewänder auszuschütteln. »Wie sonst wollt Ihr Eure Position bei Hofe ausreichend festigen? Die Herzogin ist sehr krank: Wenn sie stirbt, wird ihr Haushalt aufgelöst, und Ihr habt keinen vernünftigen Fürsprecher…«

Hélie spielte auf die betrübliche Tatsache an, dass Alison nun, nachdem sich die erste Aufregung über ihr Abenteuer gelegt hatte, von den meisten Edeldamen unauffällig geschnitten wurde. Lediglich die Herzogin und die Dame Liddleville waren ihr auch weiterhin freundlich zugetan. Die anderen sahen in der allzu schönen jungen Frau rätselhafter Herkunft eine gefährliche Konkurrenz. Sie hielten nur einen oberflächlichen Frieden, der in erster Linie deswegen respektiert wurde, weil der Herzog mit seinen Männern unterwegs war. Alles, was Rang und Namen hatte, stand auf dem Schlachtfeld, und um die restlichen Seigneurs, die entweder zu alt oder zu unwichtig waren, entbrannte kein Wettstreit.

Dass ihre Zofe so genau über die problematische Position Bescheid wusste, die sie bei Hofe innehatte, verwunderte Alison. »Was erwartest du von mir?«, fragte sie. »Dass ich mich meistbietend für meine Sicherheit und mein Prestige verkaufe?«

»Es wäre ein Weg«, erwiderte Hélie sachlich. »Warum sollt Ihr Eure Schönheit nicht dazu verwenden, Euer Leben angenehm zu gestalten? Sie ist Euer größtes Kapital. Aber Ihr habt Euch den falschen Mann dafür ausgesucht. Der charmante Lord Windhurst wird Euch nur den Kopf verdrehen und Euch stehen lassen, sobald er sich langweilt. Männer wie er binden sich nicht fest an eine Frau, ganz davon zu schweigen, dass er arm wie eine Kirchenmaus ist und ganz von der Mildtätigkeit des Herzogs abhängt.«

Alison wusste genau, dass Hélie völlig Recht hatte, aber etwas tief in ihr war zu stolz und zu unabhängig, um sich zum hübschen Spielzeug eines Mannes machen zu lassen. Sie hatte nicht La Trisannes hinterhältige Kuppelversuche und César le Noir überlebt, um letztendlich doch bei einem Manne zu landen, den sie nicht lieben konnte, der aber durch die Ehe absolute Gewalt über sie erlangen würde.

»Willst du mich davon abhalten, das Rendezvous in der Menagerie einzuhalten?«, fragte sie noch einmal, und ließ sich auf die gepolsterte Bank vor dem Spiegel sinken.

In der reflektierenden, silbernen Fläche trafen sich ihre Blicke, mit denen der so praktisch denkenden jungen Frau. Sie ahnte nicht, dass Hélie sehr wohl die Sehnsucht in ihren Augen erkannte, dass sie ihr in der Erfahrung mit Männern und der Liebe um Jahre voraus war. Dass sie längst wusste, dass ihre Herrin Lord Windhurst verfallen war, ohne dass Alison ahnte, wie sehr.

»Ihr werdet dort hingehen, egal, was ich Euch sage«, bemerkte sie mit einem Schulterzucken. »Wir können lediglich versuchen, Euch so wohl zu rüsten, dass sogar dieser leichtlebige Seigneur ein Opfer Eurer Schönheit werden muss.«

Sie hielt ihr Versprechen, und die Edeldame, die zierlich den Saum ihres schwarzen Umhanges hob, als sie um die Ecke des Palastes bog und den Weg zu den Menagerien einschlug, hätte das

Herz eines jeden Ritters entzückt. Über der goldfarbenen Robe mit den braunen, schimmernden Pelzbesätzen trug sie einen tiefschwarzen Samtumhang, dessen Kapuze sie über die Haare gelegt hatte, die unter einem geknüpften Netz aus Goldkordeln glänzten. Ein paar tiefrote Locken ringelten sich um das schmale, blasse Gesicht, in dem die grünen Augen erwartungsvoll schimmerten und übergroß wirkten. Unbewusst registrierte sie, dass es hier eigenartig still war.

Früher hatte es in den Käfigen Löwen und Leoparden für die Jagd, dressierte Bären und anderes seltenes Getier gegeben, das zur Kurzweil der hohen Herrschaften gehalten wurde. In den gewaltigen Volieren hatten die seltensten Vögel aus fernen Ländern gezwitschert, und prächtige Pfauen waren durch die gepflegten Gärten und Labyrinthe aus Buchsbaum stolziert.

Nun jedoch standen die Ställe leer, und außer den unvermeidlichen Krähen, Raben und Tauben gab es an diesem Februartag keinen Vogel, der sich im Park gezeigt hätte. Die vergangene, vernachlässigte Pracht verbreitete eine höchst melancholische Stimmung, und Alison, die sich geweigert hatte, Hélie zu ihrer Begleitung mitzunehmen, wünschte sich plötzlich, sie hätte es doch getan.

Sie sah sich suchend um, während ihre eigenen Schritte unter den steinernen Wölbungen eines verlassenen Kreuzganges widerhallten. Welch eigenartiger Ort für ein Stelldichein – er war weit besser für einen heimlichen Überfall als für heimliche Küsse geeignet. Weshalb beorderte Francis sie hierher, wo er doch die Möglichkeit gehabt hätte, jederzeit im Haushalt der Herzogin mit ihr zu sprechen? Dennoch hatte er ja seit Wochen keinen Versuch gemacht, dies zu tun. Sie spürte seine Augen auf sich, wenn sie sich im selben Raum befanden. Sie wusste stets, wenn er sie beobachtete, aber er tat es von ferne und ohne sie merken zu lassen, dass ihm daran gelegen sein könnte, jene ungestümen Stunden zu wiederholen, die sie endgültig zu der Seinen gemacht hatten. Mehr denn je schien alles nur ein Traum gewesen zu sein, bis vorhin der hochnäsige kleine Page mit dieser Botschaft aufgetaucht war.

»Dachte ich's mir doch, dass dich sein Name hierherbringen würde, du kleine Schlampe!«, sagte in diesem Moment eine zischelnde, gedämpfte Männerstimme, und Alison erstarrte mitten in der Bewegung. Dann jedoch zwang sie sich dazu, sich umzudrehen, und erst da entdeckte sie, dass die Tür eines der verlassenen Ställe halb offen stand und dieser grässliche Mann im Halbdunkel seines Verstecks auf sie gewartet hatte.

»Ihr?« flüsterte sie und wich unwillkürlich bis zur nächsten Säule zurück.

»Wen hast du erwartet? Seine Lordschaft, die so angelegentlich seine schützende Hand über dich hält? Ich muss dich enttäuschen, er hat heute früh die Stadt verlassen, um dem Herzog eine dringende Botschaft zu überbringen. Ich fand es an der Zeit, dass wir beide uns unterhalten, da keiner von uns den anderen täuschen kann.«

Alison straffte die Schultern und zog den dunklen Umhang enger um ihre Gestalt. Bélin de Marsaque, beziehungsweise der Seigneur de St. Doye, war auch eines jener Probleme, denen sie beharrlich aus dem Wege ging, seit sie das Doppelspiel entdeckt hatte, das er trieb. Am Tour de Nesle war es lebenswichtig gewesen, so wenig wie möglich zu sehen und zu wissen. Verräter hatten um ihr Leben zu fürchten, und die harte Schule dieser Jahre prägte Alison noch immer. Sie hatte Angst davor, sich in Dinge einzumischen, die sie nichts angingen.

»Was wollt Ihr von mir?« Sie musste sich erst räuspern, ehe ihre Stimme wieder gehorchen wollte. »Ihr habt kein Recht, mich zu beleidigen!«, fuhr sie sicherer werdend fort. »Ich weiß nicht, in welche Ränke Ihr verwickelt seid, aber wenn ich der Herzogin mitteile, dass Ihr alles andere als ein Burgunder seid, wird man Euch verhaften und als Verräter anklagen. Ich hätte jeden Grund der Welt dafür, denn wenn es nach Euch gegangen wäre, läge ich jetzt tot auf dem Grund der Seine.«

»Schau an, das Kätzchen zeigt Krallen«, antwortete er amüsiert, aber sein Blick blieb kühl und abschätzend. »Wieso hast du dann bisher geschwiegen, kleine Hexe? Ich kann es dir sagen: Weil dann herauskommen würde, dass du nicht das zarte Edelfräulein bist, das in letzter Sekunde gerettet werden konnte, sondern eine wilde kleine Straßenhure, die Geliebte des schwarzen César. Ein Stück Dreck! Dann nützt dir auch der Name deiner Mutter nichts mehr, dann trifft dich die volle Verachtung deiner frömmelnden, mildtätigen Herrin. Dann kannst du von Glück sagen, wenn man dich nur hinauswirft und nicht auch noch auspeitscht und brandmarkt!«

Alison biss sich auf die Unterlippe und betrachtete St. Doye voller Unbehagen. Etwas sagte ihr ganz deutlich, dass dies nur ein erstes Scheingefecht war, ein kleines Geplänkel, mit dem er sie einschüchtern und den Boden für andere, wichtigere Dinge bereiten wollte. Für eine neuerliche Schurkerei, wie sie nur ein perverses Gehirn wie das seine ersinnen konnte.

»Kommt zur Sache«, erklärte sie kühl und bedachte ihn mit jenem Blick, den die Dame Liddleville für renitente Mägde, Staubfusseln und Risse in kostbaren Gewändern reserviert hatte.

Ein Blick, der Guy de St. Doye fatalerweise an ihre Mutter Melisande erinnerte. An jene Frau, die ihn voller Verachtung zurückgewiesen hatte und noch im Sterben verflucht hatte. Es reizte ihn bis aufs Blut, durch ihre Tochter wieder daran erinnert zu werden.

»Närrin!«, grunzte er, und seine Augen funkelten böse. »Du solltest lernen, mich nicht zu erzürnen. Ich habe nichts zu verlieren, ganz im Gegensatz zu dir. Wenn du nicht wieder in der Gosse landen willst, solltest du vorsichtig sein. Ich habe mir zudem sagen lassen, dass die Kumpane des schwarzen Césars glauben, dass sie es dir zu verdanken haben, dass ihr Schlupfwinkel am Tour de Nesle aufgeflogen ist. Du warst nicht unter den Mädchen, die im Arbeitshaus gelandet sind und ausgepeitscht wurden. Du bist verschwunden. Sie suchen überall nach dir, um ihren Anführer zu rächen! Sie haben geschworen, dass die rote Alison ihren Verrat büßen muss. Du weißt, was passiert, wenn sie einen kleinen Hinweis erhalten, wo sie dich finden können.«

Alison konnte einen bangen Schauder nicht unterdrücken. Sie brauchte nicht zu fragen, wer dieses falsche Gerücht ausgestreut hatte, um ihr zu schaden. Es trug zu deutlich die Handschrift des

Halunken, der ihr gegenüberstand. Aber was sollte sie tun? Das Netz aus Lügen, aus dem ihr Leben bestand, zog sich wie die Schlinge eines Jägers um ihren Hals zusammen. Sie saß in der Falle. Sie musste tun, was er von ihr verlangte, oder fliehen. Aber sie konnte nicht fliehen. Genauso gut konnte sie sich gleich das Messer ins Herz stoßen.

»Was wollt Ihr?« wiederholte sie müde und starrte auf die gebrochenen Steine zu ihren Füßen.

»So ist es schon besser«, höhnte St. Doye und humpelte näher an sie heran, bis sie den schweren Moschusgeruch, der aus seinen Kleidern aufstieg, erstickend in der Nase hatte. »Wenn unser gemeinsamer Freund Windhurst von seinem Ritt zurückkommt, wird er sich als Erstes bei der Herzogin melden, um ihr die Grüße ihres Gemahls zu überbringen. Zwar kümmert sich weder Bedford um seine Gemahlin, noch interessiert die Herzogin das Wohl ihres Gatten, aber man wahrt natürlich die Form. Ihr werdet zu verhindern wissen, dass er diesen Auftrag als Erstes erfüllt. Schickt ihm eine Aufforderung in die Ställe, Euch unverzüglich in Eurem Quartier aufzusuchen. Eine so dringliche Botschaft, dass er kommen muss. Haltet ihn ein paar Stunden bei Euch fest, an Mitteln, dies zu tun, wird es Euch nicht fehlen, oder irre ich mich da?«

Alison schüttelte den Kopf. »Ihr irrt Euch, Lord Windhurst wird nie und nimmer seinen Auftrag vernachlässigen, um zu mir zu kommen. Ich habe nicht das Recht, ihn von der Herzogin fern zu halten, und wie sollte ich ihn zwingen, bei mir zu bleiben?«

»Papperlapapp! Diesen einen Abend, diese eine Nacht werdet Ihr ihn sehr wohl in Fesseln schlagen können!« unterbrach er sie böse, und sie registrierte, dass er jetzt die formelle Anrede benutzte und sie nicht mehr duzte. Seltsamerweise erschreckte sie das noch mehr als die vorherige Vertraulichkeit. »Ich sende Euch den Pagen, damit Ihr wisst, wann Ihr Euch bereithalten müsst. Macht keinen Fehler, ich warne Euch. Spricht Windhurst zu früh mit der Herzogin, erfahren Eure Freunde vom Tour de Nesle, wo sie Euch finden können.«

Alison zweifelte keinen Augenblick daran, dass er diese bösartige Drohung ernst meinte. St. Doye war eine tödliche Gefahr für sie, und dass er dieses Mal im Moment darauf verzichtete, ihr körperlichen Schaden zuzufügen, hatte sie vermutlich nur der Tatsache zu verdanken, dass sie unversehens zu einer wichtigen Figur in seinen verräterischen Plänen geworden war.

»Ich begreife nicht, weshalb die Herzogin die Grüße ihres Mannes nicht erhalten soll«, murmelte sie. »Was kann daran wichtig sein.«

»Das hat Euch nicht zu kümmern. Gehorcht! Wenn Eure Mutter das getan hätte, wäre sie noch am Leben, und Ihr müsstet nicht um das Eure fürchten.«

Alison schloss für einen Herzschlag lang die Augen, weil sie fürchtete, dass er den Zorn und den Hass in ihrem Blick erkennen würde. Hätte sie in diesem Moment einen Dolch zur Hand gehabt, sie hätte ihn ohne Skrupel gebraucht. Als sich ihr Atem endlich wieder beruhigt hatte und sie aufsah, war er verschwunden. Das unregelmäßige Geräusch seiner hastigen Schritte verriet die Richtung, in die er sich entfernte, aber sie machte keine Anstalten, ihm zu folgen. Es hatte ja doch keinen Sinn.

Erschöpft lehnte die junge Frau die Stirn gegen eine der kühlen Steinsäulen und kreuzte fröstelnd die Arme vor der Brust. Das Wechselbad der Gefühle, das sie in den letzten Stunden erlitten hatte, erschöpfte sogar ihre Kraft. Schrecken hatte die Hoffnung abgelöst, das pure Grauen, die Sehnsucht. War es möglich, dass das launische Schicksal sie tatsächlich zur Komplizin dieses Mannes machte? Dass sie dem Mörder ihrer eigenen Mutter zu Diensten sein musste? Gab es keinen Ausweg?

Natürlich nicht. Wem hätte sie sich denn anvertrauen können? Der Herzogin? Madame hütete seit gestern wieder das Bett. Aber bei all ihrer Güte würde auch sie kein Verständnis für eine Abenteurerin haben, die sich unrechtmäßig den Rang einer Edeldame angemaßt hatte, obwohl sie direkt aus der Gosse kam. Nein, niemand konnte ihr helfen.

14. Kapitel

Es war nicht zu übersehen, dass der strenge Winter der labilen Gesundheit der Gemahlin des Herzogs von Bedford mehr und mehr zusetzte. Die Tage, an denen sie ihr Bett verlassen konnte, wurden seltener, und Alison hatte das unbehagliche Gefühl, dass sie einem wärmenden Licht dabei zusah, wie es langsam schwächer wurde. Nicht einmal Dame Eleanor, in ihrem hohen Alter und vom Fieber geschüttelt, hatte einen solchen Eindruck steigender Hinfälligkeit vermittelt.

Die hohe Frau selbst schien mit ihrem Los seltsam zufrieden zu sein. Sie suchte Trost im Gebet, ließ sich von ihren Damen vorlesen, lauschte Alisons Liedern und verbrachte viele Stunden des Tages damit, einfach mit geschlossenen Augen dazuliegen und zu warten. Die Besuche der zahllosen Ärzte ertrug sie mit Geduld, und die Anzahl der geheimnisvollen Tinkturen, Salben und Fläschchen in ihrem Krankenzimmer wuchs mit der Schar der Doktoren.

Helfen indes konnte ihr keiner der gelehrten Herren. Dem Körper jenes blühenden jungen Mädchens, das vor Jahren den Herzog von Bedford geheiratet hatte, hatten Fehlgeburten und Anstrengungen erschöpft, und nun verweigerte er seinen Dienst. Vielleicht auch deswegen, weil seine Besitzerin sich heimlich und leise dem Leben verweigerte.

Auch an diesem Nachmittag, als Alison mit geschickten Fingern die Laute schlug, lag die Herzog mit geschlossenen Augen da. Dann jedoch stützte sie sich so plötzlich auf, dass Alison erschrak und einen falschen Akkord griff.

»Madame, ich bitte Euch…« Sie legte die Laute zur Seite und trat hastig ans Bett, um die Kranke vorsichtig zu stützen. »Ihr dürft Euch nicht anstrengen. Wartet, ich läute sofort, dass man Euch…«

»Nein, Alison! Nein, niemand anderen. Ich… ich muss Euch um etwas bitten.« Eine fieberheiße Hand fasste nach der jungen Frau und umklammerte ihr Handgelenk.

»Ihr wisst, dass ich Euch mit allem zu Diensten bin«, murmelte Alison, von der Unruhe der Herzogin erschreckt.

»Michel… ich meine Lord Windhurst. Ihr liebt ihn, Ihr würdet ihm nicht schaden, schwört es mir! Schwört mir, dass Ihr ihm wohlgesonnen seid.«

Alison nickte vorsichtig, mehr um die Kranke zu besänftigen, als um das Gesagte zu bestätigen. Ihre Gefühle für diesen Mann waren beileibe nicht so einfach zu beschreiben. Sie zürnte ihm bitter wegen seiner Gleichgültigkeit, wegen der Tatsache, dass er sie bis in ihre Träume bedrängte und dass er sie dazu brachte, sich vor Sehnsucht nach ihm zu verzehren.

»Wenn er kommt, muss ich ihn sprechen. Dringend!«, flüstere die Kranke heiser und umspannte Alisons Gelenk so fest, dass sie sich nur mit Gewalt hätte befreien können.

»Aber niemand darf ihn…«

Ein respektvolles Kratzen an der Tür unterbrach die Herzogin, und sie sank mit einem Seufzer in die Kissen zurück. Alison schaute sie hilflos an, dann blickte sie zur Tür. Der Griff um ihren Arm löste sich, und Alison eilte, um zu öffnen, während in ihrem Kopf alle Sturmglocken auf einmal schrillten. Michel. Hatte nicht auch Dame Eleanor Lord Windhurst bei diesem Namen genannt? Michel, ein französischer Name und kein englischer. Was hatte das zu bedeuten?

Sie stieß die geschnitzte Tür auf und starrte den halbwüchsigen Pagen, der davor wartete, so erschrocken an, als sei er soeben der Hölle entstiegen. Seinen eher nachlässigen Kratzfuß nahm sie kaum zur Kenntnis. Da sie seit drei Tagen nichts von ihrem Widersacher gehört hatte, hatte sie das Treffen bei der Menagerie und seine Drohung einfach verdrängt.

»Ihr sollt Euch bereithalten, lässt Euch der Seigneur ausrichten«, erklärte der Knabe und grinste, als überbringe er ihr die unsittliche Aufforderung, mit diesem Scheusal ins Bett zu gehen. »Ich soll Euch daran erinnern, dass die Suche bestimmter Elemente sonst Erfolg haben könnte.«

Alison rang schwer nach Atem und schlug dem Jüngling erbost die Tür vor der Nase zu. Wie sollte sie der Herzogin diese Botschaft erklären? Zögernd wandte sie sich wieder zum Bett, aber die Kranke war erneut eingeschlummert. Also brauchte sie keine Rechenschaft abzulegen, und niemand würde sie aufhalten, wenn sie jetzt ging.

Was hätte sie von Lord Windhursts Geheimnissen erfahren können, wären sie nicht gestört worden? Sollte sie die hohe Dame wecken, um mehr zu erfahren? Alison trat zum Kamin, in dem ein kräftiges Feuer flackerte, doch die Kälte, die sie plötzlich empfand, kam von innen. In banger Ahnung blickte sie in die Flammen, und ohne dass sie etwas dagegen tun konnte, schloss sich der vertraute Kreis einmal mehr um sie. Sie wurde selbst zur Flamme und die Helligkeit der Glut zum Spiegel, der nicht reflektierte, sondern berichtete.

Die vertrauten Bilder, die sie nun schon so lange nicht mehr gesehen hatte, stellten sich wieder ein. Inzwischen konnte sie mehr Personen einordnen als je zuvor. An erster Stelle Lord Windhurst, der auf einem schwarzen Rappen saß, den er unbarmherzig antrieb, so dass Roß und Reiter einem dunklen Schatten glichen, der über das flache Land flog. Den breitkrempigen Hut tief in die Stirn gedrückt und das kampfbereite Schwert gegürtet, trug er unter seinem Umhang einen leichten Kürass und hatte nur noch wenig Ähnlichkeit mit dem geschmeidigen, eleganten Höfling, den sie kannte. Dieser Mann war ein Kämpfer. Ein Ritter, der sich nicht die Zeit zu tändelnden Worten und Scherzen nahm. Ein tödlicher Bote, der alles vernichten würde, was sich ihm hindernd in den Weg stellte.

Sie sah auch Guy de St. Doye, der einmal mehr aus den Flammen trat, die ihm nichts anhaben konnten. Die alte Frau, die ihn so selbstlos gerettet hatte, stieß er mit einem mächtigen Hieb eine breite Treppe hinunter, so dass sie leblos und mit gebrochenem Hals auf den Steinen liegen blieb. Ein weiteres Opfer auf seinem blutigen Weg, doch eines, das seine Seele mehr belastete als alle anderen. Eines, das ihn endgültig in eine Bestie ohne menschliche Züge verwandelt hatte.

Im Hintergrund sah sie zum ersten Mal auch einen anderen, älteren Mann. Hochgewachsen, hager, mit grauen Haaren und kantigen Zügen, das zerstörte rechte Auge hinter einer Samtklappe verborgen. Er wirkte seltsam vertraut und doch völlig fremd. Sie fühlte den Blick seines gesunden Auges auf sich, suchend, forschend und voller Besorgnis. Einer Fürsorge, die ihr galt, ihren Taten, ihren Gedanken und Plänen. Wieso ängstigte er sich um sie? Wer war dieser Nobelmann, der so sehr eine Verbindung zu ihr suchte, dass sein Bild sich ihr aufdrängte?

Das Kaleidoskop der Personen verschwamm vor ihren Augen, machte dem Spiel der Flammen Platz und der jähen Gewissheit, dass die Dinge einem unausweichlichen Höhepunkt zustrebten. Dass alles, was sie bisher erlebt hatte, nur das Präludium zu einem folgenschweren Ereignis war, in dessen Mittelpunkt sie stand und dessen Auswirkungen sie nur um den Preis ihrer Selbstaufgabe würde mindern können. Es hatte keinen Sinn mehr, sich gegen die Ereignisse aufzulehnen. Das Schicksal ließ sich keine Vorschriften machen.

»Dame Alison! Dame Alison, bitte entschuldigt, ich wurde aufgehalten!« Elisabeth Rogers, die attraktive Lady Marsh, die Alison wahrhaftig nicht mit ihrer Freundschaft auszeichnete, kam mit raschelnden Seidenröcken und von einer Wolke aus Veilchenduft umschwebt in das herzogliche Schlafgemach.

Eigentlich hätte sie an Alisons Seite Dienst gehabt, aber es fiel ihr schwer, der Kranken die nötigen Hilfeleistungen zu geben, ohne sich davor zu ekeln. Sie drückte sich bei jeder Gelegenheit, und Alison wusste auch, dass sie es war, die hinter den meisten bösen Gerüchten steckte, welche über ihre eigene Person im Umlauf waren. Sie schenkte der Dame ein Lächeln, das ebenso falsch war wie deren Lächeln, und zwang sich, der Wirklichkeit ins Auge zu sehen.

»Ein Segen, dass Ihr rechtzeitig erschienen seid, Lady Marsh!« erklärte sie. »Soeben bekam ich eine Botschaft, die mich dringend fortruft. Erlaubt, dass ich der Dame Liddleville Bescheid sage, dass sie Euch eine der anderen Hofdamen schickt!«

Ehe sich Lady Marsh von ihrem Schrecken erholt hatte, war Alison aus dem Zimmer gelaufen, so schnell, dass sie nicht protestieren konnte. Zudem bewegte sich in diesem Moment auch noch die Kranke.

Alison begegnete dem aufgeblasenen Pagen, der für Bélin de Morsaque den Unheilsboten spielte, erneut im Gang vor ihrem Gemach. Grußlos eilte er an ihr vorbei, und Ahison fragte sich flüchtig, was er wohl hier gemacht hatte.

Energisch rief sie sich zur Ordnung. Was hielt sie sich damit auf, über diesen anmaßenden Jüngling nachzugrübeln? Sie hatte wahrhaftig genug damit zu tun, sich einen Plan zu überlegen. Ihr blieb gar keine andere Wahl, als Francis Windhurst aufzuhalten. Ihr eigenes Leben war der Preis, und sie verspürte nicht das Verlangen, zum Tour de Nesle zurückzukehren, oder solchen Schurken wie Craque-dent oder den anderen in die Hände zu fallen. Sie hatte genügend gesehen und erlebt, um zu wissen, was man mit ihr machen würde. Sie wollte nicht sterben. Nicht ausgerechnet jetzt, wo ihr Leben endlich nicht mehr nur ausschließlich aus Hunger, Kälte und Elend bestand.

Sie öffnete hastig die Spitzpforte, die in das hübsch eingerichtete, kleine Zimmer führte, das sie im Palast bewohnte. Es empfing sie dank Hélie mit angenehmer Wärme und verlockenden Düften.

Auf dem quadratischen Tisch vor dem Fenstersitz war ein feines weißes Tuch ausgelegt und in abgedeckten, silbernen Schüsseln wartete eine Mahlzeit. Das Kerzenlicht funkelte in den venezianischen Glaspokalen, und die rundliche Zofe stellte eben den silbernen, beschlagenen Krug mit Wein dazu.

»Er hat mir gesagt, Ihr erwartet einen Gast«, antwortete Hélie auf den fragenden Blick ihrer Herrin.

Alison registrierte, was die Zofe sagte, aber sie war zu nervös, um Hélies Worte richtig zu begreifen. Sie trat an den Tisch und hob den einen oder anderen Deckel von den Köstlichkeiten, die dort auf einen müden und sicher auch hungrigen Boten warteten. Nun, was war schon falsch daran, einem Reiter, der sich bis an die Grenzen seiner Leistungsfähigkeit erschöpft hatte, Nahrung und Ruhe zu bieten? Das konnte doch kein Fehler sein, beruhigte sie sich selbst.

»Kann ich etwas für Euch tun?«, beharrte Hélie, die das Benehmen ihrer Herrin ausgesprochen seltsam fand.

»Nein, du kannst gehen.« Alison winkte ab. »Ich brauche dich heute nicht mehr. Danke.«

Hélie öffnete den Mund, besann sich dann jedoch eines anderen, und machte ihn wieder zu. Sie deutete einen respektvollen Knicks an und zog sich in den Hintergrund des Raumes zurück, wo sie auf einem Hocker Platz nahm und die feine Näharbeit fortsetzte, mit der sie beschäftigt gewesen war, ehe der Page die Mahlzeit gebracht hatte. Es dauerte geraume Zeit, bis Alison endlich merkte, dass Hélie immer noch im Raum war,

»Warum gehst du nicht?«, fragte sie ungeduldig und nahm sich die spitze Haube ab, die ihre Haare bedeckte. Sie zog die Nadeln aus den Flechten und schüttelte die Wolke der roten Locken über ihren Rücken.

»Ihr erwartet Besuch, Madame«, erklärte die Zofe leise.

»Ihr solltet nicht allein einen Seigneur empfangen. Das schadet Eurem Ruf, Ihr wisst es.«

Alison hatte einmal mehr ihre Not mit den Fallstricken der höfischen Etikette und betrachtete ihre Zofe, die auf diesem Gebiet viel besser Bescheid wusste, mit gelinder Verzweiflung. Wie sagte man diesem schwarz gekleideten, gehorsamen Denkmal des Anstands, dass man es los werden wollte? Dass sich die Dinge, die zwischen ihr und Francis Windhurst zweifellos gesagt werden würden – sei es nun im Guten oder im Bösen – kaum für die Ohren einer Zofe geeignet waren?

»Ich kümmere mich schon selbst um meinen Ruf«, erwiderte sie sanft, aber unmissverständlich. »Ich möchte allein sein, Hélie, und es kümmert mich wenig, ob du damit einverstanden bist oder nicht.«

Die Zofe runzelte die Stirn und ließ zögernd Stoff und Nadel sinken. In ihren dunklen Augen stand Misstrauen und eine gute Portion Vorsicht. Wenn sich Dame Alison über sie beschwerte, dann verlor sie die angenehmste und leichteste Arbeit, die sie seit langem gehabt hatte. Doch wenn sich diese Dame mit den unkonventionellen Manieren und der ungestümen Art in ernsthafte

Schwierigkeiten brachte, hatte es für sie die gleichen Folgen. Wie sie sich auch entschied, das größere Risiko lag immer bei ihr.

»Wenn es deinen Sinn für Schicklichkeit beruhigt, kannst du ja in der Nähe bleiben, damit ich dich rufen kann«, bot Alison an, als sie Hélies Zaudern spürte.

Die festen Schritte und das herrische Klopfen an der Tür beendeten die Diskussion, ehe sie richtig in Gang gekommen war.

Hélie beeilte sich zu öffnen und schlüpfte hinaus, als die hohe Gestalt im schwarzen Reitermantel sporenklirrend eintrat.

»Was in Dreiteufelsnamen kann von solcher Dringlichkeit sein, dass Ihr mir bis in die herzoglichen Ställe eine Nachricht schickt?« rief er an Stelle einer gesitteten Begrüßung und betrachtete unwillig die zierliche, wunderhübsche Gestalt, deren rotgoldene Locken wie ein unpassender Heiligenschein schimmerte. »Ich muss sofort die Herzogin aufsuchen!«

»Die Herzogin ruht«, antwortete Alison mit einer Gelassenheit, die sie in Wirklichkeit gar nicht empfand. »Sie ist sehr krank gewesen und darf im Augenblick nicht gestört werden. Man gibt mir Nachricht, sobald sie wach ist. Wollt Ihr Euch bis dahin nicht wenigstens setzen und Euch ein wenig stärken? Ihr müsst müde und hungrig sein nach diesem schlimmen Ritt.«

Die Lüge ging ihr leicht von den Lippen, und dass sie sich dafür schämte, konnte man ihrem lächelnden Gesicht nicht ansehen. Francis Windhurst, der in der Tat einen erschöpfenden Ritt über winterliche Straßen und Felder hinter sich hatte, der sowohl ihm als auch seinem Pferd alles abgefordert hatte, erlag der Versuchung. Er hatte keinen Grund, Alison zu misstrauen. Anne von Burgund hatte ihm selbst versichert, wie sehr sie ihre neue Hofdame schätzte und dass sie ihr im Gegensatz zu Lady Marsh oder der Dame Liddleville sehr wohl vertraute.

»Lasst mich Euch den Umhang abnehmen«, fuhr Alison fort und spielte die vollendete Gastgeberin. Sie musste sich auf die Zehenspitzen recken, um den schweren, schmutzbespritzten Mantel von seinen Schultern heben zu können, den sie dann über die Bank vor ihrem Spiegeltisch warf. Sie griff nach dem Weinkrug und füllte einen der gläsernen Pokale mit schwerem, dunklem Rotwein aus Burgund.

»Auf Euer Wohl, Seigneur!« Sie hielt ihm das Glas mit beiden Händen hin, doch er zögerte, danach zu greifen.

Ihre Blicke trafen sich und hielten sich fest. Alison fühlte das Pochen ihres Herzens so stark, dass sie fürchtete, er müsse es auch hören. Die Welt um sie herum versank, und sie sah nur noch das schmale, edle Gesicht, das nun tiefe Spuren körperlicher Erschöpfung zeigte. Aber das Feuer der blauen Augen verlor zunehmend an Kälte, wurde wärmer, glühender, leidenschaftlicher.

So sehr sich Francis Windhurst auch bemüht hatte, die kleine Gauklerin zu vergessen, die sich so geschickt in das gütige Herz Anne von Burgunds eingeschmeichelt hatte, es war ihm nicht gelungen. Ein einziger Blick in diese grüngoldenen Augensterne, und seine guten Vorsätze versanken im Nichts.

Die Leidenschaft, die bis jetzt in ihm geschlummert hatte, erwachte wieder, während er ihre feucht glänzenden, rosigen Lippen betrachtete, als er sah, wie heftig die Ader an ihrem schlanken Hals pochte. Sein Blick wanderte zu ihren Brüsten, die sich unter dem mattgrauen Mieder abzeichneten und an die er sich so gut erinnern konnte. Keine Frau hatte so herrliche Brüste wie sie! Bei Gott, sie war eine Hexe! Eine Sirene, die in das Blut eines Mannes drang und es vergiftete, um ihn für immer zu schwächen.

Sie durfte nie erfahren, welche Macht sie über seine Sinne, seinen Körper und seinen Geist besaß, wie schwach sie ihn machte, wenn er sie in seine Nähe ließ. Wenn er den zarten Duft nach Blüten und Sommer roch, der sie umgab, wenn er den leisen Hauch ihres Atems spürte. All das umwob ihn mit einem Netz aus seidenen Spinnenfäden, in dem er sich jedes Mal von neuem verfing, sobald er in ihre Reichweite kam. Nicht umsonst hatte er es in den letzten Wochen vermieden, ihre Nähe zu suchen. Er hatte gewusst, dass es um seine Beherrschung geschehen sein würde, sobald sie miteinander allein waren. Wie jetzt in diesem verzauberten Moment.

Er hob die Hand, um mit dem Zeigefinger die Kontur ihres

Kinns nachzufahren und den schlanken Hals zu berühren, die seidige, weiche Haut.

Alison hielt still. Nur der Wein, der in dem Glaspokal schwappte, verriet, dass sie nicht so ungerührt blieb, wie es nach außen hin wirkte, dass ihre Hand zitterte.

»Wie schön du bist, kleine Gauklerin«, sagte Windhurst mit belegter Stimme. »Der Traum eines müden, durstigen und hungrigen Mannes, der sich nach Wärme und Nahrung sehnt. Nach ein wenig Zärtlichkeit von seiner Liebsten und danach, in ihren Armen einzuschlafen. Was bietest du mir in deiner Gastfreundschaft?«

Seine Worte hatten eine eigenartige Wirkung auf ihren Körper. Plötzlich war sie sich jedes einzelnen Nervs bewusst. Das Blut kreiste schneller durch ihre Adern und verbreitete eine sehnsüchtige Schwere in ihrem Körper. Sie senkte die Lider, weil sie seinem Blick nicht mehr standhielt, aber sie fühlte ihn weiterhin intensiv auf ihrem Gesicht, spürte, wie er zu ihrem Dekolleté glitt, das ihr am Morgen noch so züchtig erschienen war und nun von ihren heftigen Atemzügen fast gesprengt wurde.

Francis beugte sich zu ihr, um ihr den Pokal aus der Hand zu nehmen, aber er führte ihn nicht an die Lippen. Er stellte ihn achtlos zur Seite, neigte den Kopf und küsste sie sanft. Er umschloss ihr Gesicht mit beiden Händen, und seine Lippen wurden leidenschaftlicher, gieriger. Das ungestüme Verlangen, das aus diesem Kuss sprach, weckte ein ebenso wildes Echo in Alison. Sie zitterte, aber sie machte keinen Versuch sich zu lösen. Im Gegenteil, sie umklammerte die breiten Schultern, hängte sich an ihn wie eine Ertrinkende.

Als er sie genauso plötzlich wieder freigab, wie er sie an sich gerissen hatte, taumelte Alison, weil sich das Gemach vor ihren Augen drehte. Sie wandte sich ab, und erst, als sie ihr Gleichgewicht wiedergefunden hatte, drehte sie sich wieder zu dem Mann zu, der sie mit einer Mischung aus Zynismus und schlechtem Gewissen beobachtete, während er den Wein in langen, begierigen Zügen trank. Sie selbst fühlte eine Trockenheit in der Kehle, die nicht vom Durst kam und ihrer sonst so melodischen Stimme ein heiseres, fremdes Timbre gab.

»Ihr müsst auch hungrig sein«, zwang sie sich zu sagen und hob die Deckel von den Platten. »Greift zu und lasst es Euch schmecken!«

Francis Windhurst beobachtete sie schweigend. In diesem Moment erinnerte sie ihn plötzlich an die gehorsame kleine Magd in der schmalen Straße neben dem Hof der Domherren. Schon damals hatte er sich danach gesehnt, ihr die züchtigen dunklen Kleider vom Leib zu reißen und sie auf dem großen Bett hinter dem Ofen zu lieben. Er hatte viel zu lange damit gewartet und doch gleichzeitig immer gewusst, dass er einen schlimmen Fehler beging, wenn er es tat. Nun konnte er sie erst recht nicht mehr vergessen, wie es ihm bei all den anderen zärtlichen Gefährtinnen, die die wenigen friedlichen Augenblicke seines Lebens mit ihm geteilt hatten, stets ohne Probleme gelungen war.

Erschöpft ließ er sich auf den gepolsterten Stuhl sinken und streckte die müden Beine von sich. Er griff nach dem Napf, in den Alison eine kräftige Eierbouillon gefüllt hatte. Aber mitten in der Bewegung verharrte er mit einem Ausdruck so fassungslosen Erstaunens auf dem Gesicht, dass die junge Frau unwillkürlich einen leisen Schrei ausstieß.

»Was habt Ihr? Was...«

Sie brach ab, denn Francis Windhurst ächzte auf, fuhr sich mit der Hand an die Kehle und versuchte aufzustehen. Sein Blick suchte Alison, und seine Worte trafen sie wie ein unverhoffter Schwerthieb.

»Hexe! Verdammt! Ich war ein Narr, Euch zu vertrauen. Ihr habt mich vergiftet... Ihr wollt... Heilige Mutter Gottes, was für ein Idiot ich war, einer Schlampe vom Tour de Nesle zu vertrauen...« Als er sich hochzog und einen Schritt auf sie zu machen wollte, stürzte der Tisch mit den Speisen klirrend um. Keuchend griff Francis nach seinem Dolch, und Alison wusste, dass er sie töten würde. Dass dies das Ende war! Sie machte keinen Versuch, ihm auszuweichen, wie gelähmt blieb sie vor ihm stehen. Doch ehe er sie erreicht hatte, brach er auf dem Teppich zusammen. Still lag er da, so reglos wie eine Gliederpuppe, deren Fäden der Marionettenspieler nicht mehr festhält.

Alison starrte entsetzt auf die schwarze Gestalt zu ihren Füßen. Sie öffnete den Mund, um zu schreien, doch nur ein Krächzen kam heraus. Sie hatte ihn getötet! Bei allen Heiligen des Himmels, sie hatte den Mann getötet, den sie mehr liebte als sich selbst!

15. Kapitel

»Wie ist das möglich? Was ist passiert?«

Hélie schloss eilig die Tür des Gemachs hinter sich und lehnte sich mit dem Rücken dagegen. Sie wagte keinen Schritt in den Raum hineinzutun, wo Alison neben Francis Windhurst kniete und vergeblich versuchte, den leblosen Körper aufzurichten.

»Man hat ihn vergiftet, anders kann ich es mir nicht erklären«, erklärte Alison heiser. »Außer dem Wein hat er nichts zu sich genommen. Als er kam, war er zwar erschöpft, aber bei voller Gesundheit. Was können wir tun? Ich ertrage es nicht, wenn er stirbt, Hélie. Heilige Mutter Gottes, er darf nicht sterben!«

Die Eindringlichkeit in Alisons Stimme riss die Zofe endlich aus ihrer Erstarrung.

»Vergiftet? Wer um alles in der Welt sollte…«

»Der Page!« Jetzt fiel es Alison wieder ein, und viel zu spät stellte sie die Zusammenhänge her. Wie erbärmlich leichtsinnig und dumm sie doch gewesen war! »Dieser Page hat das Tablett gebracht, nicht wahr?«

»Natürlich, ich…«

»Ich bin eine Närrin!« rief Alison erbittert. »Was für eine dumme, aufgeblasene Närrin bin ich doch! Ich bin schuld, wenn sein Plan gelingt… O gütiger Himmel, was kann ich nur tun?«

Hélie nahm die Weinkaraffe vorsichtig auf und schnupperte daran. Dann beugte sie sich über den leblosen Mann und zog eines seiner Lider hoch.

»Ich weiß nicht viel davon, aber es könnte Nachtschatten sein oder etwas Ähnliches. Im Rotwein lässt sich der Geschmack am ehesten verbergen. Ob er zu retten ist, hängt davon ab, wie viel er getrunken hat. Manchmal dauert es viele Stunden, bis der Tod eintritt. Vielleicht kann ihm ein Arzt helfen, im Palast…«

Alison fuhr auf. Im Palast wartete Bélin de Morsaque darauf, dass die Nachricht von Francis' Tod laut wurde. Sie zweifelte keine Sekunde daran, dass es sein Werk war, dass Lord Windhurst ausgerechnet hier und in ihrem Gemach zu Tode kommen sollte. Die nachfolgende Untersuchung würde vermutlich jede Menge gefälschte Beweise gegen sie zu Tage bringen, und am Ende stände der Scheiterhaufen.

Eine Anklage und Verurteilung als Hexe! Die Engländer liebten derartige Schauspiele, sie hatten es erst im vergangenen Jahr bewiesen, als sie *La Pucelle*, die arme Jungfrau von Orléans, auf so schmähliche und schändliche Weise hingerichtet hatten. Wenn sie erst herausbekamen, dass sie, Alison, sich auf betrügerische Weise unter die Damen der Herzogin geschmuggelt hatte, würde man ihr kein Wort glauben. Der Scheiterhaufen war eine Rache Guy de St. Doyes, die zu seinem schurkischen Charakter passte.

»Er darf keinesfalls im Palast bleiben«, erwiderte sie. »Zum einen kann ich nie beweisen, dass ich nichts mit dem Anschlag auf ihn zu tun habe, und zum anderen wird ihm hier nicht geholfen werden. Ich weiß nicht, warum, aber ich glaube, das würde die Gefahr, in der er schwebt, noch vergrößern. Jemand will, dass er die Botschaft, die er erhalten hat, nicht mehr weitergeben kann. Aber ich glaube, ich kenne einen Ort in Paris, wo er vielleicht sicher wäre…«

Dame Eleanor und das Haus im Schatten von Nôtre Dame waren ihr eingefallen. Dort konnte er fürs Erste Hilfe finden.

Denn wenn St. Doye unter falschem Namen im Palast wohnte, musste die alte Frau dort alleine sein. Aber wie sollte sie, ohne Aufsehen zu erregen, einen todkranken Mann durch halb Paris transportieren?

»Es gäbe eine Möglichkeit, ihn wegzubringen«, sagte die Zofe nach einer Weile nachdenklich. »Aber ich kann Euch kaum zumuten, was…«

»Zier dich nicht«, befahl Alison, die die kühlen Hände des Lords so angestrengt umklammert hielt, als könnte sie damit verhindern, dass sein Geist seinen bewusstlosen Körper vorzeitig verließ.

Es lag etwas in ihrem Ton, das Hélie alle Vorbehalte vergessen ließ und sie zwang, in knappen Worten einen so abenteuerlichen

Plan darzulegen, dass Alison nur darüber staunen konnte. Blitzschnell wog sie die Chancen ab, und nach einem weiteren besorgten Blick in das Antlitz des ohnmächtigen Mannes nickte sie.

»Das könnte tatsächlich klappen. Wir müssen es riskieren, damit er eine Chance erhält. Also hilf mir und besorg mir die entsprechenden Kleider. Wir dürfen keine Zeit verlieren, er atmet sehr unregelmäßig…«

Die beiden kräftigen Bewaffneten, die wenig später mit Hélie in das kleine Gemach traten, hatten keinen Grund, der Geschichte der Zofe zu misstrauen. Im Kamin flackerte ein kleines Feuer, einige wenige Kerzen brannten, und es duftete nach den Resten einer Mahlzeit. Auf dem zerwühlten Bett lag ein Mann ohne Stiefel, nur mit Hemd und Hose bekleidet, und die zierliche Magd, die sich um ihn bemühte, sah aus wie Hélies kleinere, schlankere Schwester. Eine sittsame Leinenhaube verdeckte die Haare, und das braune Kittelkleid war nur mit einem geflochtenen Strick gegürtet.

»Ihr müsst verstehen«, plapperte derweilen Hélie, »wir sind anständige Mädchen. Unsere Herrin ist eine Dame von großem Einfluss, aber auch unsereins will eben ein bisschen Spaß haben, wenn die Großen feiern. Wir dachten uns nichts Böses, als wir den Seigneur zu uns einluden, und plumps, kippte er plötzlich um. Er scheint wenig Wein zu vertragen, und es ist sicher für uns alle das Beste, wenn wir ihn in sein Quartier bringen, ehe wir seinetwegen Ärger bekommen. Könnt Ihr Euch vorstellen, was passiert, wenn wir ihn nicht rechtzeitig von hier fort bekommen?«

Da sich Hélie bei dieser Rede ungeniert an den Kräftigeren der beiden Soldaten schmiegte und ein paar offene Schlaufen an ihrem Mieder bewiesen, dass sie ihm entweder ein paar Freiheiten gewährt oder zumindest in Aussicht gestellt hatte, richtete der Mann seinen Blick eher auf ihre üppigen Brüste als auf den ›Betrunkenen‹. Der zweite wandte sich Alison zu, die mit niedergeschlagenen Augen ihre Ungeduld verbarg und sich einen dreisten Kniff in den Po gefallen ließ, wobei die grobe Hand sehr wohl auch noch die Festigkeit dieses Körperteils prüfte.

»Seid nicht so ungeduldig«, schnurrte Alison in einer perfekten Nachahmung von Hélies Tonfall. »Erst müssen wir dieses kleine Problem lösen … wir sind schließlich anständige Mädchen, die einen armen Mann nicht um seine Gesundheit bringen wollen …«

Hélie hätte sich um ein Haar verraten, so verblüfft war sie über die schauspielerische Leistung ihrer sonst so ruhigen und sittsamen Herrin. Aber blitzschnell fing sie sich wieder und übernahm das Kommando. Im Nu hing Francis Windhurst, in seinen Umhang gehüllt, den auffälligen blonden Schopf unter einem Hut mit breiter Krempe verborgen, zwischen den kräftigen Armen der beiden Männer. Es sah exakt so aus, als hätten sie einen betrunkenen Kameraden bei sich, den sie in ihrer Gutmütigkeit auf dem nächsten Strohsack abladen wollten.

Während Hélie prüfte, ob der Gang frei war, schaute sich Alison noch einmal in dem kleinen Gemach um. Etwas sagte ihr, dass sie nicht zurückkehren würde, dass es sich hier um einen Ort handelte, an dem sie nur kurze Zeit ihres Lebens verbracht hatte. Sie trat zu dem Ebenholzkästchen auf dem Kaminsims und nahm einen kleinen Samtbeutel heraus, den sie in eine Seitentasche ihres Kittels gleiten ließ. Sie wollte das alte, goldene Medaillon nicht zurücklassen, wenn sie ging. Alles andere gehörte sowieso nicht ihr. Sie hatte all die Gewänder und den Luxus stets nur als geliehene Pracht betrachtet.

Hélie kam zurück und nickte. Schweigend machten sie sich auf den Weg nach draußen. Den schmalen Pfad durch die Gärten hinunter zum Flussufer fand die Zofe mit der Sicherheit eines Menschen, der diesen Weg schon oft in nächtlicher Dunkelheit gegangen war. Alison sparte sich die Fragen, während sie in einen schweren, groben Mantel gehüllt hinter den anderen herhuschte und ein Stoßgebet nach dem anderen zum Himmel schickte. Zum einen, dass sie rechtzeitig genug einen Arzt fanden, um Lord Windhurst zu retten, und zum anderen, dass es ihnen gelingen würde, aus dem Bannkreis des Palais zu entkommen, ehe Guy de St. Doye feststellte, dass ihm beide Opfer auf einmal entflohen waren.

Wie es Hélie in dieser Eile gelungen war, auch den schmalen

Nachen zu organisieren, der unten am Fluss auf sie wartete und in den der Lord gebettet werden konnte, war Alison ein Rätsel. Sie war dankbar dafür, dass ihre Zofe die beiden Soldaten mit ein paar Münzen und einem Versprechen auf spätere Liebenswürdigkeiten entlohnte. Dann bedeutete sie dem stämmigen Mann, der das Boot steuerte, sich an die Arbeit zu machen. Er konnte der Strömung des Flusses ausnutzen, und er schien sich gut auszukennen, denn er landete genau unterhalb von Dame Eleanors Haus.

»Bleib hier mit ihm«, raunte sie Hélie zu. »Ich laufe zum Haus. Ich muss erst wissen, was uns dort erwartet, ehe ich das Risiko eingehen kann, ihn dorthin zu bringen.« Ohne auf eine Antwort zu warten, huschte sie davon, und sie verschmolz so vollkommen mit der Dunkelheit, dass ihre Zofe nur verblüfft nach Luft schnappte. Obwohl der Abend noch nicht sehr weit fortgeschritten war, lag die kleine Straße bereits in nächtlicher Ruhe, wenn man von einem lautstarken Ehestreit absah, der irgendwo hinter verschlossenen Türen geführt wurde. Alison drückte sich an den Wänden entlang und spürte den Schlamm und Morast, der sich winterlich eisig und feucht an Schuhen und Rocksäume hängte.

Eine Bewegung am anderen Ende der Gasse ließ sie innehalten. Erst jetzt dachte sie daran, dass Césars Kumpane das Haus ja kannten. Hatten sie es unter Bewachung gestellt, für den Fall, dass sie zurückkam? Lauerten sie dort irgendwo in einem Hofeingang, unter einem Vordach oder einem Portal, um sie zu ergreifen?

Sie hatte keine Zeit, sich über derlei Unwichtigkeiten den Kopf zu zerbrechen. Es ging um ein Menschenleben. Ein höchst wichtiges Menschenleben. Wenn Francis Windhurst starb, war es sowieso egal, was aus ihr wurde.

Die Haustür von Dame Eleanors Haus ließ sich erstaunlicherweise ohne Probleme öffnen. Alison trat in die Küche, in der alle Spuren von Craque-dents Überfall beseitigt worden waren. Ein Topf mit Brühe simmerte auf dem Herdstein, und der rötliche Schein der abgedeckten Glut erleichterte die Orientierung. Es roch nach warmer Suppe und getrocknetem Knoblauch, nach

Holz und Bienenwachs, nach Geborgenheit und zu Hause. Doch Alison hatte keine Zeit, sich von so etwas abhalten zu lassen.

Sie raffte ihren Rock und eilte zur Treppe. Vorsichtig bemühte sie sich, die knarrenden Stufen zu meiden. Sie hatte bereits den zweiten Absatz erreicht, als plötzlich ein Arm aus dem Dunkel schoss, sich um ihren Hals legte, und eine grobe Hand ihren Aufschrei im Keim erstickte. Sie zappelte hilflos in dem Griff, strampelte mit den Beinen und merkte, wie ihr die Luft knapp wurde.

»Alison? Heilige Agnes, das ist ja Alison! Du hast sie erwürgt, du Grobian! Konntest du nicht ein wenig besser aufpassen, wen du zwischen deine Pranken nimmst? Also wirklich, ich... Alison? Dem Himmel sei Dank, sie schlägt die Augen auf. Ich hätte es dir nie verziehen, Jean, wenn du dem Mädchen wehgetan hättest...«

Alison sah in das gütige Gesicht mit den wasserblauen Augen. Dame Eleanor nahm das Tuch an sich, mit dem sie ihr die Stirn betupft hatte, und schenkte ihr jenes liebevolle Lächeln, an das sie sich so gut erinnerte.

»Es tut mir Leid, meine Liebe! Jean konnte nicht wissen, dass du es bist. Er übertreibt es mit seiner Fürsorge für mich. Er hat es nicht böse gemeint.«

Alison, die nur langsam wieder in die Wirklichkeit fand, starrte auf einen riesigen, schwarzhaarigen Hünen mit so breiten Schultern, dass sie sich fragte, wie er wohl damit durch die Tür kommen mochte. Unter einer wahren Matratze dichter schwarzer Locken befand sich jedoch das argloseste und gutmütigste Vollmondgesicht, das man sich vorstellen konnte. Er trug ein schmuckes, tabakfarbenes Wams und Lederhosen, aber keine Schuhe. Das erklärte wohl, warum sie ihn nicht gehört hatte.

»Madame!« Mit einem Schlag wusste sie wieder, weshalb sie hier war. Sie richtete sich hastig auf. »Der Seigneur St. Doye, ist er noch Euer Mieter?«

»Aber nein, Kind! Er ist erfreulicherweise ausgezogen, am selben Tag, als du gegangen bist. Ich hatte mir ehrlich gesagt schon ein wenig Sorgen gemacht, bis mich Mi... ich meine Francis, beruhigt hat. Er sagte, es ginge dir gut und du ließest mich grüßen. Doch du wirkst, als hättest du Kummer, und deine Kleider...«

»Meine Kleider sind nicht wichtig. *Er* ist wichtig! Lord Windhurst. Er ist unten am Flussufer in einem Boot. Man hat versucht, ihn zu vergiften ... Er ... ich weiß nicht, ob man ihn retten kann ... Er braucht einen Arzt, so schnell es geht!«

Alison brach ab und rang die Hände. Dann zwang sie sich, verständlich und in knappen Worten zu berichten, was sich ereignet hatte. Jetzt war keine Zeit zu jammern. Auch Jean, das Gebirge, schien dieser Meinung zu sein. Er war schon in seine Stiefel geschlüpft.

»Zeigt mir, wo ich ihn finde!«, befahl er, und Alison lief voraus, verharrte aber vor dem Hinterausgang. »Gibt es eine Möglichkeit, ihn ins Haus zu bringen, ohne dass man es von der Straße aus sieht? Es könnte sein, dass ich beobachtet worden bin!«

Jean war offensichtlich kein Freund überflüssiger Fragen.

Er nickte kurz, packte sie am Arm, ging mit ihr durch den Hof und schob im leeren Hühnerstall eine Futterkrippe und eine Truhe zur Seite, ehe er die verborgene Pforte in der Rückseite öffnete. Das Haus verfügte über noch mehr Ein- und Ausgänge, als Alison geahnt hatte.

Wenig später nahm er mit Leichtigkeit die große, schlanke Gestalt auf seine Arme und trug sie auf dem gleichen Weg zurück, während Alison und Hélie ihm folgten. Kaum dass Francis Windhurst in Dame Eleanors mächtigem Bett lag, war Jean auch schon wieder verschwunden, um einen Doktor aufzutreiben.

Während Alison auf der Bettkante saß und verzweifelt auf den leblosen Mann herabblickte, der in flachen, unregelmäßigen Zügen atmete und so bleich wie das Laken war, hatte Hélie immer noch Mühe, Jeans spektakulären Anblick zu verarbeiten.

»Gütige Maria Magdalena«, murmelte sie. »Was für ein Mann! Aus dem hätte der Herrgott gut und gerne drei normale Männer machen können. Wie seid Ihr an den geraten? Habt Ihr ihn in der Menagerie gefunden?«

Dame Eleanor, die auf der anderen Seite von Francis Windhurst saß und besorgt seine Stirn befühlte, schenkte Hélie ein kleines Lächeln. »Jean Malmortes ist ein prächtiger Junge. Begeht nicht den Fehler, ihn für ein Monster ohne Verstand zu halten.«

»Also, Monster würde ich ihn nicht gerade nennen…« meinte Hélie und ließ sich endlich auf einem Hocker nieder. Erst begannen ihre Knie zu zittern, und sie fragte sich, ob sich Dame Alison überhaupt der Gefahren bewusst gewesen war, die sie auf sich genommen hatten, als sie den Kranken hierher gebracht hatten. Ob sie überhaupt jemals wieder in den Palast zurück konnten, ohne dort in des Teufels Küche zu geraten, war ohnehin die Frage.

»Man muss ihn retten«, flüsterte Alison vor sich hin. Sie war so ausschließlich und mit allen Sinnen auf Lord Windhurst konzentriert, dass die übrige Welt um sie herum, an Bedeutung verlor. »Ich kann nicht zulassen, dass er stirbt, nur weil ich dumm genug war, mich zum Werkzeug eines gewissenlosen Schurken machen zu lassen. Herr des Himmels, rette ihn! Verdirb mich, aber rette ihn!«

»Gott macht keine Geschäfte mit seinen Gläubigen, Kind«, mahnte die alte Dame leise. »Aber ich bin sicher, er lässt nicht zu, dass ihr beide durch den Tod getrennt werdet, ehe ihr die Dinge zwischen Euch bereinigt habt. Vielleicht irgendwann einmal, viele Jahre später, wenn ihr Euer Leben gelebt habt, aber nicht, ehe es begonnen hat…«

Alison musste sich zwingen, den Blick von Francis abzuwenden und die alte Dame anzuschauen. »Woher wisst Ihr?«

»Dass Ihr voneinander besessen seid? Kind, das konnte man in seinen wie in deinen Augen lesen. Verzweifle nicht, vertraue…«

»Wem?« fragte Alison mit brüchiger Stimme und in bitterem Spott.

»Wenn schon sonst niemandem, dann ihm…« Eleanor betrachtete den reglosen Mann, und auch Alison schaute ihn wieder an.

»Wenn er es überlebt, wird er mich hassen«, stellte sie hellsichtig fest. »Er wird mich beschuldigen, dass ich ihn ermorden wollte, und er wird meine Bestrafung verlangen. Er wird nicht ruhen, bis ich vernichtet bin, weil er glaubt, dass er dann von meinem Bild und von der Erinnerung an mich befreit ist. Ich bin ihm nicht gut genug… gut genug für eine richtige Zukunft, meine ich. Er fürchtet die Gefühle, die ich in ihm wecke, er denkt, dass sie ihn schwächen, ihn in einen geringeren Mann verwandeln.«

Die Ankunft des Arztes, den Alison schon einmal in diesem Hause gesehen hatte, unterbrach sie. Sie zog sich in den Hintergrund des Raumes zurück, kauerte sich neben Hélie vor das Feuer und hätte sich am liebsten wie die Scheite in Rauch und Asche aufgelöst. Sie musste sich zwingen, die eigene Verzweiflung niederzukämpfen, doch es wollte ihr nur schlecht gelingen. Guy de St. Doye hatte es fertig gebracht, dass sie sich selbst verachtete, dass sie sich zutiefst hasste und verabscheute. So wie Francis sie hassen und verabscheuen würde, falls er wieder gesund wurde.

Der Kampf dauerte drei Tage und drei Nächte, in denen Alison kaum die Augen zutat. All seine Qualen litt sie mit. Im Verein mit Dame Eleanor, Hélie und dem Hünen Jean flößte sie dem Kranken die Tränke des Arztes ein, kühlte seinen fiebergeschüttelten Körper und wärmte ihn, wenn er Schüttelfröste bekam. In der dritten Nacht war er schließlich so weit bei Bewusstsein, dass er sich schwach umsah und fragen konnte:

»Wo… wo bin…«

Dame Eleanor saß dicht neben ihm und drückte seine Schultern in die Kissen.

»Bei mir, mein Junge! Alles ist in Ordnung, du wirst gesund werden. Alison…«

»Nenn nie wieder diesen Namen in meiner Gegenwart!«

Der heisere Fluch, der diesem Befehl folgte, ließ Alison zusammenfahren, und sie biss sich in die Fingerknöchel, um ihr Schluchzen zu unterdrücken. »Ich verfluche diese rothaarige Hexe mit ihrem Nixenkörper! Ich werde sie mit eigenen Händen erwürgen, wenn sie mir jemals wieder unter die Augen kommt. Ich… ich muss zur Herzogin! Großmutter, die Botschaft, Ihr wisst…«

»Du musst erst gesund werden! Jean kann für dich…«

»Unmöglich! Jean dringt niemals zu Anne vor, Ihr wisst es, nur ich… Der Brief! Er ist im Saum meines Umhanges eingenäht. Sie muss ihn erhalten, sonst ist alles umsonst gewesen. Der Friede, der Friede für ganz Frankreich hängt davon ab...«

Die Anstrengung ließ ihn aufkeuchen, dann brach er wieder zusammen. Die Aufregung war zu viel für seinen geschwächten Körper, und sein Bewusstsein verweigerte jede weitere Anstrengung.

Ein unterdrücktes Schluchzen zog die Aufmerksamkeit der alten Dame auf sich, und sie schaute zu Alison hin, die am Kamin saß, die Arme um den Oberkörper geschlungen hatte und sich hin und her wiegte, als könne sie damit die Schmerzen lindern, die sie erfüllten.

»Alison!«

»Madame!«

Hélie eilte an Alisons Seite, und zum ersten Male in jenen fieberhaften Tagen fiel der alten Dame auf, dass die beiden jungen Frauen nicht Freundinnen waren, sondern Herrin und Dienerin.

»Madame?«, wiederholte sie verblüfft.

»Wisst Ihr denn nicht, dass Dame Alison de Guînes eine Hofdame der Herzogin von Bedford ist?«, sagte Hélie voller Stolz.

Alison winkte müde ab.

»Ihr habt gehört, was ich bin. Eine Hexe, eine Gauklerin, eine Giftmörderin, eine Lügnerin, eine Schlampe, ein Nichts...«

»Ihr redet Unsinn!« Alle drei Frauen sahen überrascht zu Jean hin, der sich so unerwartet einmischte. »Was auch immer Ihr seid, in meinen Augen seid Ihr eine mutige, tapfere Dame, die meinem Herrn das Leben gerettet hat und der ich zu Diensten sein werde, solange noch Atem in mir ist.«

Die Dankbarkeit in Jeans Stimme erregte für einen Augenblick Hélies Eifersucht, aber dann nahm sie sich zusammen und ihren gesunden Menschenverstand an die Zügel und schenkte ihm ein dankbares Lächeln.

»Meine Herrin kann einen treuen Diener sehr wohl brauchen, aber ich denke, in erster Linie sollten wir dafür sorgen, dass die Herzogin jenen Brief bekommt, von dem er gesprochen hat. Wir haben ihn gerettet, und nun sollte auch seine Mission zu Ende geführt werden.«

»Tüchtiges Mädchen«, lobte Dame Eleanor. »Damit habt Ihr Recht. Verschieben wir es auf später, diesen gordischen Knoten zwischen Euch und dem Jungen zu lösen, liebste Alison. Ich nehme an, Ihr habt mir eine Menge zu erzählen. Im Augenblick scheint es, dass seine Hoffnungen allein auf Euch ruhen, ob es ihm passt oder nicht. Werdet Ihr es auf Euch nehmen, Anne von Burgund jenen Brief zu bringen? Ich will Euch nicht verhehlen, dass Ihr Euer Leben aufs Spiel setzt, wenn man Euch dabei erwischt und das Schreiben in falsche Hände gerät.«

Alison wischte den Einwand mit einer Handbewegung weg. Nun war es also so weit. Die Bilder, die sie im Feuer gesehen hatte, würden sich erfüllen. Sie hatte immer gewusst, dass Francis Windhurst der Mann war, der ihr das Verderben schicken würde. Adieu, rote Alison…

»Ich brauche meine Hofkleider«, wandte sie sich an Hélie. »Es geht schon auf die Vesper zu, es wird bald dunkel sein, also kann ich ungesehen durch die Gärten in den Palast kommen. Aber in diesem Gewand kann ich mich nicht sehen lassen, sonst verhaften mich die Wachen schon im Vorzimmer. Ich muss sowieso darauf vertrauen, dass Dame Liddleville mein Verschwinden noch nicht an die große Glocke gehängt hat…«

»Wir werden sehen, was Hélie in meinen Truhen für Euch finden kann«, meinte Dame Eleanor. »Jean wird Euch begleiten und dafür sorgen, dass Ihr sicher wieder zu mir kommt.«

Alison sagte nichts, aber sie wusste, dass sie auch dieses Haus nie wieder betreten würde. Eine innere Stimme verriet es ihr. Aber wozu diskutieren, die Zeit drängte, und je eher sie aus diesem Gemach kam, in dem Francis Windhurst jeden Moment wieder die Augen aufschlagen konnte, desto besser war es für ihn und für sie.

Wenig später war sie in eine violette Satinrobe gekleidet, die fast schon schwarz schimmerte. Das schwarze Unterkleid, das eigentlich dazugehörte, hatte Hélie durch eine einfache Seidenrobe ersetzt, die mit den Jahren einen zarten elfenbeinfarbenen Ton angenommen hatte. Das goldene Haarnetz, unter den Alison bei der Flucht aus dem Palast ihre ungebärdigen Locken verborgen hatte, bändigte nun von neuem die Pracht, und plötzlich war sie wieder die edle Dame, die den Neid Lady Marshs und der anderen Frauen erregt hatte. Es lag nicht allein an den Kleidern, sondern auch an ihrer Haltung und der Anmut ihrer Bewegungen, und Eleanor de Carhaix schaute die junge Frau bewundernd an. Wie hatten sie und Michel jemals glauben können, dass dieses Mädchen eine einfache Magd war? Die Anmut, mit der sie den Kopf hielt und das Gewicht der Robe ertrug, war angeboren und nicht angelernt. Alison war von nobler Geburt, daran konnte es keinen Zweifel geben.

Ein pelzgefütterter violetter Umhang, der das Weihnachtsgeschenk des Kranken für die alte Dame gewesen war, vervollständigte Alisons Garderobe, und sie schloss gerade die perlenbesetzte Schnalle, als Hélie es endlich geschafft hatte, den Saum aufzutrennen und das wichtige Dokument aus Windhursts Mantel zu ziehen.

»Hier, ich hoffe bei Gott, diese paar Zeilen sind es wert, dass so viele brave Menschen ihr Leben riskieren«, sagte sie in ihrer praktischen Art und sah dabei Jean Malmortes sehr betont an, der diesen Blick jedoch ruhig erwiderte. Es schien, als tauschten beide einen Gruß, ein Versprechen, von dem niemand etwas hörte und der doch von beiden verstanden wurde. Das mehrfach gefaltete Schreiben trug ein schweres Wachssiegel, aber Alison machte sich nicht die Mühe, das Wappen zu prüfen. Sie schob das steife Pergament in ihren Ausschnitt und zupfte das Gewand wieder zurecht. Dann trat sie zum Bett und sah ein letztes Mal auf Francis herab. Sie hob die Hand, um ihn zu berühren, ließ es aber dann doch bleiben. Stumm rief sie ihm aus der Tiefe ihres Herzens einen verzweifelten Gruß zu.

Sie riskierte ihr Leben, um wieder gutzumachen, was sie ihm nichts ahnend angetan hatte. Dennoch rechnete sie nicht damit, dass er ihr je verziehen würde. Dafür hätte er ja begreifen müssen, was für ein Leben sie geführt hatte und welche verhängnisvollen Ereignisse sie dazu gebracht hatten, Guy de St. Doye zu gehorchen. Keiner dieser Menschen hier konnte begreifen, was in ihr vorging, und schon gar nicht dieser Mann. Das war ihr Abschied. Sie würde ihn nie wiedersehen. Mit einem Ruck wandte sie sich von ihm ab und ging zur Tür. »Lasst uns gehen, Jean! Lebt wohl, Dame Eleanor, und du auch, Hélie! Ich danke Euch beiden für das, was Ihr für mich getan habt.«

»Gott befohlen, mein Kind!«, rief ihr die alte Dame nach, und Alison verzog bitter den Mund. Gott? Gott war auch nur ein Mann. Sie hatte es aufgegeben, den Männern zu vertrauen.

16. Kapitel

Jean hatte den Blendschutz der Laterne an einer Seite gehoben, damit Alison den schlimmsten Schmutz vermeiden konnte, während sie die Cité verließen, um auf das rechte Seine-Ufer zu gelangen, wo die großen Paläste standen.

Obwohl viele Fackeln brannten und aus den meisten Häusern Licht auf die Straßen fiel, wirkte die Stadt, in der Alison gelebt hatte, seit sie denken konnte, plötzlich feindlich und fremd auf sie.

Es lag nicht allein an den deutlich sichtbaren Zeichen des Verfalls, die der nun schon so lange währende Krieg hinterlassen hatte. Die Pariser selbst hatten in jenen Jahren des Zwists zwischen Armagnacs und Burgundern vieles zerstört, und auch das Hôtel St. Pol war nur noch ein Schatten seiner einstigen Pracht. Es war leicht, eine zerstörte Mauer zu finden und in die Gärten zu gelangen, die an das Hôtel de Guyenne grenzten.

Alison gingen alle möglichen Gedanken durch den Kopf. Sie begriff plötzlich, dass sie sich seit dem Moment, als sie Francis in die Arme gelaufen war, viel mehr geändert hatte, als sie geglaubt hatte, denn sie hatte gelernt, über das eigene Schicksal hinauszudenken. Bisher war es nur von Interesse für sie gewesen, ein Dach über dem Kopf, Nahrung und ein wenig Wärme zu haben. Sie hatte sich all die Jahre lediglich um sich selbst und manchmal gezwungenermaßen auch um La Trisanne sorgen müssen. Was die übrigen Bewohner dieser Stadt planten, taten oder wünschten, hatte sie nie gekümmert. Diese Gleichgültigkeit hatte ihr eine Sorglosigkeit geschenkt, nach der sie sich plötzlich schmerzlich sehnte.

Das Wissen, dass unter diesen Dächern jetzt ein Mensch atmete, der ihr wichtiger war als das eigene kleine Leben, wichtiger als die eigene Sicherheit, der eigene Hunger, ängstigte und verwirrte sie zugleich. Sie konnte nicht gut umgehen damit, mit diesen neuen Gefühlen, die viel mehr beinhalten als nur den Wunsch, zärtlich von Francis umfangen und geliebt zu werden.

Dazu gehörte auch der Traum, ihm für immer zu gehören, sein Leben mit ihm zu teilen.

Lady Francis Windhurst, du lieber Himmel! Auch ein armer Lord, der sie nicht hasste, käme nicht auf die Idee, eine Gauklerin unbestimmter Herkunft zu seiner Gemahlin zu machen. Sie wusste es. Aber es änderte nichts daran, dass dieses Wissen schmerzte. Sie hatte in seinen Armen nicht nur die Unschuld ihres Körpers, sondern auch die Unschuld ihrer Seele verloren.

Die Geräusche und Gerüche der Stadt wurden gedämpfter, schwächer und leiser, je tiefer sie in den Garten eindrangen. Während Alison sich zu erinnern versuchte, wie Hélie sie geführt hatte, bemerkte sie erstaunt, dass Jean sie zielsicher zum Palast geleitete und jedem der ohnehin nicht zahlreichen Wachposten dabei geschickt aus dem Wege ging.

Ehe sie sich noch von dieser Überraschung erholt hatte, stand sie schon vor der Pforte zur herzoglichen Kleiderkammer, und die Stimmen, der aus der halboffenen Tür drangen, erkannte sie als die der Dame Liddleville und Lady Marshs, der in einen heftigen Disput über fehlende Seidenbänder und Schmuckstücke verwickelt waren. Es hörte sich an, als wurde sich diese Diskussion noch geraume Zeit hinziehen.

Damit waren schon zwei Damen, deren Fragen und spitze Zunge Alison gefürchtet hätte, aus dem Weg. Sie nickte Jean zu und öffnete ihren Umhang, um das Kleidungsstück abzulegen. Es sollte nicht so aussehen, als käme sie von draußen. Sie musste wie eine Hofdame wirken, die eben einen kleinen Auftrag erledigt hatte und nun zu Anne von Burgund zurückkehrte.

Sie holte tief Luft, straffte die Schultern und hob stolz den Kopf, dann trat sie um die nächste Ecke, hinter der zwei Wachen mit steil aufgerichteten Hellebarden den Eingang zu den Gemächern der Herzogin flankierten. Hatte sie noch das Recht, diese Räume zu betreten, ohne dass sich die gefährlichen Waffen vor ihr kreuzten und sie aussperrten? War sie bereits verfemt?

Sie legte die Finger auf die Klinke, ohne dass etwas passierte und sie hätte beinahe doch noch die Aufmerksamkeit der Wachen erregt, weil sie ungebührlich lange zögerte, ehe sie öffnete. Im letzten Moment überwand sie die eigenen Ängste und trat nach einem höflichen Kratzen an der Tür ein.

Zwei weitere Hofdamen der Herzogin saßen plaudernd am Kamin, und aus dem anschließenden Schlafgemach der Kranken klang leise eine Laute. Alison hielt sich nicht damit auf, den beiden eine Erklärung abzugeben. Sie nickte ihnen zu, ignorierte ihre erstaunten Blicke und trat so selbstbewusst in den nächsten Raum, als sei sie von der Herzogin persönlich zur Audienz bestellt.

Der Misston, mit dem die Laute mitten im Spiel endete, sorgte dafür dass Anne von Burgund, die von einer Fülle von Kissen gestützt im Bett lag, die Augen aufschlug. Alison hingegen bewies der Fehlklang eindeutig, dass der Klatsch über ihr tagelanges Verschwinden bei Hofe in vollem Gange sein musste. Andernfalls hätte die wohlerzogene, elegante Marguerite de Loré niemals derart die Fassung verloren, dass sie mitten im Lied einfach abbrach.

»Ah, Dame Alison! Wie schön, Euch zu sehen.« Die Herzogin, die sich als Erste gefasst hatte, lächelte ihr zu. »Marguerite, Ihr könnt uns allein lassen. Dame Alison wird für mich spielen, und schließt bitte die Tür, wenn Ihr hinausgeht. Ich finde die Zugluft lästig.«

Die Dame de Loré wagte keinen Widerspruch, aber der kurze, gehässige Blick, den sie Alison zuwarf, sprach Bände. Die junge Frau wartete, bis die Tür fest geschlossen war, dann sank sie in eine respektvolle Reverenz und zog schweigend das gefaltete Pergament aus ihrem Ausschnitt, um es der Herzogin zu reichen.

»Endlich!«, seufzte die Kranke und riss das Schreiben hastig auf. »Ich wusste, dass Ihr mich nicht im Stich lassen würdet, auch wenn sich alle Klatschmäuler dieses Palastes gegen Euch verbündet haben. Was ist passiert? Der Chevalier, wie geht es ihm? Gab es Probleme?«

»Man hat versucht, Lord Windhurst zu vergiften«, antwortete Alison, die genau wusste, wen die Herzogin meinte.

»Jener Gesandte Eures herzoglichen Bruders, Bélin de Marsaque, hat den Anschlag verübt. Er ist kein Burgunder, er heißt Guy St. Doye und arbeitet für den Sieur de La Trémoille, den Kanzler König Karls.«

»Ich weiß«, erwiderte die Herzogin matt. »Aber ich muss so tun, als würde ich ihm glauben. Im Augenblick ist es nicht ratsam, die misstrauische Aufmerksamkeit meines Gemahls auf die burgundischen Mitglieder meines Hofstaats zu lenken. Es sind wenige genug, die er mir gelassen hat, und ich würde sie alle in Gefahr bringen, wenn ich diesen Buckligen verrate, der sich unter sie eingeschlichen hat.«

»Ihr wisst?« Alison schüttelte einmal mehr fassungslos den Kopf.

»Wie geht es Lord Windhurst?«, antwortete die Kranke mit einer Gegenfrage und legte das Schreiben, das sie genau gelesen hatte, wieder zusammen. »Wann kann er reiten? Ich hoffe bald.«

»Er ist nicht mehr in Lebensgefahr, aber es wird mit Sicherheit noch Tage, wenn nicht gar Wochen dauern, bis er sein Lager verlassen kann«, erwiderte Alison. Zumindest hatte der jüdische Arzt das behauptet.

»Gütige Mutter Gottes«, meinte die Herzogin. »Auch das noch. Ich brauche einen vertrauenswürdigen Boten, sonst ist alles umsonst gewesen.«

»Wenn ich Euch helfen kann...« bot Alison sich an.

»Ihr?« Die Herzogin lachte freudlos. »Das ist kein Auftrag für eine Frau, mein Kind. Es gilt, die Beweise für den Hochverrat des Kanzlers Trémoille in die Hände Jolandes von Aragón zu legen, die in ihrem Schloss in Angers darauf wartet. Nur wenn die Macht dieses Mannes ein für alle Male gebrochen werden kann, hat der Frieden in unserem Land eine kleine Chance. König Karl ist mit Jolandes Tochter Marie verheiratet, und die Herzogin und Königin von Sizilien übt einigen Einfluss auf ihn aus. Georges de la Trémoille kämpft im Geheimen gegen sie, aber wenn sie hieb- und stichfeste Beweise für seine Machenschaften vorzeigen kann, wird der König ihren Warnungen Glauben schenken müssen. Ich habe versucht, Trémoilles Helfer St. Doye zu neutralisieren, aber es kann nicht mehr lange dauern, bis er erfährt, dass es uns gelungen ist, ihn zu täuschen. Es ist ihm inzwischen gelungen, Lady Marsh auf seine Seite zu ziehen.«

»Lasst mich gehen«, bat Alison erneut und sank vor dem Bett

in die Knie. »Ihr wisst, dass ich nicht länger bei Hofe bleiben kann. Es hat einen Skandal um mein Verschwinden gegeben, und Lady Marsh wartet nur darauf, dass sie mich demütigen kann. Sie hasst mich.«

»Ihr habt Recht!«, gestand die Kranke schwach seufzend. »Aber Ihr setzt Euer Leben dabei aufs Spiel! Wie kann ich das von einer Dame verlangen?«

»Ich bin in erster Linie Eure Dienerin«, erwiderte Alison. »Ich trage Schuld daran, dass Lord Windhurst vergiftet wurde. Lasst mich wenigstens einen Teil dieser Schuld abtragen.«

Dass sie zudem nichts mehr ersehnte, als so viele Meilen wie möglich zwischen sich und dem wütenden Kranken in Dame Eleanors Haus legen zu können, fügte Alison nicht hinzu. Sie war auf der Flucht vor seinem Zorn und ihrer eigenen Schwäche. Entfernung war sicher nicht die schlechteste Medizin dagegen. Sie musste fort!

»Ihr könnt nicht allein…«

»Es gibt einen Diener, einen Freund, der mich begleiten kann«, warf Alison ein und hoffte, dass Jean Malmortes dies auch tun würde.

»Gut!« Mit plötzlicher Energie richtete die Kranke sich auf. »Ich habe keine andere Wahl. Ich muss mich von diesen Papieren befreien, ehe Lady Marsh, die schon seit Tagen danach sucht, endlich Erfolg hat. Der Himmel möge mir meine Falschheit verzeihen, aber ich kann nicht zulassen, dass Frankreich für immer in die Hände der Engländer fällt. Ich bin meiner Heimat stärker verbunden als dem Mann, dem man mich angetraut hat…«

Aus der Hülle des untersten Kissens zog die Herzogin ein kleines, in Wachstuch eingeschlagenes, flaches Päckchen. Sie öffnete es, fügte den Brief hinzu, den Alison gebracht hatte, und faltete den Stoff mit fliegenden Fingern darüber.

»Schnell! Wachs, mein Petschaft! Eilt Euch!«

Sie versiegelte das Päckchen geschwind und reichte es Alison. »Ich vertraue Euch, Alison de Guînes, auch wenn mich viele deswegen für dumm halten. Ich weiß, dass Ihr treu und tapfer seid und dass kein Falsch in Eurem Herzen wohnt! Der Himmel beschütze und behüte Euch! Bringt mir meine Schatulle!«

In der Annahme, dass die Kranke auch dort noch Unterlagen versteckt hatte, reichte ihr Alison den schweren, silbernen Kasten, der auf einem Beistelltisch stand und den sie kaum heben konnte. Die Herzogin schlug den Deckel auf und griff nach kurzem Zögern hinein.

»Hier, nehmt diese Börse, Ihr werdet Geld brauchen, für die Reise und auch später in Anjou. Hebt diesen Ring gut auf und steckt ihn erst an, wenn Ihr in Angers seid. Er wird Euch die richtigen Türen öffnen und Dame Jolande sagen, dass Ihr von mir kommt. Grüßt sie und bittet sie, mich in ihre Gebete miteinzuschließen. Und nun, lebt wohl, Alison de Guînes! Der Himmel möge Euch beschützen und unsere Pläne zu einem Guten gedeihen lassen.«

Alison sah entgeistert auf die pralle Börse und das kostbare Schmuckstück.

Der breite Goldreif wurde von einem leuchtenden, tiefblauen Saphir gekrönt, dessen Feuer sie an Lord Windhursts Augen erinnerte. Das eingeschliffene Wappen auf der Vorderseite zeigte die breiten Streifen von Aragón über den Lilien von Anjou, und sie konnte die Konturen fühlen, als sie die Finger um den blauen Stein schloss.

»Geht mit Gott, Alisonl«

»Madame, Ihr seid... Oh, die Dame de Guînes...«

Die junge Frau konnte eben noch das verräterische Paket in ihrem Mieder verschwinden lassen, als auch schon Lady Marsh im Raum stand. Die Börse und den Ring in den Falten ihres weiten Samtrockes verbergend, versank Alison in eine tiefe Verneigung vor der Herzogin und ignorierte die prächtig gekleidete Edeldame, die sie unter hocherhobenen, schmal gezupften Brauen musterte, als sei sie nichts anderes als eine Badedirne.

»Lady Marsh? Wo habt Ihr nur so lange gesteckt?«, sagte die Herzogin gespielt schwach und ließ sich in die Kissen zurücksinken »Ich bin durstig und wünsche außerdem ein wenig Lautenmusik. Wenn Ihr bitte so freundlich sein wollt, dort ist das

Instrument... aber singt leise. Gehabt Euch wohl, Dame Alison!«

Alison schlüpfte aus dem Gemach. Sie wusste sehr wohl, dass die Herzogin Lady Marsh nur für kurze Zeit festhalten konnte. Danach würde die Dame umgehend zu St. Doye eilen und ihm Bericht erstatten. Was das bedeutete, lag auf der Hand. Sie durfte keine Zeit verlieren, wenn sie mit Jean die Stadt verlassen wollte, bevor die Suche nach ihr begann. Sie zweifelte keinen Moment daran, dass St. Doye in seinem teuflischen Hirn einen Plan ausbrüten würde, der die halbe Stadt auf der Suche nach ihr in Bewegung setzte. Sie musste fliehen, solange sie noch die Möglichkeit dazu besaß.

Jean Malmortes tauchte aus dem Schatten eines Kreuzganges auf, als sie vorbeieilte, und warf ihr stumm den dicken Umhang über die Schultern. Hastig zog sie die Schlaufen fest, dankbar für die Wärme. Es schien, als habe er ihre Gedanken gelesen, und Alison brauchte nur kurz innezuhalten, um ihm zu berichten. Noch ehe sie ihre Frage stellen konnte, nickte er.

»Ich werde Euch zur Herzogin-Königin nach Angers bringen. Ihr benötigt den Schutz eines Mannes. Ihr könnt nicht allein durch ein Land reiten, dessen größte Teile einem Schlachtfeld gleichen.«

»Das Problem ist, ich kann leider überhaupt nicht reiten.« Alison seufzte und für einen Moment fühlte sie sich schwindelig vor Müdigkeit.

Sie konnte sich nicht mehr daran erinnern, wann sie zum letzten Male eine ganze Nacht durchgeschlafen hatte. Die kurzen Momente an Francis' Lager, in denen ihr vor Übermüdung die Augen zugefallen waren, konnte man kaum als erholsamen Schlaf bezeichnen.

»Wichtig ist nur, dass Ihr Euch auf einem Pferd halten könnt, bis wir die Vorstädte hinter uns gelassen haben«, meinte Jean. »Alles Weitere überlasst mir.«

Alison tat es zu gerne; als jedoch die mächtige, dampfende Gestalt eines Pferdes vor ihr aufragte und Jean auf den Prellstein deutete, von dem aus sie in den Sattel klettern konnte, musste sie ihren ganzen Mut zusammennehmen, um das Tier zu besteigen. Der Riese, der sich im Palast gut auszukennen schien, hatte sie in die Ställe geführt und dort auch dafür gesorgt, dass sie das schwere Samtgewand gegen die Kleider eines Stallburschen tauschte.

Das wollene Wams und die eng geschnittenen Hosen schienen im Dunklen einigermaßen sauber, und der durchdringende Geruch nach Stall und Pferd, den ihre neue Kleidung verbreitete, beruhigte wenigstens die Stute, die mit feinem Instinkt auf die Unsicherheit ihrer Reiterin reagierte und bockig gegen die Trense rebellierte. Alison schwankte im Sattel und konnte gerade noch verhindern, dass sie auf der anderen Seite wieder hinunter rutschte.

»Haltet die Zügel knapp und versucht Euch dem Rhythmus des Pferdes anzupassen«, riet ihr Jean gutmütig, ehe er selbst in den Sattel stieg. »Alles andere kommt mit der Zeit von selbst.«

So richtig konnte Alison das nicht glauben. Mit zusammengebissenen Zähnen klammerte sie sich auf dem Tier fest, dessen stoßender grässlicher Galopp durch die nächtlichen Straßen zu einem einzigen Albtraum wurde und in dem sie wahrhaftig keinen Rhythmus entdecken konnte. Es erstaunte sie, dass sie überhaupt noch im Sattel saß. Jean schlug die Richtung zum Saint-Jacques-Tor ein, das um diese Tageszeit bereits geschlossen war und von einem streng blickenden Hauptmann und einer Gruppe Bogenschützen bewacht wurde.

Jean ließ sie absitzen, unter einem Torbogen warten und reichte ihr auch die Zügel seines Pferdes zum Halten, ehe er zu den Soldaten trat. Was er dem Anführer sagte, konnte Alison nicht hören. Sie interessierte sich auch überhaupt nicht dafür, sie war nur dankbar, dass sie wenigstens einen Moment wieder festen Boden unter sich hatte. Mussten sie unbedingt bis Angers reiten?

Jean indes kam schnell zurück, nahm ihr beide Pferde ab und führte sie zu einer schmalen Ausfallpforte neben dem großen Tor, die sich trotz der späten Stunde quietschend für die eiligen Reisenden öffnete. Sie sah das matte Glänzen eines Goldstückes im

Fackelschein, dann knirschte der schwere Riegel, und sie befanden sich außerhalb der Stadtmauern. Ein stürmischer Wind zerrte an Alisons Umhang, und sie segnete die enge Kappe, die ihren Kopf umschloss und die Ohren gegen die beißende Kälte des stürmischen Winds schützte. Mühsam zog sie sich wieder in den Sattel und versuchte eine halbwegs erträgliche Position zu finden.

»Vorwärts!«, hörte sie Jeans gedämpfte Stimme. »In dieser Finsternis müssen wir leider langsam reiten. Lasst mich Eure Zügel nehmen und haltet Euch am Sattel fest. Ich führe Euch...«

Alison umklammerte mit eisigen Fingern den lederverkleideten Holzgriff des Sattels und überließ Jean die Leitung dieses Unternehmens. In diesem Moment traute sie sich selbst nicht mehr. Die Vernunft riet ihr, den Kranken bei Lady Eleanor zu verlassen, aber ihr Gefühl wehrte sich dagegen, dass jeder Schritt ihrer Stute sie unaufhaltsam von ihm forttrug. Sie ließ ihr Herr in Paris zurück! Gegen dieses Leid erschienen ihr sogar die abscheulichen Unbequemlichkeiten dieser mörderischen Reise kaum der Rede wert.

Später konnte sie nicht mehr sagen, wie viele Tage sie unterwegs gewesen waren, bevor die Türme von Angers vor ihnen am Horizont auftauchten. Der Reiseweg schien aus einer Kette von verwüsteten Feldern, abgebrannten Dörfern und rauchgeschwärzten Kirchen zu bestehen. Der Kleinkrieg, den der Konnetabel gegen den Herzog von Bedford führte, wurde auf dem Rücken der einfachen Bauern und Landleute ausgetragen. Und obwohl sich der Winter langsam dem Ende neigte, war noch nicht ein Acker gepflügt und das Land bestellt worden. Die geschundene Erde Frankreichs würde auch in diesem Jahr keine große Ernte hervorbringen können.

Ohne die Vorräte in den Satteltaschen ihres Begleiters wären sie schon bald verhungert. Es gab keine offenen Herbergen und erst recht keine gastfreundlichen Klöster mehr, die einem hungrigen Reisenden Obdach und Nahrung geboten hätten. Manchmal waren sogar die Brunnen verdorben, denn die Plünderer hatten rachsüchtig totes Vieh oder gar Leichen hineingeworfen, und giftige Dämpfe stiegen aus der Tiefe.

Alison, die bisher gedacht hatte, im Schatten des Tour de Nesle jede Spielart menschlicher Brutalität und menschlicher Grausamkeit kennen gelernt zu haben, wurde eines Besseren belehrt. Der Krieg, den die Herzogin von Bedford so heimlich und energisch bekämpfte, war dabei, das Königreich Frankreich in ein Armenhaus zu verwandeln. Wenn das Opfer, welches das Bauernmädchen aus Domrémy auf dem Scheiterhaufen in Rouen gebracht hatte, nicht umsonst gewesen sein sollte, dann musste dieser mörderischen Auseinandersetzung ein Ende bereitet werden. Dann musste es gelingen, Männer wie Georges de la Trémoille und seinen Helfershelfer Guy de St. Doye unschädlich zu machen. Allein dieser Gedanke war es, der Alison aufrecht hielt und ihren schmerzenden Körper im Sattel verharren ließ.

Als endlich die siebzehn massiven Rundtürme aus schwarzem Schiefergestein vor ihnen auftauchten, welche die Festung von Angers am Ufer des Zusammentreffens von Loire und Maine schützten, war sie am Ende ihrer Kräfte. Sie schwankte im Sattel, und hätte Jean sie nicht aufgefangen, als sie im Schlosshof vom Pferd rutschte, wäre sie ohnmächtig zu Füßen der Knechte, die nur mit mäßigem Respekt die beiden schmutzbespritzten Reisenden betrachteten, zu Boden gesunken.

Für sie waren die beiden nicht mehr als ein schweigsamer Hüne und ein schmaler dreckiger Junge mit erbärmlich blassem Gesicht und spitzen Schultern. Eine halbe Portion, kaum fähig zu reiten oder ein Schwert zu tragen.

Immerhin ließen sie sich dazu herab, dem Riesen, der seinen Begleiter mehr trug als führte, den Weg zu weisen. Der Haushofmeister der Herzogin-Königin würde die merkwürdigen Gäste, die, nach Madame fragten, schon in ihre Schranken weisen.

17. Kapitel

Alison taumelte und hatte Mühe, aus ihrer Reverenz wieder auf die Beine zu kommen. Ihr übermüdeter, gequälter Verstand registrierte, dass Anne von Burgund und Jolande von Aragón sich sehr ähnlich waren, obwohl die Spanne eines ganzen Lebens zwischen der jungen Gemahlin des Herzogs von Bedford und der strengen Dame lag, die auf die Mitte der Fünfzig zuging und die sie interessiert beobachtete.

Beide Fürstinnen wirkten krank, vorzeitig gealtert, und sie versanken eine wie die andere fast in den schweren Falten der kostbaren Roben, die sie trugen. Die eine war von zahllosen Krankheiten und Fehlgeburten erschöpft, die andere von den Sorgen um die eigenen Kinder und dem unaufhörlichen Kampf um die vier Königreiche, die sie seit dem Tod ihres Gemahls allein regierte.

Marie von Anjou, Jolandes Tochter, war die Gemahlin des französischen Königs, und obwohl jener offen mit seiner bildschönen Geliebten Agnes Sorel herumtändelte, stand ihm seine Schwiegermutter als politische Ratgeberin weiterhin zur Seite. Jolande hatte gelernt, ihre persönlichen Gefühle hinter der Staatsraison zurückzustellen. Die Reiche von Sizilien, Jerusalem, Neapel und der Provence erforderten die Hand einer starken Frau. Besonders in diesem gefährlichen Moment, in dem ihr einziger Sohn und Erbe, René du Bar, in den Händen Philipps von Burgund war und eingekerkert in dessen Stadt Dijon saß. Zwar in allen Ehren und nicht auf Stroh, aber doch machtlos und ohne die Möglichkeit, Kontakt mit seiner Mutter aufzunehmen.

Auch jetzt war dem faltigen Gesicht, das trotz allem noch die Spuren einstiger Schönheit aufwies, keine Regung außer freundlichem, geduldigem Interesse anzusehen. Aus dunklen Augen betrachtete Jolande die beiden ungleichen Gestalten vor sich. Ihre scharfe Beobachtungsgabe entdeckte jedoch schnell, was die Stallknechte übersehen hatten.

Das schmale, edel gezeichnete Mädchenantlitz unter der Jungenkappe trug die Spuren großer Erschöpfung und tiefer Trauer, aber es war unzweifelhaft ein besonderes Gesicht, in dem vor allem die übergroßen, grünen Augen auffielen. Die Königin betrachtete verblüfft den großen Saphir, der an der ausgestreckten Hand dieses Kindes sein Feuer versprühte und der den beiden problemlos Eintritt in das Arbeitszimmer der hohen Frau verschafft hatte.

»Ich hätte nicht gedacht, dass dieser Ring tatsächlich eines Tages zu mir findet«, sagte sie schließlich mit einem tiefen Seufzer der Erleichterung. »Wollt Ihr mir Euren Namen und den Eures Begleiters verraten, Kind?«

»Man nennt mich Alison, Alison de Guînes, vielleicht«, flüsterte Alison mit rauer Stimme. »Verzeiht, dass ich es selbst nicht besser weiß, Majestät. Mein Begleiter heißt Jean Malmortes, und dies soll ich Euch von Dame Anne übergeben, die mir auch diesen Ring anvertraut hat, damit er mir bei Eurer Majestät als Empfehlung dient.«

Das Wachstuchpaket war auf der Reise ein wenig verdrückt worden, hatte sie aber ansonsten wohlbehalten in einem Brustbeutel unter Alisons Kleidern überstanden. Das Siegel war unverletzt, und Jolande von Aragón betrachtete es mit gerunzelter Stirn, ohne es zu öffnen. Während sie mit der Fingerkuppe über die Spuren im Wachs strich, ging ihr Blick erneut zu dem Mädchen, das sich als Junge verkleidet hatte und das sie auf so ungewöhnliche Weise berührte und das befremdliche Gefühl in ihr weckte, sie habe es schon einmal irgendwo gesehen. Doch der Name de Guînes sagte ihr wenig. Es gab, soweit sie wusste, keinen Edelmann in diesem Land, der diesen Namen trug oder für diese Familie kämpfte, und sie konnte sich rühmen, die Namen so gut wie aller hochgeborenen Krieger in ihrem Gedächtnis gespeichert zu haben.

»Mir scheint, dass Ihr eine Menge zu berichten habt, mein Kind«, sagte sie mit einem tiefen Atemzug. »Doch es ist ebenso offensichtlich, dass Ihr dringend Ruhe braucht. Ich werde veranlassen, dass man Euch und Eurem Begleiter Quartier zuweist, und nach Euch schicken, wenn Ihr bereit seid, mir Bericht zu erstatten!«

Ein Wink zitierte eine dunkel gekleidete Ehrendame nach vorne, die respektvoll vor der Königin knickste und Alison dann mit einer kleinen Geste zur Tür den Weg wies. Schwankend folgte sie ihr und war einmal mehr dankbar für Jeans stützenden Arm. Als sie sich noch einmal neugierig umwandte, sah sie, dass Jolande von Aragón das Siegel des Päckchens gebrochen hatte und mit höchst ungläubiger Miene ein Schreiben nach dem anderen auseinander faltete. Man merkte ihr an, dass sie nicht glauben konnte, was ihr da in den Schoß gefallen war.

»Macht schnell, sie kann sich kaum noch auf den Beinen halten«, hörte sie Jeans Stimme wie aus weiter Ferne, dann spürte sie, wie er sie auf die Arme nahm, um mit ihr der besorgten Nobeldame zu folgen, die mit gerafften Röcken einen Gang entlangeilte, dessen schwarz-weiß gewürfeltes Fliesenmuster das letzte war, was Alison bewusst wahrnahm. Dankbar lehnte sie ihren müden Kopf an die Schulter des Riesen und schloss die Augen. Sie hatte ihren Auftrag erfüllt und ihre Pflicht getan. Nun wollte sie nur noch schlafen und nie wieder aufwachen.

Dieser Entschluss war auch das erste, an das sie sich erinnerte, als sich ihr Bewusstsein wieder zu klären begann. Sie lag warm und weich auf einer himmlisch bequemen Unterlage, und das leise Gemurmel im Hintergrund verriet, dass sie nicht allein war. O nein, sie wollte nicht aufwachen! Warum konnte sie nicht einfach wieder in das Vergessen zurücksinken, das sie bisher so gnädig umfangen hatte? Sie verweigerte sich der Wirklichkeit.

»Eure Herrin schläft, wie oft muss ich das noch sagen?« flüsterte unwirsch eine Frauenstimme. »Verlangt Ihr, dass ich sie wecke, nur weil ein ungeschlachter Brummbär seinen Abschied nehmen will?«

Mit einem Schlag war Alison hellwach und blinzelte gegen das helle Tageslicht.

»Jean?«

»Dame Alison!« Die Kerzen, die in dem Leuchter neben dem großen Kastenbett brannten, warfen Jean Malmortes riesigen Schatten gegen den Baldachin. Ein erleichtertes Grinsen glitt über sein gutmütiges Gesicht. »Welch ein Segen, dass Ihr wach seid. Ich wollte nicht zurückkehren, ohne Euch Lebewohl gesagt zu haben. Ihr seid jetzt in Sicherheit und habt nichts mehr zu befürchten.«

Alison hatte die Zuverlässigkeit des Hünen schätzen gelernt, sie wollte ihn nicht verlieren. Aber sie wusste auch, dass sie keinen Grund hatte, ihn länger aufzuhalten. Er hatte Verpflichtungen Dame Eleanor oder Francis Windhurst gegenüber. Aber er war auch das letzte Bindeglied zu allem, was sie in Paris hinter sich gelassen hatte. Wenn er ging, fiel die Tür endgültig zu. Sie hob die Hand und winkte Jean heran.

»Gib mir dein Wort, dass du keinem Menschen verrätst, wo ich bin!«, forderte sie.

»Und er…«

Sie wusste von wem er sprach. »Ihm schon gar nicht!«, unterbrach sie ihn heftig. »Gib mir die Hand darauf. Er darf nie erfahren, wer ihn aus dem Palast geschafft hat. Versprich es mir!«

»Warum soll er es nicht wissen? Er schuldet Euch sein Leben! Ihr wisst, dass der Arzt gesagt hat, dass nur Euer schnelles Eingreifen ihn gerettet hat.«

Alison jedoch schüttelte beharrlich den Kopf. Das alles war viel zu kompliziert, um es Jean zu erklären. »Dein Versprechen, Jean!« forderte sie noch einmal.

Sie streckte ihm bittend ihre schmale weiße Hand entgegen, die wieder ganz sauber war. Lediglich die schon verblassenden roten Schwielen auf der Innenfläche verrieten noch, welchen Gewaltritt sie hinter sich hatte.

Zögernd umfasste der Hüne ihre Finger, die fast ganz in seiner Pranke verschwanden und die er nicht fest zu drücken wagte.

»Grüß mir Dame Eleanor und sag ihr, dass ich sie nie vergessen werde. Sei Gott befohlen!«, sagte sie mit brüchiger Stimme.

»Wir sehen uns wieder!«, versprach Jean und beugte das Knie.

Alison nickte, obwohl sie nicht daran glaubte, und Jean ging. Sie starrte vor sich hin, ohne etwas wahrzunehmen. Sie sah nicht die schönen Schnitzereien der gedrechselten Säulen, die ihre Bettvorhänge trugen, denn vor ihrem inneren Auge stand das Bild eines sich wild aufbäumenden, kranken Mannes, der sowohl gegen das Gift in seinem Körper als auch gegen die Liebe in seinem Herzen ankämpfte. Beides würde er inzwischen wohl erfolgreich besiegt haben. Gesund und mit neuer Stärke versehen, würde es ihm leicht fallen, ein rothaariges Mädchen zu vergessen, an das er ohnehin keine guten Erinnerungen mehr hatte.

»Madame…«

Alison fuhr mit einem kleinen Laut des Erschreckens zusammen. Erst jetzt wandte sie den Blick der älteren Frau zu, die in dunkelbraunen Samt und Marderpelz gehüllt das Zimmer zu beherrschen schien. Sie war eine höchst imposante Erscheinung, und nun glitzerte warmes Mitgefühl in ihren Augen. Alison begriff ohne viele Worte, dass ihr Jolande von Aragón eine Mischung aus Amme, Kammerfrau, Apothekerin und Großmutter geschickt hatte. Man konnte dieser Frau ebenso wenig Widerstand entgegensetzen wie einem prall gefüllten Federkissen. Ein Wort wie ›Nein‹ existierte nicht in ihrem Wortschatz.

»Ich bin Marie de Chamat. Ihre Majestät hat mich gebeten, für Euer Wohlbefinden zu sorgen«, erklärte sie und faltete die Hände vor ihrem gewaltigen, samtverbrämten Busen. »Als Erstes solltet Ihr ein kleines Frühstück zu Euch nehmen, schlage ich vor. Danach sorgen wir für ein Bad, und anschließend könnt Ihr Eure Auswahl unter den Gewändern treffen, die Euch Ihre Majestät zur Verfügung gestellt hat. Ich soll Euch ausrichten, dass sie Euch sehen möchte, sobald Ihr Euch dazu im Stande fühlt.«

Alison wagte nicht, sich diesem liebenswürdig vorgebrachten Befehl zu widersetzen. Seit sie die Augen aufgeschlagen hatte, war ihr klar gewesen, dass sie sich wieder der Wirklichkeit stellen musste. Aber sie weigerte sich, ein zweites Mal ihre Existenz auf ein Lügengebäude zu gründen.

Als sie in das quadratische Gemach trat, dessen Wände mit leuchtend bunten Teppichen geschmückt waren, auf denen lebensgroße Figuren über blühende Wiesen schritten, bemerkte sie die Königin in einem kostbar geschnitzten schwarzen Stuhl vor dem Feuer und sank vor ihr in eine stumme, anmutige Verneigung.

»Kommt näher, meine Kleine«, lud Jolande sie ein und deutete auf ein gepolstertes Taburett vor dem Kamin. »Setzt Euch. Ich hoffe, Ihr habt die Strapazen dieses Gewaltrittes gut überstanden. Ich beneide Euch, Ihr müsst von eiserner Gesundheit sein, um bereits jetzt wieder diesen Schmelz auf eurer Haut und dieses Leuchten in den Augen zu haben. Wie bezaubernd Ihr seid. Erzählt, wie es kam, dass Ihr zur Botschafterin Dame Annes wurdet?«

Alison hätte gewettet, dass Jolande das längst wusste und dass sie Jean nicht hatte gehen lassen, ohne ihn genauestens zu verhören. Aber wenn sie Wert darauf legte, Alisons Version der Ereignisse zu hören, warum nicht? Vielleicht tat es sogar gut, alles in Reihe und Ordnung zu bringen. Es war an der Zeit, dies zu tun.

»Im Grunde begann alles am Tage der Krönung des kleinen Engländers in Nôtre Dame«, begann sie und staunte selbst, wie viel sich seit jenem Dezembertag in ihrem Leben ereignet hatte. Sie fügte Tag an Tag und Geschehnis an Geschehnis, soweit sie erklären konnte, warum es sich so und nicht anders zugetragen hatte. Sie gab auch zu, dass sie nach der Razzia im Tour de Nesle der Versuchung erlegen war, sich für jemanden auszugeben, der sie nicht war. Sie schonte sich in keiner Weise.

Lediglich ihre Gefühle für Francis Windhurst verschwieg sie. Das, was sich zwischen ihnen ereignet hatte, war für die Königin sicher nicht von Interesse. Auch über die Personen und Ereignisse, die sie manchmal im Feuer sah, bewahrte sie Stillschweigen. Es brachte nichts Gutes, den Aberglauben der Menschen mit derartigen Geschichten zu wecken. Schließlich kannte sie die Königin nicht gut genug, um sich so vorbehaltlos in ihre Hände zu geben. Sie konnte das Misstrauen der einfachen Leute gegen die Mächtigen nicht so ohne weiteres abstreifen. Vielleicht gehörte die Fürstin zu jenen Menschen, die nicht daran glauben mochten, dass es Dinge zwischen Himmel und Erde gab, die sich dem menschlichen Begreifen entzogen. Alison verspürte kein Verlangen danach, in Angers auf dem Scheiterhaufen zu landen, nachdem sie jenem entkommen war, den Guy de St. Doye in Paris für sie vorbereitet hatte.

»Wie eigenartig«, sagte Jolande von Aragón, als Alison schließlich geendet hatte und auf ihre verschlungenen Hände herabsah.

»St. Doye nannte Eure Mutter Melisande de Guînes? Und Ihr sagt, er hat zugegeben, sie getötet zu haben? Guy de St. Doye?«

Alison nickte. »Er hat mir den Dolch gezeigt, mit dem er es getan hat. Ein silberner Dolch mit einem großen Rubin am Griff. Ich muss damals sehr klein gewesen sein, aber manchmal ist es mir, als könne ich sehen, wie meine Mutter zusammenbricht und mit letzter Kraft ihre Kinder zu retten versucht. Sie hatte eben Zwillingen das Leben geschenkt und konnte sich kaum noch auf den Beinen halten. Er hat alles zerstört, was in meinem Leben gut, unschuldig und rein gewesen ist. Er ist ein Teufel!«

»Aber wie seid Ihr entkommen?«

»Meine Schwester ist mit mir durch einen geheimen Gang geflohen«, antwortete Alison mit dünner, flacher Stimme, als wäre sie noch immer das Kind, das all dies eben erst erlebt hatte. »Eben noch rechtzeitig, ehe die fremden Soldaten die Burg eroberten. Wir verbargen uns im Stollen, aber bei dem Brand, der danach ausbrach, stürzte ein Teil des Ganges ein, und Nana wurde von einem Steinbrocken getroffen. Ich habe versucht, sie unter dem Schutt herauszuziehen, und irgendwie muss es mir gelungen sein. Sie kam zu sich, aber sie hatte eine schlimme Wunde am Kopf. Sie schleppte mich davon, einfach fort von den rauchenden Trümmern, den schreienden Männern und dem Feuer... Irgendwann ist sie am Wegrand zusammengebrochen und nicht mehr aufgestanden... Ich... oh, mein Kopf!«

Alison brach ab und massierte sich die schmerzenden Schläfen. Sie versuchte die flüchtigen Erinnerungen festzuhalten, die für sie ebenfalls neu und unbekannt waren, aber es ging ihr dabei wie mit den Bildern in den Flammen. Sobald sie sich bewusst darauf konzentrierte und mehr wissen wollte, verschwanden sie.

»Fragt mich nicht, woher ich all das weiß«, murmelte sie schließlich. »In meinem Kopf dreht sich alles. Vielleicht habe ich es auch nur geträumt. Es gibt keinen einzigen Beweis für all diese Dinge. Nur den Fluch eines Schurken und diese halb zerstörte Kette...«

Sie hatte die dünne Kette aus Goldgliedern und das zerkratzte Medaillon die ganze Zeit in der Hand gehabt und fest umfangen, so, als könnte sie aus der bloßen Berührung des Schmuckstückes Kraft ziehen.

Jolande von Aragón griff nach dem Schmuckstück und unterzog es einer gründlichen Musterung. Das halb zerstörte Rankenwerk auf der Rückseite erregte dabei ihre besondere Aufmerksamkeit, und sie führte das Medaillon näher an die Augen.

»Das ist ein Wappen«, stellte sie erstaunt fest. »Man kann es nicht mehr genau erkennen, aber es sieht aus wie zwei gekreuzte Schwerter, die ein Tier oder eine Helmzier oder etwas Ähnliches halten...« Sie zögerte und warf Alison einen schnellen Blick zu. Die junge Frau hatte den Eindruck, sie wollte etwas sagen und hätte sich im letzten Moment doch dagegen entschieden.

»Nun, eines ist sicher«, fuhr sie dann fort. »Ihr seid jetzt in Sicherheit, und mein Schwiegersohn, der König von Frankreich, schuldet Euch für Euren Mut mehr, als Ihr Euch vorstellen könnt. Es ist Euch zu verdanken, dass es uns vielleicht endlich gelingen kann, jenen Mann zu stürzen, der den Untergang dieses Landes aus reinem Gewinnstreben und aus zügelloser Machtgier betreibt. Endlich haben wir Beweise für seine Intrigenspiele, Beweise, die auch den König überzeugen werden.«

»Ich habe es für die Herzogin getan«, entgegnete Alison ruhig. »Ich habe sie über meine Herkunft belogen, aber ich wollte ihr trotzdem eine treue Dienerin sein. Sie ist mir eine gütige, gnädige Herrin gewesen, obwohl ich es nicht verdient habe.«

»Anne von Burgund hätte ein glücklicheres Leben und ein besseres Schicksal verdient«, sagte Jolande. »Aber es ist vermutlich ein Werk des Himmels, dass ausgerechnet diese mildtätige Frau einem so ehrgeizigen Krieger angetraut wurde.« Plötzlich sah sie Alison scharf an. »Ihr wisst, dass von unserem Gespräch nichts aus diesem Raum dringen darf.«

Erst jetzt wurde Alison bewusst, dass sie die seltene Ehre genoss, völlig allein mit der Königin zu sprechen. Sie hatte gar nicht darauf geachtet, ob sich andere Menschen im Raum befanden.

»Und nun zu Euch, mein Kind!« Die Königin richtete ihren klugen, durchdringenden Blick auf die zierliche junge Frau, die in einem schlichten, tiefblauen Atlasgewand vor ihr saß. Sie registrierte sehr wohl, dass Alison von den vier Gewändern, die sie ihr zur Auswahl gesandt hatte, das einfachste gewählt hatte.

Eine schmale gestickte Borte um den runden Halsausschnitt und an den Armen war die einzige Zierde. Der blaue Musselinschleier, der vom spitzen Hennin wehte, reichte ihr bis zur Hüfte, und die feuerfarbenen Haare waren so straff aus dem Gesicht und unter den Kopfputz gezogen, dass man die Schönheit der flammenden Fülle nur ahnen konnte. Offensichtlich war es Alisons Bestreben gewesen, sich so schlicht und so bescheiden wie möglich zu kleiden.

Jedoch war das Ergebnis dieses Bemühens eine so feine, unaufdringliche Eleganz, dass die Königin ein Schmunzeln unterdrücken musste. Der matte, dunkle Glanz des Stoffes betonte die Linien von Alisons anmutiger Figur, ihre fast durchsichtig schimmernde Haut und das grüne Feuer der großen Augen. Die Andeutung violetter Schatten darunter sprach von Anstrengung und Kummer und verlieh ihrer Schönheit eine anrührende Zerbrechlichkeit, die schon jetzt um den Seelenfrieden der Männer fürchten ließ, die sie zu Gesicht bekommen würden.

»Würde es Euch in meinem Dienst gefallen?«, fragte die Königin nun.

»Ich? Aber Majestät, ich bin…« Alison brach stammelnd ab und errötete.

»Ihr seid die Summe Eurer Talente und Eurer Eigenschaften, meine Liebe!«, erwiderte die Königin eindringlich. »Lasst mich entscheiden, was für Euch angemessen ist. Ich verleihe Euch den Rang einer Ehrendame meines Hofes. Da es indes ratsam zu sein scheint, die Dame Alison de Guînes ein wenig aus der allgemeinen Aufmerksamkeit zu rücken, bis unser Freund der Großkanzler endgültig vernichtet ist, werden wir Euch einen anderen Namen geben müssen. In Anbetracht Eurer Verdienste um das Königreich erhaltet Ihr das Lehen und die Einkünfte des Dorfes Gennes. Es wird eine angemessene Mitgift sein, wenn Ihr einen Ritter findet, dem Ihr Eure Hand schenken wollt, und es wird Euch ein sorgenfreies Leben garantieren, auch wenn es wie das übrige Königreich im Moment noch unter den Folgen dieses schrecklichen Krieges leidet. Damit seid Ihr die Dame de Gennes, über Euren Vornamen möchte ich nicht verfügen. Sucht Euch selbst einen aus, von dem Ihr denkt, dass er dazu passt.«

Alison konnte die Königin nur mit großen Augen ansehen. Sie hatte Mühe, dem königlichen Edikt zu folgen und zu glauben, was da gesagt wurde.

»Ich heiße Alison, das ist das einzige, was ich mit Sicherheit weiß!«, platzte sie heraus. Dann biss sie sich auf die Unterlippe und versuchte es noch einmal mit all der Etikette, die sie bei der Herzogin von Bedford gelernt hatte. Sie wollte Jolande von Aragón schließlich nicht verärgern. Sie wollte auch nicht undankbar erscheinen.

»Ihre Majestät sind zu gnädig. Das ist zu viel. Wenn ich nur irgendwo… vielleicht als bescheidene Magd oder als Dienerin…«

»Unsinn!«, beschied die Königin brüsk »Wenn es irgendwo ein Geschöpf gibt, das weniger wie eine Dienerin wirkt als Ihr, dann möchte ich es sehen. Euch scheint nicht bewusst zu sein, dass dieses Medaillon hier sehr wohl der Beweis dafür ist, dass Ihr von edler Geburt und bester Herkunft seid. In den vergangenen Jahrzehnten ist viel Unrecht geschehen, und es ist an der Zeit, einiges davon wieder gutzumachen. Gewöhnt Euch an Euer neues Leben, Dame Alison. Ihr habt Recht, der Name passt zu Euch! Ich werde veranlassen, dass Ihr die Urkunden für Euer Lehen umgehend zugestellt bekommt, und Madame de Chamat bitten, Euch eine Kammerfrau und Mägde zuzuteilen.«

Alison begriff, dass die Königin sie verabschiedete und dass ihr damit jede Möglichkeit genommen wurde, weiter gegen die Befehle der hohen Frau zu protestieren. Aus irgendeinem ihr unbekannten Grunde gefiel es Jolande, sie zu protegieren.

Und wenn Alison auch nach zwanzig Stunden Schlaf, einer üppigen Mahlzeit und einem warmen Bad gedacht hatte, dem Leben wieder die Stirn bieten zu können, so musste sie doch kapitulieren, wenn es sich dabei um eine Königin handelte, die gewöhnt war, dass man ihre Befehle widerspruchslos befolgte.

»Ich danke Eurer Majestät…« murmelte sie, verneigte sich graziös und ging dann rückwärts zur Tür zurück. Sie fasste eben nach der Klinke, als ein weiterer Ruf sie aufhielt »Das habt Ihr vergessen, Kind!«

Auf der ausgestreckten Hand der Königin lagen die Kette mit dem Medaillon und der funkelnde Saphir.

»Nehmt, es gehört Euch«, fügte Jolande hinzu und steckte den Ring selbst an Alisons Finger. »Tragt ihn. Er wird Euch fürs Erste den Respekt verschaffen, den Ihr noch nicht zu fordern wagt.«

Alison fühlte das Gewicht des Juwels, das ihre Hand nach unten zog, und wagte keinen Widerspruch. Sie küsste die Hand ihrer neuen Herrin und schritt wie betäubt nach draußen. Wenn sie gedacht hatte, das närrische Karussell ihres Lebens würde in Angers endlich zur Ruhe kommen, so sah sie sich schon wieder getäuscht.

18. Kapitel

Der Frühling hatte so unverhofft Einzug gehalten, dass es schien, als habe er über Nacht das Land mit einem Zauberstab berührt. Die Loire war von einem Band aus zartgrünen Weiden gesäumt, und der Himmel spannte sich in blass und wie durchsichtig über der Stadt mit ihren Schieferdächern, den steilen Kaminen und den prächtigen Türmen, von denen das Banner Jolandes von Aragón im Frühlingswind flatterte und ihre Anwesenheit verkündete.

Alison, die bisher nur zwischen Mauern gelebt hatte, genoss den Blick, den sie vom Schloss aus über das weite Land hatte. Hier im Schutz der Herzogin wagten die Bauern ihre Felder zu bestellen, und die aufgebrochene Erde lag dunkel und bereit für die Frühjahrssaat in der Ebene. Aber die Reiter, die zwischen dem königlichen Hof in Bourges und dem Schloss in Angers in fast ununterbrochener Folge dafür sorgten, dass Informationen, Akten und Schriftstücke ausgetauscht wurden, benötigten plötzlich einen halben Tag länger für die Strecke. Die schlammigen Straßen behinderten ihr Fortkommen, und mit der warmen Witterung hatten auch die zahlreichen Räuberbanden, die das Land unsicher machten, ihren Winterschlaf beendet.

Auch der Ritter, der an diesem Spätnachmittag von Bourges kommend über die Zugbrücke in die waffenstarrende Festung von Angers ritt, war froh, dass er sicher ans Ziel gekommen war. Er war nicht mehr der Jüngste, und die Verletzung, die er bei der Belagerung von Compiègne davongetragen hatte und die er nun unter der schwarzen Augenklappe verbarg, behinderte ihn zusätzlich. Die Zeiten, in denen er ein Scharmützel mit einer Räuberbande als angenehmen Zeitvertreib und ritterliches Training angesehen hatte, waren vorbei. Trotzdem war er dem Ruf der Herzogin-Königin gefolgt.

Die Neuigkeiten, die er brachte, waren wichtig genug, um ihm sofort die Aufmerksamkeit der Königin zu sichern, die ihn in ihrem Arbeitszimmer empfing. Das Kabinett mit den gobelinverzierten Wänden, den reichen Schnitzereien und den kostbar verglasten Fenstern war ihm von früheren Besuchen bekannt, und so schenkte er der prächtigen Einrichtung keine besondere Aufmerksamkeit. Er beugte ein wenig steif das Knie vor der aristokratischen Erscheinung in schwarzem, raschelndem Seidentaft, die sich von ihrem Stuhl erhob und ihm gnädig die Hand zum Kuss reichte.

»Ich freue mich, Euch bei guter Gesundheit zu sehen, Graf!« begrüßte sie ihn warm. »Setzt Euch. Ihr seht aus, als wärt Ihr geradewegs aus dem Sattel hierher geeilt. Die Dame de Gennes wird Euch einen Gewürzwein reichen. Seid Ihr so lieb, Kind?«

Der letzte Befehl galt einer eleganten Ehrendame, die im Hintergrund an einem Schreibpult stand und mit einem unübersehbaren Ausdruck der Erleichterung die Feder fortlegte. Sie huschte hinaus, um das Gewünschte zu holen, während Jolande von Aragón den Blick registrierte, mit dem ihr Besucher ihr nachsah.

»Es ist lange her, dass Ihr hier gewesen seid, mein Freund«, sagte sie leise.

»In der Tat.« Der Graf riss sich los und nickte. »Vieles hat sich ereignet. Die Belagerung von Compiègne, der Verrat an Jeanne d'Arc und ihre Gefangennahme, ihre schmähliche Hinrichtung...«

»Der Frieden mit Burgund«, fügte die Königin viel sagend hinzu.

»Bezahlt mit dem kostbaren Leben eines unschuldigen Mädchens, das sich gläubig für Frankreich geopfert hat«, ergänzte der Mann bitter.

»Ich weiß, dass Ihr einer der Feldhauptleute wart, die ihr bis zum Schluss zur Seite gestanden haben«, sagte Jolande leise. »La Hire, Saintrailles, d'Harigny. Edle Namen und tapfere Männer, die für immer ihren Platz in der Geschichte unseres Landes haben werden. Seid versichert, dass ich es nie vergessen werde, aber seid auch versichert, dass es im Sinne Jeannes ist, wenn ihr Märtyrertod dazu beitragen kann, unser Land endlich zu einen.«

Der ältere Mann senkte den Kopf, widerwillig einsehend, dass sie Recht hatte und müde von dem Ritt, der hinter ihm lag.

»Es hat lange gedauert, bis Euch mein Ruf erreicht hat, Graf de Mesnières«, fuhr Jolande fort, in dem Moment, als die Dame de Gennes mit dem dampfenden Krug Wein eintrat und einen Silberpokal vollgoss.

»Seid bedankt«, murmelte der Gast, und wieder konnte er nicht verhindern, dass sein Blick intensiv auf der jungen Frau ruhte, die ihm Gastfreundschaft erwies. Sie hatte etwas an sich, was seine Aufmerksamkeit fesselte, obwohl er nicht genau sagen konnte, weshalb.

Sie war nach der burgundischen Mode gekleidet, die alle Edeldamen bevorzugten, egal ob sie nun in Bourges, Dijon, Paris oder Angers vor dem Spiegel saßen. Eng schmiegte sich die spitz ausgeschnittene Seidenrobe an den Oberkörper und fiel unter dem handbreiten, goldgewirkten Gürtel in üppigen Falten bis zum Boden, wo sie in einer kleinen Schleppe endete. Goldstickereien zierten auch den Saum und das Mieder. Eine kleine modische Haube aus Goldspitze verdeckte die hochgesteckten Haare, deren Farbe er gerne gesehen hätte. Ebenso wie die der züchtig niedergeschlagenen Augen, deren dichter, dunkler Wimpernkranz zitternde Schatten auf ihre zarten Wangen warf.

Ihr Gesicht war ihm gleichzeitig fremd und doch eigenartig vertraut. Die kleine gerade Nase, das stolze Kinn und die vollendet geschwungenen Lippen weckten eine Erinnerung in ihm, die ihn verblüffte und fast ein wenig verlegen machte. Es fehlte nicht viel, und er hätte sich vor der hohen Dame zum Narren gemacht, indem er diesem jungen Ding sagte, wie wunderschön er es fand.

Alison fühlte den Blick des Besuchers, dem sie bis zu diesem Moment nur flüchtige Aufmerksamkeit gegönnt hatte. Seit sie unter der strengen Oberaufsicht eines Benediktinermönches in die Kunst des Lesens und Schreibens eingeführt wurde, versäumte die Königin nicht, sie dies auch endlos üben zu lassen. Dankbar für die kleine Pause war Alison vorhin hinausgelaufen, ohne den Mann zu beachten, dem ihre Herrin so viel Freundlichkeit schenkte.

Nun holte sie das Versäumte nach, und der Schock, der sie traf, war so heftig, dass plötzlich alles Blut aus ihrem Gesicht wich. Sie kannte ihn! Nicht seinen Namen, aber sein Gesicht! Heilige Mutter Gottes, würde sie denn nie Frieden finden? Seit sie in Angers lebte, hatte sie keine Träume und Visionen mehr gehabt. Und sie war dankbar dafür gewesen, denn es hatte ihr eine Ruhe geschenkt, die sie bitter nötig gehabt hatte, Zeit, ihre Gefühle zu ordnen und mit ihrem Schmerz fertig zu werden. Doch mit diesem Besucher hatte sich alles geändert. Anscheinend sollte sie auch in Angers keine Ruhe vor der Vergangenheit finden!

»Was fehlt Euch?« Der Graf beugte sich vor und suchte Alisons Blick »Ihr seht aus, als hättet Ihr ein Phantom erblickt!«

Sie wagte nicht, in das Antlitz mit der schwarzen Augenklappe zu sehen. Sie verschlang nervös die Finger ineinander, und dabei bemerkte der Graf den flammenden königlichen Saphir an ihrer Rechten. Es war das einzige Schmuckstück, das sie trug, wenn man von der bescheidenen Goldkette absah, deren Anhänger in ihrem Mieder verborgen lag.

»Es ist nichts«, murmelte sie rau. »Verzeiht. Wollt Ihr noch Wein?«

Keinem von beiden fiel auf, dass Jolande von Aragón sie beobachtete, als führten sie ein Theaterstück auf, dessen einzige Zuschauerin sie war. Sie stand neben dem Kamin und wartete geduldig, von dem Drama gefesselt, dass sie ausgelöst hatte, ohne sein Ende zu kennen.

Aber nun tat Alison doch das, was sie nicht hatte tun wollen: Sie schaute den Fremden an, der sie mit seltsamer Eindringlichkeit betrachtete.

»Habt Ihr noch Schmerzen?«, murmelte sie, von ihrer eigenen Frage überrascht, und streckte die Hand nach ihm aus, damit er sie ergreifen konnte.

»Nein.« Er schüttelte den Kopf und umfasste ihre zitternden, eiskalten Finger. »Ich hatte einen guten Arzt in Compiègne. Ich muss dankbar sein, dass ich wenigstens das eine Auge behalten habe. Es wäre mir arg gewesen, meinen Enkel nicht sehen zu können. Wer seid Ihr? Ihr scheint mich zu kennen, und ich weiß nicht woher. Ich müsste es doch wissen, wenn wir uns schon einmal begegnet wären. Und ungeachtet dessen… verzeiht meine Aufdringlichkeit…«

»Ihr seid nicht aufdringlich«, erwiderte Alison und legte unwillkürlich die andere Hand an ihr Mieder, dort, wo sich das alte Medaillon gegen ihre Haut drückte. »Ihr seid gütig und stark, jemand hat Euch Böses getan, aber Ihr habt den Dämon besiegt und Euren Frieden gefunden. Ich wünschte, Ihr könntet mir sagen, wie man das macht – Frieden finden.«

»Zum Donner, woher wisst Ihr das alles?« polterte der Graf, der seine Verlegenheit zu verbergen versuchte. Die eigenartige Anziehungskraft, die diese fremde Ehrendame auf ihn ausübte, war ihm nachgerade unheimlich. »Wer seid Ihr, woher kommt Ihr?«

»Ihr sprecht mit einem geschätzten Mitglied meines Haushaltes«, antwortete die Königin für Alison, die stumm blieb. »Dame Alison de Gennes hat lange Jahre in Paris gelebt und davor im Norden. In der Gegend von Azincourt, soweit ich weiß. Erinnere ich mich richtig, dass Eure Familie dort große Güter besaß, ehe Ihr Euch nach Eurer Rückkehr aus der Gefangenschaft der Engländer in Bourges etabliert habt, lieber Graf?«

»Alison?« Der Name lieferte das letzte Mosaikstück für ein Bild, das sich nun wie von selbst vor den Augen des Grafen zusammensetzte.

Nein, sie hatte nicht jene frappante Ähnlichkeit mit Melisande, wie Nadine. Bei ihr lag die Ubereinstimmung in der Gestik, in der Tonfärbung der Stimme, der Art, sich zu bewegen und den Kopf zur Seite zu legen. Melisande hatte dieselbe Eleganz der Haltung besessen, jenen intensiven Blick, der einen Mann zum Narren oder zum Helden machen konnte, wenn er sich in das Abenteuer stürzte, ihr zu gefallen.

»Das ist nicht möglich…«, murmelte er heiser und ließ so plötzlich ihre Hand fallen, als hätte sich der Saphir in ein glühendes Stück Kohle verwandelt.

»Meine liebe Alison, darf ich Euch Seine Gnaden den Grafen von Mesnières vorstellen, Seigneur Richard de St. Doye. Feldhauptmann Seiner Majestät des Königs von Frankreich und Gatte der leider viel zu früh verstorbenen Dame Melisande de Guînes«, sagte die Königin mit ihrer volltönenden Stimme.

Die junge Frau war zurückgewichen, bis sie mit dem Rücken gegen das Schreibpult stieß. Die Feder fiel zu Boden, aber niemand achtete darauf. Unwillkürlich hatte sie die Hand vor den Mund geschlagen.

»St. Doye?«, sagte sie endlich. »Wer um alles in der Welt ist dann Guy de St. Doye?«

»Mein schurkischer Bruder«, erklärte der Graf von Mesnières gallig. »Von dem wir alle annahmen, er sei ums Leben gekommen, als vor zwei Jahren unser Haus in Bourges abbrannte. Leider scheint es ihm gelungen zu sein, sich bei seinem Freund La Trémoille in Sicherheit zu bringen. Dabei hätte er den Tod weiß Gott doppelt und dreifach verdient.«

»Und wer bin ich? Könnt Ihr mir das sagen?« Endlich wagte es Alison, die Frage auszusprechen, die sie ihr ganzes Leben gequält und auf die sie bisher noch nie eine befriedigende Antwort bekommen hatte.

Richard St. Doye erhob sich und trat ein wenig schwerfällig vor die schöne, elegante Hofdame, die ihn aus weit aufgerissenen grünen Augen anblickte. Ein tiefer Atemzug weitete seine Brust.

»Wenn Ihr auf Eurem linken Schulterblatt ein Muttermal tragt, das die Form eines kleinen, mehrzackigen Sterns hat, dann kann kein Zweifel daran bestehen, dass Ihr die hochwohlgeborene Alison Genevieve Marie de St. Doye, Comtesse von Mesnière und die zweite Tochter seid, die mir meine geliebte Gattin Melisande de Guînes am 1. Mai des Jahres 1412 geschenkt hat.«

Unwillkürlich hatte Alison ihre Schulter berührt. ›Hexenmal‹ hatte La Trisanne diesen kleinen Stern genannt, und Francis Windhurst hatte ihn zärtlich geküsst. War sie vorher totenblass gewesen, so überzog sich jetzt ihr Gesicht mit flammendet Röte. Als sie die Hand sinken ließ, streifte sie die Glieder der goldenen Kette. Sie stutzte, dann streifte sie schnell die Kette ab und hielt dem Grafen das Medaillon hin.

Ein Laut, halb Schluchzen und halb Stöhnen kam über die Lippen des Mannes, als er es erkannte. Er zog Alison an seine Brust und schloss die Arme um die bebende, zierliche Gestalt, die nach Minze und Maiglöckchen duftete.

Nicht einmal die Königin wagte diesen zärtlichen Moment zu stören, in dem die beiden kein Wort sagten und nur aneinander geklammert dastanden. Alison erinnerte sich als Erste daran, dass sie nicht allein waren. Sie befreite sich widerstrebend aus der Umarmung, blieb aber an der Seite ihres Vaters und sah Jolande von Aragón mit einer deutlichen Mischung aus Vorwurf und Verblüffung an.

»Ihr wusstet es?«

»Ich ahnte es«, korrigierte die Königin sanft und setzte sich auf den gepolsterten Ebenholzsessel vor dem Kamin.

»Ich kenne den Hof meiner Tochter, und ich hatte das zweifelhafte Vergnügen, den Intimus des Seigneur de la Trémoille kennen zu lernen, von dem auch ich dachte, er sei tot, bis Ihr mir das Gegenteil versichert habt. Im Gegensatz zu ihm schätze ich seinen Bruder, den Grafen von Mesnières, in seiner Eigenschaft als Krieger und Feldhauptmann sehr. Bis Ihr hierher kamt, hatte ich allerdings keine Ahnung von seinem persönlichen Schicksal. Ich sandte nach dem Grafen, nachdem Ihr mir berichtet hattet, was Ihr wisst, mein Kind, aber es hat lange gedauert, ehe dieser ehrenwerte Seigneur meinem Ruf gefolgt ist.«

»Ich bin gekommen, sobald ich in Bourges Eure Nachricht fand«, verteidigte sich der Graf. »Das war vor drei Tagen. Bis dahin befand ich mich auf Harigny …«

»Bei Colin d'Harigny?« forschte die Königin und verbarg ihre Neugier über diese ungewöhnliche Freundschaft nicht.

»In der Tat, er ist mein Schwiegersohn«, verkündete der Graf mit einem gewissen Stolz in der Stimme. »Meine älteste Tochter und er haben im belagerten Compiègne geheiratet, und Nadine hat vor wenigen Wochen einem gesunden Jungen das Leben geschenkt.«

»Eine weitere Eurer Töchter lebt?« Dieses Mal war es die Königin, die ihr Erstaunen nicht länger verbergen konnte, während

Alison lächelte. Das Bild der schönen Edeldame und des schwarzen Ritters hatte nun auch seinen ihm zustehenden Platz gefunden.

»Wahrhaftig, mir scheint, ich werde mir Zeit nehmen müssen, auch diese Geschichte zu hören.« Jolande von Aragón lehnte sich entspannt zurück, aber in diesem Moment trat ein Bote ein, dessen staubigem Wams man den Gewaltritt ansah. Er beugte vor der Königin das Knie.

»Die Herzogin von Bedford ist verstorben, Majestät«, berichtete er. »In den Morgenstunden des vergangenen Sonntages hat sie die Letzte Ölung erhalten und die Augen für immer geschlossen.«

Alison stieß einen leisen Laut des Erschreckens aus. Anne von Burgund tot! Sie hörte nur am Rande, wie die Königin nach weiteren Einzelheiten fragte und den Boten schließlich wieder fortschickte.

Jolande bekreuzigte sich. »Armes Ding! Damit ist die letzte Stimme der Mäßigung in der Umgebung des Lancaster verschwunden«, stellte sie dann fest. »Wir können nur hoffen, dass es uns gelungen ist, den Frieden so weit zu sichern, dass ihr Tod dies nicht mehr ändern kann. Arme, kleine Anne. Sie war ein so bezauberndes, lebendiges und lebensfrohes Mädchen…«

Alison erinnerte sich an die kranke, nach Atem ringende Herzogin, die nur noch ein Schatten ihrer selbst gewesen war. Sie wusste, dass Anne von Burgund ihren Tod als Erlösung betrachtet hatte. Wer sich wohl in ihren letzten Stunden um sie gekümmert hatte? Hoffentlich nicht die eitle, rücksichtslose Lady Marsh. Was geschah nun mit all den Damen und ihren Ämtern? Würde der Herzog sich eine neue Gattin suchen?

»Wir werden Messen für sie lesen lassen und sie in unsere Gebete einschließen«, verkündete die Königin und wandte sich pflichtbewusst wieder der Politik zu. »Meinen Schreiber, Dame Alison, und gebt in der Wachstube Bescheid, dass ich in einer Stunde drei der schnellsten Boten zur Abreise bereit haben möchte. Danach seid Ihr für heute von Euren Diensten entlassen, um Euch um das Wohl Eures Vaters zu kümmern. Aber irgendwann werdet Ihr mir die Geschichte Eurer Schwester erzählen müssen!«

Es war nicht der passende Zeitpunkt für rührende Familienangelegenheiten, die Fürstin beeilte sich, die Lage zu analysieren, die nach dem Tod der Herzogin entstanden war. Sie hatte in einem sehr gefährlichen Moment eine wichtige Verbündete verloren.

Das Gutshaus, welches das kleine Dorf Gennes an der Loire beherrschte, war eine gelungene Mischung aus Bauernhof und Burg. Es lag einen halben Tagesritt von Angers entfernt, und der große steinerne Wachturm bot einen hervorragenden Beobachtungsposten flussab- und flussaufwärts. Der Trupp Bewaffneter, den Jolande der jungen Frau zum Schutz ihrer Ländereien zugestand, hatte sich bestens dort eingelebt.

Alison selbst zog die weißgekalkte Meierei als Wohnsitz vor. Eine warme Mahlzeit und ein gemütlich prasselndes Feuer empfingen sie dort, als sie mit ihrem Vater eintraf. Dass sie mit sicherem Instinkt den bulligen Pierrot und seine dürre Magdalene als Verwalterpaar ausgesucht hatte, dankten ihr beide mit größtem Fleiß und ergebener Anhänglichkeit. Alison fiel es noch immer schwer zu begreifen, dass sie ihre Herrin war, aber es erfüllte sie auch mit Stolz, ihrem Vater diese kleine, wohl geordnete Welt vorzuführen. Die Königin hatte sie gnädig beurlaubt und der Graf von Mesnières war nur zu gern bereit gewesen, sie hierher zu begleiten.

Voller Erstaunen musste Richard St. Doye erkennen, dass Alison kein schutzbedürftiges, armes Mädchen war, sondern eine unabhängige, seltsam reife Frau. Im Gegensatz zu Nadine besaß sie eine spürbare Härte, die sie allerdings in erster Linie gegen sich selbst einsetzte. Sie schien unter ständiger Anspannung zu stehen und es sich nicht zu erlauben, auch nur den kleinsten Fehler zu machen.

Es dauerte ein paar Tage, bis er sie endlich dazu gebracht hatte, ihm von dem Leben zu erzählen, das sie geführt hatte, ehe die Königin sie unter ihre Fittiche nahm. Freilich mutete ihn der Bericht auch dann noch nach einer sorgfältig zensierten Fassung an, die vieles wegließ und nur weniges ausführlich erklärte. Was verbarg sich hinter dieser glatten, ungerührten Stirn und den kühlen grünen Augen? Nadine hätte es vielleicht in Erfahrung bringen können, aber seine eigenen Mittel versagten. Er wollte sie so gerne vorbehaltlos lieben, und es machte ihn traurig, dass sie sich selbst so wenig schätzte.

Alison wusste, dass sie ihm Rätsel aufgab, aber nur so war es ihr möglich, halbwegs gelassen zu wirken und die Fassade aufrechtzuerhalten. Sie hätte ihm sagen können, dass sie im Grunde das gleiche tat wie er. Dass sie ihm ähnlicher war, als sie gedacht hatte. Auch er versteckte schamhaft die Narben seiner Wunden und den Kummer über die Fehler, die er gemacht hatte, unter einer gewissen steifen Würde.

Niemand konnte ihm die Erkenntnis abnehmen, dass er einen guten Teil Schuld an dem Drama trug, das sich vor so vielen Jahren auf Burg Mesnières ereignet und seine Familie zerstört hatte. Nur einmal sprach er davon, als sie vor dem flackernden Feuer saßen, während alle anderen längst zu Bett gegangen waren.

»Deine Mutter verabscheute meinen Bruder und seine Frau. Sie bat mich um getrennte Haushalte und flehte mich bei jedem Wiedersehen an, sie von ihm zu befreien. Ich hielt es für die übermäßige Empfindsamkeit einer Schwangeren. Ich wäre nie auf die Idee gekommen, dass er sich ihr nähern würde. Hätte ich auf sie gehört, wäre sie vielleicht noch am Leben, und deine Schwestern ebenfalls. Ich habe ja nicht einmal all die Jahre später auf Nadine gehört, die sich vor Guy und seinen Machenschaften fürchtete. Sie hat fast ihr Leben verlieren müssen, ehe ich endlich glaubte, dass mein eigener Bruder so viel Schlechtigkeit und Neid in sich trägt«

»Niemand kann gegen sein Schicksal handeln«, erwiderte Alison und starrte gedankenverloren in die Flammen. »Aber ladet Euch nicht zu viel Schuld auf. Unsere Mutter ist tot, aber alle Eure Töchter leben…«

»Wie meinst du das?«, fuhr er auf. »Woher willst du das wissen?«

Alison spielte abwesend mit dem Zopf, zu dem sie ihre ungebärdigen Locken gezwungen hatte und der ihr wie einem Bauernmädchen nach vorne über die Schulter fiel.

»Ich wollte es Euch schon lange sagen.« Sie seufzte und entschloss sich zögernd, sein Vertrauen zu erwidern. »Es gibt noch etwas, was Ihr über mich erfahren solltet. Deswegen habe ich Euch auch sofort erkannt. Manchmal sehe ich Dinge in den Flammen, die geschehen sind oder geschehen werden. Visionen, Gestalten, Ereignisse. Haltet mich nicht für verrückt oder für närrisch, aber... ich kann es nicht anders erklären. Es kommt über mich wie ein Traum. Wie eine fremde Macht, und ich kann es weder beeinflussen noch herbeirufen oder verhindern. Es ist in mir...«

Der Graf wusste nicht recht, was er davon halten sollte, und in einer Mischung aus Sorge und Unbehagen sah er das junge Mädchen an, das, in einen einfachen dunklen Rock und eine helle, ungefärbte Leinenbluse gekleidet, mit angezogenen Beinen in einem gepolsterten Stuhl saß. Alison spürte seinen Blick und schenkte ihm ein zärtliches, verständnisvolles Lächeln.

»Keine Angst, ich habe es niemanden gesagt. Ich verspüre kein Verlangen danach, als Hexe betrachtet zu werden. Nur Ihr wisst es... Aber, glaubt mir: Auch meine anderen Schwestern leben, und wir werden zueinander finden. Es muss sein, denn nur gemeinsam können wir den Mörder unserer Mutter vernichten. Wenn wir alle zusammenstehen, ist er uns nicht gewachsen.«

»Alison, ich bitte dich! Sag nicht solche Sachen.« Richard de St. Doye beugte sich alarmiert zu ihr hinüber. »Rache ist eine Männerangelegenheit. Du kannst sicher sein, dass Guy seiner gerechten Strafe nicht entgehen wird, wenn der Kanzler stürzt. Colin d'Harigny und ich warten nur auf diesen Moment.« Die junge Frau ersparte sich den Widerspruch. Sie wusste es besser. Nicht die Männer, die Frauen dieser Familie würden Melisande de Guînes rächen! Sie sah die geschlossene Reihe der vier Schwestern förmlich vor sich, an denen Guy de St. Doye letztendlich scheitern würde. Melisandes Töchter. Ihre gemeinsame Macht würde ihn zerstören. Aber noch war die Zeit nicht reif dafür. Der Graf betrachtete ihr Profil. Alison hatte mit ihrem Geständnis das Rätsel um ihre Person vertieft, statt es zu lösen. War es diese Gabe, die sie ihm so fremd machte, oder hütete sie noch ein anderes, noch komplizierteres Geheimnis?

19. Kapitel

Man hätte Euch zur Maikönigin küren sollen, Dame Alison«, schmeichelte der Seigneur de Brosse und konnte den Blick nicht von dem großzügigen Dekolleté der kostbar gekleideten jungen Frau nehmen. In der Vertiefung zwischen den makellosen Brüsten schimmerte ein taubeneigroßer Saphir, der von Perlen eingefasst an einer zarten Goldkette hing.

Der Graf von Mesnières hatte seiner Tochter dieses unerwartete Geburtstagsgeschenk am Morgen des ersten Mai überreicht. Alison hatte sich über diese allererste Geburtstagsgabe ihres Lebens mehr gefreut als über den unbestreitbaren Wert des Juwels, das so hervorragend zum Ring der Königin passte. Es war ein eigenartiges Gefühl, genau zu wissen, dass an diesem Tage ihre Geburt zwanzig Jahre zurücklag. Bisher hatte sie nie gewusst, wann sie ihren Jahrestag feiern sollte. Und bisher hatte es allerdings auch nie einen Grund gegeben, dieses Ereignis zu feiern.

Alison fragte sich ungeduldig, ob de Brosse wohl gerade den Preis dieses Schmuckstücks ausrechnete oder ob er darüber nachgrübelte, wie das Dekolleté weiterging.

Sicher war nur, dass sein Gesichtsausdruck seltsam begierig wirkte und seine Aufmerksamkeit ihr nachgerade lästig zu werden begann. Zu dem glanzvollen Empfang, zu dem Königin Jolande anlässlich des Maifestes geladen hatte und der nach der heiligen Messe stattfand, hatten sich die Mächtigen mehrere Königreiche in der Burg von Angers versammelt. Anschließend sollten ein Bankett und ein Ball stattfinden.

Eine Gesandtschaft des französischen Königs war aus Bourges gekommen, eine weitere vom burgundischen Hof aus Dijon, und natürlich gab es auch eine aus der Provence, der Heimat der Königin. Die dunklen, braun gebrannten Männer, die fast wie Mauren wirkten, waren aus Sizilien und Neapel angereist, und Alison schwirrte schnell der Kopf vor all den Namen und Gesichtern. Sie umklammerte mit der linken ihre rechte Hand, die den Ring der Königin trug, so als könne sie sich daran aufrecht halten. Es war zu einer vertrauten Geste geworden, die ihr nicht einmal mehr zu Bewusstsein kam.

»Ihr entschuldigt, de Brosse! Aber ich hätte gerne ein Wort mit Dame Alison gesprochen...«

Die Königin selbst erlöste Alison aus ihrer peinlichen Lage und die junge Frau sank in eine respektvolle Reverenz. Sie war erst vor zwei Tagen aus Gennes an den Hof zurückgekehrt, und sie war überrascht gewesen, ihn so voll gestopft wie einen prachtvollen Hühnerhof zu finden. Sie hatte sogar Mühe gehabt, das eigene Quartier zu beziehen, in dem sich gerade ein paar französische Ritter breit machen wollten.

De Brosse riss sich gezwungenermaßen von Alisons Busen los und zog sich nach einem letzten bedauernden Blick zurück.

»Wie Ihr wisst, komme ich nicht umhin, auch die burgundische Gesandtschaft in Ehren zu empfangen, obwohl Herzog Philippe noch immer meinen Sohn in Dijon gefangen hält!«, sagte die Königin leise, während sie die junge Frau in eine Fensternische zog, wo sie ungestört waren.

»Man hat mir jedoch zu verstehen gegeben, dass einer der Männer auf unserer Seite ist und mir ein Schreiben meines Sohnes bringt. Vielleicht zählt dieser Unbekannte ja auch zu den Vertrauten der verstorbenen Herzogin, und Ihr kennt ihn. Bleibt beim Empfang an meiner Seite, dann könnt Ihr die Mitglieder der Gesandtschaft unauffällig prüfen und mir ein Zeichen geben.«

Die junge Frau gehorchte, und ihre faszinierende Erscheinung im silbernen, perlenbestickten Hofkostüm zog ebenso viele neugierige Blicke auf sich wie die der imposanten Königin in schwarzem Brokat und wallendem dunklen Musselin. Einmal mehr hatte Alison auf die schweren Hauben oder den schwierig zu balancierenden spitzen Hennin verzichtet. Ein fein geknüpftes Silbernetz bändigte ihre Haare, nur ein paar zart herausgezupfte Löckchen an Stirn und Schläfe ließen ahnen, wie ungebärdig die ganze Pracht sein konnte. Die tüchtige Zofe, die ihr Madame Chamat besorgt hatte, erreichte zwar nicht Hélies Qualitäten, aber sie verstand ihr Handwerk zur beiderseitigen Zufriedenheit.

Die burgundische Gesandtschaft überbrachte die Aufmerksamkeiten des Herzogs. Philippe von Burgund wusste, dass die wahre Politik Frankreichs von dieser Frau gemacht wurde, die ihren wankelmütigen Schwiegersohn beeinflussen konnte und von der man sagte, dass selbst die Geliebte, die ihn umgarnte, von ihr ausgesucht worden sei. Umso wichtiger war es dem Herzog in seinem Spiel, die Königin bei Laune und die Mutter in Sorge zu halten.

Philippe de Trenant, der die Gruppe anführte, erahnte die Pläne seines Herrn, aber er beging auch nicht den Fehler, die Königin zu unterschätzen. Doch er fühlte sich ein wenig abgelenkt von der blendenden Schönheit, mit deren Anwesenheit sich die Achtung gebietende Witwe bei diesem Empfang schmückte. Außerdem irritierte es ihn, dass diese silberne Göttin über seinen Kopf hinweg jemanden mit größter Eindringlichkeit zu mustern schien. Da er Jolande von Aragón nicht brüskieren durfte, indem er sich umdrehte, machte ihn das Ganze so nervös, dass es ihm an der üblichen Brillanz seines Vortrags fehlte.

Er erkannte es am kaum merklichen Heben der Brauen und dem maliziösen Lächeln, das um die Mundwinkel der Königin spielte. Er wäre jede Wette eingegangen, dass sie diese Dame mit voller Absicht neben sich platziert hatte. Sie zog die Audienz zudem in die Länge, indem sie ihn dazu zwang, über die Verdienste der verstorbenen Herzogin von Bedford zu plaudern, und selber Vermutungen darüber äußerte, welche noble Dame Bedford an ihre Stelle zu setzen gedachte.

Alison hingegen vernahm nicht eines der Worte, die gewechselt wurden. Seit sie Lord Francis Windhurst in der Gruppe entdeckt hatte, schien alles Leben aus ihr gewichen zu sein. Er war schmaler, als sie ihn in Erinnerung hatte, aber er schien den heimtückischen Giftanschlag ohne sichtbare Folgen überstanden zu haben. In ein makelloses Hofkostüm aus hellstem blauem Samt gekleidet, die blonden Haare glatt aus der Stirn gekämmt, das Gesicht ausdruckslos, erschien er ihr wie ein rächender Erzengel, der jeden Moment sein Flammenschwert zücken würde, um sie zu vernichten.

Windhurst zog jedoch nicht nur Alisons Aufmerksamkeit auf

sich. Seine raubtierhafte Eleganz, seine stolze Haltung und sein gutes Aussehen fanden das Interesse der Damen. Selbst die Königin wandte sich ihm prüfend zu. Als er sich zum Gehen wandte, weil die Gesandtschaft der nächsten Platz machte, erwachte Alison wie aus einem Traum. Wie um alles in der Welt kam ein englischer Lord mitten unter die burgundische Gesandtschaft? Burgund hatte sich von England abgewandt und seinen Frieden mit Frankreich gemacht; was also hatte seine Anwesenheit in Angers zu bedeuten?

Alison erfuhr es, als sie die Königin zwischen Empfang und Bankett in deren Arbeitskabinett begleitete. Wie üblich kam Jolande sofort zur Sache.

»Lord Windhurst, nicht wahr? Er ist der Mann, den Ihr kennt«, stellte die Königin fest. »Ihr habt ihn betrachtet wie das Kaninchen die Schlange. Er war also der geheimnisvolle Edelmann, der Anne als Kurier und Spion zugleich diente. Es wird interessant sein zu hören, was er zu sagen hat. Ich habe ihm eine Privataudienz genehmigt, und er wird jeden Moment hier sein.«

Das erlesen eingerichtete Gemach drehte sich vor Alisons Augen, die ohnehin noch mit den Folgen des ersten Schocks kämpfte.

Sie musste sich am Kaminsims festhalten, aber sie ließ nicht zu, dass ihre Schwäche sie überwältigte.

»Befreit mich von meiner Anwesenheit bei dieser Audienz, Majestät«, bat sie leise und wich dem fragenden Blick der Monarchin aus.

»Ihr wollt ihm nicht begegnen? Weshalb habt Ihr ihn dann mit den Augen verschlungen?«

Es war nicht leicht, einer Frau mit so scharfem Verstand und einer solchen Beobachtungsgabe etwas vorzuspielen. Alison sah sich gezwungen, die Wahrheit zu sagen – zumindest einen Teil davon. Doch der Tonfall ihrer Stimme verriet, was sie mit Worten nicht aussprach.

»Er denkt, ich hätte ihn verraten, vergiftet und dem Tod überlassen. Er glaubt, dass ich gemeinsame Sache mit Guy de St. Doye gemacht habe. Er hat geschworen, mich zu erwürgen, wenn ich ihm noch einmal begegne. Er ist ein Mann von so reizbarem Temperament, dass ich fürchte, er wird diesen Schwur in die Tat umsetzen, ehe ich mich vor ihm schützen kann.«

»Unsinn«, meinte die Königin schroff. »Ihr habt ihm das Leben gerettet. Wollt Ihr damit sagen, dass er das nicht weiß?«

»Selbst wenn er es wüsste, würde es ihn nicht kümmern«, flüsterte Alison. »Ihr habt sicher bemerkt, wie er mich angeschaut hat.«

Die Königin sah sie prüfend an, registrierte den Schmerz in Alisons Augen, aber auch die stolze, gefasste Haltung, die sie zu bewahren suchte.

Jolande traf einen schnellen Entschluss, denn die Zeit drängte. Sie trat zu einem Gobelin neben dem Kamin und schlug den Teppich zurück. Eine schmale Holztür kam zum Vorschein.

»Wartet in diesem Kabinett, wenn Ihr ihm nicht persönlich begegnen wollt. So könnt Ihr hören, was gesprochen wird, werdet aber nicht gesehen.«

Die Wache, die Name und Begehr des Besuchers meldete, sorgte dafür, dass Alison wie ein silberner Blitz hinter dem Wandteppich verschwand und die Tür hinter sich zuzog. Sie holte ein paarmal tief Luft, dann erst schaute sie sich um. Das winzige holzgetäfelte Gemach enthielt nur eine gepolsterte Bank, einen Betstuhl, ein Kruzifix und einen kleinen Tisch, auf dem ein Krug mit Wasser und ein Becher standen.

Alisons Knie zitterten so sehr, dass sie sich setzen musste. Aus dem Arbeitskabinett kam kein Laut. Was geschah dort?

Jolande hatte ihrem Besucher die Hand zum Kuss gereicht und blickte nun mit gerunzelter Stirn auf den goldblonden Kopf herab.

Doch dann horchte Alison auf.

»Windhurst? Wollt Ihr mich zum Narren halten?«, begann die Königin. »Ihr seid ein Lassay! Ich habe Euren Vater zu gut gekannt, um an der Nase herumgeführt zu werden. Der blonde Page des Herzogs von Burgund, des stolzen Jean sans Peur, nicht wahr? Was ist mit Euren Brüdern passiert?«

»Sie sind tot, Majestät. Sie sind zusammen mit meinem Vater in der Schlacht von Azincourt gefallen«, antwortete der junge Mann ruhig.

»Und Ihr?«

Alison spürte mit all ihren Sinnen, dass ihm dieses Gespräch Unbehagen bereitete, er sich aber dennoch gezwungen sah, der Königin zu antworten. Und dass er einen großen Teil seiner Energie darauf verwandte, die Tatsache zu ignorieren, dass sie sich an diesem Hof und unter demselben Dach wie er befand.

»Ich geriet in Gefangenschaft, als ich versuchte, ihre Leichen zu finden, damit sie ein christliches Begräbnis bekämen«, antwortete er knapp. »Niemand machte sich die Mühe, das Lösegeld für einen kleinen, unwichtigen Pagen aufzubringen.«

»Ihr dachtet, man hätte Euch vergessen, und das habt Ihr nie verziehen«, erwiderte die Königin hellsichtig. »Wer war Lord Windhurst?«

»Ein Sekretär im Hause des Herzogs von Bedford. Er fand Gefallen an mir und nahm mich zu sich. Nach meinen Wünschen hat niemand gefragt. Er fügte meiner Erziehung einiges hinzu, und nach seinem Tod übernahm ich seine Stellung, bis ich dem Haushalt der neuen Herzogin zugeteilt wurde. Von ihr erfuhr ich erst, dass meine Großmutter unseren gesamten Besitz verkauft hat, um mich zu retten. Der Herzog von Bedford hatte das Gold behalten und ihr dafür die Nachricht von meinem angeblichen Tod gesandt. Meine Großmutter begegnete Dame Anne erst wieder, als diese nach Paris kam und sie dadurch zum ersten Mal die Möglichkeit bekam, persönlich im Hause der Lancasters Fragen nach einem kleinen Pagen zu stellen, der unter der Obhut Bedfords gestorben sein sollte.«

So wusste also nur Anne, die Tochter Johanns, wer Francis Windhurst in Wirklichkeit war«, meinte die Königin. »Johann Ohnefurcht hat Euch geliebt wie einen Sohn, und hätte nicht die frappante Ähnlichkeit mit Eurem Vater das Gegenteil bewiesen, hätte es manch ein Gerücht deswegen gegeben. Ihr habt Anne gekannt, als sie noch ein Kind war, und diese Kinderfreundschaft hat Euch zu ihrem Vertrauten gemacht!«

Jolande betrachtete den jungen Edelmann sehr lange und sehr

nachdenklich, während dieser die Prüfung stumm und stolz über sich ergehen ließ.

Alison in ihrem Versteck hatte die Hand auf ihr wild klopfendes Herz gepresst. Die Bitterkeit, der Zynismus und die Kälte, mit denen dieser Mann sein Schicksal schilderte, erklärten viel von seinem Verhalten. Der Herzog von Bedford hatte ihn in seiner üblichen rücksichtslosen Manier um seinen Namen, seine Zukunft und seine Vergangenheit betrogen. Er hatte seine Talente ausgebeutet, ohne sich um die Folgen zu scheren. Er hatte ihn behandelt wie eine Kriegsbeute und nicht wie einen Menschen, und über die Rolle, die sein Ziehvater Lord Windhurst gespielt hatte, wollte sie lieber nicht näher nachdenken.

Der Page hatte all dies überlebt, war zum Mann geworden, aber ein Mann von unglaublicher Härte, der jedes sanftere Gefühl, jedes Nachgeben ausschloss. Einzig für Dame Eleanor, seine Großmutter, empfand er Liebe. Für andere Frauen zeigte er nur Begehren, den gesunden Appetit eines Mannes, der sich an einem schönen Körper erfreut, aber keine Zuneigung, keine Vertrautheit, keine Zärtlichkeit kennt. Jetzt wusste sie, warum er nie wieder den Versuch gemacht hatte, sich ihr zu nähern. Er liebte sie nicht. Er konnte gar nicht lieben.

»Also der letzte der Lassays«, murmelte die Königin nachdenklich. »Michel de Lassay, wenn ich mich richtig erinnere!«

Michel, so hatte Dame Eleanor ihn immer genannt, wenn sie in großer Aufregung war. Alison schloss für einen Moment die Augen.

»Ich weiß nicht, ob ich überhaupt noch berechtigt bin, diesen Namen zu tragen«, sagte er provozierend gleichgültig.

»Die Güter der Lassays sind verkauft, der Lehenseid erloschen, die Rechte vergessen.«

Die hohe Dame antwortete nicht darauf, sondern stellte eine weitere Frage.

»Wie seid Ihr unter das Gefolge von Philippe de Trenant gekommen?«, wollte sie wissen.

»Ich befand mich bei ihm, als die Nachricht vom Tod der Herzogin eintraf. Sie hatte mich mit einem letzten Auftrag nach Dijon entsandt, da wir beide der Meinung waren, es könne von Vorteil sein, wenn gewisse Herren zu der Ansicht kämen, dass ich einen Giftanschlag nicht überlebt hätte. Nach meinem angeblichen Tod ist St. Doye oder Bélin de Marsaque, wie er sich nennt, aus Paris verschwunden. Er fand es wohl ratsam, kein Risiko einzugehen, auch wenn meine Leiche nie gefunden wurde. Vermutlich hat er inzwischen beträchtliche Schwierigkeiten, seinem Herrn zu erklären, weshalb ihm das Schreiben, in dem Trémoille seine Pläne erläuterte und das nur dazu diente, den Herzog von Bedford zu ködern, abhanden gekommen ist. Der Sieur de Trenant befürwortet ebenfalls den Frieden mit Frankreich, Ihr wisst es. Zum Zeichen seiner guten Absichten macht er mich zum Überbringer dieses Briefes...«

Alison bekam durch seine Worte bestätigt, was sie längst wusste. Guy de St. Doye war entkommen. Solange nicht alle Töchter Melisande de Guînes vereint waren, war er in Sicherheit. Aber nur bis dahin! Doch wenigstens schien es gelungen zu sein, St. Doyes Mission zu vereiteln und ihn bei seinem Herrn in Ungnade zu bringen.

Aber es gab noch eine Menge anderer Hindernisse, die dem Friedensschluss von Burgund und Frankreich im Wege standen. Zum Beispiel das tiefe Misstrauen, das Philippe von Burgund einem König entgegenbrachte, von dem er annahm, dass jener den Tod Johann Ohnefurchts, seines Vaters, befohlen hatte. Er traute Jolandes Schwiegersohn nicht eine Handbreit über den Weg, und er benutzte die Königin der vier Reiche, um sich zu vergewissern, dass dieses Mal kein Falsch und keine Hinterlist im Spiel war. Nur deswegen erreichte dieser Brief René du Bars seine Mutter, und nicht, weil er so nachlässig bewacht wurde, dass er Boten nach Angers schicken konnte.

Alison nahm an, dass die Königin das Schreiben überflog, denn es dauerte geraume Zeit, ehe sie sich wieder an ihren Besucher wandte.

»Tragt künftig wieder Euren Namen, Michel de Lassay!« sagte sie. »Windhurst passt nicht zu Euch. Ich bin Euch zu großem Dank verpflichtet, dieser Nachricht wegen und wegen vieler anderer Dinge, die es uns ermöglichen werden, diesem armen, gequälten Land endlich Frieden schenken zu können. Wie sehen Eure Pläne für die Zukunft aus?«

»Ich werde mir einen Herren suchen müssen, der meinen Verstand und mein Schwert gleichermaßen schätzt«, hörte Alison die kühle, unbeteiligte Stimme antworten.

»Keine alten Verpflichtungen? Einzulösende Schwüre oder Bindungen an die Vergangenheit?«, forschte die Königin hartnäckig.

»Nichts von Bedeutung!«

Alison zuckte zusammen, als wäre sie geschlagen worden. Nichts von Bedeutung, sah er sie so? Sie, die unter dieser Liebe litt wie ein verwundetes Tier? Die sogar in diesem Moment gegen die Versuchung kämpfen musste, sich ihm zu Füßen zu werfen und um seine Verzeihung zu flehen?

»Euer Vater und Eure Brüder waren tapfere und stolze Männer, ich sehe, dass der Jüngste ihnen ähnlich ist. Wollt Ihr unter meine Ritter eintreten, Michel de Lassay? Wollt Ihr mir den Vasalleneid schwören und mir dienen, zum Wohle dieses Landes und der vier Königreiche meiner Krone?«

Alison biss sich auf die Unterlippe. Sie wusste nicht, was sie wünschen sollte: dass er dieses großherzige Angebot annahm oder dass er ablehnte. Sie wusste nur eines, für sie beide war an diesem Hofe kein Platz. Wenn er blieb, musste sie gehen, wie sehr sie auch wünschte, der Königin weiterhin dienen zu können.

»Mein Schwert und meine Loyalität gehören Euch«, erwiderte Michel de Lassay. »Ich danke Euch für die Ehre, die Ihr mir erweist. Mein Leben ist hinfort das Eure…«

Einen Moment herrschte Schweigen, dann redete Jolande wieder. »Hier, bringt dem Konnetabel de Richemont diese Nachricht. Er ist gestern eingetroffen, und er wird Euch in Gnaden empfangen.«

Der große Feldherr des Königs von Frankreich, der Dorn im Fleisch des Herzogs von Bedford und erbitterter Widersacher der englischen Herrschaft zählte zu den engsten Vertrauten Jolandes. Alison wusste, dass die beiden bis spät in die Nacht im

Kabinett nebenan debattiert und gearbeitet hatten. Wenn sie ihm einen Ritter empfahl, dann würde er ihn ohne Bedenken aufnehmen.

Sie war immer noch tief in ihre Gedanken versunken, als die Königin die Tür öffnete. »Nun, meine Kleine, wollt Ihr nicht wieder herauskommen? Der Seigneur ist gegangen.«

Alison erhob sich, schüttelte verlegen ihre kostbaren Röcke aus und hob die kleine Schleppe an, damit sie nicht eingeklemmt wurde, wenn sie durch die schmale Pforte nach draußen schlüpfte. Sie mied den fragenden Blick der Königin, aber sie wusste, dass sie letztendlich nicht um die Wahrheit herumkommen würde. Geduldig wie eine Katze hatte Jolande darauf gewartet, dass die Maus sich von ganz allein in die Falle begab.

»Ich könnte mir kein schöneres Paar als Euch und Lassay vorstellen«, meinte sie prompt. »Aber so, wie es aussieht, ist auf beiden Seiten eine gute Portion Stolz zu viel im Spiel. Warum diese Abwehr, wenn Ihr doch ganz närrisch vor Liebe nach ihm seid?«

»Ihr habt ihn gesehen und mit ihm gesprochen«, entgegnete Alison. »Er besteht nur aus Stahl und Eis. Er kennt kein Mitleid, keine Zärtlichkeit, keine Milde. Er hat mich verurteilt, ohne mich anzuhören, und er hat es gern getan, denn so hat er in seinem verqueren Kopf einen Grund dafür gefunden, warum er mich nicht zu lieben braucht. Er hat danach gesucht, denn er will nicht zulassen, dass dieser Panzer, hinter dem er sein Herz verborgen hat, zerstört wird. Er würde mich lieber töten als lieben.«

»Keine Angst, er wird nicht wagen, Euch zu nahe zu treten«, versprach die Königin, und Alison presste die Lippen zu einem schmalen Strich zusammen.

Francis Windhurst, Michel de Lassay oder wie immer er hieß, besaß die Macht, sie tödlich zu verletzen, ohne sie auch nur mit dem kleinen Finger zu berühren. Doch sie wusste, es war verschwendete Zeit, dies der Monarchin zu erklären. Sie würde Angers verlassen müssen, und nicht einmal die Königin würde etwas dagegen einwenden können, wenn sie, Alison, ihren Vater begleitete, um endlich jene ferne, verlorene Schwester kennen zu lernen, von der sie vor so vielen Jahren getrennt worden war.

Doch erst einmal lag dieser lange, festliche Tag vor ihr. Das Bankett, der Ball, ihr Geburtstag. Sie durfte bei dem ersten großen offiziellen Ereignis, dem sie an der Seite ihres Vaters beiwohnte, keine plötzliche Schwäche zeigen.

Sie war inzwischen die Comtesse de Mesnières, Dame de Gennes und Ehrendame der Königin, eine Frau von bester Geburt, hohem Rang und Ansehen. Die Rote Alison, die auf der Pont Neuf aus der Hand gelesen und César le Noir an der Nase herumgeführt hatte, gehörte endgültig der Vergangenheit an. Niemand würde jemals wieder ihren Namen nennen. Nicht einmal Michel de Lassay.

20. Kapitel

Keines der Feste, die Alison im Haus des Herzogs von Bedford erlebt hatte, war in Pracht und Glanz mit dem Ereignis zu vergleichen, mit dem die Königin der vier Reiche den Frühling feierte und gleichzeitig ihre Macht und ihren Einfluss demonstrierte.

Es gab kunstvolle Marmorbrunnen, aus denen roter und weißer Wein floss, in den Sälen waren die Böden mit frischen Blüten bedeckt.

Dabei hatte sie schon beim Bankett ihr Staunen kaum verbergen können. Der Überfluss begann mit Honig getränktem Gewürzbrot, unzähligen geräucherten Schinken und Würsten, Salaten, Frikassees von Singvögeln und allerlei verschiedenen Pasteten. Danach folgten Aufläufe mit Kalb-, Schweine- und Hammelfleisch, Gemüse in Safran und Weinessig, und schließlich den großen Braten des Hauptganges, der alles andere noch übertraf.

Alison, die sich einen Teller mit ihrem Vater teilte, schaffte es nicht, von all den verschiedenen Gerichten aus feinstem Fleisch, von den Fischen und Meerestieren, dem Wild aus den Wäldern und den frischen Frühlingsgemüsen zu kosten. Zeit ihres Lebens daran gewöhnt, kaum genug zu essen zu haben, fiel es ihr schwer, sich diesem Überfluss hinzugeben. Und dann erst die Desserts! Verschiedene, hinreißend süße Konfitüren, eingelegte Früchte, Reisspeisen, Cremes und Gewürzmandeln. Zitronen und Orangen aus den südlichen Reichen der Königin, sowie so viele unterschiedliche Sorten Käse, dass sie es aufgab, sie zu zählen.

Die Stunden dieser üppigen Völlerei wurden von Musikanten und Gauklern verkürzt, von Magiern und Tänzerinnen. Vielleicht war es auch dieser Anblick, der Alison an ihr früheres Leben erinnerte. Es gab Jongleure und Zauberer, Männer mit dressierten Bären und dunkelhäutige Mädchen, die ihre grazilen Körper zu spanischer Musik bewegten.

Nur wenige der edlen Herrschaften schenkten ihnen überhaupt Aufmerksamkeit, und noch weniger warfen ihnen eine Münze zu, die meist sowieso unter den zertrampelten Blüten verschwand oder von einem flinken Pagen aufgefangen wurde, der seinem Herrn oder seiner Herrin aufwartete. Alison empfand die Enttäuschung der Gaukler mit, und sie wünschte ihnen von Herzen, dass sie sich später wenigstens an den Resten dieses gigantischen Mahles satt essen konnten.

Sie hatte ihren Blick ständig durch den riesigen Saal wandern lassen und sich immer wieder vergewissert, dass der Mann, den sie fürchtete, wirklich nicht an diesem Bankett teilnahm. Obwohl der Konnetabel und die Königin Seite an Seite an der Stirn der Tafel saßen, blieb Michel de Lassay verschwunden. Sie wusste, dass sie erleichtert darüber sein sollte, aber das Gegenteil war der Fall. Sie suchte ihn. Wo blieb er? Weshalb nahm er nicht an diesem Fest teil?

Die feierlichen Klänge eines spanischen Menuetts erklangen und eröffneten den Tanz. Ein wenig unbeholfen fand sich auch hier Arthur de Richemont an der Seite Jolandes, und es war ihm anzusehen, dass er lieber auf dem Schlachtfeld stand, als zu tanzen. Trotzdem entledigte er sich mit steifer Eleganz seiner Pflicht und gab den anderen Tänzern das Signal, sich ihm anzuschließen. Alison hatte sich in eine Fensternische des großen Saales geflüchtet, nachdem sie sich von ihrem Vater getrennt hatte, der das Gespräch mit Männern seines Alters suchte und mit ihnen Erinnerungen an Schlachten und Siege austauschte.

Sie verspürte keine Lust zu tanzen, und die Erregung, die sie seit Stunden zu unterdrücken versuchte, zerrte an ihren Nerven. Mit allen Fasern ihres Körpers spürte sie, dass sich etwas ereignen würde, dass sich eine bedrohliche Wolke über ihr zusammenzog.

»Schön und gefährlich, wie die Schlange des Paradieses. Ihr versteht es, einen Mann zu überraschen, Dame Alison. Ist es zu viel verlangt zu fragen, ob die Königin weiß, dass sie eine Giftmischerin an ihrem Hofe beherbergt?«

Da war der Schlag, den sie erwartet hatte. Wie üblich hatte Francis sich angeschlichen, ohne dass sie es bemerkte, und sie genau dann getroffen, als sie gerade begonnen hatte, sich zu entspannen. Alison schloss einen Moment lang die Augen, und als sie sich dann umwandte, lag ein strahlendes Lächeln auf ihren Lippen, das ihre Augen jedoch nicht erreichte. Ihr Blick war kühl, hielt Distanz.

»Seigneur de Lassay, wenn ich mich nicht irre?«, sagte sie. »Wir sind uns noch nicht vorgestellt worden, aber seid versichert, dass Ihre Majestät weiß, wie mein richtiger Name lautet.«

»In der Tat? Weiß sie das, kleine Hexe?« Blitzschnell hatte er ihr rechtes Handgelenk umfasst, damit sie ihm nicht entfliehen konnte. Er tat ihr weh.

»Weiß der Teufel, mir ist noch kein Frauenzimmer begegnet, das wie du stets genau an dem Platz auftaucht, wo man es am allerwenigsten erwartet. Es kann nicht mit rechten Dingen zugehen. Entweder bist du nicht jene, die ich am Tour de Nesle aufgelesen habe, oder meine Augen spielen mir einen Streich.«

»Ihr tut mir weh, Seigneur!«

Alison zwang sich zur Ruhe, obwohl ihr Handgelenk immer noch schmerzte, denn er hatte seinen Griff nicht gelockert.

»Mit wem stehst du im Bund? Wessen Spionin bist du? Ich hätte früher in Betracht ziehen sollen, dass es nicht mit rechten Dingen zugeht, dass du mir so willig gefolgt bist in jener Nacht. Ich hielt dich für eine Dirne, aber ich scheine mich getäuscht zu haben. Du bist gefährlicher als jedes Mädchen, das sich verkauft; du sammelst Informationen und gibst sie weiter, stimmt's? Du dienst dem, der dich bezahlt, und wenn es sein muss, auch dem Teufel persönlich. Du wechselst deine Auftraggeber wie ein Meldereiter das Pferd. Hat es dir Vergnügen bereitet, mir das Gift in den Wein zu mischen? Wie dumm für deine schönen Pläne, dass ich gerettet wurde…«

»Ja, von mir!« hätte Alison sagen können, aber sie tat es nicht. Sie schwieg. Sie sah auf seine Hand hinab, mit der er sie hielt. Eine schmale, schlanke Hand mit schönen Fingern. Mit Fingern, die ihren Körper wie ein Instrument zum Klingen bringen konnten. Bei allen Heiligen, sogar jetzt, selbst in diesem Augenblick spürte sie, wie er ihr Blut in Wallung brachte. Sein Blick prickelte auf ihren Brüsten, als habe er sie so leidenschaftlich und erotisch geküsst wie in jener einen, unvergesslichen Nacht. Ihr Atem beschleunigte sich, und Röte stieg in ihre heißen Wangen.

»Eigentlich wollte ich dir den Hals umdrehen«, fuhr er fort. »Aber ich denke, es ist zu viel der Ehre für ein Geschöpf wie dich. Du schuldest mir etwas für den bösen Streich, den du mir gespielt hast. Und ich bestimme die Währung, in der du bezahlst.«

Alison wusste sofort, wovon er sprach. Sie hatte längst die Signale seiner Wünsche empfangen. Sie sollte ihn stehen lassen. Ihn beleidigen, ihn verfluchen und sich in Sicherheit bringen. Das zumindest hätte eine Frau mit gesundem Menschenverstand getan. Eine Frau mit Vernunft und Beherrschung wäre fast unmerklich diesen Schritt näher an ihn herangetreten, hätte die Lippen befeuchtet, die Augen aufgeschlagen und leise gesagt: »Ich bleibe niemandem etwas schuldig, Seigneur!«

Nun, wo sie so nahe bei ihm stand, roch er den frühlingsleichten Duft nach Maiglöckchen, der aus ihrer Robe aufstieg. Alison sah, dass das Eis in seinem Blick schmolz. Sie registrierte auch die heftig klopfende Ader an seinem Hals. Er begehrte sie, auch wenn er es sich selbst noch nicht eingestehen wollte.

»Kommt!«

Die ungeschminkte Aufforderung verschlug ihm die Sprache. Er hatte mit Geplänkel gerechnet, mit Ausweichen und spitzen Bemerkungen, mit Drohungen und Lügen, aber nicht mit einer so couragierten Niederlage. Oder war es eine Falle? Ein weiterer Anschlag auf sein Leben?

Alison konnte seine Gedanken lesen, und sie hatte Mühe zu verbergen, wie sehr diese sie kränkten. Dieser stolze Trottel hatte keine Ahnung davon, dass sie ihr Seelenheil für ihn geben würde. Dass er so wichtig wie Wasser und Brot für sie war und dass sie schon jetzt den Tag fürchtete, an dem er sie wieder verlassen würde. Den Tag, an dem er seiner Rache und seiner Begierde Genüge getan hatte und sich neuen Zielen zuwandte.

»Habt Ihr Angst vor mir?«, fragte sie bewusst provozierend und sah erneut den Zorn in seinen Augen aufflammen.

Er ließ endlich ihr Handgelenk los und reichte ihr den Arm,

damit sie ihre Hand darauf legen konnte. Alison gönnte ihm ein strahlendes Lächeln und raffte mit der anderen Hand ihre Schleppe. Sie winkte einem der herumflitzenden Pagen und bat ihn, sie beim Grafen von Mesnières zu entschuldigen. Dann schritt sie so gelassen, als habe er sie zum gemeinsamen Besuch des Hochamtes eingeladen, neben ihm her. Das Gedränge im Saal war zu groß, als dass es auffiel, und die Zahl der Paare, die sich plaudernd und lachend in den fackelgeschmückten Bogengängen erging, war ohnehin so groß, dass ein Paar mehr oder weniger kein Aufsehen erregte.

Alisons Gemach lag im obersten Stock des Palastes, und von den beiden spitzbogigen Fenstern aus hatte man einen wundervollen Blick über den Fluss. Inzwischen war er jedoch von den aufsteigenden Nebeln verhüllt, und nur die Pechfackeln im Schlosshof warfen milchige Punkte in das nächtliche Grau.

Die junge Frau schickte ihre Zofe fort und übernahm es selbst, die weißen Wachskerzen in den schweren Leuchtern anzuzünden. Nachdem sie das mit peinlicher Genauigkeit erledigt hatte, fand sie nichts mehr, was sie sonst noch hätte tun können. Nun musste sie sich dem Manne stellen, der zugleich ihr Dämon und ihr Idol war.

Vom Schein der zahllosen Kerzen beleuchtet, wirkte sie wie eine kostbare Statue auf Michel de Lassay. Makellos, schön und so edel, dass nur eine abartige Fantasie sie des Mordes und der Spionage anklagen würde. Oder ein Mann, der aus ihren Händen den vergifteten Wein entgegengenommen hatte, der ihm den Tod hatte bringen sollen. Wie schaffte sie es bloß, so rein und vollkommen zu wirken? Wie hatte sie es bewerkstelligt, eine Frau wie Jolande von Aragón dazu zu überreden, sie an ihrem Hof aufzunehmen? Welcher geblendete Liebhaber hatte sie mit diesen unglaublichen Juwelen überschüttet, die an ihrer Hand und zwischen ihren Brüsten schimmerten?

Wie magisch angezogen trat er auf sie zu und ergriff die Kette mit dem Saphir. Er zog Alison näher und begann langsam, ganz langsam, den Stein um sich selbst zu drehen, so dass die goldene Kordel zu einer immer enger werdenden Schnur wurde.

Alison sagte keinen Ton. Auch nicht, als sie die Lippen öffnete und angestrengt nach Atem rang. Sie schaute ihn einfach nur an, mit einem Blick, der tief in seine Seele drang und ihn machtlos machte. Der Stein fiel aus seiner Hand, die Kette löste sich, und nur auf dem Hals blieb ein dünner, tiefroter Strich zurück.

»Hexe!« murmelte er und riss sie grob in seine Arme.

Alison spürte seine Lippen hart, grob, warm und drängend vor Verlangen. Sie fühlte seine Hände, die das silberne Netz von ihren Haaren streiften, und den schlanken, geschmeidigen Männerkörper, gegen den sie gepresst wurde. Sie spürte sein Verlangen, während er sie mit seinen Küssen förmlich verschlang.

Er drängte sie auf das Bett, und Alison kam es vor, als schwebte sie über einem dunklen Abgrund, hilflos, haltlos und ohne eine rettende Hand, die sie zurückhielt. Dabei hätte sie diese Hilfe ohnehin verweigert. Das Fieber, das Michel, Francis oder wie immer er hieß, in ihr entfachte, hatte längst jede Vernunft verdrängt. Etwas, das sich so richtig, so wundervoll anfühlte, konnte nicht falsch sein!

Die goldroten Locken loderten in wilder Unordnung um ihren Kopf, als Michel sie freigab, damit sie Atem schöpfen konnte, und der Saphir in ihrem Ausschnitt hob und senkte sich im schnellen Rhythmus ihrer Atemzüge. Sie sah Michel unverwandt an, als er mit einem rücksichtslosen Griff das kostbare Gewand packte und es mit einem einzigen heftigen Ruck bis zur Taille auseinander riss. Die Nadeln, die den Einsatz hielten, fielen heraus, die Stickerei platzte, und das eine, durchsichtige Seidenhemd glitt ohne den Halt seiner Bänder ebenfalls nach unten.

Wie die Statue einer Marmorgöttin erschien der blasse Körper der jungen Frau im Kerzenlicht. Die feuerfarbenen Haare ringelten sich über ihre Schultern, und das rote Mal am Hals erinnerte ihn daran, von welcher unkontrollierten Rohheit er gewesen war. Michel de Lassay ärgerte sich über seine eigene Zügellosigkeit, und diesen Unwillen ließ er an Alison aus. An dieser stummen Venus, die ihn mit ihren smaragdgrünen Augen ansah, als läse sie in ihm wie in einem offenen Buch.

Besitzergreifend legte er seine Hände auf ihre vollen, festen

Brüste. Es erregte ihn, die harten Spitzen zu spüren, die sich seinen Händen entgegendrängten. Es hatte bei Gott genug Gelegenheiten gegeben, in denen er die Liebe genossen hatte, aber nicht eine der Schönen hatte in ihm einen solchen Ansturm unbezähmbarer Leidenschaft entfesselt, wie ihn diese viel zu verführerische kleine Lügnerin hervorrief. Diese Gauklerin, die so anbetungswürdig war, dass er alle Vernunft vergaß und ihn in einen schwachen Trottel verwandelte.

Gemeinsam sanken sie auf die kühlen Laken des großen Kastenbettes, das, von grünen, gefütterten Wollvorhängen geschützt, bisher nur Alisons Träume von jenen Dingen kannte, die nun wirklich geschahen. Die Reste der prächtigen Robe fielen achtlos auf den Boden, gefolgt von den dünnen weißen Strümpfen und den hellen Schleifen, die sie gehalten hatten. Michels Kleidung folgte, und Alison ertastete mit hungrigen Händen die muskulösen Konturen seines Körpers, der sich gegen ihren drängte.

Schauer der Wollust durchrieselten sie, und ohne jede Scham und Zurückhaltung überließ sie sich den besitzergreifenden Händen, die über ihre Brüste glitten, die Hüften liebkosten und ihr ohnehin schon aufgeregtes Herz zum Rasen brachten. Sie öffnete sich ihm bereitwillig, und er berührte ihren heißen Schoß. Sie bog sich ihm entgegen, konnte es kaum noch erwarten, dass er sie auf diese erregende Weise liebkoste, wie sie es sich in ihren Träumen immer und immer wieder ersehnt hatte.

»Ja, zeig mir, dass du es willst, meine heiße Schöne! Öffne dich für mich«, raunte Michel, dann widmete er sich mit seinen Lippen ihren Brüsten, neckte, liebkoste und reizte, bis sich Alison unwillkürlich ein Laut, halb Schluchzen, halb Aufstöhnen, entrang.

Alison hatte längst die Kontrolle über sich verloren. Das Feuer einer unvorstellbaren Ekstase hob sie über die Wirklichkeit hinaus. Sie umschlang Michel mit Beinen und Schenkeln, schmiegte sich an seinen Körper und umfasste ihn mit ihren Fingern, dass er laut aufstöhnte. Schnell ließ sie wieder los, und sein raues, fast verzweifeltes Lachen ließ sie ihn anschauen.

»In der Tat, du weißt, wie man einen Mann erzittern lässt,

Schätzchen! Komm schon, berühr mich, ich fühle doch, dass du bereit bist!«

O ja, sie wollte ihn! Sie wollte ihn so sehr, dass ihr Tränen in die Augen traten und ihr Körper vor Sehnsucht fast schmerzte. Es war eine süße, unerträgliche Qual, die er ihr mit seinen Lippen und Fingern bereitete, und Alison schrie auf, als sie spürte, wie ihr Körper sich zusammenzog, als das Spiel seiner Finger wilder und drängender wurde und er tief in sie eindrang. Wieder und wieder, bis Alison erzitterte und kleine Schreie der Lust ausstieß. Ihr Körper stand in Flammen, wollte erobert, ausgefüllt, besessen werden.

»Reite mich, mein Engel!« forderte Michel in diesem Moment, und in ihrem erregten Zustand begriff sie nicht, was er von ihr forderte. Als er sie auf sich zog und sie in langsamer, lustvoller Erregung über ihn glitt und ihn in sich aufnahm, tief wie nie zuvor, riss sie vor Erstaunen die Augen weit auf. Dann blickte sie in sein schönes, ebenmäßiges Antlitz mit den saphirfarbenen Augen. Er legte die Hände über ihre Brüste und begann sie zu liebkosen, während Alison aufreizend reglos verharrte.

Ein Schauer lief über Alisons Körper. Wie stark sich Michel anfühlte, wie groß und männlich! Sie machte eine erste, eher instinktive Bewegung, dann jedoch, als sie die lustvolle Wirkung spürte, bewegte sie sich schneller, steigerte ganz bewusst ihrer beiden Begehren. Eine Mischung aus Ekstase und Triumph überflutete sie und ließ sie alle Bedenken vergessen. In diesem Moment gehörte er nur ihr. Sie beherrschte ihn, er konnte nicht fliehen, er musste ihre Liebe erwidern!

Aber statt das Feuer zu löschen, ließ es jede Bewegung nur höher lodern. Sie ließ sich über ihn fallen, bog den Rücken und grub die Fingernägel in seine Schultern. Ihre plötzliche Wildheit brachte ihn um den Rest seiner Beherrschung. Sie riss ihn mit und spürte kaum die Hände, die ihre Hüften umklammerten und sie in jenen uralten Rhythmus zwangen, jenen leidenschaftlichen, glühenden Tanz der Sinne, der alles andere ausschloss.

Alison öffnete die Augen, die sie geschlossen hatte, denn sie wollte sein Gesicht sehen. Wie schön und klar es war in diesem

Augenblick höchster sinnlicher Lust. Der faszinierende Mund war halb geöffnet, und in seinem Blick lag grenzenloses Erstaunen. Wie begehrenswert er war! Wie sie ihn liebte! Wie sie ihn anbetete und brauchte! Er war ihr Leben, alles, was sie jemals besitzen wollte!

Etwas von ihren Gefühlen musste auch durch den Schleier seiner hitzigen Erregung gedrungen sein, denn für einen Moment hielt er ebenfalls inne. Tief mit ihr verbunden und vereint und doch durch ein so unüberwindliches Misstrauen von ihr getrennt, dass Alison es wie einen schlimmen Eishauch spürte und sich unwillkürlich verkrampfte und plötzlich gegen ihn sträubte.

»O nein«, knurrte er böse und umklammerte erneut ihre Hüften. »Nicht so. Mach dir keine Hoffnung, täusche dich nicht in meinen Motiven. Ein Mann kann zwischen Geist und Körper trennen, das eine schließt das Begehren des anderen nicht zwangsläufig mit ein. Du zahlst mit deinem Körper für deine Falschheit, erwarte also keine Rücksicht von mir.«

Mit jedem Wort hatte er Alison zutiefst getroffen, und sie versuchte immer heftiger, sich von ihm zu befreien. Was eben noch Genuss und Seligkeit gewesen war, wurde nun zu einer Fessel, die sie zu sprengen versuchte. Aber sie hatte keine Chance gegen ihn. Mit seiner Kraft hielt er sie fest, und als er sich heftiger und wilder unter ihr bewegte, war sie gegen die Glut, die er in ihr entfachte, vollkommen machtlos.

Was sie ihm vorher freiwillig gegeben hatte, bekam er nun durch die geschickte Manipulation ihres willigen Leibes, aber das Ergebnis war am Ende doch dasselbe.

Alison fühlte die dunkle, heiße Explosion in ihrem Inneren und gab sich schluchzend geschlagen. Die Hitze schien ihren ganzen Körper zu verzehren, ließ die Welt um sie herum versinken.

Sie bemerkte nicht einmal mehr, dass sich die Strafe auch gegen den Folterknecht gewandt hatte. Auch Michel wurde von der Hitze der Leidenschaft mit fortgerissen, wurde besiegt und überwältigt.

Alison wusste nicht, wie viel Zeit vergangen war, bis sie wieder zu sich kam. Die Kerzen waren niedergebrannt und das Feuer im Kamin zu Glut vergangen. Sie konnte den Kopf nicht bewegen, denn etwas Schweres lag auf ihren Haaren, und ein Arm, quer über ihrem Oberkörper, fesselte sie zusätzlich an die Matratze. Sie versuchte sich zu erinnern, zu orientieren.

Ihr Körper war von einer wohligen Mattigkeit erfüllt, sie fühlte süße Erschöpfung. Als sie sich unwillkürlich zu dehnen und zu recken versuchte, weckte die Bewegung den Mann, der von der gleichen Erschöpfung befallen war. Er hob schläfrig den Kopf und Alison spürte die Last von ihren Haaren weichen. Ehe er reagieren konnte, war sie aus dem Bett geschlüpft und hüllte sich in eine der herabgerutschten Decken.

Als Michel de Lassay die Augen endlich aufschlug, stand sie steif und starr neben dem Kamin und erwiderte schweigend seinen durchdringenden Blick. Doch er konnte nicht herausfinden, welche Gefühle sie bewegten. Bis zum Hals in weißes Leinen gehüllt, mit ihren wirren feuerroten Haaren erschien sie ihm wie eine heidnische Priesterin aus weit zurückliegenden Zeiten.

Priesterin? Hure wäre wohl das passendere Wort, wenn er an die wollüstige Art dachte, wie sie sich ihm hingegeben, wie sie seine Erregung gesteigert hatte, bis er nicht mehr klar denken konnte.

»Ich denke, unsere Rechnung ist damit beglichen, Seigneur«, sagte sie mit scheinbar ungerührter Stimme. »Ich wäre Euch zu Dank verpflichtet, wenn Ihr Euch ankleidet und mich verlasst.«

Alison hatte Mühe, ihre Verletztheit nicht zu zeigen, als er diesen Hinauswurf mit einem gleichgültigen Schulterzucken quittierte.

»Lassen wir es gut sein für heute«, antwortete er in derselben, leidenschaftslosen Nüchternheit und stand auf, doch er zog sich nicht an. Er trat in seiner ganzen prachtvollen, männlichen Nacktheit vor sie hin, riss ihr mit einem Ruck das Tuch herab und warf es achtlos auf den Boden. »Doch wann wir fertig miteinander sind, Alison, schöne Dame, das bestimme ich allein!«

Sie wagte keine Bewegung, sie hatte Angst, unter der Anstrengung zu zerbrechen. Sie duldete die Hand, die eben noch so zärtlich gewesen war und nun beleidigend einen Besitzanspruch demonstrierte, den sie ihm nicht zugestehen wollte.

Michel de Lassay strich über die zarten Brüste, die geschwungenen Hüften, den flachen Nabel, ließ seine Hand zu ihrem Schoß wandern, berührte sie schamlos. »Sehr gut«, lobte er sie, als wäre sie ein Pferd. »Es scheint, du lernst langsam, wann du dich ruhig verhalten musst.«

Alison zitterte. Sie wusste nicht, ob vor Empörung, vor Angst oder vor Sehnsucht. Sie wagte nicht, wieder nach dem Teich zu greifen. Sie blieb nackt stehen, bis er sich abgewandt hatte, starrte in die Glut und schwieg. Erst als ihr das Rascheln seiner Kleider und das Zuwerfen der Tür verkündete, dass sie wieder allein war, brach sie zusammen. Von Schwäche und Scham überwältigt kroch sie in das Bett, das noch nach Michel roch. Warum nur war sie nicht auf dem Höhepunkt ihrer Ekstase gestorben? Hätte es einen schöneren Tod geben können?

21. Kapitel

Was ist los mit Euch, Alison?«

Der Graf von Mesnières betrachtete seine Tochter mit der Verzweiflung eines Vaters, der sein Kind nicht versteht. Es hatte sich als unerwartet schwierig erwiesen, dieses schöne, aber komplizierte Geschöpf zu beeinflussen. Seit Wochen weigerte sie sich nun hartnäckig, Angers zu verlassen und mit ihm in die Gascogne zu ihrer Schwester zu reisen. Inzwischen war der Juni ins Land gegangen, und man brachte bereits die erste Ernte ein, aber sie machte keine Anstalten, ihr Versprechen zu erfüllen, das sie ihm am Tag des ersten Mais gegeben hatte.

»Nichts, Vater… es geht mir gut…«

Eine Lüge. Eine offensichtliche dazu. Ihre durchscheinende Blässe, die dunklen Schatten unter ihren Augen besagten das Gegenteil. Sie wirkte abwesend und schien mit ihren Gedanken ständig woanders zu sein.

»Die Königin hat mir versichert, dass sie Euch jederzeit beurlaubt, und damals schien es Euch doch so dringend zu sein, Nadine in die Arme zu schließen. Weshalb zögert Ihr nun? Was hält Euch in Angers?«

Alison legte ihm besänftigend eine Hand auf den Arm, sie verstand, was ihn bewegte, aber sie konnte ihm nicht helfen. Sie konnte sich ja nicht einmal selbst helfen. Sie war krank. Närrisch. Süchtig. Sie lebte wie im Wahn. Hilflos einer Liebe ausgeliefert, die sie mehr und mehr zu zerstören drohte. Aber wenn Michel de Lassay der eigenen Sehnsucht nicht mehr widerstehen konnte und zu den unmöglichsten Nachtzeiten in ihr Gemach kam, um sie mit dieser fieberhaften, zerstörerischen Leidenschaft zu lieben, vergaß sie alles andere um sich herum.

Sie wusste, dass sie dem demütigenden Tun ein Ende bereiten sollte. Dass sie auf dem besten Weg war, ihr Leben und sich selbst zu zerstören. Dass sie mit ihrem Vater reisen und ein ganzes Königreich zwischen Michel und sich legen sollte, aber sie brachte es nicht fertig. Wann immer sie versuchte, ihre Truhen zu packen, ertappte sie sich dabei, dass sie träumend dasaß und dann doch darauf verzichtete, um auf ihn zu warten. Meist auch noch vergeblich, denn im Dienst der Königin und des Konnetabels war Michel de Lassay ständig unterwegs.

Aber wie konnte sie das einem Vater erklären, der in seiner übergroßen Sorge um sie ohnehin dazu neigte, alles viel zu düster zu sehen? Einem Vater, der reagieren würde wie alle Männer. Er würde alles von einem einseitigen Standpunkt aus sehen. Sie ahnte, dass er versuchen würde, ihr zu helfen, und genau das wollte sie nicht herausfordern. Der verbissene und schlimme Kampf zwischen Michel de Lassay und der Dame de Gennes war einzig ihre Sache.

An Unabhängigkeit und Freiheit gewöhnt, fühlte sie sich außer Stande, dem Grafen ihren Kummer anzuvertrauen.

Zudem hatte sie das deutliche Gefühl, dass er Michel de Lassay zu seinem Verhalten nicht eben gratulieren würde. Entweder würde er ihn zu einem Duell auf Leben und Tod fordern, wie es der ritterliche Ehrenkodex vorschrieb, um ihre Ehre zu rächen, oder er würde auf einer sofortigen Heirat bestehen. Beides schien ihr gleich unannehmbar. Sie wollte weder Michels Tod verschulden noch mit einem Edelmann verheiratet werden, der sie im Grunde seines Herzens verachtete und für eine verlogene Dirne hielt.

Sie wusste, dass er sich nicht einmal die Mühe gemacht hatte, Näheres über ihre Verbindung zum Grafen von Mesnières zu erfahren. Er verdächtigte sie, auf den Reichtum des so viel älteren Mannes zu spekulieren, und hielt sie nach wie vor für eine Spionin Jolandes. Für eine leichtlebige, geschickte Person, die sich durch diese zwielichtigen Dienste Zutritt in Kreise verschaffte, die ihr von Geburt her nie zugestanden hätten. Dass die Fürstin ihr den Titel der Dame Gennes verliehen und sie mit einem Lehen belohnt hatte, schob er ebenfalls auf diese Tätigkeit.

Der Einfluss der Königin hatte zudem den Klatsch über ihre Person schon vor Monaten im Keim erstickt, und niemand kam auf die Idee, Michel de Lassay darüber aufzuklären, welch tragisches Schicksal der Graf und das junge Mädchen durchlitten hatten. Es gab in diesen Tagen viele noble Familien im Land, die ihre ganz persönlichen Katastrophen erlebt hatten. Doch seit sich die Burgunder und die Engländer getrennt hatten, dachte man wieder mehr an die Zukunft als an die Schrecken der Vergangenheit.

Da Michel de Lassay, der so offensichtlich jeder Bindung auswich, zudem zum romantischen Schwarm vieler Hofdamen geworden war, kam niemand auf die Idee, bei ihm Interesse für eine ganz bestimmte Frau zu vermuten. Er verstand es meisterlich, seine Gefühle zu verbergen. Er flirtete, war charmant, aber unter der Hand sagte ihm manch eine hübsche Aristokratin ein Herz aus Eis nach. Es war unmöglich, diesen höfisch-glatten und weltmännischen Chevalier festzunageln.

»Wenn Ihr selbst nicht zu sagen vermögt, was Euch hier hält, dann werde ich über Euren Kopf hinweg die Entscheidung treffen«, polterte Richard de St. Doye, der vergeblich darauf gewartet hatte, dass seine Tochter ihm antwortete. Er ärgerte sich sowohl über ihre Verschwiegenheit als auch über seine Hilflosigkeit, und deswegen flüchtete er sich in autoritäres Verhalten. »Wir reisen mit dem Beginn der nächsten Woche. Bitte kümmert Euch um die Truhen. Die Eskorte und die Pferde besorge ich. Solltet Ihr bis dahin indes wieder einmal anderer Meinung sein, werde ich Euch einfach in eine Sänfte setzen und in die Gascogne transportieren, ob es Euch nun passt oder nicht. Vielleicht gelingt es ja Eurer Schwester, die Wolken von dieser Stirn zu vertreiben.«

»Nächste Woche schon…«

Er hörte nicht auf den leisen Einwurf, sondern berührte sanft die schmale Hand auf seinem Arm.

»Du fürchtest etwas, ich kann es spüren, Kind«, sagte er liebevoll, um ihre vermeintlichen Ängste zu beruhigen. »Aber ich versichere dir, dass dir in der Burg von Harigny keine Gefahr droht. Colin d'Harigny, der Gatte deiner Schwester, ist ein tapferer Ritter und einer der kampfstärksten Feldhauptleute Seiner Majestät, König Karls. Wo meine Kräfte nicht mehr ausreichen, wird er für deine Sicherheit sorgen. Das schwöre ich dir.«

Alison nickte niedergeschlagen. Sie hatte die Entscheidung lange genug hinausgezögert, und wenn sie die Zeichen ihres Körpers richtig deutete, dann war es sowieso besser zu gehen. Mit diesen Veränderungen würde sie ohnehin nicht mehr lange dem anspruchsvollen Geschmack des noblen Seigneurs genügen, dem sie dermaßen verfallen war. Sie zählte nun schon den zweiten Monat, in dem sie vergeblich auf ihre Blutungen wartete, und sicher würde man es ihr auch bald ansehen.

»Ich bin ja einverstanden mit allem, Vater«, sagte sie leise. »Ihr müsst mir keine Schwüre leisten.«

Doch was der noble Ritter, der ihre große Schwester geheiratet hatte, dazu sagen würde, eine wildfremde Schwägerin zu bekommen, die noch dazu das Kind eines Mannes trug, der nicht ihr Gatte war, daran wagte sie nicht zu denken. Aber wer konnte schon wissen, was auf einer so langen Reise passierte. Vielleicht verlor sie es ja auch. Schwangere sollten nicht reisen.

Schon der Gedanke daran ließ sie schmerzhaft nach Atem ringen. Sie hatte sich verboten, an das Kind zu denken. Verboten, Liebe zu empfinden oder Freude. Aber war es nicht auch ein kleiner Teil von Michel, den sie nun besitzen würde, wenn er ihr schon sein Herz aus purem Stolz und Eitelkeit verweigerte? Seinen Sohn wenigstens wollte sie mit sich nehmen, ihn wollte sie lieben und behüten, beschützen und heranwachsen sehen. Um seine Zuneigung konnte sie sich bemühen, ohne die schneidende Verachtung seines Vaters fürchten zu müssen.

»Ich hoffe, dass du deinen Frieden findest, wenn du mit deiner Schwester sprechen kannst«, sagte der Graf voller Hoffnung. »Vielleicht kann sie dir helfen, die Vergangenheit zu vergessen und mit Hoffnung in die Zukunft zu sehen. Nadine kann am ehesten nachfühlen, was du erlitten hast…«

Alison nickte gehorsam, obwohl sie der bevorstehenden Zusammenkunft mit Bangen entgegensah. Die Nana, die sie im Feuer gesehen hatte und die in Gedanken stets bei ihr gewesen war, schien ihr nicht mit dem Bild der vornehmen Dame übereinzustimmen, das ihr Vater von Nadine d'Harigny zeichnete. Würde nicht das Wissen zwischen ihnen stehen, dass sie beide tiefstes Elend und größte Demütigung erlebt hatten? War es nicht besser, endlich zu vergessen, als ständig erinnert zu werden?

Bereits von ihren Pflichten als königliche Ehrendame befreit, hatte Alison in den nächsten Tagen unliebsam viel Muße. Ihr Besitztum hatte in kürzester Zeit, dank der Großzügigkeit ihres Vaters, enorme Ausmaße angenommen. Sie floh vor den Mägden, die ihr Gemach beherrschten, um sich auf dem Wehrgang der Festung zu ergehen, wo sie weit über das Land sehen konnte. Der Sommerwind spielte mit dem zarten Musselinschleier, der von ihrem Hennin herabfiel, und die Schwalben, die das kommende Gewitter spürten, schossen so scharf an ihr vorbei, dass sie den Luftzug zu spüren glaubte.

Sie ertappte sich dabei, das sie wieder und wieder nach einem Trupp Reiter Ausschau hielt. Michel de Lassay war im Auftrag Jolandes nach Bourges geritten und wurde in Kürze zurückerwartet. Aber wahrscheinlich würde das Schicksal darüber entscheiden, ob sie sich noch einmal sahen, ehe sie ging.

Sie wusste nicht, wann sie plötzlich das untrügliche Gefühl bekam, beobachtet zu werden. Auf einmal war es da. Augen, die tief in sie hineinsahen, Wärme, die sie umfing und die Gewissheit, dass sie nicht mehr alleine war. Sie fuhr auf dem Absatz herum, so dass sich der zarte weiße Schleier, den sie zu ihrer cremefarbenen Seidenrobe trug, hinter ihr bauschte. Bis auf die beiden Wachen beim nächsten Turm schien der Wehrgang jedoch menschenleer zu sein. Dann aber entdeckte sie die Gestalt, die langsam aus dem tiefen Spitzbogen der Treppe trat und näher kam.

Mit jedem Schritt konnte Alison mehr Einzelheiten unterscheiden. Es war eine junge Edeldame, die kostbar, aber mit bewusster Einfachheit gekleidet war. Über einem glänzenden, nachtblauen SatinkKleid mit langen, engen Ärmeln, die spitz auf den Handrücken zufielen, trug sie eine hellere, veilchenfarbene Tunika, die an beiden Seiten bis zur Taille geschlitzt war.

Eine lange Perlenschnur, deren einzelne Glieder wie altes Elfenbein schimmerten, lag als einziger Schmuck auf dem Stoff, und die hochgesteckten, kupferfarbenen Haare waren mit einer Schnur Perlen von der gleichen makellosen Schönheit geschmückt.

Das ebenmäßige, ovale Gesicht mit den riesigen veilchenblauen Augen war Alison zugewandt. In einer unbewussten Geste des Erschreckens hatte die Dame de Gennes die Hand auf ihr Herz gepresst. Völlig unvorbereitet auf den Schock starrte sie ihrer Schwester entgegen, die wie ein Trugbild auf sie zuschwebte.

»Nana…« murmelte sie.

»Wen hast du erwartet? Den Erzengel Michael?«, versuchte Nadine d'Harigny zu scherzen, um die eigene Befangenheit zu überspielen.

Alison erblasste noch mehr.

»Ich wusste, dass du nicht kommen würdest, deswegen haben wir uns auf den Weg gemacht«, sagte Nadine. »Sie haben mir gesagt, dass ich dich hier finde.«

Alison bemühte sich, ihre Fassung zurückzuerlangen. Sie war nicht vorbereitet auf die Woge intensiver Vertrautheit, die von ihrer Schwester ausging. Nadine war völlig anders, als sie es erwartet hatte, obwohl sie sie auf den ersten Blick erkannt hatte.

»Verzeih… aber… Wir wollten in wenigen Tagen zu dir aufbrechen«, erwiderte sie und wich dem intensiven, prüfenden Blick der anderen aus. »Du hättest Geduld haben sollen.«

Sie starrte wieder hinaus auf die Ebene, wo sich nun ein Reitertrupp näherte, der das Banner der Königin trug. Der Anführer trug keine Kopfbedeckung und seine goldenen Haare leuchteten schon von weitem. Unwillkürlich trat Allison näher an die Brüstung und umklammerte den Rand mit beiden Händen.

Nadine d'Harigny entging keine Einzelheit, sie bemerkte die Anspannung und die Erregung, die ihre schöne Schwester zu verbergen suchte. Ein Unbeteiligter hätte Alison nichts angemerkt, aber Nadine war nicht unbeteiligt. Sie spürte mit ihrem feinen Empfinden, dass Alison zutiefst unglücklich war. Sie hatte es schon seit Wochen gespürt, und das war der eigentliche Grund dafür, dass sie ihren Gatten zu dieser Reise überredet hatte, obwohl sie ihren Sohn noch stillte und nicht daran dachte, den Säugling unter der Obhut einer Amme in Harigny zu lassen. Sie hatte Colin deswegen eine veritable Schlacht geliefert und am Ende gewonnen.

»Sei mir dankbar, dass ich dir den Ritt erspart habe«, sagte sie leichthin und tat so, als habe sie nichts bemerkt. »Die Straßen sind miserabel und eine gute Eskorte ist sogar im Königreich Frankreich nötig. Der Krieg ist immer noch nicht zu Ende. Der Herzog von Bedford belagert Lagny, und ich kann nur hoffen, dass der König diesem Elend bald ein Ende macht. Ich habe die Belagerung von Compiègne erlebt, und ich weiß, was die armen Menschen in Lagny gerade erleiden. Aber was erzähle ich dir, du warst in Paris, wie unser Vater berichtet hat. Du weißt aus eigener Erfahrung, wie es sich lebt, fern vom Luxus und den gedeckten Tafeln der Reichen und Mächtigen.«

Die Spannung wich aus Alisons Gestalt, und sie wagte ein erstes, zitterndes Lächeln, als sie sich Nana zuwandte.

»Werden wir es denn je vergessen können?«, fragte sie leise, und es schien, als setzten sie ein Gespräch fort, dass sie in einer anderen Zeit begonnen hatten.

»Nein.« Nadine schüttelte ernst den Kopf. »Versuch es gar nicht erst. Finde dich damit ab, dass du die Erinnerung trägst wie einen Fleck auf deiner Haut oder die Farbe deiner Haare. Wende sie zum Guten und vergiss den Hass. Öffne dich dem Leben und danke dem Himmel dafür, dass er dich gerettet hat. Ist es das, was dich belastet? Die Erinnerungen? Die Vergangenheit, die dich nicht aus ihren Klauen lässt? Die Tatsache, dass der Mörder unserer Mutter einmal mehr seiner gerechten Strafe entkommen ist?«

Alison öffnete den Mund, aber dann schloss sie ihn, ohne das zu sagen, was sie ursprünglich im Sinn gehabt hatte. Sie konnte und wollte Nadine nicht belügen. Ihre Schwester war die einzige, die sie begreifen würde, deren Hilfe sie erbitten und annehmen konnte, ohne sich deswegen schämen zu müssen. Sie musste nicht mehr alles mit sich allein ausmachen, sie hatte eine Freundin gefunden.

»Nein, Nana, es ist nicht die Vergangenheit, und auf die Rache kann ich noch warten. Es ist die Gegenwart, die mich bedrückt.«

Ihre Stimme klang heiser, und sie berührte unwillkürlich ihre schmerzenden Schläfen. »Ich weiß mir keinen Rat mehr.«

Sie lauschte auf das Gepolter der Reiter, die nun unter ihnen über die Brücke donnerten und in den Burghof sprengten. Er war wieder da!

Die Dokumente waren unzweifelhaft echt, aber Michel de Lassay wendete sie hin und her, als müsse er sich von dieser Echtheit erst mühsam überzeugen. Der Konnetabel de Richemont hatte sie ihm überreicht, und das schwere Siegel des Königs von Frankreich sprach seine eigene Sprache. Sie setzten den Erben Bernard de Lassays, seinen Sohn Michel, wieder in die Rechte und Vasallenpflichten von Lassay ein. Das Dorf, die Grafschaft und die dazugehörigen Wälder und Ländereien wurden wieder sein Eigentum. Sie wurden ihm in Anerkennung seiner Verdienste um die französische Krone neu verliehen und gehörten von nun an ihm und seinen Erben.

Erben? Nun, dazu müsste er erst einmal eine Ehe eingehen. Eine Verbindung mit einer jungen Frau untadeliger Herkunft, was nun, wo er nicht mehr von den Launen anderer abhängig war, sicher keine Schwierigkeit mehr sein sollte. Aus dem Abenteurer, dem Habenichts und Luftikus war dank königlicher Gnade wieder ein wohl situierter Edelmann geworden. Doch er vermochte sich über die Wendung, die sein Leben genommen hatte, nicht so recht zu freuen.

An eine Ehe, an die Zukunft zu denken bedeutete auch, sich jenem Problem zu stellen, das ihn so schmerzte und belastete wie eine Wunde, die sich nicht schließen wollte. Im Grunde wusste er sehr wohl, dass sein Verhalten der Dame Gennes gegenüber das eines gewissenlosen Schurken und nicht das eines Edelmannes war. Er verachtete sich selbst dafür und brachte es doch nie fertig sein Verhalten zu ändern.

Etwas in ihm wollte mit verzweifelter Beharrlichkeit daran glauben, dass sie eine Mörderin, eine Betrügerin, ein Geschöpf der Nacht und des Verbrechens war, das ihn mit seiner Schönheit auf magische Weise verhext hatte. Wie anders war es sonst zu erklären, dass sie sich nie gegen ihn wehrte? Dass sie ihn all diese Dinge mit sich tun ließ, bis er den Verstand verlor und sich der Leidenschaft ergab, die sie in ihm entfesselte? Was hielt sie aufrecht, dass sie keine einzige Träne vergoss, um keine Schonung bat und keine Demütigung ihren eisernen Stolz brechen konnte?

Auf dem Schlachtfeld und im Turnier hatte manch ein Ritter versucht, ihn zu töten, ohne dass er denjenigen deswegen mit unversöhnlichem Hass verfolgt hätte. Worin lag also der Unterschied zu dem Mordversuch, den er ihr nicht verzeihen konnte? In dessen Heimtücke? Oder lag es vielleicht daran, dass sie ihm einmal mehr bewiesen hatte, wie dumm es war, Gefühle an einen anderen Menschen zu verschwenden?

Es hätte nicht mehr viel gefehlt, dass er diesem raffinierten Weibsbild mit Haut und Haaren verfallen gewesen wäre, und ausgerechnet zu diesem Zeitpunkt musste sie ihm Nachtschatten verabreichen, hatte sie sich zur Helfershelferin eines Mannes wie Guy de St. Doye machen lassen, der alle Schlechtigkeit der Welt in sich trug. Er würde nie begreifen, warum sie es getan hatte. Aber wer verstand schon die Frauen, und erst recht eine wie Alison?

»Seigneur de Lassay?« Er fuhr auf dem Absatz herum und starrte die elegante Nobeldame an, die in seiner Tür stand. Wenn sie angeklopft hatte, so hatte er es nicht gehört. Er warf die Dokumente auf den Tisch und runzelte die Stirn, während er sie näher betrachtete.

Sie war schön, unzweifelhaft. Mit ihren kupferfarbenen Locken, dem strahlenden Blick und dem entzückenden kleinen Mund, der allerdings im Augenblick missbilligend zusammengekniffen war. Das höchst modische Gewand mit der einen Hand raffend, trat sie ein und schloss die Tür, ohne dass er sie dazu aufgefordert hätte.

»Kennen wir uns?« erkundigte er sich verblüfft und versuchte das vage Gefühl der Vertrautheit zu erklären, das er bei ihrem Anblick empfand. Sie gehörten nicht zu den Damen, die man vergaß – woher also kannte er sie?

»Nein«, erwiderte sie kühl, und er fragte sich, ob es wirklich Abneigung, wenn nicht gar Verachtung sein mochte, was er in ihren Augen las. Wieso sollte sie ihn verachten, wenn sie einander noch nie begegnet waren? Nein, er musste sich täuschen.

»Ich bin die Gräfin Harigny«, erklärte sie mit beträchtlichem Stolz und hob das Kinn. »Mein Gatte ist Feldhauptmann Seiner Majestät König Karls, und mein Vater ist der Graf von Mesnières, so wie er auch der Vater von Alison ist. Eine Tatsache, die Ihr offensichtlich ebenso in Zweifel zieht wie einiges andere, wenn ich meine Schwester richtig verstanden habe.«

Alisons Schwester? Natürlich, jetzt erkannte er die Ähnlichkeit. Die beiden waren Rosen von ein und demselben Stock, auch wenn die eine in den Farben zarter und die andere auffälliger und stolzer geraten war. Aber das würde ja bedeuten… Nein, das konnte nicht sein! Er verbot sich, diesen alarmierenden Gedanken zu Ende zu denken.

»Hat Dame Alison Euch geschickt?«

Die schöne Gräfin gab einen Laut von sich, der sehr viel Ähnlichkeit mit einem undamenhaften Schnauben hatte. Unter der trügerisch stillen Oberfläche schlummerte offensichtlich ein stürmisches Temperament.

»Sie würde mir die Augen auskratzen, wenn sie es wüsste. Aber es muss etwas unternommen werden, sonst zerstört sie sich in ihrem Stolz selbst. Es darf nicht sein, dass sie all das Schlimme überlebt hat, um ausgerechnet jetzt von einem eitlen, selbstzufriedenen und grausamen Mann vernichtet zu werden.«

Es dauerte ein paar Herzschläge, bis Michel de Lassay aufging, dass die Gräfin von niemand anderem als ihm selbst sprach. Wie kam die Dame dazu, ihn derart bösartig zu beschimpfen?

»Hier, nehmt!«

Sie hielt ihm auf der ausgestreckten Hand einen silbernen Dolch hin, eine tödliche Waffe mit bläulich glänzender Klinge und kostbar verziertem Griff. Die Klinge war eine gute Männerhand lang und so scharf, dass sie durch jedes noch so feine Kettenhemd gedrungen wäre. Es war der gefährliche Dolch eines

Kriegers, der in dieser zierlichen Hand nur noch bedrohlicher wirkte.

»So nehmt schon!«, drängte sie und trat näher.

»Warum sollte ich?«

»Nehmt und entscheidet Euch, aber tut es wie ein Mann, der zu seinen Taten steht«, entgegnete Nadine d'Harigny eisig. »Verzeiht meiner Schwester, was sie getan hat, oder bringt sie um, damit ein Ende ist. Das, was Ihr jetzt mit ihr macht, ist schlimmer als Mord.«

»Ihr seid närrisch!«, protestierte der junge Ritter und legte die gefährliche Waffe vorsichtig auf die königlichen Dokumente. »Wie kommt Ihr dazu, so etwas zu sagen? Was hat sie Euch erzählt?«

»Genug, um zu wissen, dass sie Euch liebt und an dieser Liebe verzweifeln wird. Genug, um zu begreifen, dass es sie früher oder später umbringen wird, wenn Ihr nicht der Mann seid, für den ich Euch halte.«

Alisons Schwester trat noch näher zu dem schlanken Ritter mit den hellen Haaren, der sie fassungslos ansah. Sie begriff sehr wohl die gefährliche Faszination, die er auf ihre Schwester ausübte. Michel de Lassay war auf seine Art ebenso ungewöhnlich wie Alison. Ein Mann, der in keine Schablone passte und sich den herkömmlichen Maßstäben verweigerte. Ein Mann, der zu der falschen Ansicht gekommen war, dass es in seiner Welt keinen Platz für eine so exotische Empfindung wie die Liebe gab.

»Entscheidet Euch! Alison braucht einen starken Gefährten. Keinen Mann, der Angst davor hat, von den eigenen Gefühlen verletzt zu werden, der die Liebe leugnet und sie herabsetzt, damit er nicht erkennen muss, dass er ihr Unrecht tut. Ihr seid feige, Seigneur! Feige und meiner Schwester nicht wert. Sogar der Tod wäre besser für sie als der Kummer, den sie durch Euch erfährt.«

»Ihr seid nicht recht gescheit!«, murmelte der Chevalier, als seine Besucherin mit fliegenden Röcken hinausstürmte.

Nadine d'Harigny hatte dem, was sie ihm gesagt hatte, nichts mehr hinzuzufügen. Sie konnte nur beten, dass Michel de Lassay jene bedingungslose und leidenschaftliche Liebe verdiente, die ihre Schwester ihm entgegenbrachte. Dass er unter seiner eleganten Politur mehr war als ein stolzer Hohlkopf ohne Herz und Hirn.

22. Kapitel

»Wo ist sie?«

Michel de Lassay starrte den hochgewachsenen dunkelhaarigen Mann an, der mit verschränkten Armen in der Fensternische von Alisons Gemach stand und ihn trotz dieser frühen Morgenstunde offensichtlich erwartet hatte. Der Fremde war etwa im gleichen Alter wie er. Er machte den Eindruck, als könnte er das mächtige Schwert an seiner Seite mit Meisterschaft führen, und die breiten Schultern unter dem schlichten Samtwams verrieten, dass er im Notfall durchaus im Stande sein würde, sich auch mit nackten Fäusten Respekt zu verschaffen. Was Michel jedoch am meisten befremdete, war die unerklärliche Mischung aus Verärgerung, Neugier und freundschaftlichem Verständnis, mit der ihn dieser Fremde betrachtete.

»Wenn Ihr die Dame Alison de Gennes mit dieser Frage meint«, antwortete er jetzt ruhig, »dann sucht Ihr sie hier vergeblich.«

»Sie ist fort?«

Mit allem hatte Michel de Lassay gerechnet, aber nicht damit. Er war zutiefst davon überzeugt gewesen, dass sie auch heute auf ihn warten würde. Sie hatte es immer getan. Unwillkürlich glitten seine Augen zu dem gepolsterten Taburett, auf dem sie normalerweise saß. Es war leer. Heute thronte dort keine schweigende Frau, die ihn aus riesigen grünen Augen musterte und darauf wartete, mit welchem Zug er das Duell zwischen ihnen eröffnete.

»Sie ist fort?«, wiederholte er wie ein Narr.

»Das ist sie. Ich nehme an, Ihr seid de Lassay?«, sagte nun der Fremde.

»Und Ihr?« Michel war so aufgebracht, dass ihm die höflichen Finessen lästig wurden. Er hatte kein Bedürfnis danach, überflüssige Höflichkeiten mit diesem Fremden auszutauschen.

»Colin d'Harigny, Feldhauptmann Seiner Majestät, König Karls von Frankreich, und Graf von Harigny.«

»Ich habe von Euch gehört…« knurrte Michel de Lassay, und er meinte damit die zahllosen Berichte, die jeder Krieger über den Heldenmut der Feldhauptleute Jeanne d'Arcs kannte. Harigny war zudem unter den Männern gewesen, die Compiègne gehalten hatten, einer der tapfersten Ritter des Landes.

»Ich begreife nicht, weshalb ich Euch hier antreffe…« fügte er schließlich hinzu.

»Ehe ich antworte, gestattet mir eine Frage. Weshalb seid Ihr gekommen? Was wollt Ihr von Dame Alison um diese Stunde?«

Eisblaue und tiefschwarze Augen begegneten sich, und es war Michel de Lassay, der mit einem tiefen Atemzug den Blick abwandte und das Gemach betrachtete, als habe er es noch nie gesehen. Eine durchgrübelte Nacht voller Selbstzweifel und Zorn lag hinter ihm. Es war ihm nicht leicht gefallen, den Entschluss zu fassen, die eigenen Fehler einzugestehen, und diesen Gang anzutreten.

»Es nutzt nichts, Euch das zu erklären, wenn sie gegangen ist«, erwiderte er rau. »Verzeiht mein Eindringen. Ich habe meiner Dummheit die Krone aufgesetzt und zu lange gewartet. Ich werde ihre Entscheidung respektieren und mich zurückziehen. Es ist das Mindeste, was ich für sie tun kann.«

»So viel zur Ansicht meiner bewunderungswürdigen Gemahlin, die damit rechnete, dass Ihr keinen Stein auf dem anderen lassen werdet, um Alison zu suchen«, meinte d'Harigny spöttisch. »Sie vertritt die romantische Ansicht, dass meine bezaubernde Schwägerin Euer Gefallen erregt hat.«

»Dann ist dies vermutlich Euer Dolch?« Michel de Lassay warf die Waffe, die Nadine ihm gereicht hatte, quer durch den Raum, und d'Harigny fing sie mit der Geschicklichkeit eines Mannes auf, der derlei Kunststückchen auf vielen Feldzügen zum Zeitvertreib geübt hatte. »Eure Gemahlin hat eine reichlich unkonventionelle Art, ihre Argumente zu untermauern.«

»Ihr habt sie kennen gelernt«, entgegnete der dunkelhaarige Ritter so gelassen, als sei damit alles erklärt.

Michel wandte sich zum Gehen. Alle Spannkraft war aus seiner Gestalt gewichen, und plötzlich wirkte er hager und erschöpft. Aber eines wollte er dennoch wissen, denn erst in diesem Augenblick wurde ihm klar, wie viel Alison ihm wirklich bedeutete. Dass sein Leben nichts wert war ohne ihre Gegenwart, ihre Liebe, ihren Stolz und ihre Zärtlichkeit.

»Weshalb habt Ihr zugelassen, dass Alison diese gefährliche Arbeit für die Königin tut?«, fragte er vorwurfsvoll. »Sie hätte gefasst, gefoltert und verbrannt werden können. Wenn sie tatsächlich aus vornehmer Familie stammt, warum dieses dumme leichtsinnige Abenteuer?«

»Wollt Ihr behaupten, Ihr wisst es nicht?« Colin d'Harigny verlor seine lässige Haltung und kam mit wenigen Schritten näher. »Sie hat es Euch nie erzählt? Bei Gott, was für eine Hexe! Ich dachte mir gleich, dass dies nicht die ganze Geschichte sein kann. Ich hätte davon gewarnt sein müssen, wie ihre Schwester ist. Setzt Euch und nehmt einen Becher Branntwein, Ihr werdet ihn brauchen! Ich habe keine Ahnung, was für eine Frau Melisande de Guînes war, aber ich kann Euch versichern, dass ihre Töchter die Geduld eines Mannes über alle Maßen strapazieren können.«

In knappen Sätzen, die deshalb nicht weniger eindringlich waren, berichtete Colin, was sich vor nunmehr über siebzehn Jahren am Rande des Schlachtfeldes von Azincourt zugetragen hatte. Das Verbrechen Guy de St. Doyes an seinem Bruder, an dessen Frau und dessen Kindern gewann in Colins nüchterner Erzählung eine Brutalität und einen Schrecken der die panische Flucht der beiden kleinen verängstigten Mädchen und alles, was sich danach ereignet hatte, umso tragischer wirken ließ. Aus dieser Perspektive betrachtet, bekamen Alisons Taten ein völlig anderes Gesicht. Das Kind dieser Schrecken musste Narben davongetragen haben, die seine Seele gezeichnet und verändert hatten.

»Im Grunde ist es nur Nanas gespenstischer Ähnlichkeit mit ihrer Mutter zu verdanken, dass die Dinge in Fluss kamen«, beendete Colin seinen kurzen Bericht. »Alison hingegen hatte das Glück, dass die Königin das Wappen auf dem Medaillon, das sie ihr zeigte, erkannte, und ihren Vater benachrichtigte. Doch keiner der Beteiligten hat Wert darauf gelegt, diese dramatische Geschichte vom allgemeinen Hofklatsch breit getreten zu sehen. St. Doye ist noch auf freiem Fuß, und man darf ihn nicht warnen. Die Königin und der Konnetabel, zu dessen Männern ich zähle, kennen sie, und jetzt Ihr. Begreift Ihr nun?«

Michel de Lassay blieb stumm, aber die steilen Falten auf seiner Stirn und die schmal zusammengepressten Lippen sprachen Bände. Er kam sich vor wie ein Mann, dem aus heiterem Himmel die Decke über dem Kopf zusammengebrochen ist und der sich erst mühsam den Kalkstaub aus den Kleidern schütteln muss.

Er versuchte gar nicht, sich die hilflose Verzweiflung Alisons vorzustellen, die zwischen einem schrecklichen Schicksal als Césars Konkubine und den Drohungen eines St. Doye oder eines Francis Windhurst mal in die eine und dann wieder in die andere Richtung getrieben worden war. Sie hatte um ihr bloßes Überleben gekämpft, während er ihr Ehrgeiz und Raffinesse vorwarf.

Sie war zu stolz gewesen, um sich gegen seine vorgefasste Meinung zu verteidigen, aber leider auch zu empfindsam, um sich selbst vor ihm zu schützen.

»Bei Gott, warum hat sie mir all das verschwiegen?«, murmelte er endlich und griff nach dem vorhin verschmähten Branntwein, um ihn in einem einzigen Zug hinunterzuschütten.

»Müsst Ihr das fragen? Ihr wisst, wie stolz sie ist. Mitleid war das Letzte, was sie von Euch wollte. Vertrauen vielleicht, Anerkennung und manches mehr, aber der Himmel weiß, ganz bestimmt kein Mitleid.«

Michel legte die Hand über die Augen. Er hatte Alison weder Vertrauen noch Anerkennung geschenkt. Er hatte sie rücksichtslos für seine Zwecke benutzt und mit seinem Begehren verfolgt. Er hatte sich zynisch ihrer bedient, ihren Körper genossen und ihren Stolz gedemütigt. Gedankenlos und seiner selbst viel zu sicher. Zu überzeugt von der eigenen Unfehlbarkeit, hatte er sie gekränkt, gequält und verspottet. Kein Wunder, dass sie gegangen war. Wenn es diese Liebe jemals gegeben hatte, von der ihre Schwester sprach, so war sie unter dem Absatz seiner eigenen Stiefel zertreten worden.

Er hatte Alison aus eigener Schuld verloren. Er war ein Narr.

Er hatte nichts anderes verdient.

»Sie sind aus einem besonderen Stoff, die Töchter der bedauernswerten Melisande de Guînes«, sagte Colin d'Harigny eindringlich. »Man kann sie nicht mit anderen Frauen vergleichen. Ich habe auch meinen Tribut zahlen müssen, ehe ich begriff, dass ich ein Juwel besitze, neben dem jede andere Frau verblasst. Wenn Ihr auch nur einen Funken Gefühl für Alison empfindet, dann handelt! Bittet die Königin, Eure Ehe zu gestatten, und schenkt Alison die Geborgenheit und den Frieden, die sie bisher so sehr vermissen musste.«

»Ich kann nicht!« stöhnte Michel auf. Das, was Colin ihm erzählt hatte, hatte ihn von einem Verzeihenden zu jemandem werden lassen, dem verziehen werden musste. Die ganze Situation hatte sich geändert.

»Liebt Ihr sie denn nicht, in Dreiteufelsnamen?« Colin fühlte, dass seine Geduld zu Ende ging.

»Natürlich liebe ich sie«, brüllte Michel, als könnte die Lautstärke die Anspannung mildern, die ihn getragen hielt. »Ich liebe sie bis zum Wahnsinn! Ich liebe sie gegen jede Vernunft und jede Logik. Ich bin besessen von ihr, aber nicht schurkisch genug, sie in eine Ehe mit einem Manne zu zwingen, den sie verachten muss und der es nicht verdient hat, den Saum ihres Gewandes zu küssen. Habt Dank für Euer Vertrauen und bewahrt Schweigen über unser Gespräch, ich werde gehen. Es gibt nur noch eine Möglichkeit für mich: Vor Lagny werden Männer gebraucht.«

Ehe d'Harigny sich von seiner Verblüffung erholt hatte, war der blonde Ritter hinausgeeilt.

»Bei allen Heiligen«, knurrte Colin und füllte seinen Becher neu. »Mir scheint, als Liebesbote tauge ich nicht besonders viel. Wie soll ich Nana nur erklären, dass er sich lieber vor Lagny erschlagen lässt, als ihre Schwester zu heiraten?«

»Ihr schon wieder!«

Nadine d'Harigny schenkte ihm ein so umwerfendes Lächeln, dass es dem blonden Mann für einen Augenblick den Atem verschlug. Dieses Lächeln war eine Waffe, gefährlicher als der

Dolch, den er seinem Besitzer zurückgegeben hatte. Jetzt legte sie den Kopf ein wenig schief und faltete sittsam die Hände, aber ihre violetten Augen glitzerten.

»Ich werde nicht zulassen, dass Ihr Alison noch einmal wehtut, und es ist mir völlig egal, ob Eure Motive dafür ehrenhaft oder schurkisch sind«, sagte sie mit sanfter Beharrlichkeit.

»Ihr seid töricht!«

»Vielleicht.« Nadine zuckte mit den Schultern. Mit diesem Vorwurf konnte sie leben. »Ihr aber auch. Was habt Ihr jetzt wieder für einen verqueren, männlichen, albernen Grund, wie ein Wilder hier hereinzustürmen, anstatt bei meiner Schwester zu sein?«

»Wenn ich inzwischen etwas begriffen habe, dann doch wohl die Tatsache, dass Ihr sehr genau wisst, dass im Gemach Eurer Schwester ein dunkler Ritter Wache steht und sie selbst wie vom Erdboden verschwunden ist. Habt nicht Ihr all das in die Wege geleitet?«

»Warum seid Ihr mir deswegen so böse?« Die entwaffnende Liebenswürdigkeit seiner Besucherin war durch nichts zu erschüttern. »Ihr solltet mir lieber dankbar sein, dass ich Euch dazu gezwungen habe, endlich ehrlich mit Euch selbst zu sein. Männer neigen bedauerlicherweise dazu, die Welt höchst einseitig nach ihren Vorstellungen zu betrachten. Von Zeit zu Zeit ist es unumgänglich, dieses dumme Bild wieder zurechtzurücken.«

Michel de Lassay, der in seinem Leben einiges erlebt hatte, musste eingestehen, dass er sich dieser schönen, eleganten Edeldame nicht gewachsen fühlte. Sie hatte nichts von der Rätselhaftigkeit ihrer Schwester, im Gegenteil, sie war so klar wie Quellwasser, und gerade das machte es besonders schwer. Wie konnte man jemandem böse sein, der in aller Sanftmut die Schönheit und Wahrheit selbst verkörperte? Der in sein finsteres Gesicht lächelte und nicht im Geringsten eingeschüchtert wirkte? Der gleichzeitig aber keinen Schritt wich und so aussah, als würde er nicht eher gehen, als bis er Antwort auf seine Fragen erhalten hatte.

»Was erwartet Ihr eigentlich von mir?« erwiderte er, bereits die Niederlage eingestehend.

»Dass Ihr nicht davonlauft, sondern meiner Schwester sagt, dass Ihr sie liebt. Wenn Ihr das Gefühl habt, dass Ihr in Alisons Schuld steht, dann überlasst ihr das Urteil darüber, ob Ihr gehen sollt oder nicht. Und nun kommt, es ist an der Zeit, dass Ihr Eure Entschuldigungen überbringt.«

Sie ließ ihm keine Zeit für weitere Ausflüchte, sie reichte ihm die Hand, damit er sie führen konnte. Dann hob sie das Kinn, raffte ihre Röcke und schritt an seinem Arm aus dem Raum, ging den Gang entlang und ein Stockwerk tiefer, wo der Haushofmeister dem Grafen Harigny und seiner Familie die Räume angewiesen hatte, die seinem Rang und Namen zustanden. Leise öffnete sie die Tür und gab den Blick in das Gemach frei.

Alison ging in der Kemenate auf und ab. Die Aufgabe, den brüllenden kleinen Grafen Harigny zu beruhigen, der vom Hunger geplagt wütend nach seiner schönen Mutter plärrte, nahm sie voll in Anspruch. Der Lärm des zornigen jungen Mannes übertönte, dass die Tür geöffnet worden war.

»Sei doch bitte still«, flehte sie ihn an und küsste den Säugling, der im Augenblick nur aus einem weit geöffneten Mund und zornigen roten Fäusten zu bestehen schien, auf die Stirn. »Deine Mutter kommt gleich. Du lieber Gott, die Königin wird glauben, die Hunnen stürmen diesen Palast, wenn du nicht endlich aufhörst!«

Michel starrte die junge Frau atemlos an. Alison trug ein weich fließendes Hauskleid aus dünner, pflaumenblauer Seide, und ihre offenen Haare wurden lediglich mit zwei perlenbesetzten Kämmen an den Schläfen zurückgehalten. Und so weich, so zärtlich, so hingebungsvoll, wie sie ihren Neffen betrachtete, hatte er ihr schönes Gesicht bisher noch nie gesehen.

Wie eine Vision blitzte das Bild der Mutter die sie einmal sein würde, vor seinen Augen auf. Es machte sie sanfter, nachgiebiger, mit diesem kleinen schwarzhaarigen und ausgehungerten Engel in ihren Armen verlor ihre herausfordernde Schönheit an Gefährlichkeit. Das Kind machte sie gleichsam wehrlos, ließ sie aber nur umso bedrohlicher für seinen Seelenfrieden erscheinen.

»Gib mir meinen wütenden Drachen«, erklärte in diesem Moment Nadine d'Harigny und griff nach dem Säugling. Alison erstarrte mitten in der Bewegung, als sie Michel de Lassay hinter ihrer Schwester entdeckte. So unverhofft war sein Anblick für sie, dass er dieses eine Mal Zeuge wurde, wie verzweifelte Sehnsucht in ihren Augen leuchtete, bevor sie sich hinter der üblichen Maske ihrer eisernen Beherrschung versteckte.

Im Hintergrund verließ Nadine den Raum, und als Alison nur Sekunden später zur Tür stürzte, um ihr nachzulaufen, fand sie den Riegel vorgelegt und verschlossen. Sie lehnte die Stirn gegen das geschnitzte Holz und schloss ermattet die Augen. Seit Nadine wieder in ihr Leben getreten war, fühlte sie sich auf sehr befremdliche Weise zur kleinen Schwester degradiert und herumkommandiert. Wenn sie noch einen weiteren Beweis dafür benötigt hatte, dann hatte sie ihn soeben erhalten.

Sie fühlte Michels Hände, die ihre Schultern umspannten. Schon diese leichte Berührung genügte, dass sie zu zittern begann. Sanft führte er sie zu einem gepolsterten Lehnstuhl, der achtlos vor den Kamin gerückt worden war, um der Wiege des kleinen Grafen Platz zu machen.

»Ich habe Euch gesucht«, gab er zu, während sie Platz nahm, darauf achtend, dass er sie nicht weiter berührte. »Ich wollte Euch etwas fragen, aber dann traf ich nur den Gatten Eurer Schwester in Eurem Gemach.«

»Colin?« Alison fuhr hoch. »Deswegen hat sie mich also gebeten, bei ihr zu bleiben. Was wollte er? Hat er Euch gefordert? Er hat kein Recht dazu, Ihr müsst ihm keine Genugtuung geben. Er ist einer der größten Schwertkämpfer des Königreiches, es wäre glatter Selbstmord, mit ihm die Klinge zu kreuzen.«

Sie fürchtete doch tatsächlich um sein Leben! Anstatt Befriedigung darüber zu empfinden, dass ihm jemand seinen starrsinnigen Kopf ein wenig zurechtrückte, sorgte sie sich um sein Wohlergehen! Wer konnte sich mit dieser Frau vergleichen? Ihre Großmut entwaffnete ihn schlimmer, als es jeder Vorwurf getan hätte.

Michel de Lassay senkte den Kopf und beugte ein Knie, ehe er nach Alisons Hand griff und sie festhielt. Sie betrachtete ihn aus großen, erstaunten Augen, in deren Blick sich jedoch auch Vorsicht und Misstrauen widerspiegelten, und obwohl er es verstand, schmerzte es ihn. Ob es ihm jemals gelingen würde, ihr Vertrauen zu erringen?

»Harigny hat mich nicht mit dem Schwert besiegt, sondern mit seinen Worten«, entgegnete er so demutsvoll, dass sie ihren Ohren nicht trauen wollte. »Ihr seht mich zutiefst beschämt, Dame Alison! Ich verdiene Euren Zorn und Eure Verachtung, und ich weiß, dass ich mich wie ein Schurke benommen habe. Ich habe Euch Unrecht getan, und ich bitte um Eure Verzeihung, ehe ich für immer gehe.«

Alison starrte auf den geneigten Kopf mit den goldenen Haaren. Den starken Nacken und die Schultern, die sie in ihrer Leidenschaft so oft umfangen hatte. Warum geißelte er sich mit dieser unterwürfigen Entschuldigung und sagte kein einziges Wort von Liebe? Nadine hatte ihr geschworen, dass er sie liebte und dass es nur darum ging, dass er sich seiner Gefühle bewusst wurde und sie akzeptierte. Welch ein Irrtum! Er wollte sie verlassen!

»Gehen? Ihr wollt gehen?« sagte sie erschüttert. »Aber warum? Bedeute ich Euch denn gar nichts mehr? Begehrt Ihr mich nicht mehr?«

Sie griff in plötzlich aufflammendem Zorn nach seinen Schultern und schob ihn ein Stück zurück, damit sie endlich sein Gesicht sehen konnte. Seine Augen schauten sie in nie gekannter Verzweiflung an, und neben dem Mund kerbten sich zwei tiefe Falten der Verbitterung. Er wirkte wie ein geschlagener Mann. Echt oder falsch? Würde sie denn nie begreifen können, was in ihm vorging? Sie war der Missverständnisse und der falschen Höflichkeit so überdrüssig!

»Was ist das für ein Spiel, das du mit mir spielst, Francis Windhurst«, sagte sie heftig und nannte ihn unwillkürlich bei dem Namen, unter dem sie ihn kennen gelernt hatte. »Was redest du von Verachtung und Verzeihung? Ich will deine Liebe und nicht deine Entschuldigungen! Wenn du mir die verweigerst, dann scher dich zum Teufel!«

Die sanfte Madonna von vorhin verwandelte sich in einen zornsprühenden Vulkan. Sie hatte nicht einen der rüden, drastischen Flüche vergessen, die man am Tour de Nesle täglich verwendete, und sie lud sie mit erhobener Stimme alle miteinander auf sein Haupt.

Das war auch für den reuigsten Mann zu viel! Michel errötete unter diesem Hagel von Beleidigungen. Er packte sie an den Fäusten, mit denen sie wütend auf seine Schultern eingetrommelt hatte, erhob sich und umfing die ganze erboste Person mit einer eisernen Umarmung.

»Gott steh mir bei, beim Teufel bin ich schon! Aber eines sag' ich dir, diese Hölle werden wir gemeinsam durchstehen!«, rief er und erstickte jeden weiteren Protest mit leidenschaftlichen Küssen. Er küsste sie wie im Fieber, wieder und wieder, aber erst als er die Feuchtigkeit auf ihren Wangen spürte, hielt er inne.

»Du weinst!«, flüsterte er betroffen. »Hab' ich dir schon wieder wehgetan?«

Sie schüttelte den Kopf und lächelte unter Tränen, nicht fähig, die unvergleichlichen Gefühle in Worte zu fassen, die ihr fast die Brust zu sprengen drohten. Sanft begann Michel die Tränen fortzuküssen, die über ihre Wangen rannen.

»Ich möchte nicht, dass du weinst«, sagte er mit belegter Stimme. »Ich habe dich noch nie weinen sehen. Ich wusste gar nicht, dass du es kannst… Ich habe es lieber, wenn du lachst, oder meinetwegen auch, wenn du böse auf mich bist, aber keine Tränen. Du solltest nie wieder weinen müssen, *ma mie*. Es ist vorbei, die schlimmen Tage deines Lebens gehören der Vergangenheit an!«

Aber Alison konnte nicht mehr aufhören. Es schien ihr, als müsste sie in diesem Moment all die Tränen weinen, die sie seit Jahren unterdrückt hatte. Die verzweifelte Schwäche, die sie bekämpfte, die bittere Einsamkeit, die ihr das Herz bedrückt hatte, die kummervolle Sehnsucht nach einem Menschen, der zu ihr gehörte. Nun, wo sie diesen Menschen gefunden hatte, konnte sie endlich weinen.

Michel de Lassay begriff nicht alles von dem, was in ihr vorging, aber er hielt sie fest.

Er bot ihr den Trost seiner Liebe und seiner Arme. Er fühlte eine ungewohnte Rührung tief in seiner Brust, den leidenschaftlichen Drang, Alison zu beschützen und für immer an ihrer Seite zu bleiben, damit ihr nie wieder Böses geschah. Sie würden ein neues Leben beginnen. Gemeinsam. Gemeinsam würden sie beide die Schrecken der Vergangenheit überwinden können.

»Ich liebe dich!« schwor er dicht an ihren Lippen. »Willst du meine Frau werden, die ich bis ans Ende meiner Tage lieben und ehren werde?«

»Wen bittest du darum?« fragte Alison rau. »Die Rote Alison? Den Schützling der Herzogin von Bedford? Die Spionin Jolandes von Aragón? Die Dirne vom Tour de Nesle? Die Dame de Gennes?«

Michel begriff, was sie ihn fragte, und dieses Mal fand er die richtigen Worte. Vielleicht, weil er zum ersten Male seit undenklichen Jahren einfach das sagte, was sich ihm voller Selbstverständlichkeit auf die Zunge drängte.

»Vergiss sie alle miteinander. Keine von ihnen war deine richtige Gestalt. Sobald wir vor einen Priester treten, wird es nur noch Alison de Lassay geben, die geliebte Gattin eines Mannes, der seine künftigen Tage damit verbringen wird, dich anzubeten. Die Mutter meiner Kinder, die Herrin meines Hauses und meines Herzens!«

»Ich bin die Deine.« Alison nickte ernst. »Nichts, was geschehen ist, hat jemals etwas daran geändert. Es war von Anbeginn der Zeit bestimmt. Ich habe dich im Feuer gesehen, aber ich konnte nicht ahnen, dass aus dem Tod neues Leben entsteht.«

»Sag nicht so etwas«, bat er besorgt. »Niemand kann im Feuer etwas sehen. Du bist keine Zigeunerin mehr, die den Bürgern auf der Pont au Change die Zukunft vorhersagt. Hör auf damit, es ist gefährlich, wenn es an die falschen Ohren dringt – oder willst du als Hexe angeklagt werden?«

»Psst!« Sie legte einen Finger auf seine Lippen und hauchte einen Kuss darauf. »Du hast keinen Grund, dich zu fürchten, das Feuer ist mein Freund!«

»Ich ertrage den Gedanken nicht, dass du in Gefahr geraten könntest«, gab Michel zu und schloss sie enger in seine schützenden Arme, als könnte er sie so vor der ganzen Welt bewahren. »Ich möchte dich nie verlieren.«

Alison schmiegte sich in seine Umarmung und erwiderte seine Küsse. Sie begriff, dass er Angst um sie hatte. Sie wusste, dass sie ihm ein gefährliches Geheimnis anvertraut hatte. Aber ihm musste sie es sagen, zwischen ihnen durfte es künftig keine Heimlichkeiten mehr geben. Bis auf jene eine kleine, die sie noch sorgsam hütete, die sie sich für später aufhob. Nicht etwa, weil sie ihm noch misstraute, sondern weil sie diesen verzauberten Augenblick ihres Lebens eben nicht mit dem kleinen Wesen teilen wollte, das diesen spöttischen, zynischen Halunken endgültig in einen liebenden Mann und Vater verwandeln würde.

Sie hob ihm die Lippen entgegen, und die unendliche Freude, die ihr Gesicht verklärte, taute die letzten Reste von Eis in einem Herzen, das für immer ungerührt hatte bleiben wollen.

23. Kapitel

Es war ein schweres Stück Arbeit gewesen, jenen Teil der Burg, der noch bewohnbar war, halbwegs wieder instandzusetzen. Aber die Ernte war eingebracht, und die Dorfbewohner halfen mit, so dass der Mann, der sie beaufsichtigte, sicher sein konnte, dass er seinem Herrn nicht nur volle Scheunen, sondern auch ein dichtes Dach und gut ziehende Kamine bieten konnte. Zwar fehlte es noch an Möbeln, an Wandteppichen und Truhen, aber die alte und die junge Frau, die Seite an Seite in der großen Halle der Burg die Abendmahlzeit auftrugen, konnten mit ihrem Werk bereits zufrieden sein.

Frische Kräuter bedeckten die Steinfliesen, Tische und Bänke glänzten sauber geschrubbt, und die neuen Glasfenster an der Südseite der Halle ließen das Licht des zu Ende gehenden Tages herein, der Wind jedoch, der vom Ufer der Loire heraufzog, blieb draußen. Es roch nach Bienenwachs und frischem Brot, nach Sommerblumen; es war, wie es in einem wohl geordneten, hochherrschaftlichen Haushalt sein sollte.

»Besucher, Herrin! Sie kommen über die Brücke auf das Schloss zu!« Ein halbwüchsiger Junge in Holzpantinen und mit einem wilden braunen Haarschopf stürmte in die Halle.

»Eine riesige Gruppe! In Kürze werden sie da sein. Sie tragen das Banner unseres Herrn!«

»Endlich!« Eleanor de Carhaix faltete die Hände und schloss die Augen. »Dem Himmel sei Dank, der Junge kommt nach Hause! Jetzt wird alles seine Ordnung haben.«

»Wollen wir hoffen, dass Eure Gebete erhört werden« sagte die jüngere Frau und lächelte ihr zu. »Ich werde in der Küche Bescheid geben. Ein Glück, dass wir genügend Vorräte angeschafft haben. Es sieht so aus, als müssten wir nun beweisen, was wir getan haben.«

Eleanor de Carhaix stand auf der großen Freitreppe des Hauptgebäudes und sah den Besuchern entgegen. Eine schmale, dunkle Gestalt mit weißer Haube und dem schweren Schlüsselbund der Hausherrin am Gürtel. Sie hatte feuchte Augen vor Rührung, und so ganz gut sah sie auf die Entfernung auch nicht mehr. Deswegen erkannte sie auch die Gestalt, der Michel de Lassay vorsichtig aus einer Sänfte half, erst, als sie nur noch wenige Schritte von ihr entfernt war.

»Alison!«

»Großmama, darf ich Euch meine Gemahlin ins Haus bringen? Die Dame Alison de Lassay, Dame de Gennes und Comtesse de Mesnières!« Es bereitete Michel sichtliches Vergnügen, die vollständige Liste ihrer Titel vor ihr auszubreiten, und die alte Dame dankte es ihm mit einem ebenso fassungslosen wie freudigen Gesichtsausdruck.

»Endlich!« Sie schloss die junge Frau liebevoll in die Arme.

»Ich wusste, dass alles gut werden wird. Ich habe dir gesagt, dass ihr euch nicht trennen könnt. Endlich bist du vernünftig geworden!« Letzteres galt ihrem Enkel, der in stillem Vergnügen diese Begrüßung beobachtete. »Gott segne Euch und Euer Glück«, sagte sie dann formell. »Heißt das, dass nun endlich Frieden herrscht, dass Ihr deswegen nach Hause gekommen seid?«

»Das heißt es fast, *Grand-mère.* Die Belagerung von Lagny ist am 10. August aufgegeben worden, und wie es scheint, sucht der Herzog von Bedford endlich auch den Friedensschluss mit dem Konnetabel de Richemont. Ja, *Grand-mère,* es sieht so aus, als könnten wir alle uns endlich wieder um Dinge kümmern, die nichts mit Tod und Verzweiflung zu tun haben.«

»Aber ihr seid nicht allein?« Dame Eleanor sah neugierig über seine Schulter, wo eben Colin d'Harigny seiner schönen Gattin von einem Zelter half und auch der Graf von Mesnières vom Pferd stieg.

»Das ist uns nicht vergönnt«, antwortete Michel ein wenig boshaft und quittierte den Knuff, den ihm seine Gattin verpasste, mit einer freundlichen Verneigung. »Unsere Familie hat ungeahnte Ausmaße angenommen. Der Vater meiner lieben Frau, ihre Schwester, ihr Gatte, mein frisch erworbener Neffe, zwei Dutzend Bogenschützen von Königin Jolande und nicht zu vergessen diverse Zofen, Diener und Knechte, ohne die wir jetzt anscheinend nicht mehr auskommen.«

Dame Eleanor blinzelte ein wenig irritiert, ehe sie begriff, dass ihr Enkel diesmal keinen seiner üblichen Späße machte, sondern nur seine schöne Frau ein wenig neckte. Die sah sich ungerührt um, bis ihr Blick an dem hünenhaften Mann hängen blieb, der im Hintergrund stand und die Begrüßung in Ruhe abwartete.

»Jean! Jean Malmortes! Wie schön, Euch wiederzusehen! Wie ich mich freue, dass Ihr hier seid!«

Ein wenig verlegen ließ sich der frisch ernannte Burgvogt von Lassay die spontane Umarmung der eleganten Dame gefallen, die so wenig Ähnlichkeit mit dem schmutzigen Knaben hatte, den er in Angers gelassen hatte.

»Wo sonst sollte er sein?«, knurrte Michel, den ein Anflug von Eifersucht über diese allzu offensichtliche Freude plagte.

»Er ist hier aufgewachsen, und der Schutz meiner Großmutter ist ihm anvertraut. Es besteht kein Anlass, ihn anzustrahlen, als sei er ein Erzengel des Paradieses. Du wirst Probleme mit seiner Gattin bekommen, mein Herz!«

Alison schenkte ihm ein strahlendes Lächeln, und Dame Eleanor blinzelte noch mehr, als sie die hingebungsvolle Liebe sah, die ihr vom Gesicht abzulesen war und die so ausschließlich Michel galt, dass seine brummige Eifersüchtelei eher komisch wirkte.

Im Hintergrund meldete sich die kräftige, durchdringende Stimme des kleinen Grafen und machte klar, dass es noch andere Gäste gab, die versorgt werden mussten. Alison und Michel überließen es Dame Eleanor und Jean, alles zu organisieren, nachdem man sich gegenseitig begrüßt hatte. Die alte Dame war ganz in ihrem Element, und Alison kam es vor, als sei sie in dem halben Jahr seit sie einander nicht gesehen hatten, um ein Jahrzehnt jünger geworden.

»Du siehst müde aus, mein Herz«, murmelte Michel und zog sie mit sich in die saubere, aber noch kahle Halle, die er mit gerunzelter Stirn musterte. Er hatte es sich schlimmer vorgestellt, aber es war dennoch gut, dass Nadine darauf bestanden hatte, diese Unmengen von Teppichen und Möbeln aus Angers mitzunehmen. Sie hatte anscheinend in Harigny ihre Erfahrungen mit Burgen gemacht, die seit geraumer Zeit leerstanden, und er würde sich bei ihr für diese Umsicht bedanken müssen.

»Du weißt, die Schaukelei in der Sänfte bekommt mir nicht«, antwortete Alison. »Irgendwann werde ich reiten lernen müssen.«

»Das hat Zeit, ich hoffe nur, dass es hier ein kühles, sauberes Gemach gibt, in dem du dich ausruhen kannst und das …«

»Selbstverständlich gibt es das. Und das Badewasser für Madame und ihre Schwester ist ebenfalls bereits auf dem Feuer. Ihr kommt in einen geordneten Haushalt und in kein Feldlager, Seigneur!«

»Hélie!« Alison traute ihren Augen nicht. Sie betrachtete die rundliche Person mit einem ungläubigen Lächeln. »Bist du das wirklich?«

»Könnt Ihr daran zweifeln?« antwortete ihr Gatte spöttisch. »Ich kenne kein zweites weibliches Wesen, das unter so gefälligen weichen Formen das gnadenlose Temperament eines Generals und die Schärfe von vergorenem Essig verbirgt. Was Jean dazu bewogen hat, sie zur Frau zu nehmen, wird mir ein ewiges Rätsel sein.« Alison lachte, während sie verblüfft zwischen den beiden Streithähnen hin und hersah.

»Er trägt mir nach, dass ich mich während seiner Genesung nicht habe tyrannisieren lassen«, erklärte Hélie gelassen und machte dennoch einen respektvollen Knicks vor dem Hausherrn. »Er war unerträglich ohne Euch! Warum habt Ihr uns so lange warten lassen?«.

»Wie es scheint, hast du diese Wartezeit gut genützt und dir einen tüchtigen Mann genommen«, antwortete Alison, die sich darüber freute, dass ihre mollige kleine Zofe und der schwarze Hüne zueinander gefunden hatten.

Hélie nickte voller Stolz. »Ihr kennt ihn, es gibt niemanden, der sich mit ihm vergleichen kann«, schwärmte sie von Jean.

»Wieso hast du mir nicht gesagt, dass Hélie hier ist?« wandte sich Alison ein wenig vorwurfsvoll an ihren Gatten. »Ich hatte mir solche Sorgen um sie gemacht. Sie war es doch, die mir geholfen hat...« Sie brach mitten im Satz ab, sogar jetzt noch verstört von der Erinnerung an die schlimmen Stunden, die sie durchgemacht hatte, nachdem Michel dem Giftanschlag zum Opfer gefallen war.

»Er weiß es nicht«, meinte Hélie ruhig. »Niemand von uns hat es ihm gesagt. Ihr habt Jean das Versprechen abgenommen zu schweigen, und wir haben uns alle daran gehalten. Außerdem hat er nie irgendwelche Fragen gestellt.«

»Was hat das zu bedeuten?« Michel de Lassay runzelte die Stirn. »Was weiß ich nicht? Ich dachte, die Geheimnisse gehörten der Vergangenheit an?«

»Ihr entsinnt Euch an die Nacht, als man Euch das Gift gab?« Hélie nahm ihrer Herrin die Antwort ab, die viel zu verlegen war, um etwas zu sagen.

»Nur verschwommen«, gab Michel widerstrebend zu. Diese Erinnerungen gehörten nicht zu jenen, die er pflegte. »Da waren Männer, die mich fortbrachten, später Jean und dann meine Großmutter, die mich zusammen mit Euch gepflegt hat.«

»Und da war Dame Alison, die Himmel und Hölle in Bewegung setzte, um Euch rechtzeitig aus dem Palais zu bringen, als sie begriff, welche Schurkerei St. Doye geplant hatte. Die drei Nächte und drei Tage nicht von Eurem Lager wich und Euch förmlich mit der Kraft ihrer Liebe vom Rand des Grabes zurückgerissen hat«, erklärte Hélie in der ihr eigenen Deutlichkeit. »Dame Alison, die danach Euren Auftrag von der Herzogin übernahm und mit Jean nach Angers ritt, obwohl sie in ihrem Leben noch nie auf einem Pferd gesessen hatte und vermutlich vor Müdigkeit und Schmerzen zusammenbrach...«

»Du übertreibst«, unterbrach Alison zaghaft. Sie hatte nicht gewollt, dass Michel dies erfuhr. Er trug noch immer schwer genug an den Vorwürfen, die er sich machte, weil er ihr so viel Unrecht getan hatte. Sie spürte es, auch wenn er auf ihren Wunsch hin nicht mehr davon sprach. Die Ereignisse hatten ihn gezeichnet. Er war nicht mehr derselbe Mann wie früher, aber sie liebte ihn deswegen nur noch mehr als je zuvor.

»Warum die Vergangenheit wieder aufwärmen?« Sie lächelte gespielt munter »Hatten wir uns nicht für die Zukunft entschieden? Gehört zu dieser Zukunft nicht ein Bad? Ich habe das Gefühl, dass ich den Staub des ganzen Königreiches mit mir herumschleppe, und vergehe vor Sehnsucht nach einem kühlen Trunk.«

Wenig später ruhte Alison mit geschlossenen Augen in dem großen Zuber, den Hélie mit feinstem Leinen ausgelegt hatte. Auf dem sich trübe färbenden Wasser schwammen duftende Rosenblätter, und das feine Öl, das die Zofe im Gepäck ihrer Herrin gefunden hatte, hüllte die Badende in eine Wolke aus zusätzlichen Rosendüften.

Hélie respektierte ihr Schweigen und ging ihr mit jener Tüchtigkeit zur Hilfe, die Alison schon in Paris in Erstaunen versetzt hatte. Als sie indes die junge Frau in das große Leinentuch hüllte, das sie vor dem Kamin gewärmt hatte, konnte sie einen verblüfften Ausruf doch nicht unterdrücken.

»Ihr seid in Hoffnung!«

Alison errötete ein wenig und nickte. »Ja, aber sag es bitte niemand. Ich habe es bisher verschwiegen. Michel hätte nie erlaubt, dass ich diese Reise antrete, wenn er es gewusst hätte. Er übertreibt in seiner Sorge um mich. Es geht mir gut! Ich wollte endlich zu Hause sein! Jetzt bin ich nur ein wenig müde.«

»Dann solltet Ihr gleich zu Bett gehen«, kommandierte Hélie und reichte ihr statt des bereitgelegten Kleides ein zartes, seidenes Hemd, dessen winzig bestickte Bänder an Hals und Ärmeln der einzige Schmuck waren. Es floss wie Wasser an ihrem Körper herab, und die verführerischen Schatten, die der Stoff erkennen ließ, verrieten, dass Alisons Körper tatsächlich weiblicher und runder geworden war.

»Wollt Ihr etwa, dass dem Kind Schaden geschieht?« Mit dieser Bemerkung erstickte Hélie jeden Widerspruch im Keim, und Alison kapitulierte, da sie sich tatsächlich nach Ruhe sehnte.

»Ich werde Euch eine leichte Mahlzeit heraufbringen und dafür sorgen, dass Ihr nicht gestört werdet!«, versprach Hélie und deckte sie sorgsam zu.

Alison sah ihr nach, wie sie wenig später emsig und mit fliegenden Röcken davoneilte. Dass es ihr jedoch gelingen würde, auch das zweite Versprechen zu erfüllen, bezweifelte sie – und behielt recht.

Als Erster stürzte ihr Gatte ins Zimmer, der die Zeit ebenfalls benutzt hatte, sich zu säubern und frische Kleider anzulegen. Sein helles Haar war noch nass vom Bad und lag wie eine goldene Kappe um seinen Kopf, die blauen Augen blickten besorgt, die Stirn war gerunzelt.

»Ihr fühlt Euch nicht wohl? Hélie redet irgendwelchen Unsinn von Müdigkeit und Schonung? Was fehlt Euch? Ihr seid doch nicht krank?«

Alison setzte sich in den Kissen auf und lächelte ihn liebevoll an. Sie konnte ihn nicht ansehen, ohne sich nach seinen Küssen zu sehnen. Auffordernd klopfte sie auf den Rand des Bettes. »Setzt Euch, mein liebster Herr, ich fürchte, ich muss Euch noch ein letztes Geständnis machen. Es fehlt mir nichts, im Gegenteil. Ich habe ein wenig zu viel. Aber mit dieser Last werde ich noch bis in den nächsten Frühling leben müssen. Erst dann werden die neun Monate zu Ende sein, die unser Kind benötigt, um zur Welt zu kommen.«

Während sie sprach, beobachtete sie, wie sich nacheinander die unterschiedlichsten Gefühle auf seinem sonst so beherrschten Gesicht abzeichneten. Besorgnis und Angst, Unglauben, Fassungslosigkeit und schließlich ein so freudiges Strahlen, dass sie für alle Mühen dieser Schwangerschaft schon jetzt entschädigt wurde.

»Warum in Dreiteufelsnamen habt Ihr das nicht gesagt?«, brauste er auf, als ihm allmählich die Konsequenzen klar wurden. »Es war heller Wahnsinn, diese Schaukelei in der Sänfte. Ihr hättet unser Kind verlieren können. Diese Reise war purer Leichtsinn.«

»Unsinn!«, widersprach Alison respektlos und griff nach der Rechten ihres Mannes, um sie an ihre Wange zu legen. »Es geht mir wunderbar, ich bin nur ein wenig müde. Ich weiß, dass unser Kind keinen Schaden erlitten hat. Ich fühle es! Es geht ihm gut.«

Die letzten Wochen hatten Michel de Lassay gelehrt, dass seine Gattin tatsächlich über ein Wissen verfügte, das weit über das normale Begreifbare hinausging. Er hatte gelernt, seinen Unglauben und seine Zweifel in Bezug auf diese besondere Eigenschaft Alisons zu überwinden. Sie war, wie sie war, und er dankte dem Himmel jeden Tag dafür, dass sie unbeschadet wie ein Phönix aus der Asche auferstanden war und ihn liebte.

»Hast du es ihm endlich gesagt? Ein Glück! Ich hatte ständig Angst, eine falsche Bemerkung zu machen und dir deine Überraschung zu verderben!«

Nadine d'Harigny übersah großzügig, dass sie das Paar ganz offensichtlich störte. Sie trat an das Bett ihrer Schwester und musterte die Jüngere ein paar Sekunden eindringlich prüfend, dann nickte sie zufrieden.

»Ja, es geht dir gut. Ich sehe es.«

Michel fuhr erneut auf.

»Ihr habt es also gewusst und nicht verhindert, dass sie diese Reise antrat? Habt Ihr denn gar kein Gefühl im Leib? Sie hätte Schaden nehmen können.«

»Unsinn!«, antwortete Nadine, exakt im selben Ton wie ihre Schwester, nur mit dunklerer Stimme. »Die Frauen Eurer Pächter arbeiten auf dem Feld, bis ihre Stunde kommt. Dieser Wirbel, der um ach so zarte Damen gemacht wird, dient nur Euch Männern, damit wir schön das tun, was Ihr sagt, und Euch nicht weiter stören, wenn Ihr andere Dinge vorhabt. Alison ist gesund, und es ist völlig richtig, wenn sie will, dass Euer erstes Kind unter Eurem eigenen Dach zur Welt kommt. Schaut nicht so brummig, Herr Schwager, mich könnt Ihr damit nicht schrecken!«

Sie küsste Alison liebevoll und eilte in ihrer üblichen Geschäftigkeit wieder hinaus.

»Nein, ich fürchte, Eure Schwester kann wirklich nichts schrecken«, seufzte Michel, der Nadine bewunderte, obwohl er sie an manchen Tagen ebenso gerne erwürgt hätte. »Und nun verratet mir, mein Herz, war es wirklich Euer Wunsch, dass unser Kind...«

Stimmengewirr von draußen unterbrach ihn aufs Neue, und er verdrehte die Augen, als Hélie und Eleanor de Carhaix den Raum betraten. Die alte Dame war zu Tränen gerührt über die Neuigkeit, und bis sie sich endlich davon überzeugt hatte, dass es der werdenden Mutter und dem Kind gut ging, war ihr Enkel am Ende seiner Geduld.

»Ich habe das dumpfe Gefühl, dass auch noch dein Vater, Jean und Colin hier auftauchen werden«, polterte er, als sich die Tür endlich hinter seiner Großmutter und Hélie wieder schloss. »Ich glaubte, in mein Haus zu kommen, aber dies scheint eine Art Bienenstock zu sein, in dem jeder ein- und ausfliegt, wie es ihm passt. Ich werde als Erstes dafür sorgen müssen, dass hier ein stabiler Riegel angebracht wird, den wir von innen vorlegen können.«

Alison, die gehorsam die duftende Brühe löffelte, die ihr Hélie gebracht hatte, danach vom Frikassee naschte und ihr Mahl mit ein paar duftenden Aprikosen abschloss, wartete beharrlich, bis sich sein heftiges Temperament wieder beruhigt hatte. Auch sie hatte eine Menge über den Mann gelernt, den sie geheiratet hatte. Er verbarg seine Besorgnis um sie gerne hinter diesem Radau, denn es fiel ihm immer noch nicht leicht, seine Gefühle zu akzeptieren und sie in Worte zu fassen. Aber er bewies ihr seine Liebe mit jeder Geste und jedem Blick.

Der Bund, den sie beide vor wenigen Wochen in der Kathedrale von Angers mit Königin Jolande und dem Konnetabel de Richemont als offiziellen Zeugen beschworen hatten, war für sie nur eine formale Angelegenheit gewesen.

Für Michel de Lassay hingegen der endgültige und unwiderrufliche Beweis, dass sie ihm wirklich gehörte. Offensichtlich hatte er bis zu ihrem leisen »Ja!« immer noch damit gerechnet, dass sie ihm all die Dummheiten vorwarf, die er ihr in den vergangenen Monaten gesagt hatte, um ihn dann vor versammeltem Hofe stehen zu lassen.

In jener Nacht, in der sie auf das blumengeschmückte Brautbett gesunken waren, hatte Alison eine Art von Liebe erfahren, die sie nie wieder missen wollte. Es war nicht länger jene fieberhafte, drängende Begierde gewesen, mit der einer sich des anderen versichern wollte. Sie gehörten ja längst für immer zueinander, und diese Gewissheit verlieh ihrer Leidenschaft plötzlich ein neues Gesicht, eine tiefe Zärtlichkeit und eine Vertrautheit, die sie über Raum und Zeit hinaushob.

Erst in dieser Nacht hatte Alison begriffen, wie tief die Wunden waren, die das Leben Michel de Lassay zugefügt hatte. Auch der gefangene, hübsche kleine Page in einem fremden Land hatte seinen schlimmen Tribut gezahlt. Von einem lasterhaften Herzog betrogen, an einen schwachen Lord abgeschoben, erniedrigt und misshandelt, war er zu einem Mann herangewachsen, der weder an Gefühle noch an Ehrlichkeit oder Loyalität glauben konnte.

»Woran denkt Ihr?«, forschte Michel in diesem Moment, weil er beobachtete, dass seine Gattin höchst nachdenklich eine Aprikose betrachtete, ohne in die Frucht hineinzubeißen. Sie schien meilenweit von ihm entfernt zu sein.

»An Euch!«, antwortete sie jedoch sofort. »Daran, wie sehr ich Euch liebe!« Und dann fügte sie praktisch hinzu: »Wollt Ihr nicht essen? Sonst werdet Ihr hungern müssen, wenn Ihr nicht nach unten zu den anderen geht!«

»Kann es sein, dass Ihr Euch um meine körperlichen Kräfte sorgt, Madame?« Michel deutete das mutwillige Funkeln in ihren Augen völlig richtig.

»Natürlich«, gab Alison unverblümt ehrlich zu. »Ich möchte nicht, dass Euch die Schwäche überwältigt, Seigneur!«

Sein Lachen war Musik in ihren Ohren. Sie deutete auffordernd auf das noch immer üppig bestückte Tablett, und während er aß, verschränkte sie die Hände im Nacken und sah ihm dabei zu. Es kam selten genug vor, dass sie ihn so ungestört betrachten konnte, denn sie hatte gelernt, dass ihr Gatte ein höchst aktiver und beschäftigter Mann war. Umso mehr genoss sie eine Gelegenheit wie diese.

Michel spürte ihre Blicke, und er verdächtigte sie sofort, die Hände absichtlich zu verschränken. Auf diese Weise wölbte ihr Busen sich noch verführerischer unter dem hauchfeinen Hemd. Duftige rote Locken fielen über die Kissen und ihre Schultern, und er musste einmal mehr an sich halten, um nicht auf der Stelle das mit ihr zu tun, was der andere Hunger in seinem Körper verlangte. Er beeilte sich mit seiner Mahlzeit, und wenig später ruhte sie in seinen Armen und spielte nachlässig mit einer Falte des feinen Leinenhemdes, das er unter seinem Samtwams trug.

»Sehnt Ihr Euch manchmal nicht nach einem unabhängigen Dasein zurück?« erkundigte sie sich vorsichtig. »Diese Familie, die ich Euch so unverhofft beschert habe, ist nicht sehr diskret. Sie mischt sich in alles ein, weiß über alles Bescheid, und ich fürchte, mein Vater wird uns nicht verlassen, bis er sich über Monate hinweg davon überzeugt hat, dass ich wirklich glücklich, gesund und in den besten Händen bin. Er macht sich viel zu viele Sorgen und Vorwürfe, und ich wage nicht, ihn fortzuschicken.«

Michel küsste sie sanft auf die Schläfe und hob dann den Kopf. Er suchte ihren Blick, und ihre Augen glichen in diesem Moment dem glasklaren, sonnenbeschienenen Meer in einer versteckten Bucht.

»Ich bin in dem behüteten Tumult einer glücklichen Familie mit sechs Söhnen als der Jüngste aufgewachsen, schönste Dame, und ich war zwölf, als die Schlacht von Azincourt diesem Dasein ein Ende machte. Meine Mutter starb in den Armen Dame Eleanors, als sie die Nachricht bekam, dass auch ich in Azincourt gefangen genommen wurde. Ich habe die Erinnerung an all das tief in meinem Herzen verschlossen und mir geschworen, nie wieder zu lieben, um nie wieder verletzt zu werden. Ein Schwur, den ich gehalten habe, bis ich in einer Dezembernacht ein steif gefrorenes, rothaariges Ding auf der Straße aufgelesen habe und von ihm verzaubert wurde. Ich kann alle sieben Plagen Ägyptens ertragen, wenn nur alle meine Tage damit enden, dass Ihr in meinen Armen liegt und mich anlächelt.«

Alison küsste die Hand, die gedankenverloren ihre Wange

streichelte. »Und warum zögert Ihr dann, dieses Band an meinem Ausschnitt zu lösen? Habt Ihr vergessen, wie man eine Schleife öffnet, oder benötigt Ihr die Schere aus meinem Stickzeug dafür?«

»Aber… das geht doch nicht!« Michel wich befangen zurück. Er hatte Mühe genug, sein Begehren zu beherrschen, ohne noch zusätzlich von ihr provoziert zu werden. »Ihr erwartet ein Kind. Unseren Erben. Wir wollen ihm doch nicht schaden…«

Alison lachte so hell und unbeschwert fröhlich, dass es weit durch das halb offene Fenster bis hinaus in die milde Sommernacht drang.

»Mein Liebster, er oder sie wird sich daran gewöhnen müssen. Wenn du denkst, dass ich mich von irgendeiner Gewalt auf Erden davon abhalten lassen, dich zu lieben und von dir geliebt zu werden, dann bist du gerade dabei, dich ein letztes Mal in mir zu täuschen…«

Und dann war da nur noch die Wirklichkeit ihrer Liebe. Die leisen Seufzer, das verhaltene Stöhnen und das Feuer, das sie aneinander schmiedete. Die Flammen, die sie in ihren Körpern entfachten und die sich zu lodernder Leidenschaft emporschwangen, während sie sich in dem alten, immer neuen Spiel der Liebe fanden.

Der einsame Mann mit der Augenklappe, der an der Wehrmauer lehnte und in die Nacht hinaussah, hatte das Lachen gehört. Und es schien ihm, als sei es das Echo eines anderen Lachens, das im Nachtwind schwebte und nun schon so lange Jahre verstummt war.

Wenn es eine Gerechtigkeit zwischen Himmel und Erde gab, dann wusste Melisande de Guînes jetzt, dass eine weitere ihrer Töchter das Glück gefunden hatte. Und wenn diese göttliche Gerechtigkeit auch für die Erde galt, dann würde sie eines Tages auch Guy St. Doye treffen, den Teufel, der all dies Elend verursacht hatte.

»Ich habe dich nicht vergessen, Bruder!« murmelte der Graf von Mesnières, und er spuckte das Wort ›Bruder‹ wie einen schlimmen Fluch in die Dunkelheit. »Wo immer du dich versteckst, ich werde dich finden und zur Rechenschaft ziehen! Du wirst büßen!«

Die Nacht gab ihm keine Antwort, aber irgendwo unten im Obstgarten an der Burgmauer begann eine Nachtigall zu singen. Mit unglaublicher Klarheit und Süße schmetterte sie ihr Lied voller Jubel und Sommerschönheit durch die Stille des Abends. Die Melodie erhob sich wie die überirdisch schöne Stimme eines Mädchens hinauf bis zu den Sternen, und seltsam getröstet lehnte Richard de St. Doye an den Zinnen, um diesem Konzert zu lauschen.

Auch Nadine, die mit ihrem Gatten Arm in Arm am Fenster stand, wurde von seiner hellen Reinheit ergriffen und unverhofft aufgerüttelt.

»Es klingt wie eine Botschaft«, sagte sie mit ihrer melodiösen Altstimme, die Colin d'Harigny jeden Tag aufs Neue faszinierte. »Eine Botschaft der Zuversicht und der Hoffnung für uns alle. Alison sagt, sie weiß, dass unsere kleinen Schwestern leben. Sie ist das Band, das uns alle vier zusammenführen wird.«

»Deine Schwester ist eine wunderbare Frau, aber manchmal macht sie mir Angst, wenn sie solche Dinge sagt«, gab Colin zu. »Dann kommt sie mir vor, als wäre sie nicht von dieser Welt.«

Nadine, die instinktiv um die Leidenschaft wusste, der Michel und Alison in diesem Moment verband, lachte auf. »Sie ist sehr wohl von dieser Welt, mein misstrauischer Gemahl. Aber es ist vielleicht ganz gut, dass sie Euch ein wenig Schrecken einjagt, damit sie Euch nicht gar zu gut gefällt.«

»Kommt zu Bett, dann werde ich Euch beweisen, wer mir am allerbesten gefällt«, forderte Colin und wollte nach ihr greifen.

»Ich bin Euch zu Diensten, Seigneur!« Nadine knickste und entzog sich ihm spielerisch. Sie schloss das Fenster, um die Nachtigall ebenso auszusperren wie die alten Erinnerungen und die neuen Pläne.

Noch war nicht alles so, wie es sein sollte, aber fürs Erste gestattete sie sich, tiefe Zufriedenheit zu empfinden. Ein Gefühl, das unter Colins kundigen Händen schnell zu mitreißender Leidenschaft wurde und sie für diese Nacht alles außer ihrer Liebe vergessen ließ.

ENDE